Wolf Serno

Der Puppenkönig

Wolf Serno

Der Puppenkönig

Roman

Droemer

Bitte besuchen Sie uns im Internet:
www.droemer.de

Die Folie des Schutzumschlags sowie die Einschweißfolie
sind PE-Folien und biologisch abbaubar.
Dieses Buch wurde auf chlor- und säurefreiem Papier gedruckt.

Redaktion: Ilse Wagner
Umschlaggestaltung: ZERO Werbeagentur, München
Umschlagabbildung: Bridgeman Art Library / FinePic, München
(Alexandra Dohse)
Gestaltung und Herstellung: Josef Gall, Geretsried
Satz: Pinkuin Satz und Datentechnik, Berlin
Druck und Bindung: Ebner & Spiegel, Ulm
Printed in Germany
ISBN-13: 978-3-426-19747-9
ISBN-10: 3-426-19747-2

2 4 5 3 1

Wie immer für mein Rudel:
Micky, Fiedler († 16), Sumo, Buschmann, Eddi

Die religiösen Zitate des Romans stammen aus:

DIE BIBEL
Die ganze Heilige Schrift des Alten und Neuen Testaments
nach der deutschen Uebersetzung
D. Martin Luthers
Siebenundzwanzigster Abdruck
Gedruckt und verlegt von B. G. Teubner in Leipzig, 1877

Die jiddischen Schreibungen und Zitate des Romans stammen aus:

Jiddisch – Eine kleine Enzyklopädie
von
Leo Rosten
Deutscher Taschenbuch Verlag, München 2002

Im Jahre des Herrn 1782,
in den Tagen zwischen dem 10ten
und dem 25sten November,
trug es sich zu,
dass der Puppenkönig
fünf Mal ein Stelldichein
mit dem Tod hatte.

Die Wunden, die ihm
dabei geschlagen wurden,
blieben für immer offen.

Prolog

Der Schlag kam hart und unvermittelt. Er traf das Kind am Kopf, so dass es taumelte und fast das Gleichgewicht verlor. Es kämpfte mit den Tränen, vor Schmerz und vor Angst, denn der Vater hatte es in der letzten Zeit täglich geschlagen. Sein kleines Gesicht verzog sich, doch heute wollte es nicht weinen. Heute nicht, denn es spürte zum ersten Mal, welch seltsame Freude die Züchtigung dem Vater bereitete, und eine Freude wollte es ihm nicht machen. Niemals mehr. So schniefte es nur, biss die Zähne zusammen und blickte zu Boden.

»Warum heulst du nicht?«, schnauzte der Vater. »Flennst doch sonst bei jeder Gelegenheit!«

Das Kind antwortete nicht. Sein Blick glitt über die Holzfiguren, die es mit so viel Hingabe angemalt hatte. Es waren ein Pferd, ein Huhn und ein Schwein. Hübsch bunt sahen sie aus – wenn sie nur nicht auf den Teppich gefallen wären. Der Teppich sah nicht mehr hübsch aus, er war voller Tuscheflecken. »Hab nicht aufgepasst«, murmelte das Kind.

»Das sehe ich. Weißt du eigentlich, wie viel so ein Perser kostet? Entschuldige dich wenigstens.«

»'tschuldigung.«

»Nur gut, dass deine arme Mutter das nicht mehr erleben muss. Hundertmal habe ich dir gesagt, du sollst in deinem Zimmer spielen. Hier im Salon hast du nichts zu suchen. Wo ist überhaupt Kläre?«

»Weiß nicht.«

»So so, du weißt es nicht.« Das Gesicht des Vaters lief schon wieder rot an. Dann brüllte er mit Stentorstimme: »Kläre, Kläre! Herrgott nochmal, wo steckt diese Schlafmütze von Kindermädchen nur wieder?«

Eilige Schritte näherten sich, dann erschien Kläre in der Tür. Sie war eine blässliche kleine Person, kaum zehn Jahre älter als das Kind und Spross eines entfernten Verwandten. »Ja, Onkel Johannes?«

»Wieso passt du nicht auf das Kind auf? Sieh nur, was dieses Trampel schon wieder angerichtet hat!«

»Oh, mein Gott!«

»Lass den lieben Gott aus dem Spiel, der kann dir jetzt auch nicht helfen. Ich will wissen, warum du nicht auf das Kind aufgepasst hast.«

»Nun, nun.« Kläre rang die Hände. »Die Köchin hat mich gebeten, ich soll ihr helfen wegen heute Abend, wo ...«

»... wo ich Gäste erwarte, das weiß ich selbst. Mach sofort den Teppich sauber, und wehe, da bleibt auch nur ein Gran Farbe drin.«

»Jawohl, Onkel Johannes.«

»Und nenn mich nicht dauernd ›Onkel Johannes‹, sag ›Herr Doktor‹ zu mir, die Herrschaften heute Abend brauchen nicht zu wissen, dass wir verwandt sind.« Des Vaters Augen sprühten vor Zorn. Fast sah es so aus, als wolle er auch Kläre schlagen.

»Jawohl, Onk... äh, Herr Doktor.«

»Und nun marsch, an die Arbeit!« Ohne ein weiteres Wort stürmte der Vater aus dem Salon und von dort nach links die Treppe hinunter in die Küche. Das Kind blickte ihm nach.

»Ist dem Vater wieder die Hand ausgerutscht?«, fragte Kläre teilnahmsvoll.

Das Kind antwortete nicht. Es begann zu weinen.

Am Nachmittag war das Kind wieder allein, Kläre musste weiter in der Küche helfen. Der Doktor hatte der Köchin zwar eine gehörige Standpauke gehalten, aber diese gehörte nicht zu den Menschen, die gleich den Kopf einziehen. Sie hatte geantwortet, die Arbeit würde sich nicht von allein machen, und wenn sie keine Hilfe hätte, könnten seine Gäste sich die Nase wischen. Ob dem Herrn Doktor das recht sei?

Statt einer Antwort hatte der Vater den erstbesten Porzellanteller ergriffen und gegen die Wand geschleudert.

Das Kind war froh, allein zu sein. Es ging durch den Garten hinunter zum Elbufer und von dort auf den breiten Bootssteg, an dessen Ende ein hölzerner Pavillon stand. Der Pavillon war der Platz, an dem es sich am liebsten aufhielt, denn hier gab es immer etwas zu beobachten: die Fischer, die ihre Netze auswarfen, die schwer beladenen Frachtkähne, die flussabwärts glitten, die Ruderboote, in denen lachende, schwatzende Menschen saßen. Dazu die Möwen, die kreischend über allem schwebten und ständig auf der Jagd nach Nahrung waren, ebenso wie die Kormorane, die Rohrdommeln und die vielen anderen Vögel, die den großen Strom bevölkerten. Was es heute wohl zu sehen gab?

Gespannt kletterte das Kind in die alte Kiste, in der früher einmal Bootszubehör aufbewahrt worden war und die ihm nun als Versteck diente. Es spähte durch ein Astloch nach draußen. Nein, viel los schien heute nicht zu sein, was vielleicht daran lag, dass heute Sonntag war. Doch was war das? Keine hundert Schritte entfernt tauchte plötzlich ein Mann im Uferschilf auf. Ein finsterer Kerl, der einen Sack über der Schulter trug. Nun nahm er ihn herunter und griff hinein. Wonach er wohl kramte? Da! Ein Kätzchen kam zum Vorschein, so klein, als wäre es erst gestern geboren. Der Mann hatte es fest im Nacken gepackt und drückte es unter Wasser.

Das Kind stieß einen Laut des Entsetzens aus. Der Mann ertränkte das Katzenkind! Und schon griff der Bösewicht abermals in den Sack und tötete das nächste! Das Kind wollte aufspringen und um Hilfe schreien, aber es blieb zitternd sitzen, denn es hatte Angst vor dem fremden, dunklen Mann.

Als auch das letzte Kätzchen ersäuft war, faltete der Mann den Sack zusammen, stopfte ihn in die Tasche und ging seiner Wege.

Das Kind saß noch immer wie gebannt da. Wie konnte ein Mensch nur so etwas fertig bringen? Die kleinen Kätzchen hatten doch niemandem etwas zu Leide getan? Wieder musste es weinen. Als seine Tränen versiegt waren, fragte es sich, ob die Kätzchen jetzt wohl im Himmel seien. Ja, sagte es sich, bestimmt sind sie da, und sie werden es dort besser haben. Viel besser. Die Engel werden freundlich zu ihnen sein, und der Herrgott in seiner Güte erst recht. Und niemand wird sie schlagen.

Bei diesem Gedanken hielt das Kind inne, denn es wünschte sich nichts so sehr, wie niemals wieder geschlagen zu werden. Ich müsste ein Kätzchen sein, dachte es sich, dann wäre ich jetzt im Himmel und der Vater wäre ganz weit weg. Darum will auch ich mich ertränken. Es ist bestimmt nicht schwer, ins Wasser zu gehen und die Luft anzuhalten, ja, ich will mich ertränken.

So dachte das Kind.

Doch es sollte anders kommen.

»Bist du verrückt geworden, was wolltest du denn im Wasser?«, schalt Kläre am Nachmittag, während sie dem Kind die nassen Sachen auszog. »Nur gut, dass ich rechtzeitig dazugekommen bin, du hättest dir den Tod holen können!«

»Ja«, sagte das Kind, »das hätt ich.«

»Sei froh, dass Onkel Johannes von alledem nichts mitgekriegt hat, sonst hätte es eine gehörige Tracht Prügel gegeben.«

»Ja«, sagte das Kind abermals, und ein Angstschauer lief ihm über den Rücken.

Kläre zog die Sonntagskleider aus dem Schrank, breitete sie auf dem Bett aus und zupfte noch einmal die gestärkten Spitzen zurecht. »Wirst gut aussehen nachher. Onkel Johannes wird zufrieden sein. Komm, ich helfe dir beim Anziehen.«

»Nein«, sagte das Kind, »will mich allein anziehen.«

Kläre wirkte ein wenig beleidigt. »Meinetwegen, aber knöpf die Knöpfe nicht wieder schief. Und beeil dich, die Gäste kommen bald. Ich gehe nochmal rasch in die Küche. Die Köchin braucht mich, sie weiß gar nicht mehr, wo ihr der Kopf steht.«

»Ja«, sagte das Kind.

Für den Abend hatte der Vater ein reich gerüschtes Jabot gewählt, dessen makelloses Weiß sehr gut zum Schwarz des Rocks aus Englischem Barchent kontrastierte. Auch die goldenen Knöpfe mit dem Hippokrates-Zeichen würden Eindruck machen. Er warf einen abschließenden Blick in den Spiegel. Ja, er war mit seinem Äußeren zufrieden, wozu nicht zuletzt die Perücke beitrug, die der Diener noch einmal frisch mit Muskatpuder nachgefärbt hatte. Sehr schön, das dunkle Braun, und sehr natürlich! In den letzten Jahren gab es zwar zunehmend Herren, die lediglich ihre eigenen Haare trugen, aber was sollte man machen, wenn einem ein Großteil des natürlichen Kopfschmucks schon ausgefallen war!

Der Vater überprüfte noch einmal den Sitz seines Haarersatzes, schaute auf die Standuhr und machte sich auf den Weg in die Empfangshalle. Er passierte dabei die Bibliothek, in deren Mitte der wuchtige Schreibtisch stand. Die Bibliothek war ihm der liebste Raum seines großen Anwesens, denn sie spiegelte sein umfangreiches Wissen als Mediziner wider. Alle Meisterärzte waren hier vertreten – von A wie Avicenna bis Z wie Zwinger, dazwischen Berühmtheiten wie Vitus von Campodios mit seinem *De Causis Pestis,* Hanns von Gersdorff mit seinem *Feldtbuch der Wundarztney,* Hippokrates mit seinen *Epidemien* und Paracelsus mit seinen Abhandlungen über die Chirurgie.

Er trat an den Schreibtisch, grub kurz in den darauf liegenden Papieren, fand einen kleinen Zettel und steckte ihn ein. Dann strebte er eiligen Schrittes weiter.

Ein schneller Blick in die festlich illuminierte Halle sagte ihm wenig später, dass die wichtigsten Persönlichkeiten noch nicht anwesend waren. Dennoch rief er mit dröhnender Stimme nach den Bouteillen mit dem Champagner. Jeder sollte wissen, dass dieser Tag ein besonderer war, weil er seine Verlobung mit Demoiselle von Ratorff bekanntgeben wollte. Leider war die junge Dame noch nicht eingetroffen, was aber – bei näherer Betrachtung – nicht weiter schlimm war, denn sie konnte keinesfalls als eine Tochter von Aphrodite, der Göttin der Schönheit und Verführung, gelten. Dafür war sie die Jüngste des Geheimrats von Ratorff, einem der reichsten Männer in der Mark Brandenburg. Und das machte manches wett.

Wenig später trat der alte von Ratorff ein, am Arm seine Tochter, die vor Aufregung unter ihrer Schminke puterrot war und nicht wusste, wohin sie blicken sollte. Immerhin, aufgeputzt nach allen Regeln der Kunst, machte sie gar keine so schlechte Figur. Sie trug ein Kleid, das aus kostbarster Schantungseide gefertigt war und in seinen Ausmaßen an eine rosa Wolke erinnerte, dazu eine Frisur, deren Herstellung nicht nur Stunden, sondern auch ein Vermögen gekostet haben musste. Turmhoch gesteckt und auf beiden Seiten in Korkenzieherlöckchen auslaufend, umrahmte sie ein scheues Gesicht, dessen hervorstechendstes Merkmal das schwarze Schönheitspflästerchen auf der linken Wange war.

Sieh an, sie ist doch kein so unebenes Frauenzimmer, dachte der Vater. Was man nicht alles aus einem Mauerblümchen machen kann! Dann trat er vor, um seine neuen Gäste zu begrüßen. Er tat es in der ihm eigenen lauten, schwadronierenden Art und stellte dabei nicht ohne Vergnügen fest, dass seine zukünftige Braut ihm hin und wieder heimlich einen bewundernden Blick zuwarf.

Weiterer Champagner wurde geordert. Die ersten Zungen lösten sich. Aufs Angeregteste plaudernd, rief der Vater wenig später zu Tisch. Die Tafel bog sich unter dem, was

Küche und Keller hergegeben hatten. Im Einzelnen sah die Speisenfolge vor: Austern, Kraftbrühe mit Schinkenklößchen, garnierter Kalbsrücken, Wildschweinskopf, gefüllte Hamburger Gans, Früchte, Salate, Haselnusstorte, Käsestangen und zum Nachtisch Gefrorenes. Alles war in überreichem Maße vorhanden, wollte gekostet und gelobt werden, und die Gäste ließen sich nicht lange bitten. Der Vater saß seiner schüchternen Braut gegenüber, pries mit vollem Mund ihre Schönheit, stieß auf die Gesundheit des alten von Ratorff an und ließ immer wieder neue Weine auftischen.

»Altes Tyrannenblut!«, rief er später, schon leicht angetrunken. »Mein Lieblingswein, weil er gleich dreimal schmeckt: bei allem, zu allem und in allem! Haha! Dagegen sind andere Tropfen nichts als Wasser, aber jeder trinke, was ihm konveniert!«

Die Gäste lachten, und die wenigsten von ihnen ahnten, wie trefflich der Name Tyrannenblut zum cholerischen Charakter des Vaters passte.

»Ich bitte um Gehör!«, rief dieser jetzt, erhob sich zu stattlicher Größe und schlug mit einem Löffel gegen sein Glas. »Ich bitte um Gehör!«

Es dauerte eine Weile, bis auch der Letzte der Schmausenden ihm seine Aufmerksamkeit schenkte, doch endlich ruhten alle Blicke auf ihm. Er unterdrückte ein Aufstoßen und konzentrierte sich, denn der Augenblick war gekommen, in dem er die große Neuigkeit bekannt geben wollte. »Dieser achtzehnte Juni des Jahres siebzehnhundertvierzig ist ein denkwürdiger Tag«, hob er mit feierlicher Stimme an, »denn ich habe die vorzügliche Ehre, Euch, hochverehrter Herr Geheimrat, und Euch, liebe Demoiselle von Ratorff, in meinem bescheidenen Haus willkommen heißen zu dürfen.«

Von Ratorff, der schwache Ohren hatte, setzte sein Hörrohr an. »Hä?«

Der Vater zwang sich zu einem Lächeln. »Ich sagte: willkommen in meinem bescheidenen Haus.«

Von Ratorff lachte meckernd. »Bescheiden ist gut, mein Lieber! Mir scheint, Ihr nagt nicht gerade am Hungertuche. Aber wenn's so wäre, würde ich Euch meine Tochter nicht geben. Da könnt Ihr Gift drauf nehmen. Geld gehört zu Geld, wie ich immer zu sagen pflege!«

»Äh, ja.« Dem Vater fiel darauf nichts Rechtes ein. Stattdessen räusperte er sich, fingerte den Notizzettel hervor und zählte mit seiner Hilfe die Namen sämtlicher weiteren Honoratioren auf, hieß sie ebenfalls willkommen und beendete seine Begrüßung schließlich mit »Hochgeschätzte Gäste!«

Dann machte er eine Pause, denn er wollte der Spannung Gelegenheit geben, sich auszubreiten, und fuhr langsam fort: »Heute habe ich das außerordentliche Vergnügen, meine Verlobung mit Demoiselle Hildegard von Ratorff zu verkünden, und ich darf ...« Er unterbrach sich, denn seine Zukünftige, welche die ganze Zeit stocksteif auf ihrem Stuhl gesessen hatte, zeigte plötzlich auf einen Punkt hinter ihm und sagte:

»Da ist ein Kind.«

»Ein Kind?« Der Vater, abermals aus dem Konzept gebracht, fuhr herum. »Ach ja. Mein Kind. Nun, ja, natürlich. Es muss ja schließlich dabei sein, nicht wahr.«

Das Kind stand da und sagte nichts.

»Woher kommst du so plötzlich?«, fragte der Vater, bemüht um einen milden Ton.

»War unterm Tisch.«

»Was?«

»Unterm Tisch war ich. Die ganze Zeit.«

»Ja, aber wieso …?«

Einige der Gäste begannen zu tuscheln. Von Ratorff setzte sein Hörrohr an.

»Da«, sagte das Kind und zeigte auf die Stelle, wo es sich versteckt hatte.

Noch mehr Gäste tuschelten.

Der Vater spürte, wie ihm die Situation entglitt.

»Hab mein Pferd, mein Huhn und mein Schwein da unten.«

Von Ratorff lachte meckernd.

»Was?«

»Hab mit ihnen gespielt.«

»Äh, ja.« Der Vater wusste nicht recht, was er tun sollte, und bückte sich flüchtig, um einen Blick auf die Holztiere zu werfen. Als er sie nicht gleich entdecken konnte, richtete er sich wieder auf. Doch beim Aufrichten stieß er gegen das Kind, und das Kind stieß gegen das Weinglas mit dem Tyrannenblut, und das Tyrannenblut ergoss sich über das reich gerüschte Jabot des Vaters.

Von Ratorff lachte meckernd.

Das war zu viel. Beim Vater brachen wieder alle Dämme. Er gab dem Kind eine klatschende Maulschelle und rief: »Herrgott nochmal, du Trampel! Kannst du nicht aufpassen …«

Dann brach er ab, denn er fühlte um sich herum Stille, jene Stille, die voller Vorwurf ist. »Sofort gehst du in dein Zimmer!«

Als das Kind fort war, nahm der Vater den Faden wieder auf. Er brachte seine Ansprache zu Ende, wobei er sich alle Mühe gab, so zu tun, als sei nichts gewesen, doch es wollte ihm nicht recht gelingen, und das trotz des Tyrannenblutes. Erst ganz allmählich lockerte sich die Stimmung wieder, es wurde weiter getafelt und gezecht, und als das Fest schließlich zu Ende ging, hatten sich alle prächtig amüsiert.

Sogar die schüchterne Demoiselle von Ratorff.

Noch in derselben Nacht, kurz vor dem ersten Morgengrauen, sah man den Vater schlingernden Schrittes den Garten durchqueren. In der Hand hielt er ein Glas seines Lieblingsweins, aus dem er schlürfend trank. Als es leer war, steuerte er in Richtung Strom, wo er es ins Wasser schleuderte. Der Schwung des Wurfs riss ihn dabei fast um, doch er fing sich wieder und betrat mit einiger Mühe den Bootssteg. Immer noch schlingernd, näherte er sich dem Pavillon, wobei er irgendetwas von dem Sonnenaufgang brabbelte, den er sich nach einer so erfolgreichen Nacht nicht entgehen lassen wollte. Dann, plötzlich, sagte er nichts mehr, denn ein Schluckauf war ihm ins Wort gefallen. Ein heftiger Schluckauf, der seinen Körper in unregelmäßigen Abständen erbeben ließ. »Hicks!«, machte er, und wieder »Hicks!« Und jedes Mal hatte er das Gefühl, eine Faust säße in seinem Inneren und wolle ihn umstoßen.

Und dann wurde er tatsächlich umgestoßen, von einer kleinen Faust, die aus der Bootskiste hervorschoss. Mit einem Schrei fiel der Vater ins Wasser, hinein in den Strom, der an dieser Stelle sehr tief war. Schlagartig ernüchtert, rief er um Hilfe, doch vergebens. Niemand konnte ihn mitten in der Nacht hören. Er zappelte und schlug um sich, denn er konnte nicht schwimmen. Er schluckte Wasser, strampelte um sein Leben, und gerade als es ihm zu gelingen schien, die rettende Leiter des Stegs zu erreichen, wurde er erneut von der kleinen Faust zurückgestoßen. Sie hielt einen Bootshaken, stach zu. Blut floss. Der Vater wurde abgedrängt, tauchte gurgelnd unter, schnappte nach Luft, heulte, flehte, bettelte um sein Leben, arbeitete sich wieder heran und wurde abermals mit dem Haken nach unten gedrückt.

Einmal noch kam der Tyrann hoch, dann blieb die Wasserfläche glatt …

Das Kind weinte vor Erleichterung. Und in sein Weinen, mehr und mehr, mischte sich ein Kichern.

Ein Kichern der Erlösung.

Wer …

Klingenthal wachte auf zwischen der Magd und dem Burgfräulein. Die Magd war blond, sie trug einen verblassten Kittel und eine Haube und erinnerte ihn daran, dass es schon spät war. Immer tat sie das. Sie war es nun einmal gewohnt, mit den Hühnern aufzustehen. Klingenthal gähnte. Das Burgfräulein an der anderen Seite war eine ältliche Jungfer mit einem Spitzhut auf dem Kopf, blasiertem Blick und einem zerknüllten Taschentuch in der Hand. »Klingenthal«, näselte das Burgfräulein, »mit jedem Tag, den Gott werden lässt, stehst du später auf.«

»Das stimmt nicht«, sagte Klingenthal und gähnte nochmals.

»Das Einerlei der Landschaft schlägt mir aufs Gemüt, ich muss wieder unter Menschen. Wie weit ist es noch bis Steinfurth?«

»Steinfurth?« Klingenthals Gedanken wanderten zu dem alten Elbestädtchen, das seit Jahrhunderten auf halbem Wege zwischen Tangermünde und Magdeburg liegt. Dreitausend Seelen mochten dort leben, darunter Bierbrauer, Salzkaufleute, Tuchmacher und viele andere Handwerker. Aber auch Schiffbauer gab es, die auf der im Binnenhafen gelegenen Werft einmastige Ewer zusammenzimmerten, stabile Fahrzeuge, mit denen die Flussfischer hinausfuhren, um Aal, Hecht, Stint, Stör und Neunauge zu fangen.

Es ging ihnen gut, den Steinfurthern, und dafür sorgte die Elbe. Sie war nicht nur Fischlieferant, Wasserstraße und Lebensader, sie prägte auch das Landschaftsbild der sie umgebenden Niederungen, wo es Sümpfe, Moore und Wälder mit einer reichen Tierwelt gab. Dazu fruchtbares Land, das den Bauern gute Ernten bescherte.

Klingenthal pflegte, wenn das Jahr sich neigte und der Frost zunehmend in die Glieder biss, gern in Steinfurth zu überwintern, denn die Einwohner waren von angenehmem, freundlichem Wesen.

»Bestimmt mehr als zwanzig Meilen«, sagte Klingenthal, während sein Blick über die anderen vier lebensgroßen Puppen wanderte: einen Schiffer in Köperhosen, einen Söldner im Harnisch, einen Landmann mit Forke und einen Schultheiß mit Amtskette.

Alle befanden sich auf dem schweren, zweirädrigen Karren, der Klingenthal als Fortbewegungsmittel diente, und so unterschiedlich sie auch aussahen, so war doch jede von ihnen ein Teil seiner selbst. Magd, Burgfräulein, Schiffer, Söldner, Landmann und Schultheiß verkörperten die Vielfalt seiner Gedanken und den Widerstreit seiner Gefühle, weshalb er es sich zur Gewohnheit gemacht hatte, regelmäßig mit ihnen zu sprechen. Jede Puppe besaß eine Stimme, die Klingenthal eigens für sie entwickelt hatte – denn er war Bauchredner. Ein Ventriloquist, wie die Jünger der Kehlkopfakrobaten sich selbst nannten, und Klingenthal war einer ihrer besten.

Die Vorstellungen, die er mit seinen Puppen gab, waren landauf, landab beliebt, besonders beim einfachen Volk, weil er es ausgezeichnet verstand, die kleinen und großen menschlichen Schwächen aufs Korn zu nehmen, wobei er aber niemals bösartig oder verletzend wurde.

»Auf, auf, ihr müden Leiber, die Pier steht voller nackter Weiber!«, rief plötzlich der Schiffer, der manchmal zu Derbheiten neigte.

Das Burgfräulein gab ein pikiertes »Huch!« von sich.

Der Söldner lachte und rief. »Steinfurth, wir kommen!«

»Nur nichts überstürzen«, sagte der Schultheiß. »Gut Ding will Weile haben.«

Der Landmann sagte nichts. Er schlief noch, was für einen Mann seines Berufs ziemlich unpassend war.

»Dann wollen wir mal«, sagte Klingenthal mit seiner eigenen Stimme und erhob sich. Er sprang von dem Karren herunter und streckte die Glieder. »Jetzt ein gutes Frühstück!«

»Willst du dich nicht vorher rasieren?«, empörte sich das Burgfräulein.

»Schon gut, schon gut.« Klingenthal griff zu Seife und Rasiermesser und strebte dem nahen Bach zu. Wie erwartet, war das Wasser eisig, aber unverdrossen schäumte er sich das Gesicht ein und begann Grimassen schneidend, vor einer halbblinden Spiegelscherbe sich den Stoppelbart zu scheren. Was folgte, war nicht mehr als eine Katzenwäsche, aber der Atem stand ihm die ganze Zeit in Wolken vor dem Mund, und er zitterte schon vor Kälte. Abschließend schöpfte er einen Becher Wasser aus dem Bach und ging zum Karren zurück. Er kletterte hinein und ließ sich zwischen seinen Puppen nieder. Dann öffnete er die kleine Vorratskiste, in der sich seine Nahrungsmittel befanden. Viel war nicht mehr darin. Ein Stück harter Käse und ein Stück Rinderrauchwurst. Welches Stück sollte er essen?

»Nimm den Käse«, sagte die Magd fürsorglich. »Der

kann morgen schon schimmelig sein, die Wurst hält sich noch.«

Klingenthal griff zum Käse.

»Pah!«, rief der Söldner. »Käse, das ist doch nur verfaulte Milch! Greif lieber zur Wurst.«

Der Landmann war wach geworden und wollte seinen Senf beisteuern. »Ich würde von beidem essen. Was du im Magen hast, kann dir keiner mehr nehmen.«

»Nein«, sagte Klingenthal, »ich nehme den Käse. Und nur den Käse.« Rasch verrichtete er ein Gebet und aß danach die einfache Mahlzeit. Er spülte die letzten Krumen mit Wasser hinunter, verschloss die Vorratskiste, prüfte, ob jede seiner Puppen sicher saß, und begab sich dann vor den Karren. Da er keinen Gaul hatte, musste er sich selbst ins Geschirr legen, was ihm aber nach den vielen Jahren auf der Straße schon als selbstverständlich erschien. Dennoch konnte es passieren, dass einer, der ihm entgegenkam, überrascht die Augenbrauen hochzog. Nicht unbedingt des fehlenden Zugtiers wegen, sondern weil Klingenthal stets in einem Gehrock aus Nankinett marschierte, mitunter schwitzend und keuchend unter dem schweren Baumwolltuch, aber dennoch beharrlich vorwärts strebend. Und wenn der Entgegenkommende dann fragte, warum er sich diese Schrulle leiste, so lächelte er nur.

Doch vielleicht hätte der Schultheiß statt seiner geantwortet: »*Vestis virum reddit,* mein Freund! Kleider machen Leute.«

Klingenthal zog den Karren auf die Straße. Wittenmoor lag hinter ihm, jetzt sollte es zunächst in Richtung Ottersburg gehen. Der Tag war jung, er hoffte, nachmittags schon am Ziel zu sein.

Und während er gleichmäßig einen Schritt vor den anderen setzte, ertönte unvermittelt die Stimme des Burgfräuleins hinter ihm: »Meiner Treu, Klingenthal, sagtest du, es seien mehr als zwanzig Meilen bis Steinfurth? Ich weiß wirklich nicht, ob ich das noch so lange aushalte.«

Am selben Morgen, ganz in der Nähe, verließ eine junge Frau den Bauernhof des alten Rädigke, eines weithin bekannten und geachteten Mannes. Niemand bemerkte sie, als sie mit der ihr eigenen Anmut durch die Hintertür hinausschlüpfte und den Hofhund zum Abschied kraulte. Auch Rädigke hätte ihr sicher gern Lebewohl gesagt, aber er konnte es nicht mehr. Er war tot. Gestorben vor einer Woche, begraben am vorgestrigen Tage.

Friedrich Rädigke
Geb. den 7ten Febr. 1716
Gest. den 1ten Nov. 1782

Das war alles, was auf seinem Grabstein stand. Ein paar armselige Zahlen, zwischen denen ein ganzes Leben stattgefunden hatte. Mehr nicht. Kein Wort davon, dass er seit seiner Geburt an der Schlangenkrümmung gelitten hatte, der Schiefheit, wie die Leute sagten, die es ihm so schwer machte, auf dem Feld zu arbeiten. Kein Wort davon, dass er ein guter Ehemann gewesen war, der siebzehn Kinder gezeugt und zwei Frauen zu Grabe getragen hatte. Kein Wort davon, wie groß die Trauer unter den Hinterbliebenen gewesen war, als er den letzten Atemzug getan hatte.

Und auch kein Wort davon, wie tröstend die junge Frau

seiner Familie in ihren schweren Stunden zur Seite gestanden hatte. Und das, obwohl sie weder verwandt noch verschwägert war mit der großen Sippe der Rädigkes. Sie hatte zum rechten Zeitpunkt die rechten Worte gefunden und mit allen so inbrünstig gebetet, dass selbst der Herr Pastor beeindruckt war.

Dafür hatte sie an jeder Mahlzeit teilgenommen und einen gesegneten Appetit an den Tag gelegt.

Doch nun war es Zeit, zu gehen. Ein letztes Mal sah die junge Frau zurück, bevor sie sich nach Osten wandte, wo die liebliche Altmark sich mit ihrem hügeligen Gelände vor ihr ausbreitete. Ein paar zaghafte Sonnenstrahlen brachen durch die Kiefernwälder am Horizont, und unwillkürlich blinzelte sie. Ihre Augen waren von ganz eigenem Reiz: schwarz wie Ebenholz, groß, leuchtend, manchmal auch irisierend, wenn das Licht in einem bestimmten Winkel auf sie fiel. Es waren Augen, die lachen und weinen konnten, lieben und hassen, streiten und schlichten, schelten und trösten, je nachdem, wie ihrer Besitzerin zumute war. Nase und Mund dagegen waren weniger außergewöhnlich, wenn auch durchaus hübsch: die Nase fein und gerade, der Mund weich und geschwungen, wobei Letzterer durchaus in der Lage war, die Sprache der Augen tatkräftig zu unterstützen.

Die junge Frau schulterte ihren mit einem großen silbernen Kreuz bestickten Ranzen und machte sich auf den Weg nach Ottersburg. Sie hätte sich auch nach Döbezahn oder Lüttgräben wenden können, denn niemand schrieb ihr die Richtung vor, aber sie wollte nach Osten gehen, der Sonne entgegen.

Nach einiger Zeit nahm sie ihr Kopftuch ab und stopfte es in den Ranzen. Trotz der kühlen Temperaturen war ihr beim Marschieren warm geworden. Sie ordnete ihre schwarzen Haare, verstärkte den Sitz des Dutts durch eine weitere Nadel und entdeckte mehr durch Zufall, dass neben ihrem Weg ein anderer verlief und dass auf diesem Weg ein Mann daherschritt, der sich selbst vor einen Karren mit Puppen gespannt hatte. Der Mann war von mittlerer Größe und keineswegs unansehnlich. Er mochte Ende dreißig sein, hatte ein vom Wetter gebräuntes Gesicht und steckte in einer für die Landstraße sehr ungewöhnlichen Kleidung: Er trug einen Gehrock.

»Heda, guten Morgen!«, rief die junge Frau. »Seid Ihr ein Herr, der zum Spaß einen Wagen zieht, oder bist du ein Kärrner, der zum Spaß einen Rock trägt?«

Der Mann ging weiter, immer auf gleicher Höhe, doch ohne sie zu beachten. Er tat so, als sei er tief in Gedanken versunken.

»Keine Antwort ist auch eine Antwort«, sagte die junge Frau.

Nicht lange danach liefen beide Wege aufeinander zu, und als sie sich nach hundert Schritten vereinigt hatten, blieb die junge Frau neben dem Mann stehen und sagte: »Wenn du nicht einen halben Schritt hinter mir gehen willst und ich nicht einen halben Schritt vor dir, dann wird uns nichts anderes übrig bleiben, als nebeneinander zu marschieren.«

Noch immer schwieg der Mann im Gehrock, doch vom Karren kam plötzlich eine Stimme, die einer der Puppen zu gehören schien. Sie sah aus wie ein Söldner und rief: »Jawoll, stimme zu! Kompanie … marsch! Links, zwo, drei, vier!«

Die junge Frau lachte. »Wie es scheint, habe ich es mit einem Bauchredner zu tun.«

»Erraten, Gnädigste«, sagte der Schultheiß.

Der Schiffer brummte: »Willkommen an Bord, mien Deern.«

»Hast du selbst keine Stimme?«, fragte die junge Frau den Mann im Gehrock.

»Doch, die hat er. Und einen Namen hat er auch: Er heißt Julius Klingenthal«, antwortete das Burgfräulein geziert. »Aber er spricht nicht mit jedem, weil er ein wenig schüchtern ist.«

»Was du nicht sagst.« Es gefiel der jungen Frau, dass ein Mann in der Lage war, sich selbst als schüchtern zu bezeichnen. »Ich heiße Alena.«

»Und ich bin Julius«, sagte der Mann mit einer Stimme, die seine eigene sein musste, denn sie passte zu keiner der Puppen. »Aber das hat dir das Burgfräulein ja schon verraten.«

»Wohin willst du, Julius?«, fragte Alena.

»Über Ottersburg und Schönwalde nach Steinfurth.«

»Nach Steinfurth will ich auch.«

»Tja, dann …« Klingenthal, der zu Eigenbrötelei neigte, blickte auf den Boden und fasste einen Entschluss. »Dann sollten wir die Straße vielleicht gemeinsam unter die Füße nehmen.«

»Das sollten wir.«

Nachdem sie eine Meile schweigend nebeneinander gegangen waren und Alena ihren Weggefährten mehrmals verstohlen gemustert hatte, sagte sie: »Die Gefahr, dass du zu viel redest, scheint nicht besonders groß zu sein.«

Klingenthal blieb weiter stumm, doch immerhin huschte ein Lächeln über sein Gesicht.

»Wir können uns auch wieder trennen.«
»Nein, nein.« Klingenthal klang fast erschreckt.
»Dann sollten wir uns unterhalten.«
»Äh, ja. Ich wüsste nur nicht, über was.«
»Für den Anfang würde es reichen, wenn du mir dein Alter verrätst.«
»Sechsundvierzig.«
»Was, schon so alt? Ich hätte dich für jünger gehalten.«
»Danke.«
»Bitte.«
»Und wie alt bist du?«
»Zweiundzwanzig.«
»Aha.«
Die Unterhaltung, kaum dass sie begonnen hatte, drohte wieder einzuschlafen. Alena unternahm einen neuen Versuch. »Deine Puppen sind hübsch, wer hat sie gemacht?«
»Ich selbst.«
»Du selbst? Das stelle ich mir nicht leicht vor.«
»Das war es auch nicht.« Klingenthal taute etwas auf. »Ich habe es bei einem Meister seines Fachs gelernt, sein Name ist Zacharias Neuberger, er ist der Urenkel des berühmten Puppenmachers Daniel Neuberger.«
Die Namen sagten Alena nichts, aber sie musste auch nicht antworten, denn Klingenthal, der jetzt in seinem Element war, sprach bereits weiter: »Ich glaube, Puppen gibt es schon so lange, wie es Menschen gibt. Die ersten waren aus Ton und Alabaster, kunstvolle Gebilde, mit denen schon die Kinder der alten Römer spielten, nur bewegen konnten sie sich nicht.«
»Ich hatte als Kind eine Marionette«, warf Alena ein.
»Marionetten gibt es seit mindestens fünfhundert Jah-

ren, aber es gab auch Brotpuppen, die an Feiertagen gebacken wurden, und Puppen aus Holz. Wieder andere waren aus Stoff, aus Wolle, aus Wachs und aus Werg. Meine Puppen sind aus Wolle, ihre Gliedmaßen habe ich mit weichem Ziegenleder überzogen, ihre Köpfe sind aus asiatischem Pflanzengummi, und ihre Glasaugen sind beweglich.«

»Papperlapapp«, näselte das Burgfräulein von hinten, »glaub ihm kein Wort. Wir sind aus Fleisch und Blut.«

»So ist es«, bestätigte der Schultheiß, »wenn du willst, kannst du das schriftlich haben.«

Alena lachte. »Das wird nicht nötig sein, ich glaub's euch auch so, groß genug seid ihr ja.«

Die Antwort nahm Klingenthal zum Anlass, einen Vortrag über jene lebensgroßen Puppen zu halten, die aus Wachs gefertigt und zuerst in England aufgekommen waren. Er sprach weiter über venezianische Tanzpuppen, japanische Puppen, die zur Abwehr böser Geister dienten, Heilpuppen aus Stroh und viele andere mehr.

So verging der Tag, und am Nachmittag, kurz nach Ottersburg, begegneten sie einem Bauern, der mit seinen beiden Gäulen eine Fuhre Rüben transportierte. Angesichts der Puppen machte er große Augen, denn so täuschend echte Figuren hatte er sein Lebtag nicht gesehen. Sie kamen ins Gespräch, und auf des Bauern Bitte hin gab Klingenthal eine kurze Vorstellung, die große Begeisterung bei ihm auslöste. Er zeigte sich erkenntlich, indem er seine neuen Bekannten auf einen Schmaus am Wegrand einlud. Zwar bot er nur einfache Kost an, dicke Gerstengrütze, dazu Butterstullen und selbst gemachten Apfelmost, doch es schmeckte allen köstlich.

Danach trennten sich ihre Wege, und Klingenthal und

Alena zogen allein weiter. Die Unterhaltung floss jetzt leicht dahin, sie sprachen über den Bauern, die Ernte, das Wetter, über Kleider und Mode, über Gott und die Welt – nur über sich selbst sprachen sie nicht.

Gegen Abend drängte sich die Frage nach einer Übernachtungsmöglichkeit auf, und sie hatten Glück: Sie entdeckten einen alten Unterstand, der früher einmal Schafen oder Ziegen Schutz geboten haben mochte. Doch legten sie sich nicht gemeinsam darunter, denn Klingenthal sagte, nachdem er ein wenig herumgedruckst hatte, er schliefe lieber auf seinem Karren, im Übrigen sei das auch schicklicher.

»Viel schicklicher«, sagte die Magd.

»Tüdelkram!«, sagte der Schiffer. »Zu meiner Zeit hätte ich Alena schon längst …«

»Na, na, ich muss doch sehr bitten«, sagte der Schultheiß.

»Zapfenstreich!«, rief der Söldner.

Am anderen Morgen schien die Sonne, und Klingenthal breitete im Gras eine Pferdedecke aus. Sie setzten sich und begutachteten das Essbare, das sie zum Frühstück beisteuern konnten. Was Klingenthal besaß, war nicht viel, nur das Stück Rinderrauchwurst, Alena dagegen hatte, bevor sie fortgegangen war, noch der Speisekammer von Rädigkes Hof einen Besuch abgestattet und dort, mit dem Einverständnis der Familie, wie sie ausdrücklich betonte, das eine oder andere mitgenommen. So kam es, dass sie nicht nur Wurst und Speck im Gepäck hatte, sondern auch weißes Brot, Käse und sogar eine schöne

Portion geräucherten Aal. »Den Aal musst du unbedingt probieren«, sagte sie lebhaft.

Klingenthal zögerte. »Sagtest du Aal?«

»Ja, wieso? Magst du keinen?«

»Doch, schon, aber ich esse ihn nicht.«

In Alenas Augen stand Tadel. »Na, du bist mir einer! Magst Aal, aber isst ihn nicht. Das verstehe, wer will.«

»Ich erkläre es dir vielleicht ein andermal.« Klingenthal, der schon vorher Feuer gemacht und einen Wasserkessel aufs Dreibein gesetzt hatte, schüttete Teeblätter in den Kessel. »Das Wasser kocht schon, jetzt muss der Tee nur noch ziehen. Magst du Tee?«

»Ja, gern.«

»Dann wollen wir es uns schmecken lassen.« Klingenthal biss in seine Wurst.

»Guten Appetit, Julius.«

Nachdem sie sich für den Tag gestärkt hatten, gingen sie weiter, und wieder war es Alena, die das Gespräch in Gang brachte: »Ich kann mir keinen Reim auf dich machen, Julius«, sagte sie, »du sprichst überhaupt nicht über dich, und wenn du sprichst, dann meistens durch den Mund deiner Puppen. Warum nur?«

»Es übt.«

»Und das ist der einzige Grund?«

»Nun ja«, sagte Klingenthal.

Der Schultheiß half ihm aus: »Wir sind sein Sprachrohr, musst du wissen. Wir kennen seine Gedanken und übernehmen die Antwort.«

»Jawoll«, sagte der Söldner.

»Er ist ja so empfindsam«, sagte die Magd.

»Und so zurückhaltend«, näselte das Burgfräulein.

»Seemannsgarn, alles Seemannsgarn!«, rief der Schiffer. »In Schanghai war Julius der Erste, der den Mädels unter die Röcke gekuckt hat.«

Alenas Augen lachten. »Stimmt das, Julius?«

Klingenthal räusperte sich. »Der Schiffer hat ein ziemliches Talent im Schwatzen.«

»Aber du warst mal in, in … wie hieß das noch?«

»Schanghai. Ja, ich war mal da.«

»Und warst du auch mal Seemann?«

»Das ist lange her.«

»Dann warst du vielleicht auch mal Soldat? Und am Ende sogar Bürgermeister?«

Klingenthal kämpfte mit sich. Es ging ihm wider die Natur, seine gesamte Vergangenheit auszuplaudern, andererseits musste er sich eingestehen, dass er Alena mochte. Sie hatte eine frische, natürliche Art, lachte gern und schien überhaupt eine angenehme Begleiterin zu sein. Und dann waren da noch ihre Augen: Niemals zuvor hatte er in so faszinierende Augen geblickt … Schließlich antwortete er: »Auch ich kann mir keinen Reim auf dich machen.«

»Nanu?«, tat sie überrascht. Gern hätte sie noch gefragt, ob er vielleicht mal eine Magd gekannt hatte oder ein adliges Fräulein, aber sie spürte, dass sie fürs Erste nicht mehr aus ihm herausholen konnte. »Warum denn das?«

»Nun, dem Kleid nach könntest du eine Nonne sein, aber ich glaube nicht, dass du eine bist, denn du wirkst, äh, versteh mich nicht falsch, du wirkst eher fröhlich als fromm. Andererseits hast du ein silbernes Kreuz auf deinem Ranzen.«

»Richtig«, sagte Alena, »ich habe es selbst daraufgestickt.«

»Eine Bäuerin bist du auch nicht, dafür sind deine Hände zu zart. Du könntest eine junge Frau aus gutem Hause sein, die das Schicksal auf die Straße verschlagen hat.«

»Du bist sehr scharfsinnig, Julius.«

»Findest du?« Klingenthal wurde verlegen. Dann, froh über die Abwechslung, wies er nach vorn. »Da kommt uns Ezechiel, der Öljud, entgegen. Um diese Jahreszeit tippelt er immer in dieser Gegend.«

Ezechiel war ein dürrer Mann, der einen schäbigen braunen Kittel trug und dazu ein kreisrundes Stück Leder auf dem Hinterkopf. Er hatte sich eine Art Bauchladen mit verschiedenen Schachteln und Dosen vor den Leib geschnallt und hielt nun an, offenbar dankbar für eine kleine Pause. »*Shalom,* Julius«, krächzte er.

»*Shalom,* Ezechiel.«

»Hast du Pausback und Listig gesehen?«

»Seit Monaten nicht.«

»Ich auch nicht. Hm, lass dich angucken. Wenn ich sagen würd, du siehst schlecht aus, würd ich lügen. Und lügen darf ich doch nicht, oder?« Der Öljud kicherte und kratzte sich am Kopf unter der Kippa.

»Du siehst auch nicht schlecht aus.«

»Nebbich, wie soll ich nicht schlecht aussehen, wenn ich keine so hübsche Schickse dabeihab!«

Der Söldner mischte sich ein: »Der Ausdruck Schickse war eine Beleidigung, Herr! Ich fordere Satisfaktion!« Und der Schultheiß dozierte:

»Jeder scherzt auf seinem Niveau, aber Höflichkeit ist die Tugend der Könige.«

»Oj, oj, nix für ungut, Kinder, ich meinte ja nur.« Ezechiel kicherte erneut, rückte seinen Bauchladen zurecht und schickte sich an, weiterzugehen. »Na denn, gute Reise, ihr zwei. *Shalom!*«

»*Shalom,* Ezechiel. Bis zum nächsten Mal.«

Auch Klingenthal und Alena schritten wieder aus. Nach einer Weile fragte Alena: »Was ist eine Schickse?«

»Eine nichtjüdische, oftmals junge Frau. Leider benutzen heutzutage viele den Ausdruck in herabmindernder Weise. Deshalb die Reaktion des Söldners.«

»Aha, und was ist ein Öljud?«

»Ein Jude, der über Land zieht und ölhaltige Mittel verkauft. Ezechiel hält darüber hinaus noch andere Waren feil. ›Judenkram‹ sagen die Leute dazu. Sie meinen damit bunte Stoffreste, Spitzen, Saumstücke und Bänder.«

»Schade, dass er so schnell weitergeschlurft ist. Ich hätte gerne mal in seinen Schätzen gekramt. Wie lange kennst du ihn schon?«

»So lange ich denken kann. Ezechiel ist ein bisschen verschroben, aber kein schlechter Kerl. Die Mägde und Bauersfrauen schätzen ihn sehr, denn er bringt Farbe in ihren Alltag. Und er ist ehrlich und billig.«

»Und die anderen zwei, nach denen er fragte, wie hießen die, Pausback und …?«

»Pausback und Listig. Sie sind so etwas wie seine Konkurrenz, weshalb er wohl auch als Erstes nach ihnen gefragt hat.«

»Sie haben komische Namen. Erzähl mir mehr von ihnen, ich liebe Geschichten.«

Statt einer Antwort wies Klingenthal auf einen nicht weit entfernten Punkt, wo zwei mächtige Kiefern nah beieinander standen. »Da ist ein nettes Fleckchen Erde. Ich kenne es, habe dort schon öfter gerastet. Lass uns zusammen essen, und ich erzähle dir von Pausback, dem Riesen, und Listig, dem Winzling.«

»Ja, fein.«

Nachdem sie gegessen und getrunken hatten, sagte Klingenthal: »Du musst wissen, dass Pausback ein Balsamträger ist, der mit seinen Arzneien und Heilsäften durch die Lande zieht. Er ist von gewaltiger Körpergröße und stark wie Ochs und Bär zusammen, überdies ist er lammfromm und grenzenlos gutmütig. Nur eine Schwäche hat er: Er kann nicht rechnen, was bei einem Händler wie ihm sehr von Nachteil ist.«

Alena nickte, während sie neuen Tee aufbrühte und in zwei Becher goss.

»Da traf es sich gut, dass Pausback eines Tages Listig über den Weg lief. Listig ist das genaue Gegenteil von Pausback: klein wie ein Kind und dünn wie ein Spargel. Er ist blitzgescheit und kann so schnell rechnen, dass einem schwindelig im Kopf wird. Aber auch er hat eine Schwäche: Er besitzt keine Füße mehr, ist also ein Krüppel. Was lag da näher, als dass beide sich zusammentaten! Seitdem reist Listig auf den Schultern von Pausback mit. Er ist Pausbacks Kopf, und Pausback ersetzt ihm die Füße. Jedes Jahr ziehen sie von Oberweißbach im Thüringischen bis nach Dessau und von dort weiter die Elbe hinunter nach Hamburg, wo sie umkehren und den beschwerlichen Weg zurück antreten.«

»Davon musst du mir unbedingt erzählen!«

Klingenthal blies die Backen auf und pustete in seinen Becher, denn der Tee war noch sehr heiß. »Sie haben auf ihren Wanderungen höchst gefährliche Dinge erlebt und sind dem Tod mehr als einmal von der Schippe gesprungen. Willst du wirklich, dass ich davon erzähle?«

Natürlich wollte Alena das, und so setzte Klingenthal sich bequem hin und berichtete in der ihm eigenen bedächtigen Art von Galantho und seinem Raubgesindel, von Mutter Krumm, die der Amtmann Röther so gnadenlos gejagt hatte, von Hannikel, dem priemenden Gauner, von Eva, der blonden Schlange, die ihre Mitmenschen mit Arsen vergiftete, und von dem Scharfrichter in Erfurt, der sein Schwert schon für Pausbacks Hals geschärft hatte. Er berichtete von vielen Einzelheiten mehr, und die Stunden zerrannen wie Butter in der Sonne, aber immer wenn er eine Pause machte, drängte Alena ihn, er möge fortfahren. Schließlich jedoch war auch die letzte Kleinigkeit erzählt, und Klingenthal sagte: »Jetzt weißt du alles von Pausback und Listig.«

»Es muss schön sein, so gute Freunde zu haben«, sagte Alena nachdenklich. »Wo sie wohl gerade sind?« Während der langen Geschichte hatte sie sich an Klingenthals Oberkörper geschmiegt, einerseits der Bequemlichkeit wegen, andererseits, weil sie festgestellt hatte, dass seine Nähe ihr sehr angenehm war. Er hatte eine gute Erzählerstimme und verstand es, die Situationen mit den richtigen Worten zu schildern.

Klingenthal trank einen Schluck von dem kalt gewordenen Tee. »Ich weiß nicht, wo sie sind.«

»Der Öljud Ezechiel wusste es auch nicht.«

»Das stimmt.«

»Er hat dich mit *Shalom* begrüßt und du hast *shalom* geantwortet.«

»Auch das stimmt.«

»Und dann hast du heute Morgen den Aal nicht essen wollen. Weißt du, was ich glaube?«

»Nein«, sagte Klingenthal schnell, »aber du scheinst

mehr über mich zu wissen als ich über dich. Ich weiß lediglich, was du nicht bist, und das auch nur, weil ich's mir so zusammengereimt habe.«

Sie lächelte. »Ja, das war sehr klug von dir. Glaubst du, es hätte Zweck, heute noch weiterzumarschieren?«

Ein Augenblick verging. Dann ertönte die Stimme des Soldaten: »Es ist zu dunkel, wir sollten hier kampieren.«

»Nein, wir könnten nach dem Polarstern navigieren«, sagte der Schiffer.

»Lieber nicht, denkt an die Räuberbanden«, mahnte die Magd.

»Ich will so schnell wie möglich nach Steinfurth«, quengelte das Burgfräulein.

»Und ich halte dafür, zu bleiben«, sagte der Schultheiß. »Damit ist mehrheitlich abgestimmt. Wir übernachten hier.« Alena lachte und zeigte dabei makellose Zähne. »Was ist denn mit dem Landmann?«

»Wer schläft, kann nicht votieren«, sagte der Schultheiß.

Alena lachte noch immer. »Nun kenne ich deine Meinung, Julius! Also bleiben wir.« Sie kuschelte sich an ihn.

Er ertappte sich dabei, fortrücken zu wollen, brachte es aber nicht fertig. Er spürte ihren biegsamen Körper und nahm den feinen Lavendelduft ihres Haars wahr. Um sich abzulenken, legte er etwas Holz nach und sagte: »Äh, ich weiß noch immer nicht, wer du bist.«

»Rate doch mal.« Ihre Augen neckten ihn.

Er blickte ins Feuer. »Tja, das ist schwer. Wer sich wie du auszudrücken versteht, der kann auch lesen und schreiben. Aber ich glaube nicht, dass du in letzter Zeit viel geschrieben hast, jedenfalls weisen deine Finger nicht die kleinste Spur von Tinte auf. Ich glaube, dass du in dem

Haus, wo du der Speisekammer einen Besuch abstatten durftest, eine Arbeit verrichtet hast, die von besonderer Art ist. Ich denke, du hast dort mit dem Kopf gearbeitet. Vielleicht weißt du Dinge, die andere nicht wissen, und diese Dinge sind wertvoll für die Menschen.«

»Du bist wirklich scharfsinnig, Julius.« Alena schloss die Augen. »Sprich weiter, ich höre dir gerne zu.«

»Ich fürchte, mehr fällt mir nicht ein.«

»Wirklich nicht?«

»Nein.«

»Schade.« Alena öffnete die Augen wieder. »Dann will ich das Geheimnis lüften: Ich bin eine Klagefrau.«

»Eine … was?«

»Eine Klagefrau.«

Klingenthal hatte sich wieder gefangen und sagte: »Einen solchen Broterwerb kenne ich nur aus dem Alten Testament. Wie kommst du denn dazu?«

Alena schloss wieder die Augen. »Eigentlich heiße ich nicht Alena, sondern Magdalena, nach der heiligen Maria von Magdala. Bis vor einem halben Jahr war ich noch eine Karmelitin, aus dem *Orden Unserer Lieben Frauen vom Berge Karmel*, aber dann stand für mich endgültig fest, dass ich kein Leben in Armut und Weltentsagung verbringen will. Und kein Leben als Schwester Magdalena. Da verließ ich das Kloster.«

Klingenthal staunte. »Einfach so?«

»Nein, natürlich nicht. Es fiel mir schon schwer, obwohl ich erst Novizin war und die Gelübde noch nicht abgelegt hatte. Aber ich musste mich entscheiden. Die größte Frage war, wovon ich in der Welt da draußen leben sollte, aber dann fielen mir die Klageweiber ein, die ich aus den Bibelstunden kannte. Es ist ein sehr alter Beruf, und ich sagte mir, man müsste ihn auch heute noch ausüben können, denn gestorben und getrauert wird immer. Für meine Dienste wollte ich Geld oder Speise nehmen und mich auf diese Weise durchs Leben schlagen.«

Klingenthal staunte noch immer. »Und das hat funktioniert?«

»Ja.« In Alenas Stimme schwang Stolz mit. »Ich bin frei und unabhängig. Ich lebe für die Zeit der Trauer bei den Familien und begleite sie, ich bete mit ihnen, und ich singe für sie. Wenn du so willst, arbeite ich also tatsächlich mit dem Kopf. Dann ziehe ich weiter. Nie habe ich bereut, eine Klagefrau geworden zu sein, denn wie heißt es bei Jeremia neun, Vers siebzehn? *So spricht der Herr Zebaoth: Schaffet und bestellet Klageweiber, dass sie kommen, und schicket nach denen, die es wohl können.* Und glaub mir, ich kann's.«

Während ihrer letzten Worte hatten Alenas Schultern zu zucken begonnen, Klingenthal merkte es und blickte sie fragend an, doch ihre Augen waren noch immer geschlossen, und zu seinem Entsetzen sah er, wie dicke Tränen zwischen ihren Lidern hervorquollen. Das Zucken ihrer Schultern wurde stärker, ein Wimmern entrang sich ihrer Kehle.

»Na, na«, sagte Klingenthal, »ich glaube dir ja, dass du auf Bestellung trauern kannst. Komm, nun ist es gut.«

Aber Alena klagte nur umso lauter. Heftige Weinkrämpfe schüttelten sie, und es war, als hätten sich hinter ihren Augen Schleusen geöffnet. Der Tränenstrom rann unaufhaltsam weiter, begleitet von herzzerreißendem Jammern, Heulen und Stöhnen.

Klingenthal wurde es unheimlich. Das hier war nicht mehr gespielt, das war echt, darauf wollte er seinen Kopf wetten und seine Puppen gleich dazu. »Alena, was ist denn?« Noch nie hatte er sich so hilflos gefühlt. »Alena, ich …« Was konnte er nur tun? »Alena …« In seiner Not schlang er schließlich die Arme um ihre Schultern, um wenigstens das Zucken zu unterbinden.

Es half nichts. Alena weinte weiter. Immer neue Schluchzer kamen aus den Tiefen ihres Körpers, brachen über ihre Lippen und jagten Klingenthal Angst und Schrecken ein. Was konnte er nur tun? Er verstand einiges von den Funktionen des Körpers, hatte auch Ahnung von Arzneien und wusste, dass ein Sedativum jetzt angezeigt gewesen wäre. Aber woher nehmen? »Alena, bitte!«

Immer noch hielt er sie umschlungen, und immer noch hörte sie nicht auf. Wie konnte er sie nur zum Schweigen bringen? Und dann wusste er es. Es war eigentlich ganz einfach:

Er küsste sie auf den Mund.

Augenblicklich, als hätte jemand in ihr einen Schalter umgelegt, erstarb das Weinen. Das Schulterzucken hörte auf. Alenas Körper wurde auf einmal ganz weich. »Julius«, flüsterte sie, »das war schön.«

»Tja, nun, gewiss.« Klingenthal wollte sich von ihr lösen, doch sie hielt ihn fest und sagte:

»Mach das nochmal.«

»Tja, hm.«

»Oder soll ich wieder weinen?«

»Potzdonner, nein!« Er gehorchte und fand, dass ihre Lippen wunderbar weich waren. Und je länger er sie küsste, desto mehr begehrte er sie. Doch er traute sich nicht zu fragen. Schließlich, zwischen zwei weiteren langen Küssen, murmelte er: »Es ist spät, Schlafenszeit. Hier im Gras ist es so kühl, wir sollten uns auf den Wagen legen …«

»Ja«, flüsterte sie, »heb mich hoch.«
»Mach ich.«
»Und sag deinen Puppen, sie hätten Redeverbot.«

Klingenthal konnte sich nicht erinnern, jemals an einem Morgen so gute Laune gehabt zu haben. Immerfort musste er an die vergangene Nacht denken und an die Zärtlichkeiten, die Alena und er einander geschenkt hatten. Nur einmal war ein kleiner Schatten auf ihr Glück gefallen, als der Söldner rief: »Macht's nur gleich nochmal, ihr zwei, ich halte Wache!« Doch das kleine Missgeschick war rasch wieder vergessen.

Klingenthal erledigte pfeifend seine Morgentoilette, schürte das Feuer und setzte Wasser auf. Schwarzer Tee würde ihm und Alena guttun. Ob sie noch schlief? Er blickte zum Karren hinüber. Ja, sie schlummerte noch. Er beschloss, sie zu wecken, und rief mit der Stimme des Schiffers: »Auf, auf, ihr müden Heiden, an Backbord schwimmen nackte Maiden!«

Alena räkelte sich und gähnte. »Was war das?«

»Das war nur der Schiffer. Vergiss, was er gesagt hat. Bist du wach?«

»Halb.«

»Lass dir Zeit, ich richte das Essen.«

Wenig später ließen sie es sich schmecken, und Alena sagte mit leuchtenden Augen: »Diesmal werde ich dir keinen Aal anbieten, weil ich jetzt weiß, dass du Jude bist.«

Klingenthal lächelte. »Alle Fische, die keine Schuppen haben, sind uns Juden verboten. Aber manchmal tue ich so, als wäre ich keiner. Ich koste mal.« Und während er probierte, sagte er: »Es ist nicht immer leicht, Jude zu sein, deshalb habe ich auch nichts dagegen, wenn die Menschen mich für einen Christen halten. Ich sage immer, ob Jude oder Goj, Mann oder Frau, reich oder arm – Gottes Nähe ist von den Taten eines Menschen abhängig. Und vieles, was die *Kaschrut*, das sind die jüdischen Speisegesetze, vorschreibt, ist für mich ohnehin schwer zu befolgen.«

»Was denn?«

»Zum Beispiel, dass man Fleisch und Käse mit zweierlei Besteck zu sich nehmen soll und beides niemals zur gleichen Zeit genießen darf. Der Grund dafür ist in den Büchern Mose zu finden, dort steht insgesamt dreimal, dass man *das Zicklein nicht in der Milch seiner Mutter bereiten* darf. Ein gläubiger Jude versteht diese Stellen so, dass Speisen aus Fleisch und Speisen aus Milch nicht zusammen gegessen werden dürfen. Ich muss zugeben, dass ich mich nicht immer daran halte. Gerade auf Wanderschaft, wenn häufig die Hände als Esswerkzeuge herhalten müssen, fällt das Befolgen dieser Vorschriften schwer.«

»Wie lange bist du denn schon auf Wanderschaft?«

»Viele Jahre.«

»Und vorher warst du Seemann?«

»Der Aal ist ziemlich fett.« Klingenthal gab das Stück Fisch zurück. Alena nahm es entgegen und hakte mit weiblicher Beharrlichkeit nach:

»Du warst doch früher Seemann?«

»Ja, stimmt. Aber ich hatte auch andere Professionen. Als Jude sollte man stets vielseitig sein. Es lebt sich leichter.«

»Und wie ist dein Leben jetzt? Ich meine, hast du ein festes Zuhause?«

»Du meinst mit Frau und Kindern? Nein, ich habe nur meine Puppen, und die genügen mir.«

In Alenas Augen blitzte Enttäuschung auf. »Ich verstehe.«

»Ich, äh, natürlich genügen sie mir nicht, gewiss nicht, du weißt schon, wie ich's meine ...« Klingenthal wünschte sich zehn Klafter tief in den Boden.

»Ja, ja, schon.« Alena gab sich einen Ruck und lachte. »Auf jeden Fall willst du heute noch nach Steinfurth, und ich werde dich begleiten. Sag, willst du da mit deiner Puppenschar auftreten?«

»Das habe ich vor. Aber in erster Linie will ich dort überwintern. Der alte Pastor Lengefeld ist immer so freundlich und lässt mich neben dem Pfarrhaus in einem Geräteschuppen wohnen. Die Bleibe ist gar nicht so übel, wenn man bedenkt, dass es nur wenig durch die Holzwände zieht und sogar ein Ofen vorhanden ist.«

»Das hört sich verlockend an. Vor dem Winter graut mir, ehrlich gesagt, ein bisschen.«

»Tja.« Klingenthal rieb sich das Kinn. Er konnte ihr schlecht anbieten, mit ihm die Herberge zu teilen. Der alte Lengefeld war zwar eine Seele von Mensch, aber auch Gottesmann durch und durch – und damit sittenstreng.

Alena schien seine Gedanken zu erahnen, denn erneut blitzte Enttäuschung in ihren Augen auf. Aber wieder gab sie sich einen Ruck und lachte. »Ach was, es wird sich schon etwas für mich ergeben. Genieße die Zeit, so heißt es, man kann die Speichen des großen Rades sowieso nicht aufhalten. Komm, wir packen unsere Sachen und marschieren los.«

Wenig später schritten beide rüstig aus, wobei Klingenthal recht einsilbig in der Unterhaltung war, da er den größten Teil seiner Luft für die Arbeit im Geschirr brauchte; Alena jedoch, die ihren Ranzen auf den Karren geworfen hatte, plauderte munter drauflos. Ein kräftiger Wind aus tief hängenden Wolken pfiff ihnen ins Gesicht, während sich vor ihnen in endlosen Windungen die Landstraße hinzog. Je näher sie Schönwalde kamen, desto belebter wurde es. Reiter, Händler und bäuerliche Fuhrwerke begegneten ihnen in zunehmender Zahl, und sie waren froh, als sie das Städtchen hinter sich gelassen hatten. Die letzten zwei Meilen bis Steinfurth lagen vor ihnen. Der Wind hatte inzwischen weiter aufgefrischt, und es fiel Klingenthal immer schwerer, das Gefährt in Bewegung zu halten. Sein Schritt verlangsamte sich, sein Atem ging stoßweise. Gerade wollte er stehen bleiben und eine Pause vorschlagen, da passierte etwas Überraschendes: Alena schlüpfte zu ihm ins Geschirr und half ihm ziehen. Sie tat es mit großer Selbstverständlichkeit und ohne ein Wort darüber zu verlieren.

Klingenthal war angenehm berührt. Nie wäre er auf den Gedanken gekommen, sie um Hilfe zu bitten. Er wollte etwas sagen wie »Das ist aber nett von dir« oder »Schaffst du das auch wirklich?«, aber alles, was ihm einfiel, erschien ihm nichtssagend und schal, und so stapfte er schweigend weiter.

Alena an seiner Seite schwieg auch. Sie hatte nicht gedacht, dass die Arbeit so schwer sein würde, aber sie hatte sich nun einmal dazu entschlossen und wollte die Sache auch durchstehen. Es war ja nicht mehr weit. Doch zu allem Unglück wurde die Straße, die zuvor staubtrocken gewesen war, mit jedem Schritt matschiger.

Ein starker Regenguss musste den Boden aufgeweicht haben.

Mühsam kämpften sie sich voran, die Räder des Karrens quietschten und drohten stecken zu bleiben, und als wäre das alles noch nicht genug, stellte Klingenthal plötzlich voller Schrecken fest: »Ich habe einen Tropfen abgekriegt!«

Kaum hatte er das gesagt, klatschte auch Alena ein Regentropfen ins Gesicht. Er kam aus einer dicken schwarzen Wolkenwand direkt über ihnen.

»Meine Puppen! Schnell, wir müssen den Karren abdecken!« Klingenthal sprang nach hinten, zerrte ein großes Wachstuch hervor und warf es über seine Lieblinge. Alena sah es und half ihm, die Decke zu verzurren, doch nun regnete es bereits Bindfäden, und es blieb ihnen nichts anderes übrig, als ebenfalls Schutz unter dem Wachstuch zu suchen. Sie sprangen auf den Wagen und drängten sich zwischen die Puppen. Eng war es hier, viel enger, als sie es in der vergangenen Nacht gespürt hatten, denn diese Situation war anders. Nicht Alena war es, die weinte, sondern der Himmel, und wegen des fahlen Lichts schienen die Puppen viel präsenter zu sein. Klingenthal, mit der Linken die Magd und mit der Rechten das Burgfräulein umfassend, sagte: »Das ging gerade noch einmal gut. Die Farben der Kostüme sind nicht echt, weißt du, jedenfalls nicht alle, und wenn Wasser an sie kommt, zerlaufen sie.«

»Ja, Julius«, sagte Alena, die halb unter dem Schiffer und halb auf dem Landmann saß.

Der Schultheiß sagte: »Pass ein bisschen auf, dein Arm drückt mir die Kette in den Leib.«

Alena lachte, dann wurde sie ernst. »Hör mal, Julius, es

wird nicht so schlimm sein, wenn ich eine deiner Puppen drücke, schließlich ist sie kein lebendes Wesen.«

»Woher willst du das wissen?«, widersprach der Söldner.

»Nun, ich ... jetzt ist es aber gut, Julius! Stroh und Stoff enthalten nicht den Odem Gottes.«

Klingenthal zuckte mit den Schultern. »Nun ja, ich vergesse manchmal, dass sie vielleicht nicht leben.«

»Bestimmt tun sie das nicht.«

»Hm, ja.« Klingenthal gab das Burgfräulein frei, legte seine Hand auf Alenas Arm und sagte versöhnlich: »Komm, wir erzählen uns was.«

»Gern! Fang du an. Du weißt, ich mag Geschichten, und wenn draußen der Regen rauscht, während man drinnen im Trockenen sitzt, dann mag ich sie noch viel lieber. Sag, kanntest du früher mal eine Magd?«

»Natürlich kannte ich mal eine Magd. Sie hieß Mette, hatte einen gewaltigen Busen und war Dänin.«

»Eine Dänin? Wie aufregend! Bestimmt war sie blond?«

»Nein, sie war grau.«

»Grau?«

»Ja, sie war siebenundfünfzig, und ich war sieben. Mette war der gute Geist in unserem Haus.«

»Oh, du, du ...!« Alena knuffte Klingenthal kräftig in die Seite. »Du Schurke! Du weißt genau, was ich gemeint habe. Also nochmal: Gab es irgendwann eine Magd in deinem Leben?«

Klingenthal grinste. »Das kommt auf die Zeit an.«

»Auf die Zeit, wieso?«

»Warte.« Er fingerte seine Taschenuhr hervor. »Es ist schon drei viertel vier, und der Regen lässt nach. Deshalb sollten wir nicht weiter Geschichten erzählen, sondern losmarschieren, sonst sind wir nicht vor dem Dunkelwerden in Steinfurth.«

Diesem Gedankengang konnte Alena wenig entgegensetzen, und so kam es, dass kurz darauf beide wieder im Geschirr gingen. Der Regen hatte tatsächlich aufgehört, und auch die Straße hatte ein Einsehen gehabt, denn sie war nun gepflastert. So kamen sie gut voran und erblickten schon bald in der Ferne das Obertor von Steinfurth. Da es auf den Abend zuging, war kaum noch ein Mensch zu sehen, nur auf den letzten hundert Schritten begegnete ihnen ein Bursche in abgerissener Kleidung, mit struppigem Haar und lappenumwickelten Füßen. »Was sehn meine entzündeten Augen? Will tot umfalln, wenn du nich Julius, der Bauchredner, bist!«, rief er mit jener röhrenden Stimme, die für den Trinker typisch ist.

»Ja, ich bin's«, sagte Klingenthal, der sich dunkel daran erinnerte, Pocke, den Landstreicher, ein paar Mal gesehen zu haben. Um Höflichkeit bemüht, fügte er hinzu: »Und das ist Alena. Wie geht's?«

Pocke strich sich über die Narben im Gesicht, denen er seinen Namen verdankte, und winkte ab. »Scheiße … äh, Verzeihung, Frollein. Sach mal, Julius, du hast nich zufällich 'n kleinen Tropfen übrich? Wenn's so wär, würd ich dir glatt das Neueste ausser Stadt verraten.«

»Tut mir Leid.«

»Tja, wenn's so is.« Pocke rang mit sich. Die Aussicht, für seine Nachrichten nicht belohnt zu werden, war wenig verlockend, andererseits drückte es ihn mächtig, sein Wissen loszuwerden. Schließlich platzte er heraus: »Vor 'n paar Tagen hamse einen ermordet, Angerstein heißter, war einer vonnen Räten, wichtiger Mann. Kennste ihn?«

»Nein.« Klingenthal war an der Neuigkeit nur mäßig interessiert. Außerdem hatte er Zweifel an dem Wahrheitsgehalt. Trunkenbolde erzählten oftmals den blühendsten Unsinn, nur um an einen Schnaps zu kommen.

»Stinkreich war der, das sach ich dir! Un nu kommt's.« Pocke beugte sich vor, sein saurer Atem schlug Klingenthal ins Gesicht. »Weißte, womitse ihn abgemurkst ham? Ich sach dir, das rätste nie!«

»Nein, weiß ich nicht.«

»Mit'm Armbrustpfeil!«

»Mit einem Armbrustpfeil?«

»Da staunste, was? Nich mit'm Messer oder mit 'ner Kugel, nee, mit'm Pfeil aus 'ner Armbrust! Zack, mitten durch die Kehle! Un ich sach dir noch was: Angerstein is im Stehn krepiert, der Pfeil hat ihn annen Türpfosten genagelt. Brrr, muss kein schöner Tod gewesen sein, das sach ich dir. Na, seitdem spielen die Büttel verrückt, 's is kein gutes Pflaster mehr für 'n Tippelbruder wie mich. Sach, du hast wirklich keinen Tropfen übrich?«

»Nein.« Klingenthal, zuvor noch skeptisch, war sehr nachdenklich geworden. Pockes Geschichte schien so außergewöhnlich, dass sie kaum erfunden sein konnte. Wenn sie aber stimmte, mochte in der Stadt tatsächlich einige Aufregung herrschen. Dennoch war das kein Grund, dort nicht zu überwintern, sicher würden sich die Wogen bald geglättet haben. »Wir müssen nun weiter, gib auf dich Acht, Pocke.«

»Macht's gut, ihr beiden, un seht euch vor. Ich für meinen Teil verdünnisier mich lieber.«

Klingenthal und Alena zogen das Gefährt wieder an, und Alena sagte mit zitternder Stimme: »Keiner hat es verdient, so zu sterben.«

»Bitte weine nicht wieder.«

»Nein, ich will nicht weinen. Aber allein die Vorstellung, der Mann könnte sich noch Stunden gequält haben …«

Das wollte Klingenthal sich lieber nicht vorstellen, und er sagte es auch. Sie gingen weiter, kamen vor das Obertor und brachten den Karren zum Stehen. Klingenthal grüßte freundlich den Wachtposten, den er von früher kannte.

Der Posten nickte zurück und wollte sie gerade durchwinken, als ein weiterer Mann erschien, welcher der Uniform nach ebenfalls ein Stadtbediensteter war. »Halt!«, rief er gebieterisch. »Wer seid ihr, was wollt ihr so spät noch in Steinfurth?«

Klingenthal biss sich auf die Lippe. Jetzt hieß es aufpassen, damit er nichts Falsches sagte. »Ich bin der Bauchredner Julius Klingenthal«, sagte er, »ich war schon öfter in der Stadt und habe Vorstellungen gegeben. Seid versichert, dass meine Darbietungen stets zu gefallen wussten. Darf ich fragen, mit wem ich das Vergnügen habe?«

Der Mann zögerte kurz, offenbar überlegte er, ob er es mit seiner Würde vereinbaren konnte, seinen Namen preiszugeben. »Rüterbusch, Amtsinspektor«, knurrte er dann. »Deine Papiere, Bauchredner.«

Klingenthal übergab seinen Reisepass.

Rüterbusch studierte ihn sorgfältig und gab ihn zurück. »Und wer ist deine Begleitung?«

Alena schluckte. »Ich bin Alena.«

»Deinen Reisepass.«

Sie holte ihn aus dem Ranzen.

Rüterbusch warf einen Blick hinein und sagte dann: »Dein Name ist Magdalena, nicht Alena. Ich bitte mir präzise Antworten aus. Was willst du in der Stadt? Bist du seine Gehilfin?«

»Das ist sie in der Tat«, sagte Klingenthal schnell, denn er konnte sich kaum vorstellen, dass der gestrenge Amtsinspektor eine Klagefrau passieren lassen würde.

»Nun gut. Was habt ihr da unter der Plane?«

Jetzt hätte Klingenthal einfach »meine Puppen« antworten können, doch aus irgendeinem Grund ritt ihn der Teufel, und er sagte: »Die Magd, das Burgfräulein, den Schiffer, den Landmann, den Söldner und den Schultheiß.«

»Wie, was?«

Klingenthal lächelte. »Wir sind unserer acht.«

»Runter mit der Plane.«

Der Wachtposten eilte, den Befehl seines Vorgesetzten auszuführen, und sämtliche Puppen kamen zum Vorschein. »Land in Sicht!«, rief der Schiffer.

»Nein, Stadtmauern!«, rief der Söldner. »Fertigmachen zum Sturm! Kanonen richten, Feuer frei!«

»Gemach!«, beruhigte der Schultheiß. »Wir kommen in friedlicher Absicht. Man wird uns sicher auch so hineinlassen.«

Der Amtsinspektor traute seinen Augen nicht. Die Puppen schienen tatsächlich zu sprechen, laut und deutlich und, wie er zugeben musste, auch auf lustige Art. Jeder andere hätte gelacht, aber er war nicht wie jeder andere. »Du beherrschst dein Handwerk recht ordentlich«, knurrte er. »Du magst passieren und deine Gehilfin auch.«

Klingenthal bedankte sich und steuerte den Karren durch das Tor. Alena folgte ihm. Die Straße, auf der sie gingen, hieß Cammergasse und führte direkt zum Uhlenmarkt. Vorher jedoch kreuzte die Töpferstraße, und auf ebendieser Straße begegnete ihnen ein Trauerzug. Er wurde angeführt von einem hageren, schmalgesichtigen Gottesmann, der ein Textbüchlein in der Hand hielt und mit kräftiger Stimme sang.

Unwillkürlich blieben sie stehen. Alena flüsterte: »Er singt Psalm dreiundzwanzig, Vers eins, *Der Herr ist mein Hirte …* Sicher hat er gerade einen Toten begraben, und jetzt führt er die Hinterbliebenen heim zum Totenschmaus.«

»Da hast du wohl Recht.« Klingenthal beobachtete, wie die Trauernden an ihnen vorüberzogen. Die Frauen trugen sämtlich schwarze Kleider und Hüte, die Männer gleichfarbene Röcke. Auch viele Zopfperücken waren zu sehen, was den Schluss nahe legte, dass die verstorbene Person nicht unvermögend gewesen war. Bei aller Trauer verhielten die Menschen sich höchst unterschiedlich. Manche sangen laut mit, andere schritten steinernen Gesichts dahin, wieder andere murmelten Gebete, doch die große Mehrzahl ließ ihren Tränen freien Lauf.

Klingenthal hörte ein Schniefen neben sich, wandte sich um und sah, dass auch Alena zu weinen begann. Sie schnüffelte, wischte sich über die Augen und murmelte: »Es ist furchtbar, so furchtbar, warum musste der arme Mann nur sterben?«

»Woher willst du wissen, dass der Verstorbene ein Mann ist?«, entfuhr es Klingenthal.

»Siehst du denn nicht die Witwe? Sie geht direkt hinter dem Pastor und wird von ihren Kindern gestützt. Dahinter schreiten die anderen Verwandten. Ach, es ist ja so furchtbar.« Ein Weinkrampf schüttelte Alena.

Klingenthal blickte an den Anfang des Zugs, wo er eine teuer gekleidete Frau in mittleren Jahren entdeckte. Das musste die Witwe sein. »Ich glaube, ich sehe sie«, sagte er und betrachtete weiter den Zug. »Sie tut mir wirklich Leid. Und dir wohl auch, wenn ich dich so weinen höre.«

Doch Alena war verstummt.

»Alena?« Er blickte neben sich und sah – nichts. Seine Begleiterin schien wie vom Erdboden verschluckt. Klingenthal klappte der Unterkiefer herab, was ihn nicht sonderlich intelligent aussehen ließ. »Alena, wo bist du? So antworte doch!« Bei dem Versuch, sie zu erspähen, richtete er sich zu voller Größe auf, reckte den Hals und drehte sich mehrfach um die eigene Achse. »Aleeena?« Als die Antwort noch immer ausblieb, fragte er ein paar Straßenkinder, aber auch sie wussten nicht, wo seine Begleiterin war. Sie lachten nur und streckten ihm die Zunge heraus. Endlich, voller Sorge, blickte er wieder auf den sich entfernenden Zug.

Und entdeckte ganz am Schluss ein silbernes Kreuz.

Wer Wind …

Hinrich Mewes war ein derbknochiger Mann mit Händen, die aussahen, als könnten sie Eisen verbiegen. Von Beruf war er Fischer, und ein tüchtiger dazu, denn die Kraft seiner Hände kam ihm beim Einholen der Netze sehr zustatten. Was er einmal angepackt hatte, ließ er so schnell nicht wieder los, das galt bei Netzen ebenso wie bei Raufereien.

Am frühen Morgen dieses Tages hatte Mewes seinen Fisch in Steinfurth angelandet und später auf dem Uhlenmarkt verkauft, anschließend war er auf sein Schiff zurückgekehrt, um zwei Decksplanken am Bug auszutauschen. Die Arbeit war schon lange überfällig, und sie wäre auch längst erledigt gewesen, wenn das Wetter ihm nicht immer wieder einen Strich durch die Rechnung gemacht hätte. Es dauerte mehrere Stunden, bis er die Planken zugeschnitten, gehobelt und passgenau eingesetzt hatte, doch dann war es geschafft. Normalerweise hätte er die Ausbesserung einer Werft überlassen, aber der tägliche Fang war in letzter Zeit weniger ergiebig, und demzufolge klimperte es in seinem Geldbeutel leiser als früher.

Heute schien ein guter Tag zu sein. Morgens war der Fang zufrieden stellend gewesen und nachmittags die Reparatur erfolgreich. Mewes, sonst eher von herrischer

Natur, hatte vergnügt vor sich hin gepfiffen und die restlichen Arbeiten an Bord verrichtet.

Nun war er auf dem Weg nach Hause, wo Frau und Kinder und das Abendessen auf ihn warteten. Als er durch die Tür seiner einfachen Hütte trat, schlug ihm der Duft nach Erbsensuppe mit Schweinsohren entgegen. Das war genau das, was er sich erhofft hatte, denn Mewes hasste Fisch. Wer jeden Tag mit dem schuppigen Getier in Berührung kam, musste es abends nicht unbedingt auf dem Teller haben. »He, Weib, ich bin da!«, rief er laut.

Seine Frau murmelte etwas in der Küche, das so klang, als sei das Essen jeden Moment fertig.

»Schön, schön. Wo sind die Kinder?«

Als keine Antwort kam, hing Mewes seine Mütze an den Haken und ging in die winzige Wohnstube. Der Tisch war schon gedeckt, was seine Stimmung weiter hob. Nur die Kinder schienen sich verdrückt zu haben, und Mewes wusste auch, warum. »Ihr braucht euch nicht zu verstecken!«, rief er, den kräftigen Rohrstock von einem der Borde herunternehmend. »Ich finde euch auch so!«

Gerade wollte er sich auf die Suche machen, da erschien seine Frau auf der Türschwelle, die Schüssel mit der Suppe in den Händen. »Tu das Ding weg!«, rief sie. »Die Kinder waren heute den ganzen Tag brav.«

Mewes lachte und schlug sich das Rohrende klatschend in die Linke. »Bei sieben Stück sind immer welche dabei, die eine Tracht Prügel verdient haben.«

»Nein, alle waren brav. Lass das ewige Schlagen!«

Mewes' Laune trübte sich. »Halt den Mund, Weib, ich bin der Herr im Haus. Wo ist die Bande?«

Amanda Mewes, eine durch viele Geburten und Fehlgeburten vorzeitig gealterte Frau, stellte die Schüssel auf den Tisch. »Können wir nicht wenigstens vorher essen?«, fragte sie und hoffte dabei, die leckere Speise möge ihren Mann von seinem Vorhaben abbringen.

»Nein, nachher, der Hintern soll ihnen beim Essen brennen, dann wirkt die Lektion besser, also, zum letzten Mal, wo sind sie?«

Es blieb Amanda nichts anderes übrig, als die verängstigten Kinder zu holen. Das Jüngste, ein fünfjähriger Junge, versuchte es noch einmal. »Vater«, piepste er, »wir haben nichts ausgefressen, wirklich nicht.«

Mewes lachte, seine gute Laune kehrte zurück. »Das habe ich auch immer zu meinem Vater gesagt, und gestimmt hat es nie, also, nicht lange gefackelt, du bist als Erster dran!« Er griff sich den Jungen, riss ihm die Hose herunter und warf ihn bäuchlings über einen Hocker. Dann holte er aus und ließ den Stock zischend niedersausen. »Das war der erste Streich.«

»Hinrich!«, kreischte Amanda. »Versündige dich nicht! Der Herr Pastor hat auch gesagt, man soll Kinder niemals schlagen.«

»Was der sagt, ist mir einerlei.«

»Aber Hinrich, Hinrich, bitte!« Amanda wollte sich schützend über ihren Jüngsten werfen, aber Mewes wischte sie beiseite wie einen Vorhang. Schluchzend sank sie auf einem Stuhl nieder.

»Was sein muss, muss sein, wenn du's nicht mit ansehen kannst, guck einfach weg.« Mewes packte das Rohr mit schraubstockartiger Kraft und schlug, während er laut mitzählte, wieder und wieder zu.

Das Kind, das am Anfang noch die Zähne zusammengebissen hatte, schrie wie am Spieß.

»Sei still, benimm dich wie ein Mann! Ein paar Hiebe

haben noch niemandem geschadet. Zwei noch, dann ist das Dutzend voll. Und wenn du heute nichts ausgefressen hast, dann war's eben gestern. Schläge machen hart, hab's am eigenen Leibe erfahren.«

So sprach Hinrich Mewes und schlug nacheinander auf jedes seiner sieben Kinder ein. Nicht einmal vor der ältesten Tochter, die schon dreizehn Jahre zählte, machte er Halt. Danach verschnaufte er, legte den Stock wieder aufs Regal und sagte freundlich: »Und nun, da jeder seine gerechte Strafe bekommen hat, wollen wir es uns schmecken lassen. Setzt euch! *Dir, Herr, sei für Speis und Trank, für alles Gute Preis und Dank. Amen.* Und nun: guten Appetit.«

Keines der Kinder antwortete ihm.

Klingenthal wusste später nicht mehr, wie er zum Uhlenmarkt gekommen war, immerfort hatte er an Alena und ihr plötzliches Verschwinden denken müssen. Sicher, die Tätigkeit als Klagefrau war ihr Broterwerb, insofern stellte der Trauerzug eine gute Gelegenheit dar, für ein paar Tage bei einer Familie Kost und Logis zu finden, und dennoch: ihn einfach so stehen zu lassen! Er war sich vorgekommen wie ein gehörnter Jüngling. Genasführt hatte sie ihn, hatte mit seinen Gefühlen gespielt und sein Mitleid durch ihr Heulen heraufbeschworen. Überhaupt die Weinerei: Nichts von alledem war echt gewesen, genauso wenig wie ihre Liebkosungen und Küsse in der letzten Nacht. Klingenthal blickte grimmig drein, während er den Karren über das holprige Pflaster des Marktplatzes zog.

Andererseits musste jeder sehen, wie er sein Schäfchen ins Trockene brachte, und eine junge Frau wie Alena hatte es in dieser Welt gewiss nicht leicht. Wenn er es genau betrachtete, hatte er wenig dazu beigetragen, es ihr zu erleichtern. Aber beim besten Willen war es nicht möglich gewesen, ihr eine Unterkunft bei Pastor Lengefeld im Geräteschuppen anzubieten. Unter solchen und ähnlichen Gedanken machte Klingenthal Halt und beobachtete den Laternenanzünder, der um diese Zeit durch die Stadt zog. Lampe für Lampe ging an, bis kurz darauf der gesamte Uhlenmarkt in dämmriges Licht getaucht war. Er umkurvte den Uhlenbrunnen und hörte plötzlich eine brüchige Stimme in seinem Rücken: »Hexenasche! Riechst du die Hexenasche?«

Klingenthal zuckte vor Schreck zusammen, doch gleich danach beruhigte er sich wieder. »Bist du es, Spinner-Franz?«

Der Angesprochene, ein kleines, hutzliges Männchen, saß mit schief gelegtem Kopf auf dem Brunnenrand und schien Klingenthals Worte überhaupt nicht vernommen zu haben. Völlig entrückt sprach es weiter: »*Ita est* und *yes* und *oui*, im Brunnenstein ist Hexenasche eingemauert, so wahr mir Gott helfe! Asche von Zaunreiterinnen, Teufelsbuhlerinnen, Weidlerinnen, Unholdinnen, oh, oh, oh! Seit alten Zeiten hausen schwarze Männer in den Spalten, Gespenster mit Hörnern, Kuhfüßen und Schwänzen, sie lärmen nachts und erschrecken und verfolgen und vertilgen Vorübergehende. Nimm dich in Acht, Fremder, nimm dich in Acht!«

»Aber ich bin's doch: Julius, der Bauchredner.«

Spinner-Franz, von dem niemand genau wusste, ob er verrückt war oder nur so tat, schnüffelte. »Ach wirklich?

Hab dich nicht gleich erkannt. Aber man soll auf der Hut sein, nur der Aberglaube ist der wahre Glaube! Bist du interessiert an einem kleinen Schadenzauber, ich meine, nur zur Sicherheit?«

»Lass gut sein, Franz, ich muss weiter. Angenehme Nacht.«

»Hoffentlich, hoffentlich.«

Klingenthal zog den Karren wieder an. Die letzten Händler bauten ihre Stände ab, einige Bauersfrauen, die mit Eiern, Schinken und Geflügel Geschäfte getrieben hatten, packten ihre Körbe zusammen, vertrieben ein paar der allgegenwärtigen Bettler und zogen schwatzend von dannen. Im Großen und Ganzen ein Bild voller Frieden, das sich ihm bot, und es war kaum vorstellbar, dass in diesen Mauern der Ratsherr Angerstein ermordet worden sein sollte. Aber vielleicht hatte Pocke mit seinem Säuferhirn das alles auch nur geträumt.

Abermals musste Klingenthal an Alena denken. Was sie wohl gerade tat? Ob sie schon mit den Trauernden betete oder sang? Sie hatte ihm von einem Klagelied mit wunderschönem Text erzählt, das überaus tröstend war und schon so manche Träne getrocknet hatte. Ja, sie hatte ihn verletzt, ja, sie fehlte ihm, und doch war es vielleicht ganz gut, dass sie ohne Ankündigung gegangen war, denn früher oder später hätten sie sich sowieso trennen müssen …

Angesichts der späten Stunde verzichtete Klingenthal auf seine ursprüngliche Absicht, noch eine Vorstellung zu geben, und lenkte sein Gefährt zum Marktausgang und von dort in den Koppelstieg, der hinunter zur Sankt-Johannis-Kirche führte. Die Kirche war sehr alt, wie alt, wusste Klingenthal nicht, aber jedes Mal, wenn er sie sah, kam es ihm vor, als wäre ihr Turm wieder ein paar Zoll tiefer in den Boden gesunken. Der Grund dafür lag in der weichen Uferböschung, auf der die Vorväter das heilige Gebäude errichtet hatten. Auch heute, im Vorbeigehen, kam es ihm so vor, aber vielleicht täuschte er sich auch. Er lenkte seine Schritte weiter zum Pfarrhaus, das im Gegensatz zur Kirche einen festen, stabilen Eindruck machte und direkt an der Elbe stand. Im Fachwerkbau errichtet und mit Reet gedeckt, war es ursprünglich für kinderreiche Pastorenfamilien gedacht, doch Lengefeld hatte keine Familie mehr, er war Witwer, und seine Kinder waren in alle Winde zerstreut. So kam es, dass er mehr Platz hatte, als ihm lieb war, und Klingenthal gern den Winter über aufnahm.

Klingenthal betätigte den schweren Klopfer an der Eichentür und stellte sich mit dem Karren so, dass der Schein der Außenlaterne auf ihn und seine Puppen fiel.

Nach einiger Zeit öffnete sich die Tür.

»Gott zum Gruße, Herr Pastor, ein Jahr ist wieder um, und ich möchte ...«, sagte Klingenthal, bevor er seine Rede verlor. Denn im Eingang stand nicht Lengefeld, sondern jener hagere Gottesmann, der dem Trauerzug vorangegangen war.

»Oh, Verzeihung, ich hatte eigentlich den alten Pastor Lengefeld erwartet.«

»Der Herr hat ihn vor zwei Monaten zu sich genommen.« Der Hagere hatte eine klare, kräftige Stimme, der man anhörte, dass sie es gewohnt war, ein ganzes Kirchenschiff zu füllen. »Ich bin sein Nachfolger, Pastor Matthies.«

»Und ich heiße Julius Klingenthal.«

»Was ich bestätigen kann«, sagte der Schultheiß. »Ich bin der Schultheiß.«

»Und ich das Burgfräulein«, sagte die Jungfer mit dem

Spitzhut, die sich ärgerte, dass der Schultheiß ihr zuvorgekommen war.

Nacheinander stellten sich alle Puppen vor. Am Schluss rief der Schiffer: »Ahoi, wir bitten um Landgang! Seemannsheim ist der Geräteschuppen.«

Matthies schmunzelte. »Ich habe schon von Euch und Eurer Kunst gehört, Meister Klingenthal, es scheint, als habe Gott Euren Puppen tatsächlich Leben eingehaucht.«

»Ich danke Euch«, sagte Klingenthal, der froh war, dass Matthies Humor zu haben schien. »Manchmal glaube ich es auch.«

»Wenn ich den Schiffer richtig verstanden habe, möchtet Ihr im Geräteschuppen übernachten?«

Klingenthal zögerte, jetzt kam es darauf an. »Nun, um die Wahrheit zu sagen, möchte ich darin sogar überwintern. Pastor Lengefeld war mehrmals so freundlich, mir die Erlaubnis dafür zu geben.«

»So, war er das?« Matthies strich sich über seine lange Nase. Offenbar überlegte er, wie er sich verhalten sollte. Dann hatte er einen Entschluss gefasst, ein Lächeln ging über seine Gesichtszüge. »Wenn der alte Pastor Euch aufgenommen hat, wird der neue Euch nicht die Tür weisen.«

Klingenthal verbeugte sich leicht. »Meinen herzlichen Dank.«

»Allerdings wäre da noch eine Sache.« Wieder strich Matthies sich über die Nase. »Der Opferstock meiner Kirche ist gähnend leer, deshalb kann ich Euch die Bleibe nicht ganz umsonst überlassen.«

»Oh, das ist kein Problem«, versicherte Klingenthal, »auch Pastor Lengefeld verlangte immer einen Obolus.«

»So, wie viel nahm er denn?«

»Einen halben Taler für den gesamten Winter.«

»So will auch ich mich damit zufrieden geben. Ihr seht, ich vertraue Euch.«

»Nochmals meinen Dank.« Klingenthal war sehr froh, die Sache schien erledigt.

»Vielleicht könntet Ihr hin und wieder die Kirche ausfegen und zur vollen Stunde die Glocke läuten? Caspar, unser Küster, spielt die Orgel zwar wie kaum ein Zweiter, aber er ist nicht mehr so gut zu Fuß. Bisher habe ich seine Arbeit stets unterstützt, aber wenn Ihr …« Matthies ließ den Satz unvollendet und blickte Klingenthal fragend an.

»Nun ja.« Klingenthal war nicht sicher, was sein Gott dazu sagen würde, wenn er eine Christenkirche fegte oder eine Christenglocke läutete, entschied sich aber dafür, mit den Wölfen zu heulen. »Wenn ich helfen kann, gern, nur muss ich jeden Tag auf dem Markt meine Vorstellungen geben.«

Matthies wirkte leicht enttäuscht. »Natürlich, ich verstehe, jeder muss sehen, wie er sein Brot verdient, denn allein von der Liebe Gottes wird man nicht satt. Schade, ich dachte schon, ich hätte in Euch einen Helfer gefunden, nun, vielleicht wenigstens am Sonntag, denn Ihr werdet doch sicher den Feiertag heiligen und dann nicht arbeiten?«

»Gewiss«, sagte Klingenthal, für den nicht der Sonntag, sondern der Sabbat der wöchentliche Feiertag war – ein Zeitraum, der sich von Freitagabend bis Samstagabend nach Eintritt der Dunkelheit erstreckte. »Gewiss, nach besten Kräften. Darf ich Euch das Logiergeld gleich jetzt geben?«

»Nein, nein, das hat Zeit bis morgen, und eine Quittung bekommt Ihr dann ebenfalls.«

»Das wird nicht nötig sein, denn auch ich vertraue Euch!«

»Ja, das tun wir!«, bestätigte das Burgfräulein ungefragt. »Wir sind Euch sehr verbunden, und eigentlich wäre es an der Zeit, dass die Magd einen Hofknicks macht, aber eher geht ein Kamel durch ein Nadelöhr, als dass sie's lernen könnte.«

Matthies lachte. »Ich sehe schon, ich werde noch zu einem glühenden Verehrer Eurer Kunst, Meister Klingenthal, doch nun entschuldigt mich, eine Predigt will noch diese Nacht vorbereitet sein. Ich denke, Ihr findet Euch selbst zurecht?«

»Seid dessen gewiss«, antwortete der Schultheiß mit würdiger Stimme. *»Suchet, so werdet ihr finden,* so steht es geschrieben, nicht wahr?«

Hinrich Mewes hatte der Erbsensuppe mit den Schweinsohren kräftig zugesprochen und erst nach dem dritten Teller sein Mahl beendet. Er rülpste mehrmals genussvoll, denn er liebte es, wenn der Geschmack der Speise noch einmal die Kehle emporwanderte. »Sag das Dankgebet, Weib.«

Seine Frau gehorchte und sprach mit leiser Stimme und gebeugtem Kopf die Worte.

»Schön, schön, und nun, Kinder, ab auf euer Strohlager, vielleicht komme ich nachher und sage euch gute Nacht.«

»Ja, Vater.« Die Kinder klangen nicht so, als wären sie darauf erpicht.

Mewes scherte das nicht. Er lehnte sich zurück und hielt seinen Becher hoch. »Schenk mir noch Bier ein, was gibt es Neues in der Stadt? Ihr Frauen zerreißt euch doch über alles das Maul.«

Amanda goss aus der Bierkanne nach. »Angerstein haben sie heute begraben, du weißt doch, den Ratsherrn. Er war ja nicht sonderlich beliebt …«

»… ein reicher, geiziger Pfeffersack!«, unterbrach Mewes. »Um den ist es nicht schade!«

»Und doch möchte niemand so zu Tode kommen. Man stelle sich vor, ein Pfeil mitten durch den Hals!«

»Das Ding heißt Bolzen, bei Armbrüsten spricht man von Bolzen.«

»Pfeil oder Bolzen, das nützt ihm auch nichts mehr, bestimmt ist er jämmerlich erstickt.«

»Oder verblutet«, sagte Mewes sachlich. »Derjenige, der das getan hat, wird schon seine Gründe dafür gehabt haben.«

»Für so etwas gibt es keine Gründe. Das kann nur ein Verrückter gewesen sein.«

»Verrückt sind viele.«

»Aber nicht so.«

»Du musst wohl immer das letzte Wort haben, was?« Mewes' Laune sank trotz des angenehmen Sättigungsgefühls. »Mir jedenfalls könnte das nicht passieren, ich bin nicht reich, und ich habe keine Feinde.« Er trank aus und erhob sich. »Los, Weib, geh nochmal zu den Kindern und sieh nach, ob alles seine Ordnung hat, ich haue mich für ein paar Stunden aufs Ohr.«

Fünf Stunden später stand Mewes wieder auf, so wie er es häufig tat, denn er spürte es in den Knochen, wenn draußen im Fluss der Fisch günstig stand. Er stapfte aus der Nebenkammer, die ihm und seiner Frau als Schlafort diente, nahm die Mütze vom Haken und verließ die Hütte. Obwohl es dort, wo er ging, keine Laternen gab, eilte er mit schnellen Schritten hinunter zum Strom. Er kannte jede Ecke und jeden Winkel im Viertel und hätte sein Ziel auch mit verbundenen Augen gefunden.

Da vorn lag schon das Schiff. Es war ein Fahrzeug, mit dem bereits sein Vater hinausgefahren war, aber es hatte noch immer starke Verbände und gute Substanz. Mit ihm zu fischen bedurfte es eigentlich zweier Männer, doch Mewes hatte es von jeher vorgezogen, allein zu fahren. Einerseits, weil er stark genug war, es auch so zu schaffen, andererseits, weil er hinterher den Fang nicht teilen musste. Der dritte und vielleicht wichtigste Grund aber lag darin, dass er das Schiff für sich haben wollte. Er liebte es auf seine ganz eigene Art, und manchmal kam es sogar vor, dass er mit ihm sprach.

Er sprang an Bord und begann unverzüglich mit den Vorbereitungen zum Auslaufen. An Bug und Heck zündete er je ein Positionslicht an, überprüfte dann Leinen und Netze, kontrollierte die Reusen und schmierte schließlich die Dollen für die Riemen nach. Nun war alles getan. Er atmete durch und legte seine Rechte an den Mast, wie er es stets zu tun pflegte, denn er war sicher, dass ihm das Glück brachte.

Aber heute brachte es ihm kein Glück.

Es brachte ihm den Tod.

Der Tod kam kichernd, seltsam kichernd, was ihn zunächst nicht beunruhigte, denn er war ein furchtloser

Mann, der nicht an Spuk und böse Geister glaubte. So wandte er nur den Kopf, um zu sehen, wer da Possen mit ihm treiben wollte, aber er sah nichts, nur Dunkelheit und ein Stück aufblitzendes Metall. Und dieses Stück Metall schlug ihm mit einem einzigen Hieb die rechte Hand ab. Noch ehe er aufschreien konnte, traf ihn ein zweiter Schlag an der Schläfe, ein Schlag, der ihn augenblicklich bewusstlos machte und zu Boden sinken ließ.

Wenig später trieb er tot in der Elbe.

»Es ist zwar nur Grießbrei mit Dörrpflaumen, aber ich freue mich trotzdem, dass Ihr das Mahl mit mir teilt«, sagte Pastor Matthies am nächsten Morgen zu Klingenthal.

»Es schmeckt sehr gut«, erwiderte dieser höflich.

»Oh, sagt das nicht, ich fürchte, der Geschmack kann nicht darüber hinwegtäuschen, dass ich kein Koch, sondern Pastor bin, doch für eine Haushälterin fehlt der Gemeinde das Geld.« Emsig weiterlöffelnd, blickte Matthies hinaus auf die Elbe. »Endlich mal wieder ein Tag, an dem man ohne Zittern und Zagen das Fenster öffnen kann! Es geht doch nichts über frische Luft, sage ich immer, sie ist ein Segen des Herrn, sogar dem getreuen Caspar ist heute wohler, sein Gliederreißen hat nachgelassen, so dass er seinen Pflichten ohne Einschränkung nachkommen kann.«

Klingenthal war erleichtert, versuchte aber, sich nichts anmerken zu lassen, und blickte ebenfalls aus dem Fenster. Nicht weit entfernt sah er eine weibliche Gestalt, die mit wehender Schürze heraneilte. »Da scheint jemand zu Euch zu wollen«, sagte er.

»Zu mir?« Matthies unterbrach sein Löffeln. »Donnerwetter, ja! Das ist die Frau von Hinrich Mewes, dem Fischer. Im Gegensatz zu ihrem Mann eine fleißige Kirchgängerin, aber was mag sie zu so früher Stunde wollen?«

Die Antwort auf seine Frage sollte nicht lange auf sich warten lassen, denn keine halbe Minute später stand Amanda nach Luft ringend in der Küche.

»Nun beruhigt Euch erst einmal und setzt Euch da auf die Bank«, sagte Matthies fürsorglich. »Wenn Ihr wieder zu Atem gekommen seid, erzählt Ihr mir, was passiert ist. Oder stört Euch die Anwesenheit von Meister Klingenthal, dem Bauchredner?«

Amanda schüttelte wild den Kopf. Sie vergrub das Gesicht in ihren Händen und begann hemmungslos zu schluchzen.

Matthies und Klingenthal warteten.

»Er … er ist bestimmt tot«, stieß sie endlich hervor. »Tot, mausetot.«

»Nun mal der Reihe nach, redet frei von der Leber herunter, Gott ist ein geduldiger Zuhörer.«

Trotz des gut gemeinten Zuspruchs dauerte es noch geraume Zeit, bis Amanda Mewes das Grauenvolle, das ihr an diesem Morgen widerfahren war, erzählen konnte. Sie hatte sich Sorgen um ihren Mann gemacht, als dieser bei Tagesanbruch noch nicht zurückgekehrt war. Ein Verhalten, das ganz gegen seine sonstige Gewohnheit ging, denn selbst an Markttagen kam er immer erst nach Hause, um dort sein Frühstück zu verzehren. Nach zwei weiteren Stunden bangen Wartens hatte sie es nicht mehr ausgehalten und war zum Hafen hinuntergerannt, wo sie sein Schiff vertäut an der Mole liegen sah. Aufatmend hatte sie sich schon gefragt, ob er in einem der nahen Wirtshäuser hängen geblieben war, als sie die Hand entdeckte.

Die abgeschlagene Hand, die in einer Blutlache unterhalb des Mastes lag …

»Ich schwöre bei Gott, es ist seine Hand, seine und keine andere«, flüsterte Amanda mit ersterbender Stimme. »Oh, mein armer Mann, mein armer Mann.«

»Nun regt Euch doch nicht so auf.« Matthies gab sich alle Mühe, beruhigend einzuwirken, spürte aber, dass seine Worte wenig Trost brachten.

Klingenthal mischte sich ein. Eigentlich hatte er nichts sagen wollen, aber die Frau, die er schon früher manchmal gesehen hatte, war einfach zu verzweifelt. »Habt Ihr die Wache oder den Gerichtsdiener verständigt? Ich denke, der Fall muss untersucht werden.«

Das hatte Amanda Mewes natürlich nicht.

Matthies hieb in dieselbe Kerbe. »Gewiss, das muss allereiligst geschehen, aber zuvor wollen wir klären, ob Ihr, liebe Frau, vor lauter Aufregung nicht Dinge wahrgenommen habt, die gar nicht da waren. In der Heiligen Schrift gibt es zahllose Stellen, in denen von Erscheinungen berichtet wird, nehmt nur die großen Propheten im Alten Testament, nehmt Jesaja und Jeremia, die von den Erscheinungen des Herrn berichten. Ich frage Euch, habt Ihr schon irgendwann Dinge gesehen, die andere nicht gesehen haben?«

Amanda Mewes schluchzte auf.

»Nun gut, äh, was rede ich, jetzt ist nicht Zeit für Exegesen, jetzt gilt es, zu handeln.« Matthies schraubte seine hagere Gestalt in die Höhe, hängte sich seinen schwarzen Überwurf um und stand schon in der Tür. »Kommt Ihr mit zum Hafen, Meister Klingenthal?«

Das hätte Klingenthal liebend gern verneint, denn ihn zog es zum Marktplatz, wo er seine erste Vorstellung geben wollte. Das Wetter war prächtig, und alles sprach dafür, dass seine Darbietungen von vielen Augen verfolgt werden würden. Die Leute würden lachen, und sein Hut würde voll werden, vielleicht sogar gleich mehrere Male. »Hm, ja«, sagte Klingenthal.

»Dann los!«

Matthies und Klingenthal traten vor die Tür und nahmen die jammernde Frau in die Mitte, um sie auf der Straße vor neugierigen Blicken zu schützen, dennoch machte der eine oder andere große Augen, als das seltsame Dreiergespann vorübereilte. An der Mole angekommen, zeigte sich, dass es nicht mehr nötig war, die Behörden zu verständigen, denn als einer ihrer wichtigsten Vertreter stolzierte der Amtsinspektor Rüterbusch vor dem Schiff auf und ab. Er war nicht allein, ein Pulk aus Fischern, Werftarbeitern und Tagelöhnern hatte sich um ihn geschart, allesamt Gaffer, die ebenso sensationslüstern wie nichtsnutzig herumstanden.

Rüterbusch schoss auf sie zu und sagte mit dienstlicher Miene: »Man hat mich verständigt, hier scheint ein Verbrechen passiert zu sein, Herr Pastor. Mein Beileid, liebe Frau Mewes.«

Angesichts dieser Worte schüttelte Matthies den Kopf. »Na, na, Rüterbusch, so schnell schießen die Preußen nicht, woher wollt Ihr wissen, dass der Fischer Hinrich Mewes tot ist? Vielleicht war das Ganze ja nur ein Unfall? Habt Ihr die Hand sichergestellt?«

»Hand? Welche Hand?« Rüterbusch blickte verständnislos.

»Mewes' Hand. Nach Aussage seiner Frau soll sie am Boden des Schiffs liegen.«

»Hier ist keine.« Rüterbusch fragte in die Menge der

Gaffer: »He, Leute, hat einer von euch eine Hand herumliegen sehen?

Die Männer schüttelten die Köpfe.

Rüterbusch wandte sich an Amanda: »Seid Ihr sicher, dass Ihr Euch nicht irrt, gute Frau?«

Amanda nickte unter Tränen.

Klingenthal meldete sich zu Wort: »Es besteht immerhin die Möglichkeit, dass jemand die Hand fortgenommen hat.«

Rüterbusch schien ihn erst jetzt wahrzunehmen. »Sieh an, der Herr Bauchredner vom Obertor, wenn ich nicht irre. Dich hat keiner gefragt.«

»Es wäre aber doch möglich?«

»Dich hat keiner gefragt! Ich bin es, der hier die Untersuchung leitet.«

»Moment mal, Amtsinspektor.« Auf Matthies' Stirn entstand eine Falte. »Es geht mich vielleicht nichts an, aber Ihr redet gerade mit einem Mann, der Gast in meinem Hause ist. Und Ihr redet mit einem Meister seiner Kunst, dem, wie ich denke, eine respektvolle Anrede gebührt. Meister Klingenthals Überlegung, jemand könne die Hand fortgenommen haben, ist gar nicht so abwegig, immer vorausgesetzt, es lag tatsächlich eine da.«

»Meinetwegen«, knurrte der Amtsinspektor. »Auf jeden Fall ist das Schiff beschlagnahmt, weil es genauestens nach Spuren untersucht werden muss.«

Klingenthal, durch die Fürsprache Matthies' beflügelt, sagte: »Vielleicht hilft uns das Schlachtmesser weiter, das da oben im Mast steckt.«

»Schlachtmesser, was für ein Schlachtmesser?« Rüterbusch blickte am Mast hoch. »Blitz und Donner, das habe ich ja noch gar nicht gesehen!«

Auch Matthies hatte es noch nicht entdeckt, ebenso wenig wie die Herde der Gaffer.

»Ich vermute, dass es die Tatwaffe ist«, sagte Klingenthal. Rüterbusch wollte ihm wieder über den Mund fahren, sah aber Matthies' warnende Miene und schwieg. »Woher willst du, äh ... wollt Ihr das wissen?«

Statt einer Antwort sprang Klingenthal an Bord und versuchte, das Messer aus dem Holz zu ziehen, doch es gelang ihm nicht, da er zu klein war.

»Wartet.« Matthies, um einiges größer, tat es für ihn.

»Das Messer ist ebenfalls beschlagnahmt«, bellte Rüterbusch. »Händigt es mir sofort aus!«

Matthies gehorchte.

Der Amtsinspektor, sich seiner Wichtigkeit bewusst, betrachtete die Klinge und verkündete dann: »Es klebt Blut an dem Messer.«

»Nicht nur Blut«, sagte Klingenthal. »Ich sehe da auch Haare.«

»Na und?«, knurrte Rüterbusch. »Die Haare sind viel zu lang, als dass sie von einem Handgelenk stammen könnten. Das ist nicht die Tatwaffe.«

»Das stimmt«, sagte Matthies, »diese Waffe kann keine Hand abgetrennt haben.« Dann, sich bewusst werdend, wie schockierend das Gespräch für Amanda Mewes sein musste, rief er in den Haufen der Gaffer: »Bring mir einer die arme Frau nach Hause, aber dalli!«

Nachdem das erledigt war, fuhr er fort: »Ich frage mich nur, woher dann die Blutlache auf dem Schiffsboden kommt.« Klingenthal hatte das Schlachtmesser währenddessen ganz genau betrachtet und sagte: »Meiner Meinung nach haben wir es hier doch mit der Tatwaffe zu tun, denn ich erkenne auch winzige Hautfetzen an der Klinge.«

»Und wie erklärt Ihr Euch die langen Haare?« Rüterbusch hielt das Schlachtmesser jetzt auf Distanz wie eine Zeitung, da er alterssichtig war. »Glaubt Ihr etwa, der Täter hätte die Hand abgeschlagen und hinterher, nur weil ihm gerade danach war, ein paar lange Haare auf die Klinge geklebt?«

Klingenthal ließ sich durch den ironischen Ton nicht beirren. »Nein, das glaube ich nicht. Ich bin sicher, dass die Klinge zweimal benutzt wurde, einmal, um die Hand abzutrennen, anschließend, um den Fischer Mewes bewusstlos zu schlagen, vielleicht sogar, um ihn zu töten. Die langen Haare dürften Kopfhaare sein.«

Rüterbuschs Blick bekam etwas Lauerndes. »Ich stelle fest, dass Ihr für jemanden, der mit der ganzen Sache nichts zu tun hat, erstaunlich viel wisst. Aber wenn das so ist, könnt Ihr mir sicher auch sagen, wo Hinrich Mewes sich im Augenblick befindet?«

»Nein, das kann ich nicht. Aber ich fürchte, sein Körper treibt irgendwo in der Elbe.«

»Blitz und Donner, wie kommt Ihr nun wieder darauf?«

»Weil es das Naheliegendste ist, jedenfalls naheliegender, als Mewes nach der Tat an Land zu schleppen und dort zu verscharren.«

Matthies sagte: »Das leuchtet ein.«

Rüterbusch, der immer gereizter wurde, weil er spürte, dass er bislang keine gute Figur gemacht hatte, wollte die Scharte auswetzen. Er knurrte: »Sei es, wie es sei, ich werde jetzt die notwendigen Schritte veranlassen. Ich werde das Messer einem Physikus übergeben, damit er die Blutreste mit denen der Blutlache mikroskopisch vergleicht. Ich werde die Haare untersuchen lassen, um herauszufinden, ob sie die Haare von Hinrich Mewes sind. Und ich werde dafür sorgen, dass der Gerichtsdiener mit ein paar Amtsknechten die Mole absperrt, damit kein Unbefugter sich an Bord schleicht. Schon gar nicht der Mörder, wenn es denn einen gibt. Und nun, meine Herren, darf ich euch bitten zu gehen, ich habe zu arbeiten.«

Matthies und Klingenthal sahen sich an, gleichermaßen erstaunt über Rüterbuschs schroffen Ton. Dann zuckte der Pastor mit den Schultern: »Dann viel Erfolg und Gott befohlen.« Sie kletterten zurück auf die Mole, vorbei an der Versammlung der Gaffer, und strebten dem Pfarrhaus zu.

Rüterbusch schaute den beiden nach

Sein Blick galt besonders Klingenthal.

Da sie bei ihrem Morgenmahl unterbrochen worden waren, kehrten Matthies und Klingenthal in die Küche des Pfarrhauses zurück. Sie setzten sich und begannen erneut, zu essen, doch der Grießbrei wollte ihnen nicht mehr munden. Noch einmal besprachen sie alle Einzelheiten und stellten Vermutungen darüber an, ob Mewes wirklich tot sei, und wenn ja, wer der Mörder sein könnte. Natürlich kamen sie nicht weiter, und irgendwann sagte Matthies: »Ich fürchte, wir stochern mit der Stange im Nebel, geben wir's also auf. Aber ich werde nachher Amanda Mewes einen Besuch abstatten, die arme Frau braucht meine Hilfe.«

»Hat sie denn sonst niemanden?«, fragte Klingenthal.

»Soviel ich weiß, nein, nur ihre sieben Kinder, und ob die ihrer Mutter Beistand leisten können, bezweifle ich.

Sie sind allesamt scheu und in sich gekehrt, gar nicht das, was man sich unter frischen, fröhlichen Rangen vorstellt. Ich glaube, dem Vater sitzt die Hand recht locker. Nein, nein, da hat die Witwe Angerstein es weitaus besser.«

»Die Witwe Angerstein?« Klingenthal ahnte etwas. »Kann es sein, dass sie ihren Mann gestern zu Grabe getragen hat?«

»Mit meiner Hilfe, ja. Der arme Angerstein ist auf tragische Weise ums Leben gekommen. Erspart mir die näheren Umstände. Warum fragt Ihr?«

»Ach, nur so. Der Trauerzug hat gestern meinen Weg gekreuzt, wobei ich Euch übrigens gesehen habe, allerdings ahnte ich da noch nicht, dass wir uns später wieder begegnen würden.« Klingenthal vermied es, über Alena zu sprechen, obwohl es ihn sehr verlangte, mehr über das Haus zu wissen, in dem sie jetzt aller Wahrscheinlichkeit nach lebte.

»Ja, es war ein schöner Trauerzug, wenn man so etwas überhaupt schön nennen kann. Es gab einen ausgiebigen Totenschmaus und trotz der köstlichen Speisen manche Träne. Der Ratsherr Angermann war vielgeliebt und vielgeachtet. Und natürlich auch vielbeneidet, vor allem um sein Geld, das er nur ungern ausgab.« Matthies lächelte und strich sich über die lange Nase. »Die dort gebotenen Tafelfreuden können mit den meinen nicht ganz mithalten, doch immerhin habt Ihr Euren Brei tapfer gelöffelt. Lasst uns nun ein Dankgebet sprechen.«

Es blieb Klingenthal nichts anderes übrig, als die Hände zu falten und murmelnd so zu tun, als kenne er den Text. Gott sei Dank schien Matthies den Betrug nicht zu merken, denn sofort nach dem *Amen* sprang er auf, um die Teller in eine Spülschüssel zu legen. Danach warf er einen Blick auf die Standuhr: »Wenn ich sofort gehe, kann ich um zwei zur Bibelstunde wieder zurück sein. Ihr seid herzlich eingeladen, daran teilzunehmen.«

»Danke, äh, das wird leider nicht möglich sein. Meine erste Vorstellung auf dem Uhlenmarkt ist schon überfällig.«

»Dann lasst Euch nicht aufhalten. Vielleicht sehen wir uns heute Abend?«

»Äh, ja, vielleicht, aber ich wollte Euch noch schnell das Logiergeld geben.«

»Gebt es mir heute Abend. Auf die paar Stunden kommt es nun auch nicht mehr an! Gott befohlen, Meister Klingenthal.«

Mit großen Schritten stürmte Matthies von dannen.

Klingenthal zog seinen Karren in die nordwestliche Ecke des Uhlenmarktes, wo sich eine freie Fläche für die Auftritte des fahrenden Volks befand. Mit geübtem Blick schaute er sich um und stellte fest, dass an diesem Montagnachmittag nicht viel los war. Wo sonst Maskentänzer, Spielleute, Grimassenschneider, Feuerspeier, Antipodisten, Schlangenmenschen und Reimschmiede auftraten, herrschte heute gähnende Leere, nur ein paar Bettler lungerten am Rande des Platzes herum. Umso besser für mich, dachte er und verkeilte die Räder seines Karrens. Als er sich aufrichtete, entdeckte er doch ein bekanntes Gesicht: Es gehörte Ezechiel, dem Öljuden, der gerade mit einer rundlichen Magd sprach. Klingenthal beschloss, Ezechiel zu begrüßen. Näherkommend hörte er, was die beiden sagten.

»Oj, wenn ich sagen sollt, wie viele Stofffächer ich dir in der letzten Stunde schon gezeigt hab, müsst ich lügen. Und lügen darf ich doch nicht, oder?« Der Öljud kratzte sich am Kopf unter der Kippa. »Aber zwanzig waren es bestimmt! Ich zeig dir gern noch weitere zwanzig, aber so viele hab ich nicht. Warum entscheidest du dich nicht, mein Kind?«

Die Magd druckste herum, offenbar gehörte sie zu jener Sorte Mensch, für die Denken Schwerarbeit bedeutete. »Ich weiß nicht«, meinte sie schließlich, »du hast welche für einen Groschen und welche für zwei Groschen. Wo ist denn der Unterschied?«

»Ach, darum geht's! Pass auf: Einen Fächer für zwei Groschen benutzt man so.« Ezechiel wedelte heftig mit dem Fächer vor seinem Gesicht. »Hast du das verstanden?«

»Ja, wieso?«

»Gut! Und einen Fächer für einen Groschen benutzt man so.« Nun hielt Ezechiel den Fächer fest und wackelte dafür mit dem Kopf.

»Ja, so. Wirklich?«

»Wenn ich's sag.«

Langsam dämmerte es der Magd, dass der Öljud sie verspottet hatte, und da sie nicht nur dumm, sondern auch humorlos war, kamen mit dem Ärger auch die Vorurteile in ihr hoch. »Du verdammter Jud«, schimpfte sie, »jetzt kauf ich gar nix mehr!«

»Oj, oj, das solltest du aber, sonst hättest du mir was gestohlen.«

»Ich hab noch nie nicht was gestohlen. Was soll ich denn gestohlen haben?«

»Meine Zeit.«

»Du, du …« Die Magd wurde immer wütender. Sie suchte nach Worten, um ihrem Zorn Luft zu machen. Schließlich platzte sie heraus: »Weißt du überhaupt, wer dran schuld ist?«

»Dran schuld? Woran denn, mein Kind?«

»Na, an allem, äh, an den vergifteten Brunnen und an den totgeborenen Kindern und, äh, an der Kuhseuche …«

Ezechiel kicherte. »Ach, das meinst du? Da muss ich nicht lange klären. Es sind die Fächer und die Juden.«

Die Magd riss den Mund auf. »Hä? Wieso die Fächer?«

»Wieso die Juden?«

An dieser Stelle unterbrach Klingenthal, denn er wollte nicht, dass sich das Gespräch weiter zuspitzte. Es war töricht von Ezechiel, sich bei den Bürgern der Stadt unbeliebt zu machen, auch wenn diese noch so dumm waren. »Verkaufe mir einen Fächer für einen Groschen, Ezechiel, am besten den blauen da.«

»Den blauen, warum nicht?« Der Öljud reichte das Gewünschte, während die Magd sich schimpfend entfernte. »Ist er für die Schickse, die vorgestern mit dir tippelte?«

»Nein.«

Ezechiel kicherte nochmals und nahm das Geld entgegen. »Da war doch was im Busch. Hab einen Blick für so was. Tolle Schickse, die! Augen wie zwei Sterne, hast wirklich Massel. Wo hast du sie denn gelassen?«

»Wir haben uns getrennt.« Klingenthals Tonfall ließ keine weiteren Fragen zu.

»Oj, ich verstehe. Wir trennen uns nun auch. Muss weiter. Bleib gesund, ein Leben auf deinen Kopf!«

Ezechiel rückte seinen Bauchladen zurecht und schlurfte ohne ein weiteres Wort durch eine Seitengasse davon.

Wer Wind sät …

Klingenthal bereitete seine erste Darbietung vor. Wie immer war er aufgeregt und in Sorge, ob alles so klappen würde, wie er es sich erhoffte. Das Wichtigste war zunächst eine größere Menge Zuschauer, die es herbeizulocken galt. Erfahrungsgemäß ging das am besten mit kleinen Zauberkunststücken. Er nahm ein großes rotes Seidentuch und begann, heftig damit zu winken. Alsbald wurden einige der Marktbesucher auf ihn aufmerksam, sie erkannten ihn und kamen neugierig näher. Klingenthal sah es mit Befriedigung. »Seht ihr das Seidentuch?«, rief er. »Ich lasse es jetzt verschwinden.« Kaum hatte er das gesagt, stopfte er es sich ins linke Ohr. Da es ein Seidentuch war, fand es trotz seiner Größe spielend leicht im Gehörgang Platz. Klingenthal klopfte ein paar Mal gegen das Ohr, so, als wolle er sicherstellen, dass der Stoff auch wirklich in seinem Schädel sei, und zog ihn dann aus dem rechten Ohr wieder heraus. Natürlich handelte es sich dabei um ein zweites Tuch, aber niemand in der Menge kam auf diesen Gedanken, vielmehr klatschten die Leute und riefen nach weiteren Kunststücken. Wieder einmal hatte sich bewahrheitet, dass gerade die einfachsten Kniffe beim Publikum am besten ankommen.

»Achtung, ich werde jetzt diese Münze durch das Tuch dringen lassen!«, rief Klingenthal und zeigte mit der Linken einen Kreuzer. Er hielt das Geldstück zwischen Daumen und Zeigefinger, so dass jeder auf dem Platz es sehen konnte, dann warf er das Tuch über die Münze, machte einige beschwörende Bewegungen mit der Rechten, wobei er unbemerkt von außen die Münze anfasste, damit die linke, unter dem Tuch befindliche Hand diese kurz loslassen konnte. »Nun, Leute, steckt das Geldstück noch unter dem Tuch?«, fragte er in die Menge.

Die Antworten fielen unterschiedlich aus. Einige meinten ja, andere nein, Klingenthal jedoch wollte das gar nicht wissen, er hatte lediglich die Zeit genutzt, um mit dem linken Daumen eine Falte im Tuch bilden zu können, die er nun gegen die Münze drückte. Das war, wie sich gleich zeigen sollte, der eigentliche Kniff. »Natürlich steckt sie noch darunter!«, rief er strahlend. Zum Beweis hob er den vorderen Zipfel des Tuchs hoch, so dass die Spitze seines Zeigefingers mit der Münze sichtbar wurde – der Daumen mit der Tuchfalte dahinter jedoch nicht. Nun schleuderte er mit der Linken das gesamte Tuch nach vorn und senkte die Hand. Der rechte Daumen hielt jetzt scheinbar nur noch das Tuch und nicht mehr die Münze, weil die Falte sie verbarg. Daraufhin drehte er das Tuch mit der rechten Hand etwas zusammen, so dass es wie ein Strang wirkte, und tat so, als drücke er die Münze langsam nach oben durch den Stoff hinaus. Endlich schien sie bei der Linken, die sie die ganze Zeit gehalten hatte, angekommen zu sein und wurde stolz präsentiert.

Wieder klatschte das Publikum, und Klingenthal stellte zufrieden fest, dass er mittlerweile an die fünfzig Zuschauer gewonnen hatte. Gleich konnte die eigentliche Vorstellung beginnen. Er ließ noch das magische Seil mit dem Knotenwurf und ein Kartenkunststück folgen und sagte dann bescheiden: »Eigentlich kann ich gar nicht zaubern.«

Natürlich lachten die Leute.

»Eigentlich wollte ich nur eine kleine Bauchrede halten.«

Die Leute lachten lauter.

»Aber ich brauche dazu äußerste Ruhe, lacht also bitte nicht mehr, ihr guten Leute, da mein Vorhaben sonst nicht gelingen kann.«

Die Gemüter beruhigten sich langsam.

Klingenthal wies auf ein prächtiges Bürgerhaus, das linker Hand über ihm aufragte. »Wie ihr wisst, gehört dieses schöne Haus dem Salzkaufmann Thomas Friedrich Kokkert. Er befindet sich gerade auf der anderen Seite des Daches, und mit ihm möchte ich sprechen.« Er trat einen Schritt zurück, klatschte in die Hände und rief: »Heda, Kokkert, seid Ihr da oben?«

Eine Pause entstand. Da die Antwort ausblieb, rief Klingenthal nochmals: »Ich frage Euch, Kokkert, könnt Ihr mich hören?«

Wieder blieb die Antwort aus. Doch plötzlich erklang eine Stimme aus der ersten Zuschauerreihe: »Ich glaube nicht, dass jemand da oben ist.«

»Ich auch nicht«, rief der Söldner vom Karren herunter. »Die Zinne ist leer.«

»Niemand im Krähennest!«, meldete der Schiffer.

»Was soll der Mann auch auf dem Dach?«, näselte das Burgfräulein.

»Vielleicht ist Ratssitzung?«, vermutete der Schultheiß.

Klingenthal hieß seine Puppen mit einer ärgerlichen Bewegung schweigen, dann verbeugte er sich in die Richtung, aus der die Stimme unter den Zuschauern gekommen war, und sprach: »Ich bitte um Entschuldigung, ich möchte mich gern mit dem Salzkaufmann Kokkert unterhalten und brauche äußerste Ruhe.« Abermals klatschte er in die Hände und rief. »Heda, Kokkert, könnt Ihr mich hören?«

Kaum hatte er das gesagt, ertönte eine schrille Frauenstimme mitten aus der Menge: »Ich glaube, das Ganze ist nur ein Scherz, man will uns foppen!«

»Bitte, bitte!« Klingenthal rang die Hände. »Wenn nicht Ruhe herrscht, muss ich die Vorstellung abbrechen! Also nochmal: Kokkert, ich weiß, dass Ihr da oben auf dem Dach seid, meldet Euch!«

Aber der Salzkaufmann blieb stumm, und stattdessen hagelte es jetzt von allen Seiten Zurufe: »Das ist Humbug.« – »Was soll das?« – »Wer kann darüber lachen?« Und so weiter. In die Unmutsäußerungen und das allgemeine Stimmengewirr mischten sich außerdem Kinderweinen, Fluchen und der durchdringende Ton einer Pfeife.

Klingenthal war blass geworden. Sichtlich verzweifelt rief er: »Es tut mir Leid, ihr guten Leute, unter diesen Bedingungen kann ich meine Kunst nicht ausüben!«

Er verbeugte sich nochmals und machte ein paar Schritte zurück, als wolle er sich zurückziehen. Doch eine höhnische Stimme unter den Zuschauern ließ ihn innehalten. Die Stimme rief: »Wisst ihr, was ich glaube? Der Mann kann überhaupt nicht mit dem Bauch reden!«

Klingenthal, schief grinsend, trat wieder vor. »Glaubt ihr das auch, Leute?«

Statt einer Antwort brach ein Beifallssturm los. Noch nie hatten die Steinfurther eine so ungewöhnliche Vorstellung erlebt, nicht einmal von Klingenthal, der sich diesen

Auftritt eigens für seinen Winteraufenthalt ausgedacht hatte. Entsprechend üppig hagelte es kleine Münzen in den Hut, mit dem er herumging. Er bedankte sich immer wieder und versicherte, er wolle den Auftritt gern wiederholen. Seine Puppen waren derselben Meinung und versprachen, man würde sich schon morgen wiedersehen. »Der Termin ist notiert«, sagte der Schultheiß.

Als die Menge sich zerstreut hatte, blieb ein hochaufgeschossener, etwas gebeugt dastehender Mann übrig, der teuer, aber nachlässig gekleidet war. Er hatte helle, neugierige Augen, deren Sehkraft durch einen Zwicker verstärkt wurde, und einen Vollbart. Der Bart war so dicht, dass seine Lippen während des Sprechens verborgen blieben. »Ihr habt mich sehr beeindruckt, Meister Klingenthal«, sagte er, »wirklich sehr beeindruckt! Jetzt weiß ich auch, warum manche Euch den König der Puppen nennen.«

»Ich danke Euch«, antwortete Klingenthal, der nicht recht wusste, worauf der Fremde hinauswollte.

»Ach, ich vergaß, mich vorzustellen, das ist typisch für mich!« Der Mann lüftete den Dreispitz. »Gestatten, Doktor Conatus.«

»Äh, bitte?«

»Conatus sagte ich, wie Versuch, Unternehmen, Wagnis! Aber auch wie Bemühung und Anstrengung. Lasst den Doktor nur fort und sagt einfach Conatus, wie alle, die mich kennen! Ich versuche, meinen bescheidenen Beitrag zur Wissenschaft zu leisten, ich versuche, Dinge zu verstehen, die andere nicht erfassen können, doch was Ihr vorhin zum Besten gegeben habt, ist mir ein Rätsel, ein Rätsel.«

Klingenthal musste unwillkürlich lächeln über den

Eifer des langen Gelehrten. »Glaubt mir, es ist alles mit rechten Dingen zugegangen.«

»Oh, das will ich gerne glauben, aber wie? Natürlich, Ihr seid ein Bauchredner, das ist mir klar, aber wie gelingt es Euch, den Eindruck zu erwecken, Eure Stimme käme mitten aus dem Publikum, obwohl Ihr zwanzig Schritte entfernt seid?«

»Durch Übung, ständige Übung.«

»Sicher, sicher, verzeiht meine Neugier, wenn ich nachhake. Von Christiaan Huygens, dem großen Universalgelehrten, wissen wir, dass es Licht- und Schallwellen gibt, seiner Theorie nach gehen diese, wie überhaupt alle Wellenphänomene, von einem Erregungszentrum aus und pflanzen sich in jede Richtung fort, versteht Ihr, pflanzen sich in jede Richtung fort!«

»Nicht ganz«, antwortete Klingenthal.

»Nun« – Conatus rückte seinen Zwicker zurecht – »ich sage es anders: Wenn Ihr redet, ganz gleich, ob mit der Zunge oder mit dem Bauch, entstehen Laute, welche sich durch den Schall fortpflanzen. Huygens' Theorie nach müssten sie sich in alle Richtungen ausbreiten, was sie aber offenkundig nicht tun, denn es scheint so, als könntet Ihr, Meister Klingenthal, den Schall kanalisieren, so dass der Eindruck entsteht, eine ganz bestimmte Person würde sprechen.«

»Ach, das meint Ihr.« Klingenthal blickte hinüber zu seinen Puppen, mit denen er am liebsten nach Hause gegangen wäre, doch die Höflichkeit verlangte, dass er Conatus eine Antwort gab. »Nun, ich kann es wissenschaftlich nicht erklären, aber alles ist im Prinzip eine Frage der Kehlkopfstellung.«

»Darüber muss ich mehr erfahren!« Conatus wies mit

der Spitze seines Spazierstocks auf das Haus neben Kokkerts Anwesen. »Wie es der Zufall will, wohne und arbeite ich dort. Es wäre mir ein Vergnügen, Euch bei einem Krug Bier ausfragen zu dürfen.«

»Ich trinke zu dieser Tageszeit noch kein Bier«, sagte Klingenthal. Es war ein misslungener Versuch, sich dem Zugriff des langen Gelehrten zu entziehen, denn schon fuhr dieser fort:

»Wenn kein Bier, dann eben etwas anderes, vielleicht ein Glas Wein? Wein kann man zu jeder Tages- und Nachtzeit trinken, Hauptsache, wir können ein wenig miteinander plaudern, nicht wahr? Ich darf vorangehen ...«

Klingenthal blieb nichts anderes übrig, als Conatus zu folgen, der mit langen Schritten zum Portal seines Hauses strebte, die schwere Eichentür öffnete und eine breite Treppe hinauf in den ersten Stock eilte. Hier wandte er sich um, wies auf eine große Anzahl seltsamer Geräte, die überall im Raum herumstanden, und verkündete: »Elektrisiermaschinen! Ich sammle sie mit Leidenschaft, denn nichts fasziniert so sehr wie der sprühende Funke aus geriebener Energie. Setzt Euch zu mir, Meister Klingenthal, Elsbeth wird uns eine Erfrischung bringen.«

Conatus betätigte ein Glöckchen, und gleich darauf erschien eine mürrische Frau, die nach seinen Wünschen fragte. Conatus orderte Wein. Als sie verschwunden war, fuhr er ungebrochen lebhaft fort: »Es knistert und knastert, wenn die Funken sprühen, dass es eine wahre Lust ist, und hell wie der Blitz sind sie obendrein! So gesehen, begegnen wir hier gleich zwei der erwähnten Wellenphänomene, dem Geräusch und dem Licht, doch genug von meinem Steckenpferd, verratet mir nun, wie Ihr es anstellt, mit dem Bauch zu reden.«

Klingenthal, der in einem ledernen Sessel Platz genommen hatte, räusperte sich und suchte nach Worten. Er war es nicht gewohnt, die Geheimnisse seiner Kunst preiszugeben, doch er sah ein, dass er wohl nicht darum herumkommen würde. Immerhin war Conatus nicht unsympathisch, was die Sache ein wenig erleichterte. »Die Bezeichnung ›Bauchredner‹ ist irreführend, weil gar nicht mit dem Bauch geredet wird«, begann er. »Vielmehr handelt es sich um eine besondere Atemtechnik in Verbindung mit dem Zusammenpressen der Gaumenbögen und dem Verengen des Kehlkopfeingangs durch die Rücklage der Zunge.«

»Ach?« Conatus wirkte leicht irritiert. »Ehrlich gesagt, das habe ich nicht ganz begriffen.«

Klingenthal dachte an seine Puppen, die unten auf der Straße unbeaufsichtigt waren. »Das erkläre ich Euch gern ein anderes Mal, ich muss mich nun … oh, vielen Dank.«

Die mürrische Elsbeth war hereingekommen und hatte ihm ein Glas Wein in die Hand gedrückt.

»Prosit!« Conatus, der ebenfalls ein Glas in der Hand hielt, trank einen großen Schluck. »Ihr müsst wissen, dass Elsbeth nicht kochen kann, jedenfalls behauptet sie das, weshalb ich mich weitgehend von Wein ernähre, aber was soll's, der Rebensaft ist gesund, er sättigt und befeuert den Geist. Wie pflege ich immer zu sagen: Wein ist unter den Getränken das nützlichste, unter den Arzneien die schmackhafteste und unter den Nahrungsmitteln das angenehmste! Nun zurück zu Eurer Kunst: Ich habe nicht ganz verstanden, was ich machen muss, damit ich reden kann, ohne die Lippen zu bewegen, ich meine, ganz ohne die Lippen zu bewegen.«

Klingenthal seufzte insgeheim. Auch er hatte einen

Schluck genommen, einen sehr kleinen, und schaute sich nun um, wo er sein Glas lassen konnte. Da er keinen Beistelltisch entdeckte, stellte er das Trinkgefäß schließlich auf den Boden. Er beschloss, es möglichst kurz zu machen. »Das Wichtigste ist der Grundton«, sagte er, »wenn man ihn beherrscht, ist auch der Rest nicht mehr so schwer. Als Erstes müsst Ihr tief einatmen, so tief Ihr könnt, und die Luft anhalten.«

Conatus gehorchte. Er holte Luft wie ein Ertrinkender und hielt sie anschließend krampfhaft an, wodurch seine Augen aus den Höhlen traten.

»Spürt Ihr, wie sich Eure Brust gehoben hat?«

Conatus nickte heftig.

»Euer Zwerchfell drückt jetzt auf die Atmungsorgane, nehmt Eure Zunge zurück, im Hals müsstet Ihr jetzt einen Punkt spüren, wo es Euch am meisten zuschnürt. Versucht nun, von dieser Stelle aus einen Ton hervorzubringen.«

Conatus gab einen Laut von sich, der so klang, als würde er erwürgt.

»Der Ton darf sich nicht so gepresst anhören«, korrigierte Klingenthal, »versucht es gleich noch einmal.«

Wie sich zeigte, war Conatus alles andere als der geborene Bauchredner, aber was ihm an Talent fehlte, machte er durch Eifer wett, und so kam es, dass er irgendwann einen gedehnten, leicht quäkenden Ton ausstieß, der es ihm erlaubte, gleichzeitig ein paar Wörter hervorzubringen. Es waren Wörter, deren Anfangsbuchstaben keine Lippenschließung erforderlich machten. Wieder mit normaler Stimme sprechend, fragte er: »Aber was mache ich, wenn ich ›Elsbeth, bring mir Wein‹ sagen will? Beim ›B‹ muss der Mund doch geschlossen werden?«

»Da gibt es mehrere Möglichkeiten. Entweder Ihr lasst den Buchstaben weg, was häufig geht, weil das Ohr des Zuhörers ihn erwartet und deshalb wahrnimmt, oder Ihr sprecht stattdessen einen Buchstaben, der ähnlich klingt, vielleicht ein ›G‹ oder ein ›D‹, oder aber Ihr sprecht das ›B‹ ganz normal aus, wobei Ihr Euch leicht abwendet, damit Eure Lippenbewegung nicht bemerkt wird.«

»Raffiniert! Aber nun zu meiner eigentlichen Frage, Meister Klingenthal: Wie bringt Ihr es fertig, Eure Stimme so klingen zu lassen, als gehöre sie einzig und allein jemandem, der zwanzig Schritte entfernt ist?«

Klingenthal deutete auf seinen Adamsapfel. »Lasst ihn wandern, Ihr werdet bemerken, dass er höher stehend eine hellere Stimme erzeugt und niedriger stehend eine tiefere. Eine tiefere Stimme aber wirkt entfernter. Nehmt Eure Zunge nach dem Einatmen noch ein Stück weiter zurück, legt den Kopf etwas nach hinten und versucht einen Summton: ›Aaah.‹«

Conatus krächzte ein »Aaah« hervor. Da er selbst merkte, wie misslungen der Ton war, versuchte er es gleich noch einmal, dann noch einmal und noch einmal, und allmählich wurde es besser.

»Ja, so ist es recht«, lobte Klingenthal. »Nun solltet Ihr mit diesem Ton sprechen.«

Conatus gab sich große Mühe, aber es gelang ihm nur bruchstückhaft.

»Es ist noch kein Meister vom Himmel gefallen. Nur Mut! Sprecht nicht jedes Wort aus, streut zwischendurch immer mal ein ›Ah‹ ein, das verstärkt den Eindruck, die Stimme käme aus der Ferne, weil sie nicht ganz verständlich ist.«

Wieder versuchte es Conatus. Er strengte sich so an,

dass Schweißperlen auf seine Stirn traten. Was er dabei produzierte, war dennoch von einem guten Ergebnis weit entfernt. Schließlich, nach Atem ringend, sagte er: »Ich fürchte, ich lerne es nie.«

»Fast jeder kann es lernen, auch Ihr, obwohl Ihr vom Ventriloquieren nur gerade erst ein Stückchen kennen gelernt habt. Ein guter Bauchredner kann seine Stimme ebenso von oben wie von unten erschallen lassen, er kann Pfeiftöne, Stimmengemurmel, Froschgequake, Werkzeughämmern und jedes andere Geräusch nachahmen, ja, er kann sogar Trompetentöne und Klaviermusik imitieren. Doch bis dahin ist es ein langer Weg.«

»Fürwahr, das glaube ich.« Conatus fingerte ein Taschentuch hervor und tupfte sich die Stirn, dann nahm er sein Glas und trank es aus. »Und wie erweckt Ihr nun den Eindruck, dass jemand ganz Bestimmtes aus der Entfernung zu Euch spricht? Denkt an Huygens und an die Schallwellen, die sich nach allen Seiten ausbreiten!«

Klingenthal lächelte. »Ihr seid wahrhaftig hartnäckig! Ich kenne Euren Huygens nicht, ich für meinen Teil schaue einfach in die Richtung, aus der die Stimme kommen soll, vielleicht zeige ich auch kurz mit dem Finger dorthin oder deute eine Kopfbewegung an, das ist schon alles. Aber es genügt vollkommen.«

»Sapperlot! Das klingt so einfach, dass ich es kaum glauben mag.« Conatus griff erneut zum Glas und stellte fest, dass es leer war. Plötzlich hörte er eine Stimme, die seiner eigenen täuschend ähnlich war:

»Elsbeth, Elsbeth, komm doch mal!«

»Wieso klingelt Ihr nicht wie sonst, Herr?«, maulte die Bedienstete, die umgehend eintrat, wahrscheinlich, weil sie hinter der Tür gelauscht hatte.

»Dein Herr möchte noch ein Glas Wein«, erklang es zu ihrer Rechten. Sie fuhr herum, doch da war niemand.

»Ja, was …?«, stotterte sie.

»Ich möchte auch noch Wein«, erscholl es nun zu ihrer Linken, dann über ihr, unter ihr, von allen Seiten, so rasch nacheinander, dass sie kaum reagieren konnte. Elsbeth begann am ganzen Körper zu zittern, stieß einen Schrei aus und stürzte aus dem Raum.

Conatus lachte, bis ihm die Tränen kamen. »Hoho, das muss ich auch können, und wenn es das Letzte ist, was ich in meinem Leben erlerne. Ich mache Euch einen Vorschlag, Meister Klingenthal: Immer wenn Ihr auf dem Markt Eure Vorstellung beendet habt, kommt Ihr zu mir und lehrt mich Eure Kunst. Es soll Euer Schaden nicht sein!«

»Das ist sehr freundlich von Euch, und es wäre mir eine Ehre, Euch unterrichten zu dürfen, doch ich fürchte, mir fehlt die Zeit.« Klingenthal erhob sich aus dem schweren Sessel und wollte zur Tür.

»Aber, aber!« Mit bemerkenswerter Geschwindigkeit hatte Conatus sich zwischen Klingenthal und den Ausgang geschoben. »Ihr wollt doch nicht behaupten, dass Ihr am Tage nicht ein oder zwei Stunden erübrigen könnt, jetzt im Winter, wo ohnehin in der Stadt nicht viel los ist! Ihr könnt mir die Bitte nicht abschlagen, mir und meinem Wissensdrang.«

Klingenthal schwieg.

»Mir und meinem Wissensdrang.« Conatus packte Klingenthal am Arm. »Wo wäre ich ohne ihn und meine Neugier auf alles Unbekannte! Seht nur meine herrlichen Maschinen, nie hätte ich sie angeschafft ohne den Willen, die Geheimnisse dieser Welt zu lüften.« Übergangslos gab er Klingenthals Arm frei und steuerte die hölzernen Apparate an. »Hier, die Elektrisiermaschine von Divis, mit deren Hilfe erkrankten Menschen heilsame Elektrizität zugeführt werden kann, dort eine Maschine von Hauksbee, ein imposantes Gebilde, wie Ihr zugeben müsst, dahinten ein Apparat von Nollet, da drüben einer von Priestly, dort von Gordon, daneben einer von Ingenhousz und hier eine Konstruktion von Guericke, Ihr kennt doch sicher Otto von Guericke?«

Klingenthal musste zugeben, dass er den Namen noch nie gehört hatte.

»Nun, er lebte im letzten Jahrhundert, ganz in der Nähe im schönen Magdeburg, wo er auch Bürgermeister war. Er glaubte doch tatsächlich, dass der Mond nur deshalb nicht auf die Erde fiele, weil er durch elektrische Kräfte abgestoßen würde. Aber das nur nebenbei. Seine Maschine besteht aus einer Schwefelkugel und, wie Ihr seht, aus einer Achse, die hindurchläuft. Wenn ich die Kugel mittels einer Kurbel zum Drehen bringe und meine Hand dagegenhalte, entsteht durch die Reibung Elektrizität. Seht Ihr's?«

Klingenthal sah nichts.

»Ach, wo habe ich nur meine Gedanken!« Conatus schlug sich mit der Hand an die Stirn. »Es ist ja noch zu hell draußen, da könnt Ihr gar nichts sehen.« Er eilte zu den schweren, dunklen Fenstervorhängen und zog sie zu.

Klingenthal sagte: »Ich muss nun wirklich ge…«

»Gleich, gleich! Achtet auf meine Hand, die ich gegen die drehende Kugel drücke, na, was sagt Ihr?«

»Potzdonner!« Klingenthal sprang unwillkürlich einen Schritt zurück. Was er sah, kam ihm vor wie eine Mischung aus bläulichen Blitzen und Feuerwerk.

»Nicht wahr, da staunt Ihr!« In Conatus' Stimme schwang Stolz mit.

»In der Tat, das tue ich.«

»Ihr wurdet soeben Zeuge eines phantastischen Naturereignisses! Einer physikalischen Unerklärlichkeit! Kurzum, eines geheimnisvollen Phänomens! Ich nenne das Phänomen *Energia* oder elektrische Energie, seltsame Kräfte, die es möglich machen, Blitze wie am Himmel zu erzeugen. Benjamin Franklin nahm dem Gewitterblitz anno 1752 seinen Schrecken, indem er einen Ableitungsmechanismus erfand, ich hingegen erschaffe die Blitze neu! Ihr kennt doch Benjamin Franklin?«

»Nun, ich ... leider nein.«

»Aber Ihr kennt doch James Cook?«

»Ihr meint den englischen Seefahrer?«

»Genau den. Kapitän Cook hatte einen Franklin'schen Blitzschutz an Bord, der ihm wiederholt gute Dienste leistete. Immer wenn ein Gewitter aufzog, ließ er eine kupferne Kette an der Spitze des mittleren Mastes befestigen, und wenn der Blitz einschlug, konnte jedermann beobachten, wie er an der Kette hinablief und unmittelbar von einem fürchterlichen Donnerschlag begleitet wurde. Das Schiff soll dabei in sämtlichen Verbänden erzittert sein, der Blitz jedoch nicht den geringsten Schaden angerichtet haben.«

»Aha. Sehr interessant.« Klingenthal fragte sich, worauf Conatus hinauswollte.

»Wartet einen Moment.« Der Gelehrte rückte seinen Zwicker zurecht, ging zu einem Regal, das mehr erahnbar als sichtbar an der gegenüberliegenden Seite stand, und kam mit einem Buch zurück. Er gab es Klingenthal mit den Worten: »Ich wiederhole jetzt das Experiment!

Wenn alles gut geht, werden die Leuchterscheinungen ausreichen, damit Ihr den Titel lesen könnt.«

Wieder brachte er die Schwefelkugel zum Drehen und presste die Hand dagegen. Flackerndes Licht geisterte durch den Raum. Klingenthal starrte auf das Buch und entzifferte den Titel: *Feldtbuch der Wundarztney.*

»Könnt Ihr den Titel lesen?«, fragte Conatus, emsig die Kugel weiterdrehend.

»Ja«, sagte Klingenthal. Er kannte das Werk, denn er hatte es an anderer Stelle schon in den Händen gehalten.

»Ich habe den Titel gewählt, weil die Lettern so groß sind. Die Elektrizität ist eine Welt der Wunder, müsst Ihr wissen, sie macht Dinge sichtbar, obwohl sie selber unsichtbar ist. In diesem Moment, wo ich Guerickes Maschine betätige, wandern unsichtbare Wellen durch den ganzen Raum, stark, stetig, unwiderstehlich, Miasmen gleich. Sie dringen durch die Materie und machen Dinge möglich, die niemand in seinen kühnsten Träumen glauben würde. Das jedenfalls ist die Erkenntnis des italienischen Doktors Luigi Galvani.«

»Aha, äh, ja.«

»Schade, dass ich keine Froschschenkel habe; Froschschenkel sind nicht nur schmackhaft, sondern experimentell auch höchst interessant, aber woher soll man zu dieser Jahreszeit Frösche nehmen!«

Das wusste Klingenthal auch nicht. Ihm kam Conatus' sprunghaftes Gebaren immer merkwürdiger, um nicht zu sagen beängstigender vor, deshalb legte er das Buch beiseite, ging entschlossen zum Vorhang und zog ihn wieder auf – ohne sich lange zu fragen, was sein Gastgeber dazu sagen würde.

»Ich hoffe, das reicht!« In der Tür tauchte die mürrische Elsbeth auf, ein Tablett in den Händen, auf dem nicht weniger als zehn Gläser Rotwein standen.

Conatus brüllte auf vor Lachen. »Elsbeth, du ewig hadernder Geist! Und ob das reicht! Jedenfalls fürs Erste; kommt, Meister Klingenthal, trinken wir gemeinsam auf den gelungenen Versuch, auf den gelungenen Versuch.«

Klingenthal schüttelte energisch den Kopf. »Nein, Herr Doktor, ich werde nun gehen, und nichts auf der Welt wird mich davon abhalten. Wenn Ihr wollt, sehen wir uns bald wieder, ich darf mich empfehlen.«

Und während Conatus noch immer lachte, verließ Klingenthal eilig das Haus. Unten auf der Straße stellte er zu seiner größten Erleichterung fest, dass der Karren mit den Puppen noch unbehelligt am selben Platz stand. »Oh, du Allmächtiger, dein Name sei gepriesen, ich danke dir«, murmelte er und wollte sich ins Geschirr legen, doch eine brüchige Stimme hielt ihn davon ab.

»Dank nicht dem Allmächtigen, dank lieber mir.« Es war Spinner-Franz, der wie aus dem Nichts aufgetaucht war und nun fordernd die Hand öffnete. »Hab aufgepasst, dass nix abhanden kommt.«

»Das war nett von dir.«

»Davon werd ich nicht satt.« Spinner-Franz hielt Klingenthal die Hand dicht unter die Nase.

Dem blieb nichts anderes übrig, als eine Münze hineinzuwerfen.

»Ich hab auch aufgepasst, dass deine Puppen nicht stiften gehen und der Mordstelle zu nahe kommen.« Wieder erschien die Hand.

»Mordstelle, was für eine Mordstelle?«

Spinner-Franz senkte die Stimme: »Na, die Mordstelle

vor dem Conatus seinem Haus. Siehst du nicht die abgestorbenen Mistelzweige?«

Klingenthal entdeckte tatsächlich ein paar Zweige, die neben der Haustür lagen. Irgendjemand mochte sie dort verloren haben.

»Die hat der Teufel dort hingelegt.«

»Oder du selbst.«

Unbeirrt redete Spinner-Franz weiter: »Wer mit dem Teufel im Bunde ist und sich darum drücken will, darf sich sieben Jahre lang nicht waschen und kämmen und rasieren! Was meinst du wohl, warum der Conatus einen Vollbart trägt.«

»Ja, ja.« Klingenthal wollte Spinner-Franz loswerden und warf eine weitere Münze in seine Hand.

»Deiner Magd geht es übrigens nicht gut.«

»Wie bitte?«

»Schwanger ist sie, hab Geräusche in ihrem Bauch gehört, schreckliche Geräusche! Hab Hähne krähen hören und Hühner gackern!«

»Unsinn.« Klingenthal wollte Spinner-Franz zur Seite schieben, aber dieser hing wie eine Klette an ihm und brabbelte in einem fort weiter:

»Hab Gänse schnattern hören, Hunde bellen, Schafe blöken, Schweine grunzen, Ochsen brüllen und Pferde wiehern, ja, das hab ich, alles in ihrem Bauch, so wahr der Herrgott die Erde in sechs Tagen erschaffen hat. *Ita est* und *yes* und *oui*! Deine Magd hat am Tage der Zeugung mehr als dreimal gesündigt, sonst wär's nicht so.«

»Jetzt reicht's!« Klingenthal gab zum dritten Mal eine kleine Münze und wandte sich ab. »Geh deiner Wege, kauf dir etwas zu essen und lass mich in Ruhe.« Aufatmend stellte er fest, dass der Verrückte von ihm abließ.

Er legte sich die Ledergurte um die Schultern und zog an. Rumpelnd setzte sich der Karren in Bewegung.

Kurz darauf brachte er den Karren vor Matthies' Geräteschuppen zum Stehen. Im Pfarrhaus brannte schon Licht, der Pastor war also zu Hause. Klingenthal kämpfte mit sich, denn am liebsten hätte er sich mit seinen Lieblingen im Schuppen verkrochen, aber der Schultheiß sagte: »Du musst wenigstens kurz die Tageszeit entbieten.«

Und das Burgfräulein fragte spitz: »Wo bleibt deine gute Kinderstube?«

»Ich gehe ja schon«, brummte Klingenthal, schritt hinüber und klopfte.

Gleich darauf traute er seinen Augen nicht, denn im Türrahmen stand jemand, mit dem er nicht im Entferntesten gerechnet hätte.

Alena.

Wer Wind sät, wird …

Der Stadtphysikus Doktor Ludwig Beiss war ein Mann, der trotz seines bedrohlich klingenden Namens eine freundliche Natur hatte. Anderenfalls hätte er Rüterbusch nicht gleich nach den Geschehnissen auf Mewes' Schiff empfangen – zu einer Zeit, da er gewöhnlich sein zweites Frühstück einzunehmen pflegte. »Na, was gibt's, mein Lieber, es ist doch wohl nicht schon wieder jemand ermordet worden?«, scherzte er.

»Das herauszufinden bin ich hier«, erwiderte Rüterbusch düster und präsentierte das Schlachtmesser.

»Großer Gott!« Beiss fasste sich ans Herz, eine Bewegung, die man häufiger bei ihm sah, denn mit seiner Gesundheit stand es nicht zum Besten. Dafür aß und trank er einfach viel zu gern, was im Laufe der Jahre dazu geführt hatte, dass er zur *Adipositas*, zur Fettsucht, neigte. »Kommt rasch herein!«

Rüterbusch folgte dem dicken Arzt in seinen Dienstraum, wo auf einem großen Tisch allerlei medizinische Geräte aufgebaut waren. Beiss nahm Platz und wies auch seinem Besucher eine Sitzgelegenheit zu. »Was kann ich für Euch tun?«

»Nicht für mich, sondern für die Stadt«, verbesserte Rüterbusch.

»Natürlich.« Beiss schluckte die kleine Zurechtweisung, ohne mit der Wimper zu zucken. »Was also kann ich an diesem herrlichen Vormittag für die Stadt tun?«

Rüterbusch legte das Schlachtmesser auf den Tisch und erzählte, was im Hafen passiert war. Als er geendet hatte, stellte er ein verkorktes Fläschchen mit rotem Inhalt neben das Messer. »Ich möchte, dass Ihr das Blut in der Flasche mit den Blutspuren an der Klinge vergleicht. Es stammt von der Lache auf dem Schiffsboden.«

»Und wenn es so wäre, was würdet Ihr daraus schließen?«, fragte Beiss.

»Dass die Blutlache aus einer Wunde stammt, die mit dieser Klinge geschlagen wurde.«

»Richtig, so will es die Logik. Meint Ihr eine Wunde, die Mewes geschlagen wurde?«

»Ich stehe erst am Anfang meiner Untersuchungen. In jedem Fall wurde die Klinge wahrscheinlich dazu benutzt, einem anderen etwas abzutrennen, zum Beispiel eine Hand.«

»Eine Hand? Großer Gott, wie kommt Ihr denn ausgerechnet darauf?«

»Das tut nichts zur Sache.«

»Tja.« Beiss kratzte sich am beinahe kahlen Schädel. »Für einen Vergleich muss ich zwei Proben herrichten, was nicht ganz einfach sein dürfte, na, ich will mal sehen.« Unter vielerlei Gemurmel entnahm er dem Fläschchen eine kleine Menge Flüssigkeit, trug sie auf einen Glasträger auf, sprach dabei von bereits eingetretener Blutgerinnung, führte aus, dass dieser Umstand den Vergleich einfacher mache, brachte die Klingenanhaftungen auf einen zweiten Träger auf, brabbelte später etwas von der Humorallehre, nach welcher dem abgestandenen Blut analog vier Schichten zugeordnet würden: das dunkle Gerinnsel der schwarzen Galle, das helle, plättchengleiche Gerinnsel dem Blut, das Serum der gelben Galle, die oberste Schicht dem Schleim, beugte sich stiernackig über das Mikroskop, erzählte etwas von einem gewissen Leeuwenhoek, einem Holländer aus Delft, dem man die Erfindung der Vergrößerungsapparate hauptsächlich verdanke, drehte ewig an den Stellschrauben, blinzelte, schniefte, fasste sich ans Herz, dozierte weiter von roten Blutkörperchen, von Art, Größe, Farbe, Form, Klebung und so weiter und richtete sich endlich ächzend auf.

»Und?«, fragte Rüterbusch gespannt.

»Nichts«, antwortete Beiss.

»Nichts, wieso?«

»Die Blutspuren am Schlachtmesser sind zu gering für einen wissenschaftlich haltbaren Vergleich. Vielleicht ist es dasselbe Blut wie das aus der Lache, vielleicht auch nicht. Außerdem steht mir nur ein einlinsiges Mikroskop mit zweihundertsiebzigfacher Vergrößerung zur Verfügung. Die neuen Geräte mit achromatischem Linsensystem sind der Stadt zu teuer. Tut mir Leid.«

Rüterbusch versuchte, seine Enttäuschung zu verbergen. Doch es gab noch Hoffnung. Abermals zog er ein Fläschchen hervor. »Ich habe darin ein paar Haare von Hinrich Mewes. Seine Frau war so freundlich, sie mir zur Verfügung zu stellen.«

»Wieso Euch?«

»Äh, bitte?«

»Ihr meint doch sicher der Stadt?« Beiss konnte sich den kleinen Seitenhieb nicht verkneifen.

»Hm, ja.« Rüterbusch verdaute die Kröte. »Ihr habt wahrscheinlich bemerkt, dass an der Klinge einige längere Haare haften. Ich würde gern wissen, ob es die Haare von

Mewes sind. Wenn ja, wäre das ein Hinweis, dass er mit dem Messer traktiert, vielleicht sogar getötet wurde.«

Beiss schnaufte. »Also noch ein Vergleich!« Gern hätte er sich wieder seinem zweiten Frühstück gewidmet, aber Rüterbusch war in der Stadt nicht ohne Einfluss, und er wollte es nicht mit ihm verderben. Der Seitenhieb war schon an der Grenze gewesen. »Wir werden sehen.« Die Prozedur wiederholte sich. Der dicke Arzt starrte ins Mikroskop, murmelte etwas von einer Schuppenschicht oder *Cuticula*, sprach in diesem Zusammenhang vom Aufbau eines Tannenzapfens, dozierte über Zellen, erging sich über Hornschichten, Mehrlagigkeit und Durchsichtigkeit und sagte schließlich: »Ja ...«

Rüterbusch freute sich. »Die Gleichartigkeit ist also erwiesen?«

»... und auch wieder nein! Zwar gibt es ein hohes Maß an Übereinstimmung, doch die Pigmente sprechen letztlich dagegen. Die Haare vom Schlachtmesser sind grau – und die Euch von der Fischersfrau ausgehändigten Haare sind schwarz.«

»Aber älteren Datums, wie sie mir selber sagte.«

»Gewiss. Mag sein, dass die schwarzen Haare heute ebenfalls grau wären, wenn sie Mewes' Kopf weiter geschmückt hätten, aber das zu behaupten wäre reine Mutmaßung. Als Physikus kann ich nur von Tatsachen ausgehen, und Grau und Schwarz sind nun einmal nicht gleich.«

Rüterbusch musste an sich halten, um seinem Ärger nicht Luft zu machen. Er klaubte die Fläschchen mit den Proben zusammen, griff sich die scharfe Klinge, knirschte einen Dank zwischen den Zähnen hervor und verließ Beiss' Dienstraum.

Er hätte es niemals zugegeben, aber der Besuch beim Stadtphysikus hatte sich als kompletter Reinfall herausgestellt. Nichts war bewiesen, alles war wieder möglich. Und die Zeit rannte ihm davon. Sein Amt würde in Gefahr sein, das wusste er, wenn er nicht bald Erfolge vorwies. Er spürte das Schlachtmesser, das er unter seinem Rock trug, und dachte zurück an das enttäuschende Gespräch. Zu dumm, dass er erwähnt hatte, das Messer könne eine Hand abgeschlagen haben. Beiss hatte sofort große Ohren gekriegt. Dabei war es mit großer Wahrscheinlichkeit so, dass die Hand nie wieder auftauchen würde, was im Übrigen auch sein Gutes hatte: Sollte sie verschwunden bleiben, ebenso wie Mewes selbst, konnte er behaupten, der ganze Vorfall sei von dem Fischer nur vorgetäuscht worden, umso mehr, als dieser dafür bekannt war, dass er gern einen über den Durst trank und auch der Weiblichkeit nicht gerade abhold war. Vielleicht saß der Mann in diesem Augenblick irgendwo bei einem Flittchen und lachte sich ins Fäustchen?

Doch nein, Rüterbusch wusste, dass dem nicht so war.

Immerhin, sollte Mewes tatsächlich nicht wieder auftauchen, war die These von einem nur vorgetäuschten Mord nicht abwegig. Er hätte dann eine Sorge weniger, denn das Wiederauffinden von fortgelaufenen Ehemännern zählte nicht zu seinem Aufgabenbereich. Eine erfreuliche Vorstellung, zu der Beiss, wenn er es recht bedachte, sogar das Seinige beigetragen hatte, indem er sich außerstande zeigte, Übereinstimmungen bei Blut oder Haaren festzustellen.

Andererseits war es seltsam, dass Beiss das nicht geschafft hatte. Der Mann galt als tüchtiger Arzt und Mikroskopiker, dazu kam – und das fiel Rüterbusch erst jetzt auf –, dass er die Hautfetzen am Messer nicht bemerkt hatte. War das Zufall oder Absicht?

Rüterbusch nahm sich vor, den dicken Stadtphysikus in Zukunft im Auge zu behalten, vielleicht würde sich das irgendwann einmal auszahlen. Während er seinem eigenen Amtszimmer, das in dem anderen Flügel des Rathauses lag, zustrebte, kreisten seine Gedanken weiter um die Hautfetzen an dem Schlachtmesser. Was hatte dieser lästige Bauchredner noch gesagt? Er glaube, mit dem Messer sei zweimal zugeschlagen worden, einmal, um die Hand abzutrennen, ein zweites Mal, um Mewes bewusstlos zu schlagen? Höchst verdächtig, was der Kerl alles wusste! Auch den würde er weiter beobachten müssen, ganz genau sogar.

Und während Rüterbusch noch über die beiden Schläge, die theoretisch auch umgekehrt erfolgt sein konnten, nachdachte, kam ihm plötzlich eine Idee: Er wollte jemanden befragen, der sich mit dem Abschlagen von Gliedmaßen auskannte wie kein Zweiter – den Scharfrichter von Steinfurth.

»Wie es scheint, treibt es dich in letzter Zeit öfter zu den Verachteten und Geschmähten, oder ist es nur der Zufall, der dich zu mir führt?«, fragte Otto Krassmann, seines Zeichens Wundchirurg, Abdecker, Salbenmacher und nicht zuletzt Scharfrichter in siebter Generation.

»Ich verachte dich nicht, und ich schmähe dich nicht«, antwortete Rüterbusch.

»Du nicht, aber genügend andere, die sich unbescholtene Bürger nennen und mich nicht mal mit dem Hintern angucken.« Die Feststellung Krassmanns war ebenso bitter wie richtig, was aber nicht unbedingt an ihm lag, sondern vielmehr an dem Amt, das er ausübte. Es war ein Amt, dem von jeher etwas Anrüchiges, Verruchtes anhaftete, da die Vertreter seines Standes in früheren Jahrhunderten häufig Schwerverbrecher waren, die höchstrichterlich zum Töten anderer gezwungen wurden. Ihre blutige Tätigkeit machte sie und ihre Familien zu Außenseitern, die in der Gesellschaft keinen Platz mehr fanden. Der Sohn eines Scharfrichters hatte keine andere Wahl, als ebenfalls Scharfrichter zu werden, der Tochter blieb nichts anderes übrig, als einen *Carnifex* zu heiraten. So hatten sich im Laufe der Zeit ganze Scharfrichter-Dynastien gebildet. Ihre Familien lebten meist am Rande der Stadt, oftmals auch vor den Toren, wo sich der Henkersplatz befand. Krassmann, ein Mittvierziger mit fassähnlichem Oberkörper und den Armen eines Gorillas, machte da keine Ausnahme, sein Haus lag jenseits von Steinfurths Mauern, umgeben von Wiesen und Feldern. »Was willst du?«, brüllte er gegen das Begrüßungsgebell seiner Hunde an.

»Ich muss mit dir reden. Aber bring erst einmal deine Viecher zur Ruhe.«

Krassmann gab ein Kommando, und wie von Zauberhand verstummte die Meute. Dann rief er »Platz!«, streckte den Arm aus und sagte »Bleiben«.

Rüterbusch, der schon öfter beobachtet hatte, wie ungewöhnlich gut die Hunde des Scharfrichters gehorchten, staunte auch diesmal wieder. Alle Tiere lagen am Boden und blickten erwartungsvoll zu ihrem Herrn auf.

»Du kannst jetzt näher kommen«, sagte Krassmann und öffnete das Tor des Zauns.

Rüterbusch trat in den weitläufigen Zwinger.

»Also, was gibt's, heraus mit der Sprache.«

Rüterbusch blickte sich um und sagte: »Behandele mich nicht wie einen deiner Hunde. Was ich mit dir bereden will, kann länger dauern. Wir sollten in deine Werkstatt gehen.«

»Meinetwegen, nichts für ungut.« Krassmann stieß einen kurzen Pfiff aus, woraufhin sich ein stattlicher Mischlingsrüde erhob und schwanzwedelnd herankam, alle anderen Hunde blieben liegen. »Komm mit.«

Rüterbusch folgte dem Scharfrichter und seinem Hund zur Werkstatt, einem Gebäude, das diesen Ausdruck nur teilweise verdiente, denn neben Hämmern, Feilen und Zangen befanden sich darin auch Glaskolben zur Kräuterdestillation, Mörser und Schüsseln zur Salbenherstellung sowie Schleifsteine und einige Kriegswaffen. Bevor sie eintraten, drehte Krassmann sich um und löste mit einem kurzen Kommando seinen Befehl »Bleiben« auf. Die Hunde sprangen hoch und begannen übergangslos miteinander zu spielen. »Die meisten sind noch jung«, sagte Krassmann, und er sagte es mit einer Stimme, der man anhören konnte, wie sehr er ihnen zugetan war.

»Ich frage mich immer, was du mit so vielen Hunden willst, es müssen mindestens ein Dutzend sein.«

»Ich lese sie in der Stadt auf und erziehe sie. Sie sind treu und dankbar, für sie gibt es keinen Unterschied zwischen einem Henker und einem Ratsherrn. Doch darüber wolltest du sicher nicht mit mir reden.«

»Nein, das wollte ich nicht.« Rüterbusch überlegte, wie er am besten anfangen sollte. Als einer der wenigen kannte er den Scharfrichter recht gut, vielleicht weil dieser genau wie er selbst zu Schroffheit und Verschlossenheit neigte.

Beide hatten sich vor vielen Jahren nach einer Hinrichtung kennen gelernt, zu einem Zeitpunkt, als Rüterbusch noch einfacher Gerichtsdiener und Krassmann nicht mehr als seines Vaters Sohn war. »Ich will dir reinen Wein einschenken«, sagte er. »Es ist wahrscheinlich schon wieder ein Mord passiert, und ich habe keine Ahnung, wer ihn begangen haben könnte.«

Dann erzählte er, was er wusste, und legte zum Schluss das Schlachtmesser auf die Werkbank.

Mit der Miene des Kenners nahm Krassmann die Waffe auf und betrachtete sie. »Ein Messer wie viele andere«, sagte er, »es dient mehr dem Hacken als dem Schneiden, Schlachter haben so etwas, sie nennen es meistens Hackebeil. Meinst du, damit ist Mewes erschlagen worden?«

»Gut möglich.« Wieder verschwieg Rüterbusch die Geschichte mit der Hand.

»Und was willst du nun von mir wissen?«

»Wo die Waffe Mewes getroffen haben könnte. Der oder die Täter müssen rasch gefunden werden. Ich habe ein großes Interesse, den Fall zügig aufzuklären.«

Krassmann lachte freudlos. »Das kann ich mir denken, am Ende warst du es womöglich selbst?«

Rüterbusch lachte nicht mit.

»Doch Spaß beiseite, du verlangst nicht wenig von mir. Wäre es nicht besser, einfach zu warten, bis Mewes wieder auftaucht? Wenn ihm dann eine Hand fehlt, weißt du, was ihm der Täter abgeschlagen hat.« Wieder lachte Krassmann.

Rüterbusch erstarrte innerlich. »Wie kommst du darauf, dass ihm eine Hand fehlen könnte?«

»Was machst du denn plötzlich für ein Gesicht?« Krass

mann wurde wieder ernst. »Du glaubst doch nicht etwa, dass ich die Tat …?«

»Ich glaube gar nichts.«

»Hör mal, damit du nicht auf dumme Gedanken kommst, darf ich dich daran erinnern, dass es nicht nur zu meinen Aufgaben zählt, Köpfe abzuschlagen, sondern auch Hände, immer dann, wenn einer des schweren Diebstahls überführt und schuldig gesprochen wurde. In einem solchen Fall nehme ich natürlich nicht das Richtschwert, sondern ein Hackebeil, genau so eines, wie du es da hast.«

»Ach so.« Rüterbusch war einigermaßen beruhigt. Dann kam ihm ein Einfall. »Gut, gehen wir einmal davon aus, Mewes wäre eine Hand abgeschlagen worden, was meinst du, wie lange hätte er in diesem Zustand noch leben können?«

»Du meinst mit unbehandelter Wunde? Nicht lange, keine Viertelstunde, dann hätte er ausgeblutet dagelegen, schon vorher jedoch wäre er ohnmächtig geworden. Kein allzu schlechter Tod übrigens. Im Fall einer Behandlung hätte man zuerst den Arm abbinden und anschließend den Stumpf mit einem glühend heißen Kauter schließen müssen. So hätte er eine Chance gehabt.«

»Aha.« Rüterbusch kam ein Gedanke. »Und könntest du an den Messerspuren erkennen, ob es eine linke oder rechte Hand war?«

»Du stellst vielleicht Fragen!« Krassmann nahm das Messer wieder auf und betrachtete es. »Nein, unmöglich. Ist das denn wichtig?«

»Alles ist wichtig.«

»So? Dann musst du auch in Erwägung ziehen, dass es sich bei den Blutresten um Tierblut handeln könnte.«

»Tierblut? Das halte ich für ausgeschlossen, das wäre Beiss doch aufgefallen.«

»Ach, Beiss.« Krassmann grunzte verächtlich, denn er konnte den Physikus nicht leiden, was nicht zuletzt daran lag, dass studierte Medizi gern auf einfache Chirurgen wie ihn herabblickten. »Beiss, der ist doch nichts weiter als ein Fettsack mit Doktortitel. Die Hautspuren an dem Messer sind ihm ja auch nicht aufgefallen. Ich sage dir, Tierblut unterscheidet sich in nichts von Menschenblut! Ich will es dir beweisen. Du hast mich vorhin gefragt, warum ich immer so viele Hunde habe. Nun sollst du es erfahren.«

Krassmann ging in eine Ecke der Werkstatt, wo eine Kiste mit Sägespänen stand, und streute eine gute Portion des Inhalts auf dem Boden aus. Dann befahl er dem Rüden, der die ganze Zeit still dabeigelegen hatte, auf den Spänen »Sitz« zu machen. Das Tier gehorchte umgehend, woraufhin Krassmann an seine Seite trat und ein paar schnelle Bewegungen neben dem Kopf ausführte. »Wie du siehst, reagiert der Hund nicht im Mindesten darauf, es scheint ihm egal zu sein, was ich mache. Glaub mir, es hat eine Weile gedauert, bis ich ihn so weit hatte.«

»Ja, und? Worauf willst du hinaus?«

Krassmann nahm das Schlachtmesser von der Werkbank, trat wieder neben den Hund, holte aus und schlug ihm mit einem einzigen kraftvollen Hieb den Kopf ab. Der Kopf fiel in die Sägespäne, der Körper sackte zur Seite, die Hinterläufe des Tieres zuckten noch ein paar Mal.

»Blitz und Donner, was tust du da?« In Rüterbuschs Augen stand blankes Entsetzen.

»Ich gebe dir Gelegenheit, dich davon zu überzeugen, dass Tierblut und Menschenblut völlig gleich aussehen.«

»Bist … bist du wahnsinnig!« Rüterbusch war sprachlos. »Das arme Tier!«

»Der Hund hat drei Jahre bei mir gelebt und immer satt zu fressen gehabt, nachdem ich ihn als halbverhungerten Welpen auf einem Abfallhaufen gefunden hatte. Sein Leben war schön, jetzt hat er dafür bezahlt, ein einfaches Geschäft.«

»Aber, aber …!«

»Ich kannte ihn, er kannte mich, er wusste, dass ich ihm eines Tages den Kopf abschlagen würde. Es war notwendig, weil ich als Scharfrichter in Übung bleiben muss. Alle vier Wochen prüfe ich Genauigkeit und Kraft meines Schlages, egal, ob eine Hinrichtung ansteht oder nicht, und so wie ich machen es viele andere meines Berufes auch, nur dass die meisten keine Hunde nehmen, sondern Ziegen oder Schafe. Im Übrigen weißt du ja, was mit einem Scharfrichter passieren kann, der nicht präzise trifft.«

»Ja, das weiß ich.« Rüterbusch erinnerte sich daran, dass Krassmann ihm einmal von einem *Carnifex* namens Volkardt Basler aus der Schweiz berichtet hatte, der anno 1657 selbst beim dritten Versuch nicht in der Lage gewesen war, den Delinquenten zu köpfen. Das aufgebrachte Volk hatte ihn daraufhin gesteinigt, und das sogar mit Billigung des anwesenden Richters. »Aber warum übst du nicht an einer Puppe?«

»Weil sie nicht aus Fleisch, Muskeln und Knochen besteht.«

»Deshalb also hast du so viele Hunde.«

»So ist es. Gibst du nun zu, dass zwischen Tierblut und Menschenblut kein Unterschied ist?«

»Ja«, sagte Rüterbusch, »zumindest rein äußerlich.«

»Hier, nimm dein Schlachtmesser zurück.«

Rüterbusch nahm die Klinge und sah die frischen Blutspuren, die sich mit den vorhandenen Resten vermengt hatten. Spätestens jetzt, so schoss es ihm durch den Kopf, wäre eine neuerliche Untersuchung durch Beiss sinnlos. Alles war schiefgelaufen, keinen Schritt war er weitergekommen! »Ich gehe jetzt«, sagte er.

»Ja, geh nur.«

Und während Rüterbusch die Werkstatt verließ, sah er, wie Krassmann begann, dem toten Hund das Fell abzuziehen.

»Du starrst mich an, als wäre ich der Leibhaftige«, sagte Alena zu Klingenthal. »Tritt ein.«

»Wie kommst denn du ins Pfarrhaus?«

»Genau wie du, durch die Tür.« Alena ging in die Küche. Klingenthal folgte ihr zögernd.

»Ich meine, was machst du hier, ich dachte, du wärst im Haus dieses ermordeten Ratsherrn, äh …?« Klingenthal war so verwirrt, dass er nicht gleich auf den Namen kam.

»Du meinst Angerstein. Ja, ich war dort.«

»Nachdem du mich auf der Straße wie einen Bettler hattest stehen lassen. Ich kam mir vor, wie, wie …« Abermals wusste Klingenthal nicht weiter.

»Es tut mir Leid, wirklich, aber versetze dich mal in meine Lage: Ich hatte zu dem Zeitpunkt noch keine Ahnung, wo ich die nächsten Tage unterschlüpfen konnte, während für dich schon feststand, dass du den Winter über eine Bleibe haben würdest; ich musste zusehen, wie ich zurechtkam, und da habe ich mich dem Zug angeschlossen.«

»Ich hoffe, es hat sich für dich gelohnt.« Klingenthal klang noch immer bitter.

»Was heißt ›sich gelohnt‹, ich habe meine Arbeit gemacht, und ich habe sie gut gemacht. Meine Gebete und mein Lied haben den Trauernden viel Trost gespendet. Ich hätte noch gut und gerne eine Woche oder länger in dem gastlichen Haus bleiben können, aber ich wollte nicht.«

»Warum nicht?«

»Wir sollten hier nicht herumstehen, setzen wir uns erst einmal, ich habe Tee für dich gekocht, den trinkst du doch so gerne.« Mit der größten Selbstverständlichkeit nahm Alena am Küchentisch Platz – es war der Stuhl, auf dem sonst Matthies saß – und schenkte von der dampfenden Flüssigkeit ein. Klingenthal ließ sich ihr gegenüber nieder. »Du tust so, als wärest du hier zu Hause.«

»Das bin ich in gewisser Weise auch. Ich habe eine kleine Kammer unter dem Dach.«

»Wie? Jetzt verstehe ich gar nichts mehr.«

Alenas Augen lachten. »Nimm erst mal einen Schluck.«

Beide tranken schlürfend aus ihren Bechern, dann fuhr Alena fort: »Die Familie der Angersteins war sehr nett zu mir, und später, nachdem der Totenschmaus vorbei und der Pastor gegangen war, auch sehr mitteilsam. So erfuhr ich, dass Matthies der Nachfolger von Lengefeld ist und dass er weder Frau noch Haushaltshilfe hat. Eine gute Gelegenheit, hier um Arbeit zu bitten, dachte ich.«

»Mir hat der Pastor erzählt, die Gemeinde hätte kein Geld für eine Hilfe.«

»Mir auch. Aber ich habe ihm gesagt, ich wolle keine Bezahlung. Kost und Logis den Winter über würden mir genügen.«

»Und darauf hat er sich eingelassen? Hatte er denn gar keine Angst vor dem Gerede der Leute?«

Wieder lachten Alenas Augen. »Und wie! Aber ich habe ihm erzählt, ich hätte den Leuten in der Nachbarschaft gesagt, ich wäre eine Cousine von ihm, meine Eltern wären tot, und ich wolle fortan für ihn da sein. Sozusagen als eine Art verwandtschaftliche Hilfe.«

»Und das hat er so hingenommen?« Klingenthal zog innerlich den Hut vor so viel Einfallsreichtum.

»Zuerst nicht, da war er ein wenig verstimmt, weil ich geschwindelt und ihn vor vollendete Tatsachen gestellt hatte, aber dann habe ich ihm tief in die Augen geschaut, und er hatte auf einmal nichts mehr dagegen.«

»Das kann ich mir vorstellen.« Klingenthal spürte einen kleinen Stich.

»Trink deinen Tee aus, und dann erzähle mir, wie es dir ergangen ist.«

»Da ist nicht viel zu berichten.«

»Nun komm, sei nicht so verbiestert. Der Pastor hat gesagt, er wäre mit dir unten am Hafen gewesen, wo ein Fischer namens Mewes unter rätselhaften Umständen verschwunden ist. Erzähl schon, die halbe Stadt redet mittlerweile davon.«

Es blieb Klingenthal nichts anderes übrig, als das Wenige, was er wusste, aufzuzählen, doch Alena hörte ihm wie gebannt zu und unterbrach ihn ein ums andere Mal mit anteilnehmenden Ausrufen. Gerade wollte er überleiten zu seiner Begegnung mit Conatus, dem seltsamen Gelehrten, als Alena plötzlich rief: »Da kommt der Pastor um die Ecke! Schnell, verschwinde, er braucht nicht zu wissen, dass wir uns kennen!«

»Verschwinden, wie stellst du dir das vor? Soll ich etwa in den Schrank kriechen wie ein ertappter Liebhaber?«

Trotz der Situation musste Alena kichern. »Das würde sicher lustig aussehen.«

»Du wirst in den Genuss nicht kommen, da ist der Pastor schon.« Klingenthal wandte sich zur Tür, über deren Schwelle in diesem Augenblick Matthies trat. Der hagere Mann schaute verdutzt drein.

Klingenthal sagte schnell: »Alena und ich haben uns schon miteinander bekannt gemacht. Ich gratuliere Euch zu Eurer neuen Haushaltshilfe.«

»Danke, danke.« Matthies war die Situation offenbar etwas unangenehm, ein Gefühl, das Klingenthal durchaus mit ihm teilte. »Unverhofft kommt oft, und unerforschlich sind die Wege des Herrn, wie es heißt. Ich nehme an, Alena hat Euch erzählt, warum sie hier ist ...«

»Ja, das hat sie ...« Klingenthal wollte noch hinzufügen, dass der Herr Pastor es mit ihr sicher gut getroffen habe, aber die Worte kamen ihm nicht recht über die Lippen, und so schwieg er.

Die Einzige, die sich völlig natürlich gab, war Alena. »Ich werde jetzt das Abendessen richten, Herr Pastor«, sagte sie und fügte, zu Klingenthal gewandt, hinzu: »Und Euch wünsche ich einen guten Abend.«

Es blieb Klingenthal nichts anderes übrig, als zu gehen.

Schon als Rüterbusch am Dienstagmorgen aufwachte, hatte er ein ungutes Gefühl. Irgendetwas würde an diesem Tag passieren, das spürte er, und er war sicher, dass es nicht angenehm sein würde. Zwei Stunden später hatte er Gewissheit: Der Gerichtsdiener Vock kam in sein Amtszimmer und überbrachte ihm mit wichtiger Miene die Nachricht, der Herr Oberamtmann Schäffer wünsche ihn zu sprechen. Es sei dringend, und der Herr Amtsinspektor möge sich beeilen.

Das verhieß nichts Gutes.

Schäffer war ein Mann, der sich stets freundlich gab, der stets viel lächelte und darüber hinaus etwas von einem harmlosen Onkel zu haben schien.

Das genaue Gegenteil war der Fall.

Wer Schäffer kannte, der wusste, dass dieser Mann nicht zu unterschätzen war. Er hatte beste Verbindungen zum Rat und war zudem ein persönlicher Freund des Bürgermeisters. Alle, die in der Stadt etwas zu sagen hatten, kannten Schäffer, und Schäffer kannte sie. Ihn gegen sich zu haben bedeutete Vernichtung. Das war Rüterbusch sehr wohl bewusst, als er wenig später vor dem gütig lächelnden Oberamtmann stand.

»Leider ist das Wetter heute nicht so gut wie gestern, aber wir haben ja auch schon November, ein grässlicher Monat, findet Ihr nicht auch?«

»Ja, natürlich.« Rüterbuschs Herz schlug wild. Er hätte gern gewusst, warum er sich nicht setzen durfte.

»Andererseits hat der Monat auch seine Vorteile, er bringt uns jedes Jahr wieder in den Genuss einer schönen, fetten Martinsgans. Gestern war Martinstag, der elfte November, hattet Ihr die Gelegenheit, einen dieser prachtvollen Vögel verzehren zu können?«

»Äh, nein.« Rüterbusch hatte am vergangenen Tag ganz andere Sorgen gehabt, Sorgen, die ihn auch heute plagten.

»Schade für Euch. Ich für meinen Teil hatte eine Gans, die beste, die jemals auf meinen Tisch kam. Meine Frau lässt die Vögel immer mit Äpfeln füllen, aber ausschließlich mit Boskop. Es gibt keinen besseren Apfel für diesen Zweck; ach, wusstet Ihr, dass der Boskop ursprünglich aus dem Ort Boskoop in Holland kommt?«

Rüterbusch krächzte irgendetwas.

»Natürlich gehören auch noch Dörrobst und Kräuter hinein, was alles genau, werde ich mein Lebtag nicht erfahren, die Frauen machen um ihre Rezepte ja immer ein großes Geheimnis.« Schäffer griff zu einem Federmesser und spielte damit. »Heute Abend gibt es Gänseklein, weil gestern noch so viel übrig war, und morgen Abend die restliche Soße mit Klößen. Ja, ja, so ein großer Vogel hält vor. Aber was rede ich, Ihr hattet ja keine Martinsgans; nun, dieses Schicksal teilt Ihr mit nicht wenigen in unserer schönen Stadt. Mir fällt dabei besonders die Frau des Fischers Hinrich Mewes ein. Die Arme hat in den vergangenen Stunden sicher an alles Mögliche gedacht, nur nicht an eine Gans. Kein Wunder, wo ihr Mann doch spurlos verschwunden ist. Ihr wisst nicht zufällig, wo er sich zur Zeit aufhält?«

»Äh, leider nein.« Rüterbusch trat von einem Bein aufs andere. »Aber ich habe alles in die Wege geleitet, um es herauszufinden.«

»Das höre ich gern. Habt Ihr auch alles in die Wege geleitet, um den Mörder des Ratsherrn Angerstein zu entlarven?«

»Gewiss, das habe ich.«

»Das habt Ihr nicht.« Allmählich zeigte Schäffer sein

wahres Gesicht. Die Zeit des Plauderns war vorbei. Er zielte mit dem Federmesser auf Rüterbuschs Brust und stellte fest: »Sonst hättet Ihr den Täter längst gefasst.«

»Ich, ich …«

»Ich habe den Eindruck, dass die Vielzahl Eurer Aufgaben es nicht zulässt, Euch um den Mord an Angerstein gebührend zu kümmern. Ich werde Euch deshalb unterstützen …«

»Oh, äh, ich bin Euch sehr verbunden.«

»… indem ich Euch von dem Kommando über die städtische Wachmannschaft entbinde. Die Führung übernimmt ab sofort Euer Stellvertreter.«

»Ja … jawohl.« Rüterbusch biss die Zähne zusammen. Das war wieder typisch für Schäffer. Er erzählte einem lächelnd, er wolle helfen, dabei schadete er einem nur. Welch ein Gesichtsverlust! Das Schlimmste aber war, dass er dafür auch noch Dank erwartete. »Meinen ergebensten Dank.«

»Gern geschehen. Merkt euch, ich erwarte schnellstens Erfolge, und nicht nur ich, auch der Ehrenwerte Rat der Stadt. Ihr dürft Euch nun entfernen.«

Rüterbusch verbeugte sich hastig und war schon fast hinausgeeilt, als ein Ruf Schäffers ihn zurückhielt: »Eines habe ich noch vergessen: Rosinen.«

»Ah, wie meint Ihr?«

»Rosinen gehören ebenfalls zur Füllung.«

Am selben Abend, die Dämmerung hatte bereits eingesetzt, saßen Ezechiel und Spinner-Franz im dichten Uferschilf der Elbe und angelten. Beide kannten sich nur flüchtig, aber der Appetit auf eine Fischmahlzeit hatte sie zusammengeführt. Neben ihnen, über einem Feuer, brutzelten bereits drei Brassen, doch sie waren zu klein, als dass beide Männer davon satt werden konnten, weshalb sie weiter ihre Ruten in den Fluss hielten. Ezechiel verspürte starken Hunger, er hatte den ganzen Tag kaum etwas zu sich genommen, und sagte: »Franz, mein Freund, ich hab eine Idee, lass mich die drei Fische essen, die anderen drei sind für dich.«

»Welche anderen drei?«, wunderte sich Spinner-Franz.

»Nu, die anderen drei, die wir noch fangen werden.«

»Drei und drei sind sechs, und sechs ist eine Unglückszahl, wer sie ausspricht, wird von Gespenstern überzogen. Ich will gleich etwas tun, damit sie uns nix anhaben können.« Spinner-Franz sprang auf, zog seine Schuhe aus und stellte sie in die entgegengesetzte Richtung. »Wenn sie jetzt kommen, entschwinden sie dorthin.«

Ezechiel schüttelte den Kopf. »Ich glaub, ein kleines bisschen meschugge bist du doch.«

Spinner-Franz ging nicht darauf ein. Er setzte sich wieder und zog einen zerfledderten Zettel hervor. »Wenn du den bei dir trägst, kann dir nichts Böses widerfahren.«

Ezechiel nahm das Papier und hielt es in die Nähe der Flammen, um besser lesen zu können. Fünf Wörter waren daraufgeschrieben: *sator, arepo, tenet, opera, rotas.* »Oj, das muss Lateinisch sein, und Lateinisch kann ich nicht. Weißt du, was das heißt?«

»Nee, nicht genau, es ist irgendwas mit einem Sämann, der arbeitet und erntet. Auf jeden Fall ist's ein Zaubersatz, den man vorwärts und rückwärts lesen kann, du darfst den Zettel behalten, wenn ich es bin, der die ersten drei Fische isst.«

»Oh nein, dann soll keiner von uns essen, huch, ich glaub, bei dir hat einer angebissen!«

In der Tat ruckte es ein paarmal an Spinner-Franz' Angel, woraufhin dieser mit gekonntem Schwung einen Zander an Land holte. Der Fisch hüpfte und wand sich, um wieder in sein Element zu kommen, aber Ezechiel gab ihm eins mit dem Knüppel auf den Kopf und rief: »Lieber Fisch, du bist zwar kein Wiederkäuer mit gespaltenen Hufen, aber koscher bist du trotzdem, weil du Schuppen und Flossen hast. Du wirst uns schmecken, auch wenn du nicht ein Gefillter bist.« Er nahm das Tier aus und legte es ebenfalls aufs Feuer. Dann nahm er die Angel wieder zur Hand. Wenige Augenblicke später spürte auch er einen deutlichen Zug. »Oj!«, rief er. »Da hat wieder einer angebissen. Der Herr, der über alles richtet, gebe, dass es kein Aal ist!«

Es war kein Aal. Es war viel schwerer.

Ezechiel zog aus Leibeskräften, und als es ihm nach mehreren vergeblichen Versuchen noch immer nicht gelang, den Riesenfisch an Land zu zerren, half Spinner-Franz ihm ziehen. Jetzt ging es besser. Langsam, Zoll für Zoll, nahm das Ungetüm im Wasser Konturen an. Dann, plötzlich, fiel Ezechiel die Angel fast aus der Hand. »Oj, oj, ein Fisch, der Flossen hat wie Arme, das gibt's nicht, ein Fisch mit Ohren statt Kiemen und zwei Beinen am Ende, das kann nicht sein, das darf nicht sein!«

Aber Ezechiels Gejammer nützte nichts, denn der Riesenfisch entpuppte sich als eine Wasserleiche. Es war, wie sich zeigte, der Körper eines Mannes, vollständig und unversehrt, nur die rechte Hand, die fehlte. Spinner-Franz bekreuzigte sich gleich mehrmals und rieb die Finger über seinen Unterarm, wo er sich vor Jahren eine Hostie hatte einheilen lassen, um gegen jegliches Unglück gefeit zu sein. »Ich werd verrückt«, keuchte er, »weißt du, wer das ist? Mewes ist's, der Fischer, nach dem sie überall suchen.«

»Ja, das stimmt, jetzt sehe ich's auch!«

Spinner-Franz blickte sich ängstlich um. »Wir sollten ihn schleunigst wieder ins Wasser stoßen. Mit Toten will ich nix zu tun haben.«

»Nebbich, was bist du nur für ein Christ! Der Mann hat ein Recht, begraben zu werden. Komm, fass mit an.« Ezechiel wollte den Toten endgültig ans Ufer ziehen, aber Spinner-Franz winkte ab.

»Nee, nee, von mir aus werd selig mit deiner Leiche, ich verdufte, hab nix gehört und nix gesehen.« Kaum hatte er das gesagt, raffte er seine Sachen zusammen und verschwand.

Ezechiel murmelte eine Verwünschung und zerrte weiter an dem Leichnam, keuchend und außer Atem, bis der leblose Körper halbwegs auf der Böschung lag. Dann richtete er sich langsam auf. »Puh, beim Allmächtigen, dessen Name gepriesen sei, das wär geschafft!«

»Ganz recht, das wär geschafft«, antwortete hochzufrieden eine Stimme hinter ihm. »Du bist verhaftet, Öljud.«

Ezechiel fuhr herum.

Die Stimme gehörte Rüterbusch.

Wer Wind sät, wird Sturm …

In der Nacht zum Mittwoch lag Klingenthal auf seinem Karren, zugedeckt bis zum Kinn, und versuchte einzuschlafen, doch es wollte ihm nicht gelingen, zu viele Gedanken kreisten in seinem Kopf. Dabei war der Tag mehr oder weniger ereignislos verlaufen. Vormittags und nachmittags hatte er auf dem Uhlenmarkt eine Vorstellung gegeben, zwei lustige Stegreifhandlungen mit seinen Puppen, in denen das Burgfräulein, der Söldner und der Schiffer die Hauptrolle spielten. Die Vorstellungen waren sehr gut angekommen. Danach hatte er gemacht, dass er fortkam, weil er befürchtete, von Conatus entdeckt und in das Haus mit den unheimlichen Maschinen gebeten zu werden.

Mittags war er in den *Roten Hirschen* gegangen und hatte eine Kartoffelsuppe gegessen, danach war er ein wenig durch die Straßen geschlendert. Viel hatte sich im vergangenen Jahr nicht verändert, die Menschen und die Gebäude waren immer noch dieselben.

Abends hatte er seinen Wagen in den Schuppen gezogen und anschließend einen Blick durchs Küchenfenster in Matthies' Haus geworfen. Der Pastor war nicht da gewesen. Nur Alena, die geschäftig in der Küche hantierte.

Alena.

Gern wäre er hineingegangen, aber dann hatte er es sich anders überlegt.

Was Alena wohl jetzt machte? Hatte sie keine Angst allein in dem großen Haus? Unsinn, sie war eine junge Frau, die das Herz auf dem rechten Fleck hatte, und der Pastor würde sicher bald wiederkommen.

Klingenthal wälzte sich hin und her.

»Geh doch zu ihr, wenn sie dir nicht aus dem Kopf will«, sagte die Magd.

»Tu's nicht, man soll den Weibern nicht nachlaufen«, sagte der Schiffer.

»Richtig, sie sollen einem aus der Hand fressen«, sagte der Söldner.

»Männergeschwätz, dummes Männergeschwätz!«, empörte sich das Burgfräulein.

»Schlaf doch, so wie ich auch«, murmelte der Landmann.

»Nein«, sagte Klingenthal, »es geht nicht, da kann ich genauso gut aufstehen und nach ihr sehen.«

Der Schultheiß sagte: »Aber bleib nicht zu lange, und lass dich nicht von Matthies überraschen.«

Klingenthal war schon vom Karren gesprungen. »Da hast du Recht, das wäre verhängnisvoll.« Im fahlen Licht, das vom Hof hereinfiel, überprüfte er den Sitz seiner Kleidung, stieg in die Schuhe und warf einen raschen Blick in den Ofen. Ja, das Feuer brannte gut, und es würde auch noch brennen, wenn er zurückkam. Wärme war in dieser Jahreszeit das Wichtigste. Ohne Wärme war überhaupt kein Schlaf zu finden.

Er öffnete die Holztür, trat hinaus und prallte jählings gegen eine Gestalt, die gerade hereinwollte. Dann hörte er ein leises Lachen.

»Zu wem wolltest du denn?«, fragte Alena.

»Ich, äh …«

»Ich jedenfalls wollte zu dir. Hier, ein Topf mit Fleischsuppe, sie ist köstlich und enthält bestimmt kein Schwein.«

»Oh ja«, sagte Klingenthal, der sich noch immer nicht von der Überraschung erholt hatte.

»Es ist Kaninchen drin.«

»Oh, schön …« Sollte er ihr sagen, dass die *Kaschrut* auch Kaninchenfleisch verbot? Er brachte es nicht fertig.

»Willst du mich nicht reinlassen?«

»Doch, doch.« Klingenthal trat zur Seite. Alena ging mit dem Topf in der Hand zum Ofen und setzte sich auf die Bank daneben. »Der Pastor wird nicht merken, dass ich eine Portion für dich abgezweigt habe. Schau mal.«

Klingenthal hob den Deckel an und äugte in den Topf. Was er erkannte, war nicht viel mehr als eine dickliche Flüssigkeit, dafür roch es umso köstlicher. »Das duftet wirklich gut.« Er nahm den Löffel, den Alena ihm hinhielt, und probierte.

»Schmeckt es?«

»Hm, sehr gut.« Klingenthal spürte erst jetzt, wie hungrig er war. Er beschloss, das dritte und fünfte Buch Mose, in denen die zweiundvierzig unreinen Tierarten aufgeführt waren, für eine Weile zu vergessen, und aß mit Genuss den ganzen Topf leer. Als er fertig war, sagte Alena:

»Schade, dass es so dunkel bei dir ist, ich kann dich kaum erkennen.«

»Ich möchte keine Kerze anzünden. Pastor Matthies könnte uns sehen, wenn er zurückkommt. Besser, du gehst vorher.« Im selben Moment, als er das gesagt hatte, merkte Klingenthal, wie unhöflich seine Worte wirken mussten. Alena hatte ihm nichts getan, im Gegenteil, sie hatte an ihn gedacht und ihm Essen gebracht, und ihm fiel nichts anderes ein, als sie fortzuschicken, kaum dass er seine Mahlzeit beendet hatte. »Äh, ich meine, selbstverständlich brauchst du noch nicht zu gehen, ich wollte damit nur sagen …«

»Wir könnten die Ofenklappe einen Spalt öffnen.«

»Wie?«

»Dann hätten wir wenigstens ein bisschen Licht.«

»Ach so, natürlich.« Klingenthal betätigte den Hebel.

»Schon besser.« Alenas Augen, im spärlichen Feuerschein dunkel wie Ebenholz, neckten ihn. »Oder möchtest du es lieber finster haben?«

»Nein, nein, ich …«

»Nun küsse sie schon!«, rief das Burgfräulein vom Karren herab. »Sie ist ein braves Ding und deiner wohl wert!«

Klingenthal zögerte.

Alena schloss die Augen. »Du tust doch sonst immer, was deine Puppen sagen.«

Da küsste er sie. Es war ein langer Kuss, verhalten zunächst, dann mehr und mehr voller Leidenschaft. Als sie schließlich voneinander ließen, blieben sie eng umschlungen sitzen, und Alena flüsterte: »Hast du das adlige Fräulein damals auch so lange geküsst?«

»Nanu, woher willst du wissen, dass ich ein adliges Fräulein kannte?«

Alena lachte. »Ich habe ein gutes Gedächtnis, deshalb weiß ich, dass du eine Magd unter deinen Puppen hast, weil du einmal eine Magd kanntest, und wenn es auch nur eine alte Dänin mit großem Busen war, was ich dir im Übrigen nicht ganz abnehme. Ich glaube eher, es war eine junge Dänin mit großem Busen. Außerdem weiß ich, dass du einen Schiffer unter deinen Puppen hast, weil du einmal zur See gefahren bist. Wahrscheinlich warst du auch einmal Knecht bei einem Bauern und Infanterist bei den Soldaten, aber am meisten interessiert mich die Geschichte mit dem Burgfräulein.«

Klingenthal küsste Alena.

Sie drehte den Kopf zur Seite. »Das ist keine Antwort!«

»Nun gut, ja, ich kannte einst eine junge Dame, aber nicht so, wie du jetzt vielleicht denkst. Ihr Name war Hildegard von Ratorff.«

»Erzähl mir mehr von ihr.«

»Da gibt es nicht viel zu erzählen, dafür war sie zu alt und ich zu jung. Die Leute sagten, sie hätte eine unglückliche Liebe gehabt, weshalb sie schnippisch und verbittert geworden sei und am Ende den Freitod suchte. Mir tat sie immer Leid, denn im Grunde ihres Herzens war sie ein freundlicher Mensch. Sie wohnte auf einem Gut ganz in der Nähe.«

»War sie hübsch?«

»Sie war sehr reich und trug stets kostbare Kleider. Am liebsten rosafarbene. Wenn man reich ist, erscheint man vielen als schön, obwohl man es vielleicht nicht ist. Für mich als Knabe war sie jedenfalls das schönste Fräulein weit und breit.«

»Und das ist schon alles?« Alena klang enttäuscht. »Warst du denn niemals in deinem Leben richtig verliebt?«

»Vielleicht ist er es jetzt!«, rief das Burgfräulein dazwischen.

Alenas Augen leuchteten. »Stimmt das?«

Klingenthal lächelte. »Es wäre zumindest nicht stark übertrieben.« Er küsste sie abermals, und wieder verging eine ganze Zeit, bis sie sich voneinander lösten. Dann sagte Alena: »Und der Schultheiß?«

»Was soll mit ihm sein?«

»Warst du selbst mal einer, oder bist du nur als Knabe einem begegnet?« Die Frage sollte scherzhaft klingen, war aber durchaus ernst gemeint.

»Nein, ich war niemals ein Schultheiß.«

»Das verstehe ich nicht, alle deine Puppen stehen doch in einer Beziehung zu deinem Leben?«

»Der Schultheiß nicht.«

Alena fühlte, dass dies nicht die ganze Wahrheit war, gab sich aber fürs Erste damit zufrieden, denn Klingenthal küsste sie schon wieder, zuerst auf den Mund, dann auf die Augenlider, auf die Wangen, das kleine Ohrläppchen. Er spürte, wie ihr Atem schneller ging, wurde mutiger und ließ seine Lippen tiefer wandern, küsste ihren Hals, hielt dort einen Augenblick inne, küsste ihn erneut, wanderte weiter, hinunter in den Kragen ihres leinenen Hemdes, berührte die zarte Haut, öffnete Knöpfe, tastete mit den Fingern nach ihren Brustspitzen, fand sie und liebkoste sie mit unendlich sachten Bewegungen. »Vielleicht«, sagte er heiser, »steht der Schultheiß doch in einer Beziehung zu meinem Leben, aber das erzähle ich dir lieber auf dem Wagen.«

»Ja«, flüsterte Alena, »auf dem Wagen.«

Als sie nebeneinander lagen, nackt und nur durch das große Wachstuch bedeckt, sagte Alena: »Streichle meine Brüste weiter, bitte …«

Klingenthal gehorchte gern.

»So ist es gut, und nun erzähle.«

»Tja, also.« Er räusperte sich. Ihre Fraulichkeit wirkte so unmittelbar, so überwältigend auf ihn, dass es ihm schwerfiel, sich zu konzentrieren. »Dass ich Jude bin, weißt du ja bereits. Ich wuchs in einem wohl behüteten Elternhaus auf. Vater betrieb ein Geld- und Pfandhaus in Tangermünde, und wir waren das, was man begütert nennt. Unser Leben war sorgenfrei. Mutter hatte viele Bedienstete im Haus, auch Mette, die dänische Magd, gehörte dazu. So blieb ihr genügend Zeit, das zu tun, was sie am liebsten tat: musizieren. Sie konnte es wundervoll und hielt jedes ihrer Kinder an, ein Instrument zu erlernen.«

»Wie viele Geschwister hast du?«

»Bitte, lass mich erst weitererzählen. Alle Kinder hatten großes Talent, bis auf eines.«

»Und das warst du?«

»Richtig. An mir ist wahrlich kein Musikus verloren gegangen, ich bin aus der Art geschlagen, denn ich fühlte mich von jeher der Heilkunst verbunden. Zum Leidwesen meiner Mutter studierte ich statt Notenblättern lieber die Schriften des Paracelsus, weshalb später aus mir auch kein Bach, kein Boccherini oder Mozart wurde, sondern ein ernsthafter Medizinstudent.«

»Dann müsstest du heute eigentlich Arzt sein.«

»Ja, eigentlich, aber es kam etwas dazwischen.«

»Was denn?«

Klingenthals Finger, die Alena bislang unablässig gestreichelt hatten, erstarrten. »Es fällt mir schwer, darüber zu reden, sehr schwer. Noch nie habe ich darüber geredet.«

»Dann tu es jetzt, Julius, vielleicht hilft es dir.« Sie nahm seine Hand und legte sie wieder auf ihre Brust.

»Ja, vielleicht. Nun, es ist so, dass meine Eltern in den

Wirren des Siebenjährigen Kriegs ermordet wurden. Es gibt auf dieser Welt leider immer wieder und überall Menschen, die uns Juden hassen. Vater und Mutter wurden der lächerlichsten Dinge bezichtigt, verurteilt, verschleppt und am Ende erschossen, genau wie alle meine Geschwister. Ich selbst entging den Häschern nur, weil ich zu jenem Zeitpunkt auf der Universität in Göttingen war.«

»Das muss furchtbar für dich gewesen sein.« Alenas Augenlider zuckten.

»Bitte weine jetzt nicht. Ja, es war furchtbar, trotzdem studierte ich weiter, denn wie heißt es doch: Alle Dinge wachsen im Laufe der Zeit, nur die Trauer nicht, und auch der größte Schmerz lässt einmal nach. Doch der Kelch meiner Prüfungen war noch nicht an mir vorübergegangen, denn das Unglück wollte es, dass ich eines Tages dem Professor bei einer Operation assistieren sollte. Der Kranke hatte eine Wucherung am Hals direkt unter dem Kinn, einen Tumor, der entfernt werden musste. Alles verlief gut, bis dem Professor das Skalpell ausrutschte. Er verletzte dabei die *Karotis*, die Halsschlagader, und augenblicklich sprudelte das Blut wie aus einem Springbrunnen hervor. Der Patient war trotz aller Bemühungen nicht zu retten, es war sein Ende. Und meines auch.«

»Aber wieso denn?«

»Weil der Professor sehr besorgt um seinen untadeligen Ruf war und mir die Schuld in die Schuhe schob.«

»Du hättest doch nur zu sagen brauchen, wie es wirklich war!«

»Das habe ich auch getan, aber man hat mir nicht geglaubt.«

»Warum nicht?«

»Weil ich nur ein kleiner Student war. Und weil ich Jude bin. Ich musste die Universität von einem Tag auf den anderen verlassen. Seitdem habe ich vielerlei Berufe ausgeübt, am liebsten aber bin ich Bauchredner, denn nur ein Bauchredner kann Puppen zum Leben erwecken. Siehst du, jetzt weißt du alles über mich.«

»Ja, aber eigentlich müsste der Schultheiß ein Arzt sein.«

»An den Beruf des Arztes möchte ich niemals wieder erinnert werden.«

»Das verstehe ich.« Alena begann nun ihrerseits, Klingenthal sanft zu streicheln. »Aber warum musste es ausgerechnet ein Schultheiß sein?«

»Weil ein Schultheiß stets besonnen und überlegt auftritt, jedenfalls der meine, und weil er mir hilft, den Glauben an eine gerechte Obrigkeit zu bewahren.«

Statt einer Antwort liebkoste Alena ihn weiter, ihre Hand spielte mit den Härchen auf seiner Brust, zupfte daran, strich sie wieder glatt, kraulte sie, streichelte weiter und schob sich langsam, ganz langsam abwärts über den flachen Bauch bis zum Ansatz seines Schamhaars.

Klingenthal hielt die Luft an.

Die Hand ließ ihn warten.

»Weiter, bitte.«

Nach quälend langen Augenblicken tastete sie sich abermals vor, ließ sich erneut Zeit, näherte sich seinem aufgerichteten Glied und berührte es zart …

»Meister Klingenthal! Meister Klingenthal, könnt Ihr mich hören?«

Klingenthal schreckte zusammen, ihm war, als hole ihn ein Kübel Wasser in die Wirklichkeit zurück. Da draußen stand Matthies! Tausend Gedanken schossen ihm durch den Kopf. Was mochte der Pastor wollen? Ahnte er, dass Alena bei ihm war? Nicht auszudenken, wenn dem so war! Doch nein, woher sollte er das wissen. Er musste davon ausgehen, dass seine neue Haushaltshilfe oben in ihrer Kammer war und schlief.

»Klingenthal?«

»Ja, was gibt es, Herr Pastor?« Klingenthal bemühte sich, schläfrig zu klingen.

»Verzeiht, wenn ich Euch geweckt habe, aber in Eurem Fenster spiegelt sich Feuerschein. Wahrscheinlich nichts Besorgniserregendes. Vielleicht steht nur die Ofenklappe offen?«

»Ich kümmere mich sofort darum!«

»Dann bin ich beruhigt. Ich wünsche Euch eine gute Nacht, der Herr schenke Euch erholsamen Schlaf!«

»Danke, Herr Pastor, Euch auch.«

Schritte entfernten sich, man hörte, wie Matthies die Tür des Pfarrhauses aufmachte und knarrend schloss. Wenig später herrschte Stille.

»Gott sei Dank, er hat nichts gemerkt«, wisperte Alena. »Du brauchst nicht so zu flüstern, er kann uns bestimmt nicht hören.« Klingenthal nahm Alenas Hand und legte sie an die Stelle, wo sie zuletzt gewesen war.

»Nein, ich … ich möchte nicht mehr. Ich kann nicht länger bleiben.«

»Warum denn nicht?«

»Ich habe Angst, er hört es, wenn ich hinauf in meine Kammer steige.«

»Gerade deshalb solltest du noch bleiben. Wir warten einfach, bis er eingeschlafen ist.« Klingenthal griff wieder nach Alenas Hand.

»Nein, bitte, woher sollen wir wissen, wann er eingeschlafen ist? Das können wir doch gar nicht! Was machen wir bloß, oh, ich habe solche Angst.«

Klingenthal versuchte, sie zu beruhigen, sprach davon, dass auch Pastoren nur Menschen seien und irgendwann, spätestens in den Morgenstunden, einschlafen würden, bemühte sich, die Augenblicke der Verzauberung wieder zum Leben zu erwecken, doch es wollte ihm nicht gelingen, Alena war und blieb besorgt. Schließlich kleideten sie sich wieder an und kletterten vom Wagen herab.

Als sie unten waren, rief die Magd: »Ich kann Alena gut verstehen, wie kann Klingenthal in einer solchen Situation nur an Liebe denken!«

»Typisch Mann«, pflichtete das Burgfräulein bei.

Der Schiffer, der Landmann und der Söldner sagten nichts. Nur der Schultheiß ließ sich vernehmen: »Männer sind anders als Frauen. Sie meinen es nicht so.«

Alena lächelte. »Das hat der Schultheiß nett gesagt. Ich muss nun gehen, drück mir die Daumen, dass der Pastor nichts merkt.« Sie reckte sich empor und küsste Klingenthal auf die Wange. Bis morgen und ... es war schön.«

Er blickte ihr durchs Fenster nach, wie sie mit anmutigen Bewegungen über den Hof eilte und gleich darauf im Pfarrhaus verschwand.

»Ja«, murmelte er, »es war schön.«

»Schön wird das, was dich erwartet, nicht sein, wenn du die Tat leugnest«, sagte Rüterbusch zu Ezechiel. »Schau dir die Marterwerkzeuge lieber noch einmal genau an, bevor du weiter alles abstreitest.«

Ezechiel schwieg verbissen. Er stand in der Mitte der

Folterkammer und hielt krampfhaft die Augen geschlossen, damit er die Daumenschrauben, die Brenneisen, die Spanischen Stiefel, die Stachelstühle, die Streckbank, die Mundbirne und all die anderen martialischen Instrumente nicht betrachten musste.

»Es wäre wirklich besser, du würdest gestehen. Wenn du es nicht tust, wirst du gleich die Hölle auf Erden erleben, nicht wahr, Krassmann?«

Krassmann, der Scharfrichter, nickte widerwillig. Er fühlte sich nicht wohl in seiner Haut. Eine peinliche Befragung ohne Schöffen und Protokollanten hatte er noch nie durchgeführt und eine Folter, die nicht zuvor von einem Richter angeordnet worden war, schon gar nicht, aber Rüterbusch hatte auf ihn eingeredet wie auf einen kranken Gaul, hatte von einer einmaligen Gelegenheit gesprochen, davon, dass alles sehr schnell gehen würde, davon, dass ein Geständnis die Mordfälle klären würde, und davon, dass gewiss auch ihm Anerkennung durch die Behörden zuteil werden würde. Rüterbusch hatte noch viel mehr gesagt und sogar mit Geld gelockt, aber da hatte Krassmann abgewinkt, denn er war nicht käuflich. »Ja«, sagte er laut, »besser, du gestehst jetzt, Öljud.«

»Ich war's nicht! Und wenn Ihr mich noch hundertmal fragt, ich war's nicht.«

»Du warst es.« Rüterbusch wollte einen letzten Versuch unternehmen, um die Tortur zu vermeiden. »Ich habe dich auf frischer Tat ertappt, als du die Leiche von Hinrich Mewes beiseite schaffen wolltest. Die Leiche, die du auf dem Gewissen hast!«

»Aber wir haben doch nur geangelt, und plötzlich hatte ich den toten Mann am Haken!«

»Sagtest du eben ›wir‹?« Rüterbusch war hellhörig geworden. »Wer war denn außer dir noch dabei?«

Ezechiel presste die Lippen zusammen.

»Schön, das quetschen wir auch noch aus dir heraus.« Rüterbusch dachte an die Situation, in der er den Juden überrascht hatte. Ezechiel hatte sich über den Toten gebeugt und an ihm gezogen und gezerrt, wahrscheinlich, um ihn im nahen Ufergebüsch zu verstecken. Mewes war noch recht frisch gewesen, nicht so eklig anzusehen wie manche der Wasserleichen, die schon Tage oder Wochen im Strom trieben. Die rechte Hand hatte ihm gefehlt, und an der Schläfe hatte er eine große Einblutung gehabt. »Ich will dir sagen, wie du das Verbrechen begangen hast: Du hast dich in der Nacht zum Montag an die Mole geschlichen und den armen Hinrich Mewes hinterrücks überfallen. Hier, mit diesem Schlachtmesser hast du ihm die rechte Hand abgehackt und ihn anschließend bewusstlos geschlagen, dabei ist er ins Wasser gefallen und jämmerlich ertrunken. War es nicht so?«

»Aber, nebbich, warum hätt ich das tun sollen? Ich kannte den Mewes doch kaum!«

»Du brauchtest Geld.«

»Aber ich hatte doch Geld!«

»Ja, ja, hinterher!« Rüterbusch dachte an die Magd, die ihm über den Weg gelaufen war und die sich bei ihm bitterlich über den Öljuden beklagt hatte. Er habe ihr alle möglichen Dinge andrehen wollen, besonders seine minderwertigen Fächer, obendrein sei er frech geworden und fast handgreiflich. Rüterbusch hatte aufgehorcht. Wer nichts verkaufte, brauchte Geld, das war sonnenklar, und der Jude hatte seit Wochen kaum etwas an den Mann gebracht. Er hatte die Magd weiter befragt, geduldig und beharrlich, und je länger er mit ihr gesprochen hatte, desto sicherer war er geworden, dass Ezechiel einen idealen Täter abgeben würde. Zum Schluss war von der Magd sogar noch der Wink gekommen, dass Ezechiel abends des Öfteren angelte. »Du hast Mewes Geld gestohlen«, wiederholte Rüterbusch, »wegen ein paar lächerlicher Münzen hast du ihn ermordet, ebenso wie du den Ratsherrn Angerstein ermordet hast. Gib es endlich zu!«

»Neiiin!« Ezechiel kreischte fast. »Oh Allmächtiger, dein Name sei gepriesen, aber warum lässt du den Geist dieser Männer so im Dunkeln?«

»Gut, du hast es nicht anders gewollt. Krassmann, walte deines Amtes.«

Rüterbusch und der Scharfrichter hatten die Vorgehensweise genau abgesprochen. Sie waren sich einig gewesen, das peinliche Verhör abzukürzen, was unter anderem bedeutete, dass auf die *Territio verbalis,* die genaue Erklärung der Funktionsweise sämtlicher Folterwerkzeuge, verzichtet werden sollte. Die Prozedur musste schnell gehen, und – das hatte Rüterbusch sich ausbedungen – sie durfte bei dem Gefolterten keine Spuren hinterlassen. Jedenfalls keine offensichtlichen. Deshalb sollte auch ein ganz besonderes Werkzeug zum Einsatz kommen, ein Marterinstrument namens Trockener Zug.

Krassmann trat hinter Ezechiel und überprüfte dessen auf dem Rücken gefesselten Hände. Dann griff er nach oben, wo ein kräftiges Seil von der Decke herabhing. Er verknüpfte das Ende mit Ezechiels Händen. Der Knoten musste sehr fest sitzen, denn er hatte im Verlauf der Tortur stärksten Belastungen standzuhalten. »Das wär's.« Krassmanns Blick verfolgte noch einmal das Seil hinauf bis zur Decke, wo es über eine Rolle lief und von dort wieder hinab zu einer Winde am Boden geführt wurde. Alles war in bester Ordnung. »Es kann losgehen.«

Rüterbusch, der es sich auf einem Stuhl bequem gemacht hatte, sagte: »Gleich, Öljud, wirst du merken, wie schwer es ist, die Arme nach hinten auszustrecken.«

Ezechiel antwortete nicht. Er stand mit geschlossenen Augen da und atmete heftig.

Krassmann griff in die Speichen der Winde. Das Seil spannte sich. Ezechiels Arme wurden hinter seinem Rücken nach oben gezogen. Er wehrte sich gegen die unnatürliche Bewegung, wollte sie ausgleichen, indem er sich nach vorn krümmte und auf die Zehenspitzen stellte, aber das Seil war unerbittlich, Zoll für Zoll verkürzte es sich, bis die Arme nahezu waagerecht standen.

Krassmann machte eine Pause.

Rüterbusch fragte: »Wie fühlst du dich, Öljud?«

Ezechiel schwieg. Schweißtropfen traten auf seine Stirn.

Krassman machte weiter. Behutsam, fast liebevoll drehte er an den Speichen. Die Arme wanderten höher, Knochen knackten, dann war der Punkt erreicht, wo Ezechiel kaum noch Bodenberührung hatte, ein Zustand, der, wie Krassmann wusste, bereits große Qualen verursachte.

»Wie ist es, willst du jetzt gestehen?«, fragte Rüterbusch.

Ezechiel keuchte.

Rüterbusch nahm eine der Fackeln aus der Wandhalterung und leuchtete damit in Ezechiels Gesicht. »Wenn du jetzt nicht redest, wirst du dir wünschen, niemals geboren worden zu sein. Also?«

Ezechiel nahm seine ganze Kraft zusammen und spuckte vor Rüterbusch aus.

»Wie du willst.« Rüterbusch gab Krassmann einen Wink.

Krassmann drehte weiter. Ezechiel schwang nun frei in der Luft, sein ganzes Körpergewicht hing an den Schultergelenken. Tränen rannen ihm aus den Augen. Aber er sagte nichts.

Auch Rüterbusch sagte nichts. Eigentlich war dies der Zeitpunkt, wo der Gefolterte mit brennenden Reisigruten geschlagen wurde, aber diese Züchtigung kam nicht in Frage. »Mach weiter, Krassmann.«

Der Scharfrichter griff in die Speichen, drehte sie und hörte erst auf, als Ezechiel gut drei Fuß über dem Boden hing. In dieser Stellung, die von manchen auch Papageienschaukel genannt wurde, gaben viele der Tortierten auf, besonders die korpulenten, deren Muskeln und Sehnen unter der unerhörten Belastung rissen. Aber Ezechiel wog nicht viel, er war dürr – und allem Anschein nach zäher als erwartet.

Krassmann warf Rüterbusch einen fragenden Blick zu. Dieser nickte. Daraufhin band der Scharfrichter Ezechiel die Füße zusammen, er nahm dazu schweres Tauwerk, an dessen Ende ein stabiler Haken saß. »Wozu der Haken ist, wirst du gleich sehen«, brummte er. Er ging in eine Ecke und rollte einen mächtigen, kugelförmigen Stein heran. »Wie du siehst, hat der Stein eine eiserne Öse, sicher ahnst du jetzt, wozu der Haken an deinen Füßen ist.«

»Nein!« Ezechiel wurde blass.

Krassmann beachtete sein Opfer nicht. Er bückte sich und hob den Stein an. Der Brocken war so schwer, dass ihm dabei die Stirnadern schwollen. Mit größter Mühe hängte er ihn an den Haken.

Es gab ein hässliches dumpfes Krachen, als das gewaltige Gewicht Ezechiel die Schultern ausrenkte, der Öljud stieß einen markerschütternden Schrei aus, dem ein Röcheln, ein Keuchen, ein Wimmern folgte. Unbeeindruckt beobachtete Krassmann, wie der gemarterte Körper nachgab und fast wieder bis zum Boden herabhing.

»Gestehst du jetzt?«, fragte Rüterbusch.

Ezechiel antwortete nicht. Er schien bewusstlos.

Krassmann zeigte sich keineswegs überrascht. Es war gar nicht so selten, dass eine Ohnmacht über den Gepeinigten kam und ihn die Schmerzen nicht mehr spüren ließ. Aber es gab ein einfaches Mittel dagegen. Er nahm einen Eimer Wasser und kippte ihn über Ezechiels Kopf aus. Der Kopf zuckte. »Er ist wieder bei sich«, sagte Krassmann.

»Gestehst du jetzt?«, fragte Rüterbusch nochmals.

»N... n...ein.«

»Gestehe, verdammt nochmal!«

»Hm ... hm, hm, hm ... hm, hm.«

Rüterbusch brauchte einige Zeit, um zu erkennen, dass Ezechiel eine Melodie summte. Ob es ein jüdisches Todeslied war? Er konnte nicht umhin, die Tapferkeit des Gefolterten zu bewundern. Gleichzeitig begann er, sich über ihn zu ärgern. Warum gab der verrückte Kerl die Tat nicht zu? »Hör mal, Öljud«, sagte er laut, »das war erst der Anfang. Wir werden dich noch höher hängen und einen weiteren Stein an deine Beine binden, wie gefällt dir das?«

Ezechiel summte weiter, mühsam, stockend, schwach. Aber er summte.

Rüterbusch und Krassmann machten die Drohung wahr. Und endlich, als der zweite Stein hing, bröckelte erstmals Ezechiels Widerstand. »Bitte ... S... Stein ... ab«, röchelte er.

»Gern, sofort. Wenn du gestehst.«

»I…ch … ich …«

»Gibst du zu, Hinrich Mewes bestohlen und hinterrücks mit einem Schlachtmesser ermordet zu haben?«

»…«

»Gut. Der Scharfrichter und ich gehen jetzt zum Mittagsmahl. Das kann ein paar Stunden dauern. Danach kommen wir wieder, vielleicht hast du es dir bis dahin überlegt.«

»Ja …«

Rüterbusch horchte auf. »Heißt das, du gibst zu, Hinrich Mewes bestohlen und hinterrücks mit einem Schlachtmesser ermordet zu haben?«

»J… ja.«

»Gibst du zu, den Ratsherrn Angerstein mit einem Armbrustbolzen ermordet zu haben?«

»Ja.«

»Na endlich. Das wurde aber auch Zeit. Dein Geständnis ist der Beweis! Die Mordfälle sind geklärt. Eines noch: Wirst du über die Art, wie der Beweis erbracht wurde, absolutes Stillschweigen bewahren? Ich rate dir, auch diese Frage mit Ja zu beantworten, anderenfalls wirst du hier hängen bis zum Tag des Jüngsten Gerichts. Also?«

»Ja …«

»Sehr schön.« Rüterbusch wollte Krassmann gerade sagen, er solle den Delinquenten abnehmen und ihm die Schultern wieder einrenken, da fiel ihm noch etwas ein: »Hör mal, Öljud, sagtest du vorhin nicht ›Wir haben doch nur geangelt, und plötzlich hatte ich den toten Mann am Haken‹? Wer war es, der dich an dem Abend begleitete?«

»Es … es …«

»War es vielleicht Klingenthal, der Bauchredner?«

»Ja.«

»Na also.«

Ein tiefes Gefühl der Zufriedenheit durchrieselte Rüterbusch.

Oberamtmann Schäffer tupfte sich mit dem Mundtuch die Lippen ab. Die Fasanenbrust war reichlich und köstlich gewesen, und auch das fein gewürzte Rotkraut mit den Apfelstückchen hatte zu überzeugen gewusst. Ja, man aß und trank gut im *Brandenburger*, vorausgesetzt, man konnte es sich leisten. Schäffer rülpste dezent und hob die Hand, um einen der dienstbaren Geister herbeizuwinken, denn ein kleines bisschen Platz für eine abschließende Leckerei hatte er sich im Magen aufgehoben. Ein unscheinbarer Mann eilte heran, den Schäffer, der nicht die besten Augen hatte, erst auf den zweiten Blick als Vock, den Gerichtsdiener, erkannte. »Nanu, Vock, seit wann gehörst du hier zum Personal?«

»Ich bitte um Verzeihung, Herr Oberamtmann, aber das tue ich nicht, es ist vielmehr so, dass der Herr Amtsinspektor Rüterbusch mich schickt. Er bittet Euch, so rasch wie möglich ins Rathaus zu kommen.«

»Was, jetzt?« Seinen Nachtisch hatte Schäffer sich anders vorgestellt.

Vock nickte und knetete die Hände.

»Und worum geht es, wenn ich fragen darf?«

»Das möchte der Herr Amtsinspektor Euch selber sagen. Es wäre sehr dringend.«

Schäffer fühlte Ärger, verbarg ihn aber wie stets. Er warf die Serviette auf den Tisch und sagte: »Du kannst ja nichts dafür. Nun denn, gehen wir.«

Vom *Brandenburger* bis zum Rathaus waren es nur wenige Schritte. Vock wieselte voran, und Schäffer folgte ihm mit gesetzter Miene, den Spazierstock dabei energisch aufsetzend und in diese und jene Richtung grüßend. Als sie durch die Tür des ehrwürdigen Gebäudes schritten, sagte der Gerichtsdiener: »Wir müssen in den Keller, Herr Oberamtmann, ich darf vorangehen.«

»Du machst es spannend, Vock.«

Kurz darauf standen sie tief unten in den Gewölben, wo es nach Moder und Feuchtigkeit roch, wo Folterkammer und Rüstkammer sich befanden und auch die Verliese für Ketzer und Gesetzlose.

Vor einer der Gittertüren stand Rüterbusch.

Schäffer blieb stehen und musterte seinen Amtsinspektor im spärlichen Licht der Wandfackeln. »Was kann wichtiger sein als eine schöne Portion Birnenkompott mit Cinnamom und Sahne?«, fragte er.

Rüterbusch, gerade im Begriff, seinen Vorgesetzten geziemend zu begrüßen, schliefen die Gesichtszüge ein. »Äh, wie meint Ihr?«

»Ihr habt mich um meinen Nachtisch gebracht. Aber ich bin sicher, es gibt einen guten Grund dafür, einen sehr guten.«

»Ach so!« Rüterbusch lachte befreit auf. »Ja, gewiss, gewiss, anderenfalls hätte ich doch niemals gewagt … Kurzum, ich freue mich, Euch melden zu dürfen, dass der Mörder des Ratsherrn Angerstein und des Fischers Mewes von mir dingfest gemacht wurde!«

Schäffer – und das war keineswegs typisch für ihn –

brauchte einige Augenblicke, um das Gesagte zu begreifen. »Ist das Euer Ernst?«, fragte er dann.

»Nie habe ich etwas ernster gemeint! Der Mörder ist gefasst, die Fälle sind geklärt.«

»Heißt das, Mewes ist tot aufgefunden worden? Bisher galt er doch nur als vermisst?«

»Genau das heißt es, Herr Oberamtmann. Ich fand Mewes' Leiche gestern Abend am Ufer der Elbe, wo sie angetrieben worden war. Der Mörder versuchte, sie zu verstecken, aber ich war zur Stelle und habe ihn verhaftet. Ich darf Euch bitten, in die Zelle hinter mir zu schauen, da sitzt er.«

Schäffer trat einen Schritt vor und spähte durch die Stäbe. Was er sah, wirkte auf ihn wie ein Häufchen Elend. Ein gebeugter Körper, der mit einem Tuch abgedeckt war, mehr nicht. Auf dem Kopf des Mannes saß eine Kippa. »Das ist ja Ezechiel, der Öljud.«

»Ganz recht.« In Rüterbuschs Stimme schwang unüberhörbar Stolz mit. »Er ist der Mörder.«

Schäffer konnte sich kaum vorstellen, dass der harmlose Jude die Untaten begangen haben sollte. »Und du willst Angerstein und Mewes umgebracht haben?«, fragte er in die Dunkelheit hinein.

»Ja«, krächzte es schwach aus der Zelle.

Noch immer zweifelte Schäffer. Das Ganze kam ihm zu einfach vor. »Warum hast du das gemacht, Ezechiel?«

»Er brauchte Geld«, sagte Rüterbusch.

»So so, Geld.« Schäffer fragte sich, warum Angersteins Familie nur den Tod ihres Oberhaupts beklagt hatte, nicht aber den Raub von Geld- oder Wertsachen. »Sagt mal, Rüterbusch, habt Ihr in den Kleidern des toten Mewes Geld gefunden?«

»Nein, Herr Oberamtmann«, log Rüterbusch, denn in Wahrheit hatte er doch ein paar Münzen gefunden und diese an sich genommen, damit der Verdacht des Diebstahls auf Ezechiel falle.

»Aha. Wo ist Mewes' Leiche jetzt?«

»Beim Stadtphysikus zur Untersuchung.«

»So so, bei Beiss.« Schäffers Gedanken kehrten zu Ezechiel zurück. Dieser Jude wollte einen Ratsherrn mit einer Armbrust erschossen haben? Und er wollte außerdem einen Fischer mit einem Schlachtmesser getötet haben? Der Schluss lag nahe, dass Rüterbusch der Geständigkeit ein wenig nachgeholfen hatte, vermutlich mit Krassmanns Hilfe, was aber, bei näherer Betrachtung, durchaus zu begrüßen war. Die Morde hatten in den vergangenen Tagen schon genug Unruhe in der Stadt ausgelöst, da würde die Meldung, der Täter sei gefasst, gerade recht kommen. Auch der Bürgermeister würde sich erfreut zeigen und natürlich der gesamte Ehrenwerte Rat.

Doch was war mit dem wahren Täter? Schäffer überlegte weiter und kam zu der Überzeugung, dass man den getrost vergessen konnte. Der würde bestimmt nicht den Finger heben und sagen: »Nein, ich war es!« So weit, so gut.

Blieb nur noch die Frage nach dem Wie und Warum. Das Warum war schon geklärt, Ezechiel hatte Geld gebraucht, nun ja, das klang ganz einleuchtend. Und das Wie? Er hatte seine Opfer mit ungewöhnlichen Waffen getötet, mit sehr ungewöhnlichen sogar. »Woher hattest du die Armbrust und das Schlachtmesser, Ezechiel?«

Rüterbusch antwortete: »Beides hat er dem Scharfrichter gestohlen. Ihr wisst doch, Herr Oberamtmann, Krassmann sammelt Waffen.«

»Ja, davon habe ich gehört«, sagte Schäffer nachdenklich. »Ist Krassmann ganz sicher, dass er beraubt wurde?«

»Er kann es beschwören, Herr Oberamtmann.«

»Gut, gut.« Schäffer merkte, wie sich die Schlinge enger um Ezechiel zog. Wieder sprach er durch die Stäbe: »Gibst du zu, Öljud, die Waffen dem Scharfrichter gestohlen zu haben?«

»J... ja.«

»Dann sei Gott deiner armen Seele gnädig. Zum Wohle der Stadt werde ich dafür sorgen, dass dir schon binnen Wochenfrist der Prozess gemacht wird.«

Aus der Zelle kam keine Antwort.

»Merke dir gut: Solltest du dann deine Aussagen widerrufen, kommst du auf die Folter.«

»Ja.«

»Schön.« Schäffer wandte sich an Rüterbusch. »Gute Arbeit, Amtsinspektor.«

»Danke, Herr Oberamtmann, danke!«

»Ich muss nun gehen.« Schäffer hatte es plötzlich eilig. Er wollte es sich nicht nehmen lassen, dem Bürgermeister persönlich die frohe Kunde zu überbringen.

»Und nun, ihr guten Leute«, rief der Schiffer, »ist die Vorstellung zu Ende, drum öffnet eure Herzen, öffnet eure Beutel, aber öffnet nicht eure Hosen!«

Die Menge lachte und klaubte ihre Geldstücke zusammen, während Klingenthal mit dem Hut herumging.

»Wer nicht ganz bei Groschen ist, gibt eben ein paar Pfennige!«, rief der Söldner.

»Kleinvieh macht auch Mist!«, rief der Landmann.

»Jeder gebe, so viel er kann!«, rief der Schultheiß.

Die Magd und das Burgfräulein riefen nichts. Die Magd, weil sie zu schüchtern war, und das Burgfräulein, weil es Bettelei hasste.

Die Menschen zerstreuten sich langsam, Klingenthal sah in seinen Hut und stellte fest, dass er gut gefüllt war. Zufrieden steckte er das Geld in die Rocktasche und wollte gerade den Platz verlassen, als Spinner-Franz auf ihn zutrat. Der abergläubische Mann machte ein Gesicht wie drei Tage Regenwetter und sagte: »Ja, ja, wer nicht dreimal täglich um eine Kirche rumgeht, dem holen die Käfer das Mehl aus dem Kasten.«

»Franz, was willst du?« Klingenthal beabsichtigte, rasch den Uhlenmarkt zu verlassen. Eine Nachbarin von Conatus hatte ihm zwar erzählt, der Gelehrte sei für ein paar Tage auf Reisen, aber darauf wollte er sich nicht unbedingt verlassen. Der Gedanke, er müsse dem seltsamen Mann weiter Unterricht in der Bauchredekunst erteilen, war ihm nicht gerade lieb.

»Und wer nicht dreimal täglich zum Christengott betet, der macht im Kerker die Papageienschaukel.«

»Franz, was willst du?«, wiederholte Klingenthal und löste die Keile unter den Rädern seines Karrens. »Ich hab's eilig.«

»Rüterbusch hat Ezechiel verhaftet, weil er nicht zum Christengott betet.«

»Was du nicht sagst.« Klingenthal glaubte, dass Spinner-Franz seinem Namen wieder einmal alle Ehre machte. Er schickte sich endgültig an, zu gehen.

»Ezechiel hat Angerstein und Mewes ermordet, sagt Rüterbusch.«

»Wie bitte, das sagt Rüterbusch?«

»Wenn nicht er, dann einer, der ihm so gleicht wie ein Tropfen Wasser dem anderen.«

Langsam dämmerte es Klingenthal, dass Spinner-Franz es ernst meinte. »Rüterbusch hat also Ezechiel wegen Mordes verhaftet. Woher weißt du das?«

Spinner-Franz schnüffelte. »Hab Augen und Ohren, und im Rathaus sitzen viele Mäuslein, die hören das Gras wachsen. Ja, Ezechiel haben sie gefoltert, die Papageienschaukel haben sie mit ihm gemacht, wenn du weißt, was das ist. Die Morde sind aufgeklärt, heißt es. Mewes' Leiche haben sie gefunden, da war eine Hand ab, und der Körper ist bei Doktor Beiss zur Untersuchung.«

Klingenthal lief ein Schauer über den Rücken. Amanda Mewes hatte sich also nicht geirrt, als sie am Montagmorgen im Schiff ihres Mannes eine Hand entdeckte – eine Hand, die später spurlos verschwunden war. Und Ezechiel sollte es gewesen sein, der diese Hand abgeschlagen und den Fischer getötet hatte? Lächerlich. Der Jude war so harmlos wie eine Stubenfliege. Armer Ezechiel! Wenn er gefoltert worden war, hatte er natürlich alles zugegeben. Die Lage schien aussichtslos für ihn.

»Hör mal, Julius, ich an deiner Stelle würd mich auch vorsehen.«

»Wie meinst du das?«

»Hab so was aufgeschnappt. Dein Name war dabei. Nichts Bestimmtes. Hast du vier Groschen, zwei für dich, zwei für mich?«

»Ja, schon, aber wofür?«

»Schutzzauber. Musst dir in den Finger stechen und mit dem Blut die Groschen läutern, dann musst du sie unter die Achseln klemmen und nacheinander ein Vaterunser, ein Ave-Maria und ein *Initium Joannis* sprechen. Dazu musst du in jede Himmelsrichtung *Haussibut mortem* rufen, dann kommt Luzifer mit dem Körperschweiß raus und kann dir nichts mehr anhaben. Ich werd's auch tun. Krieg ich nun die zwei Groschen?« Klingenthal gab sie ihm.

Spinner-Franz dankte und verschwand umgehend.

Klingenthal blickte ihm nachdenklich hinterher. Für einen kurzen Moment schwankte er, ob er den Schutzzauber anwenden sollte.

Dann unterließ er es.

Pastor Matthies legte die Bibel beiseite, in die er sich für eine Weile vertieft hatte, um Kraft im Wort Gottes zu finden. »Ja, so steht es geschrieben«, sagte er mit Predigerstimme. »*Wenn mir gleich Leib und Seele verschmachtet, so bist du doch, Gott, allezeit meines Herzens Trost und mein Theil,* Psalm dreiundsiebzig, Vers sechsundzwanzig. Ich glaube, das wäre die richtige Stelle, die Amanda Mewes neuen Lebensmut einhauchen könnte. Die arme Frau hat wahrlich einen Leidensweg zu durchschreiten.«

»Ja, das hat sie, Herr Pastor«, sagte Alena, die ihm gegenüber am Küchentisch saß und Erbsen pahlte.

»Mit Gottes Hilfe wird die Zeit ein Übriges tun, sie eilt, teilt und heilt, wie es so schön heißt.«

»Ja, Herr Pastor.«

»Wo wir gerade so traut beisammensitzen, äh …« Matthies suchte nach den richtigen Worten. »Nun, ich habe noch ein Hühnchen mit dir zu rupfen. Dass ich es nicht gutheißen kann, wie du die Nachbarschaft an der Nase herumgeführt hast, indem du dich als meine Verwandte ausgabst, sagte ich dir schon. Jetzt ist es leider zu spät, die Wahrheit ans Licht zu bringen. Doch was ist die Wahrheit? Woher kommst du, meine Tochter? Bist du ehrlicher Leute Kind? Wo wuchsest du auf? Was verschlug dich nach Steinfurth? Ich denke, ich habe ein Recht, das zu erfahren.«

»Jawohl, Herr Pastor. Ihr stellt viele Fragen auf einmal.« Alena warf die gepahlten Erbsen in eine große Wasserschüssel. »Vor morgen kann ich die Erbsensuppe nicht machen, aber dann wird sie köstlich werden, schön sämig mit Speck und Wurststücken, das verspreche ich.«

»Weiche mir nicht aus.«

»Entschuldigung.« Alena blickte auf und sah Matthies an, und prompt erging es ihm wie beim ersten Mal, als er sie gesehen hatte: Er war fasziniert von ihren Augen. Abbitte stand darin und ein wenig Reue, aber auch Selbstsicherheit, die Selbstsicherheit einer Frau, die um ihre Wirkung weiß. Er schaute zur Seite und sagte:

»Nun, ich wollte nicht zu scharf klingen, aber ein paar Antworten bist du mir schon schuldig.«

»Natürlich.« Alena unterbrach ihre Tätigkeit. »Es ist nur so, dass es mir schwer fällt, über alles zu sprechen. Furchtbar schwer. Vielleicht fange ich mit meiner jüngsten Vergangenheit an.«

»Tu das, meine Tochter.«

Alena erzählte von ihrer Zeit als Novizin in einem Karmelitinnenkloster und von ihrem Entschluss, in die Welt hinauszuziehen.

Matthies war einerseits hocherfreut, eine gottesfürchtige junge Frau unter seinem Dach aufgenommen zu haben, andererseits auch bestürzt. »Aber bedenke doch, meine Tochter, welch hervorragenden Ruf die frommen Schwestern vom Berge Karmel genießen, welch sinnvolles, arbeitsames, kontemplatives Leben sie führen, welch herrliches Gefühl es sein muss, sich lebenslang für Gott den Allmächtigen entschieden zu haben. Das alles hast du fortgeworfen.«

»Ich habe mich für Gott entschieden, Herr Pastor.«

»Aber du hast das Kloster verlassen.«

»Das habe ich, und trotzdem wohnt Gott weiter in meinem Herzen. Ihr selbst habt Euch doch auch für Gott entschieden, ohne gleich ein Mönch zu werden.«

»Nun, äh, das ist etwas anderes.«

Alena war höflich genug, nicht zu fragen, warum es bei Matthies etwas anderes gewesen sein sollte als bei ihr.

»Du verließest also das Kloster, das ist recht ungewöhnlich. Wolltest du zu Verwandten, hattest du ein festes Ziel? Eine Frau allein auf der Straße, das schickt sich nicht, eine unverheiratete Frau allein auf der Straße schickt sich erst recht nicht, und eine unverheiratete junge Frau allein auf der Straße, das ist nicht nur in höchstem Maße verwerflich, sondern auch geradezu eine Einladung für alle Sittenstrolche! Du hast im wahrsten Sinne des Wortes den falschen Weg gewählt, meine Tochter. Wie konntest du nur!«

»Ich hab die Freiheit gewählt, Herr Pastor.« Alena hatte das Pahlen der Erbsen beendet. Sie stand auf und brachte die Schüssel in die Speisekammer, wo die Erbsen über Nacht einweichen sollten. Dann setzte sie sich wieder zu Matthies und begann damit, den Speck in kleine Würfel zu schneiden. »Ich bin nun mal kein Mensch, der sich gerne sagen lässt, wann und wie oft er am Tage beten muss, und es fällt mir unsagbar schwer, bei der Arbeit Stillschweigen zu bewahren.«

»Tugenden aber, deren Wert nicht hoch genug eingeschätzt werden kann! *Ora et labora,* dieser Imperativ hat noch immer seine Gültigkeit, und ich möchte hinzufügen: *et tace.*«

»Jawohl, Herr Pastor.«

»Wovon hast du eigentlich gelebt? Ich meine, du bist doch sicher nicht direkt vom Kloster nach Steinfurth zu mir gelaufen?«

Alena schluckte, diesen Gesprächsverlauf hatte sie befürchtet, deshalb schilderte sie möglichst kurz, wie sie sich mit der Tätigkeit als Klagefrau über Wasser gehalten hatte, wobei sie ihre Begegnung mit Klingenthal geflissentlich verschwieg. Sie endete mit den Worten: »Bevor ich zu Euch kam, habe ich als Klagefrau im Haus des verstorbenen Ratsherrn Angerstein gearbeitet.«

Matthies brauchte einige Augenblicke, um Alenas Geschichte zu verarbeiten. Dann schüttelte er den Kopf. »Bei Angerstein im Haus warst du also, da hätte ich dich doch am Tage der Beerdigung sehen müssen!«

»Ihr habt mich nicht bemerkt, dafür waren einfach zu viele Menschen da, aber ich habe Euch gesehen. Und ich habe erfahren, dass Ihr allein in einem großen Haus lebt. Das brachte mich auf den Gedanken, bei Euch als Haushaltshilfe anzufangen.« Was Alena sagte, stimmte nur zum Teil, denn auch der Wunsch, Klingenthal wiederzusehen, hatte ihren Entschluss beeinflusst.

»So so, hm. Und nun bist du hier.« Matthies trommelte mit den Fingern auf die Tischplatte. Ihm lagen noch viele Fragen auf der Zunge, dennoch wusste er nicht recht weiter. Die Augen Alenas lenkten ihn ab. Schließlich sagte er: »Ich hoffe, es ist dir gelungen, die Witwe Angerstein zu trösten, sie und ihre erwachsenen Söhne?«

»Nicht nur sie, Herr Pastor, auch die kleine Tochter.«

»Tochter, was für eine Tochter? Die Witwe hat doch nur Söhne?«

»Ach, das wisst Ihr nicht? Nun, vielleicht sollte ich es Euch nicht sagen.«

»Nun aber heraus mit der Sprache! Vor einem Pastor wirst du wohl keine Geheimnisse haben.«

»Es ist die Tochter der persönlichen Hausmagd von Angersteins Witwe. Marie heißt die Magd, und der Vater heißt …«

Matthies beugte sich vor. »Ja, wie?«

Alena zögerte.

»Du willst doch nicht etwa sagen, dass …?«

»Doch, Herr Pastor, der Vater des kleinen Mädchens ist Angerstein. Ich habe es nur durch Zufall erfahren, denn um diese Tatsache wird ein großes Geheimnis gemacht. Niemand soll wissen, dass im Haus ein uneheliches Kind lebt, und schon gar nicht, wer der Vater ist.«

»Donnerwetter! Jetzt, wo du es sagst, dämmert es mir, dass ich etwas Ähnliches schon einmal gehört habe. Nun, ich gebe normalerweise nicht viel auf das, was meine Schäfchen hinter der vorgehaltenen Hand schwätzen, doch in diesem Fall scheint das Gerücht zu stimmen.«

Alena hatte den Speck fertig geschnitten und trug ihn fort. »Eines hat mich gewundert: Die Kleine war überhaupt nicht traurig über Angersteins Tod, trotzdem tat sie mir schrecklich Leid, sie hatte eine ganz dicke Backe.«

»Eine dicke Backe?«

»Ja, zuerst dachte ich, sie hätte Zahnschmerzen. Ich spielte mit ihr, sang mit ihr und ließ sie ein paar Kindergedichte aufsagen, dann betrachtete ich die Backe näher und sah die Striemen und die blauen Stellen. Irgendwer muss sie geschlagen haben. Ich wollte sie gerade fragen, wer das gewesen sei, als die Hausmagd hereinkam und mir das Kind abnahm. Sie ahnte, was ich gesehen hatte, und es war ihr sichtlich peinlich.«

»Gott bewahre! Wer schlägt denn so ein kleines Kind?«

»Ich weiß es nicht, die Kleine sagte kaum etwas, dabei war sie bestimmt schon vier Jahre alt. Sie war sehr scheu, fast schreckhaft, oh, sie tat mir so furchtbar Leid.« Alenas Mundwinkel zuckten, ihre Augen füllten sich mit Tränen. »Ich stelle mir vor, wie sie ganz allein in dem großen Haus leben muss, ohne Kinder, mit denen sie spielen kann, ohne Lachen, ohne Singen, ohne Tollen und nur erwachsene Trauermienen um sich herum, oh, oh, oh ...!« Nun weinte Alena richtig, und dicke Tränen liefen ihr die Wangen hinunter.

Matthies fühlte sich hilflos. »So beruhige dich doch, meine Tochter, so beruhige dich doch, bestimmt ist alles nur halb so schlimm.«

Alena schien ihn nicht zu hören, aus ihrem Weinen wurde Schluchzen, Heulen, Klagen, und ihr ganzer Körper erbebte vor Verzweiflung.

»Aber, aber!« Matthies, dem sonst stets ein passender Bibelvers einfiel, fehlten die Worte. Da griff er über den Tisch und nahm ihre Hände in seine. »Deine Tränen ehren dich, meine Tochter.« Er begann, ihre Hände zu streicheln. »Aber gewiss machst du dir zu viele Gedanken.«

Langsam beruhigte sich Alena wieder. Sie schluckte ein paarmal und hörte auf zu weinen, während Matthies fortfuhr, sacht über ihre Finger zu streichen.

»Guten Abend, Herr Pastor.«

Matthies blickte zur Tür und entdeckte Klingenthal. Hastig zog er seine Hände zurück. »Äh, guten Abend, Meister Klingenthal. Wir ... wir sprachen gerade über etwas Trauriges, da habe ich Alena ein wenig Trost gespendet.«

»Das sehe ich.« Klingenthal schickte sich an, zu gehen, wurde aber von Matthies, der seine Sicherheit rasch wiedergewonnen hatte, zurückgehalten.

»So bleibt doch. Ich vermute, Ihr habt noch nichts gegessen; Alena wird für uns beide eine kleine Mahlzeit zubereiten, nicht wahr, Alena?«

»Das ist wirklich nicht nötig«, sagte Klingenthal.

»Brich dem Hungrigen dein Brot, und die, die im Elend sind, führe ins Haus, so heißt es bei Jesaia im Alten Testament. Wollt Ihr, lieber Meister, etwa meine Bibeltreue untergraben?«

Das wollte Klingenthal natürlich nicht, und so nahm er widerstrebend am Küchentisch Platz. Alena war unterdessen aufgestanden und hatte Brot und Butter herbeigeholt. »Wollt Ihr auch Wurst und Schinken, Herr Pastor?«

»Natürlich«, sagte Matthies vergnügt. »Das Wort Brot in der Bibel ist nur als ein *Synonymum* für alle denkbaren Speisen zu verstehen.«

»Dann muss ich über den Hof zur Rauchkammer.« Alena eilte zur Tür, stutzte aber, da diese sich im selben Augenblick wie von Geisterhand öffnete. Im Rahmen stand Rüterbusch.

Der Amtsinspektor lüftete den Dreispitz und trat unaufgefordert ein. »Ich wünsche einen guten Abend, Herr Pastor«, sagte er mit übertriebener Freundlichkeit. Dann tat er überrascht: »Oho, und wen haben wir denn da? Den

Herrn Bauchredner mit seiner Gehilfin! Wie es scheint, habt ihr beide einen hübschen Unterschlupf beim Herrn Pastor gefunden.«

Matthies, eine steile Falte auf der Stirn, hatte sich halb erhoben. Nun setzte er sich wieder. »Was sagtet Ihr da eben, Rüterbusch?«

Rüterbusch ging nur halb auf die Frage ein. »Dass der Bauchredner Klingenthal bei Euch wohnt, war mir bekannt, Herr Pastor, aber dass seine Gehilfin hier ebenfalls logiert, ist mir neu.« Schmierig lächelnd fügte er hinzu: »Als Vertreter der öffentlichen Ordnung darf ich doch annehmen, dass alles nach Sitte und Anstand geregelt ist?«

»Bei Gott, das dürft Ihr!« Matthies versuchte, sich nichts anmerken zu lassen, obwohl er maßlos enttäuscht war. Beide, Klingenthal und Alena, hatten ihm verschwiegen, dass sie sich kannten, und das mit voller Absicht. Es war ihnen nur um ein billiges Winterquartier gegangen, um mehr nicht. Sie hatten ihn zum Narren gemacht, ja, das hatten sie. Doch Klagen und Zagen half jetzt nichts, jetzt musste gerettet werden, was gerettet werden konnte. Matthies bat seinen Schöpfer innerlich um Verzeihung und log: »Ich weiß nicht, woher Ihr Eure Weisheiten habt, Rüterbusch, ich weiß nur, dass Alena keine Gehilfin von Meister Klingenthal ist, sondern meine Haushaltshilfe. Ich bin froh, dass ich sie habe. Im Übrigen ist sie eine Verwandte von mir, wie man Euch überall in der Nachbarschaft bestätigen wird. So viel zu Eurer überflüssigen Frage nach Sitte und Anstand.«

»Schön, das mag alles sein, ich will Eure Worte nicht in Zweifel ziehen. Im Grunde bin ich auch nur wegen des Bauchredners hier.«

»Meinetwegen?« Klingenthal beschlich ein ungutes Gefühl.

»Ja, Euretwegen, großer Meister.«

»Und was wollt Ihr von mir?«

»Euch verhaften.«

Wer Wind sät, wird Sturm ernten …

Hör mal, Vock«, sagte Spinner-Franz, »die Sache ist ganz einfach, du guckst weg, und ich schwirr mal eben ab nach unten. Und ehe du dreimal über die linke Schulter gespuckt hast, bin ich schon wieder da.«

»Nee, nee, kommt nicht in Frage.« Vock saß auf einem klapprigen Schemel, der vor dem Niedergang zu den Verliesen des Rathauses stand, und machte ein dienstliches Gesicht. »Das ist mir zu gefährlich. Wenn rauskommt, dass du Ezechiel besucht hast, bin ich die längste Zeit Gerichtsdiener gewesen, nee, nee.«

»Und wenn sich's für dich nun lohnen würd?«

Vocks Gesichtsausdruck bekam etwas Lauerndes. »Wie meinst du das?«

»Wie ich's sag, es würd sich lohnen. Ich hab zwei Groschen, die todsicher vor allem Übel bewahren. Sie wären dein, wenn du mich runterlässt.«

»Zwei Groschen, sagst du? Zu wenig!«

»Es sind zwei Groschen mit großer Zauberkraft. Habe sie persönlich mit Blut geläutert und erfolgreich ausprobiert. Musst dir nur die Worte *laetitio, miraclio, fascinatio* merken. Das ist Lateinisch, höchst gelehrt und so wirksam, wie wenn der Herrgott, Jesus Christus und der Heilige Geist dich persönlich schützen würden. Wie ist es, schlägst du ein?« Spinner-Franz streckte Vock seine dürre Rechte hin.

»Meinetwegen.« Vock ergriff die Hand. »Aber nur ganz kurz. Und wo hast du nun die Zaubergroschen?«

»Hier, ich trag sie immer hier, und das solltest du auch tun.« Spinner-Franz streifte sich das Hemd ab und zeigte nacheinander unter seine schmächtigen Achseln. »Hab sie in die Haare geknüpft, weil man sie direkt am Körper tragen muss. Todsichere Sache.«

Vock verzog das Gesicht. Der Anblick, wie Spinner-Franz die Münzen aus den Büscheln seiner Achselhaare herausklaubte, war nicht gerade angenehm. Doch schließlich, nach einiger Mühe, hielt Vock die Geldstücke in der Hand. »Wie gesagt, bleib nicht zu lange.«

»Keine Bange. *Ita est* und *yes* und *oui*!« Spinner-Franz hatte sein Hemd schon wieder angezogen und die Jacke dazu und huschte die steile Treppe hinab. Vierundzwanzig Stufen waren es, und als er unten angekommen war, konnte er kaum die Hand vor Augen sehen. Am Ende des Gangs, dort, wo Ezechiels Zelle war, steckte jedoch eine Fackel in der Wand. Spinner-Franz tastete sich hin, nahm die Lichtquelle und hielt sie zwischen die Gitterstäbe. »He, Ezechiel, ich bin's, Franz, wollt mal nach dir sehen!«

Das dunkle Tuch, unter dem Spinner-Franz den Juden vermutete, bewegte sich nicht. »Ezechiel, Öljud, kannst du mich hören?«

Nach einer halben Ewigkeit bewegte sich das Tuch, und ein Kopf mit Kippa lugte hervor. »Ja?«

»Wie geht's?«

»Oj, oj ...« Ezechiels Stimme klang, als käme sie bereits aus dem Jenseits. »Möcht sterben.«

»Sterben, papperlapapp! So weit ist's noch lange nicht. Hab einen Schadenzauber gegen den wahren Mörder gerichtet, dir kann gar nix passieren, musst nur noch den Prozess überstehen, nur noch den Prozess, hörst du?«

Ezechiel antwortete nicht. Spinner-Franz glaubte schon, er sei eingeschlafen oder tot, da hörte er ihn flüstern: »… ja.«

»Darfst den Kopf nicht hängen lassen.«

Ezechiel stöhnte, schloss die Augen und begann, die Lippen zu bewegen.

»Was sagst du? Musst lauter sprechen, sonst versteh ich nix.«

Ezechiel fuhr fort, die Lippen zu bewegen, und Spinner-Franz dämmerte es allmählich, dass der Öljud betete. Er betete den *Majrew*, das Abendgebet, das jeder fromme Jude verrichtete, ebenso wie er am Morgen den *Schachress* und am Mittag die *Minche* sprach. Aber das konnte Spinner-Franz nicht wissen, weshalb er ungeduldig wartete, bis Ezechiel fertig war. »Wenn du den Kopf nicht hängen lässt, schaffst du auch den Prozess. Darfst nur meinen Namen nicht nennen, hörst du. Ich war an dem Abend, als Rüterbusch dich geschnappt hat, nicht mit dir zusammen, hörst du, kannst jeden anderen Namen nennen, meinetwegen Klingenthal, den Bauchredner, aber nenn nicht meinen, in Ordnung?«

Ezechiel antwortete nicht.

»Hab dir auch was mitgebracht.« Spinner-Franz griff in die Tasche, förderte einen Wurstzipfel hervor und hielt ihn durch die Gitterstäbe. »Leckere Wurst, die bringt dich wieder auf die Beine.«

Als Ezechiel keine Anstalten machte, sich zu erheben, warf Spinner-Franz ihm den Zipfel vor die Füße. »Kannst die Wurst ja nachher essen. Und denk dran, musst nur den Prozess schaffen, ohne meinen Namen zu nennen, ich mach derweil 'nen Schadenzauber, dass der wahre Mörder entlarvt wird, dir kann gar nix passieren, hörst du?«

»J… ja.«

»Dann ist's gut. Ich geh jetzt.«

Einigermaßen beruhigt machte Spinner-Franz sich davon.

»Ihr seid wohl von allen guten Geistern verlassen!«, sagte Pastor Matthies zu Rüterbusch. »Wie kommt Ihr dazu, Meister Klingenthal verhaften zu wollen?«

»Das ist meine Sache«, sagte Rüterbusch von oben herab. »Nehmt einfach zur Kenntnis, dass es so ist.«

»Ich denke nicht daran.« Matthies schob kampflustig das Kinn vor. »Ihr vergesst wohl, dass Meister Klingenthal mein Gast ist, er wohnt unter meinem Dach, insofern habe ich ein Recht, zu erfahren, was Ihr ihm vorwerft.«

»Ja, das würde ich auch gerne wissen«, sagte Klingenthal.

Rüterbusch warf sich in die Brust. »So höret denn, Herr Pastor: Der Bauchredner Julius Klingenthal steht in dem dringenden Verdacht, an der Ermordung des Ratsherrn Angerstein und des Fischers Mewes beteiligt gewesen zu sein. Haupttäter ist der Öljud Ezechiel, der bereits in Haft sitzt und die Taten gestanden hat.«

»Was, Ezechiel?«

»Genau der.«

»Unsinn! Daran kann ich nicht glauben!«

Klingenthal, der angesichts der ungeheuerlichen Anschuldigung blass geworden war, musste an Spinner-

Franz und dessen unbestimmte Warnung denken. Doch langsam fing er sich wieder und sagte: »Ihr beschuldigt mich also der Mittäterschaft an Angersteins Ermordung. Könnt Ihr mir verraten, wie ich das gemacht haben soll? Ich darf Euch daran erinnern, dass ich zu jenem Zeitpunkt noch gar nicht in der Stadt war.«

»Das mag sein oder auch nicht.« Auf diesen Einwand war Rüterbusch vorbereitet. »Tatsache ist aber, dass Ezechiel zu jenem Zeitpunkt in der Stadt war, Tatsache ist ebenfalls, dass Ihr miteinander bekannt seid, und Tatsache ist nicht zuletzt, dass man bei Nacht und Nebel in eine Stadt kommen, eine Gräueltat begehen und die Stadt anschließend gleich wieder verlassen kann. Und so, wie Ihr an dem ersten Mord beteiligt wart, so wart Ihr es auch an dem zweiten.«

Alena rief: »Das stimmt nicht!«

»Ich war es wirklich nicht«, sagte Klingenthal, der noch immer kaum glauben konnte, dass Rüterbusch seine Anschuldigungen ernst meinte.

»Da ist Ezechiel aber anderer Meinung. Er selbst hat ausgesagt, dass Ihr mit ihm Mewes' Leichnam beiseiteschaffen wolltet. Warum wohl? Weil Ihr sein Komplize wart! Nun gebt es schon zu!«

»Ich denke nicht daran!«

»Dann muss ich Gewalt anwenden. Es tut mir Leid, aber Ihr zwingt mich dazu.«

»Gewalt?« Matthies, den es bislang kaum auf seinem Stuhl gehalten hatte, sprang endgültig auf. »In meinem Haus? Da sei Gott vor! Ich will Euch sagen, warum Meister Klingenthal unschuldig ist.«

»Da bin ich aber gespannt.«

Matthies bat insgeheim seinen Schöpfer ein zweites

Mal um Vergebung und log: »Weil er in der Nacht zum letzten Montag die ganze Zeit bei mir war. Wir sprachen über den alten Pastor Lengefeld, dessen Seele jetzt bei Gott dem Allmächtigen weilt, und spielten ein paar Partien Schach. Wenn Ihr selbst Schach spielt, Rüterbusch, dürftet Ihr wissen, wie schnell dabei die Zeit vergeht. Wir spielten bis zum Morgengrauen, aßen später Grießbrei mit Dörrpflaumen und wurden dann von der verzweifelten Anna Mewes, die ihren Mann suchte, unterbrochen.«

Rüterbusch konnte kaum glauben, was er da eben gehört hatte. »Ihr behauptet, die ganze Nacht Schach gespielt zu haben?«

»Zweifelt Ihr etwa an meinen Worten?«

»Ezechiel hat ausgesagt, der Bauchredner Klingenthal habe mit ihm gemeinsame Sache gemacht.«

»Dann steht sein Wort gegen meines! Und ich darf doch annehmen, dass die Aussage eines Pastors mindestens genauso viel gilt wie die eines Hausierers?«

In Rüterbuschs Gesicht arbeitete es. Eine Mischung aus Wut und Ärger zeichnete sich ab. Dann sah er ein, dass er verloren hatte. »Nun gut, ich nehme die Verhaftung nicht vor, heute jedenfalls nicht, aber das Verfahren ist noch lange nicht abgeschlossen! Der Bauchredner Klingenthal darf die Stadt nicht verlassen und muss sich jederzeit zur Verfügung halten.«

»Das ist selbstverständlich«, sagte Matthies erleichtert.

Auch Klingenthal waren Mühlsteine vom Herzen gefallen. »Meine Unschuld wird sich herausstellen«, sagte er, »spätestens dann, wenn der wahre Mörder gefunden ist.«

Doch Klingenthals letzten Satz hörte Rüterbusch

schon nicht mehr. Er war mit zornesroter Miene hinausgestürmt.

Matthies lachte befreit. »Da geht er hin wie ein Hund mit eingeklemmtem Schwanz! Äh … oh, Verzeihung, Alena, das war natürlich nur im übertragenen Sinne gemeint.«

»Natürlich, Herr Pastor.« Alena lachte.

Auch Klingenthal lachte nun. »Das war knapp! Ich danke Euch, Herr Pastor, dass Ihr Euch so für mich eingesetzt habt, umso mehr, als ich das Schachspiel überhaupt nicht beherrsche.«

»Dann wird es höchste Zeit, dass Ihr es lernt.«

Tags darauf, man schrieb bereits den Donnerstag in dieser ereignisreichen Woche, machte Alena das Frühstück für Matthies. Gern hätte sie auch für Klingenthal etwas vorbereitet, aber der war drüben im Schuppen und schlief wahrscheinlich noch zwischen seinen lebensgroßen Lieblingen.

»Was gibt es denn Schönes?«, fragte Matthies.

»Rührei von drei Eiern und ein Stück kalte Forelle.«

»Das hört sich gut an.« Matthies beobachtete, wie Alena den Teller vor ihm absetzte, und musste daran denken, wie er gestern ihre Hände in den seinen gehalten hatte. Wie zart sie doch waren, zart und wunderschön! Er vermied es, ihr in die Augen zu sehen, und sagte: »Das ist mal etwas anderes als der ewige Grießbrei, den ich mir immer machte. Ich glaube, ich habe mit dir ein Glückslos gezogen, Alena.«

Alena blickte zur Seite. »Ihr sollt nicht so übertreiben, Herr Pastor.«

»Nein, nein, ich meine es ganz ernst. Sag, stimmt es eigentlich, dass du die Gehilfin von Meister Klingenthal bist?«

»Nein, das stimmt nicht.«

»Ich konnte es mir auch nicht denken. Dann ist ja alles in schönster Ordnung.« Matthies spießte mit der Gabel ein großes Stück Rührei auf, wollte es zum Munde führen und hielt abrupt inne. Es hatte an der Tür geklopft. »Nanu, das ist hoffentlich nicht schon wieder Rüterbusch? Herein!«

»Entschuldigt die Störung, Herr Pastor.« Mit scheuem Gesicht betrat Amanda Mewes die Küche. »Oh, ich sehe, Ihr esst gerade, dann komme ich nachher nochmal wieder.«

»Nein, bleibt, liebe Frau Mewes, für Euch habe ich immer Zeit. Was kann ich für Euch tun?« Matthies führte den Bissen endgültig zum Munde und betrachtete die Besucherin. Amanda trug ein schlichtes Kleid aus schwarzem Kattun, das ihr sehr gut stand.

Eigentlich wollte ich nicht zu Euch, sondern zu Alena, Herr Pastor.«

»Zu Alena?« Matthies schaufelte weiter Rührei in sich hinein.

»Zu mir?«, fragte Alena.

»Ja, zu dir.« Amanda druckste ein wenig herum. »Es ist so, dass ich gehört habe, wie schön du singen kannst und wie viel Trost deine Worte spenden können, und da wollte ich dich bitten, ob du nicht für ein oder zwei Stunden zu uns nach Hause kommen könntest, die Kinder sind so verzweifelt, ich selbst komme gottlob ja kaum zum Trauern, die Vorbereitungen für die Beerdigung, die Speisefolge beim Totenschmaus, die Unterbringung der Verwandten, alles das, ich weiß gar nicht, wo mir der Kopf steht, und dann immer die weinenden Kinder, es ist alles so furchtbar ...«

Nach diesem Wasserfall aus Worten, der wie eine Befreiung für Amanda zu sein schien, schaute sie plötzlich erschreckt drein. »Oh Gott, verzeiht, Herr Pastor, ich hätte Euch ja zuerst fragen müssen, ob es Euch recht ist. Wäre es Euch recht?«

»Natürlich, meine Liebe.« Matthies schob den leeren Teller zur Seite und versuchte einen Scherz: »Nachdem ich nun satt geworden bin und die Gefahr des Verhungerns bei mir abgewendet wurde, bin ich einverstanden. Vorausgesetzt, Alena ist es auch.«

»Natürlich bin ich einverstanden.«

Amanda rang sich ein Lächeln ab. »Danke, Herr Pastor, danke, Alena, der Herr segne Euch.«

Alena nahm die Schürze ab und warf sich ein Schultertuch um. »Ich bin spätestens zur Mittagszeit wieder da, Herr Pastor.«

»Ist recht.«

Beide Frauen traten hinaus auf den Hof und schlugen den Weg zu Mewes' Haus ein.

Matthies räumte den Teller fort und griff zur Bibel.

Rüterbusch betrat den Dienstraum des Stadtphysikus und nahm den Dreispitz ab. »Guten Morgen, Herr Doktor.«

Doktor Ludwig Beiss, der gerade in Sydenhams berühmter Schrift über die Gicht las, fuhr auf. »Was gibt's?« So zuvorkommend er gemeinhin war, er schätzte es nicht, wenn jemand unaufgefordert eintrat.

»Ich wollte mich nach Mewes' Leiche erkundigen. Ihr habt gestern sicher Gelegenheit gehabt, sie näher zu untersuchen?«

»Das hatte ich.« Beiss klappte notgedrungen das Buch zu. Da er selbst an Gicht und den damit verbundenen Blutharnen litt, hatten Sydenhams Erkenntnisse ganz besondere Bedeutung für ihn.

»Darf ich mich nach dem Ergebnis erkundigen?« Rüterbusch setzte sich.

»Nehmt ruhig Platz«, sagte Beiss trocken.

»Äh, ja.« Rüterbusch war nur vorübergehend irritiert. Beim letzten Mal hatte er sich über Beiss geärgert, warum sollte es diesmal nicht umgekehrt sein. »Wie Ihr sicher wisst, ist es mir gelungen, den Öljud Ezechiel als Täter dingfest zu machen. Nun ist es für den bevorstehenden Prozess von Wichtigkeit, ob der Öljud den Fischer Mewes erschlagen hat, das Opfer also schon tot war, als es in die Elbe fiel, oder ob es zu diesem Zeitpunkt noch lebte.«

»Ich verstehe, das spätere Strafmaß mag von dieser Frage abhängen. Ob allerdings der Öljud die Tat begangen hat, wird von der halben Stadt bezweifelt.«

»Ezechiel hat die Tat gestanden. Und nicht nur diese, sondern auch den Mord an Angerstein. Die Waffen hatte er sich beim Scharfrichter Krassmann besorgt, und ein Motiv hatte er ebenfalls: Geldgier. Im Übrigen darf ich Euch bitten, nur einfach meine Fragen zu beantworten. Ich bin in amtlicher Mission hier und ermittle nicht zuletzt im Auftrag von Oberamtmann Schäffer.«

Beiss zuckte mit den Schultern. »Wie Ihr meint. Die Antwort ist für einen Physikus, der sein Fach versteht, nicht schwer. Nach dem Öffnen des Leichnams zeigte sich, dass Wasser in der Lunge war. Mewes lebte und atmete also noch, als er in den Fluss fiel.«

»Aha! Oder gestoßen wurde?«

»Richtig, oder gestoßen wurde. Medizinisch allerdings ist das unwichtig.«

Rüterbusch schlug die Beine übereinander. »Konntet Ihr irgendwelche Zeichen für einen Stoß am Körper entdecken?«

»Nein, außer der Einblutung an der Schläfe und der abgeschlagenen Hand wies der Leichnam keine Besonderheiten auf. Ich möchte hinzufügen, dass ein leichter Stoß keineswegs Spuren hinterlassen muss.« Beiss erhob sich ächzend und ging hinüber zu einem Aktenschrank, auf dessen Oberseite ein Teller mit Rosinenpuffer stand. Der Topfkuchen war als sein zweites Frühstück gedacht, und er sah nicht ein, warum er es jetzt nicht zu sich nehmen sollte. Er griff sich den Teller und ging die wenigen Schritte zurück zum Tisch. Aufatmend setzte er sich und nahm von den drei Pufferstücken das größte. »Ist noch was?«

»Ja, in der Tat.« Rüterbusch ärgerte sich über Beiss' letzte Frage. Eigentlich hatte er gehen wollen, beschloss nun aber, erst recht zu bleiben. »Wenn Ihr Wasser in der Lunge gefunden habt, werdet Ihr sicher auch sagen können, ob es sich dabei um Süß- oder Salzwasser handelt?«

Beiss kaute erst einmal zu Ende, bevor er antwortete, außerdem gab ihm das Zeit zum Überlegen, denn natürlich hatte er das Nass in der Lunge nicht untersucht. »Warum sollte das wichtig sein?«

»Wenn es Süßwasser ist, liegt der Schluss nahe, dass es sich um Elbwasser handelt.«

Beiss biss erneut in den Puffer. »Und wenn es Salzwasser wäre, läge der Schluss nahe, dass es sich um Nordseewasser handelt. Ich frage Euch: Haltet Ihr es ernsthaft für möglich, dass Mewes' Leiche innerhalb von, sagen wir, maximal dreißig Stunden Hunderte von Meilen bis zur Elbmündung hinuntertrieb, sich dort selbsttätig umdrehte und anschließend den Weg zurück nach Steinfurth antrat?«

Rüterbusch merkte, dass er sich vergaloppiert hatte, wollte es aber nicht zugeben. »Was ich für möglich halte und was nicht, spielt keine Rolle, für mich zählen nur Tatsachen. Eurer Antwort entnehme ich, dass Ihr das Wasser nicht untersucht habt.«

Beiss führte ein Stück Topfkuchen zum Mund.

Rüterbusch wiederholte: »Eurer Antwort entnehme ich, dass Ihr das Wasser nicht untersucht habt.«

»Die Einzelheiten meiner Untersuchung werde ich schriftlich festhalten und Euch zu gegebener Zeit zukommen lassen.« Beiss' Stimme klang abschließend.

Rüterbusch ließ nicht locker. »Ihr könnt mir heute also kein Ergebnis nennen. Ebenso, wie Ihr nicht in der Lage wart, einen Vergleich der Blut- und der Haarsorten von Mewes zustande zu bringen. Von den Hautresten, die Ihr am Schlachtmesser übersehen habt, gar nicht zu reden. Ich kann nicht umhin, Euer Verhalten als sehr verdächtig einzustufen.«

»Was wollt Ihr damit sagen?«

»Ich will damit sagen, dass Ezechiel als Täter feststeht, dass er aber durchaus Komplizen gehabt haben kann. Komplizen, die ein Interesse daran haben, Spuren zu verwischen oder nicht zu erkennen.«

»Meint Ihr etwa mich?«

»Ezechiel hat bereits Namen genannt.«

»Macht Euch nicht lächerlich!« Beiss' Schweinsäuglein funkelten Rüterbusch wütend an.

Der Amtsinspektor gab den Blick zurück, innerlich triumphierend ob der Wirkung seiner Worte. Er glaubte zwar nicht ernsthaft daran, dass der dicke Stadtphysikus mit den Morden etwas zu tun hatte, aber es konnte nicht schaden, ein wenig auf den Busch zu klopfen. Allerdings hatte er Beiss' Wehrhaftigkeit unterschätzt, denn dieser sagte: »Erstens habe ich keine Spuren verwischt, wie Ihr Euch auszudrücken beliebt, sondern nur ein altersschwaches Mikroskop zur Verfügung, und zweitens habt Ihr mich nicht darum gebeten, irgendwelche Hautreste zu untersuchen!«

Rüterbusch wollte etwas entgegnen, aber Beiss war noch nicht fertig:

»Drittens scheint Ihr mir selber in die Morde verwickelt zu sein. Woher wusstet Ihr beispielsweise bereits am Montag, dass Mewes' Leiche, die noch gar nicht gefunden worden war, eine Hand fehlen würde? Weil Ihr sie selber abgeschlagen habt? Wieso wart Ihr zugegen, als Ezechiel den toten Körper in der Elbe fand? War das nur Zufall, oder wusstet Ihr, dass die Leiche an ebenjener Stelle ans Ufer getrieben werden würde, und wenn ja, warum? Und schließlich: Weshalb habt Ihr ein so offenkundiges Interesse daran, einem Menschen die Schuld in die Schuhe zu schieben, dem kaum einer die Morde zutraut?«

Rüterbusch musste an sich halten, um nicht auf Beiss loszugehen. Mit vor Wut keuchender Stimme sagte er: »Ezechiel hat alles gestanden, er wurde von mir im Beisein von Krassmann verhört.«

»Ha! Peinlich verhört, meint Ihr wohl. Als ob ein Geständnis nicht letztlich nur vom Druck der Daumenschrauben abhinge!«

»Ihr könnt Ezechiels Hände gern untersuchen, sie weisen keinerlei Folterspuren auf.«

»Und wennschon. Ich kenne Krassmann und seinen Einfallsreichtum. Und nun, Herr Amtsinspektor Rüterbusch, habt die Güte und lasst mich allein.« Beiss schielte zu seinem Kuchen. »Ich habe zu tun.«

Pastor Matthies betrat das Rathaus und ging zielstrebig auf Vock zu, der halb schlafend auf seinem Schemel Wache hielt. »Hallo, Vock, regnerisches Wetter heute, nicht? Nun ja, der liebe Herrgott kann nicht immer die Sonne scheinen lassen.«

»Jawohl, Herr Pastor.«

»Doch wenn es ihm gefällt, ist es schon morgen wieder schön.« Matthies schickte sich an, den Niedergang hinunterzusteigen, wurde aber von Vock zurückgehalten:

»Da dürft Ihr nicht runter, tut mir Leid, ich habe ausdrückliche Order vom Herrn Amtsinspektor, keinen durchzulassen.«

»Vock, mein lieber Vock! Euren Diensteifer in Ehren, aber habt Ihr vergessen, dass ich der Pastor bin? Es wird Euch gewiss nicht zum Nachteil gereichen, wenn Ihr mich passieren lasst. Ich will nur hinunter, um nach Ezechiel zu schauen, er ist zwar Jude und kein Christ, hat aber dennoch eine Seele, die geistlichen Zuspruch erwarten darf.«

»Ich habe ausdrückliche Order …«

»Ja, ja, macht Euch nur keine Sorgen, erst gestern Abend habe ich den Fall Ezechiel mit Amtsinspektor Rüterbusch persönlich besprochen.«

»Ach so, ja dann.«

»Seht Ihr, und nun lasst mich vorbei.« Matthies kümmerte sich nicht weiter um den Gerichtsdiener und stieg, den Kopf einziehend, die schmalen Steintreppen hinunter. Da er schon oftmals den Verliesen einen Besuch abgestattet hatte, kannte er sich hier unten gut aus. Immer noch in geduckter Haltung, ging er zu Ezechiels Zelle, nahm die Fackel aus der Wandhalterung und wandte sich an den Häftling: »Gott zum Gruße, Ezechiel, kannst du mich erkennen, mein Sohn?«

Aus dem Kerker kam nur ein dumpfer Laut.

»Ich bin es, Pastor Matthies, ich diene, wie du weißt, dem Christengott, aber ich denke, ein Wort des Trostes aus meinem Munde ist dir trotzdem willkommen.«

»J... ja.«

»Das freut mich. Ich habe den Eindruck, dir fällt das Sprechen schwer. Bist du krank?«

Eine Weile verging. Dann antwortete Ezechiel krächzend: »Nein.«

»Hat man dich gefoltert?«

»Nein!«

»Höre, Ezechiel, ich weiß, warum du hier im Kerker schmachtest. Der Amtsinspektor Rüterbusch bezichtigt dich des Mordes an dem Ratsherrn Angerstein und an dem Fischer Hinrich Mewes. Er sagte mir, du habest die Taten bereits gestanden, aber ich glaube nicht, dass du sie begangen hast. Hast du sie begangen?«

»Oj, oj, Herr Pastor...«

»Ezechiel, sieh mich an: Hast du sie begangen?«

Zögernd hob der Öljud den Kopf, Matthies blickte in ein von Verzweiflung zerstörtes Gesicht. Dann senkte sich das Haupt wieder. »Ja.«

»Ezechiel« – Matthies bemühte sich um Geduld –, »vielleicht bin ich in deinen Augen nur ein Pastor und kein Rabbi, aber du solltest mich trotzdem nicht anlügen. Bei Mose heißt es: *Ihr sollt nicht stehlen noch lügen noch fälschlich handeln*, und wenn ich mich nicht irre, gilt für euch Juden das Alte Testament genauso wie für uns Christen. Also noch einmal: Hast du sie begangen?«

»Nu, wenn Ihr mich so fragt …«

»Das tue ich.«

»Nein.«

»Das dachte ich mir. Du hast die Taten nur zugegeben, weil du gefoltert wurdest, stimmt's?«

»Ja, Herr Pastor, ja.« Ezechiel atmete tief aus. Er schien wie erlöst, nachdem er die Wahrheit gesagt hatte, und sprach langsam weiter: »Den Trockenen Zug haben sie mit mir gemacht, die Schultern haben sie mir ausgerenkt, oj, oj …«

»Wer hat das getan?«

»Rüterbusch und Krassmann.«

»Nur die beiden?«

»Ja, Herr Pastor.«

Matthies dachte daran, dass die Folterung somit ohne richterliche Veranlassung und ohne geistlichen Beistand stattgefunden hatte, was einen unerhörten, einen nie dagewesenen Vorgang darstellte. Er wollte seiner Empörung Ausdruck verleihen, hielt es dann aber für klüger, zu schweigen.

»Fühl mich, als wären die Mauern von Jericho auf mich draufgefallen, die Pein, die Pein!«

»Willst du mit mir beten, Ezechiel?«

Als der Öljud nicht antwortete, nahm Matthies das als Einverständnis und sprach ein paar kurze Worte: »Vater im Himmel, lenke deinen Blick auf diesen Menschen, dessen Leib so grausam gemartert wurde, sei gnädig und schenke ihm Trost, sei barmherzig und schenke ihm Kraft, sei gütig und schenke ihm Frieden, auf dass dieser arme Mensch deinen Namen in seinen Gebeten loben und preisen wird. Amen.«

Der Öljud sagte noch immer nichts, deshalb setzte Matthies hinzu: »Mein Gott ist auch dein Gott, Ezechiel, ich werde dafür sorgen, dass dir eine Droge gegen die Schmerzen verabreicht wird.«

»Danke, Herr Pastor. Wenn's hilft, oh, wenn's nur hilft.« Und dann brach es aus ihm hervor: »Nie wieder sollen sie mich foltern, nie wieder! Werd im Prozess alles zugeben, alles, weil sie mich sonst wieder foltern, Schäffer hat's gesagt.«

Matthies strich sich über die lange Nase und dachte: Schäffer? Dem habe ich so etwas eigentlich gar nicht zugetraut. Andererseits muss der Oberamtmann ein starkes Interesse an einer schnellen Aufklärung der Fälle haben. Er ist der Vorgesetzte sämtlicher Inspektoren, der Sekretäre, der Gerichtsdiener und der Stadtwache. Wenn seine Leute ihre Arbeit gut machen, kann er mit Lob und Anerkennung von höchster Stelle rechnen. Wenn nicht, muss er dafür die Verantwortung übernehmen. Laut sagte er: »Die Droge wird dir bestimmt helfen. Vock wird sie dir besorgen.«

»Danke ... werd dann schlafen können, endlich. Hab letzte Nacht nicht geschlafen, hab Geräusche gehört.«

»Geräusche? Was für Geräusche?«

»Kichern, so ein Kichern, und dann der Schatten. Ist an der Zelle vorbei, der Schatten, zur Rüstkammer hin.«

»Konntest du erkennen, wer es war?«

»Nein, zu schnell ging's.«

»Und dann?«

»Kichern, Geklirre, metallisches Geblitze, dann war er wieder weg, der Schatten.«

»Hat dieser ›Schatten‹ eine Waffe aus der Rüstkammer geholt?«

»So wird's sein.«

Matthies überlegte. Wer mitten in der Nacht zur Rüstkammer wollte, musste dafür einen ganz besonderen Grund haben. Am wahrscheinlichsten schien ihm, dass es Krassmann gewesen war, der hatte auch einen Schlüssel. Es war ein Generalschlüssel, der zur Rüstkammer, zur Folterkammer, zum Wein- und Gerätelager und zu sämtlichen Zellen passte. »War es vielleicht der Scharfrichter?«

»Weiß nicht, weiß es wahrhaftig nicht, Herr Pastor.«

»Nun gut, du sollst nichts sagen, was du nicht weißt. Ich muss jetzt fort. Gott sei mit dir in deinen schweren Stunden.« Matthies schlug das Kreuz, steckte die Fackel wieder in die Wand und ging.

Während er die Treppen hinaufstieg, musste er wieder an den Schlüssel zur Rüstkammer denken, denn außer Krassmann besaßen ihn kraft ihres Amtes viele andere, Schäffer zum Beispiel, aber auch Rüterbusch und Vock.

Und nicht zuletzt er selbst.

Klingenthal lag auf seinem Karren, der sich, vom Wetter geschützt, im Schuppen befand, und versuchte nach einem anstrengenden Tag seine Gedanken zu ordnen.

Nachdem Rüterbusch ihn am gestrigen Abend der Mittäterschaft an den Morden bezichtigt hatte, fühlte er sich unsicher und bedroht. Den ganzen Tag schon hatte er hin und her überlegt, wie er diese lächerliche Beschuldigung entkräften konnte, aber ihm war nichts eingefallen.

»Verlass dich einfach auf das Wort des Pastors«, sagte der Schultheiß in seiner vernünftigen Art. »Du hast in der Mordnacht mit ihm Schach gespielt.«

»Auch Pastoren können sich verplappern«, sagte das Burgfräulein.

Der Schiffer brummte: »Sind auch nur Menschen.«

Der Söldner ergänzte: »Aus Fleisch und Blut! Ich kannte mal einen, der immer mit den Mädchen …«

»Halt!«, unterbrach Klingenthal. »Pastor Matthies ist für mich über jeden Zweifel erhaben, er wird bestimmt bei seinem Wort bleiben, und ich bin ihm sehr dankbar dafür. Trotzdem wäre mir wohler, wenn der wahre Mörder gefasst werden würde, allein schon wegen des armen Ezechiel.«

Die Magd sagte: »Ich vertraue dem Pastor auch, er ist ein guter Mensch. Alle sagen es, in der ganzen Stadt.«

»Das bringt uns nicht weiter«, sagte der Schultheiß. »Wir müssen uns als Erstes fragen, ob wir es mit zwei verschiedenen Mördern zu tun haben, oder ob es nur einer war, der beide Taten ausgeführt hat.«

Der Söldner sagte: »Gute Frage! Schauen wir uns die Waffen an. Beim ersten Mal war es eine Armbrust, beim zweiten Mal ein Schlachtmesser. Ungewöhnliche Mordwerkzeuge. Ich hätte eine Pistole genommen. ›Peng‹, und die Sache wäre erledigt gewesen.«

»Aber eine Pistole macht Lärm«, wandte das Burgfräulein ein.

»Richtig«, sagte der Söldner. »Der Mörder wollte leise töten, wollte kein Aufsehen erregen und schnell wieder verschwinden können.«

Der Landmann gähnte. »Ihr macht euch zu viele Gedanken.«

»Nein, eher zu wenige!«, verbesserte der Schultheiß. »Wir müssen uns klarmachen, dass wir es mit einem Mörder zu tun haben, der seine Taten genau plante und der genau wusste, wann und wo er seine Opfer antreffen konnte.«

»Sprachst du soeben von ›einem‹ Mörder?«, fragte der Schiffer.

»Das tat ich. Ich glaube, es ist tatsächlich nur einer, und zwar einer mit besonderer Hinwendung zu blutrünstigen Waffen. Wer käme dafür in Frage?«

Klingenthal räusperte sich. »Das werden wir hier nicht klären können. Ebenso wenig wie die Frage, wer ein Interesse daran hatte, Angerstein und Mewes zu töten. Beide sind so unterschiedlich, wie Menschen nur unterschiedlich sein können. Angerstein war alt, Mewes war jung, Angerstein war Ratsherr, Mewes war Fischer, Angerstein war vermögend, Mewes war es nicht; schon allein deshalb ist Rüterbuschs Behauptung, Ezechiel habe Mewes aus Geldgier getötet, blühender Unsinn. Aber wenn es nicht Geldgier war, welchen Antrieb kann der Mörder dann für seine Gräueltaten gehabt haben?«

Die Magd sagte: »Das können wir nur herausfinden, wenn wir mehr über die Familien der armen Opfer wissen. Aber wie stellen wir das an?«

Klingenthal richtete sich halb auf. »Ich glaube, ich habe eine Idee. Ich werde Alena fragen, was sie heute Vormittag bei Anna Mewes im Haus erlebt hat. Allerdings müsste ich dazu hinüber ins Pfarrhaus gehen.«

»Dann tu's doch«, sagte die Magd.

»Nicht so schüchtern«, sagte der Söldner.

»Das Mädel beißt nicht«, sagte der Schiffer.

»Ich geh ja schon«, sagte Klingenthal.

»Du störst überhaupt nicht«, sagte Alena, als Klingenthal durch die Tür trat. »Komm rein und setz dich an den Tisch.«

»Ist der Pastor nicht da?«

»Doch, er sitzt in seiner Studierstube und bereitet die Predigt für die Beerdigung von Mewes vor; sie soll, wie mir Amanda sagte, am Sonnabend um zehn Uhr morgens stattfinden. Wirst du hingehen? Ich jedenfalls will dabei sein. Die arme Frau.«

»Ja, die arme Frau, nein, ich werde nicht hingehen«, versuchte Klingenthal in einem Satz zu antworten. »Aber wo du schon von Amanda Mewes sprichst: Wie war es denn heute Morgen in ihrem Haus?«

»Wie soll es schon gewesen sein. So, wie ich's immer wieder erlebe. Die Menschen sprechen leise, sind nachdenklich, in sich gekehrt und tragen Trauermiene. Dazu fließen viele Tränen.«

»Konntest du denn Trost spenden?« Klingenthal, der bis dahin noch gestanden hatte, setzte sich. »Ich meine, das war doch der Grund, warum die Frau dich geholt hatte?«

»Ich habe mein Bestes gegeben. Sag, Julius, ich kenne dich gut genug, um zu merken, dass du gerade wie die

Katze um den heißen Brei herumschleichst. Was willst du wirklich von mir wissen?«

Klingenthal lächelte. »So weit ist es also schon, du liest in meinem Gesicht wie in einem offenen Buch.«

Alena begann einen Apfel zu schälen. »Das tue ich seit dem Moment, als wir uns zum ersten Mal begegneten.«

Klingenthal wurde wieder ernst. »Nun, Alena, du hast selbst erlebt, welche unsinnigen Anschuldigungen Rüterbusch gestern Abend gegen mich erhob. Ich traue dem Mann für keine drei Kreuzer über den Weg und habe mich deshalb entschlossen, auf eigene Faust den Mörder zu suchen. Es scheint mir die einfachste Möglichkeit zu sein, meine Unschuld zu beweisen.«

»Großer Gott!« Alena unterbrach ihre Arbeit und schnitt sich dabei fast in den Finger. »Pass bloß auf, dass dir nichts zustößt. Wer Gefahr liebt, wird darin umkommen, so heißt es.«

»Beruhige dich, ich habe ja noch gar nichts unternommen. Ich frage mich nur, warum der Mörder ausgerechnet Angerstein und Mewes zu seinen Opfern machte. Es gibt viele Ratsherren in Steinfurth und viele Fischer, darüber hinaus Handwerker, Kaufleute, Bierbrauer und etliche andere Berufszweige, warum also Mewes? Das herauszukriegen könnte mich einen Schritt weiterbringen, und da du heute Morgen in seinem Haus warst, frage ich dich, wie es war.«

»Jetzt verstehe ich.« Alena viertelte den Apfel und gab Klingenthal zwei Stückchen.

Klingenthal beachtete die Apfelteile nicht, sondern fragte: »Hatte Mewes irgendwelche Freunde oder Bekannte, die ihm nicht grün waren?«

Alena biss in ein Stückchen. »Warte mal. Ja, kann sein, dass er bei seinen Fischerkollegen nicht sonderlich beliebt war. Amanda erzählte, dass die meisten nicht zur Beerdigung kommen wollen. Offiziell heißt es, die Fische würden zu der Zeit gut stehen, aber Amanda sagte, das stimme nicht, am besten stünden sie nachts oder im Morgengrauen, jedenfalls hätte ihr Hinrich das immer behauptet, bevor er hinausfuhr. Und als sie das gesagt hatte, fing sie bitterlich an zu weinen. Ich hatte meine liebe Not, ihre Tränenflut einzudämmen. Ich erzähle dann immer von der Prüfung des Glaubens und von Hiob und seiner Bewährung in der Anfechtung. Auch habe ich mein Lied gesungen. Meistens hilft das.«

»Ja, ja, meistens«, wiederholte Klingenthal tief in Gedanken.

»Iss deine Apfelstückchen, sie werden sonst ganz braun.«

Klingenthal griff sich eines, ohne hinzuschauen, und steckte es in den Mund. »Wenn so viele seiner Kollegen aus fadenscheinigem Grund der Beerdigung fernbleiben, darf man tatsächlich davon ausgehen, dass er nicht sonderlich beliebt war. Das könnte ein erster Ansatzpunkt sein. Weißt du die Namen derjenigen, die nicht kommen wollen?«

»Nein, wo denkst du hin, ich war doch mit ganz anderen Dingen beschäftigt. Was meinst du, was in dem Haus los war! Ein Bienenstock ist nichts dagegen, und mittendrin immer die arme Amanda. Na, ich habe ihr nach Kräften geholfen, habe die Schneiderin auf Trab gebracht, damit die Kleider für die Kinder rechtzeitig fertig werden, habe mit einer Mamsell aus dem *Roten Hirschen* gesprochen, damit nach der Friedhofsfeier eine standesgemäße Speise bereitsteht, habe mit dem Steinmetz verhandelt, damit er die richtigen Worte und Zahlen in den Granit meißelt, habe beim Putzen geholfen, habe beim Einkaufen geholfen, habe …«

»Wenn du die Namen nicht kennst, werde ich versuchen, sie herauszufinden. Vielleicht komme ich auf diese Weise weiter. Irgendwo muss ich ja anfangen.«

»Ja, aber mach's nicht vor Sonnabend, man weiß ja nie, vielleicht kommt der eine oder andere ja doch, und dann hättest du dir die Arbeit umsonst gemacht.«

»Das stimmt.« Klingenthal suchte nach einem neuen Betätigungsfeld für seine Überlegungen. »Und was ist mit Angerstein? Bei dem warst du doch auch im Haus. Hatte er Feinde?«

Alena seufzte. »Wie soll ich das wissen? Wenn ja, werden sie sich bestimmt nicht freiwillig melden, aber eines ist klar: Angerstein war ein Geizhals, er liebte das Geld und drehte jeden Pfennig zehnmal um, bevor er ihn ausgab. Verwandten, die ihm das vorhielten, sagte er immer: ›Ich bin nicht vom Geldausgeben reich geworden, sondern vom Geldsparen.‹ Ich weiß das, weil dieser Satz häufig zitiert wurde. Auch Angerstein war nicht gerade beliebt, man merkte es beim Totenschmaus, als Pastor Matthies fort war und die Feier erst richtig losging. Wein und Champagner flossen in Strömen. Der Familie machte es sichtlich Freude, sich vorzustellen, Angerstein wäre auferstanden, käme herein und müsste mit ansehen, wie sein schönes Geld sich in Alkohol auflöst. Die Einzige, die den ganzen Abend ernst blieb, war seine Witwe, eine freundliche Frau, die ehrlich trauerte. Vielleicht hatte Angerstein neben seiner bekannten Schwäche auch Stärken. Er soll ehrlich und geradeheraus bis auf die Knochen gewesen sein, was man beileibe nicht von allen Männern behaupten kann.«

»Ja, ich habe auch gehört, dass er ein Pfennigspalter war.« Die neue Fährte schien Klingenthal nicht sehr ergiebig, deshalb kam er noch einmal auf Mewes zurück: »Du hast gesagt, für den Totenschmaus im Hause Mewes soll Speise aus dem *Roten Hirschen* bereitgestellt werden, und du hast erzählt, die Schneiderin musste von dir auf Trab gebracht werden, damit die Kleider für die Kinder fertig werden. Ist es nicht ungewöhnlich, dass eine Fischersfrau solche Dinge, die zweifellos nicht billig sind, von anderer Hand erledigen lässt?«

Alena tat die Apfelschalen einen Topf mit Wasser. Sie wollte die Überbleibsel des Schälens sammeln, um später daraus eine Apfelsuppe herzustellen. »Jetzt, wo du mich das fragst, fällt es mir auch auf. Ich denke, Amanda will sich auf keinen Fall am Sonnabend blamieren, auch wenn es viel Geld kostet. Sie war sehr darauf bedacht, alles perfekt vorzubereiten. Die Arme! Sie weinte in einem fort, und ich musste aufpassen, dass ihre Trauer mich nicht zu sehr ansteckte, denn ich wollte ihr doch helfen.«

»Sagtest du eben, Amanda weinte in einem fort?«

»Ja, wieso?«

Klingenthal massierte nachdenklich sein Kinn. »Als sie heute Morgen in diese Küche kam, sagte sie zu dir, sie selbst komme kaum zum Trauern wegen der Vorbereitungen für die Beerdigung, aber ihre Kinder wären so verzweifelt, ständig würden sie weinen.«

»Die Kinder?« Alena stutzte. »Nein, die haben überhaupt nicht geweint.«

»Seltsam.«

»Wenn ich es recht bedenke, waren sie nur scheu und in sich gekehrt, alle sieben. Nein, richtig getrauert haben die nicht.«

»Haben sie denn gespielt, wie andere Kinder es tun?«

»Ich weiß es nicht genau, ich war ja nicht die ganze Zeit im Haus, aber jetzt fällt mir etwas ein: Zwei der größeren Jungen hatten einen Stock oder so etwas, damit schlugen sie um sich, und dann zerbrachen sie ihn in mehrere Stücke, die sie fortwarfen.«

Klingenthal ahnte etwas. »War es vielleicht ein Rohrstock?«

»Das könnte sein, ich habe nicht näher hingeschaut.«

»Wiesen die Kinder denn irgendwelche Verletzungen auf, ich meine Verletzungen, die durch Schlageinwirkung entstehen?«

»Meinst du, Mewes hat seine Kinder geschlagen? Das glaube ich nicht. Keines hatte Striemen oder Beulen oder Ähnliches. Nur die älteste Tochter hatte einen blauen Fleck an der Stirn, aber Amanda sagte, den hätte sie sich an der Ecke des Küchenbords geholt.«

»Hat die Tochter das bestätigt?«

»Nein, wozu?«

»Ach, nur so.« Klingenthals Blick ging zur Tür der Studierstube. »Glaubst du, dass Pastor Matthies dich heute noch braucht?«

»Ich glaube, er ist sehr beschäftigt, aber ich bringe ihm nachher noch eine Kleinigkeit zu essen.«

Klingenthal erhob sich und fasste Alena bei den Schultern. »Nun, äh, ich hätte sonst gefragt, ob du nicht Lust hast, mit hinüber auf den Wagen zu kommen. Im Ofen brennt ein gutes Feuer, und die Puppen haben mir ein Schweigegelöbnis gegeben.«

Alena lachte leise. »Du und deine Puppen!«
»Nun, was sagst du?«
»Sei nicht böse, aber es geht nicht.«
»Ich bin nicht böse.«
Rasch wandte er sich ab und ging.

Wer Wind sät, wird Sturm ernten, seine …

Tief im Inneren wogte der Kampf hin und her, der Kampf, der schon so häufig stattgefunden hatte. Er wurde ausgetragen zwischen Johannes dem Riesen und dem Kind. Johannes, der Riese, brauchte Schlaf, sehr viel Schlaf, und das Kind wusste um dieses Bedürfnis, aber es wusste auch, dass Johannes sich manchmal nur schlafend stellte, besonders dann, wenn es eine neue Aufgabe zu bewältigen galt.

So war es auch diesmal. Johannes stellte sich schlafend, aber das Kind war hartnäckig, es ließ nicht ab von ihm, ließ ihn nicht zur Ruhe kommen und redete auf ihn ein. Johannes verkroch sich vor dem Kind, bat, bettelte, flehte um Schlaf, aber das Kind kannte keine Gnade. Es erinnerte Johannes an seine Pflichten und sagte, dass er diese bis an sein Lebensende erfüllen müsse, anderenfalls könne es ihn auch gleich sterben lassen. Aber das wollte Johannes nicht, da wollte er schon lieber tun, was das Kind ihm auftrug.

Es war eine ganz bestimmte Aufgabe, die ihm zugewiesen wurde, eine Aufgabe, die einer Gesetzmäßigkeit folgte, und überdies eine, die besonders schwer zu lösen war. Johannes wurde unwohl vor Sorge und Angst, dass er sie nicht erfüllen könne, und versuchte, noch tiefer in die Tiefen des Inneren zu gelangen, aber das Kind wich nicht von seiner Seite. Es versicherte ihm, dass es nur noch wenige Aufgaben bis zum Ende seien und dass es sich auf ihn verlassen müsse. Es gäbe im ganzen großen Inneren nur ihn, einzig nur ihn.

Da gab Johannes, der Riese, nach, und das Kind kicherte und durfte in ihn hineinschlüpfen.

Der Riese hatte die Aufgabe angenommen.

Es war Freitagsmarkt in Steinfurth. Spinner-Franz hatte sich schon seit dem Morgen an den vielfältigen Ständen herumgetrieben und versucht, den einen oder anderen Schadenzauber zu verkaufen. Als dies nicht gelang, hatte er es mit Schutzzauber, Beschwörungsformeln und astrologischen Zukunftsdeutungen versucht, aber alle seine Bemühungen waren umsonst gewesen. Die Marktleute kannten ihn. Er konnte sie nicht mehr beeindrucken.

Missmutig lehnte er um die Mittagszeit am Denkmal des Fürsten Leopold von Anhalt-Dessau und strich sich siebenmal über seinen Unterarm, wo die eingeheilte Hostie saß, doch die Bewegungen nützten nichts, denn Taler wuchsen ihm nicht aus der Hand. Allerdings passierte etwas Überraschendes: Pocke, der pockennarbige Säufer, kreuzte plötzlich auf, abgerissen wie eh und je und mit lappenumwickelten Füßen.

»He, Pocke, wieder im Lande?«, sagte Spinner-Franz.

Pocke schien noch einigermaßen nüchtern, was um diese Tageszeit keineswegs selbstverständlich war. »Was sehn meine entzündeten Augen? Spinner-Franz! Sach mal, du hast nich zufällich ’n kleinen Tropfen übrich?«

»Genauso könnt ich dich fragen, ob du ’nen Schutzzauber brauchst.«

Pocke winkte ab. »Brauch ich nich. Der Öljud is ja der Mörder, sie haben ihn eingelocht, hab ich gehört, da bin ich gleich zurück. Inner Stadt lässt sich leichter ’n Tröpfchen abstauben als auf’m Land.«

Spinner-Franz hatte kaum zugehört, aber jetzt kam ihm eine Idee. »Warte mal«, sagte er, »bin gleich wieder da.« Rasch ging er in den *Roten Hirschen* und kaufte zwei kleine Flaschen Schnaps. Dann lief er zurück und stellte mit Erleichterung fest, dass Pocke tatsächlich gewartet hatte. »Hier ’n kleiner Begrüßungsschluck«, sagte er und hielt Pocke eines der Fläschchen vor die Nase.

»Für mich?« Pocke starrte ihn ungläubig an.

»Ja, trink nur. Hast eben ja selbst gesagt, in der Stadt lässt sich leichter was abstauben als auf dem Land.«

»Hab ich, ja, hab ich.« Gierig trank Pocke das Fläschchen auf einen Zug aus. »Un nu sach mir, was ich dafür tun soll. Hab mich im Lauf der Jahre vielleicht dumm gesoffen, aber so dumm, dass ich nich ahn, dass du was von mir willst, bin ich nu auch wieder nich.«

»Ach, nix weiter. Ich hab hier noch ’n zweites Fläschchen, kannst es auch kriegen.«

Pocke wollte danach greifen, aber Spinner-Franz war schneller und nahm es zurück.

»Sach mir, was ich dafür tun soll.«

»Dreimal hintereinander ja sagen.«

»Mehr nich? Ja, ja, ja!«

Spinner-Franz schnüffelte. »Nee, so einfach ist es nun doch nicht. Ich werd dir drei Fragen stellen, leichte Fragen, und auf jede musst du mit Ja antworten. Die erste Frage heißt: Siehst du Julius Klingenthal da drüben?«

Pocke lachte. »Blöde Frage! ’türlich seh ich den.«

»Du musst mit Ja antworten.«

»Ach so, ja!«

»Die zweite Frage: Kommst du mit rüber zu ihm?«

»Ja, mach ich. Un die dritte Frage?«

»Werd ich dir gleich stellen. Erst muss ich Julius begrüßen. He, Julius, Vorstellung vorbei? Wie geht’s der Magd?«

»Der Magd, wieso?« Klingenthal, der sich gerade ins Geschirr legen wollte, runzelte die Brauen.

»Hatte ja ’ne Menge Viehzeugs im Leib, die Magd, na, ich hab ihr die Hähne, Hühner, Gänse, Hunde, Schafe, Schweine, Ochsen und Pferde weggezaubert, wenn du dich erinnerst. Allesamt und ganz umsonst, Julius, ganz umsonst.«

»Was willst du?«

Pocke mischte sich ein: »Was is nu mit der dritten …«

»Gleich«, fiel Spinner-Franz ihm ins Wort. »Hör mal, Julius, du erinnerst dich doch, dass ich dir gesagt hab, Ezechiel hätten sie verhaftet, und dass ich dir auch gesagt hab, dass du dich vorsehen sollst, ich hätt deinen Namen in der Sache läuten hören. Ich wollt dir nur sagen, du musst dir keine Sorgen mehr machen, dein Name ist aus dem Spiel.« Er wandte sich an Pocke und zog das zweite Fläschchen halb aus der Tasche. »Nicht wahr, Pocke, du warst doch an dem Abend mit Ezechiel angeln?«

Pocke schielte nur auf die Flasche. »Ja.«

»Siehst du«, sagte Spinner-Franz zu Klingenthal und steuerte ohne ein weiteres Wort die nächste Seitengasse an. Pocke folgte ihm auf dem Fuße, gerade so, als sei er ein Stück Eisen und das Fläschchen ein Magnet.

Klingenthal schüttelte den Kopf und setzte sich in Bewegung. Ihm war nicht klar, was Spinner-Franz mit seiner Rede bezweckte. Wollte er ihn nur beruhigen? Oder steckte mehr dahinter? Bei welcher Gelegenheit hatte Spinner-Franz überhaupt etwas läuten hören? War der Name Klingenthal wirklich von Ezechiel genannt worden, so wie auch Rüterbusch es behauptet hatte?

»Ich weiß, wie es gewesen sein könnte«, sagte der Schultheiß. »Ezechiel ist gefoltert worden, man hat deinen Namen aus ihm herausgepresst.«

»Nun ja«, sagte Klingenthal, »dass er gefoltert wurde, kann schon sein, aber warum sollte er meinen Namen genannt haben?«

»Weil ihn jemand hören wollte«, sagte der Schultheiß.

»Jemand, der dir Böses will«, sagte die Magd.

»Aber wer könnte das sein?«, fragte der Landmann.

»Rüterbusch«, sagte der Söldner. »Man sollte ihm den Hals umdrehen.«

»Dieser Hundsfott«, sagte das Burgfräulein.

»Julius hat Rüterbusch nichts getan«, sagte der Landmann.

»Vielleicht doch«, sagte der Schultheiß, »Julius ist dem Kerl zu klug, das ärgert ihn.«

»Und das soll schon alles sein?«, fragte die Magd.

»Ich weiß es nicht«, sagte der Söldner.

»Ich weiß es auch nicht«, sagte der Schiffer. »Hauptsache, die Wogen glätten sich.«

Klingenthal bog in den Koppelstieg ein. »Ich weiß nur eines, da kommt Spinner-Franz schon wieder.«

»Na, was sagst du dazu, Julius?«, fragte Spinner-Franz, nachdem er Klingenthal mit seinem schmalen Körper den Weg versperrt hatte.

»Wozu?«

»Dass du aus dem Schneider bist, jetzt, wo Pocke gesagt hat, er hätt mit Ezechiel am Fluss geangelt. Ich mein, an dem Abend, als Mewes angetrieben wurde und Rüterbusch Ezechiel geschnappt hat. Ist dir doch sicher 'ne Kleinigkeit wert, was?«

»Ja, vielleicht.« Klingenthal versuchte, seine Gedanken zu ordnen. »Vielleicht, vielleicht. Sag mal, Franz, wieso hat Rüterbusch nur Ezechiel verhaftet, wenn Pocke doch dabei war?«

»Tja, nun.« Spinner-Franz schien einen Augenblick zu überlegen, dann sagte er: »Pocke ist beizeiten stiften gegangen, hat den Braten gerochen.«

»Und das soll ich dir glauben? Pocke war zu dem Zeitpunkt doch gar nicht in der Stadt?«

»Nee, nee, also, in der Stadt war er nicht, aber Mewes' Leiche wurd ja auch außerhalb angetrieben, im Schilf hinterm Knüppeldamm war's, Ezechiel hat die Leiche am Haken gehabt, und Rüterbusch ist dazugekommen und hat ihn geschnappt.«

»Aha.« Klingenthal fragte sich, woher Spinner-Franz das alles wusste. Bestimmt nicht von Pocke, das war klar. Und wenn das klar war, blieben eigentlich nur zwei Möglichkeiten: Entweder er wusste es von Rüterbusch oder von Ezechiel. Rüterbusch kam nicht in Frage, der hatte anderes zu tun, als mit einem kleinen Licht wie Spinner-Franz über diese Dinge zu sprechen, und Ezechiel kam ebenfalls nicht in Frage, denn der saß sicher gut bewacht im Kerker unter dem Rathaus. Klingenthal wollte schon etwas antworten, da fiel ihm noch eine dritte Möglichkeit ein. »Weißt du, was ich glaube?«, fragte er.

»Nee, weiß ich nicht.«

»Pocke war gar nicht mit Ezechiel angeln.«

»War er aber!«

»Nein, du warst es.«

Spinner-Franz' Gesichtsausdruck sagte Klingenthal, dass er mit seiner Vermutung Recht hatte.

»Du spinnst!«, schrie Spinner-Franz und begann hektisch an seiner eingeheilten Hostie zu reiben.

»Vielleicht, vielleicht auch nicht. Aber beruhige dich, auch wenn du dabei gewesen wärst, hättest du mit dem Mord an Mewes nichts zu tun, denn alles spricht dafür, dass seine Leiche nur zufällig an der Angelstelle angeschwemmt wurde. Dasselbe gilt natürlich für Ezechiel.«

»Du spinnst! Ezechiel hat alles gestanden, alles!«

»Weil er gefoltert wurde.«

»Nein!«

»Doch. Warst du dabei?«

»Nein, verflucht nochmal!«

»Also ja.«

»Nein, es war …«

»Ja, wer?« Klingenthal fragte immer schneller, um Spinner-Franz in die Enge zu treiben.

»Sag ich nicht.«

»Wer?«

»Es …«

»Ja?«

»Es war …«

»Sag's mir, ich kriege es ohnehin heraus.«

»Und der war auch nicht dabei, jedenfalls nicht direkt.«

»Wer?«

»Es war das Mäuslein. *Sator, arepo, tenet, opera, rotas.* Und jetzt sag ich gar nix mehr!«

Klingenthal spürte Enttäuschung und merkte zugleich,

dass für heute nichts mehr aus dem dürren Mann herauszuholen war. Er ließ es dabei bewenden. »Das brauchst du auch nicht, Franz. Bis zum nächsten Mal.«

»Hoffentlich nicht, hoffentlich nicht.« Spinner-Franz sah Klingenthal nach und fühlte, wie Angst in ihm hochkroch.

Angst, aber auch eine Spur Hass.

»Mein lieber Doktor, ich bin Euch sehr verbunden, dass Ihr mir ein wenig von Eurer knappen Zeit schenkt.« Wie immer war Oberamtmann Schäffer von ausgesuchter Höflichkeit.

Beiss ließ sich ächzend in den angebotenen Sessel sinken. »Es ist mir ein Vergnügen.«

»Das Vergnügen ist ganz auf meiner Seite. Was macht Eure Gicht?«

»Ach, die Gicht.« Beiss fasste sich ans Herz. »Wenn es nur die wäre. Ich habe gerade in Sydenhams Werken gelesen, sehr interessant, wie der ehemalige Kollege die Knotengeißel beschreibt, aber mir scheint, bei aller Wertschätzung, auch ihm ist nicht das Nonplusultra dagegen eingefallen. Ich wünschte, man könnte mehr gegen sie tun, denn mich zwickt neuerdings nicht nur die große Zehe, sondern auch eine *Chiragra.*« Beiss zeigte auf eine deutliche Verdickung am rechten Ringfinger. »Solange die Wissenschaft noch weitgehend im Dunkeln tappt, muss ich, bevor ich schweres Geschütz auffahre, wie jedes Kräuterweib zu Weidenrindentee und zu Absuden vom Giersch greifen.«

»Ja, ja, die Zipperlein, von denen können wir alle ein

Lied singen.« Schäffer, der sich bester Gesundheit erfreute, griff zu einer Weinkaraffe. »Wie wäre es mit einem Roten?«

»Gift für meine Gicht! Ja, gern.«

»Es ist ein Original-Tyrannenblut, jener edle Tropfen, der schon die Zungen unserer Väter verwöhnte.«

Beiss nickte beeindruckt.

Beide Männer nippten mit Andacht an ihrem Wein.

»Die Mäuler in der Stadt sind ja einigermaßen zur Ruhe gekommen, nachdem Ezechiel, der Öljud, als Mörder festgenommen wurde«, begann Schäffer das eigentliche Gespräch.

Beiss bestätigte das.

»Mir liegt viel daran, die leidige Geschichte so schnell wie möglich zu Ende zu bringen und, wie ich hinzufügen darf, dem Herrn Bürgermeister ebenfalls. Als Leiter des Prozesses ist, soviel ich weiß, Richter Pönichen vorgesehen.« Schäffer nahm erneut einen Schluck und verschwieg an dieser Stelle, dass er es gewesen war, der die richtigen Drähte gezogen hatte, damit Pönichen die Aufgabe erhielt. Der Richter galt als ein Mann, der während einer Verhandlung nicht viel Federlesens machte und schnell zu einem Urteil kam. In diesem Fall, das war abzusehen, zu einem Todesurteil. »Die Schöffen stehen noch nicht fest, aber das dürfte kein Problem sein, als Protokollant wird der Gerichtsdiener Vock fungieren. Doch nun zu meiner Hauptfrage, lieber Doktor: Wird der Öljud Ezechiel die Verhandlung durchstehen? Als ich ihn vorgestern in der Zelle sah, machte er mir nicht den besten Eindruck. Er schien schwach zu sein und Schmerzen zu haben.«

»Ich will ihn gerne noch heute untersuchen, Herr Oberamtmann.«

»Ich bin Euch sehr verbunden.« Schäffer zögerte unmerklich. »Was die Untersuchung anbetrifft, so darf ich doch auf ein allseits befriedigendes Ergebnis hoffen?«

»Jawohl, Herr Oberamtmann, ich werde tun, was ich kann.«

»Und wird das ausreichen? Ich meine, es liegt mir fern, mich in Eure ärztliche Zuständigkeit einmischen zu wollen, nur wäre es wünschenswert …«

Spätestens jetzt hatte Beiss verstanden. »Ich bin überzeugt, das Ergebnis wird zufriedenstellend sein. Zur Sicherheit werde ich Ezechiel ein spezielles Analgetikum verabreichen; es ist übrigens ebenfalls von Sydenham und nennt sich *Laudanum liquidum Sydenhami,* eine wirkstarke Tinktur, in der außer Opium auch Safran verarbeitet ist. Schwermut und Schmerzen verschwinden damit, als hätte der Herrgott sie persönlich fortgeblasen. An ihre Stelle treten Gleichgültigkeit und Schmerzlosigkeit.«

»Darauf wollen wir trinken!« Schäffer hob sein Glas. »Auf dass der Prozess, der übrigens für den kommenden Montag vorgesehen ist, ein voller Erfolg wird.«

Beiss fragte sich für einen kurzen Moment, ob man einen Prozess, an dessen Ende ein Todesurteil stand, als vollen Erfolg bezeichnen könne, schob aber den Gedanken beiseite, denn er war nur ein Stadtphysikus, der genug mit seinen eigenen Zipperlein zu tun hatte. »Jawohl, Herr Oberamtmann.«

»Sehr zum Wohle!«

»Sehr zum Wohle!«

Matthies und Klingenthal saßen einander in der Studierstube gegenüber, die vierundsechzig Felder des Schachspiels zwischen sich. »Ihr lernt schnell«, lobte der Pastor, »aber bitte bedenkt, dass der Springer niemals schräg gesetzt werden darf, immer nur vor oder zurück, nach links oder rechts, zwei Felder jeweils und dann ein drittes, dieses wiederum entweder nach links oder nach rechts.«

Klingenthal nickte.

»Tröstet Euch, der Springer ist vielleicht die schwierigste Figur, aber auch eine der wirksamsten.«

»Ich verstehe.« Klingenthal setzte seinen Springer und bedrohte den gegnerischen Läufer.

»Jetzt habt Ihr es auf meinen Läufer abgesehen, aber habt Ihr auch bemerkt, dass Ihr, wenn Ihr ihn fortnähmt, Euren Springer durch meinen Turm verlieren würdet? Ja, das Schachspiel will nicht den schnellen Vorteil, denn auf jeden Zug folgt ein Gegenzug, der wiederum durch einen Zug beantwortet wird. Die Kunst ist es, den Gegner zu durchschauen, seine Absicht vorzeitig zu erkennen.«

»Ich verstehe«, sagte Klingenthal nochmals und musste an den Mörder von Angerstein und Mewes denken. Er hätte viel darum gegeben, dessen Gedanken und Absichten durchschauen zu können.

»Glaubt nicht, dass es beim Schach üblich ist, so viel zu reden, doch ich denke, es ist richtig, Euch am Anfang ein wenig auf die Sprünge zu helfen. Oft ist es so, dass die Kontrahenten sich stundenlang gegenübersitzen, ohne ein einziges Wort zu sagen. Oh, jetzt habt Ihr nicht aufgepasst, mein Läufer schlägt Eure Dame.«

»Er schlägt meine Dame?«

Matthies lachte. »Jedes Spiel hat seine eigenen *Termini*

technici, auch das Spiel der Könige. Wenn mein Läufer Eure Dame schlägt, dann hat das nichts mit Hieben oder Maulschellen zu tun, sondern bedeutet einfach nur, dass Eure Dame das Feld verlassen muss. Sie spielt nicht mehr mit, sie scheidet aus.«

»Aha.« Klingenthal musste an Alena denken und an ihre Worte, die Jungen von Amanda Mewes hätten einen Stock zerbrochen und fortgeworfen. »Glaubt Ihr, dass Mewes seine Kinder schlug?«

»Wie? Äh, wovon spracht Ihr gerade?« Matthies fiel es sichtlich schwer, vom Schachspieler wieder auf den Seelsorger umzuschalten.

»Ich fragte, ob Ihr glaubt, dass Mewes seine Kinder schlug.«

»Ach so. Nun, ich weiß es nicht. Doch jetzt fällt mir etwas ein: Amanda Mewes fragte mich vor gar nicht langer Zeit, was denn die Heilige Schrift zum Züchtigen von Kindern sagt, und ich musste einräumen, dass mir keine passende Stelle dazu einfiel, nur das Zweite Buch Mose, in dem es heißt: *Wer seinen Vater oder seine Mutter schlägt, der soll des Todes sterben*, und ich fügte hinzu, dass dies umgekehrt für Eltern, die ihre Kinder schlügen, natürlich nicht gelte. Ich allerdings sei gegen jegliches Schlagen, denn die Liebe sei es, aus der Gehorsam sprieße, die Liebe und nicht die Gewalt.«

»Da habt Ihr sicher Recht.« Klingenthal kam ein Gedanke. »Und Angerstein? Was ist mit dem? Hat der seine Kinder geschlagen?«

»Wie kommt Ihr denn darauf? Ich glaube nicht. Aber wartet mal …« Matthies erzählte, was Alena ihm über das uneheliche Kind im Hause Angerstein berichtet hatte. »Versteht mich nicht falsch«, sagte er abschließend, vielleicht hat Angerstein dieses Kind geschlagen, vielleicht auch nicht, ich will nicht falsch Zeugnis reden wider meinen Nächsten, schon gar nicht wider einen Verstorbenen.«

»Ich bin Euch sehr dankbar für Eure Offenheit, seid versichert, dass ich Eure Worte streng vertraulich behandeln werde.« Klingenthal wunderte sich insgeheim, dass Alena ihm diese wichtige Information vorenthalten hatte, aber vielleicht waren die Ereignisse der letzten Tage einfach zu viel für sie gewesen. Wahrscheinlich sogar.

»Dann bin ich beruhigt.« Matthies entfernte Klingenthals Dame und stellte sie an den Spielfeldrand. »Schach!«

»Oh.« Klingenthal blickte auf seine wenigen verbliebenen Figuren. »Und was mache ich jetzt?«

»Jetzt habt Ihr nur noch zwei Möglichkeiten, um aus der Schachstellung zu kommen.« Matthies zeigte sie auf. »Aber welche Ihr auch wählt, es ist egal.«

»Warum?«

»Weil Ihr in jedem Fall schachmatt seid.«

Wie zufällig schlenderte Klingenthal an Mewes' Haus vorbei und stellte fest, dass drinnen sehr viel Unruhe herrschte. Wahrscheinlich waren die Vorbereitungen für die Beerdigung noch immer nicht abgeschlossen. Langsam ging er weiter bis zur nächsten Querstraße, kehrte dort um, lief wieder zurück, passierte Mewes' Haus erneut, ging hundert Schritte an den Nachbarhäusern entlang und kehrte abermals um. Das machte er mehrere Male, bis er schließlich stehen blieb und mit sich und seiner Unentschlossenheit haderte. Er dachte an seine lebensgroßen

Lieblinge, die im Schuppen des Pastors auf ihn warteten, und wie immer, wenn er an sie dachte, ließen sie ihn nicht im Stich.

»Falls du etwas wissen willst, dann frag danach!«, sagte der Schultheiß. »Auf eine höfliche Frage folgt noch immer eine höfliche Antwort.«

»Oder keine«, sagte der Söldner.

»Kommt auf die Frage an«, sagte der Schiffer. »Ich habe mal eine Hafenschwalbe gefragt, ob sie …«

»Ruhe, keine Schlüpfrigkeiten, bitte!«, rief das Burgfräulein.

»So geht es nicht weiter«, sagte der Landmann. »Säen muss, wer ernten will. Ohne Einsatz kein Erfolg.«

»Ja, ja, aber pass auf dich auf, Klingenthal«, sagte die Magd.

Klingenthal räusperte sich. Er war zu einem Entschluss gekommen und ging zielstrebig auf die Haustür zu, wobei er darauf achtete, dass niemand ihn bemerkte. Dort angekommen, verharrte er für einen Augenblick. Dann drückte er langsam und lautlos die Klinke nieder und stieß die Tür weit auf. Sofort danach eilte er auf die andere Straßenseite, wo sich eine niedrige Mauer befand. Jetzt kam es darauf an. Er holte tief Luft, blickte direkt zur geöffneten Tür und schickte seine Stimme durch sie hindurch. Die Stimme, da war er sicher, würde so klingen, als spräche jemand im Haus. »Jungs, geht doch mal auf die Straße!«

Kaum hatte er das gerufen, versteckte er sich hinter der Mauer.

Doch nichts passierte, und er musste seine Worte wiederholen: »Jungs, geht doch mal auf die Straße!«

Dann erschienen tatsächlich fünf Jungen in der Tür,

blickten nach links und rechts und schüttelten die Köpfe, denn sie konnten niemanden entdeckten. Gerade wollten sie wieder verschwinden, da sagte Klingenthal, noch immer versteckt: »Seht ihr mich denn nicht?«, wobei er seine Stimme so einstellte, als käme sie direkt von oben.

Die Jungen rissen die Köpfe in den Nacken, doch alles, was sie sahen, war der trübe Himmel eines Novembernachmittags. Langsam wurde es ihnen unheimlich.

»Keine Bange, Jungs, ich bin weder bei euch im Haus noch oben im Himmel, ich bin hier gegenüber!« Klingenthal sprang über die Mauer und winkte den Jungen zu. »Kennt ihr mich nicht?«

Nachdem sie sich von dem Schreck erholt hatten, sagte der Älteste: »Doch, Ihr seid Meister Klingenthal, der Bauchredner, ich hab Euch schon auf dem Uhlenmarkt gesehen.«

Und der Kleinste rief: »Ich will auch bauchreden können, ich will auch bauchreden können!«

Das hatte Klingenthal nur hören wollen. »Ich will es euch gerne beibringen, aber wir sollten hinter die Mauer gehen, da kann uns niemand sehen.«

Die Jungen nickten eifrig. Es war ihnen sehr recht, sich den Blicken der Mutter zu entziehen, die alle naslang eine Aufgabe für sie hatte.

»Also, passt auf«, sagte Klingenthal kurz darauf. »Es fängt mit dem richtigen Luftholen an.« Nacheinander erklärte er ihnen die Schritte zum ersten Ton, und es zeigte sich, dass die Kleinen viel begabter waren als beispielsweise ein Gelehrter wie Conatus.

Danach sagte Klingenthal: »Und jetzt spielen wir einfach eine Geschichte aus dem Stegreif. Hat jemand eine Idee?«

Die Jungen zogen die Stirn kraus, aber es wollte ihnen keine einfallen.

»Hat euer Vater denn nie mit euch gespielt?«

»Vater?«, fragte der Älteste, und Klingenthal beobachtete, wie die Mienen der Jungen versteinerten.

»Ach so, ich vergaß, er ist ja vor ein paar Tagen gestorben. Tut mir Leid. Sicher seid ihr schrecklich traurig, dass er tot ist.« Klingenthal kam sich sehr schäbig vor.

Die Jungen schwiegen.

»Ich hätte nicht davon anfangen sollen. Bestimmt vermisst ihr ihn sehr.«

Die Jungen schwiegen.

»Glaubt mir, ich hatte nicht so einen netten Vater wie ihr, meiner hatte einen Rohrstock, so ein langes, biegsames Ding, und damit schlug er mich immer.«

»Unserer auch!« Es war der Kleinste der fünf, dem die Antwort herausrutschte. Sofort danach presste er sich die Hand vor den Mund und wurde puterrot.

»Idiot«, zischte der Älteste.

»Idiot!«, zischten die anderen.

»Entschuldigt«, sagte Klingenthal, »das ahnte ich nicht. Sicher hat euch eure Mutter ermahnt, nicht darüber zu sprechen, also will auch ich mich daran halten. Was haltet ihr davon, eine Geschichte zu spielen? Darin kommen sechs Personen vor: eine Magd mit Haube und Kittel, ein Burgfräulein mit Spitzhut, ein Schiffer in Köperhosen, ein Söldner im Harnisch, ein Landmann mit Forke und ein Schultheiß mit Amtskette. Jede Figur hat eine eigene Stimme, die wir gemeinsam üben werden. Wer möchte denn welche Figur übernehmen?«

Wie sich herausstellte, hatten die Jungen das meiste Interesse an dem Söldner, dann kam der Schultheiß, dann der Schiffer und dann der Landmann – die Magd und das Burgfräulein wurden abgelehnt, und so übernahm Klingenthal deren Part.

Sie spielten eine ganze Weile, und es machte allen Jungen großen Spaß.

Auch Klingenthal hätte es Spaß gemacht, wenn sein Gewissen nicht so schlecht gewesen wäre.

In der Nacht zum Sonnabend schlief Klingenthal tief und fest. Er hatte abends nur eine Kleinigkeit im *Roten Hirschen* gegessen und war dann im heimischen Schuppen gleich auf den Karren geklettert und unter die Wachsdecke gekrochen – froh, einmal mit sich und seinen Puppen allein sein zu können. Zwar hatte er noch ein paar Worte mit Alena wechseln wollen, aber durch die Küchenfensterscheibe gesehen, wie sie sich angeregt mit Matthies unterhielt. Da hatte er sich abgewandt.

Es ging gegen vier, die Stadt war wie ausgestorben, und der Sonnenaufgang ließ noch Stunden auf sich warten, als plötzlich laute Schreie auf dem Hof zu hören waren.

Klingenthal fuhr hoch und wusste im ersten Moment nicht, wo er war. »Hilfe, zu Hilfe, Herr Pastor!«, drang es von draußen herein. »Bitte kommt schnell, Herr Pastor!«

Heftig wurde der Türklopfer des Pfarrhauses betätigt.

Klingenthal kletterte hastig vom Karren herunter und stieg in seine Kleider.

»Du bist nicht gemeint«, sagte der Söldner.

»Leg dich wieder in die Koje«, sagte der Schiffer.

»Wer schläft, sündigt nicht«, sagte der Landmann.

Klingenthal zögerte.

»Schau lieber nach«, sagte der Schultheiß, »auf dem Hof ist jemand, der Hilfe braucht, vielleicht auch deine.«

Klingenthal kleidete sich fertig an und eilte auf den Hof, wo ein Hausknecht aufgeregt hin und her lief und auf Matthies wartete. Dieser erschien gerade in der Tür, durch eine Kapuzenkutte vor der Unbill des Wetters geschützt. »Wer bist du? Was willst du zu so früher Morgenstunde?«, fragte er den Knecht.

»Alfred, ich bin Alfred«, haspelte dieser, »ich soll Euch holen, Herr Pastor, holen soll ich Euch!«

»Nun mal der Reihe nach: Wer ist dein Herr, und warum sollst du mich holen?«

»Der Salzkaufmann Kokkert, er liegt im Sterben! Er bittet um Euren Beistand.«

»Was sagst du da? Im Sterben? Und da stehst du hier noch herum? Oh, da ist ja noch einer! Meister Klingenthal? Ich habe Euch gar nicht bemerkt, schön, dass Ihr da seid. Los, gehen wir gemeinsam!«

Selbst wenn Klingenthal zu diesem Zeitpunkt nicht mehr gewollt hätte, nun musste er mit, und so eilten die drei zum Koppelstieg, liefen an der Sankt-Johannis-Kirche vorbei und strebten dem Uhlenmarkt zu. Alfred entwickelte dabei eine solche Geschwindigkeit, dass nicht nur Klingenthal, sondern sogar der langbeinige Matthies Mühe hatte, Schritt zu halten. Erst in Kokkerts Haus, kurz vor dem Zimmer des Salzkaufmanns, verlangsamte Alfred sein Tempo und blieb dann stehen. »Ich sag's Euch lieber vorher, Herr Pastor: Es … es ist kein schöner Anblick!«

»Nun, wir werden sehen.« Matthies, noch außer Atem und Klingenthal dicht im Gefolge, betrat Kokkerts

Zimmer. Es war ein großer Raum mit einem mächtigen Pfostenbett. Um das Bett herum scharte sich Kokkerts Familie, die schluchzende Ehefrau und mehrere weinende Kinder. Und auf dem Bett lag Kokkert. Er lag da, fahl und wächsern und nur schwache Bewegungen ausführend, denn tief in seiner Brust steckte ein riesenhaftes Schwert. »Großer Gott!«, entfuhr es Matthies, der automatisch das Kreuzzeichen schlug.

»Endlich seid Ihr da!«, sagte die Frau schluchzend. »Er ist kaum noch am Leben.«

»Ein Arzt!«, rief Matthies. »Ein Arzt muss her! Ist denn nicht nach einem Arzt geschickt worden?«

»Der Stadtphysikus ist noch nicht da, ich weiß auch nicht, warum.« Kokkerts Frau beruhigte sich etwas. Die Ankunft des Pastors mit seiner Begleitung schien sie abzulenken.

»Bringt erst einmal die Kinder vor die Tür, dieser Anblick ist nichts für sie.« Matthies schob eigenhändig einige der kleinen Gestalten nach draußen. »Und auch Alfred sollte uns jetzt verlassen!« Dann trat er ans Bett des Kaufmanns. »Erkennt Ihr mich, Kokkert?«

Kokkerts Mund wollte eine Antwort formen, doch er war schon zu schwach dazu. So nickte er nur unmerklich.

»Ich bin gekommen, um Euch den Trost des Herrn zu bringen, in seinen Händen liegt Euer Leben.« Matthies wandte sich an Klingenthal. »Seid so gut und helft mir, das Schwert aus seiner Brust zu ziehen.«

»Nein«, sagte Klingenthal.

»Nein?«, staunte Matthies. »Wieso nicht?«

Klingenthal nahm den Pastor beiseite, denn das, was er sagen wollte, musste die Frau nicht unbedingt hören.

»Wenn wir das Schwert herauszögen, würden die inneren Blutungen sich noch verstärken, Kokkert wäre innerhalb weniger Sekunden tot. Auch so ist es schon schlimm genug: Das Schwert wurde linksseitig oberhalb des Herzens mit großer Kraft in den Oberkörper gestoßen, ich vermute, zwischen die dritte und vierte Rippe.«

Matthies staunte noch mehr. »Woher wisst Ihr das alles, seid Ihr Arzt?«

»Nein, aber ich war mal *Studiosus medicinae*.»

»Wird Kokkert zu retten sein?«

»Nein, die Lage ist aussichtslos. Es gibt zwar immer wieder Fälle, in denen eine Kugel oder eine Klinge durch den Oberkörper tritt und dabei so gut wie keinen Schaden anrichtet, aber hier ist es leider anders. Die Schwertspitze hat die Lunge durchbohrt und wahrscheinlich auch die Lungenarterie. Ihr seht es am Blut in den Mundwinkeln Kokkerts.«

»Der Herr stehe ihm bei. Hat er große Schmerzen?«

»Ich glaube, sie sind auszuhalten. Tragisch ist nur, dass er nicht mehr lange leben wird.«

»Wie lange?«

»Wie gesagt, ich war nur ein kleiner Medizinstudent. Vielleicht fünf Minuten, vielleicht zehn, wer weiß das schon.«

»Steinig sind die Wege des Herrn und furchtbar seine Strafen, doch wir wollen sie in Dankbarkeit annehmen«, murmelte Matthies. Er ging zum Bett zurück und setzte sich auf die Kante. Behutsam nahm er die Hand des Sterbenden. »Gott ist bei dir, Thomas Friedrich Kokkert, sein Himmelreich wartet und wird dir Erlösung bringen. Kannst du mich hören?«

Kokkerts Augenlider flatterten.

»Ich werde für dich beten, für dich, die Deinen und für alle, die dich lieben: Allmächtiger, gütiger Gott, der du unser Leben erhältst im Tod und im Sterben, ich bitte dich, du wollest die Augen der Barmherzigkeit wenden zu diesem kranken Menschen und ihn erquicken an Leib und Seele und ihm alle seine Sünden aus Gnade vergeben. Nimm an das Opfer des unschuldigen Todes Jesu Christi, deines lieben Sohnes, für die Bezahlung seiner Missetaten. Er ist ja auch auf desselbigen Namen getauft und mit desselbigen Blut gewaschen und gereinigt …«

Kokkert röchelte und hustete schwach. Er konnte kaum noch atmen.

Matthies faltete ihm die Hände über dem Leib und sprach weiter: »So errette ihn nun von des Leibes Qual und Pein. Verkürze ihm seine Schmerzen, erhalte ihn wider die Anklage des Gewissens und wider alle Anfechtung des bösen Feindes, auf dass er im Glauben ritterlich kämpfe und überwinde …«

Die Schnappatmung hatte bei Kokkert eingesetzt. Er holte in immer größeren Zeitabständen Luft. Der Tod stand unmittelbar bevor.

»Verleihe ihm eine selige Heimfahrt zum ewigen Leben. Schicke deine Engel her, dass sie ihn begleiten zur Versammlung aller Auserwählten, in Christo Jesu, unserem Herrn …«

Kokkert war tot.

»Amen«, sagte Matthies.

Die Frau schluchzte auf und warf sich über den leblosen Körper. »Oh, du mein Mann, mein lieber Mann, wer hat dir das nur angetan!« Ein Weinkrampf schüttelte sie. Matthies und Klingenthal standen verlegen da und wussten nicht, was sie tun sollten angesichts des ungehemmten Gefühlsausbruchs. Schließlich strich Matthies der Frau sacht übers Haar. »Wenn die Not am größten, ist Gott am nächsten, meine Tochter. Wollt Ihr mit dem lieben Verstorbenen allein sein?«

Die Frau schüttelte den Kopf und trocknete sich die Tränen. »Ich muss stark sein, ich muss zu meinen Kindern.« Sie erhob sich, raffte die Röcke und verließ den Raum.

Eine Weile schwiegen Matthies und Klingenthal, dann sagte der Pastor: »Das verstehe ich nicht, Kokkert war doch nicht der Schwächste, selbst als der Unhold ihn durchbohrt hatte, im Schlaf, wie ich vermute, hätte er sich noch aufrichten können. Auch hätte er versuchen können, die Waffe aus seinem Körper zu ziehen.«

Klingenthal schüttelte den Kopf. »Nein, dazu war er vermutlich nicht in der Lage. Der Täter dürfte mit so großer Kraft zugestoßen haben, dass die Schwertspitze nicht nur den Körper mit Lunge, Arterie und Schulterblatt durchdrang, sondern weiter durch die Matratze fuhr und letztendlich im Bodenholz des Bettgestells stecken blieb.«

»Glaubt Ihr wirklich?«

»Ja, Herr Pastor.« Klingenthal berührte vorsichtig den Griff des Schwerts, der kaum nachgab. »Der Vergleich ist vielleicht unpassend, aber Kokkert wurde wie ein Schmetterling auf die Nadel gespießt. Und genau wie ein Insekt wird er mit den Gliedmaßen noch eine Weile gerudert haben, bis die Kraft nachließ.«

»Hört auf, das klingt ja furchtbar! Wer, um Himmels willen, vollbringt eine solche Mördertat?«

»Ich nehme an, es handelt sich um denjenigen, der auch Angerstein und Mewes auf dem Gewissen hat. Diesmal hat der Unbekannte mit einem Schwert getötet.«

»Das ist mir ein reizendes Waffenarsenal! Erst ein Armbrustbolzen, dann ein Schlachtmesser und nun ein Schwert.«

»Wir sollten versuchen, es herauszuziehen. Vielleicht gibt seine Beschaffenheit uns einen Hinweis auf den Mörder.«

»Das sollten wir.«

Gemeinsam zogen sie an der gewaltigen Klinge, und nur mit Mühe und durch mehrfaches Hin- und Herbewegen gelang es ihnen, sie herauszuziehen. Sie war bald sechs Fuß lang und so schwer, dass man sie nur mit beiden Händen halten konnte. Auf einem Gutteil ihrer Länge war sie mit Blut beschmiert, und Klingenthal ergriff einen Zipfel des leinenen Bettzeugs, um sie zu reinigen.

»Was tut Ihr da?«, fragte Matthies. »Gut, dass die Hausfrau das nicht sieht.«

»Das Bettzeug ist ohnehin mit Blut durchtränkt, da kommt es auf ein paar Flecken mehr oder weniger nicht an. Ich suche nach einer Gravur, Herr Pastor. Es ist gar nicht so selten, dass der Name des Besitzers in den Stahl geritzt wurde.« Klingenthal griff zu einem Kerzenleuchter und erhellte mit ihm die Waffe.

»Und? Könnt Ihr einen Namen erkennen?«

»Einen Namen nicht, aber schaut einmal her, was hier steht.«

Matthies las:

»Wan ich das Schwert thu aufheben,
so wünsch ich dem armen Sünder
das ewige Leben
Lapisvadum *Anno Domini 1637.«*

»Was bedeutet das?«, fragte er darauf.

»Nun«, antwortete Klingenthal nachdenklich, »das bedeutet, dass es ein Schwert von 1637 ist und dem Scharfrichter von Steinfurth gehört.«

Vock hantierte fluchend mit dem schweren Schlüsselbund. Es war nicht seine Aufgabe, die Verbrecher im Rathauskerker wegzuschließen, und schon gar nicht, sie wieder herauszulassen. Endlich öffnete sich das Schloss, und Vock konnte die Tür aufstoßen. »He, Ezechiel, du bist frei, kannst gehen, wohin du willst. Ich an deiner Stelle tät Steinfurth verlassen, oder hält dich hier noch was?«

Aus der Zelle kam ein krächzender Laut. »Gehen?«

»Ja, kannst gehen, bist frei.«

»Oj, w… wieso?«

»Was weiß ich. Ist schon wieder 'n Mord passiert. Kokkert hat's erwischt, und du kannst es nicht gewesen sein, warst ja die ganze Zeit weggesperrt. Und nun denken die Herren wohl, wenn du den letzten Mord nicht begangen hast, dann haste die beiden davor auch nicht begangen.«

Schlurfende Schritte näherten sich. Ezechiel keuchte, denn er war sehr schwach, Hunger und Schmerzen hatten seine Widerstandskraft zermürbt.

»Dein Bauchladen liegt oben neben der Treppe. Alles noch drin, hab mich persönlich davon überzeugt. Und nun hab ich keine Zeit mehr.« Vock wartete, bis Ezechiel die Zelle verlassen hatte, und überholte ihn dann eiligen Schrittes, denn er war zu einer wichtigen Persönlichkeit gerufen worden.

Die Persönlichkeit saß im obersten Stockwerk des Rathauses und hieß Schäffer.

»Mein lieber Vock, schön, dass Ihr gekommen seid.« Schäffer war wie immer die Fleisch gewordene Freundlichkeit. »Nehmt doch Platz, bitte sehr.«

Vock wusste kaum, wie ihm geschah. Nicht nur, dass der Herr Oberamtmann ihm einen Sessel anbot, er redete ihn auch in der Ihr-Form an, was bisher noch nie geschehen war. »Danke, äh, danke, Herr Oberamtmann.«

»Ihr fragt Euch sicher, mein lieber Vock, warum ich Euch hergebeten habe. Nun, der Grund ist ein erfreulicher. Doch bevor ich zur Sache komme: Wie geht es der Ehefrau, wie den Kindern, ich hoffe, alle sind wohlauf und gesund?«

»Jawohl, Herr Oberamtmann.«

»Das höre ich gern, endlich einmal eine gute Nachricht, denn von den schlechten gibt es in letzter Zeit genug. Denkt nur an den armen Salzkaufmann Kokkert! Wie er zu Tode kam, muss ich Euch nicht lange erzählen. Habt Ihr den Öljuden Ezechiel gemäß meiner Weisung in Freiheit gesetzt?«

»Jawohl, Herr Oberamtmann, das habe ich.« Vock saß kerzengerade da und bemühte sich um einen strammen Ton.

»Sehr gut.« Schäffer überlegte, ob er Vock ein Glas Wein anbieten sollte, unterließ es aber. Erstens wollte er es mit der Liebenswürdigkeit nicht übertreiben, und zweitens war es noch zu früh. »Die Verhaftung des Juden war ein Versehen, ein sehr ärgerliches Versehen, denn mit unserer

Jagd nach dem Mörder fangen wir nun wieder ganz von vorn an. Aber ich nehme das zum Anlass, eine Beförderung auszusprechen. Ein guter Mann muss die Erfolgsleiter nach oben klettern, sage ich immer, und ich freue mich, Euch mitteilen zu können, dass Ihr, Kurt-Wilhelm Vock, mit sofortiger Wirkung zum Gerichtssekretär befördert seid. Herzlichen Glückwunsch!« Schäffer stand auf und schüttelte Vock die Rechte.

Vock war so verblüfft, dass ihm kein Wort der Entgegnung einfiel. Mit allem hatte er gerechnet, als er ins Allerheiligste gerufen worden war, nur nicht mit einer Beförderung. Gerichtssekretär, das war viel mehr als Gerichtsdiener und fast schon so viel wie Amtsinspektor. Welch ein Glückspilz war er doch! Unwillkürlich griff er sich unter die Achseln, wo die beiden Zaubergroschen von Spinner-Franz saßen. Nie hätte er gedacht, dass die Dinger so wirksam waren!

Schäffer setzte sich wieder. »Eure Ernennungsurkunde wird Euch später ausgehändigt werden. Nun, wie fühlt Ihr Euch?«

»Großartig, Herr Oberamtmann!« Vock hatte die Sprache wiedergefunden.

»Das höre ich gern. Dann seid Ihr genau in der richtigen Verfassung, um Rüterbuschs Aufgaben übernehmen zu können. Der Mann weiß zwar noch nicht, dass ich ihn anderweitig einsetzen werde, aber Euch, lieber Vock, vertraue ich es schon an. Ich beauftrage Euch mit der Suche nach dem Mörder von Angerstein, Mewes und Kokkert.« Schäffer war sich im Klaren, dass Vock der Aufgabe vielleicht nicht gewachsen sein würde, aber er hatte im Augenblick keine andere Wahl. Das Personal seines Bereichs war knapp, und ein Besserer als Vock bot sich nicht an.

Sollte Vocks Versagen sich abzeichnen, würde es gut sein, die Verantwortung für die Criminalaufklärung abzugeben, zumal der Posten eines Amtsdirektors gerade frei geworden war. Der Amtmann Koldwey, ein Schleimer, der nach unten trat und nach oben katzbuckelte, mochte dann seinen Bereich übernehmen – und scheitern. Ja, es würde gut sein, die Fäden in diese Richtung zu ziehen. »Ihr habt mein volles Vertrauen, lieber Vock!«

»Ich will mein Bestes geben.«

»Das weiß ich, das weiß ich. Wie Euch sicher bekannt ist, wurde der arme Kokkert mit dem Schwert des Scharfrichters ermordet. Pastor Matthies und sein Logiergast, der Bauchredner Klingenthal, waren so freundlich, es heute Morgen aufs Rathaus zu bringen. Ich habe es wegschließen lassen, ebenso wie den unseligen Armbrustbolzen und das Schlachtmesser.«

»Jawohl, Herr Oberamtmann.«

Schäffer fragte sich, ob Vock auch in der Lage wäre, etwas anderes als »Jawohl, Herr Oberamtmann« zu sagen. »Ich denke, als eine Eurer ersten Maßnahmen solltet Ihr Krassmann auf den Zahn fühlen.«

»Jawohl, Herr Oberamtmann, gerne, Herr Oberamtmann!«

»Dann will ich Eurem Tatendrang nicht weiter im Wege stehen.«

Vock begriff, dass die Unterredung beendet war, und entfernte sich.

Schäffer saß eine Weile nachdenklich da.

Dann ließ er sich beim Bürgermeister anmelden.

Klingenthal ging langsam den Rathausflur entlang und studierte die vergilbten Schilder an den Türen. Dann hatte er den richtigen Namen gefunden:

LUDWIG BEISS
Doct. med., Stadtphysikus

stand da zu lesen. Er klopfte.

»Herein!« Die Antwort kam so prompt, als hätte Beiss nur auf das Klopfen gewartet.

Klingenthal trat ein. »Entschuldigt die Störung, Herr Stadtphysikus, mein Name ist Julius Klingenthal, ich bin der Bauchredner vom Uhlenmarkt.«

Beiss saß an seinem Gerätetisch und biss in ein Stück Mandelkuchen. »Ich kenne Euch vom Sehen, habe Euch schon ein paarmal durch mein Fenster beobachtet. Alle Achtung, Ihr versteht es, die Leute zu unterhalten«, sagte er mit vollem Mund. »Was führt Euch zu mir?«

Auf diese Frage hatte Klingenthal sich vorbereitet. Er wies auf sein rechtes Ohrläppchen und sagte: »Dahinter habe ich seit Jahren einen Grützbeutel, sehr unangenehm, das Ding, besonders wenn es eitert, es will und will nicht weggehen.«

»Und damit kommt Ihr ausgerechnet zum Stadtphysikus? Es gibt doch eine Reihe guter Ärzte in Steinfurth?«

Klingenthal mühte sich um ein Lächeln. »Um ehrlich zu sein, war ich heute am frühen Morgen schon einmal hier, zusammen mit dem Pastor, und habe das Schwert, mit dem der Salzkaufmann Kokkert getötet wurde, abgegeben. Leider wart Ihr zu dem Zeitpunkt noch nicht da, und so bin ich ein zweites Mal gekommen.«

»So so, aha.« Beiss nahm einen weiteren Bissen. Der

Mandelkuchen war sehr gut, was ihn milde stimmte. »Dann lasst mich die Balggeschwulst mal in Augenschein nehmen. Kommt näher und beugt den Kopf zu mir herunter.«

Klingenthal tat, wie ihm geheißen.

Beiss bog das Ohrläppchen nach vorn, drückte ein wenig daran herum und betrachtete die Geschwulst von allen Seiten. »Kein Zweifel, es handelt sich um eine Zyste, um ein *Atherom*, wenn Ihr es genau wissen wollt. Das Ding hat einen breiigen Inhalt, ist aber harmlos. Überdies sieht man es kaum, da es ja hinter dem Läppchen sitzt. In früheren Zeiten hätte man es mit einer Tinktur von Reseda behandelt und dabei *Reseda, morbos Reseda!* gerufen.«

»Aha«, sagte Klingenthal, der die *Reseda odorata* und ihre heilsame Wirkung durchaus kannte.

»*Reseda, morbos reseda* heißt ›Heile, heile die Krankheiten‹«, erläuterte Beiss weiter. »Ich aber rate Euch zur Operation. Ihr könnt das *Atherom* bei Gelegenheit entfernen lassen.«

»Gewiss, ich danke Euch.« Klingenthal, der eigentlich erfahren wollte, warum Beiss in der vergangenen Nacht nicht zu Kokkert gekommen war, überlegte fieberhaft, wie er das Gespräch in diese Richtung lenken konnte. Dann wusste er es. »Ich verstehe, warum Ihr den Grützbeutel nicht operieren wollt. Ihr habt einen schlimmen Finger.«

»Wie? Ach so, Ihr meint meinen Ringfinger. Ja, in dem steckt tatsächlich das Zipperlein.«

»Das tut mir Leid.«

»Nett, dass Ihr das sagt.« Beiss' wohlwollende Art schlug durch, und er wurde gesprächig: »Wenn es nur der Finger wäre, ginge es ja noch. Aber der Gichtteufel steckt auch im Gelenk der großen Zehe. Ich sage Euch, wenn der zu zwicken beginnt, hört Ihr die Englein im Himmel singen.«

Klingenthal nickte verständig. »Verzeiht, wenn ich es sage, aber Mandelkuchen scheint mir nicht gerade die ideale Speise bei einem Zipperlein.«

Beiss, der gerade nochmals zubeißen wollte, stutzte. »Nanu, woher wollt Ihr das wissen?«

»Mein Vater hatte auch die Gicht«, sagte Klingenthal schnell. »Es hieß immer, er dürfe nicht so süß essen und solle auch das Fleisch weglassen. Alkohol sei ebenfalls zu meiden.«

»Ja, ja, wenn wir all das nicht zu uns nähmen, was ungesund ist, wäre die Menschheit längst verhungert!« Beiss lachte gutmütig. »Aber wie sagt man so schön: Der Geist ist willig, aber das Fleisch ist schwach, und ich esse nun einmal für mein Leben gern, was Ihr im Übrigen fast wörtlich nehmen könnt: Es ging mir in der letzten Nacht so hundsmiserabel, dass ich glaubte, mein letztes Stündlein sei gekommen. Schuld war wieder das vertrackte Zehengelenk, in dem glühende Kohlen zu stecken schienen, dazu kamen Schweißausbrüche und Herzjagen.«

Klingenthal musste sich kaum Mühe geben, angesichts dieser Eröffnung ein betroffenes Gesicht zu machen, denn er kannte die Anzeichen und Schmerzen, die mit der so harmlos »Zipperlein« genannten Krankheit einhergingen. Wer einen Gichtanfall bekam, konnte wahrlich keine Krankenbesuche machen. Dafür war er selbst viel zu krank. Als Mörder von Kokkert schied Beiss somit aus. Klingenthal ertappte sich dabei, dass der Gedanke ihm angenehm war, denn der Physikus schien ein freundlicher Mann zu sein.

»Aber, aber, was guckt Ihr denn so betreten? Seid versichert, jetzt geht es mir wieder einigermaßen.« Beiss fasste sich gewohnheitsmäßig ans Herz. »Wie gesagt, Euer *Atherom* solltet Ihr bei Gelegenheit entfernen lassen, wählt dazu aber einen Zeitpunkt, wenn es nicht entzündet ist.«

»Ja, danke.« Klingenthal spürte, es war Zeit zu gehen, aber er hatte noch etwas, das er fragen wollte. »Tja, hm«, sagte er möglichst bieder, »wo ich doch heute Morgen das Schwert hier ins Rathaus getragen habe und wo das Schwert doch zu dem Schlachtmesser und dem Armbrustbolzen gelegt wurde: Haben denn der arme Angerstein und der arme Mewes auch so leiden müssen wie Kokkert letzte Nacht?«

Beiss seufzte, ob aus Mitleid zu den beiden Erstgenannten oder ob aus Kummer darüber, das der Mandelkuchen alle war, blieb unklar. »Nun gut, weil Ihr, wie ich hörte, Euch heute Nacht so brav gehalten habt, will ich eine Ausnahme machen und einer Nicht-Amtsperson Auskunft erteilen. Mewes ist ertrunken, denn er hatte Wasser in der Lunge. Vermutlich war er zu dem Zeitpunkt bewusstlos. Er dürfte also nicht lange gelitten haben. Angerstein hingegen muss Höllenqualen ausgestanden haben. Der Bolzen durchbohrte seinen Hals auf Höhe des *Larynx* und … ach, das könnt Ihr ja nicht wissen: *Larynx* nennen wir Ärzte den Kehlkopf … also auf Höhe des Kehlkopfs und nagelte ihn förmlich an einen Pfosten im Raum. Wer die unerhörte Aufschlagkraft eines Armbrustbolzens kennt, der weiß, dass Angerstein keine Möglichkeit hatte, ihn herauszuziehen. Er starb stehend und über Stunden, und es war sein Unglück, dass er nicht um Hilfe rufen konnte.«

»Das heißt, verzeiht die wenig wissenschaftliche Ausdrucksweise, er wurde aufgespießt wie ein Schmetterling?«

»Wenn Ihr es so nennen wollt, ja.«

Klingenthal deutete eine kurze Verbeugung an. »Ich möchte Eure Zeit nicht länger in Anspruch nehmen, Herr Doktor, und danke Euch für Eure Auskünfte. Ich wünsche Euch gute Besserung und einen guten Tag!«

»Guten Tag, mein Lieber.«

Wenig später kam Klingenthal auf der Straße eine Gestalt entgegengeschlurft. Es war Ezechiel.

»Ich habe mir schon gedacht, dass sie dich freilassen müssen! *Shalom*, mein Freund«, sagte Klingenthal.

Ezechiel blieb stehen. *»Shalom.«*

»Wo willst du hin?«

»Weg für immer. Hier hält mich nix mehr.«

»Das verstehe ich, leb wohl. Ich hoffe, wir sehen uns an einem anderen Ort wieder. Der Allmächtige, dessen Güte gepriesen sei, möge ein Auge auf dich haben.«

»*Shalom*, ein Leben auf deinen Kopf, Julius.«

Ezechiel schickte sich an, weiterzuschlurfen, wurde aber von Klingenthal, dem noch etwas eingefallen war, zurückgehalten. »Bevor du gehst, mein Freund, beantworte mir eine Frage: Wer angelte mit dir am Flussufer, bevor Rüterbusch dich verhaftete?«

»Nu, wer wohl. Spinner-Franz war's! Hab seinen Namen aber nicht verraten, später …« Ezechiel brach ab. Der Rest des Satzes schien ihm schwer über die Lippen zu kommen.

»Sprich ruhig weiter, ich ahne, was du sagen willst.«

»Nu, später hab ich deinen Namen genannt, Julius, die Pein war zu groß, und sie wollten ihn hören.«

»Das habe ich mir schon gedacht. Danke, dass du es mir gesagt hast. Bestimmt haben sie dich grausam tortiert. Du siehst nicht gut aus.«

»Nebbich, wie soll ich gut aussehen nach all dem Schlamassel.«

Klingenthal musste an das gestrige Schachspiel denken, bei dem ihm Pastor Matthies erzählt hatte, er habe den Öljud im Kerker besucht und dieser habe nicht nur von seiner Folterung berichtet, sondern auch von einem Schatten, der mit etwas Blitzendem aus der Rüstkammer gekommen sei. »Sag, Ezechiel, kann das metallische Geblitze, das du von deiner Zelle aus bemerkt hast, von einem Schwert stammen, ich meine, könnte es von dem Schwert stammen, mit dem Kokkert letzte Nacht gemeuchelt wurde?«

»Oj, oj, du stellst Fragen. Kann sein, dass es so ist, kann sein, dass es nicht so ist. Alles ging zu schnell.«

»War der Schatten, den du gesehen hast, groß oder klein?«

Ezechiel machte eine Bewegung und stöhnte auf, der Riemen des Bauchladens hatte ihm zu stark in die gepeinigte Schulter geschnitten. »Nu, groß, klein, wer will das wissen? Jedenfalls nicht so klein, dass ich ihn nicht gesehen hätt.«

Klingenthal ließ nicht locker. »Und dann war da noch etwas: Du hast ein Kichern gehört. War es das Gekicher eines Mannes oder einer Frau?«

Ezechiel kratzte sich an der Kippa. »Wenn ich es recht bedenk, war es von keiner Frau.«

»Aha«, sagte Klingenthal, »also von einem Mann.«
»Auch von keinem Mann.«
»Was? Wie?«
»Ich glaub, es war von einem Kind.«

Wer Wind sät, wird Sturm ernten, seine Saat …

Alena eilte fröstelnd durch den Koppelstieg und zog ihr Tuch fester um die Schultern. Rechter Hand lag die Sankt-Johannis-Kirche, auf deren Friedhof in diesen Minuten die Beerdigung für Hinrich Mewes begann. Pastor Matthies war dort und gab dem Fischer seinen letzten Segen, das wusste sie, und sie wusste auch, dass sie nicht dabei sein würde. Denn Klingenthal hatte sie um etwas ganz Bestimmtes gebeten, und um ebendiese Bitte zu erfüllen, war sie unterwegs.

Sie lenkte ihre Schritte auf den Uhlenmarkt, ging zu dem freien Platz der Spielleute hinüber und blieb vor Kokkerts prachtvollem Anwesen stehen. Hinaufblickend zu den vielen Fenstern, sagte sie sich, dass hinter einem davon der Salzkaufmann sein Leben ausgehaucht hatte – unter mehr als rätselhaften Umständen.

Sie klopfte kräftig an die Haustür.

Ein junges Mädchen, das wie eine Küchenmagd gekleidet war, öffnete. »Was willst du? Wir geben nix.«

Alena spürte die Ablehnung, die ihr entgegenschlug, ließ sich aber nicht ins Bockshorn jagen. »Ich bin die Klagefrau Alena, ich tröste, wenn der Tod über das Haus gekommen ist. Führe mich zur gnädigen Frau.«

Widerstrebend öffnete die Magd und brachte Alena in die große, ebenerdig gelegene Küche. Zwei weitere

Mägde saßen da an einem langen Tisch und schälten Kartoffeln; die Köchin, eine füllige Person mit gewaltigem Busen, stand am Herd und rührte Sahne in einen Suppentopf. Am hinteren Ende des Tisches saßen zwei Männer, der eine offenbar der Hausknecht Alfred, der andere der Kutscher. Beide spielten lustlos Karten.

Alle blickten auf, als Alena eintrat. »Ich wünsche einen guten Morgen!«

Die Erwiderung war mehr als dürftig, aber Alena schien es nicht zu bemerken, sondern setzte sich zu den Kartoffeln schälenden Mägden. »Wo ist eure Herrin?«

Die Magd, die Alena hereingelassen hatte, antwortete: »Die Gnädige wollt gleich herkommen, weiß nicht, wo sie ist.«

Die Köchin unterbrach das Rühren. »Was willst du von ihr? Siehst aus, als wärst du eine von uns.«

Alena erklärte nochmals, dass sie eine Klagefrau sei und die Herrin ihres Trostes sicher bedürfe. Sie sei schon bei Angersteins und Mewes' Witwe gewesen und habe diesen ebenfalls zur Seite gestanden.

»Ach, du bist das!«, sagte die Magd zu Alenas Rechten, ein properes Ding Anfang zwanzig. »Ich kenn Amanda Mewes vom Markt, sie sagt, du hast ihr wirklich in der Not geholfen. Na, wenn du mich fragst, kommst du wie gerufen, denn seitdem der Herr heut Morgen gestorben ist, weiß die Gnädige nicht mehr ein noch aus. Sie weint heiße Tränen, die Arme!«

Nachdem die Magd das gesagt hatte, schien auch bei den anderen das Eis gebrochen zu sein, und sie wurden freundlicher. »Ich wusste gar nicht, dass es noch Klagefrauen gibt«, sagte die Köchin. Sie schlürfte ein wenig Suppe vom Holzlöffel und nickte zufrieden. »Jetzt ist sie richtig. Eine kräftige Gemüsesuppe wird allen nachher guttun.«

»Ich für meinen Teil krieg keinen Bissen runter«, sagte die Magd zu Alenas Linken, eine ältere Frau mit Vollmondgesicht. »Manche fressen ja wie die Scheunendrescher, wenn sie Kummer haben, aber mir verschnürt es immer den Magen.«

Alena griff sich ein Messer, um beim Schälen zu helfen, denn sie wollte die Mägde für sich einnehmen. »Es ist schon eine furchtbare Gottesprüfung, die euch allen auferlegt wurde, furchtbar, furchtbar, dabei war euer Herr doch noch gar nicht so alt, oder?«

»Dreiundvierzig«, antwortete der Kutscher.

»Nein, vierundvierzig«, sagte der Hausknecht Alfred.

Die Propere sagte: »Und der Herr hat doch immer so auf seine Gesundheit geachtet! Jedes Jahr hat er eine Kur gemacht mit dreißig Flaschen Spaa-Wasser, und der Fuhrmann Orbel musste sie extra aus Frankfurt herbeischaffen, und nun ist er tot, mausetot.«

Alenas Schultern begannen zu zucken, ihre Augenlider zu flattern. »In jedem Fall war er viel zu jung, um zu sterben, und dann auf so grauenvolle Weise!« Dicke Tränen quollen plötzlich aus ihren Augen und liefen die Wangen herab. Das Zucken ihrer Schultern wurde stärker, ein Laut des Wimmerns entrang sich ihrer Kehle.

»Ja, ach Gott, viel zu jung, viel zu jung!« Die Vollmondgesichtige, die besonders nahe am Wasser gebaut hatte, heulte als Erste geräuschvoll mit.

Alena legte Messer und Kartoffel fort und klagte noch lauter. Ein Weinkrampf schüttelte sie, und es war, als hätten sich in ihren Augen Schleusen geöffnet.

Die beiden anderen Mägde und die Köchin konnten nun

auch nicht mehr an sich halten, sie schlugen die Hände vors Gesicht und fielen ein in das Weinen und Klagen.

Alenas Tränenstrom rann unaufhaltsam weiter, begleitet von herzzerreißendem Jammern, Heulen und Stöhnen.

Das Klagen erfasste nun auch die Männer, die große Taschentücher hervorzogen und sich damit die Augen wischten.

Immer neue Schluchzer entrangen sich Alenas Körper, brachen über ihre Lippen, strömten wie Wellen durch den Raum und regten die anderen zu weiterem Klagen an.

So ging es eine Weile, und nur langsam, ganz langsam versiegten Alenas Tränen. »Der Allmächtige hat uns einer großen Anfechtung ausgesetzt«, sagte sie. »Er hat uns den Hausherrn genommen, um unsere Glaubensstärke zu prüfen, gerade so, wie er Hiobs Glaubensstärke prüfen wollte.«

»Ja«, schniefte die Vollmondgesichtige, »ja, ich weiß, der Hiob aus der Bibel.«

»Er verlor alles, sein gesamtes Hab und Gut, das Vieh, die Knechte, die Söhne, das Haus. Und so steht es in der Heiligen Schrift: *Da stand Hiob auf und zerriss sein Kleid und raufte sein Haupt und fiel auf die Erde und betete: Ich bin nackend von meiner Mutter Leibe gekommen, nackend werde ich wieder dahin fahren. Der Herr hat's gegeben, der Herr hat's genommen, der Name des Herrn sei gelobt!*«

»Amen«, sagte die Köchin mit gebrochener Stimme. »Du verstehst es wirklich, Trost zu spenden, Alena.«

Alena lächelte aufmunternd. »Auch diesem Haus hat Gott eine Hiobspost gesandt, auf dass wir sie verstehen und im Glauben erstarken. Gott hat uns gestraft, aber was ist unsere Strafe gegen die Strafen, mit denen er Hiob überzog! Als es uns gut ging, haben wir Gott zu wenig gepriesen, denn das Wild schreiet nicht, wenn es Gras hat, und der Ochse blöket nicht, wenn er Futter hat.«

»Das stimmt«, sagte die propere Magd. »Das hast du schön gesagt.«

»Seien wir also stark im Glauben, und singen wir im Angesicht des lieben Toten. Es ist ein Klagelied nach der Melodie *Christus, der ist mein Leben* von Melchior Vulpius. Vielleicht kennt ihr es:

Am Ende stehn wir stille
und säen Tränensaat;
des Heilands mächt'ger Wille
sich hier erwiesen hat.
Am Ende stehn wir stille,
die Toten ruhen wohl,
denn vivat *heißet lebe*
und valet *lebe wohl …*«

Als Alena die letzten Zeilen sang, stellte sie fest, dass sogar der Hausknecht Alfred und der Kutscher, die bisher kein Wort verloren hatten, leise mitsummten.

»Ach ja«, seufzte die Köchin, und ihr gewaltiger Busen wogte, »so ein schönes Lied, so schön und traurig, schade, dass die Gnädige noch nicht da ist, es hätt ihr sicher Kraft gegeben.«

Die vollmondgesichtige Magd schnäuzte sich. »Ich glaub, sie ist noch oben und näht an dem Totenhemd für den Herrn. Ich wollt ihr helfen, aber sie hat's nicht zugelassen. Die Kinder sind auch dabei, jedes Kind muss abwechselnd einen Stich mit der Nadel machen, das bringt den Hinterbliebenen Glück.« Die Magd bekreuzigte sich. »Ja, ja, der Mutter Segen baut den Kindern Häuser!«

Alena griff wieder zu Kartoffel und Messer, weil auch die anderen am Tisch ihre Arbeit wieder aufgenommen hatten. »Ich kann es immer noch nicht fassen«, sagte sie. »Da kommt mitten in der Nacht ein Mörder ins Haus und stößt dem Herrn ein Schwert in die Brust. Hat denn niemand von euch etwas bemerkt?«

Die Mägde schüttelten die Köpfe.

»Wir haben alle einen festen Schlaf«, sagte die Köchin.

»Ja, haben wir«, bestätigte der Hausknecht Alfred.

»Ich …«, sagte der Kutscher und brach ab.

»Ja?« Alena horchte auf. »Wolltest du etwas sagen? Dann sag es ruhig.«

»Tja, nun.« Der Kutscher war ein wenig verlegen. »Also, ich war heut Nacht austreten, wisst ihr, und gerade, wie ich aus dem Häuschen wieder rauskomm, da dacht ich, ich hätt einen aus der Hoftür rennen sehen.«

»Und du meinst, das könnte der Mörder gewesen sein?«

»Weiß nicht, ging alles so schnell. Vielleicht war's auch nur Einbildung.«

Alenas Herz schlug schneller. »Kannst du die Gestalt denn näher beschreiben? War sie groß oder klein? Was trug sie? Wie bewegte sie sich?«

Der Kutscher winkte ab. »Weiß ich nicht, weiß ich wirklich nicht. War nur so 'n Vorbeihuschen, was ich mitgekriegt hab.«

»Und das ist alles? Nichts weiter?«

»Nee, nichts. Nur das Kichern, da war so 'n Kichern, hörte sich an wie Kinderkichern. Ich hab noch gedacht, komisch, wo kommt das jetzt her, die Kleinen von der

Herrschaft schlafen doch längst, aber dann hab ich mir nichts weiter dabei gedacht und bin wieder ins Bett.«

»Vielleicht hast du dich nur verhört.« Alena überlegte. Der Öljud Ezechiel hatte, so Klingenthals Worte, im Kerker ebenfalls ein Kichern vernommen. Ob das etwas bedeutete? Laut sagte sie: »Vielleicht war es auch ein Kinderweinen? Irgendjemand könnte seine Kleinen geschlagen haben.«

Nun mischte sich die Köchin ein: »Das glaub ich nicht. Hier in der Nachbarschaft werden keine Kinder geschlagen. Und bei uns im Haus auch nicht. Der Herr hat immer gesagt, wer seine Kinder liebt, der schlägt sie nicht.«

»Ja, ja, das hat er oft gesagt«, bestätigte der Hausknecht Alfred.

»Sehr oft sogar«, sagte die Propere.

Alena beschloss, nicht weiter nachzufragen. Was sie wissen wollte, hatte sie erfahren. Sie hoffte nur, dass Klingenthal mit den Neuigkeiten zufrieden sein würde. Nun war es Zeit, zu gehen. »Wie es aussieht, kommt eure Herrin wohl doch nicht mehr in die Küche, nun, ich will mich ihr nicht aufdrängen und werde deshalb gehen. Bitte seid so gut und richtet ihr meine herzlichen Grüße aus. Ich werde für sie beten.«

Sie erhob sich und verabschiedete sich freundlich von den Mägden und den Männern. »Gott befohlen.«

Auf dem Rückweg beeilte sie sich, um vor dem Ende der Beerdigung im Pfarrhaus zu sein.

Pastor Matthies musste nicht unbedingt wissen, dass sie fort gewesen war.

Vock ging beschwingten Schrittes die Cammergasse entlang bis zum Obertor, grüßte den Wachtposten im Bewusstsein seiner neuen Würde, durchmaß das Tor und steuerte auf die weitläufigen Wiesen zu, die das Gelände außerhalb der Stadt bestimmten. Sein Ziel war das Haus des Scharfrichters. Wie hatte Oberamtmann Schäffer noch gesagt? Er solle Krassmann auf den Zahn fühlen. Das würde er tun, und nicht zu knapp! Schäffer würde mit ihm zufrieden sein und ihn bestimmt zum Amtsinspektor befördern, und wenn er Amtsinspektor wäre, könnte er Rüterbusch endlich in Augenhöhe begegnen.

Doch aus dieser eingebildeten Begegnung wurde nichts, zunächst jedenfalls nicht, denn statt Rüterbusch stand plötzlich Spinner-Franz vor Vock. Der abergläubische Mann schien wie aus dem Boden gewachsen und sagte mit verschwörerischer Miene:

»Steh, steh, steh!
Nicht weiter geh,
trink das Blut
aus diesem Hut,
und alles wird gut.«

Er hielt Vock einen Fingerhut vor die Nase, in dem sich eine rote Flüssigkeit befand.

»Lass mich damit zufrieden«, sagte Vock. Er sagte es nicht unfreundlich, denn er musste an die beiden mit Blut geläuterten Groschen unter seinen Achseln denken, die ihm Glück gebracht hatten.

»Ich an deiner Stelle würd ihn nehmen, kostet nur drei Kreuzer, der Hut; drei Kreuzer der Hut, und alles wird gut. Mit Krassmann ist schlecht Kirschen essen, das sag ich dir, und seine Frau ist 'ne scharfe Hechel. Die Zunge von der ist so spitz wie das Schwert, das Kokkert aufgespießt hat.«

»Woher weißt du, dass ich zu Krassmann will?«

»Ich weiß es eben.« Spinner-Franz gab sich überlegen, obwohl es keines sechsten Sinnes bedurfte, um Vocks Ziel zu erraten. Erstens führte der Weg direkt zum Haus des Scharfrichters, und zweitens war es Krassmanns Schwert gewesen, mit dem Kokkert getötet worden war.

»Geh zur Seite, ich muss weiter.«

»Wirst es bereuen, wenn du das Blut aus dem Hut nicht trinkst. Krassmann ist verhext, er ist schon tausend Tode gestorben und immer wieder auferstanden. Letztes Mal, vor sieben mal sieben Jahren war's, da hat es ihn im Kerker unter dem Rathaus erwischt. Als man die Tür öffnete, saß in der Ecke ein Gerippe in einer Kutte, und an der Seite stand ein Fass. Und als man den Toten anfasste, zerfiel er zu Staub, und als man das Fass berührte, fielen die Dauben auseinander, und es blieb der Wein übrig, der mit einer ganz dicken Haut umgeben war, auf der sich die Dauben abgedrückt hatten. Den Wein innen konnte man noch trinken. Man tat es und ging zurück. Und der Letzte, der zurückging, guckte sich noch einmal um, und rate mal, wer da in der Ecke vom Kerker saß? Krassmann war's. Und er hielt diesen Fingerhut in der Hand und sagte: ›Trink nicht Wein, trinke Blut, trink nicht Wein, trinke Blut, und alles wird gut.‹ Und als der Letzte das gesehen hatte, schrie er auf und lief mit den anderen fort. Alle aber, die den Kerker besucht hatten, starben innerhalb der nächsten sieben Wochen. Na, willst du den Fingerhut nun haben?«

»Nein.« Vock reckte die Brust vor. »Verschone mich mit

deinen Spökenkiekereien. Im Übrigen – rede mich jetzt in der Ihr-Form an, ich wurde heute zum Gerichtssekretär befördert, da passt es nicht mehr, dass du mich duzt.«

Spinner-Franz riss die Augen auf und machte einen theatralischen Diener. »Jawohl, Euer Gnaden, verzeiht, Euer Gnaden, jawohl, Euer Gnaden! Aber denkt daran, dass Ihr die Folter an Ezechiel belauscht habt, was Ihr nicht hättet tun dürfen. Denkt daran, dass Ihr mir von der Tortur erzählt habt, was Ihr nicht hättet tun dürfen. Denkt daran, dass Ihr mich runter zu Ezechiels Kerker gelassen habt, was Ihr nicht hättet tun dürfen. Und denkt schließlich daran, dass eine Zunge umso lieber schweigt, wenn sie von ein paar Kreuzern lahmgelegt wird.«

»Ich will deinen Fingerhut nicht.« Vock wog insgeheim die Dinge ab. Die Drohung war ernst zu nehmen, andererseits stand es einem frisch gebackenen Gerichtssekretär schlecht an, vor einem Spinner zu kuschen. »Vielleicht ein andermal.«

»Ein andermal, ein andermal? Sagt so etwas nicht, Euer Gnaden! Das Schwert des Damokles hängt über Euch, ebenso, wie es über Krassmann und Klingenthal hängt. Beide haben gefehlt! Was aus ihnen wird, weiß Luzifer allein. Ich rate Euch zu einem Fingerhut voll Blut. *Dniw ned negeg ein essip!*«

»Was sagst du da?«

Spinner-Franz gab seine übertrieben unterwürfige Art auf. »Ich hab gesagt: Pisse nie gegen den Wind! Wusstest du nicht, dass der Teufel rückwärts spricht?«

Vock schwieg und grub in seinen Taschen nach drei Kreuzern. Er trug zwar die beiden Zaubergroschen unter seinen Achseln, aber er wollte deren Wirksamkeit nicht überstrapazieren. »Hier, nimm.«

Spinner-Franz gab ihm den Fingerhut.

Vock steckte die Nase hinein und fand, dass der Inhalt keineswegs nach Blut roch, eher nach Rote Bete. Er kippte das kleine Gefäß aus und steckte es weg. »Und nun mach Platz, ich muss zu Krassmann.«

»*Ita est* und *yes* und *oui*!« Spinner-Franz sprang zur Seite. »Warum nicht, wirst schon sehen, was du davon hast.«

Bis zu Krassmanns Haus waren es nur noch wenige hundert Schritte, und als Vock vor dem Gebäude stand, hatte er ein seltsames Gefühl. Das Haus sah irgendwie tot aus. Er hätte nicht zu sagen gewusst, warum, zumal ihm aus Krassmanns großräumigem Zwinger ein ohrenbetäubendes Kläffen entgegenschlug. Sämtliche Hunde drängten sich gegen die Umzäunung und bellten, als wollten sie ein Rudel Löwen vertreiben.

Vock ließ sich nicht vertreiben. Entschlossen klopfte er an der Tür und wartete auf Einlass. Doch nichts geschah. Er klopfte abermals, mit demselben Ergebnis. Sollte Krassmann nicht im Haus sein? Das wäre ungewöhnlich. Der Scharfrichter lebte wie viele seiner Zunft äußerst zurückgezogen. Wenn er nicht gerade auf dem Richtplatz seiner blutigen Arbeit nachging, war er mit seiner Frau am heimischen Herd.

Vock beschloss, auch ohne Aufforderung ins Haus zu gehen. Er stieß die Tür auf und trat ein. Die Küche sah aufgeräumt aus. Kein Teller, kein Krug, kein Topf stand herum. Jedes Ding war an seinem Platz. Sprach das für die Abwesenheit Krassmanns, oder war seine Frau nur so ordentlich? »Heda, Krassmann?«, rief Vock, durchschritt den Raum und blickte nach allen Seiten. »Krassmann?«

Er kam in die anderen Räume, rief hier ebenfalls den

Namen des Scharfrichters und bekam ebenfalls keine Antwort. Plötzlich fuhr er zusammen. Etwas hatte ihn am Kopf berührt, ein Schlag? Vock blickte sich um und entdeckte ein halb offenes Fenster, durch das eine Fledermaus hinausflog. Das Tier war von ihm aufgeschreckt worden und hatte die Flucht ergriffen. Der Schlag war ein Flügelschlag gewesen.

Vock fragte sich, ob das Vorhandensein einer Fledermaus ein Anzeichen dafür sein könne, dass Krassmanns Räume verlassen seien, kam mit seinen Gedanken aber nicht recht weiter. So fuhr er fort, das Haus zu durchsuchen, forschte auch in der Werkstatt daneben, blickte auf dem Hof in die Latrine und gab schließlich auf. Von Krassmann und seiner Frau keine Spur. Beide schienen wie vom Erdboden verschluckt. Enttäuscht wandte Vock sich der Umzäunung zu, hinter der die Hundemeute nach wie vor einen Höllenspektakel machte. Die Wiese hinter der Absperrung war groß, die Hunde hatten guten Auslauf, aber nun standen sie alle vor ihm, bellten und bleckten die Zähne. In der Mitte der Wiese befand sich ein flacher Holzverschlag, keine anderthalb Fuß hoch, in den die Hunde bei schlechter Witterung kriechen konnten. Vock fragte sich, ob Krassmann mit seiner Frau dort wohl Unterschlupf genommen haben könnte, verwarf den Gedanken aber sofort. Der Verschlag war so flach, dass ein Mensch sich darin nur liegend aufhalten konnte. Nein, es war nicht nötig, dort nachzuforschen, gottlob nicht, denn die Hunde hätten es ohnehin verhindert. Überhaupt die Hunde: Wieso waren sie noch da, wenn doch ihr Herr ganz offensichtlich verschwunden war? Irgendetwas stimmte hier nicht, aber Vock kam nicht dahinter.

Schließlich schluckte er seinen Ärger hinunter und

machte sich auf den Rückweg. Zu gern hätte er Krassmann auf den Zahn gefühlt, hätte ihn mit gescheiten Fragen in die Enge getrieben, ihn schonungslos entlarvt und ihn unter anderem ausgehorcht, ob er jemals einen Fingerhut an Spinner-Franz abgegeben hatte. Spinner-Franz. Was hatte der Verrückte noch gesagt, als er, Vock, sich nicht aufhalten ließ und weiter in Richtung Krassmanns Haus marschiert war? »Wirst schon sehen, was du davon hast.« Ja, das hatte er gesagt. Vock lief ein Schauer über den Rücken.

Er griff sich unter die Achseln und rieb an seinen Zaubergroschen.

Nur wenige Stunden später ging Klingenthal denselben Weg entlang – mit demselben Ziel: Krassmanns Haus. Nachdem Alena ihm haarklein von ihrer Unterhaltung in Kokkerts Anwesen erzählt hatte, war er zu der Überzeugung gekommen, es sei das Beste, die Nachmittagsvorstellung auf dem Uhlenmarkt ausfallen zu lassen und den Scharfrichter aufzusuchen. Wenn dieser keine einleuchtende Erklärung dafür wusste, wo er die letzte Nacht verbracht hatte, und auch nicht sagen konnte, warum mit seinem Schwert gemordet worden war, musste er umgehend verhaftet werden.

Klingenthal ging allein, ohne seine Puppen, was für ihn ungewohnt war. Doch auf diese Weise kam er schneller vorwärts. Rüstig schritt er aus und war innerhalb kurzer Zeit vor Krassmanns Haus. Er betätigte den Türklopfer und rief: »Krassmann, seid Ihr da?«, konnte aber nicht hören, ob von drinnen eine Antwort kam, denn auch er wurde von dem wilden Gekläff der Hundemeute begrüßt. Und ebenso wie Vock betrat er nach kurzer Überlegung das Haus.

Klingenthal sah sich um. Die Räume wirkten unbewohnt. Alles machte einen sauberen Eindruck. Klingenthal durchkämmte jede Ecke und konnte nichts Außergewöhnliches entdecken. Nichts, bis auf die Tatsache, dass Krassmann nicht da war, was, wenn man es recht bedachte, mehr als verdächtig schien. Wenn Krassmann der Mörder von Kokkert war, hatte er Grund genug gehabt, sofort nach der Tat auf Nimmerwiedersehen zu verschwinden. War das hier der Fall?

Klingenthal, der sich zwischenzeitlich in die Küche gesetzt hatte, stand wieder auf und durchstöberte die zwei Truhen im Nebenraum. Die eine bot Platz für die Kleider von Krassmanns Frau, die andere nahm die Hosen und Hemden des Hausherrn auf. Aus der ersten Truhe schienen Kleidungsstücke entnommen worden zu sein, aus der zweiten nicht. Was bedeutete das? Klingenthal grübelte: Jemand, der sich aus dem Staub machte, nahm sicher Kleidungsstücke mit, also konnte nur Krassmanns Frau verschwunden sein. Nein, der Schluss war zu gewagt, es konnte Dutzende von Gründen für den unterschiedlichen Füllgrad der Truhen geben!

Klingenthal kehrte in die Küche zurück und setzte sich erneut. Plötzlich, mitten in seine Gedanken hinein, sagte die Magd: »Guck doch mal in die Speisekammer.«

»Das mache ich.« Klingenthal sprang auf, öffnete die schmale Tür und spähte im Dämmerlicht auf die Regale. Was er erkannte, war nicht viel: ein paar tönerne Behältnisse, deren Inhalt süß nach Äpfeln und Birnen roch und den Schluss zuließen, dass es sich dabei um gelierte Früchte handelte, eine Kiste mit Kartoffeln zu seinen Füßen, die allesamt nicht gekeimt hatten und deshalb noch nicht lange da liegen konnten, Töpfe mit Mehl, Grieß und Linsen und ein paar Kleinigkeiten mehr. Alles in allem Dinge, die sich länger hielten und deren Vorhandensein nichtssagend war. Doch halt, was war das? Klingenthal beugte sich vor und zog einen Teller zwischen zwei bauchigen Flaschen hervor. Auf dem Teller lagen drei Klöße oder richtiger: zweieinhalb, denn der dritte Kloß war angebissen, und zwar, wie es schien, erst vor kurzer Zeit.

»Guck doch mal in den Herd«, sagte der Landmann. Klingenthal schlug sich an die Stirn. »Darauf hätte ich auch gleich kommen können!« Er ging zum Küchenherd, öffnete die Klappe und spähte hinein. Nichts als Asche, doch da: ein paar winzige Funken Glut leuchteten aus dem Grau hervor. War Krassmann also doch im Haus? Er oder seine Frau oder beide?

Klingenthal schüttelte den Kopf. Nein, ausgeschlossen. Er hatte sogar die Werkstatt eingehend durchsucht und außer den martialischen Waffen, die dort in einer Ecke gesammelt an den Wänden hingen, nichts Auffälliges gefunden.

»Nein, ausgeschlossen«, sagte auch der Schultheiß.

»Abfackeln, die Bude«, sagte der Söldner, »dann wird sich rausstellen, ob jemand drin ist.«

»Nein, kommt nicht in Frage«, sagte der Schultheiß, »das Haus ist nicht unser Eigentum, wir können es nicht einfach abbrennen.«

Klingenthal räusperte sich. »Ich denke, wir müssen unverrichteter Dinge wieder fort.« Er trat aus dem Haus und schloss die Tür sorgfältig hinter sich. Dabei fiel ihm auf, dass die Tür gar nicht abgeschlossen war. Konnte das ein Zeichen dafür sein, dass Krassmann oder seine Frau sich in der Nähe versteckten?

Noch immer kläfften und heulten die Hunde, offenbar gefiel es ihnen nicht, dass er in das Haus ihres Herrn eingedrungen war. Klingenthal versuchte, sie zum Schweigen zu bringen, aber ihr Geheul wurde womöglich nur noch wütender. Er brachte sich wieder in sicheren Abstand von der Umzäunung und überblickte das weitläufige Zwingergelände. Nicht alle Hunde, so bemerkte er, bellten ihn am Zaun an, denn zwei von ihnen lagen vor einem Verschlag, der sich in einiger Entfernung befand. Merkwürdig, dachte Klingenthal, die Hunde sehen aus, als würden sie etwas bewachen. Konnte das Krassmann sein?

Unsinn, niemand ist in der Lage, längere Zeit im Liegen auf wiesenfeuchtem Grund zu verbringen, und doch …

Klingenthal versuchte seine Gedanken zu sortieren. Einerseits war seine Neugier geweckt: Er wollte gerne zu dem Verschlag gehen und sich dort umsehen. Andererseits hielt ihn die zähnefletschende Meute davon ab. Was tun?

Und dann wusste er es: Er richtete sich auf, holte tief Luft und bog den Kopf in den Nacken. Gleich darauf erklang kräftiges Hundegebell aus einer weit entfernten Ecke des Zwingers. Wie auf Kommando warf die Meute sich herum und sprang in langen Sätzen der vermeintlichen Geräuschquelle entgegen. Sogar die beiden einzelnen Hunde verließen ihren Posten und jagten den Rudelgefährten nach.

Klingenthal öffnete das Gatter der Umzäunung und lief, so schnell er konnte, zu dem Verschlag hinüber, dabei hin und wieder lautes Gebell ausstoßend, mal aus dieser, mal aus jener Richtung, um die Hunde weiterhin abzulenken.

An dem Holzgebilde angekommen, verschnaufte er kurz und blickte es genauer an. Es war eine Bretterkonstruktion, die vielleicht sechs mal sechs Schritte im Geviert maß und ihm knapp bis zum Oberschenkel reichte. Das Dach war eben und aus vielen Brettern zusammengezimmert. Es war sorgfältige Handwerksarbeit, sorgfältiger, als man sie gemeinhin bei Ställen antraf.

Klingenthal schaute auf die aus Holzpfählen gebildeten Seiten, drei waren geschlossen, doch musste es eine vierte, offene geben, damit die Tiere im Verschlag Unterschlupf finden konnten. Da war sie schon. Er bückte sich und wollte »Krassmann« rufen, doch mehr als ein »Kra…« kam ihm nicht über die Lippen, denn in diesem Moment traf ihn ein schwerer Gegenstand am Kopf.

Klingenthal fiel auf den Rücken, halb bewusstlos, und zappelte wie ein Käfer. Wie durch einen Nebel erkannte er den Scharfrichter, der einen großen Stein in der Hand hielt und erneut zum Schlag ausholte.

»Nein!«, schrie Klingenthal. »Nein!«

Für einen kurzen Moment zögerte Krassmann, und Klingenthal rief in höchster Not: »Lasst ab, ich weiß, dass Ihr kein Mörder seid!« Er tat dies, obwohl er sich dessen keineswegs sicher war, aber der Zweck heiligte die Mittel, und tatsächlich ließ Krassmann den Stein sinken.

Das Bild vor Klingenthal wurde wieder schärfer, und er sah, dass Krassmann verschmutzte Kleidung trug und dass in seinem Gesicht Verzweiflung stand. »Ihr seid kein Mörder«, wiederholte er zur Sicherheit und richtete sich mühsam auf.

Krassmann warf den Stein fort. »Ich bin tatsächlich keiner, der Unschuldige meuchelt, weiß auch nicht, was eben in mich gefahren ist.«

»Es ist ja nochmal gut gegangen.«

»Ich habe viele Menschen getötet, aber immer nur auf richterlichen Beschluss.«

Während Krassmann das sagte, kamen seine Hunde, die nirgendwo ein anderes Rudel hatten aufspüren können, herangejagt, erkannten Klingenthal und wollten ihn anspringen, doch ein knapper Befehl ihres Herrn bewirkte, dass sie sich allesamt lammfromm auf den Boden legten.

Klingenthal atmete tief durch und rieb die sich rasch ausbildende Beule an der Schläfe.

Krassmann zog ein schweres Messer.

Klingenthal erschrak. »Ich sagte doch ...«

»Hier, nehmt die Klinge und drückt sie gegen die Beule, vielleicht wird sie dann nicht ganz so groß.«

»Danke«, sagte Klingenthal.

»Was wollt Ihr von mir, wo Ihr doch wisst, dass ich kein Mörder bin?«

Auf diese Frage war Klingenthal nicht vorbereitet. Das Einzige, was ihm dazu einfiel, war eine Gegenfrage: »Wo ist Eure Frau?«

»Meine Frau? Das geht Euch nichts an.«

»Ihr lebt doch mit ihr gemeinsam in dem Haus. Wo ist sie?«

»Ich habe sie fortgeschickt. Sie ist an einem sicheren Ort, bis der ganze Mörderspuk vorbei ist.«

Klingenthal dachte an die beiden Truhen und sagte: »Warum schickt Ihr sie fort, wenn Ihr ein reines Gewissen habt?«

»Pah, als ob es nicht immer zweierlei Wahrheiten gäbe! Ich kann zehnmal unschuldig sein und bin es trotzdem nicht, wenn es ein anderer so bestimmt. Ezechiel kann ein Lied davon singen.«

»Ezechiel, den Ihr gefoltert habt.«

Krassmann ließ die Schultern hängen. »Erinnert mich nicht daran. Ihr werdet es nicht für möglich halten, aber ich bin ein gläubiger Mensch. Im Alten Testament steht *Schade um Schade, Auge um Auge, Zahn um Zahn*, ein Vers, der, wenn Ihr so wollt, der Leitgedanke meines Berufes ist. Wer ein Verbrechen begangen hat, muss dafür bezahlen, notfalls sogar mit seinem Leben. Nur hatte Ezechiel kein Verbrechen begangen, das war mir spätestens dann klar, als sich heute Morgen der Mord an Kokkert herumsprach.«

»Ein Mord, der mit Eurem Schwert ausgeführt wurde.«

»Es ist nicht mein Schwert, es ist das Schwert des Krassmann-Klans, es gehörte schon meinem Vater und dessen Vater und so fort. Und so wenig wie meine Ahnen Kokkert umgebracht haben, so wenig habe ich es getan.«

»Die reine Behauptung wird Euch wenig nützen, besser wäre, Ihr könntet Eure Unschuld beweisen.« Klingenthal, der die ganze Zeit das Messer an seine Beule gedrückt hatte, gab es zurück. »Verzeiht, wenn ich mich ins Gras setze, aber mir ist noch immer ein wenig schwindelig.«

»Wir können uns auch in meine Behausung zurückziehen.« Ohne weitere Umstände ließ Krassmann sich auf alle viere nieder und kroch in den Verschlag. »Folgt mir.«

»Wollt Ihr etwa im Liegen weitersprechen?«, wunderte sich Klingenthal.

»Folgt mir«, kam es aus dem Inneren des Verschlags, »Ihr werdet merken, wie geräumig es hier ist.«

Klingenthal gehorchte und krabbelte den Füßen von Krassmann hinterher, und je weiter er vorwärtskam, desto mehr staunte er, denn vor ihm tat sich ein ausgehobener Raum auf, der so tief war, dass in ihm ein ausgewachsener Mann stehen konnte. Im spärlichen Licht eines Kerzenleuchters erkannte er einen Tisch, eine Bank und eine einfache Bettstatt. Auf dem Tisch stand ein Teller mit Walnüssen.

»Ein einsamer Ort, um Speise zu sich zu nehmen«, sagte Klingenthal. »Ich nehme an, Ihr esst normalerweise im Haus? Dort steht in der Speisekammer ein Teller mit Klößen, einer davon ist halb verzehrt.«

Krassmann setzte sich und wies mit der Hand auf den Platz neben sich. »Ich kann Euch keinen eigenen Stuhl anbieten. Ja, ich esse lieber im Haus, wurde vorhin aber fast von Vock überrascht. Ihr kennt Vock?«

»Nur dem Namen nach.«

»Der Gerichtsdiener. Er kam vorhin über den Feldweg zu mir, sicher deshalb, um mich wegen des Mordes zu verhören, vielleicht sogar, um mich zu verhaften. Ich konnte gerade noch in meiner Höhle verschwinden, nachdem ich die Klöße fortgeräumt hatte. Nehmt ruhig von den Nüssen, wenn Ihr mögt.«

»Sehr freundlich.« Klingenthal merkte erst jetzt, wie hungrig er war. »Aber womit soll ich sie knacken?«

Statt einer Antwort nahm Krassmann eine Nuss, wog sie spielerisch in der Handfläche und ballte die Faust. Scheinbar mühelos zerquetschte er dabei die Schale. Anschließend öffnete er die Hand wieder. »Bitte, bedient Euch.«

»Danke.« Klingenthal klaubte sich ein paar Stücke Fruchtfleisch heraus und begann zu kauen. »Wie kommt ein Mann wie Ihr zu einem so ungewöhnlichen Versteck?«

Krassmann griff sich ebenfalls eine Nuss und öffnete

sie auf seine Art. »Indem er als Kind gern in einer Höhle spielte. Ich habe sie selbst gegraben. Natürlich war sie damals noch nicht so groß wie heute, aber mit den Jahren wurde sie immer geräumiger. Ich ziehe mich gern an diesen Platz zurück. Er hat den Vorteil, dass ich hier in Ruhe gelassen werde und mich meiner Waffensammlung widmen kann.«

»Eurer Waffensammlung? Ich denke, die Stücke befinden sich im Werkstattschuppen?«

»Tun sie auch. Aber nur die gängigen Exemplare. Meine wahren Schätze liegen hier.« Krassmann warf die Schalenreste auf den Teller und ging in eine dunkle Ecke, wo er einen Vorhang zur Seite zog. Drei Holzpfeiler wurden sichtbar, an denen die unterschiedlichsten Waffen aufgehängt waren. »Seht her, das ist ein zweischneidiges Kurzschwert, das *Gladium*, eine solche Klinge trug der römische Legionär, wenn er in die Schlacht zog.«

Klingenthal war nicht sehr interessiert, dennoch warf er einen höflichen Blick auf die Waffe.

»Hier ist der dazugehörige Schild, wie Ihr seht, ein nahezu schulterhoher eiserner Schutz. Ihn zu heben kostet schon eine Menge Kraft.«

Krassmann hob den Schild wie zum Beweis ein paarmal an, stellte ihn zur Seite und griff zur nächsten Waffe, einem germanischen Sax, dann zu einem mittelalterlichen Morgenstern, dann zu einem Degen mit Rapier. Und während er das alles tat, bekam er leuchtende Augen, ganz ähnlich wie Klingenthal, wenn der über seine Puppen sprach. »Dies ist ein walisischer Langbogen aus bester Esche. Wenn man ihn spannen würde, dürfte er heute noch wie am ersten Tag funktionieren. Ja, so ein Schießgerät war die Geheimwaffe der englischen Könige gegen die Franzosen! Habt Ihr schon einmal etwas über die Schlacht von Azincourt gehört? Azincourt liegt in Nordfrankreich. Dort schlug im Jahre 1415 der englische König Heinrich V. ein Franzosenheer vernichtend, und das, obwohl es zahlenmäßig vierfach überlegen war. Zehn Pfeile in der Minute schoss ein guter englischer Bogenschütze ab, und die Pfeile konnten die stärkste Ritterrüstung auf eine Entfernung von zweihundert Schritten durchschlagen, stellt Euch das einmal vor!«

Klingenthal wollte sich das nicht vorstellen, stattdessen fragte er: »Habt Ihr auch eine Armbrust in Eurer Kollektion?«

Krassmanns Eifer ließ augenblicklich nach. »Ich habe mir gedacht, dass diese Frage kommen würde. Ja, ich habe eine Armbrust, und ich habe auch ein Schlachtmesser. Aber das will nichts besagen, denn die Armbrust und das Schlachtmesser, mit denen Angerstein und Mewes getötet wurden, befinden sich im Rathaus.«

»Da habt Ihr wohl Recht. Und das Richtschwert auch. Allerdings, wenn man es genau nimmt, ist es nur der Bolzen der Armbrust, der im Rathaus verwahrt wird. Die eigentliche Waffe ist verschwunden. Der Täter hat sie benutzt und wieder mitgenommen.«

»Die Waffen wurden aus der Rüstkammer entwendet, ich habe mich selbst vor kurzem davon überzeugt.«

»Auch das Richtschwert?«

»Auch das Richtschwert.«

»Um einen solchen Zweihänder zu handhaben, bedarf es eines starken Mannes, eines Mannes von Eurer Körperkraft. Ich fürchte, es wird nicht genügen, wenn Ihr versichert, nicht der Mörder zu sein. Wie ich vorhin schon sagte, Ihr werdet es beweisen müssen.«

»Wie soll ich das tun? Ich bleibe lieber hier, rühre mich nicht vom Fleck und warte ab, bis der Mörder gefangen ist. Hier findet mich keiner!« Krassmann zog den Vorhang wieder zu. »Es sei denn, Ihr verratet mich.«

Klingenthal überlegte blitzschnell. Trotz seines finsteren Rufes schien der Scharfrichter ein vernünftiger Mann zu sein. Was er erzählte, klang glaubhaft. Und dennoch: Ein Zweifel blieb. »Mögt Ihr eigentlich Kinder?«

»Kinder? Wie kommt Ihr denn darauf?« Krassmann, eben im Begriff, sich wieder zu Klingenthal zu setzen, blieb verblüfft stehen.

»Ihr habt doch welche?«

»Sicher, eine ganze Reihe. *Seid fruchtbar und mehret euch*, so heißt es in der Schrift. Aber meine Kinder sind längst erwachsen und haben in andere Scharfrichterfamilien eingeheiratet.«

Klingenthal stand ebenfalls auf. »Vielleicht kann ich helfen, Eure Unschuld zu beweisen. Wenn Ihr gestattet, stelle ich Euch eine letzte Frage: Wo wart Ihr in der vergangenen Nacht?«

»Zu Hause, ich habe geschlafen wie jeder anständige Bürger auch.«

»Seid Ihr sicher? Es gibt jemanden, der Euch im Hof von Kokkerts Anwesen beobachtet haben will.« Klingenthal war sich klar, dass dies ein Schuss ins Blaue war, umso gespannter wartete er auf Krassmanns Reaktion.

»Das kann nicht sein! Wer hat das behauptet?«

»Das tut nichts zur Sache. Es mag wahr sein, dass Ihr die ganze letzte Nacht zu Hause wart, aber für einen Bösgläubigen klingt Eure Antwort nicht gerade überzeugend. Nun gut, danke für die Nüsse, ich gehe jetzt. Bitte haltet mir Eure Hunde vom Leib.«

»Keine Sorge, solange ich den Befehl nicht aufhebe, werden sie liegen bleiben.«

»Ich hoffe, Ihr habt Recht«, sagte Klingenthal.

Dann kroch er hinauf ins Freie.

Caspar, der Küster, war ein großer, ungeschlachter Mann Ende fünfzig, mit altersfeuchten Augen und einem eisgrauen Schnauzbart, der sich unter der Nase vom Tabakschnupfen gelb verfärbt hatte. Er stand neben Klingenthal im Kirchenschiff und gab ihm Anweisungen, wie er die Gänge zwischen den Bankreihen zu fegen habe. »Haltet den Besenstiel schräg nach unten, ja, so, und dann schön durchziehen, immer schön durchziehen, seht Ihr, lang der Strich und kurz die Pause, dann geht es am besten.« Klingenthal bewegte den Stiel auf und ab und kam sich vor wie ein Lehrjunge. Am liebsten hätte er Caspar zum Teufel geschickt, aber das verbot die Höflichkeit, die man einem Älteren schuldig war. »Ich weiß, wie man fegt.«

»Oh, sagt das nicht.« Caspar hob abwehrend die Hände. »Gerade die leichten Dinge sind häufig nur scheinbar leicht. Jede Arbeit will gelernt sein. Ja, so macht Ihr es schon recht gut!«

»Warum nehmt Ihr Euch nicht auch einen Besen und helft mir? Ihr wisst doch: Viele Hände machen ein schnelles Ende.«

»Um des lieben Heilands willen! Hat Pastor Matthies Euch nicht gesagt, dass ich schlecht zu Fuß bin? Ich würde Euch gerne helfen, aber ich muss nachher noch die Glocke, die zum Gottesdienst ruft, läuten, und das fällt mir schon schwer genug.«

Klingenthal fegte weiter. Caspar sah eigentlich nicht so aus, als würde ihm körperliche Arbeit schwerfallen, doch jetzt entfernte er sich und humpelte auf einmal besonders stark.

Klingenthal dachte: Du bist durchschaut, mein Freund. Scheinst der Spezies Mensch anzugehören, die ein besonderes Talent im Stöhnen und Besserwissen hat! Nun ja, jeder nach seinem Leisten.

Er nahm seine Tätigkeit wieder auf. Es war ein seltsames Gefühl, nicht in einer Synagoge, sondern in einer dem Christengott geweihten Kirche zu arbeiten. Nicht gerade unangenehm, aber ungewohnt. Gern hätte er die Hilfeleistung vermieden, doch es war Sonntagmorgen, er hatte spielfrei, und Pastor Matthies hatte ihn nochmals gebeten, Caspar zur Hand zu gehen. Wenn nur das Knacken nicht gewesen wäre! Alle Augenblicke knackte es irgendwo in der Kirche, mal im Gebälk, mal im Mauerwerk, mal im Boden. Ob das alte Gebäude noch immer absank? Schief genug war es ja, und die Risse in den Wänden sprachen auch dafür.

»Hatschumm!«

Klingenthal fuhr zusammen, als wäre der Leibhaftige in ihn gefahren.

Jemand hinter ihm kicherte.

Er fuhr herum und sah Caspar, der sich mit dem Handrücken die Nase wischte. »Das tat gut! Bestes spanisches Tabakpulver, sage ich Euch, zerschnitten, gemahlen, gesiebt und kunstvoll angefeuchtet! Ja, ja, ab und zu mal eine kleine Prise, das bringt dem Mann Ergötzlichkeit! Und der liebe Herr Jesus im Himmel hat auch nichts dagegen, wenn es mal richtig kracht, nicht wahr? Schnupft Ihr auch, Meister Klingenthal?«

»Nein, danke.« Klingenthal dachte, dass Caspar vielleicht Probleme mit dem Gehen hatte, gesunde Schleimhäute hatte er allemal.

»Da versäumt Ihr aber was!« Caspar holte die Schnupftabakdose nochmals hervor, nahm eine tüchtige Prise heraus, tat sie auf die Hand und schniefte sich das Pulver geräuschvoll in die Nasenlöcher. Dann schloss er die Augen und wartete mit seligem Gesichtsausdruck auf die Entladung. »Ha… ha… hatschumm!«

Obwohl Klingenthal diesmal vorbereitet war, zuckte er dennoch zusammen.

»Seid Ihr schreckhaft?«

»Vielleicht könntet Ihr beim nächsten Mal in die andere Richtung niesen.« Klingenthal tat, als fordere das Fegen seine gesamte Aufmerksamkeit. Er hatte keine Lust mehr, sich mit Caspar zu unterhalten, und er wollte fertig werden.

Der Küster schien das zu ahnen, denn er wandte sich ab und sagte: »Ich muss noch die Gesangbücher verteilen und neue Kerzen aufstecken, hoffentlich schaffe ich das alles, ich weiß gar nicht, wo mir der Kopf steht.«

Klingenthal antwortete nicht. Er konzentrierte sich auf seine Arbeit. Seine Gedanken glitten ab. Die gestrige Begegnung mit Krassmann kam ihm in den Sinn. Der Scharfrichter hatte behauptet, er sei kein Mörder. War er wirklich keiner? Er hatte die Kraft und die Geschicklichkeit, alle Tatwaffen zu handhaben, er kannte sich mit Waffen aus, sammelte sogar welche, und sein Argument, alle drei Tatwaffen seien aus dem Rathaus entwendet worden, mochte zwar stimmen, aber Tatsache war genauso, dass eine Armbrust bei ihm in der Erdhöhle gehangen hatte. War es die Mordwaffe?

Ein weiterer Punkt war Krassmanns Frau. Warum hatte er sie fortgeschickt, wenn er sich in seinem Erdversteck sicher fühlte? War sie seine Komplizin? Unsinn. Aber vielleicht wusste sie Dinge über ihren Mann, die andere nicht wissen sollten? Wer nicht da war, konnte sich auch nicht verplappern. Andererseits: Welch einen Antrieb konnte Krassmann haben, drei Morde auszuführen? Hatten Angerstein, Mewes und Kokkert ihm jemals etwas zu Leide getan? Wohl kaum. Nein, Krassmann hatte keinen Grund, zu morden, und wahrscheinlich stimmte es wirklich, dass er sein Leben lang nur auf richterlichen Beschluss getötet hatte.

Und Rüterbusch? Nach allem, was Klingenthal wusste, hatte der Amtsinspektor ein großes, um nicht zu sagen verdächtig großes Interesse daran, seinen Vorgesetzten den Mörder zu präsentieren. Was steckte dahinter? Ehrgeiz, Eitelkeit, Karrieresucht? Oder verhielt der Mann sich nur deshalb so, weil er es selbst gewesen war? Das mochte so sein, aber welchen Grund hatte der Amtsinspektor für sein Handeln gehabt? Wenn es einen gab, so kannte Klingenthal ihn jedenfalls nicht. Rüterbusch war ein Unsympathikus, wie er im Buche stand, aber war er auch ein Mörder?

Eher nicht, genauso wenig wie Beiss, der fettsüchtige Doktor mit seiner Gicht. Die Krankheit war ein stichhaltiger Grund, warum er seine ärztliche Hilfe in der Mordnacht versagen musste. Er litt tatsächlich am Zipperlein, sein verdickter Ringfinger war der Beweis. Und er litt an einem entzündeten Zehengelenk, in dem nach seinen Worten glühende Kohlen steckten. Mit solchen Schmerzen konnte niemand gehen – vorausgesetzt, er hatte sie wirklich. Litt Beiss tatsächlich an dem, was die Medizin eine *Inflammatio* des *Podagra* nannten? Gezeigt hatte er die Zehe jedenfalls nicht, und es war auch keinesfalls immer so, dass die Gicht sich als erstes Opfer das Gelenk der großen Zehe aussuchte. Es konnte auch ein Fingergelenk sein. Hatte Beiss also doch gehen können und somit die Morde auf dem Gewissen? Auch hier stellte sich die Frage nach dem Warum. Und auch hier gab es keine vernünftige Antwort, zumal Beiss vielleicht mit Angerstein und Kokkert bekannt gewesen war, kaum aber mit einem einfachen Fischer wie Mewes.

Und Spinner-Franz? Der war schwer zu beurteilen. Das fing schon damit an, dass nicht klar schien, ob der Mann tatsächlich verrückt war oder nur so tat. Als gesichert konnte immerhin gelten, dass er ständig in Geldnot war und vom Verkauf seiner seltsamen Zaubereien und Talismane lebte. Dem wiederum war entgegenzuhalten, dass bei keinem der Morde auch nur ein Pfennig gestohlen worden war. Das sprach für Spinner-Franz. Gegen ihn sprach, dass er mehr zu wissen schien, als manch ein anderer, und dass er ein offenkundiges Interesse daran hatte, nicht mit den Morden in Verbindung gebracht zu werden. Sein Versuch, Klingenthal zu täuschen und Pocke als Ezechiels Angelfreund hinzustellen, musste nachdenklich stimmen.

Überhaupt gab es ein paar Dinge, die nachdenkenswert waren. In zwei von drei Fällen hatte der Ermordete seine Kinder geschlagen, nur bei Kokkert schien es nicht so gewesen zu sein. Der Salzkaufmann hatte stets gesagt: »Wer seine Kinder liebt, der schlägt sie nicht.« Der Ansatz, nach prügelnden Vätern zu suchen und über sie an den Mörder zu kommen, schied also aus. Und das seltsame Kichern, das zweimal von einer vorbeihuschenden

Gestalt zu vernehmen war, was hatte das zu bedeuten? Ezechiel und Kokkerts Kutscher glaubten, es gehört zu haben. Und zwar einmal im Kerker und einmal auf Kokkerts Hof. War der Mörder ein Kicherer?

Klingenthal seufzte. Er hatte mittlerweile sämtliche Gänge gefegt und begann die Staubhaufen mit einem Kehrblech aufzunehmen. Seine Gedanken wanderten zu den für einen Mord in Frage kommenden Personen zurück. Pocke war da noch, der Trunkenbold. Über den musste man nicht lange nachdenken, der war ein menschliches Wrack, gebeutelt von den Schlägen des Alkohols. Nein, Pocke schied aus, der hatte nicht den Antrieb, der zur Durchführung solcher Verbrechen vonnöten war.

Klingenthal grübelte weiter, während er seine Arbeit beendete und den großen Eimer mit dem gesammelten Dreck forttrug. Vock war da noch. Aber konnte der ernsthaft verdächtigt werden? Vock war Amtsperson, aber das war Rüterbusch auch. Und nicht zu vergessen: Vock hatte – genau wie der Amtsinspektor – einen Schlüssel zur Rüstkammer. Konnte der Generalschlüssel für die Türen im Rathaus vielleicht auch der Schlüssel für die Aufklärung der Morde sein? Wenn alle drei Tatwerkzeuge tatsächlich aus der Rüstkammer stammten, kam als Mörder nur in Frage, wer Zugang zu ihr hatte.

Aber wer war das? Rüterbusch, Vock, Krassmann natürlich, sicher auch Oberamtmann Schäffer und der Bürgermeister, ferner waren zu erwähnen: sein Stellvertreter, sodann der Führer der Stadtwache, einige Gerichtsdiener und, der guten Ordnung halber, auch Pastor Matthies.

Wahrscheinlich gab es noch weitere. Mit dem Generalschlüssel schien es so zu sein wie mit allen wichtigen

Schlüsseln: Im Laufe der Jahre gab es immer mehr von ihnen, bis zum Schluss keiner mehr keinen hatte.

Für die Suche nach dem Mörder bedeutete das: Eigentlich waren alle verdächtig, alle bis auf drei, die es wirklich nicht gewesen sein konnten:

Angerstein, Mewes und Kokkert.

Wer Wind sät, wird Sturm ernten, seine Saat soll …

»Zwei Ziegen, zwei Ziegen!«, rief der Landmann, der zur Abwechslung einmal wach war und an der Stegreifvorstellung teilnahm. Kaum hatte er die Worte ausgerufen, erklang ein Meckern über den gesamten Uhlenmarkt.

Die Menge lachte.

»Was ist mit den Ziegen?«, fragte der Schultheiß.

»Du hast doch schon eine zu Hause«, sagte der Schiffer.

»Genau«, sagte der Söldner. »Deine Frau!«

Die Menge lachte lauter.

»Empörend!«, rief das Burgfräulein.

»Nein, ich habe zwei neue Ziegen, herrliche Tiere mit großen rosigen Eutern!« Die Stimme des Landmanns klang verärgert.

»Meinst du vielleicht Bordsteinschwalben?«, fragte der Schiffer.

»Nein, zum Donnerwetter, ich meine Ziegen, richtige Ziegen!«

»Von mir aus, dann eben richtige Ziegen. Brauchst du sie, damit du endlich jemanden hast, der es im Meckern mit deiner Alten aufnehmen kann?«, fragte der Söldner.

»Nein, ich will sie halten!«

»Halten? Wo denn?«, fragte die Magd.

»In der Schlafstube.«

»Großer Gott, in der Schlafstube?«, entrüstete sich das Burgfräulein.

»Warum nicht?«

»Ja, aber der Gestank?«

»Da müssen die Ziegen sich dran gewöhnen!«

Jetzt tobte die Menge vor Lachen, und Klingenthal hob die Hände und verbeugte sich mehrfach, bis sie sich endlich beruhigt hatte.

»Das wär's für heute, ihr Leute!«, rief der Schultheiß.

Und der Schiffer ergänzte: »Die Vorstellung ist zu Ende, drum öffnet Eure Herzen, öffnet Eure Beutel, aber öffnet nicht Eure Hosen!«

Diese Aufforderung kannte die Menge schon, und gern spendete sie in den Hut, mit dem Klingenthal herumging.

Als die Menschenmenge sich verlaufen hatte, zählte er die eingenommenen Münzen zusammen und stellte mit Zufriedenheit fest, dass die Steinfurther nach wie vor in Geberlaune waren.

»Meister Klingenthal!«

»Ja?« Er blickte von seinem Hut auf und sah in das Gesicht einer älteren Frau. »Ach, Elsbeth, nicht wahr? Hat dir die Vorstellung gefallen?«

Elsbeths mürrische Miene sprach dafür, dass sie als Einzige nicht über den Witz mit den Ziegen gelacht hatte. »Mein Herr schickt mich, er wartet in seinem Haus auf Euch.«

»Der Gelehrte Conatus?«

»Ihr sagt es.«

»Ich dachte, er wäre auf Reisen?«

»Er ist seit gestern zurück.«

Klingenthal überlegte. Das, was er die ganzen letzten Tage befürchtet hatte, war eingetreten: Conatus war wieder da und verlangte, ihn zu sehen. Wahrscheinlich, um weitere Lektionen im Bauchreden einzufordern. »Bitte richte deinem Herrn aus, es wäre mir eine Ehre, seiner Einladung zu folgen, aber ich kann meinen Karren nicht unbeaufsichtigt auf dem Platz zurücklassen. Tut mir Leid.«

»Ich soll auf ihn aufpassen.«

»Was, du?«

»Der Herr hat sich das mit dem Karren schon gedacht, deshalb soll ich drauf aufpassen. Ich bleib hier, und Ihr geht zu ihm.«

»Ja, dann.« Es blieb Klingenthal nichts anderes übrig, als Conatus' Wunsch zu folgen. »Aber dass mir keiner die Puppen anfasst!«

»Nee, nee, nun geht man schon.«

Klingenthal trat ins Haus und stieg die breite Treppe hinauf in den ersten Stock, wo die funkensprühenden Apparate standen, die Conatus Elektrisiermaschinen nannte. Er schaute sich um, aber der Hausherr war nirgendwo zu sehen. Sollte Elsbeth ihm etwa einen Bären aufgebunden haben? Das konnte nicht sein. Er beschloss, für alle Fälle ein paar Minuten zu warten, und setzte sich in den schweren ledernen Sessel.

»Pontius Pilatus platzte – peng!«

Klingenthal fuhr zusammen.

»Pontius Pilatus platzte – peng!« In der Tür war wie von Geisterhand Conatus aufgetaucht, fein, aber nachlässig gekleidet, groß gewachsen und vollbärtig wie immer. »Ich habe den P-Laut eifrig mit Hilfe dieses Satzes geübt, mein lieber Meister Klingenthal, und ich finde, er gelingt mir schon recht gut. Bitte achtet auf meinen Mund.« Conatus wiederholte den sinnlosen Wortlaut, ohne die Lippen zu bewegen. »Na, was sagt Ihr?«

Wenn Klingenthal ehrlich gewesen wäre, hätte er antworten müssen, dass Conatus noch weit entfernt von einer perfekten Aussprache war, denn was er vorgetragen hatte, hörte sich eher an wie: »Vontius Vilatus vlatzte – veng!« Aber Klingenthal war nicht ehrlich, sondern höflich, und deshalb entgegnete er: »Ein Anfang ist gemacht.«

»Nicht wahr?« Conatus schien mit sich zufrieden zu sein. Er trat heran, nahm von einer Anrichte zwei Gläser Rotwein und drückte dem zaghaft protestierenden Klingenthal eines in die Hand. Dann setzte auch er sich. »Prosit, mein lieber Meister, auf die edle Kunst der Ventriloquisten!«

»Prosit.«

Beide tranken. Conatus seufzte. »Wunderbar, es geht doch nichts über ein liquides Nahrungsmittel, ein liquides Nahrungsmittel!«

Klingenthal fiel darauf nichts Rechtes ein, deshalb sagte er: »Wohin hat Eure Reise Euch denn geführt?«

»Ach, die Reise ...« Conatus winkte ab. »Sprechen wir lieber weiter von Eurer Kunst. Nachdem ich meine, den P-Laut recht manierlich zu beherrschen, machen mir noch der B-Laut, der F-Laut, der M-Laut und der W-Laut einige Schwierigkeiten, jeder für sich birgt seine Tücken, und ich wäre Euch wirklich dankbar, wenn Ihr mir ein wenig auf die Sprünge helfen könntet. Ich habe mir für jeden Laut auch einen besonderen Satz ausgedacht.«

Etwas Ähnliches hatte Klingenthal schon befürchtet, aber er war nun einmal der Einladung gefolgt und konnte nach so kurzer Zeit nicht gleich wieder gehen.

So kam es, dass sie bald darauf in ein angeregtes Gespräch vertieft waren, welches Kehlkopfstellungen, Zungenbewegungen und Atemübungen zum Inhalt hatte. Zum W-Laut war Conatus die Wortfolge »Weiße Weihnacht wünscht Wolfgang« eingefallen, zum M-Laut »Mollige Maiden mögen Mus«, zum F-Laut »Friederike, finde fertige Feigen« und zum B-Laut »Brate Brühwurst bitte bald«. Letzterer wurde, aus praktischen Gründen, umformuliert in: »Elsbeth, bring Berliner Bier!«

Conatus lachte, nachdem er mehr schlecht als recht den Wunsch nach Bier ausgesprochen hatte. »Wein ist mir lieber. Der Satz mit dem W-Laut könnte deshalb auch heißen: »Weiße Weihnacht wünscht Wolfgang weinselig.«

»Gewiss«, sagte Klingenthal.

»Kommt, trinkt noch ein Glas, ich will kein schlechter Gastgeber sein!«

»Lieber nicht.« Klingenthal wollte nicht weinselig wie besagter Wolfgang werden, auch wenn Weintrauben wie alle Früchte in der *Kaschrut* als koscher bezeichnet wurden. Andererseits galt es zu bedenken, dass die Trauben verarbeitet worden waren, vielleicht auf einem klösterlichen Weingut, was sie wiederum unkoscher machte. »Lieber nicht«, wiederholte Klingenthal und fügte, um Conatus abzulenken, hinzu: »Was sagt Ihr eigentlich zu dem Tod Eures Nachbarn?«

»Zu Kokkerts Tod? Grauenvoll, grauenvoll! Ich habe es gestern am Sonntag, als ich von der Reise kam, gleich erfahren. Die arme Frau, sie dauert mich so!«

»Wie war Kokkert, was war er für ein Mensch?«

Conatus widmete sich seinem Weinglas. Klingenthals Ablenkungsmanöver schien gelungen. »Wie soll er schon gewesen sein? Ein Kaufmann eben, ein Pfeffersack, wie er im Buche steht. Oh, Verzeihung, *de mortuis nil nisi bene*, über Tote soll man nur Gutes reden! Ich hatte mit ihm wenig zu schaffen, ›guten Tag, guten Weg‹, so gingen wir miteinander um, wenn wir uns begegneten. Trotzdem ist sein Tod tragisch, sehr tragisch.«

»Er wurde mit dem Schwert des Scharfrichters ermordet.«

»Ich hörte es. Schrecklich, schrecklich. Also war es wohl Krassmann? Hat man ihn schon verhaftet?«

Klingenthal stellte sich dumm. »Soviel ich weiß, nicht.«

»Der Mörder sollte bald gefasst werden, schon um der Ruhe und Ordnung willen! Kaum hatte ich gestern die Stadt wieder betreten, trug man mir die Neuigkeit von allen Seiten zu. Meiner Meinung nach kann so etwas nur ein Verrückter tun.«

Klingenthal kam eine Idee. »Wenn Ihr von einem Verrückten sprecht, habt Ihr dann eine bestimmte Person im Auge?«

»Äh, nein.« Für einen Augenblick wirkte Conatus unsicher. »Das war nur so dahingesagt.«

»Ich verstehe. Sonst fällt Euch nichts zu Kokkert ein?«

Conatus lachte. »Soll das ein Verhör werden, mein lieber Meister?«

Klingenthal lachte mit, dabei hoffend, dass es nicht allzu falsch klang. »Ihr sagt doch selbst, dass alle Welt über die Morde spricht. Ich mache da keine Ausnahme. Aber wahrscheinlich könnt Ihr wirklich kaum etwas über Kokkert sagen, schließlich war er Kaufmann, und Ihr seid Gelehrter; der eine hatte sich dem Geld verschrieben, der andere dient der Wissenschaft, etwas Gegensätzlicheres lässt sich kaum vorstellen.«

»Das habt Ihr treffend gesagt. Wie schon erwähnt, habe ich mich nicht viel um Kokkert gekümmert. Ich war ein paarmal bei ihm eingeladen, aus welchem Anlass, weiß ich nicht mehr. Gestern Abend bin ich auch hinübergegangen, um der Witwe mein Beileid auszusprechen. Es war gar nicht so einfach, mein Vorhaben in die Tat umzusetzen, denn das Gesinde wollte mich zunächst nicht zu ihr lassen. Sie sei nicht in der Lage, Besuch zu empfangen, hieß es. Als ich dann doch zu ihr vordrang, fand ich sie inmitten ihrer Kinder, gemeinsam an einem Totenhemd nähend und allesamt heulend und schluchzend. Ich fragte sie, ob ich ihr in dieser oder jener Hinsicht zu Hilfe sein könne, aber sie schüttelte nur den Kopf. Das Einzige, was sie sagte, war: ›Jetzt müssen sie nicht mehr weinen.‹«

»Entschuldigt, was sagte sie?«

»Jetzt müssen sie nicht mehr weinen.«

»Aha, und wen meinte sie damit?«

»Das habe ich die Arme auch gefragt.« Conatus nahm einen tiefen Schluck aus seinem Glas, stellte fest, dass es leer war, schielte nach der Flasche, stellte fest, dass diese ebenfalls leer war, und fuhr mit bedauerndem Unterton fort: »Sie meinte damit ihre Kinder.«

Klingenthal stutzte. »Ihre Kinder? Seltsam, und was sagte sie dann?«

»Nichts. Sie sagte nichts mehr. Ich merkte, dass sie wieder allein sein wollte, und ging. Hört, lieber Meister, wollen wir uns nicht Erfreulicherem zuwenden? Ich könnte noch einmal den W-Laut üben, vielleicht mit dem Satz: ›Wühlmäuse würgen winters Wolle.‹«

»Nein, wartet bitte.« In Klingenthals Hirn arbeitete es. Wie hatte der Satz der Witwe Kokkert gelautet? *Jetzt müssen sie nicht mehr weinen*, und gemeint waren damit ihre Kinder. Wenn man dem *Jetzt* besondere Bedeutung beimaß, konnte das heißen *Jetzt, wo der Vater tot ist, müssen sie nicht mehr weinen, im Gegensatz zu früher*, was wiederum den Schluss zuließ, dass Kokkert seine Kleinen zu Lebzeiten geschlagen hatte. Aber wie passte das zu seiner oft geäußerten Meinung »Wer seine Kinder liebt, der schlägt sie nicht«? Vielleicht gar nicht, vielleicht sogar sehr gut. Denn auch ein Quartalssäufer schwor häufig Stein und Bein, er würde niemals einen Tropfen anrühren, jedoch nur so lange, bis er wieder rückfällig wurde und erneut dem Alkohol verfiel. Wenn dem so war, hatten alle drei Ermordeten zuvor ihre Kinder misshandelt. Hatten sie dafür mit dem Leben bezahlen müssen? Waren sie von einem verrückten, kichernden Mann mit immer wieder anderen, ungewöhnlichen Waffen getötet worden? Einiges sprach dafür. Aber was nützte das. Jeder Vater schlug irgendwann einmal sein Kind, und ebenso pflegte jeder Vater hin und wieder zu kichern.

»Ihr schaut drein, als hätte Euch jemand tausend Rätsel aufgegeben, mein lieber Meister. Verratet mir Eure Gedanken, vielleicht kann ich Euch helfen?«

Klingenthal zwang sich in die Wirklichkeit zurück. »In der Tat würdet Ihr mir einen Gefallen erweisen, wenn wir die Übungen jetzt beenden könnten. Sicher wartet auch Elsbeth schon ungeduldig auf mich.«

»Ach, Elsbeth. Sie taugt nur zum Weinholen und Einschenken, und das kann ich genauso gut selbst. Wie ich Euch kenne, wollt Ihr kein weiteres Gläschen, aber ich habe etwas anderes, das Ihr nicht ablehnen könnt.«

»Was ist es denn?« Klingenthal versuchte, sein mäßiges Interesse nicht allzu stark durchklingen zu lassen.

»Ein Anblick!«

»Ein was?«

»Ein Anblick, den Ihr noch nie erlebt habt und vielleicht auch nie wieder erleben werdet. Ich muss zugeben, ich war zunächst etwas unsicher, ob ich ihn Euch zuteil werden lassen soll, aber jetzt habe ich mich dazu entschlossen. Ihr werdet staunen, Ihr werdet staunen!«

Klingenthal, jetzt doch neugierig geworden, fragte: »Was ist es denn für ein Anblick?«

»Lasst Euch überraschen, lieber Meister. Ich gehe jetzt durch die Tür dort drüben in einen kleinen Nebenraum. Die Tür werde ich hinter mir schließen, und erst, wenn ich ›Kommt herein‹ rufe, folgt Ihr mir nach. Einverstanden?«

»Ja, natürlich.« Klingenthal fragte sich, was die Geheimniskrämerei sollte, und lehnte sich im Sessel zurück.

Conatus verschwand.

Eine Weile verging.

Klingenthal wurde ungeduldig, er sehnte sich nach seinen Puppen und, wenn er ehrlich war, auch nach Alena und sogar nach einem Gespräch mit Pastor Matthies. Die Küche und der Geräteschuppen, in denen er seine Abende verbrachte, erschienen ihm viel anheimelnder als dieser große Raum mit seiner Vielzahl an unheimlichen Elektrisierapparaten.

»Kommt herein.«

Endlich. Klingenthal sprang auf und ging zur Tür. Er wollte die Klinke niederdrücken, aber irgendetwas hielt ihn davon ab. Er überlegte, ob er einfach fortgehen sollte, aber das wäre denn doch zu unhöflich gewesen. Conatus schien zwar ein komischer Kauz zu sein, aber freundlich und zuvorkommend war er allemal. Das hatte er nicht verdient.

»Nun, kommt doch!«

Da drückte Klingenthal die Klinke nieder, trat ein und sah im ersten Augenblick – nichts. Nur Finsternis.

Dann blitzte ein Funkenstrahl rechts vor ihm auf, bläulich gleißend, begleitet von einem kräftigen Knistern. Der Umriss von Conatus wurde deutlich, der hinter einer seiner Maschinen stand und heftig eine Kugel drehte. Elektrische Blitze zischten erneut durch die Luft, zackig, unregelmäßig, bedrohlich. Klingenthal riss die Augen auf. Was er hier sah, hatte er schon einmal gesehen, insofern war er nicht überrascht, und er fragte sich, was Conatus wohl mit dem besonderen Anblick gemeint haben mochte.

»Wartet, gleich könnt Ihr es wieder sehen!«, rief der Gelehrte. »Ein wenig Glück gehört dazu, die Wellen müssen nur die richtige Stärke haben, dann funktioniert es auch. Seht Ihr, jetzt!«

»Ich sehe nichts!« Unwillkürlich schrie Klingenthal.

»Nochmal das Ganze, wartet, die Drehgeschwindigkeit der Kugel muss höher sein, so, ja, jetzt! Sapperlot, phantastisch, ist es nicht phantastisch, was sagt Ihr dazu?«

Und dann sah Klingenthal, was Conatus meinte.

Es befand sich links von dem Apparat in ungefähr drei Fuß Entfernung.

Es lag auf einem Tisch, zuckte im Takt der elektrischen Funken und war ungefähr so groß wie eine menschliche Hand.

Es war eine menschliche Hand.

Klingenthal unterdrückte einen Schrei.

»Phantastisch, nicht wahr!« Conatus drehte die Kugel mit unverminderter Stärke, und mit unverminderter Stärke entluden sich die Blitze und brachten die Hand zum Zucken. »Ich habe sie erst häuten müssen, vollständig abhäuten, sonst funktioniert es nicht, versteht ihr?«

»Nein«, flüsterte Klingenthal.

»Es ist wie bei den Froschschenkeln des Doktor Galvani, der dieses Experiment erstmals vor genau zwei Jahren in Bologna durchführte, und Ihr, mein lieber Meister, habt heute die Ehre, einen baugleichen Versuch miterleben zu dürfen, nur mit dem kleinen Unterschied, dass ich dazu eine Hand benutze.«

Klingenthal rang um Fassung.

Conatus dozierte weiter: »Der sprühende Funke aus geriebener *Energia, so* meine Interpretation der Huygens'schen Lehren, durchdringt wellengleich die Luft und bringt die Hand in Bewegung. Irgendetwas in dem enthäuteten Greiforgan muss auf die Wellen ansprechen und die Reaktion auslösen. Die Muskeln, die Sehnen, die Nerven? Ich weiß es nicht, aber ich werde es herausfinden. Seht Ihr, die Finger zucken krallenartig zusammen, ich bin überzeugt, die Hand könnte etwas halten, das Heft eines Messers etwa, wenn man es im rechten Moment in die Innenfläche drücken würde. Dort liegt ein Messer auf dem Tisch, wollt Ihr es einmal versuchen?«

»Woher habt Ihr die Hand?«

»Wenn Ihr es versucht, werdet Ihr merken, welch unerhörte Kraft in die Hand gelangt. Elektrische *Energia*, die ich mittels Reibung aufblitzen lasse und durch das Gemisch aus Feuerluft und mephistischer Luft hinüber zu dem Greiforgan schicke!«

»Woher habt Ihr die Hand?«

»Feuerluft, mein lieber Meister, wird neuerdings auch Oxygenum oder Sauerstoff genannt. Antoine Lavoisier, ein französischer Kollege, schlug den Begriff erstmals im Jahre 1779 vor. Er ist es auch, dem wir die Entdeckung des Sauerstoffs verdanken, zusammen mit Joseph Priestley und Karl Wilhelm Scheele. Ihr kennt Scheele? Er ist Schwede deutscher Herkunft ...« Conatus drehte die Kugel weiter wie besessen und produzierte fortlaufend Blitze, welche die Hand wieder und wieder aufzucken ließen. »Mephistische Luft! Habt Ihr schon einmal etwas von mephistischer Luft gehört? Sie ist nichts anderes als Stickstoff. Ja, Stickstoff und Sauerstoff, das ist es, was wir alle atmen, ein unsichtbares, geruchloses Gemisch, das uns am Leben erhält, ein Odem, ein Hauch Gottes, der gleichzeitig die arkanische *Energia* transportiert. Seht nur das Greiforgan! Es zittert und zuckt, als wolle es mit uns ein Tänzchen wagen, eins, zwei, drei und eins, zwei, drei! Holla, ist das nicht großartig, ist das nicht großartig?«

»HERR DOKTOR CONATUS, WOHER HABT IHR DIE HAND?« Klingenthal erschrak über sich selbst, denn nie zuvor hatte er sich so brüllen hören.

Conatus erwachte wie aus einem Rausch. Zögernd ließ er von der Kugel ab, die bläulichen Blitze erloschen. Dunkelheit breitete sich aus. »Die Hand, woher? Das ist doch egal.«

»Das ist es keineswegs. Bitte seid so freundlich und macht Licht. Ich möchte wieder etwas sehen.«

Conatus entzündete einen Leuchter und murmelte dabei etwas, das Klingenthal nicht verstand. Er wirkte jetzt müde, fast teilnahmslos.

»Ich muss darauf bestehen, dass Ihr mir Auskunft gebt, von wem Ihr das Greiforgan habt. Ihr wart zwar verreist, aber es dürfte Euch dennoch bekannt sein, dass der Körper des Fischers Hinrich Mewes tot in der Elbe aufgefunden wurde – und zwar ohne rechte Hand. Da Ihr eine solche habt, steht Ihr automatisch im Verdacht, den Mord an Mewes begangen zu haben.«

»Das ist nicht Euer Ernst.«

»Wenn Ihr es nicht wart, dann müsst Ihr anderweitig an die Hand herangekommen sein. Ihr habt sie doch nicht etwa gefunden?«

»Nein, das nicht.« Conatus fuhr sich über die Augen. »Ich möchte den Namen meines, äh, Lieferanten nicht preisgeben, da ich ihm Stillschweigen gelobte.«

Klingenthal wurde es langsam zu bunt. »Doktor Conatus«, sagte er in offiziellem Ton, »merkt Ihr gar nicht, dass Ihr Euch um Kopf und Kragen redet? Wenn der Gerichtssekretär Vock wüsste, dass die Hand in Eurem Besitz ist, würde er Euch auf der Stelle verhaften, und wenn Ihr meine Meinung dazu hören wollt, auch völlig zu Recht!«

»Spinner-Franz.«

»Was sagt Ihr?«

Conatus rückte seinen Zwicker zurecht. »Spinner-Franz, so wird der Mann wohl genannt. Er bot mir die Hand an, das heißt, zunächst lief er mir nur über den Weg. Heute Morgen war es, in aller Herrgottsfrühe, da schob er mir einen Zettel in die Rocktasche. Gleich danach war er wieder verschwunden.«

»Ich nehme an, auf dem Zettel stand eine Nachricht?«

»Ihr vermutet richtig. Aber es war gar nicht so einfach, sie zu entziffern.«

»Habt Ihr das Papier noch?«

»Ja, wartet.« Conatus nestelte eine vergilbte linierte Heftseite hervor. »Hier.«

Klingenthal hielt den Zettel ins Licht und stutzte, denn was er sah, war eine Schrift, die er nicht lesen konnte:

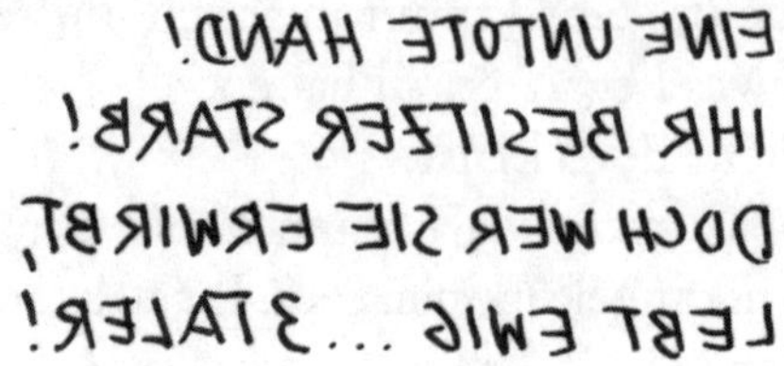

»Es ist Spiegelschrift«, sagte Conatus.

»Ich sehe es«, sagte Klingenthal und drehte den Zettel um. Jetzt konnte er den Text entziffern:

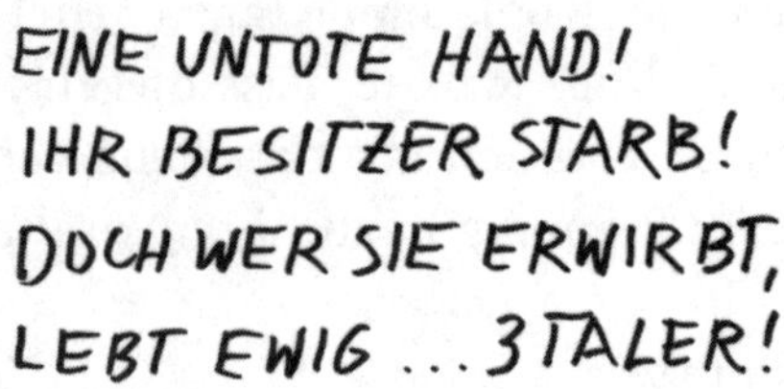

»Ich habe sofort an die Hand von Mewes gedacht«, sagte Conatus, »und der Gedanke ließ mich nicht mehr los. Erinnert Ihr Euch, wie ich bei unserem ersten Zusammentreffen darüber klagte, dass Froschschenkel in dieser Jahreszeit so schwer zu beschaffen seien? Meine Überlegung war, was mit den Gliedmaßen eines Tieres funktioniert, wird auch mit jenen eines Menschen funktionieren. Um mein Experiment durchführen zu können, musste ich das Greiforgan unbedingt haben!«

»Ihr traft Euch also noch einmal mit Spinner-Franz? Wie kam es dazu?«

»Ganz einfach, ich ging zurück an jenen Ort, wo er mir den Zettel zugesteckt hatte. Da wartete er auch schon. Ich gab ihm die drei Taler, und er gab mir die Hand. Sie war in ein Stück Zeitungspapier eingewickelt, um sie vor neugierigen Blicken zu schützen. Ich nahm sie und eilte damit schnurstracks nach Hause. Unterwegs überlegte ich, wie ich sie am besten häuten könnte, denn so etwas macht man nicht alle Tage. Bei Froschschenkeln ist es leichter, die dafür notwendige Technik beherrscht jede italienische Hausfrau. Wusstet Ihr, dass Galvanis Frau krank darniederlag und er ihr mit den Schenkeln eine kräftigende Speise zubereiten wollte? Es war also der reine Zufall, dass Galvani auf das Zuck-Phänomen stieß. Ja, ja, der Zufall vermag alles! Wenn es ihn nicht gäbe, wäre die Wissenschaft lange nicht so weit, wie sie heutzutage schon ist.«

»Da habt Ihr sicher Recht. Sagt, habt Ihr eine Ahnung, warum Spinner-Franz sich mit der Hand ausgerechnet an Euch wandte?«

Conatus zuckte mit den Schultern. »Nein, aber vielleicht hat es sich herumgesprochen, dass ich mich gerne und häufig mit allerlei Experimenten beschäftige. Was meint Ihr, ob die Hand Schaden nimmt, wenn ich sie in einer leichten Spirituslösung verwahre? Es wäre ein Jammer, wenn sie ihre Reaktionsfähigkeit im Laufe der Zeit verlöre.«

»Das weiß ich nicht. Ich weiß nur, dass ich Spinner-Franz ein paar wichtige Fragen zu stellen habe, und ich hoffe für ihn, dass seine Antworten schlüssig sein werden.«

Conatus begann, Spiritus in ein verschließbares Glasgefäß zu füllen. »Hört, lieber Meister, ich habe zwar die Hand, aber ich möchte nicht in die Sache hineingezogen werden. Ich bin nur ein neugieriger Mann, ein neugieriger Mann, den der Wissensdrang umtreibt, mehr nicht.«

Klingenthal schüttelte bedauernd den Kopf. »Ich kann

Euch nichts versprechen, Herr Doktor Conatus, höchstens, dass ich nicht gleich zu den Behörden laufe. In jedem Fall achtet sorgsam auf die Hand, wenn nicht alles täuscht, ist sie ein Teil des toten Mewes und darf auf keinen Fall verloren gehen.«

»Keine Sorge, das Greiforgan gebe ich nicht wieder her. Niemals!« Conatus' Augen funkelten wild, so wild, dass Klingenthal unwillkürlich erschrak.

Dann verließ er rasch den Raum.

»He, Vock, nicht so eilig, ich bin noch immer der Ranghöhere und bitte mir Respekt aus. Könnt Ihr nicht grüßen?« Rüterbusch baute sich vor dem frisch gebackenen Gerichtssekretär auf und stemmte die Arme in die Seiten.

»Lasst mich, ich muss weiter.« Vock versuchte, sich an Rüterbusch vorbeizuschieben, scheiterte aber, da dieser sich noch breiter machte.

»Du willst wohl nochmal zu Krassmann, wie? Sollst ja schon mal hingegangen und unverrichteter Dinge zurückgekommen sein.«

»Woher wollt Ihr das wissen?«

»Ich weiß, was ich weiß.« Rüterbusch hielt es nicht für nötig, Vock auf die Nase zu binden, dass er die Information von Spinner-Franz hatte. »Den Gang zu Krassmann kannst du dir sparen, der war es nicht. Der hat die Morde nicht auf dem Gewissen.«

»Immerhin war es sein Schwert, mit dem Kokkert getötet wurde.«

»Krassmann war es nicht. Meinst du, der wäre so blöd

und würde sein Schwert nehmen, wenn er Kokkert umbringen wollte? Dasselbe gilt für Angerstein und Mewes. Die hat er auch nicht getötet. Nee, nee, das war einer, an den wir alle noch nicht denken.«

»Wer denn?«, entgegnete Vock und ärgerte sich augenblicklich, dass er so begierig nachgefragt hatte.

»Was weiß ich!« Rüterbusch lachte. »Du bist es doch, der das rausfinden soll. Viel Spaß dabei.«

Vock versuchte, Haltung zu bewahren. »Ich war keineswegs auf dem Weg zu Krassmann, wenn Ihr es genau wissen wollt. Viele andere hätten sich seines Schwertes bemächtigen können, um Kokkert zu töten. Glaubt ja nicht, ich wüsste das nicht.«

»Dann ist es ja gut.« Rüterbusch machte endlich Platz, damit Vock seines Weges ziehen konnte. Ihm nachblickend, lachte er sich ins Fäustchen, denn er hatte genau das erreicht, was er erreichen wollte.

Wenig später machte Rüterbusch sich auf den Weg zu Krassmann, um ihn zu verhaften, denn im Gegensatz zu dem, was er Vock gesagt hatte, war er von der Schuld des Scharfrichters fest überzeugt. Krassmann war der Einzige, so seine Erkenntnis, der mit allen drei Mordwaffen meisterhaft umgehen konnte, er hatte die Kraft und die Geschicklichkeit dazu, und er war nicht zuletzt im Besitz derselben. Wer sonst sollte es gewesen sein!

Rüterbusch ärgerte sich, dass er nicht früher darauf gekommen war, aber es war noch nicht zu spät. Er musste nur darauf achten, dass Vock ihm mit der Verhaftung nicht zuvorkam, aber eben das hatte er vorhin verhindert.

So würde er allein den Ruhm der Tat einheimsen, und Schäffer, der ewig lächelnde Hundsfott, würde ihm die genommenen Aufgaben wieder zurückgeben müssen. Welch angenehmer Gedanke! Ein kleines Problem allerdings mochte sich ergeben, falls Krassmann nicht freiwillig mitkommen wollte. Doch für diesen Fall hatte Rüterbusch vorgesorgt, denn unter seinem Rock trug er etwas, von dem er sicher war, dass es seinen Wünschen genügend Nachdruck verleihen würde: eine geladene Pistole.

Was blieb, war die Frage, ob Krassmann zu Hause sein würde. Als Vock ihn aufgesucht hatte, war er es nicht gewesen, aber Rüterbusch hatte einen bestimmten Verdacht. Es gab auf der Hundewiese einen Verschlag, der, das hatte er mehrfach den Andeutungen des Scharfrichters entnehmen können, nicht nur den Hunden Platz bot. Die Annahme, dass Krassmann sich dort versteckte, lag nahe.

»Krassmann, ich bin's, Rüterbusch!«, rief Rüterbusch über das Gekläff der Hunde hinweg, als er an die Umzäunung trat. »Ich bin allein und muss dich sprechen!«

Die Antwort war nur ein verstärktes Geheul der Hunde. Aber Rüterbusch gab nicht so schnell auf. Er rief wieder und wieder den Namen des Scharfrichters, und gerade, als er dachte, dieser verberge sich doch nicht unter dem Verschlag, sah er eine Gestalt darunter hervorkriechen und sich langsam aufrichten – Krassmann.

»Bring deine Meute zur Ruhe!«, schrie Rüterbusch. »Und komm her!«

Krassmann gab einen kurzen Befehl, und seine Hunde verstummten. »Nein, ich denke nicht daran!«, rief er zurück. »Wenn du was von mir willst, komm zu mir. Die Tiere werden dir nichts tun.«

So hatte Rüterbusch sich den Beginn des Gesprächs nicht vorgestellt. Ihm wäre es lieber gewesen, Krassmann außerhalb der Reichweite seiner Bestien festnehmen zu können, aber es musste auch so gehen. Er öffnete das Gattertor und schritt vorsichtig auf Krassmann zu. »Alle Welt glaubt, du hättest den Salzkaufmann Kokkert umgebracht.«

»Na und? Glaubst du das auch?«

Rüterbusch lachte gekünstelt. »Wo denkst du hin. Natürlich nicht.«

»Was willst du dann von mir?«

»Was ich von dir will? Nun, ich denke, das besprechen wir besser in deinem Haus.«

»Kommt nicht in Frage«, wehrte Krassmann ab, denn er dachte an Vock, der ihn hatte verhaften wollen. Niemand garantierte ihm, dass Rüterbusch es nicht auch wollte. »Wenn du mit mir reden willst, dann folge mir.«

Der Scharfrichter kroch in den Verschlag zurück, und Rüterbusch blieb nichts anderes übrig, als ihm nachzukriechen. Er tat es und tastete dabei unwillkürlich nach seiner Waffe. Der harte Gegenstand unter seinem Uniformrock vermittelte ihm ein Gefühl der Sicherheit. Nachdem sich seine Augen an das Halbdunkel gewöhnt hatten, stieß er einen Ruf des Erstaunens aus. »Blitz und Donner, hier steht man bequemer als im Stollen eines Bergwerks! Das ist ja eine richtige Wohnstube!«

Krassmann konnte nicht umhin, sich geschmeichelt zu fühlen. »Wenn du willst, setz dich. Und dann sag mir, warum du gekommen bist.«

Rüterbusch setzte sich auf die Bank, stand aber, als er sah, dass Krassmann keine Anstalten machte, es ihm gleichzutun, sofort wieder auf. »Ich möchte mit dir über den Mörder von Angerstein, Mewes und Kokkert sprechen.«

Krassmann riss die Augen auf. »Hat man ihn endlich gefasst? Gott sei Dank!«

»Nein«, sagte Rüterbusch, »man hat ihn nicht gefasst, noch nicht, aber es wird gleich geschehen, denn du, Krassmann, bist es, der die Opfer gemeuchelt hat, du bist es und kein anderer, und ich verhafte dich hiermit!« Während er das sagte, holte er die Pistole hervor und richtete sie auf den Scharfrichter.

»Bist du von allen guten Geistern verlassen?« Krassmann wollte auf Rüterbusch losgehen, besann sich aber eines Besseren, als dieser heftig mit der Waffe herumfuchtelte.

»Leg dich bäuchlings auf die Erde, Arme auf den Rücken, damit ich dir die Hände fesseln kann.«

Widerstrebend gehorchte Krassmann. »Was soll das? Ich war es nicht, das weißt du genauso gut wie ich.«

»Du warst es. Kein anderer ist in der Lage, das Richtschwert so zu handhaben, und kein anderer hat die Kraft, einen menschlichen Körper derart auf die Bettstatt zu spießen.«

»Fessele mich nur, es wird dir nichts nützen. Spätestens wenn wir ins Freie treten, werden meine Hunde dich zerfleischen.«

Rüterbusch holte einen Strick aus seiner Rocktasche. »Das werden sie nicht, weil du es ihnen untersagen wirst. Tust du es nicht, erschieße ich dich.«

»Und dann? Dann werden meine Tiere dich erst recht nicht ungeschoren davonkommen lassen. Sei nicht töricht! Die Wahrheit wird ans Licht kommen, und dann wird es dir ergehen wie nach dem Irrtum mit Ezechiel. Lachen werden die Leute über dich, und Schäffer wird dich endgültig zum Teufel jagen. Oder glaubst du, ich könnte eins und eins nicht zusammenzählen? Du bist mit der Aufklärung der Morde längst nicht mehr betraut, Vock war keineswegs nur zum Spaß hier! Ich müsste mich sehr irren, wenn er nicht dein Nachfolger wäre.«

»Halt's Maul und leg endlich die Arme auf den Rücken.« Rüterbusch spürte, wie die Wut in ihm emporstieg. Krassmann hatte ihn an seiner empfindlichsten Stelle getroffen. Doch wer zuletzt lachte, lachte am besten! Er kniete nieder und wollte mit dem Fesseln beginnen, da merkte er, dass er dazu beide Hände brauchte. Wohin derweil mit der Pistole?

Für den Bruchteil eines Augenblicks zögerte Rüterbusch, und das wurde ihm zum Verhängnis, denn Krassmann nutzte diesen Bruchteil aus, indem er mit dem Mut der Verzweiflung ein Bein hochriss und seinem Widersacher die Waffe aus der Hand trat. Es passierte so schnell, dass Rüterbusch kaum wusste, wie ihm geschah. Damit nicht genug, trat Krassmann ein zweites Mal zu, doch diesmal traf er nicht, und Rüterbusch sprang mit einem Wutschrei zurück. Der Sprung brachte ihn ins Taumeln, seine Hände fuhren durch die Luft und suchten einen Halt. Sie fanden ihn in dem Vorhang, der die Waffensammlung verdeckte. Der Stoff riss ein, die Kriegsgeräte wurden sichtbar. Rüterbusch stutzte, dann riss er das römische Kurzschwert an sich und brüllte: »Leg dich wieder hin, Krassmann, oder ich stech dich ab wie eine Wildsau!«

»Das werden wir sehen.« Der Scharfrichter wollte die Pistole an sich bringen, doch Rüterbusch trat ihm in den Weg und brüllte:

»Bleib, wo du bist, und leg dich wieder hin. Bei Gott, ich stech dich ab wie eine Wildsau!«

Krassmann lächelte. Er wusste, dass er diesen Kampf nicht mehr verlieren konnte. Dafür war er zu stark und zu schnell. Die Tatsache, dass Rüterbusch das *Gladium* hatte, machte da keinen Unterschied. Er griff nach der Bank, hob sie hoch wie ein Spielzeug und schleuderte sie in Richtung Rüterbusch. Rüterbusch versuchte auszuweichen, doch er war zu langsam, das Sitzmöbel traf ihn voll am Kopf. Benommen sank er auf die Knie. Krassmann sprang vor, er wollte kein Risiko eingehen und schlug seinem Gegner die Faust ins Gesicht. Das raubte Rüterbusch endgültig die Sinne. Er klappte zusammen wie ein Scharnier.

»Und nun«, schnaufte Krassmann voller Grimm, »geht es umgekehrt.« Er legte den Ohnmächtigen bäuchlings auf den Boden und fesselte ihn kunstgerecht mit seinem eigenen Strick. »Wenn du aufwachst, wirst du dich wundern.«

Danach schleifte er ihn zu einem der drei Holzpfeiler und band ihn rücklings im Sitzen daran fest. Er ging dabei nicht sonderlich behutsam vor, wodurch Rüterbusch wieder das Bewusstsein erlangte und zu retten versuchte, was zu retten war. »Sie werden mich vermissen, Krassmann, sie wissen, dass ich hier bin, besser, du lässt mich frei.«

Der Scharfrichter antwortete nicht. Er zog den Strick nur noch fester.

»Wenn du mich freilässt, werde ich ein gutes Wort für dich einlegen. Mein Einfluss ist immer noch groß, vertraue mir!«

»Ich dir vertrauen? Das war einmal. Eher springe ich freiwillig in eine Schlangengrube. Du bleibst, wo du bist.«

Rüterbusch überlegte daraufhin eine Weile, dann sagte er: »Du kannst mich nicht ewig hier festhalten. Mach mich los, ich könnte dir zur Flucht verhelfen. Ich habe gute Beziehungen in Magdeburg, dort könntest du untertauchen, bis Gras über die Sache gewachsen ist. Ich will nur dein Bestes, ehrlich.«

Krassmann hatte kaum zugehört. Er untersuchte mit Interesse die Pistole, welche er, der Sicherheit halber, mit geübten Griffen entlud. »Vorhin wolltest du mich noch verhaften, und jetzt willst du nur mein Bestes. Du lügst, Rüterbusch, du lügst schneller, als der Hase laufen kann. Nein, nein, du bleibst schön da sitzen, wenn's sein muss, bis zum Sankt-Nimmerleins-Tag, und ich, ich bleibe bei dir. Ich werde dich keine Sekunde aus den Augen lassen.«

Trotz seiner aussichtslosen Lage wurde Rüterbusch nun wütend. »Willst du denn, dass wir beide hier verrecken?«, schrie er. »Benutze doch mal deinen Verstand! Wenn wir beide hierbleiben, verhungern und verdursten wir! Lass mich frei. Sonst haben wir keine Chance.«

»Du nicht, aber ich.«

»Wie meinst du das?«

»Ich vertraue auf Klingenthal, den Bauchredner. Er wird den wahren Mörder finden.«

»Das wird er nie!«

»Vielleicht hast du Recht. Vielleicht habe ich ihn schon gefunden.«

»Was?«

»Weil du es bist.«

Ein Tag war vergangen, Klingenthal stand auf dem Uhlenmarkt in der Ecke der Gaukler und verkeilte seinen Karren. Gleich sollte die Vorstellung beginnen. »Lass doch die Vorstellung«, bat die Magd, »lange war das Wetter nicht mehr so schön, ich möchte eine Ausfahrt machen.«

»Aye, aye, Leinen los!«, rief der Schiffer.

»Nein, stillgestanden!«, rief der Söldner.

»Wir können nicht einfach fort«, sagte der Schultheiß, »die Leute erwarten eine Vorstellung, und deshalb müssen wir sie auch geben.«

Klingenthal räusperte sich. »Sehr richtig, aber vielleicht sollten wir damit noch eine Weile warten, denn da kommt Spinner-Franz, und mit dem habe ich zu reden. He, Franz, hast du einen Augenblick Zeit?«

»Nein, habe ich nicht.« Spinner-Franz zog ein misstrauisches Gesicht.

»Es dauert nicht lange.«

»Meinetwegen.« Der Verrückte drehte sich plötzlich um, doch er eilte nicht fort, sondern ging rückwärts auf Klingenthal zu.

»Was soll das?«, fragte Klingenthal.

»Wenn ich dich nicht seh, gibt's dich auch nicht, und ich brauch dir nicht zu antworten.«

»Was ist das nun wieder für ein Unsinn? Dreh dich um, damit ich dir ins Gesicht sehen kann.«

»Nein.«

»Gut, dann bleib, wie du bist. Ich sage dir jetzt ein paar Dinge, auf die du nicht zu antworten brauchst: Du warst in der Nacht vom zehnten auf den elften November an der Mole im Hafen.«

Spinner-Franz schwieg.

»Es war die Nacht von Sonntag auf Montag.«

Spinner-Franz schwieg.

»Du warst in dieser Nacht auf dem Schiff von Hinrich Mewes.«

Spinner-Franz schwieg. Doch dann rief er: »Ich seh dich nicht, es gibt dich nicht, du hast mich nicht gefragt!«

»Dann frage ich dich jetzt: Hast du am Morgen nach dieser Nacht die rechte Hand von Hinrich Mewes an dich gebracht? Die rechte Hand, die ihm zuvor abgehackt worden war?«

Spinner-Franz begann zu zittern.

»Es steht fest, dass die Hand noch am Morgen im Schiff lag. Amanda Mewes, die Witwe des Fischers, hat sie mit eigenen Augen gesehen. Später war sie verschwunden. Warum? Weil du sie in der Zwischenzeit genommen hattest.«

Spinner-Franz rieb hektisch über seinen Unterarm, wo die eingeheilte Hostie saß.

»Lass die Kaspereien. Die helfen dir jetzt auch nicht. Ich weiß, dass du Doktor Conatus, dem Wissenschaftler, eine rechte Hand für drei Taler verkauft hast. Es war die Hand von Mewes, woher hattest du sie?«

Spinner-Franz hatte das Reiben an seiner Hostie eingestellt, schwieg aber weiter beharrlich.

»Hast du Mewes die Hand abgeschlagen?«

»Neiiiiin!«

Klingenthal sprang unwillkürlich einen Schritt zurück, so laut hatte der Verrückte geschrien, doch er ließ nicht locker. »Wenn du sie ihm nicht abgeschlagen hast, konntest du wenigstens sehen, wer es getan hat?«

»Neiiiiiin!«

Klingenthal hielt sich die Ohren zu. Wenn Spinner-Franz es darauf abgesehen hatte, ihn durch seinen markerschütternden Schrei zu vertreiben, so war ihm das fast gelungen. »Du kannst dich jetzt umdrehen, ich habe keine Fragen mehr.«

Zögernd, fast ungläubig, wandte Spinner-Franz sich Klingenthal zu. Ein Ausdruck der Erleichterung huschte über sein Gesicht.

Doch Klingenthal hatte noch Fragen, mehrere sogar, er wollte nur den Widerstand des verrückten Mannes brechen. Um ihn in Sicherheit zu wiegen, sagte er: »Ich brauchte mal wieder einen kleinen Glückszauber, du hast nicht zufällig etwas in der Richtung dabei?«

»Glückszauber?« Spinner-Franz witterte Morgenluft. »Na klar. *Ita est* und *yes* und *oui*! Kennst du Magnetsteine?«

»Nein.« Klingenthal heuchelte Interesse.

»Es sind *Mechanemata*, einmalige *Mechanemata* sind's, verstehst du?«

»Nein«, sagte Klingenthal, und es war die Wahrheit.

»Geheimnisvolle Wundersteine sind's, hab sie von einem alten Zauberweib!« Mit verschwörerischer Miene holte Spinner-Franz zwei unscheinbare, aneinander klebende, kieselgroße Steine aus der linken Tasche. Aus der rechten fingerte er einen Hufnagel hervor. Beides brachte er zusammen, und tatsächlich zogen die Steine den Nagel mit einem leisen »Klick« an sich.

Das war nichts Besonderes. Etwas Derartiges hatte Klingenthal schon öfter gesehen, und das sagte er auch.

»'türlich ist das nix Besonderes«, sagte Spinner-Franz, »aber nun pass auf. Die Steine ziehen auch Gold und Silber an, und wenn du sie bei dir trägst, sorgen sie dafür, dass die Geldstücke der anderen wie von selbst in deine Tasche wandern.«

»Wie viel willst du für die Steine?«

»Ein kleines Silberstück!«

Klingenthal ersparte sich die Frage, warum das Silberstück, das er Spinner-Franz geben sollte, nicht schon längst in dessen Tasche gewandert sei, und gab es ihm. Als er im Gegenzug die Steine erhalten hatte, sagte er: »Ich hoffe, ich habe ein gutes Geschäft gemacht, auch wenn du mir keine schriftliche Garantie auf die Wirksamkeit der Steine gegeben hast.«

»Schriftliche Garantie, wieso?«

»Entschuldige, ich vergaß, dass du wahrscheinlich gar nicht schreiben kannst.«

»Wie kommst du denn da drauf?« Spinner-Franz fühlte sich bei seiner Ehre gepackt. »Klar kann ich schreiben.«

Das hatte Klingenthal nur hören wollen. Aber er war noch nicht fertig. Als Nächstes holte er einen kleinen hölzernen Ball aus der Rocktasche. »Weißt du, was das ist?«

»Du willst mich wohl foppen? Ein Jonglierball ist's, was sonst?«

»Fang!« Ohne Vorwarnung warf Klingenthal Spinner-Franz den Ball zu.

Der reagierte prompt. Er riss eine Hand hoch und fing die Kugel. Es war die linke.

»Bist du Linkshänder?«, fragte Klingenthal.

Irgendetwas in Klingenthals Stimme ließ Spinner-Franz aufhorchen. »Ja, warum?«

»Weil jemand, der linkshändig ist, besonders gut Spiegelschrift schreiben kann.« Klingenthal holte den Zettel, den Conatus ihm überlassen hatte, hervor und hielt ihn dem Verrückten unter die Nase. »Hier, das hast du doch geschrieben?«

EINE UNTOTE HAND!
IHR BESITZER STARB!
DOCH WER SIE ERWIRBT,
LEBT EWIG … 3 TALER!

»Nein!« Spinner-Franz prallte zurück, als wäre der Zettel Weihwasser und er der Teufel.

»Natürlich hast du das geschrieben, genau das. Du kannst schreiben, wie du mir versichert hast, und Linkshänder bist du obendrein. Im Übrigen hast du genau dieses Papier dem Gelehrten Conatus gegeben und ihm Mewes' Hand für drei Taler verkauft. Nun gib es endlich zu und sage mir, woher du das Greiforgan hast.«

»Ich geb gar nix zu, gar nix!«

»Dann tut es mir Leid, ich muss dich Vock melden. Vielleicht bist du dann gesprächiger.«

Ein Wechselbad der Gefühle zeichnete sich in Spinner-Franz' Gesicht ab. Unsicherheit, Angst, Verschlagenheit, Rachsucht, Feigheit und Wut standen darin zu lesen. Es siegte die Wut. »Pah, die Behörden! Dazu müssten die mich erst mal kriegen. Aber ich an deiner Stelle würd mich vorsehen, Julius Klingenthal. Juden haben in unserer Stadt nix verloren!«

Klingenthal brauchte einen Augenblick, um zu begreifen, dass der Verrückte ihn als Juden angesprochen hatte. »Was sagtest du da gerade?«

In Spinner-Franz' Augen stand Triumph. »Juden haben hier nix verloren!«

»Woher willst du wissen, dass ich Jude bin?«

»Hab dich belauscht, dich und Ezechiel, wie ihr euch

voneinander verabschiedet habt. Ezechiel, das Verräterschwein! Hat meinen Namen genannt, hat gesagt, ich hätt mit ihm am Fluss geangelt, als Mewes angeschwemmt wurde, pah, Ezechiel! So wie in jedem Jahr Walpurgisnacht ist, so sollen seine Augen für immer ersterben, nicht nur seine Augen, auch seine Hände, seine Arme, seine Beine, seine Füße, seine Backen, seine Zähne, seine Lippen und sein verdammter beschnittener Pimmel!«

Klingenthal fehlten die Worte angesichts dieses Wutausbruchs, aber Spinner-Franz giftete schon weiter: *»Shalom* hier und *shalom* da! *Ein Leben auf deinen Kopf* und *Der Allmächtige, dessen Güte gepriesen sei, möge ein Auge auf dich haben*, und was ihr euch nicht alles zugesäuselt habt! Judengeschwätz! Hast dich ganz schön lange verstellt, Jude, aber ich hab dich durchschaut, und wenn du mich in die Pfanne haust, hau ich dich in die Pfanne, so einfach ist das …«

Spinner-Franz war noch längst nicht fertig, er wollte weiterkeifen, aber nun tönte es vom Karren herab: »Stopft ihm sein ungewaschenes Maul! Teert ihn, federt ihn, rädert ihn!«

Es war der Söldner, der das rief, und der Schiffer fiel ein: »Man soll ihn kielholen! An den Mast nageln, an die Großrah knüpfen!«

»Pöbel bleibt Pöbel!«, rief das Burgfräulein.

»Unerhört!«, rief die Magd.

»Was ist los?«, fragte der Landmann.

»Gemach, gemach«, beruhigte der Schultheiß. »Schimpfen und schelten führen zu nichts. Wir müssen Ruhe bewahren und den Konflikt friedlich beilegen.«

Klingenthal atmete durch. Er wusste, dass der Schultheiß Recht hatte, und nickte ihm zu. Dann wandte er sich wieder Spinner-Franz zu. Doch der Verrückte stand da nicht mehr. Er schien wie vom Erdboden verschluckt.

»Den hat der Teufel geholt«, brummte der Söldner.

»Oder der Klabautermann«, sagte der Schiffer.

Klingenthal rieb sich nachdenklich das Kinn. »Eines steht jedenfalls fest: Der Mann ist unberechenbar und deshalb gefährlich.«

Keine der Puppen widersprach ihm.

Klingenthal beschloss, die Vorstellung ausfallen zu lassen.

Wer Wind sät, wird Sturm ernten, seine Saat soll nicht …

Alena machte sich Sorgen um Klingenthal. Seit zwei Tagen hatte sie ihn nicht gesehen und sich wieder und wieder gefragt, was er wohl gerade tat. Auch heute, am Mittwoch, erging es ihr so. Ob er ebenfalls an sie dachte? Hoffentlich war er gesund und guter Dinge. Die Mordfälle, dass wusste sie, waren noch immer nicht aufgeklärt, und in der Stadt summten die Gerüchte wie in einem Bienenstock. Eines davon war besonders hartnäckig; es lautete, Klingenthal sei der Täter, er sei ein Verrückter, und das Bauchreden und die Puppenspielereien seien nichts als Tarnung. Im Übrigen sei er Jude, und Juden sei alles zuzutrauen.

Sie seufzte und widmete sich weiter ihrer Küchenarbeit. Woher die Leute bloß wussten, dass er Jude war? Von ihr bestimmt nicht. Aber von wem dann?

Das Kompott aus Winterkürbissen, an das sie sich zum ersten Mal herangewagt hatte, würde gleich fertig sein. Sie hatte die geschälten Früchte zunächst in kleine Stücke geschnitten und dann beiseitegestellt. Anschließend hatte sie eine Portion Zucker und Butter in einer großen Pfanne schmelzen lassen, die Fruchtstücke dazugegeben und sie eine Zeit lang glasiert. Nach kurzem Zögern hatte sie noch eine Vanilleschote der Länge nach halbiert und das Mark in die Pfanne gegeben. Ein Schuss

Essig und ein halber Krug Wasser waren noch hinzugekommen, damit das Ganze gut aufkochen konnte. Sie glaubte schon, fertig zu sein, als ihr der Pfeffer einfiel. Die runden getrockneten Früchte der Pfefferpflanze gehörten zur Lieblingswürze des Pastors, weshalb sie noch eine kleine Menge davon mörserte und in die Speise einrührte.

Jetzt schien ihr Werk fertig zu sein: eine dampfende, dickliche gelbe Masse, die träge ein paar Blasen schlug.

Wie es wohl schmeckte? Sie griff zu einem Holzlöffel und entnahm mit ihm eine kleine Probe. Heftig pustend kostete sie. »Nicht schlecht«, befand sie, »ich hoffe, der Pastor wird zufrieden sein.«

Als hätte Matthies ihre Worte gehört, ertönte just in diesem Moment seine Stimme aus der Studierstube: »Alena, meine Tochter, wie steht es mit einer mittäglichen Stärkung?«

»Kommt sofort, Herr Pastor!« Sie füllte das Kompott in eine Schüssel um, nahm einen Löffel und trug beides in die Stube. »Hier, ratet mal, was das ist.«

Matthies blickte von seinem Schreibtisch auf. »Nun, das sieht nach einer gelben Suppe aus. Ist es Linsensuppe? Fein, stell sie nur auf den kleinen Tisch neben dem Globus.«

»Nein, es ist keine Linsensuppe, die gab es doch erst gestern!« Alena war leicht beleidigt.

»Ach so, ach ja, entschuldige.« Matthies strich sich über die lange Nase und beugte sich erneut über seine Arbeit, um emsig weiterzuschreiben. Er schien schon wieder vergessen zu haben, dass Alena im Raum war.

»Es ist keine Linsensuppe.«

»Wie, was? Ach ja, keine Linsensuppe.« Matthies arbeitete weiter. Er tauchte die Feder ins Fass, strich sorgfältig die Tinte ab und notierte etwas in einem Buch. Es war ein großes Buch, und das, was Matthies hineinschrieb, schien überaus wichtig zu sein.

»Es ist Kürbiskompott. Ich habe es extra für Euch gekocht.«

Matthies schreckte auf. »Was, wie?«

»Kürbiskompott! Wenn Ihr es nicht essen wollt, kann ich es ja wieder mitnehmen.«

»Um Gottes willen, nein! Ich war gerade nur so in Gedanken. Die viele Arbeit, du verstehst schon.« Matthies riss sich von seinem Schreibtisch los und setzte sich an den kleinen Tisch neben den Globus. »Das riecht aber lecker! Wenn ich dich nicht hätte.« Schlürfend und pustend begann er, das Kompott in sich hineinzulöffeln. Alena stand neben ihm, sah ihm zu und räusperte sich.

»Ist noch was, meine Tochter?«

»Ja, ich würde gern wissen, ob es Euch schmeckt.«

»Ach ja, natürlich! Hoho, was für eine Frage! Natürlich schmeckt es mir. Was, sagtest du, ist das?«

Alena gab es auf. Sie wollte die Stube verlassen, doch Matthies, den nun doch das schlechte Gewissen plagte, hielt sie zurück. »Selten habe ich etwas so Leckeres gegessen«, rief er, um Wiedergutmachung bemüht.

»Es ist Kürbiskompott.«

»Natürlich. Setz dich doch zu mir, dann können wir ein wenig plaudern.«

Alena gehorchte, schwieg aber, da sie noch immer verärgert war.

»Die *Praefecta culinae* in eurem Kloster scheint eine wahre Künstlerin zu sein, sie hat dir eine Menge beigebracht.«

Alena merkte, dass weiteres Schmollen unhöflich sein würde, und antwortete: »Ja, die Küchenmeisterin kocht sehr gut.« Matthies musste nicht unbedingt wissen, dass sie zum ersten Mal in ihrem Leben ein Kompott zubereitet hatte.

»Überhaupt sind die Karmelitinnen ein Orden, vor dem ich höchste Achtung habe.«

Alena musste lächeln. So zerstreut und abwesend Matthies häufig war, so war er doch stets um Freundlichkeit bemüht. Genau betrachtet, war er nicht nur freundlich, sondern auch ziemlich gut aussehend, wenn man von der langen Nase einmal absah. Allzu betagt war er ebenfalls nicht, er musste ungefähr in Klingenthals Alter sein, vielleicht sogar etwas jünger. Alles in allem ein gestandener Mann.

»Wenn du lächelst, bist du besonders hübsch.« Matthies, der sein Mahl beendet hatte, nahm Alenas Hände in die seinen. Er tat dies in den letzten Tagen öfter, und sie ließ es mit zwiespältigen Gefühlen geschehen. Einerseits fragte sie sich, ob ein solches Gebaren sich für einen Gottesmann schickte, andererseits musste sie zugeben, dass es ihr nicht unangenehm war.

»Herr Pastor, ich muss die Schüssel forträumen.«

»Bleib noch ein wenig.« Matthies suchte nach einer Begründung dafür, doch ihm wollte so schnell nichts einfallen. Immer noch ihre Hände haltend, sagte er schließlich: »Weißt du, dass du eigentlich Carmen heißen müsstest?«

»Carmen? Wie kommt Ihr denn darauf?«

»Carmen ist ein spanischer Mädchenname, und *Virgen del Carmen* heißt so viel wie ›Die Jungfrau vom Berge Karmel‹, wusstest du das?«

Das hatte Alena nicht gewusst.

»Der Berg Karmel ist ein palästinischer, auf Lateinisch heißt er *Mons Carmelus*.«

»Das wusste ich.« Alena versuchte, ihre Hände fortzuziehen, aber Matthies hielt sie fest.

»Euer Orden ging aus einer Einsiedlerkolonie hervor, die ursprünglich von Kreuzfahrern gegründet wurde, das war im zwölften Jahrhundert, und erst im Jahre 1235 kamen die Karmeliter nach Europa. Du siehst, ich habe mich mit deiner ehemaligen Glaubensgemeinschaft beschäftigt, und du, meine Tochter, beschäftigst mich gedanklich ebenfalls.« Matthies drückte Alenas Hände und führte sie zum Mund, um sie zu küssen.

»Nein!« Alena riss ihre Hände zurück.

»Aber warum? Ein Küsschen in Ehren soll niemand verwehren, heißt es! Ich bin doppelt so alt wie du und könnte dein Vater sein.« Wieder ergriff Matthies Alenas Hände, und sie ließ es geschehen.

»Willst du mit mir auf eine Reise gehen?«

»Eine Reise? Wie meint Ihr das, Herr Pastor?«

Matthies Miene begann zu leuchten. »Lass dich überraschen!« Er gab ihre linke Hand frei und führte ihre rechte in Richtung Globus. »Wer nie das Haus verlässt, reist am besten auf der Erdkugel. Strecke deinen Zeigefinger aus, ja, so ist es gut. Siehst du, hier im Norden des Heiligen Landes liegt der Berg Karmel. Von dort breitete sich dein Orden aus, zunächst nach Zypern« – Matthies führte Alenas Finger über das Mittelländische Meer –, »dann nach Südfrankreich, weiter nach Norditalien und in die vielen europäischen Städte: Basel, Prag, Wien, Nürnberg, Ravensburg, Frankfurt am Main ...«

Matthies zählte noch weitere Ortschaften auf, und

während er das tat, begann er mit der freien Hand, Alenas Oberschenkel zu streicheln.

Sie bemerkte es zunächst nicht, denn sie fand die Reise auf dem Globus spannend und kurzweilig, aber dann spürte sie es und sprang mit hochrotem Kopf auf. »Herr Pastor, das geht zu weit!«

Matthies schreckte zusammen.

»Ich … ich …« Alena wusste nicht, was sie sagen sollte.

Matthies saß da wie ein Stein.

»Was habt Ihr Euch eigentlich dabei gedacht?«

Matthies' Hände öffneten und schlossen sich, als stecke in ihnen ein eigenes Leben.

Alena sah es mit Staunen. Offenbar hatte es dem Pastor die Sprache verschlagen. Wahrscheinlich war ihm der Vorfall furchtbar peinlich – genauso wie ihr. »Nun ja, Herr Pastor, beruhigt Euch.« Alena gewann allmählich ihre Fassung zurück. »Wir tun einfach so, als sei es nicht passiert, einverstanden?«

Doch Matthies antwortete nicht.

Nur eine Träne lief ihm über die Wange.

Die Glocke der Sankt-Johannis-Kirche schlug Mitternacht, als Conatus fröstelnd aus seinem Haus trat. Er hatte bis vor wenigen Minuten an seiner Versuchsanordnung herumexperimentiert, um auf diese Weise hinter das Geheimnis der zuckenden Hand zu kommen. Es war ihm nicht gelungen.

Doch Conatus wäre nicht Conatus gewesen, wenn ihn das entmutigt hätte. Vielmehr glaubte er, seinem Ziel ein

Stückchen näher gerückt zu sein, da er einige Dinge als Ursache ausschließen konnte. So war er zu der Überzeugung gekommen, dass die Erscheinung der kontrahierenden Hand nichts mit dem so genannten Mesmerismus zu tun hatte, einem Phänomen, das auch *Magnetismus animalis* oder tierischer Magnetismus genannt wurde. Conatus kannte den Arzt Franz Anton Mesmer flüchtig und wusste deshalb, dass dieser in seiner Kunst sehr umstritten war. Einige Wissenschaftler führten seine Heilmethoden auf mirakle Felder zurück, andere sprachen von der Bannkraft seiner Augen, dritte meinten, beides sei für seine Erfolge verantwortlich, wieder andere, und das waren nicht wenige, hielten ihn schlicht für einen Scharlatan.

Conatus selbst hatte sich noch keine endgültige Meinung gebildet, doch eines gab ihm zu denken: Mesmer pflegte häufig gleich mehrere Kranke auf einmal zu behandeln, nachdem er sich zuvor durch eine Magnetnadel vom Vorhandensein seiner Kräftefelder überzeugt hatte. Die Felder gab es somit, sie waren eine Tatsache, ebenso wie es eine Tatsache war, dass Mewes' Hand durch unsichtbare Wellen ins Zucken geriet. Waren die Wellen identisch mit miraklen Feldern? Waren sie identisch mit dem *Magnetismus animalis*? Nein, unmöglich, das eine waren mirakle Wellen, und das andere waren Huygens'sche Wellen.

Auch Conatus hatte an diesem Abend eine Magnetnadel eingesetzt. Er hatte wissen wollen, welche Wirkungen eine ausschlagende Nadel auf die Reaktion der Hand hatte. Aber sei es, dass seine Elektrisiermaschine zu schwach war, sei es, dass der Abstand zur Magnetnadel nicht gestimmt hatte – in jedem Fall hatte die Nadel sich nicht gerückt und nicht gerührt, und er war kein Jota weitergekommen. Nach wie vor stand die Frage im Raum: Wer oder was bewirkte die Kontraktion der Hand? Sicher, Ausgangspunkt waren unsichtbare Wellen, diejenigen, die Christiaan Huygens entdeckt hatte, aber was transportierten sie? Es musste ein geheimnisvolles Fluidum sein, ein irgendwie gearteter Leiterstoff, der das Phänomen verursachte. Und was bewirkte er im Einzelnen? Die Irritabilität der Muskeln oder die Sensibilität der Nerven oder die Sympathie, sprich, die gegenseitige Beeinflussung der Organe? Womöglich gleich alles zusammen?

Conatus merkte, dass seine Gedanken sich im Kreise drehten, rückte erst seinen Zwicker und dann seinen Dreispitz zurecht und schritt auf den weitläufigen Uhlenmarkt hinaus. Ein bisschen frische Luft würde ihm guttun. Er stapfte am Reiterstandbild des Fürsten Leopold vorbei und steuerte auf den Brunnen zu. Zu dieser späten Stunde waren die Wasserspiele abgestellt, was er durchaus begrüßte, denn er beabsichtigte, sich für eine Weile auf dem Marmorrand niederzulassen. Wie friedlich die Stadt um diese Zeit doch war!

Conatus atmete tief die würzige Luft ein, die von der Elbe herüberwehte, und beschloss, für die heutige Nacht der Physik zu entsagen. Es gab auch andere Dinge, die einen beschäftigen konnten. Zum Beispiel die Herkunft seines Versuchsobjekts. Dass es die Hand des Fischers Mewes war, durfte nicht ernsthaft in Zweifel gezogen werden. Zweifelhafter dagegen war ihr Überbringer, der dürre Mann, der Spinner-Franz genannt wurde.

Woher er die Hand wohl hatte?

In seine Gedanken hinein ertönte plötzlich eine brüchige Stimme: »Hexenasche! Riechst du die Hexenasche?«

Conatus fuhr herum, konnte jedoch niemanden sehen. »Wer ist da?«

»*Ita est* und *yes* und *oui*, im Brunnenstein ist Hexenasche eingemauert, Asche von Zaunreiterinnen, Teufelsbuhlerinnen, Weidlerinnen, Zauberweibern, Unholdinnen, oh, oh, oh! Seit alten Zeiten hausen schwarze Männer in den Spalten, Gespenster mit Hörnern, Kuhfüßen und Schwänzen, sie lärmen um Mitternacht und verfolgen und verspeisen Müßiggänger. Nimm dich in Acht!«

Erst jetzt entdeckte Conatus hinter der Brunnenfigur, einem Mischwesen aus Mensch und Pferd, eine dürre Gestalt. »Spinner-Franz?«

Spinner-Franz trat hervor, watete mit nackten Füßen durch das Wasserbecken des Brunnens und setzte sich neben Conatus. »'tschuldigung, hab Euch nicht gleich erkannt. Aber man soll auf der Hut sein, nur der Aberglaube ist der wahre Glaube! Seid Ihr interessiert an einem kleinen Schadenzauber, ich meine, nur zur Sicherheit?«

»Nein, wahrhaftig nicht, wahrhaftig nicht!« Conatus hatte sich von seinem Schreck erholt. Die Anwesenheit von Spinner-Franz war ihm nicht angenehm, er hatte zwar gerade an ihn gedacht, wollte aber weiter nichts mit ihm zu tun haben.

»Wenn's kein Schadenzauber ist, wie wär's mit einer zweiten Hand?«

»Einer zweiten Hand?« Conatus glaubte, sich verhört zu haben. War am Ende schon wieder ein Mord passiert, ein Mord, von dem er nichts wusste?

»Ich könnt Euch eine besorgen, kostet aber vier Taler, die Hand.«

In Conatus' Kopf schwirrten die Gedanken. Ein ungutes Gefühl legte sich ihm auf die Seele. Er musste unbedingt mehr erfahren. »Bevor wir über eine zweite Hand reden, will ich wissen, wie du an die erste gekommen bist.«

Spinner-Franz hob abwehrend die Hände. »Der Mund ist das Gefängnis meiner Zunge! Fragt nicht, es ist besser so! Nehmt einfach an, sie flog mir zu. Alle toten Körperteile erheben sich in die Luft, es sei denn, man vergräbt sie drei Ellen tief in der Erde.«

Conatus wischte den Unsinn mit einer Geste beiseite. »Woher hast du die erste Hand? Ich will zu deinen Gunsten annehmen, dass du nicht der Mörder von Mewes bist, du erscheinst mir zu klein und zu schwach dazu, aber hast du den Mörder gesehen, als er seine Tat beging?«

Spinner-Franz schien nicht im Mindesten darüber beleidigt, dass Conatus ihn als klein und schwach bezeichnet hatte. Er blickte Conatus direkt in die Augen und sagte kichernd: »Ihr stellt viele Fragen, gebt mir ein paar Groschen, damit ich mein Gedächtnis auffrischen kann.«

Nach kurzem Zögern rückte Conatus ein paar Geldstücke heraus.

Spinner-Franz nahm sie und ließ sie mit taschenspielerischer Geschicklichkeit unter seinem Wams verschwinden. »Wenn Ihr's genau wissen wollt, ja, ich hab ihn gesehen.«

»Und wie sah er aus?«

»Er war genauso groß wie Ihr.«

»Was willst du damit sagen?«

»Nichts, nur dass er genauso groß war wie Ihr.«

»Hast du ihn erkannt?«

»Wer weiß.«

Conatus merkte, wie das ungute Gefühl in ihm sich mehr und mehr verstärkte, gern hätte er einen großen Schluck Wein getrunken, aber im Brunnen war nur Wasser. Er schöpfte ein wenig von dem Nass in die hohle Hand und kühlte sich damit die Stirn. »Ob du ihn erkannt hast, will ich wissen, wenn ja, müsstest du das sofort melden!«

»Wer kennt schon wen? Braucht Ihr nun eine zweite Hand oder nicht? Ich könnt auch mit einem Bein dienen, ein Bein allerdings wär teurer, mindestens fünf Taler.«

Conatus beschloss, auf Spinner-Franz einzugehen, vielleicht wurde der Verrückte dann gesprächiger. Außerdem interessierte ihn, ob die Kraft der Huygens'schen Wellen ausreichen würde, zwei Hände zur Kontraktion zu bringen. »Bevor wir über den Preis für eine zweite Hand reden, sag mir, ob du den Mörder näher beschreiben kannst. Du sagtest, er war groß, nun gut, das sind viele, was war er noch?«

Spinner-Franz schnüffelte. »Er war groß und stark. Stark wie der Teufel in seinen jungen Jahren, als er in dreimal minus sechs Tagen die Kehrseite der Erde erschuf. Am siebten aber verschnaufte er und sündigte mit allen bocksfüßigen Virginen der Unterwelt!«

Conatus biss sich auf die Lippen. Die Antworten von Spinner-Franz waren wie ein Stück glitschige Seife, nach dem man vergebens griff. »Mehr hast du nicht gesehen? Wohin lief der Mörder, nachdem er die Tat begangen hatte? Hatte er irgendeine Eigenart an sich? Hinkte er, hustete er, sagte er irgendetwas, als er die Tat beging?«

»Dreieinhalb Taler.«

»Was?«

Spinner-Franz hielt die Hand auf. »Dreieinhalb Taler, darunter mach ich es nicht. Wollt Ihr nun eine zweite Hand oder nicht? Ich an Eurer Stelle würd eine linke nehmen, denn eine rechte habt Ihr ja schon. Links und rechts, das ergänzt sich hübsch.«

Conatus bekam eine Gänsehaut. Wie leichtfertig der unscheinbare Kerl über abgetrennte *Extremitates corporis* sprach! Er schien wirklich verrückt zu sein. Seine Beobachtungen entstammten wahrscheinlich einem kranken Hirn. Der Gedanke hatte etwas Beruhigendes, und doch: Woher wollte der Verrückte eine zweite Hand nehmen? »Woher willst du eine zweite Hand nehmen?«

»Ist sie nur tot, fliegt sie mir zu!« Wieder kicherte Spinner-Franz.

»Wenn du es mir nicht sagst, bin ich nicht interessiert.«

»Und wenn ich's sag?«

»Überlege ich es mir.«

»Ich kenn den Richtplatz in Magdeburg gut, und ich kenn den Richtplatz in Tangermünde gut. Ich weiß, wann wer gehenkt wird, und hab so meine Beziehungen.«

»Das heißt ...?«

»Genau das heißt's.«

Conatus spürte Übelkeit. Er stellte sich vor, wie Spinner-Franz die Leichen beiseiteschaffte, ihnen an geheimem Ort die Gliedmaßen abschlug und sie anschließend forttrug, um sie zu verhökern. »Ich bin nicht mehr interessiert«, keuchte er, »nicht mehr interessiert!«

Rasch erhob er sich und rannte davon.

Wer Leichen verstümmelte, so dachte er, verübte auch Morde.

Vock hatte lange mit sich gerungen und war dann doch den schweren Weg gegangen. Es half nichts, er kam nicht weiter, er brauchte Hilfe. Tief atmete er durch und klopfte an Schäffers Tür.

»Ja, herein!« Die Stimme des Oberamtmanns klang geschäftig.

Vock trat ein, nahm seinen Dreispitz ab und entbot höflich die Tageszeit. »Guten Morgen, Herr Oberamtmann.«

»Sieh da, der Gerichtssekretär Vock.« Schäffer saß hinter seinem Schreibtisch und lächelte wie immer. »Was kann ich an diesem schönen Donnerstagmorgen für Euch tun?«

»Tja.« Vock stand da und suchte nach den richtigen Worten, auch wusste er nicht, wohin mit seiner rechten Hand. Die linke hielt die Kopfbedeckung, die rechte nestelte am Saum. »Tja, äh«, wiederholte er und schielte zu dem Sessel. Beim letzten Mal, als er befördert worden war, hatte Schäffer ihn zum Sitzen aufgefordert. Diesmal schien es nicht so zu sein. »Ich habe zahlreiche Verhöre durchgeführt, Herr Oberamtmann.«

»In welcher Angelegenheit, mein lieber Vock?«

»In der Angelegenheit, äh, was die Morde angeht.«

»Ihr meint die Morde an Angerstein, Mewes und Kokkert?«

»Ja, genau die.« Vock hielt nun den Dreispitz mit beiden Händen. Es sah aus, als balanciere er ein Tablett. »Ich habe die Witwe Mewes vernommen, dazu siebzehn verschiedene Nachbarinnen und Nachbarn.«

»Aha, so so, sehr interessant.« Wenn Vock gedacht hatte, Schäffer würde nun nach dem Ergebnis seiner Bemühungen fragen, sah er sich getäuscht.

»Ich habe mich auch in Bettlerkreisen umgehört, Herr Oberamtmann, habe verschiedenste Personen befragt, darunter auch Spinner-Franz.«

»Sehr schön.«

»Tja, ich habe ferner mit der Witwe Angerstein und mit der Witwe Kokkert gesprochen, außerdem mit sämtlichen Familienangehörigen.«

»Ich wusste, dass auf Euch Verlass ist, mein lieber Vock.«

»Ich habe Matrosen und Fischer ausgefragt, ob sie im Hafen etwas Außergewöhnliches bemerkt haben.«

»Fleißig, fleißig.«

»Ich habe mich unter Gauklern und Spielleuten umgehört. Ich habe alle Rathausbediensteten und alle Wachtposten gebeten beziehungsweise ihnen befohlen, sich nach Ungewöhnlichkeiten in der Stadt umzuhören. Ich habe die Marktleute befragt und die Durchreisenden, ich habe die alten Frauen, die von morgens bis abends aus dem Fenster glotzen, um ihre Aufmerksamkeit gebeten, ich habe die Kinder ausgequetscht, ich habe die Handwerker und Kaufleute befragt, ich habe mit Pastor Matthies geredet, mit dem Küster, mit den Kirchgängern, ich bin zu den Ärzten, den Lehrern und den Apothekern gegangen, ich habe mit allen gesprochen, nur mit einem nicht: mit Krassmann. Er ist spurlos verschwunden.«

»Ihr werdet ihn bestimmt finden.«

»Tja, äh.« Ohne es zu merken, setzte Vock seinen Dreispitz wieder auf.

»Was ist denn noch, mein lieber Vock?«

»Äh, wenn ich ehrlich sein soll, bin ich in der Sache noch keinen Deut weitergekommen. Ich stehe vor einem Rätsel!« Nun war es heraus. Vock schickte ein Stoßgebet zum Himmel und hoffte, das Gewitter würde nicht allzu heftig sein. Nur zu gut wusste er, was Rüterbusch widerfahren war, als dieser versagt hatte: Aufgabenkürzung und Einflussbeschränkung waren die Folge gewesen, von dem schadenfrohen Gekicher allerorten ganz zu schweigen. Wie würde der allgewaltige Oberamtmann Schäffer reagieren?

Schäffer lachte.

»Herr Oberamtmann …?«

»Aber mein lieber Vock, ein Rätsel ist da, um gelöst zu werden; ich bin überzeugt, dass Ihr es knacken werdet! Setzt Euch nur nicht zu stark unter Druck, gut Ding will Weile haben, nicht wahr?« Schäffer griff zu einer Stange Siegelwachs und hielt sie über eine Kerze, um anzuzeigen, dass die Unterredung für ihn beendet war.

Vock begriff, er dachte an seine beiden Zaubergroschen unter den Achseln, bedankte sich grenzenlos erleichtert und ging.

Er konnte nicht wissen, dass der Oberamtmann wieder einmal die Fäden im Verborgenen gezogen hatte. Nicht er war länger für die Criminalaufklärung in Steinfurth zuständig – sondern Koldwey.

Am Nachmittag desselben Tages stand Vock in strammer Haltung vor Koldwey, einem Beamten, dem es durch geschicktes Vermeiden von Fehlern gelungen war, die Karriereleiter emporzuklettern. Er war ein Mann von langweiligem Aussehen und grauer Gesichtsfarbe. Seine hervorstechendsten Merkmale waren die unangenehme Stimme, sein abgehackter Kommisston und die Tatsache, dass er beim Reden häufig schmatzte. »Falls Ihr es noch nicht wisst, Vock, ich bin Euer neuer Vorgesetzter. Noch Fragen?«

Vock versuchte, seine Überraschung zu verbergen. Wieso hatte Schäffer ihm davon nichts gesagt? »Äh, nein, Herr Oberamtmann.«

Das mit dem Oberamtmann stimmte zwar noch nicht,

denn die Beförderung stand erst zum Monatsende an, ebenso wie die von Schäffer zum Amtsdirektor, aber Koldwey hielt es nicht für nötig, Vock zu verbessern. »Aber ich! Habe noch jede Menge Fragen, Vock. Die Morde, was ist damit? Schon eine Spur? Nun redet doch!«

Wieder musste Vock einräumen, dass er keine Ahnung hatte, wer der Täter sein könnte. Er wollte aufzählen, was er alles unternommen hatte, gerade so, wie er es am Vormittag bei Schäffer getan hatte, als er auch schon unterbrochen wurde: »Ja, ja, Vock! Erfolge, Vock! Nur Erfolge zählen!« Koldwey schmatzte. »Alles andere ist kalter Kaffee! Verstanden?«

»Jawohl, Herr Oberamtmann.«

»Ich sag's Euch gleich: eine Woche, Vock! Eine Woche, dann sind die Fälle geklärt. Alle Fälle! Restlos! Sonst setz ich Rüterbusch wieder drauf an. Verstanden?«

Vock flehte seine Zaubergroschen um Hilfe an. »Äh, ja, Herr Oberamtmann.«

»Lauter. Könnt Ihr nicht lauter sprechen?«

»Jawohl, Herr Oberamtmann!«, schrie Vock.

»Na also. Wo war ich? Ach ja, Rüterbusch. Wo ist der Mann eigentlich? Soll nicht zum Dienst erschienen sein.«

»Ich weiß es nicht, Herr Oberamtmann!«, schrie Vock.

»Großer Gott, was schreit Ihr so?« Koldwey schmatzte erneut. »Was wisst Ihr überhaupt? Eines sag ich Euch: Ahnungslose, Drückeberger und Bummelanten merze ich aus!«

»Jawohl, Herr Oberamtmann.«

»Und merkt Euch: eine Woche und keinen Tag länger! Dann will ich Erfolge sehen.«

»Ich werde mein Bestes geben.«

Koldwey wedelte mit der Hand, zum Zeichen, dass Vock entlassen sei, und dachte: Das kann ja heiter werden.

Es war schon elf Uhr vorbei, als das regelmäßige Schnarchen von Pastor Matthies anzeigte, dass er im Land der Träume weilte. Alena nahm das Ohr von der Tür zu seiner Schlafstube und ging erleichtert zurück in die Küche. Sie kannte den Gottesmann inzwischen gut genug, um zu wissen, dass er, wenn er einmal schlief, sobald nicht wieder aufwachte. Das kam ihren Absichten sehr entgegen, denn sie hatte einen Entschluss gefasst. Sie wollte hinüber in den Geräteschuppen, um Klingenthal einen Besuch abzustatten.

Es hatte eine Zeit lang gedauert, bis sie sich dazu durchgerungen hatte, denn zunächst war sie zornig auf ihn gewesen. Was brachte ihn nur dazu, sich einfach nicht mehr sehen zu lassen? Sie hatte ihm doch nichts getan – sie nicht und der Pastor ebenfalls nicht! Dann war aus ihrem Zorn Nachdenklichkeit geworden und aus der Nachdenklichkeit schließlich Sorge. Wenn ihm nun etwas zugestoßen war? Die Gerüchte, die in der Stadt kursierten, meinten es nicht gut mit ihm. Zwar schienen nach wie vor seine Darbietungen auf dem Uhlenmarkt stattzufinden, aber dem Pöbel war alles zuzutrauen.

So hatte sie sich zu dem Besuch entschlossen. Und sollte sich herausstellen, dass er die letzten Tage nur aus Gleichgültigkeit durch Abwesenheit geglänzt hatte, wollte sie ihm gehörig den Marsch blasen.

Sie griff zu einem Kerzenleuchter, horchte ein letztes Mal in Richtung Schlafstube, aus der noch immer regelmäßige Schnarchgeräusche zu vernehmen waren, und verließ klopfenden Herzens das Haus.

Sie huschte über den Hof und drückte vorsichtig die Klinke der Schuppentür nieder. Gut, dass Klingenthal sie gleich zu Beginn seiner Logierzeit geölt hatte! Mit einer anmutigen Bewegung schlüpfte sie ins Innere des Gebäudes.

Dunkel war es hier. Wenn sie die Kerze nicht gehabt hätte, hätte sie die Hand nicht vor Augen gesehen. Dafür konnte sie etwas hören: ein Flüstern, Wispern, Kichern! Ein leises Lachen, halb unterdrückt und versteckt, Geräusche, die vom Karren zu ihr herabdrangen und an das Gemurmel zweier Verliebter erinnerten. In jedem Fall waren es keine Schnarchgeräusche.

Alena hielt die Kerze höher und sah, dass sich unter dem Wachstuch etwas bewegte.

Das war denn doch die Höhe! Klingenthal war ganz offenkundig nicht allein, denn schon wieder drangen Schmuselaute und neckisches Gegirre zu ihr herüber. Somit stand es fest: Er hatte hinter ihrem Rücken eine andere kennen gelernt, irgendein Flittchen, und kein Sterbenswörtchen darüber verloren. Fast hätte Alena vor Empörung aufgeschrien, aber sie beherrschte sich. Klingenthal, der Treulose! Und sie hatte jedes Mal ein schlechtes Gewissen gehabt, wenn der Pastor ihre Hände in die seinen nahm.

Alena kämpfte mit sich. Was sollte sie tun? Nichts. Sie würde ihn künftig mit Nichtachtung strafen, Luft würde er für sie sein. Sie so zu betrügen!

Sie hatte auch ihren Stolz. Sie würde einfach gehen. Sie würde gehen, und er würde es gar nicht merken.

Ja, genau so wollte sie es machen.

Alena trat den Rückzug an. Sie ging auf Zehenspitzen zur Tür und hatte diese fast erreicht – da stolperte sie über ein herumliegendes Holzscheit. Es gab ein unüberhörbares Poltern. Die Geräusche auf dem Karren verstummten. Alena sah im Dämmerlicht ihrer Kerze, wie das Wachstuch zurückgeschlagen wurde. Klingenthal wurde sichtbar, richtete sich auf und rief: »Wer da?«

Die Falle war zugeschnappt.

Alena musste das Beste aus ihrer Situation machen. »Ich bin's, Alena«, sagte sie hastig. »Ich … ich wollte mal nach dir sehen.« Sie war sicher, dass er sie fortschicken würde, wahrscheinlich mit einer fadenscheinigen Ausrede, aber zu ihrer Verblüffung sagte er:

»Ich habe dich nicht gehört.«

»Ich bin gerade eben erst gekommen, aber wenn es dir nicht passt …«

»Natürlich passt es mir.« In seiner Stimme schwang Freude mit.

Alena konnte nicht anders, sie machte einen langen Hals, um das Flittchen auf dem Karren zu entdecken, doch niemand war zu sehen. »Ich dachte, du hättest vielleicht Besuch.«

»Besuch?« Er lachte leise. »Wie kommst du denn darauf?«

»Ach, nur so, es ist, weil … weil du dich in letzter Zeit so rar machst. Ich wollte nicht stören.«

»Du störst überhaupt nicht. Ich freue mich, dass du gekommen bist.«

»Wirklich?«

»Wirklich. Komm zu mir herauf.«

»Nein, ich … ich wollte nur sehen, ob es dir gut geht.«

»Es geht mir gut, und ich wünsche mir, dass du zu mir heraufkommst.«

»Nein.«

»Dann muss ich dich holen. Aber ich warne dich, ich bin völlig nackt.«

Alena wollte es sich nicht eingestehen, aber der Gedanke, mit Klingenthal auf dem Wagen zusammen zu sein, war ihr nicht unangenehm. Dennoch zögerte sie.

»Nun gut, du hast es nicht anders gewollt.« Klingenthal sprang herab, und sie sah, dass er tatsächlich keine Kleider trug.

»Ich …«, sagte sie, doch da war er auch schon bei ihr, stellte die Kerze auf den Wagenrand und hob sie ohne ein weiteres Wort hinauf. Augenblicke später war er über ihr. Alena hatte noch immer Zweifel, ob sich nicht doch ein Straßenmädchen auf dem Karren befand, aber sie wurde vom Gegenteil überzeugt. Nur die Puppen lagen da, sonst niemand. Zu weiteren Überlegungen blieb ihr keine Zeit, denn Klingenthal zog sie an sich, mit einer Leidenschaft, die sie noch nie an ihm erlebt hatte. Sie wollte eine Bemerkung machen, halb spöttisch, halb abwehrend, was denn mit seinen Lieblingen sei, und ob sie diesmal wirklich schweigen würden, doch schon merkte sie, wie die Leidenschaft auch sie ergriff, und genoss seine Hände, die sie zu streicheln begannen.

Sie musste an die Hände von Matthies denken, Matthies, der jetzt drüben im Haus nichtsahnend schlief und gewiss die Sünde, die zu tun sie sich anschickte, aufs Schärfste verdammt hätte. Aber hätte er es nicht genauso mit ihr gemacht, wenn sie einverstanden gewesen wäre?

»Du hast mir gefehlt.« Klingenthals Stimme an ihrem Ohr klang heiser.

Sie wollte zurückfragen, warum er sich dann so lange nicht hatte sehen lassen, unterließ es aber, denn er begann sie zu küssen. Er küsste sie an sämtlichen Stellen, die sie schon kannte, und an einigen darüber hinaus, so dass sie erschauerte und ihre Frage vergaß.

»Du hast mir gefehlt, so gefehlt, ich glaube, du bist ein Teil von mir.«

Wieder erschauerte Alena, denn das waren nie gehörte Worte von ihm, und da tat sie das, was alle Frauen dieser Welt tun, die lieben: Sie öffnete sich, um ihn aufzunehmen, ihn tief in sich zu fühlen und glücklich zu machen. Denn sein Glück würde auch das ihre sein. »Komm zu mir«, flüsterte sie, und sie spürte seine Hitze und seine Kraft und hatte zum ersten Mal das Gefühl, dass er ihr ganz gehörte. Nur ihr, niemandem sonst.

Als es vorbei war, lagen sie noch eine Weile nebeneinander, atemlos und verschwitzt, und Alena konnte noch immer nicht Klingenthals Gefühlsausbruch verstehen. »Warum bist du nie zu mir in die Küche gekommen?«, fragte sie.

»Du bist doch zu mir gekommen«, versuchte er zu scherzen.

Doch Alena wiederholte ihre Frage, und er merkte, wie ernst sie es meinte.

»Ich habe versucht, die Mordfälle zu lösen«, sagte er deshalb. »Außer während der Zeit, in der ich meine Vorstellungen gegeben habe, bin ich von früh bis spät unterwegs gewesen, habe mir die Hacken abgelaufen, um eine Spur des Täters zu finden, aber ich hatte kein Glück. Es ist wie verhext, und die Leute, denen ich begegnete, gaben sich zusehends abweisender. Es hat sich herumgesprochen, dass ich Jude bin.«

»Woher wissen die Leute das eigentlich?«

»Ich nehme an, von Spinner-Franz. Der verrückte Kerl hat Ezechiel und mich belauscht, als wir uns voneinander verabschiedeten. Ich hoffe nur, dass Pastor Matthies es nicht erfährt, denn ich bin keineswegs sicher, ob er einen Juden unter seinem Dach beherbergen würde.«

Alena fuhr mit ihren Fingern in Klingenthals Brusthaare und kraulte sie sanft. »Spinner-Franz, der ist so verrückt, dem würde ich alles zutrauen, auch die Morde.«

»Ja, er ist ein undurchsichtiger Kerl. Aber ich bin sicher, er hätte nie die Kraft gehabt, Kokkert mit einem zweihändigen Richtschwert zu durchstoßen. Hinzu kommt das Schlachtmesser, mit dem Mewes die Hand abgetrennt wurde: Am Morgen danach steckte es hoch im Mast seines Schiffs, so hoch, dass Spinner-Franz es nie dort hätte hineinrammen können. Selbst ich bin dort nicht hingekommen, und es bedurfte erst der Länge des Pastors, um es herauszuziehen.«

»Warum wurde Mewes eigentlich die Hand abgeschlagen? Warum hat der Täter nicht gleich versucht, ihn zu töten?« Alena interessierte sich in Wahrheit nicht sehr für den Hergang der Taten, wollte Klingenthal aber den Gefallen tun und auf seine Sorgen eingehen.

»Das habe ich mich auch schon gefragt, und ich muss zugeben, dass ich darin keinen Sinn erkennen kann.« Klingenthal strich Alena eine Haarsträhne aus dem Gesicht.

»Vielleicht gibt es ja gar keinen Sinn?«

»Wie meinst du das?«

»Vielleicht will der Täter gar nicht töten, sondern nur strafen, immer mit einem anderen Werkzeug?«

»Du meinst, der Tod des Opfers war jedes Mal Zufall

und nur eine Folge der schweren Verletzungen? Nun, vielleicht ist es so, daran habe ich noch gar nicht gedacht, stattdessen bin ich die Straßen auf und ab gelaufen und habe nach Zeugen gesucht.«

»Du Armer.«

»Wenn es stimmt, was du sagst, müsste ich nach einem Mann suchen, der nicht morden, sondern züchtigen will. Aber offen gesagt, bringt mich das auch nicht weiter. Das Einzige, was einigermaßen gesichert erscheint, ist, dass es immer Väter getroffen hat, die ihre Kinder schlugen. Und, vielleicht, dass der Täter öfter zu kichern pflegt.«

Alena kraulte weiter seine Brusthaare. »Wenn es Spinner-Franz nicht gewesen sein kann, dann vielleicht Krassmann. Er ist groß, und er hat Kraft.«

»Richtig. Und er hat jede Menge Waffen.«

»Aber er schlägt seine Kinder nicht, oder?«

»Er hat erwachsene Kinder, die längst aus dem Haus sind.«

»Und was ist mit diesem Wissenschaftler, dem du Unterricht im Bauchreden erteilst? Der ist doch groß?«

»Stimmt. Aber er hat keine Kinder. Jedenfalls nicht dass ich wüsste. Die Hand von Mewes tauchte übrigens bei ihm auf. Er hatte sie von Spinner-Franz.«

»Was, die Hand ist wieder da?«

»Ja, Conatus gab Spinner-Franz drei Taler dafür.«

»Spinner-Franz, der Verrückte! Immer wieder Spinner-Franz! Ich glaube, es würde sich lohnen, dem mal richtig auf den Zahn zu fühlen.«

»Das habe ich mir auch schon überlegt, aber der Kerl geht mir seit einigen Tagen aus dem Weg. Das letzte Mal, als ich ihn sah, drohte er mir, es wäre besser für mich, wenn ich die Stadt verließe. Ich bin überzeugt, er hat Angst, denn irgendetwas verbirgt er vor mir. Jedenfalls scheint er ganz tief in den Morden drinzustecken.«

»Lass uns die Morde jetzt vergessen. Es gibt Schöneres auf dieser Welt.«

»Da hast du Recht.«

Alena spürte, wie sich bei Klingenthal wieder etwas regte, und freute sich auf das, was gleich noch einmal geschehen würde. Und aus dieser Freude heraus sagte sie, sich an ihn schmiegend: »Als du mich vorhin entdeckt hast, war ich doch schon eine Weile da.«

»Aha, so.« Er hatte kaum zugehört.

Sie kicherte: »Stell dir vor, ich dachte zunächst wirklich, du hättest hier oben ... nun, ich dachte, du hättest hier oben auf dem Karren eine andere.«

Klingenthal, eben noch im Rausch der Gefühle, schien zu erstarren.

»Habe ich etwas Falsches gesagt?«

Klingenthal antwortete nicht.

Alena lachte verlegen. »Es ist nur wegen der Geräusche, weißt du. Da war so ein Gemurmel und unterdrücktes Lachen. Das, äh, das macht man doch nicht so allein, auch nicht als Bauchredner, und da dachte ich...«

»Ich war auch nicht allein. Ich bin nie allein.« Klingenthals Stimme klang abschließend.

»Ja, aber ...?«

»Nichts aber.«

»Aber da war doch etwas, komm, guck nicht wie ein Stein, sag es mir.«

»Nein.«

Alena schmollte, und für einen kurzen Augenblick überlegte sie, ob sie ihren Tränen freien Lauf lassen sollte, fühlte aber, dass auch das Klingenthals Widerstand nicht aufweichen würde. »Ich kann ja auch gehen.«

»Du kannst gerne bleiben.«

»Du willst ja gar nicht, dass ich bleibe.«

»Rede keinen Unsinn.«

»Ich gehe jetzt.«

Klingenthal schwieg.

Alena stieg vom Wagen herunter, und wie erwartet, hinderte Klingenthal sie nicht daran. »Ich gehe jetzt. Gute Nacht, Julius.«

»Gute Nacht.«

Voll bitterer Gedanken strebte Alena zur Tür und schlüpfte hinaus auf den Hof. Klingenthal, dieser Sturkopf! Sie einfach so gehen zu lassen! Dem würde sie's zeigen, wenn er demnächst wieder bei ihr ankam. Da konnten seine Puppen noch so lustig reden, er würde bei ihr abblitzen, ja, das würde er! Der Gedanke tat ihr gut, und sie wollte schon weiter, doch einer Eingebung folgend, legte sie noch einmal das Ohr an die Tür. Sprach da drinnen nicht jemand? Tatsächlich! Es war eine Stimme, die ihr bekannt vorkam, und sie fragte:

»Ist sie weg?«

Es war die Stimme der Magd.

Wer Wind sät, wird Sturm ernten, seine Saat soll nicht aufgehen …

Matthies saß am Küchentisch und nahm mit gesundem Appetit seine Morgenmahlzeit zu sich. »Hast du das Brot selbst gebacken, meine Tochter?«

»Nein, Herr Pastor.«

»Es schmeckt ganz vorzüglich. Selten habe ich so leckeres Brot gegessen. Von der Blutwurst ganz zu schweigen.«

»Ja, Herr Pastor.«

»Überhaupt ist festzustellen, dass ich zunehmend Freude an guter Speise finde. Ich hoffe, der Herr nimmt mir armem Sünder das nicht allzu übel. Aber schuld daran bist allein du mit deiner Kochkunst.«

»Ja, Herr Pastor.«

»Weißt du schon, was es heute Abend geben wird?«

»Nein, Herr Pastor.«

»Das macht nichts, du wirst dir bestimmt etwas Schönes einfallen lassen.«

»Ja, Herr Pastor.«

»Hör mal, meine Tochter, täusche ich mich, oder bist du tatsächlich etwas einsilbig? Egal, was ich sage, deine Antwort ist immer ›Ja, Herr Pastor‹ oder ›Nein, Herr Pastor‹, so kenne ich dich gar nicht. Du hast doch irgendetwas?«

Alena schwieg. Sie hätte sich lieber die Zunge abgebissen, als dem Gottesmann zu verraten, wo sie in der letzten Nacht gewesen war und mit welchem Missklang diese Nacht geendet hatte. Klingenthal, der Schuft! Er hatte auf dem Karren mit der Magd herumpoussiert, und anschließend hatte er sich mit ihr vergnügt. Eine Puppe – mehr war sie für ihn nicht gewesen. Der Kerl war für sie gestorben. Sie würde weiter für Matthies arbeiten, gewiss, denn sie war auf das Logis angewiesen, aber immer wenn ihr Klingenthal begegnete, würde sie so tun, als gäbe es den Herrn Bauchredner gar nicht. »Ich muss auf den Freitagsmarkt, Herr Pastor.«

»Ja, geh nur, meine Tochter.«

»Ich bin spätestens gegen Mittag zurück.« Alena band sich ein Schultertuch um, griff zu einem Korb und trat zur Tür. Dort stieß sie fast mit Klingenthal zusammen, der gerade die Küche betreten wollte. Mit einem vernichtenden Blick ging sie an ihm vorbei und verschwand.

Matthies, weit entfernt, das bemerkt zu haben, rief gutgelaunt: »Guten Morgen, Meister Klingenthal! Was führt Euch zu mir? Habt Ihr schon gegessen? Darf ich Euch von dem Brot und von der Wurst anbieten? *Teile dein Brot mit den Hungrigen*, so heißt es bei Tobias.«

»Ihr stellt viele Fragen auf einmal, Herr Pastor.« Klingenthal wirkte müde, und er war es auch. Nachdem ihn Alena Knall und Fall verlassen hatte, war er noch stundenlang wach gewesen. Immer wieder hatte er sich über seine schroffe Reaktion geärgert, aber hätte er zugeben sollen, was er mit der Magd gemacht hatte? Welch ein Trottel war er doch! Umso mehr, als er genau wusste, dass es mit den Worten wie mit den Daunen eines Kissens war: Schüttelte man sie von der Turmspitze herab, gelang es niemals, sie wieder ganz einzufangen.

»Langt nur einfach zu und lasst es Euch schmecken.« Matthies kaute mit vollen Backen und schluckte den Bissen hinunter. Ein Gedanke schien ihm gekommen zu sein, denn sein Gesichtsausdruck veränderte sich. »Habt Ihr mittlerweile Eure Kenntnisse beim Spiel der Könige vertiefen können?«

»Ihr meint, beim Schach?«

»Sicher, wir spielten doch neulich, oder irre ich mich?«

»Nein, nein.« Klingenthal nahm zögernd einen Bissen Brot. »Ich wünschte, ich hätte Zeit dafür gehabt. Aber ich bemühe mich ununterbrochen, den Täter der grauenvollen Morde zu finden. Nicht zuletzt im eigenen Interesse, wie Ihr wisst.«

»Ihr sprecht von Rüterbusch, dem Verblendeten, der Euch verhaften wollte? Man hat ja tagelang nichts von ihm gehört oder gesehen. Vock, neuerdings Gerichtssekretär, ist die Karriereleiter nach oben gefallen und soll ihn ersetzen. Ob das ein Glücksgriff war, wird sich zeigen.« Matthies fuhr sich über die lange Nase. »Esst doch auch von der Blutwurst, sie ist köstlich.«

»Danke.« Klingenthal dachte daran, dass seinem Glauben gemäß im Blut eines Tieres seine Seele wohnte und demzufolge der Verzehr von Blutwurst ein krasser Verstoß gegen die *Kaschrut* war, nahm sich eine Scheibe und biss hinein. Der Pastor hatte Recht, die Wurst schmeckte ausgezeichnet. Wie überhaupt alles gut schmeckte, was Sünde war. Natürlich war das, was er in der letzten Nacht mit Alena gemacht hatte, auch Sünde gewesen – und sein Verhalten eine grenzenlose Dummheit. Wenn er nur gewusst hätte, wie er Alena versöhnen konnte!

»Aber, aber«, unterbrach Matthies seine Gedanken,

»wie kann einer, der so delikate Wurst isst, nur ein so sauertöpfisches Gesicht ziehen? Oder schmeckt es Euch etwa nicht?«

»Doch, doch, sehr gut sogar.«

»Das beruhigt mich. Ich bin überzeugt, auch Alena wäre froh, das zu hören, schließlich hat sie die Wurst gestern frisch gekauft, um mir, wie sie sagte, eine Freude zu machen.«

»Ach ja?« Klingenthal stellte fest, dass die Wurst ihm plötzlich nicht mehr mundete.

»Ja, sie ist mir wirklich eine große Hilfe und – im besten Sinne, versteht sich – auch eine liebe Freundin.«

Angesichts dieser Worte wäre Klingenthal am liebsten gegangen, aber er war einer ganz bestimmten Sache wegen gekommen, und diese Sache war wichtiger als eine momentane Laune. »Herr Pastor«, begann er vorsichtig, »ich möchte noch einmal auf die Mordfälle zu sprechen kommen. Wie Ihr wisst, setze ich alles daran, den oder die Täter zu finden …«

»Das tut Vock auch.« Matthies rülpste dezent hinter der vorgehaltenen Hand. »*Wer sich in Gefahr begibt, der kommt darin um*, so heißt es in der Schrift. Wollt Ihr die Aufklärung der Criminalfälle nicht lieber dem frisch gebackenen Gerichtssekretär überlassen?«

»Wenn ich eben richtig zugehört habe, hegt Ihr leise Zweifel an seinen Fähigkeiten.«

»Nun ja.« Dem war tatsächlich so, aber Matthies mochte es nicht zugeben. »Ihr wollt es also weiter auf eigene Faust versuchen?«

»In der Tat, das will ich, und ich habe eine ganz bestimmte Idee, die mich weiterbringen könnte.«

»Ach? Und?«

»Ich brauchte dazu allerdings einen Schlüssel. Einen Generalschlüssel.«

»Ihr meint den Generalschlüssel vom Rathaus? Den darf ich Euch nicht geben.«

»Es wäre aber von größter, vielleicht sogar entscheidender Wichtigkeit.«

»Nein, tut mir Leid.«

»Bevor Ihr nochmals nein sagt, Herr Pastor, bedenkt bitte, dass wir beide sehr tief in die Fälle verwickelt sind. Wir haben gewissermaßen Seite an Seite die Abgründe des Bösen durchschritten, haben zusammen gerätselt, wer der Meuchler sein könnte, und haben den Hinterbliebenen Trost zu spenden versucht. Besonders Ihr als Hirte Eurer Gemeinde. Es muss auch in Eurem Interesse sein, die Taten endlich aufgeklärt zu wissen.«

Das waren Worte, wie Klingenthal sie normalerweise nie benutzt hätte. Er kam sich vor wie ein Schmeichler und Bettler, aber er wollte den Schlüssel unbedingt haben.

»Was Ihr sagt, stimmt natürlich. Es muss wahrlich ein gottloser Schurke sein, der die Gräuel begangen hat, einer, der nicht nur alle Zehn Gebote gebrochen, sondern dazu noch die Bibel gestohlen hat! Ihr habt Recht, es muss alles geschehen, was auch nur den Hauch einer Möglichkeit eröffnet, den Schurken dingfest zu machen. Und wenn es nicht gelingen sollte, will ich nicht derjenige sein, an dem es gelegen hat. Ich gebe Euch also den Schlüssel, muss aber darauf bestehen, dass Ihr damit nicht Schindluder treibt. Was habt Ihr denn vor?«

Klingenthal atmete auf. »Es ist besser, wenn Ihr es nicht wisst.«

»Das hört sich nach geheimen Machenschaften an. Seid

Ihr sicher, dass alles mit rechten Dingen zugehen wird? Könnt Ihr das vor Gott auf Euren Eid nehmen?«

»Das kann ich.«

»Gut, das soll mir genügen.« Matthies griff unter sein Gewand und holte das Schließwerkzeug hervor. »Aber spätestens am morgigen Mittag gebt Ihr mir den Schlüssel zurück.«

»Das verspreche ich.«

»Dann wollen wir jetzt das Mahl beenden und ein Dankgebet sprechen. Ich darf Euch bitten, diesmal den Part zu übernehmen.«

»Äh, nun.« Klingenthal hüstelte. »Um offen zu sein, fällt mir im Augenblick kein passendes Gebet ein, aber vielleicht tut es auch ein Satz, er heißt: *Wer die Güter dieser Welt ohne ein Gebet genießt, ist ein Dieb.*»

»Oho, welch interessanter Gedanke! Der Sinnspruch gefällt mir, auch wenn es schade ist, dass Euch keine gereimten Worte eingefallen sind. Doch wie gesagt, der Satz gefällt mir. Ich habe ihn noch nie gehört oder gelesen. Wisst Ihr, woher er stammt?«

»Nein, leider nicht«, log Klingenthal, dem sehr wohl bekannt war, dass der Satz aus dem *Talmud* stammte.

»In jedem Fall werde ich ihn mir merken. Ich wünsche Euch einen guten Tag, lieber Meister, und erbitte für alles, was Ihr tut, Gottes Segen.«

»Den werde ich brauchen«, sagte Klingenthal.

Kurz darauf befand er sich im Rathaus und stieg die Stufen zur Rüstkammer hinab, denn genau an diesem Ort wurden die Mordwaffen verwahrt: der Armbrustbolzen, das Schlachtmesser und das Richtschwert.

Klingenthal blickte sich mehrmals um, bevor er eine Wandfackel ergriff, mit einiger Mühe das Schloss öffnete und in den dunklen Raum eindrang. Nein, hier unten schien niemand zu sein, niemand, der im Verlies sein Dasein fristete, und demzufolge auch niemand, der Wache schob. Dennoch galt es, auf der Hut zu sein. Wenn jemand kam und ihn entdeckte, würden ihm die besten Erklärungen nichts nützen, denn alle Welt würde dann glauben, er sei der Mörder und wolle sich eine neue Waffe für eine neue Untat besorgen.

Im unruhigen Licht der Fackel erkannte er ein ganzes Arsenal an Waffen: neben zahllosen Dolchen, Schwertern und Lanzen auch Piken, Speere, Hellebarden, Morgensterne und Streitäxte aus früheren Jahrhunderten, dazu Armbrüste von unterschiedlicher Art, Musketen und Pistolen. Auf einem Mauersims im hinteren Bereich lagen die *Corpora Delicti.* Klingenthal griff nach dem Armbrustbolzen und betrachtete ihn. Er wies noch Spuren von getrocknetem Blut auf. Niemand schien sich die Mühe gemacht zu haben, ihn zu reinigen. Ob er in eines der vorhandenen Schießgeräte passte? Drei Armbrüste hingen dort an der Wand, jede besaß in ihrem Schaft die für die Bolzen unerlässliche Führungsschiene. Würde der Bolzen, der Kokkert zu Tode gebracht hatte, in eine der Schienen passen?

Klingenthal versuchte es nacheinander, und jedes Mal ergab es sich, dass er nicht passte, mal war er zu lang, mal zu kurz und mal zu dick. Damit stand fest: Er gehörte zu einer anderen Armbrust. Klingenthal wollte den Bolzen schon einstecken, da fiel ihm eine leere Stelle an der Wand auf. Ob hier die gesuchte Armbrust gehangen hatte? Vielleicht ja, vielleicht nein. In jedem Fall schien eines schlüssig: Derjenige, der sie hatte, stand in unmittelbarem Verdacht, den Ratsherrn Angerstein ermordet zu haben. Gleiches galt auch für Mewes und Kokkert.

Klingenthal fuhr zusammen. Er hatte Schritte gehört! Zwei Männer waren es, die sich näherten, sie unterhielten sich laut und ungeniert, offenbar kannten sie sich in den Gewölben unter dem Rathaus gut aus.

Klingenthals Gedanken rasten. Was konnte er tun? Er warf seine Fackel auf den Boden und trat so heftig auf sie ein, dass sie fast augenblicklich erlosch. Dann verkroch er sich in den hintersten Winkel der Rüstkammer.

Jetzt waren die Schritte heran. Eine Laterne wurde sichtbar. Klingenthal dankte den Naturgesetzen, nach denen ein Auge, das im Hellen weilt, schlecht ins Dunkel blicken kann, und machte sich noch kleiner.

»Hatschumm!«

Was war das? Klingenthal beschlich eine Ahnung, die gleich darauf ihre Bestätigung fand, denn eine Stimme fluchte: »Bei den neun Schwänzen des Gehörnten, lass das, Caspar! Wenn uns jemand erwischt, sind wir dran!«

Die Stimme gehörte Spinner-Franz.

Caspar, der Küster, grunzte. »Du hast selbst gesagt, der Heilzauber würde am besten unter dem Rathaus wirken, weil hier so viel totes Gebein liegt.«

»Hab ich! Aber von Niesen war nicht die Rede.«

»Aber es tat gut. Ab und zu mal eine kleine Prise, das bringt dem Mann Ergötzlichkeit! Und der liebe Herr Jesus im Himmel hat auch nichts dagegen, wenn es mal richtig kracht, sage ich immer.«

»Sprich nicht von Jesus, der hat dir bei deinem Hinkebein auch nicht geholfen. Nur der Aberglaube ist der wahre Glaube. Im Keller der Gebeine herrscht Luzifer, der Allmächtige! Jeden siebten Tag erscheint er um Mitternacht im *Ossarium* und tauscht seinen Bocksfuß gegen ein menschliches Fersenbein aus. Dann geht er tanzen mit allen toten Buhlerinnen dieser Welt. Das poltert und dröhnt, als fielen die Mauern von Jericho, denn es ist ein Hüpftanz, bei dem jede Buhlerin einmal vor ihm stehen muss und sich verbeugen muss und rufen muss: *Te amo, Lucifer, te amo!* Willst du nun ein geheiltes Bein oder nicht?«

»Funktioniert der Zauber auch wirklich?«

»Trirum trarum! Vergiss nicht, ich habe das teuflische Privilegio! Ich nehme das Pulver des *Calcaneus* und reibe es dir als Hostie in dein krankes Bein – dazu der richtige Zauberspruch, *arbadakarba mal abrakadabra*, und du kannst wieder hüpfen wie ein Heuschreck …«

Die Schritte entfernten sich.

Klingenthal wischte sich den Schweiß von der Stirn. Trotz der Kühle in der Kammer war er ins Schwitzen geraten. Caspar, der Küster! Ein Mann, der Gott so nahe war, suchte sein Heil in der Gottlosigkeit! Welch schaurige Wege ging der Glaube doch manchmal. Und wieder mit dabei: Spinner-Franz. Gab es überhaupt ein Geschehen, bei dem er nicht zugegen war? Der dürre Mann wusste mehr über die Morde als alle Steinfurther zusammen, da war er sicher. Es würde aufschlussreich sein, ihn auszuquetschen, sehr aufschlussreich sogar, doch es gab keine Möglichkeit, das zu tun – weder im Guten noch im Bösen, denn ein Verrückter wie er wurde nicht ernst genommen. Von niemandem.

Klingenthal schüttelte die Gedanken ab wie lästige Fliegen und konzentrierte sich wieder auf sein Vorhaben. Das allerdings war leichter gedacht als getan, denn nun war es stockdunkel in der Kammer, er konnte die Hand nicht vor Augen sehen. Er barg den Bolzen unter seinem Rock und strebte der Tür zu, da fiel ihm noch etwas ein: An der Wand hatte er ein Gestell gesehen, das mehreren Armbrustbolzen als Behältnis diente. Er tastete sich vor und suchte es. Ja, da war es. Er nahm einen Bolzen heraus und legte ihn auf dem Sims ab, dorthin, wo sich Schlachtmesser und Richtschwert noch befanden. Auf diese Weise würde es kaum auffallen, dass er das Mordgeschoss entwendet hatte.

Doch die eigentliche Schwierigkeit kam noch: Er musste ohne Licht den Rückweg antreten, denn er hatte nichts, um die ausgetretene Fackel wieder anzuzünden.

»Autsch!« Da hatte er sich schon den Kopf an der Tür gestoßen. Er unterdrückte einen Fluch, schob sich nach rechts hinaus, tastete, hangelte sich weiter, stieß sich noch verschiedene Male, stolperte und gelangte irgendwie ans Ende des Gangs, wo er sich nach links wandte und ein neuer Weg sich auftat. Es folgten Türen, Ecken und Treppen, feucht und bemoost, und endlich ein schmaler Lichtspalt am Ende der Dunkelheit. Die ebene Erde war erreicht.

Ein Rundumblick noch, ein paar beherzte Schritte, dann war er heraus aus dem alten Gemäuer – unentdeckt und grenzenlos erleichtert.

Die Sonne über dem Uhlenmarkt begrüßte ihn.

Die Hunde bellten schon seit mehreren Minuten, wütend und lautstark, während Klingenthal am Zaun stand und vergebens nach Krassmann rief. Ganz offenkundig war der Scharfrichter nicht in seiner Erdhöhle. Aber wo war er dann? Sein Haus sah nach wie vor unbewohnt aus, und auch der Werkstattschuppen machte einen verlassenen Eindruck. War Krassmann geflohen? Er hatte doch in seinem Versteck ausharren wollen, bis die Mordfälle geklärt waren?

Klingenthal schüttelte den Kopf und betrat die Werkstatt. Drinnen war alles so, wie er es schon kannte: viel Werkzeug in Reih und Glied, dazu Glaskolben, Tiegel und andere Gerätschaften zur Destillation, ferner Mörser, Schaber und Schüsseln zur Salbenherstellung sowie Schleifsteine in mancherlei Umfang.

Das alles interessierte ihn nicht.

Ihn interessierte ein großes, mittelalterlich anmutendes Schießgerät an der Wand: Krassmanns Armbrust.

Er trat heran und versuchte, den Mordpfeil in die Schiene des Schafts zu legen. Der Bolzen fügte sich glatt hinein. Aber er war zu kurz. Enttäuscht wandte Klingenthal sich ab. Es wäre auch zu einfach gewesen, wenn er gepasst hätte.

Klingenthal sah sich um und entdeckte, was er suchte: eine Art Köcher, in dem die Bolzen für die Waffe verwahrt wurden. Er zog einen heraus und verglich ihn mit dem Mordgeschoss. Er war deutlich länger. Das war der endgültige Beweis. Krassmann war nicht der Schütze, der Angerstein zu Tode gebracht hatte.

Oder doch?

Klingenthal fiel ein, dass Krassmann ihm weitere Waffen in seiner Erdhöhle gezeigt hatte. Allerdings war keine Armbrust dabei gewesen. Aber das musste nichts heißen, gar nichts.

Klingenthal ging wieder nach draußen und wurde von der kläffenden Meute empfangen. Er blickte hinüber zu dem Verschlag und zögerte. Es würde ein Wagnis sein, noch einmal in die Höhle zu gehen, das spürte er, und dennoch musste es sein. Entschlossen ahmte er lautes Hundegebell nach und richtete es so ein, dass es abermals klang, als käme es vom anderen Ende der Wiese. Wie auf Kommando jagten die Hunde davon, dem vermeintlichen Feind entgegen, und Klingenthal nutzte die Gelegenheit, eilte, so schnell er konnte, zu dem Verschlag und kroch in die Tiefe. Erneut rief er: »Krassmann?«

Keine Antwort.

Klingenthal schaute sich um. Halbdunkel umfing ihn, und das nicht zum ersten Mal an diesem Tag, wie er grimmig feststellte. Auf dem Tisch lag ein Buch, das *Feldtbuch der Wundartzney*, und daneben eine Kerze. Die Kerze brannte nicht, aber sie war noch warm. Doch das konnte Klingenthal nicht sehen, weshalb er keinen Verdacht schöpfte und auf den Vorhang zusteuerte, hinter dem er die Waffen wusste. Da waren sie schon, die drei Holzpfeiler, an denen die Kriegsgeräte hingen, und am Fuße eines der Pfeiler saß eine gefesselte Gestalt mit einem Kopfverband.

Klingenthal stieß einen Laut der Verblüffung aus, denn damit hatte er am allerwenigsten gerechnet. In der Gestalt steckte Leben, denn sie zitterte und zappelte und versuchte zu schreien, aber es gelang ihr nicht, denn sie hatte einen Knebel im Mund.

Es war Rüterbusch.

Klingenthal musste zweimal hinsehen, bevor er seinen Augen traute. Er bückte sich, um Rüterbusch den Knebel aus dem Mund zu nehmen, doch auf einmal sah er gar nichts mehr.

Als er wieder zu sich kam, brannte die Kerze, und

Krassmann stand über ihm. »Rüterbusch ist mein Gefangener«, sagte er. »Hütet Euch, ihn anzurühren.«

Klingenthal fasste sich an den Hinterkopf, wo sich eine Beule rasch ausbildete. Erst vor ein paar Tagen hatte Krassmann ihn mit einem Stein malträtiert und heute schon wieder. Dazwischen lagen mehrere schmerzhafte Begegnungen mit den Ecken und Kanten der Rathauskatakomben. Ihm reichte es. »Ich wollte Rüterbusch nur den Knebel aus dem Mund nehmen!«, brüllte er in einer Lautstärke, die er sofort wegen seines schmerzenden Schädels bereute. »Ist das ein Grund, mich gleich bewusstlos zu schlagen?«

»Ja«, sagte Krassmann. »Man kann nicht vorsichtig genug sein. Ich habe nichts mehr zu verlieren.«

Klingenthal richtete sich auf, spürte Schwindel und setzte sich auf die Bank. »Woher kommt Ihr so plötzlich? Ich habe mir die Seele nach Euch aus dem Leib gerufen.«

»Es gibt eine Nebenhöhle mit einem versteckten Zugang, wenn Ihr es genau wissen wollt. Ich habe Euch wohl gehört, aber ich wusste nicht, ob Ihr allein sein würdet. Seit Rüterbuschs Hirngespinsten bin ich doppelt vorsichtig.«

»Hirngespinste? Ich verstehe kein Wort.« Klingenthal rieb sich die Beule. Er hoffte, sie würde nicht weiterwachsen. »Wie kommt Rüterbusch überhaupt hierher, und warum haltet Ihr ihn gefangen?«

»Weil er mich verhaften wollte. Er ist der Meinung, ich sei der für alles verantwortliche Mordbube, niemand außer mir sei in der Lage, das Richtschwert so zu führen, und kein anderer habe die Kraft, einen menschlichen Körper derart auf die Bettstatt zu spießen.«

»Die Argumentation ist nicht ganz von der Hand zu weisen.«

Krassmann ging nicht darauf ein, sondern sprach weiter: »Rüterbusch bedrohte mich mit einer Pistole, es kam zum Kampf zwischen uns, und nur mit Müh und Not konnte ich ihn bezwingen. Wie Ihr seht, ging es nicht ganz ohne Blessuren ab, weshalb ich ihn verarzten musste. Ich werde ihn hierbehalten, bis der wahre Mörder gefunden ist. Allerdings würde ich mich nicht wundern, wenn er selbst der Täter ist. Sein Bemühen, anderen Leuten die Schuld in die Schuhe zu schieben, scheint mir mehr als verdächtig.«

»Und mir scheint mittlerweile alles möglich.« Klingenthal erhob sich, zog das Mordgeschoss hervor und sagte förmlich: »Ich habe hier den Bolzen, der Angersteins Hals durchschlug. Er ist aus der Rüstkammer im Rathaus, wo er seit der Tat verwahrt wird. Er passt zu keinem der in der Kammer befindlichen Armbrüste. Auch zu der Armbrust in Eurem Werkstattschuppen passt er nicht, weshalb ich Euch fragen muss, ob Ihr eine weitere Waffe dieser Art besitzt.«

Krassmann zog die Augenbrauen hoch. »Wie ist es Euch gelungen, in die Rüstkammer vorzudringen? Ich kann mir kaum vorstellen, dass Ihr einen Generalschlüssel habt.«

»Das tut nichts zur Sache.« Klingenthal hielt es nicht für angebracht, auf die Frage einzugehen, ebenso wie er es nicht für notwendig hielt, das Duplikat, das er noch rasch von einem Schlosser hatte anfertigen lassen, zu erwähnen. »Habt Ihr hier unten eine Armbrust?«

Krassmann schwieg und starrte in die Kerze.

»Ich frage Euch nochmals: Habt Ihr hier unten eine Armbrust?«

»Herrgott, ja! Warum auch nicht?«

»Dann gestattet mir, dass ich prüfe, ob das Mordgeschoss dazu passt.«

»Und wenn ich mich weigere?«

»Würdet Ihr Euch nur noch verdächtiger machen.«

»Also bitte, in Gottes Namen.« Krassmann holte die Waffe, ein schönes Exemplar von mittlerer Größe.

»Danke.« Klingenthal legte den Bolzen in die Rinne.

Er passte genau.

»Ich glaube, ich ahne, was du mir zum Abendessen zaubern willst, meine Tochter!«, rief Matthies, der wie immer zu dieser Stunde in seiner Studierstube saß. »Es gibt Fisch! Recht so, wie ich hinzufügen möchte, denn wir haben Freitag, den Tag der Hinrichtung unseres Herrn Jesu, und da wäre jeder Bissen Fleisch eine Sünde!«

»Es gibt keinen Fisch«, antwortete Alena aus der Küche.

»Keinen Fisch? Aber der Geruch …?

»Es gibt Flusskrebse.«

»Flusskrebse? Sapperment, da hast du mir eben aber einen Schrecken eingejagt! Der Krebs ist ein Wassergetier und damit dem Fisch gleichzusetzen. Ich wusste, dass du mich nicht enttäuschen würdest, meine Tochter.«

»Sie sind gleich fertig, setzt Euch nur schon an den kleinen Tisch neben dem Globus.« Alena war sehr zufrieden mit ihrem Werk. Sie hatte zunächst eine kalt gerührte Sauce aus Eigelb, Salz, Pfeffer, Senf und etwas Wasser hergestellt, die Flüssigkeit kurz stehen lassen und danach tropfenweise Öl unter ständigem Rühren hinzugegeben.

Die Komposition, die in den Küchen Europas noch nicht lange Einzug gehalten hatte und Mayonnaise genannt wurde, verlangte eine kundige Hand in der Zubereitung, und Alena spürte nicht wenig Stolz, dass ihr die Speise auf Anhieb so gut gelungen war.

Dann hatte sie süße Sahne steif geschlagen und die Krebse in kochendes Wasser geworfen. Anschließend hatte sie die Scheren und Schwänze ausgebrochen und den Darm entfernt. Zu guter Letzt hatte sie Dill und Kümmel zu der Mayonnaise gegeben, die Masse unter die Sahne gehoben und das Ganze mit Salz und einem Schuss Weinbrand abgeschmeckt.

»Ich komme, Herr Pastor!«

»Fein, meine Tochter, ich kann es kaum erwarten. Wie nennst du diese Köstlichkeit?«

»Flusskrebse auf Sahnemayonnaise. Ich habe das Rezept von Amanda Mewes. Lasst es Euch schmecken.« Alena wollte zurück in die Küche, aber Matthies hielt sie am Rock fest und sagte:

»Bleib bei mir, wenn du fortgehst, schmeckt es mir nicht.«

»Gleich, Herr Pastor, ich will nur noch rasch die Kanne Bier aus der Küche holen.«

»Bier? Du meinst es heute besonders gut mit mir, meine Tochter!«

Alena kehrte mit der Kanne und einem Krug zurück. »Fisch will schwimmen.«

»Hoho, du sagst es, und Flusskrebse wollen es auch! Nun denn, ich muss gleich einmal probieren.« Matthies nahm einen kräftigen Schluck des würzigen Gebräus, wischte sich mit dem Handrücken über den Mund und strahlte. »Es ist Ewigkeiten her, dass ich Bier getrunken habe, ich glaube, zuletzt während meiner Studentenzeit.«

»Wo habt Ihr denn studiert, Vater?«

Matthies winkte ab und spießte einen von den Krebsen auf. »Lass uns nicht von der Vergangenheit reden, sie erinnert mich nur an mein Alter. Die Sahnemayonnaise ist wirklich lecker, genauso lecker wie die Krebse, wie ich hinzufügen möchte. Ich wüsste beim besten Willen nicht zu sagen, was mir mehr mundet!«

Alena lachte geschmeichelt.

»Komm, setz dich zu mir.«

»Nein, lieber nicht.«

»Aber warum denn nicht?«

»Es schickt sich nicht. Ihr seid der Hausherr, und ich bin nur Eure Hilfe.«

»Nun ja.« Matthies vertilgte weitere Krebse. Von den insgesamt dreizehn Stück hatte er schon sechs gegessen. »Dann stell dich wenigstens zu mir. Hast du eigentlich selbst schon von den Tierchen gekostet?«

Das hatte Alena natürlich getan, mochte aber nicht zugeben, dass es so war. »Äh, nein.«

»Aber, aber! Eine Köchin, die ihre Speise noch nicht einmal probiert hat! Das müssen wir sofort nachholen.« Matthies gabelte einen Krebs auf und tunkte ihn in die Sahnemayonnaise.

Wie selbstverständlich zog er Alenas Kopf zu sich herunter und befahl: »Mund auf, Augen zu.«

Alena gehorchte. Die leutselige, fürsorgliche Art des Pastors gefiel ihr. Das war wenigstens ein Mann mit Geist und Manieren, der hätte sie letzte Nacht, da war sie sicher, niemals fortgeschickt.

»Schmeckt es dir, meine Tochter?«

Alena, noch immer mit geschlossenen Augen, schluckte das nussige Krebsfleisch hinunter und lächelte. »Ja.«

»Warte, ich habe etwas, das dir noch viel besser schmecken wird, aber du darfst auf keinen Fall gucken!«

Alena lachte und ließ es geschehen, dass ihr Kopf noch weiter nach unten gezogen wurde. Dann, plötzlich, spürte sie die Lippen des Pastors auf ihrem Mund. Sie wollte sich aufrichten, aber es ging nicht, denn Matthies hielt sie fest.

»Bleib so«, flüsterte er heiser, »bleib so, bis in alle Ewigkeit.«

»Ich … ich …!«

Wieder küsste er sie, hart und leidenschaftlich, und während seine Hand noch immer ihren Kopf hielt, begann die andere über ihren Körper zu wandern. Sie tat es behutsam und neugierig und – zielstrebig.

Alena wollte dem Pastor Einhalt gebieten, aber dann überlegte sie es sich anders. Sie dachte an Klingenthal und daran, dass es ihm recht geschehe, wenn sie ihn auf diese Art strafe, zumal Matthies ein stattlicher, gut aussehender Mann war, und sie sich immer noch wehren konnte, wenn sie meinte, es sei an der Zeit. Überdies schmeichelte es ihr, dass sie ihn so sehr aus der Fassung gebracht hatte.

Während ihr all diese Gedanken durch den Kopf gingen, fühlte sie sich jählings federleicht. Sie wusste kaum, wie ihr geschah, denn er hatte sie hochgehoben und trug sie hinüber in seine Schlafstube. »Herr Pastor, das geht nicht, ich …«

Sie strampelte mit den Beinen.

»Gott vergebe mir, aber ich kann nicht anders!« Matthies schien Alena nicht zu hören, er atmete schwer und legte sie wie ein Bündel auf seinem Bett ab. »Ich kann nicht anders! Deine Augen sind wie zwei Sterne, die Gott der Allmächtige selbst erhellt hat, deine Augen sind wie der ewige Schein, deine Augen sind wie verzehrendes Feuer, sie sind es, die mein Fleisch schwach machen und meine Hände willenlos, aber nicht nur sie haben mich verzaubert, auch deine Lippen, deine Wangen, dein gesamtes Antlitz, du hast mich verhext, kleine Karmelitin, du bist die Mensch gewordene Sünde, die Versuchung schlechthin, die Eva im Paradies, was kümmert mich die Schlange, was kümmert mich der Teufel, lass mich von deinem Apfel naschen, lass mich dein Adam sein, ich kann dir nicht länger widerstehen!« Matthies redete wie aufgezogen mit seltsam rauer, nie gehörter Stimme und begann übergangslos, Alena die Röcke hochzuschieben, sie zu betasten, ihre Schenkel zu küssen. Er keuchte und schwitzte und schnaufte und senkte seinen Kopf mit einem Stöhnen in ihren Schoß.

Das ging zu weit! Alena öffnete den Mund und wollte schreien, doch ein anderer Schrei kam ihr zuvor:

»Aaachtung! Stillgestanden!«

Matthies schreckte hoch, doch niemand war zu sehen, obwohl die Stimme so klang, als wäre sie nur einen oder zwei Schritte entfernt.

»Zurücktreten, Haltung annehmen!«, schrie der Söldner weiter.

»Vertäut ihn, sichert ihn, macht ihn fest!«, schrie der Schiffer.

»Ein Skandal! Ein Skandal! Wo bleibt die Nachtwache?«, empörte sich das Burgfräulein.

»Höchste Zeit, dass sie kommt!«, rief die Magd.

»Wo brennt's, was ist los?«, rief der Landmann.

»Ruhig, nur ruhig, der Pastor wird selbst am besten wissen, dass er zu weit gegangen ist!«, sagte der Schultheiß. »Wir sollten uns zurückziehen und ihm Gelegenheit geben, mit seinem Herrgott ins Reine zu kommen.«

Matthies wischte sich die Augen, als erwache er aus einem Traum. Er starrte ungläubig in alle Richtungen seiner Schlafstube, doch nirgendwo war eine Menschenseele zu entdecken. Auch Klingenthal nicht, der als Urheber des Mysteriums noch am ehesten in Frage kam.

Nur das kleine Fenster, das des Nachts zum Lüften geöffnet wurde, stand offen.

Matthies erhob sich mit bleiernen Bewegungen.

»Entschuldige, ich war nicht ganz bei mir«, murmelte er unter Tränen. »Ich werde das Fenster schließen.«

»Herr Pastor, draußen steht der Bauchredner Klingenthal, er sagt, er hätte versprochen, Euch spätestens heute Mittag etwas zurückzugeben.« Nach den gestrigen Ereignissen war Alena um einen möglichst neutralen Ton bemüht.

»Tja, hm.« Matthies räusperte sich und blickte von seinem Schreibtisch auf. »Nimm es nur entgegen, ich … ich habe leider keine Zeit.«

»Er sagt, es wäre dienlicher, wenn er es Euch persönlich geben könnte.«

Matthies seufzte. Der Kelch schien nicht an ihm vorüberzugehen. »Nun gut, er möge hereinkommen. Geh du nur wieder in deine Küche.«

»Ich fand es besser, Euch den Generalschlüssel selbst zu überreichen«, sagte Klingenthal gleich darauf.

»Ja, danke, danke.« Matthies nahm das Schließwerkzeug und steckte es fort. Danach schaute er unschlüssig drein, denn er wusste nicht recht, was er sagen sollte. Wenn Klingenthal am gestrigen Abend tatsächlich mit angesehen hatte, was er und Alena in der Schlafstube … »Ich hoffe, der Schlüssel konnte Euch zu neuen Erkenntnissen verhelfen?«

»Ich bin nicht sicher, ob er das konnte. Obwohl ich einiges in Erfahrung gebracht habe.«

»Wollt Ihr es mir verraten?«

»Es ist nicht der Rede wert.« Klingenthal musste daran denken, wie Krassmann reagiert hatte, als das Mordgeschoss genau in seine Armbrust passte. Er hatte verkrampft gelächelt und gesagt: »Jetzt glaubt Ihr bestimmt, ich sei der Mörder, aber ich schwöre bei allem, was mir heilig ist, ich bin es nicht.«

»Und warum soll ich Euch das glauben?«, hatte Klingenthal gefragt.

»Weil ich nur auf richterlichen Beschluss töte.«

»Das habt Ihr schon einmal behauptet.«

»Und weil diese Armbrust kein außergewöhnliches Exponat ist. Die Bauweise war vor zweihundert Jahren gang und gäbe, es gibt noch heute Dutzende von Waffen dieser Art.«

Krassmann hatte sehr glaubhaft gewirkt und hinzugefügt: »Wie Ihr seht, ist der Bogen aus Stahl, im Gegensatz zu den Modellen des Mittelalters, bei denen Eibenholz verwendet wurde. Das Spannen war nicht mehr mit reiner Körperkraft möglich, sondern bedurfte eines Spanngürtelhakens, mit dessen Hilfe der Schütze die Waffe schussbereit machte. Das Spannen konnte, je nach Lage der Schlacht, im Stehen oder im Knien erfolgen.«

»Dann ist es also bloßer Zufall, dass der Bolzen, der Angerstein tötete, ausgerechnet in Eure Waffe passt?« Klingenthal hatte seiner Stimme einen ironischen Klang gegeben, aber Krassmann war nicht darauf eingegangen, sondern hatte nur genickt und eine weitere Armbrust geholt. Auch hier hatte der Bolzen gepasst.

Es war eine bittere Wahrheit, aber Klingenthal musste einräumen, dass Krassmann damit den Verdacht gegen sich entkräftet hatte. »Dann lasst wenigstens Rüterbusch frei«, hatte er gesagt, »Ihr könnt ihn hier nicht festhalten, Ihr habt kein Recht dazu.«

»Wollt Ihr mich daran hindern?«, hatte Krassmann geantwortet und das Kinn vorgeschoben, woraufhin Klingenthal gegangen war.

»Die Erkenntnisse sind nicht der Rede wert«, wiederholte Klingenthal. »Auch wenn ich gestern stundenlang auf den Beinen war und sehr viel gesehen habe – sogar bis in den späten Abend hinein!«

»Tja, dann.« Matthies wusste nicht, wie Klingenthal das meinte, und beschloss, darüber hinwegzugehen. »Dann wünsche ich Euch noch einen schönen Tag.«

Klingenthal erwiderte den Wunsch und empfahl sich.

Die Nachmittagsvorstellung an diesem Sonnabend war die erste, die sich keines großen Zulaufs erfreute. Vielleicht lag es daran, dass immer mehr Steinfurther um Klingenthals Glaubenszugehörigkeit wussten, vielleicht aber auch daran, dass die Woche sich neigte und die Menschen sich am heimischen Herd auf den Sonntag einstimmen wollten.

»Lieber kleine Beute als keine Beute«, sagte der Söldner.

»Auf Ebbe folgt Flut«, sagte der Schiffer.

»Wie sind nicht drauf angewiesen«, sagte das Burgfräulein.«

Die Magd und der Landmann sagten nichts. Die Magd, weil sie träumte, und der Landmann, weil er schlief.

Der Schultheiß sagte: »Es kann nicht immer gehen, wie man es sich wünscht, nutzen wir die Zeit, fahren wir nach Hause. Vielleicht ist Alena da und spricht wieder mit uns.«

Klingenthal legte sich die Gurte um die Schulter. »Das glaube ich nicht, aber wir werden ja sehen.«

Gemeinsam verließen sie den Uhlenmarkt, vorbei an Conatus' und Kokkerts Anwesen, am Rathaus vorbei und in den Koppelstieg hinein. Die Straße führte jetzt leicht bergab, dem Elbufer entgegen, weshalb Klingenthal sich kaum ins Geschirr legen musste und ohne Mühe vorwärts kam. Die Sankt-Johannis-Kirche tauchte linker Hand auf, und wie immer überkam ihn angesichts des Gotteshauses ein ungutes Gefühl. Täuschte er sich, oder war das Gemäuer schon wieder ein Stück weiter in den Boden gesunken? Nein, er musste sich irren. Der schiefe Turm von Pisa kam ihm in den Sinn, ein Bauwerk, dem er ebenfalls schon gegenübergestanden hatte. Der Turm war über sechshundert Jahre alt und hielt sich noch immer aufrecht, vielleicht, weil die Pisani alles Erdenkliche taten, um ihn vor dem Verfall zu retten. War das auch bei der Johanniskirche der Fall? Klingenthal wusste es nicht, aber es sah nicht so aus.

Näher kommend glaubte er, wieder das für die Kirche so typische Knacken zu hören. Alle Augenblicke knackte es, mal hier, mal dort, mal oben, mal unten. Wie konnte man sich als Christ bei so bedrohlichen Tönen auf Gott und seine Anbetung konzentrieren? Nun, das ging ihn nichts an.

Klingenthal schritt weiter. Er hatte die Kirche schon fast passiert, da glaubte er, seinen Namen gehört zu haben. Irgendwer rief seinen Namen!

Er blieb stehen. Die Rufe kamen aus der Kirche. Wer konnte das sein? Caspar? Wohl kaum. Matthies? Vielleicht, die Stimme hatte ähnlich geklungen. Matthies! Klingenthal spürte Eifersucht. Schwer vorstellbar, dass der Pastor Beistand brauchte, dennoch musste der Sache auf den Grund gegangen werden. Wenn man von seiner Schwäche für die Fleischeslust einmal absah, hatte der Gottesmann sich stets als freundlicher und hilfsbereiter Mensch erwiesen.

Klingenthal schälte sich aus den Ledergurten. »Wartet auf mich«, sagte er zu seinen Puppen und steuerte auf das Portal zu. Die schwere, zweiflügelige Tür stand halb offen, und er ging hinein. »Pastor Matthies, wart Ihr das, der gerufen hat?

Klingenthals Worte hallten im weiten Kirchenschiff wider. Kein Gläubiger saß in den Reihen der Bänke, niemand war zu sehen, auch Matthies nicht. Nur der dornengekrönte Christus hing einsam über dem Altar am Ende des Gangs.

»Pastor Matthies?«

Ein harter Schlag traf ihn. Klingenthal stieß einen unartikulierten Laut aus und ging in die Knie. Ein zweiter Schlag folgte. Klingenthal taumelte, grobe Hände packten ihn von hinten und stülpten ihm einen Sack über den Kopf. Er wollte sich wehren, aber der Sack war lang und engte ihm Arme und Beine ein. Er konnte nichts sehen, nur seine eigenen Füße. Und ein paar andere: Es waren lappenumwickelte Füße, und Klingenthal schoss ein Gedanke durch den Kopf: Pocke! Das musste Pocke sein! Wie kam der Saufbruder dazu, ihn zu überfallen?

»Bringt ihn nach unten«, rief eine Stimme, die nicht die Pockes war. Klingenthal ahnte, dass es sich um die Stimme handelte, die Matthies' nachgemacht hatte. »Nach unten, nach unten, wo die Seelen der sündigen Christen geistern und das Reich von Luzifer beginnt, seelenlos und hoffnungslos, *ita est* und *yes* und *oui*, das wird dem Jüdlein einen Heidenschrecken einjagen!«

»Franz!«, schrie Klingenthal. »Was soll das? Nimm mir sofort den Sack vom Kopf!«

Spinner-Franz kicherte. »Höre ich da etwa Angst aus deinen Worten?«

»Ich habe keine Angst.«

»Wirklich nicht?«

Klingenthal schwieg verbissen.

»Hört mal, Leute, der allwissende Herr Bauchredner, der sonst mit hundert Zungen sprechen kann, hat Angst! Los, ab mit ihm, hinab mit ihm, tief und tiefer, bis es nicht mehr weitergeht.«

Zustimmendes Gemurmel zeigte Klingenthal, dass er es mindestens mit drei Widersachern zu tun hatte. Das bedeutete, Spinner-Franz hatte sich Hilfe geholt, um ihn überwältigen zu können, wahrscheinlich außer Pocke noch einen oder zwei weitere Trunkenbolde. Welch armseliger Haufen! Und dennoch: Sie hatten ihn geschnappt, und er konnte nichts gegen sie ausrichten.

Klingenthal spürte Stöße und Knüffe, stolperte vorwärts, eine Treppe hinunter und dann noch eine. Gott, der du gepriesen seist, wohin wird das Gesindel mich bringen? Eine Idee kam ihm, er ließ sich fallen und blieb einfach liegen, so konnten sie ihn nicht weiter nach unten schleppen.

Doch er hatte sich getäuscht. Starke Fäuste rissen ihn hoch, trugen ihn fast und schleiften ihn fort. Tiefer ging es, Stufen hinab in die Unergründlichkeit des Gemäuers. Was hatte Spinner-Franz gesagt? Nach unten, wo die Seelen der sündigen Christen geisterten und das Reich Luzifers begann? Schwachsinn!

Ein Knacken unterbrach Klingenthals Gedankenfetzen. Es war aus den steinernen Bodenplatten unter ihm gekommen. Die Kirche öffnete sich, um ihn zu verschlingen! Lähmendes Entsetzen packte ihn, doch er kämpfte es nieder. Lächerlich, ein Knacken nur, was bedeutete das schon, bleib ruhig, das alles ist nur ein Scherz, sagte er sich, während sein Körper gestoßen, getragen, getreten wurde. Aber wozu das alles, wozu? »Wozu das alles, Franz, was habe ich dir getan?«

»Du hast dich mir als Opfer aufgedrängt, als Opfer für Luzifer!

Luzifer, du Herrlicher, wir beten dich an!
Einzig bist du, einzig warst du,
einzig wirst du immer sein!
Dir wollen wir opfern,
auf dass du uns Speise und Trank
bis in alle Ewigkeiten schenkst.
Wein und Bier und Schnaps,
Alkohol in Strömen,
Jesusblut, Judenblut, Tyrannenblut,
denn wer dir huldigt,
wird niemals Durst leiden …«

Spinner-Franz musste komplett verrückt geworden sein! Was faselte er da von Alkohol? Doch halt! Klingenthal begann zu ahnen, wie es Spinner-Franz gelungen war, sich der Hilfe von Pocke und seinen Saufkumpanen zu versichern. Er wollte etwas sagen, wollte klarmachen, welch blühenden Unsinn der Verrückte versprach, aber er kam nicht mehr dazu. Er wurde unsanft fallen gelassen. Der Boden, auf dem er landete, war schleimig und feucht. Er konnte nichts sehen, nur die schemenhafte Helligkeit einer Laterne, die durch den dichten Stoff des Sacks drang.

»Zum letzten Mal, Franz, lass mich frei!«

Spinner-Franz kicherte nur. »Im Gegenteil, du bist am Ende deiner Reise angekommen, du bist für alle Zeiten gefangen, und weißt du, wer dein Wärter sein wird? Die Kirche wird's sein, die heilige Mutter Kirche! Sie wird sich auf dich legen wie eine Glucke, sie wird schwerer und schwerer werden, sie wird dir den Atem nehmen, sie wird dir den Brustkorb sprengen, langsam, stetig, unter dem Gelächter von Luzifer, der sich selbst *Refizul* oder *Natas* oder *Lefuet* nennt, und irgendwann wird Luzifer nicht mehr lachen, er wird dich holen, er wird sich deiner Seele bemächtigen, denn als Jud bist du in einer Christenkirche ungeschützt.«

Klingenthal durchlitt eine Mixtur extremer Gefühle. Wut, Angst, Ohnmacht, Belustigung und wieder Wut, alles das verspürte er in wenigen Sekunden. »Franz, wach auf, komm zu dir!«, schrie er, so laut er konnte, in der Hoffnung, dadurch die Mauer aus Wahnsinn und Irrsinn niederzureißen.

»Schiebt ihn unter den Grundstein«, sagte Spinner-Franz.

Klingenthal spürte, wie er der Länge nach unter eine

Steinplatte gedrückt wurde. Er kam sich hilflos vor wie eine Mumie. Was hatte Spinner-Franz gesagt? Grundstein? Der Grundstein war der unterste Stein eines jeden Gebäudes, darunter kam nichts, nur das Erdreich und in diesem Fall – er. Das ganze Bauwerk lastete auf ihm! Klingenthal würgte, ihm wurde übel vor Angst, wie von Sinnen begann er, um sich zu schlagen, doch der Sack verhinderte es und verstärkte seine Panik nur. »Franz, bitte, bitte!«, heulte er. »Raus, raus, lass mich raus!« Er wollte den Kopf hochreißen, doch nicht einmal das gelang, denn er war so eingeklemmt, dass die Steinplatte ihm die Nase eindrückte.

»Ihr könnt jetzt abhauen«, sagte Spinner-Franz zu seinen Kumpanen.

Schritte entfernten sich. Klingenthal dachte schon, auch der Verrückte wäre fort, da hörte er ihn wieder: »Unter dem Grundstein ist ’ne Ausschachtung. Einen Fuß ist die tief. Darin liegst du jetzt, Jude. Die Ausschachtung brauchen sie, um das Absenken der Kirche messen zu können. Die Leute sagen, sie wär in diesem Jahr schon einen halben Zoll abgesackt, das heißt, jeden Tag, jede Stunde ein bisschen. Ich sag das nur, damit du genau weißt, was auf dich zukommt. Und ich sag dir noch was: Vielleicht hast du Glück, und jemand findet dich hier unten, vielleicht hast du Pech, und niemand findet dich hier unten, ich glaub, dich wird niemals jemand finden. In jedem Fall sollst du wissen, dass ich die Morde nicht begangen hab. Ich hab einen großen Mann gesehen, ja, der hat dem Mewes nachts die Hand abgehackt, und wie ich das gesehen hab, bin ich vor Schreck stiften gegangen. Später bin ich wiedergekommen und hab nur noch die Hand da liegen sehen. Hab sie gleich mitgenommen, weil ich ja wusste, dass der Conatus immer so komische Experimente macht. Aber ich konnt sie ihm nicht verkaufen, weil er verreist war. Als er wieder da war, hat er mir dafür drei Taler gegeben. Das ist alles. Nun denk, was du willst, ich jedenfalls war's nicht.«

»Du ... bist nicht verrückt? Du tust nur immer so!«

»Denk, was du willst, ich denk, was ich will, und ich denk, du bist ein schlaues Köpfchen, zu schlau für meine Begriffe, gefährlich schlau, ich will nicht, dass du mich dem Henker auslieferst, nur weil ich eine Hand verkauft hab.«

»Lass mich raus, ich glaube dir.«

»Nee, ich trau dir nicht, ich trau keinem, ich hab schon mehr Kerle am Galgen baumeln sehen, als mir lieb ist, und ich will selber nicht der Nächste sein, nee, nee, bleib du mal schön, wo du bist.«

Spinner-Franz ging. Das schemenhafte Licht verblasste. Klingenthal war eingeschlossen von völliger Dunkelheit. Sosehr er seine Augen auch anstrengte, er sah nur Schwärze. Dafür hörte er etwas. Ein neues Knacken. Es erklang über ihm. Es kam direkt aus dem Grundstein. Klingenthal zitterte vor Angst, seine Zähne schlugen aufeinander wie Trommelschlegel. Bildete er es sich ein, oder war die Kirche, dieses riesige, gewaltige Stein-Ungetüm, eine Winzigkeit tiefer gerutscht? Er versuchte zu atmen, aber er bekam kaum Luft. Luft, Luft! Wenn er doch nur einmal richtig durchatmen könnte! Ein Juckreiz entstand auf seiner rechten Wange, er erinnerte sich, dass in dunklen Gemäuern unter Tage Insekten lebten, winzige weiße, pigmentfreie Krabbeltiere, die auf der Jagd nach Nahrung waren – auf der Jagd nach ihm?

»Oh Allmächtiger, deine Barmherzigkeit sei gepriesen, warum lässt du mich nicht hier heraus? Hörst du mich überhaupt, Gott? Kannst du mich in einem Haus hören, das keine Synagoge ist? Wie laut muss ich schreien, damit du mich hörst? Muss ich überhaupt schreien? Ein gnädiger Gott nimmt doch alles wahr, überall, bist du gnädig, wirst du gnädig sein? Oh Gott, so hilf mir doch!«

Klingenthal versuchte, die rechte Wange gegen die Steinplatte zu pressen und gleichzeitig den Kopf zu bewegen. Es gelang kaum, doch immerhin ließ der Juckreiz etwas nach.

Wieder das Knacken. Klingenthal wimmerte. Und noch ein Knacken. Es kam von unten, aus der Tiefe der Erde. Ich werde wahnsinnig! Ich werde wahnsinnig!

»Du wirst nicht wahnsinnig, mien Jung«, sagte der Schiffer. »Erinner dich an die Stürme in der Biscaya, die du abgewettert hast, sechs Tage und sechs Nächte lang blies dir der Orkan um die Ohren, alle Segel zerfetzt, alle Fracht über Bord, da hast du auch gedacht, die Fische würden dich holen, aber sie haben dich nicht geholt, weil deine Zeit noch nicht gekommen war, und zwei Tage später warst du in La Rochelle und hast den französischen Mädels den Vormast gezeigt.«

Klingenthal beruhigte sich ein wenig.

»Oder denk daran, wie wir dem Feind in die Falle gegangen sind«, sagte der Söldner. »Du warst noch grün hinter den Ohren und hattest gehörig die Hosen voll, aber du hast den Kopf nicht hängen lassen und wie ein Alter gekämpft. Den ganzen Tag dauerte die Schlacht, immer neue Angreifer stürmten von den Bergen runter, und am Ende wussten wir kaum mehr, wer Feind und wer Freund war, so hatte der Pulverdampf uns die Schnauzen geschwärzt. Da dachtest du auch schon, du würdest ins Gras beißen, aber es kam anders. Unsere Ersatztruppen rückten an und hauten uns raus, merk dir: Es gibt immer einen Ausweg, man muss nur dran glauben.«

»Oder«, sagte die Magd, »denk an die Stunden, als du jung warst und zwischen meinen Brüsten schliefst, du durftest sie anfassen und schmecken und später, da durftest du sogar noch mehr – einmal jedenfalls, ein erstes Mal. Egal, was kommt, es war schön, und niemand wird dir die Erinnerung nehmen können.«

»Denk an die Farben, die wundervollen Farben der Stoffe, und an die herrlichen Düfte«, sagte das Burgfräulein. »Die Stoffe waren marineblau, jadegrün und rosarot. Am liebsten aber trug Demoiselle von Ratorff Rosa, ein schönes, lichtes Rosa, einmal jedoch trug sie ein Sommerhabit in einer Farbe, die sich *Ägyptische Erde* nannte. Du mochtest den Ton nicht, jedenfalls nicht sehr, aber du wurdest entschädigt durch das verführerische Parfüm, das deine Angehimmelte trug: Es hieß *Agua di Colonia* und war nach einer Rezeptur der Katharina von Medici gemischt. Denk an die Stoffe, die ihren Körper umschmeichelten, an Seide, Musselin, Batist, Brokat und Taffet, denk an alles das und an die leuchtenden Farben dazu, leuchtender und schöner, als der schönste Regenbogen es wiederzugeben vermag, nun, geht es dir da nicht gleich besser?«

»Vergiss nicht den Blitz, der dich einmal fast erschlagen hätte«, sagte der Landmann. »Du standest auf einem Kartoffelfeld, hattest den Pflug zur Seite gelegt und wolltest das Mittagsbrot einnehmen, als es plötzlich über dir blitzte und donnerte. Du gingst zu dem einzigen Baum auf dem Feld und hattest Glück, denn es war eine Buche. ›Die

Buchen sollst du suchen‹, so heißt die alte Bauernregel bei Gewitter. Du stelltest dich unter den Baum, und der Blitz schlug ein. Der Baum brannte lichterloh und war am Schluss nur ein schwarzer Strunk, aber dir wurde kein Haar gekrümmt. Nimm das als gutes Zeichen, wirf nicht die Flinte ins Korn, das Brot deines Lebens ist noch lange nicht gegessen.«

»Ja«, flüsterte Klingenthal, »vielleicht.«

»Du hast vieles in deinem Leben gemacht«, sagte der Schultheiß. »Ich glaube, neben der Kunst des Bauchredens hat dir am meisten die Medizin zugesagt. Die eine Kunst hält die Menschen am Leben, die andere bringt ihnen das Lachen nahe, beide sind gleich wichtig, und du beherrschst beide meisterhaft. Da wäre es ein Frevel, wenn du dich aufgibst, denk an die Menschen, die dich noch brauchen, denk nicht an dich, denk nicht an jetzt, denk einfach, es wird weitergehen. Du hast vorhin Gott angerufen und an ihm gezweifelt. Bedenke: Der Christengott ist auch der Judengott, und der Judengott der Christengott, beide verlangen die Einhaltung der zehn Gebote, und in den sechshundertdreizehn hebräischen Buchstaben, aus denen die zehn Gebote bestehen, liegt ein geheimnisvoller Sinn, der Sinn, dass alles göttlich und nichts dem Zufall überlassen ist, denn die Quersumme von sechshundertdreizehn ist wiederum zehn. Glaube daran, so oder so wird dein Gott dich erhören.«

»Ja«, flüsterte Klingenthal wieder, »vielleicht.«

»Schlafe ein wenig, das ist das Vernünftigste, was du machen kannst.«

»Unmöglich, der Schlaf ist der Bruder des Todes!«

Doch es war möglich.

Irgendwann zwischen dem Knacken der Kirche und

den Schauern der Angst fiel Klingenthal in einen unruhigen Schlummer.

Als Klingenthal erwachte, wusste er zunächst nicht, wo er war. Er schlug die Augen auf und sah nichts. Da fiel ihm alles wieder ein, und er stöhnte auf. Noch immer lag er der Länge nach unter dem Grundstein und konnte sich weder rücken noch rühren.

Wieder knackte es. Klingenthal zuckte zusammen, an irgendeiner Stelle gab das alte Gemäuer erneut nach. Aber wo? Er sagte sich, dass es letztlich egal sei, früher oder später würden die Gesteinsmassen ihn sowieso zerquetschen, es war nur eine Frage der Zeit. Wie viel Zeit ihm wohl noch blieb?

Spinner-Franz, dieser Wahnwitzige, hatte gesagt, die Kirche wäre in diesem Jahr schon einen halben Zoll abgesunken, ein halber Zoll, das klang viel, aber war es auch viel? Klingenthal rief sich ins Gedächtnis, dass der Nagel seines kleinen Fingers ungefähr so lang sein mochte und dass die Absenkung im Verlaufe von fast elf Monaten zustande gekommen war, denn man schrieb bereits Ende November. Das bedeutete: über dreihundert Tage hatte der Grundstein gebraucht, um sich eine Kleinigkeit nach unten zu bewegen. Wenn das so war, konnte er dem Druck vielleicht länger widerstehen. Hundert Tage, zweihundert Tage? Lächerliche Rechnereien! Nach spätestens sieben Tagen würde er sowieso verdurstet sein.

Verdurstet? Klingenthal ertappte sich dabei, dass der Gedanke ihm kaum unangenehm war. Lieber sterben, als in dieser steinernen Umklammerung zugrunde gehen, lieber sterben, als sich in schwärzester Finsternis nach einem Funken Licht zu sehnen!

Um ihn herum begann es wieder zu knacken. Es schien so, als wollten die Mauern ihm sagen: Warte nur, Klingenthal, sei unbesorgt – knack! Wir kommen näher, mit jedem Mal ein bisschen mehr – knack! Du bleibst, wo du bist, denn du kannst nicht fort, du entrinnst uns nicht, du bist unser, unser, unser – knack!

Klingenthal keuchte, Kälteschauer durchliefen seinen Körper, er spürte, wie er abermals die Kontrolle über sich zu verlieren drohte. Vernunft, Vernunft, so bleib doch bei mir, wer tröstet mich, wer spricht zu mir? Schiffer, Söldner, Magd, Burgfräulein, Landmann, Schultheiß, wo seid ihr?

Doch die Puppen meldeten sich nicht. Sie waren verschwunden. Hatte Spinner-Franz den Karren fortgeschoben? Egal, sie mussten trotzdem da sein, sie waren immer da, wo waren sie nur? Klingenthal wurde zunehmend unruhiger, sie mussten da sein! Sie waren doch er, und er war sie. Schiffer, Söldner, Magd, Burgfräulein, Landmann, Schultheiß, wo seid ihr?

Wo seid ihr, wo seid ihr?

»LASST MICH NICHT ALLEIN!«

Wer Wind sät, wird Sturm ernten, seine Saat soll nicht aufgehen und …

Johannes, der Riese, schlief tief und fest. Er träumte davon, für immer schlafen zu können, weil er dann für immer Ruhe vor dem Kind haben würde, doch es kam, wie es stets kam: Ehe er sich's versah, war das Kind schon da und halb in ihm. Er zuckte zusammen, er kämpfte, denn er durfte dem Kind nicht seinen Willen lassen. Wenn das Kind erst einmal in ihm war, hatte es vollständige Macht über ihn – und eine neue Aufgabe musste bewältigt werden.

Johannes schüttelte sich, sein Körper wurde steif, seine Kinnladen mahlten, sein Blick wurde starr. Je steifer er war, desto schwerer würde das Kind es haben, sich seiner zu bemächtigen. Johannes suchte sein Heil in der Flucht, noch weiter, noch tiefer ins Innere floh er, denn er hoffte, das Kind könnte ihm bis dahin nicht folgen. Und er hoffte, der andere, der Vernünftige, der auch noch da war, würde ihm helfen und ihn von dem Kind befreien, doch der andere war nicht anwesend. Wo war er nur? War er nicht im Inneren, war er wieder draußen in der Welt, in der er sich so unwohl fühlte? Da war das Kind schon wieder, es war nicht abzuschütteln, war wie eine Zecke, spie man es aus, war der Kopf noch immer da.

Johannes fragte, was es wolle, und es antwortete, es wolle das, was es immer wolle. Aber vielleicht wäre es das letzte Mal, dass es das wolle. Er solle nur mit Mut und Entschlossenheit an die besondere Aufgabe herangehen, dann würde er sie auch meistern – wie immer bisher.

Johannes, der Riese, gab nach, es hatte keinen Zweck, sich zu wehren.

Er nahm die Aufgabe an.

Obwohl sie diesmal doppelt schwer war.

»Siehe, lobet den Herrn, alle Knechte des Herrn,
die ihr stehet des Nachts im Hause des Herrn.
Hebet eure Hände auf im Heiligtum
und lobet den Herrn.
Der Herr segne dich aus Zion,
der Himmel und Erde gemacht hat …«

Wie durch einen Nebel hörte Klingenthal die Stimme, die so inbrünstig den hundertvierunddreißigsten Psalm betete, und er brauchte mehrere Augenblicke, um zu erkennen, wem sie gehörte. Es war seine eigene.

Er kam vollends zu sich und spürte: Gott selbst ließ ihn die ehernen, immerwährenden Verse sprechen, die am Anfang eines jeden jüdischen Abendgebets standen. Herr, deine Güte sei gepriesen, du hast mir Kraft gegeben, den *Majrew* zu beten und die Todesschwärze um mich herum zu ertragen!

Klingenthal atmete tief durch, so weit die Enge es zuließ. Wie lange war es her, dass er vergebens nach seinen Lieblingen gerufen hatte? Er wusste es nicht. Wie lange hatte er geschlafen? Er wusste es nicht. Er wusste gar nichts.

Nur, dass er nicht verzweifeln durfte.

Er versuchte, seine Gedanken zu ordnen und ein Zeitgefühl zu entwickeln. Es gelang ihm nicht. Das Einzige, was ihm gelang, war, die völlige Finsternis zu vergessen – und diese in Farbe zu tauchen. Seltsamerweise ging das nur mit geschlossenen Lidern. Immer dann, wenn er sie schloss, kamen die Bilder der Vergangenheit hoch. Sie stammten aus vielen Jahren und zeigten gute wie böse Stunden. Mit Sorgfalt wählte er nur die schönsten Bilder aus und ließ sie passieren.

Die Geburt seines jüngsten Bruders war dabei: Unvergessen der Augenblick, als er und seine Geschwister nach Stunden des Wartens endlich in die Gebärstube gerufen wurden und die Mutter sie dort, glücklich lächelnd und im Arm das Neugeborene haltend, begrüßt hatte. Ein neuer Erdenbürger hatte das Licht der Welt erblickt, mit puterrotem Gesichtchen, zahnlos, zappelnd, zeternd. Das Wunder des Lebens, an diesem Tag hatte er es zum ersten Mal verstanden …

Die Sonnenuntergänge auf dem Meer waren dabei: Unvergessen die Abende, als unter ihm leise das Deck sich wiegte und über ihm sich Kaskaden von wuchtigen Wolken türmten, von dunkelblau bis violett bis hin zu orange, und dazwischen, glutrot flimmernd, das majestätisch in den Horizont eintauchende Himmelsgestirn. Niemals hatte er sich Gott näher gefühlt, niemals hatte er so viel Demut empfunden …

Der Vormittag im Hospital war dabei: Unvergessen die bange Erwartung, als er dem Patienten nach Wochen den Verband vom Arm genommen hatte. Es war ein Splitterbruch gewesen, offen und kompliziert und mit der Bruchlade behandelt, und die Heilung hatte keineswegs als selbstverständlich gegolten, aber der Kranke hatte den Arm langsam, ganz langsam zum ersten Mal wieder bewegen können. Sein Lächeln war der schönste Lohn gewesen …

Der Handschlag mit Zacharias Neuberger, dem Puppenmacher, war dabei: Unvergessen die Erregung, als er seine erste Figur aus feinster Schafwolle und bestem Ziegenleder fertig gestellt hatte. Es war eine männliche Puppe gewesen, und er hatte sie nach reiflicher Überlegung Schultheiß genannt. Gut gelungen war sie, mit freundlichem, gütigem Gesichtsausdruck und wohlgeratenen Gliedmaßen. Er hatte ihr eine Amtstracht genäht und eine Kette um den Hals gehängt, und obwohl er alles bis ins Kleinste selbst gemacht hatte, war sie ihm zunächst ein wenig fremd vorgekommen. Später dann nicht mehr, als sie ihm ans Herz gewachsen war. Der Schultheiß, der so gerne Arzt geworden wäre …

Die Nacht mit Alena war dabei: Unvergessen der Sturm der Gefühle, als er mit ihr oben auf dem Wagen gelegen hatte. Er hatte alle seine Puppen zur Seite geschoben, hastig und mit schlechtem Gewissen und zum ersten Mal überhaupt, und er hatte nur Alenas Augen gesehen, ihre Augen waren es, die ihn von Anfang an verzaubert hatten, es waren magische Augen, tief wie ein Bergsee, lieblich wie eine Sommerwiese, unergründlich wie ein Lächeln. Und schöner sogar noch als die der Magd. Fast hätte er über ihren Augen ihren Körper vergessen …

Vergessen. Wenn er doch nur vergessen könnte! Nein, er war nicht hier, er wollte nicht hier sein, er war ganz woanders, oben, zu ebener Erde, oben in der Kirche, er ging durch den schmalen Gang zwischen den Bänken, den er vor gar nicht langer Zeit zähneknirschend unter Caspars Anleitung gefegt hatte, er kam am Opferstock vorbei und trat durch die Flügeltür hinaus in die Freiheit, hinter sich die Orgel und den Chor der Gläubigen hörend:

Nun danket alle Gott
mit Herzen, Mund und Händen …

Er stutzte. Bildete er sich den Gesang nur ein, oder fand er tatsächlich statt? Er lauschte angestrengt.

Er fand tatsächlich statt! Kein Zweifel! Was bedeutete das? Über ihm wurde Gottesdienst abgehalten, es musste Sonntagvormittag sein. War bereits so viel Zeit vergangen? Das konnte nicht sein? Oder doch? Ja … Jaaa!

Er wollte sich mit aller Kraft aufrichten und kam doch kein Jota höher. »Hilfe! Hiiilfe!«

Er wusste später nicht, wie lange und wie oft er gerufen hatte, aber irgendwann hörte er Schritte, die sich näherten. Jemand kam die Treppen herunter. Quälende Augenblicke vergingen. »Hilfe, hierher! Ich liege unter dem Grundstein! Hierher, unter dem Grundstein liege ich! So kommt doch endlich!«

Die Schritte verhielten kurz vor ihm.

»Hilfe, befreit mich, so befreit mich doch, bitte, bitte!« Im Bewusstsein der nahenden Rettung brachen bei ihm alle Dämme, und er begann, hemmungslos wie ein Kind zu schluchzen.

»Bei den neun Schwänzen des Gehörnten!«, sagte Spinner-Franz. »Du bist ja immer noch da!«

Dorothea Sutter, die Frau des Braumeisters Erich Sutter aus Steinfurth, rückte zum wiederholten Male ihre Kopfbedeckung zurecht. Es handelte sich um eine Zier, der ihr ganzer Stolz galt: eine original französische *Bergére* mit kobaltblauer Einfassung, die gut zu dem Flaschengrün ihres Reisemantelets und dem Taubenblau ihres Reifrocks passte. *Haube im Haus, Hut auf der Straße* – nach diesem Leitspruch handelte die modebewusste Dame in den letzten Jahren, und Dorothea Sutter wünschte sich nichts so sehr auf dieser Welt, wie eine modebewusste Dame zu sein.

Dabei gehörte sie zu jenem Typus Frau, der anziehen konnte, was er wollte – und dennoch immer ein wenig bäurisch wirkte. Aber das wusste Dorothea nicht, und es war vielleicht auch besser so.

»Autsch!« Da war die Kutsche schon wieder über einen Stein geholpert und hatte ihr den Kopfputz verschoben. Sie rückte ihn abermals zurecht, wobei sie elegant den kleinen Finger abspreizte, und seufzte. »*Mon dieu*, hoffentlich sind wir bald in Steinfurth, nicht wahr, Kinder?«

Doch ihre drei Kinder, fünf, sieben und zwölf Jahre alt, antworteten nicht. Die beiden jüngeren Knaben, weil sie trotz der ständigen Ruckelei eingeschlummert waren, die zwölfjährige Tochter, weil sie ihre Trotzphase hatte. Es war in letzter Zeit nicht einfach mit ihr, weil sie bei allem und jedem Widerworte hatte, besonders ihrem Vater gegenüber, der dafür keinerlei Verständnis zeigte und ihr, wenn sie gar zu bockig war, ein paar kräftige Maulschellen zu verabreichen pflegte.

Vor der Reise zu ihrer Schwester, daran erinnerte Dorothea sich nur allzu gut, hatte die Tochter ein geschwollenes Auge gehabt und sich geweigert, auf die Straße zu gehen.

Gottlob war das Auge in den letzten Tagen abgeschwollen, und die Leute hatten keinen Grund mehr, hinter der vorgehaltenen Hand zu tuscheln. Ein paar Schläge hatten noch niemandem geschadet, am allerwenigsten einem widerborstigen Kind, da war Dorothea Sutter ganz der Meinung ihres Mannes.

Sie war stolz auf ihn und nannte ihn *Maître de Brasserie* und *Mon cher*. Er hatte es in wenigen Jahren vom einfachen Brauerknecht zum -meister gebracht und war eine angesehene Persönlichkeit in der Stadt. Nun ja, manchmal hieß es, er sei aufbrausend und jähzornig, was nicht ganz aus der Luft gegriffen war, wie sie selbst schon am eigenen Leibe erfahren hatte. Aber sie wusste damit umzugehen. Bevor er gegen sie die Hand hob, überlegte er es sich zweimal, denn er wusste, was ihn in diesem Fall erwartete: ein strikter Entzug der Liebesfreuden. Und da er zu großer Leidenschaft neigte, war dies für ihn die strengste Bestrafung.

Vielleicht strafte er dafür seine Kinder umso mehr.

Aber er war kein Knauserer. Nein, beileibe nicht, besonders, wenn sie ihm das gewährte, was er sooft wünschte. Mademoiselle Cheveux, eine sehr begabte französische Schneiderin, die ein Atelier in der Nähe des Uhlenmarkts unterhielt, nähte ganz entzückende Teile, wirklich ganz entzückend! *Chemise, Panier, Jupe, Contouche* oder ein *Manteau de Lit*, selbstverständlich aus Seide, das waren Dinge, die sie sich noch wünschte und die nicht ganz billig waren. Erich, ihr *Maître de Brasserie*, würde sie ihr kaufen, schließlich hatten sie nur drei Kinder, und der Gerstensaft, den er braute, brachte ihm gutes Geld ein.

Wie er wohl die Zeit ohne sie ausgekommen war? Es gab einige Frauenzimmer in der Stadt, die einen zweifelhaften Ruf genossen und für ihr Luderleben bekannt waren. Doch egal, der Gedanke sollte sie nicht weiter anfechten, denn jetzt bog die Kutsche schon auf den Uhlenmarkt ein, wodurch das erst vor kurzem erworbene Sutter'sche Haus, das nahe in einer Seitengasse stand, ins Blickfeld rückte. Die Knaben waren mittlerweile wach geworden und machten lange Hälse, und die Tochter, der Trotzkopf, wirkte ein wenig zugänglicher, Gott sei gelobt und gepriesen!

Dorothea reichte dem Kutscher, der ihr beim Aussteigen behilflich war, die Hand und setzte den Fuß aufs Trottoir. Dann grüßte sie kurz – schließlich handelte es sich nur um einen Kutscher – und wandte sich der Haustür zu. Die Kinder folgten ihr, während das Gepäck schon abgeladen wurde. Nur dumm, dass sie der Küchenmagd freigegeben hatte, sonst hätte sie jetzt ein Mittagsmahl erwartet.

Es würde auch so gehen. Dorothea schloss die Haustür eigenhändig auf und betrat die kühle Vorhalle. Es roch etwas muffig, höchste Zeit, dass die Fenster aufgerissen wurden. Nun, das konnte die Magd auch später noch erledigen. »Kinder«, rief sie, »geht erst mal in eure Zimmer, ich will sehen, ob der Vater eine Nachricht in seinem Rauchsalon hinterlassen hat.«

Wie erwartet, erhielt sie keine Antwort. »Wir sehen uns nachher in der Küche!« Dorothea löste ihr Hutband und ging durch die schwarzweiß geflieste Halle bis zur Tür des angestrebten Raumes. Dort drehte sie sich noch einmal um: »Habt ihr mir überhaupt zugehört? Wir sehen uns nachher in der Küche!«

Keine Antwort. Die Kinder schienen bereits hinauf in den ersten Stock gerannt zu sein. Kopfschüttelnd wollte sie die Tür öffnen, aber durch die Bewegung machte ihr *Bergére* sich selbstständig und segelte auf den Boden.

Zu ärgerlich! Sie unterdrückte eine Verwünschung, denn derartiges Gebaren ziemte sich nicht für eine Dame, und bückte sich nach dem Kopfputz. Hoffentlich hatte er keinen Dreck abbekommen! Sie nahm ihn auf und runzelte die Brauen. Die Unterseite war ja ganz rot! Das war doch …?

Dorothea stieß einen spitzen Schrei aus, vergaß alle französischen Floskeln und starrte auf das Blut, das unter der Tür hindurchgelaufen war. Der Hut fiel abermals zu Boden, Dorothea bemerkte es nicht, sie stürmte in den Rauchsalon und wäre fast der Länge nach hingeschlagen. Blut, Blut, glitschiges Blut! Eine breite Spur, die in einer riesigen Lache endete!

Und in der riesigen Lache lag ein Bein.

Dahinter etwas, das aussah wie eine Axt.

Abermals schrie Dorothea auf, lauter als zuvor, und dann noch ein drittes Mal, denn sie hatte ihren Mann entdeckt. Er lag gekrümmt in der Ecke neben seinem Lieblingssessel und bot einen grauenhaften Anblick. Die Hände hatte er um den blutigen Beinstumpf gekrallt, fast so, als wolle er dadurch den Blutfluss stillen, sein Mund war wie zum Schrei geöffnet, und seine Augen standen ebenfalls weit offen. Wenn sein sonst so rotes Gesicht nicht leichenblass gewesen wäre und sein Körper nicht so totenstarr, hätte man ihn durchaus für lebend halten können.

Dorothea sank in eine gnädige Ohnmacht.

Klingenthal war wieder mit seinen Puppen vereint. Er lag oben auf dem Karren, der im Geräteschuppen stand. Alles war wie früher, wenn man von seinem geschwächten Zustand einmal absah. Die feuchte Kälte in den Tiefen von Sankt Johannis steckte ihm noch immer in den Knochen, lähmte ihm Arme und Beine und auch den Verstand. Oder stimmte es wirklich, dass in diesem Moment Alena durch die Tür schlüpfte?

»Ich habe dir Tee gebracht«, sagte Alena.

Es stimmte!

Ein nie gekanntes Glücksgefühl durchströmte Klingenthal. Alena war bei ihm und brachte ihm Tee. Und er war gerettet! »Wie habt ihr mich gerettet?«, fragte er.

»Nimm erst mal einen Schluck.« Alena kletterte zu ihm auf den Wagen und schob ihm einen dampfenden Becher unters Kinn. Es blieb ihm nichts anderes übrig, als pustend und schlürfend die stärkende Flüssigkeit zu trinken.

»Wie habt ihr mich gerettet?«, fragte er abermals.

»Ein Junge aus der Nachbarschaft kam nach dem Gottesdienst zum Pastor und behauptete, du lägest zu Füßen der Kirche. Der Pastor hielt es zunächst für einen Scherz, aber der Junge war hartnäckig, er wiederholte immer wieder den einen Satz: ›Der Bauchredner liegt zu Füßen der Kirche.‹ Schließlich fragte der Pastor ihn, woher er das wisse, aber da drehte er sich um und lief weg. ›Wenn ich's sag, werd ich verdammt!‹, rief er. Dann war er verschwunden.«

Klingenthal kam die Erinnerung wieder. Der grauenvolle Moment, als Spinner-Franz ihn gefragt hatte, ob er noch immer da sei, der Moment, als die Hoffnung auf Rettung wie ein Gasgemisch verpuffte. Welch ein Hohn! Er hatte aufschreien wollen, den Peiniger verfluchen wollen, ihn zur Hölle schicken wollen, doch er hatte nur gelacht. Gelacht hatte er voll irrer Verzweiflung, gerade so, als wäre Lachen ein Ausdruck von tiefster Seelenqual.

Er hatte gelacht und gelacht, er wusste nicht mehr, wie lange, denn abermals war ihm jegliches Zeitgefühl abhandengekommen. Später – wie durch ein Wunder – waren die Puppen wieder bei ihm gewesen und hatten mit ihm gelacht, alle nacheinander, jede auf ihre Art, und der Schultheiß hatte sie zu beruhigen versucht.

Er war es auch, der als Erster wahrgenommen hatte, dass Spinner-Franz' Stimme verändert klang und sich anhörte wie die von Pastor Matthies.

»Großer Gott, seid Ihr es wirklich, Meister Klingenthal?«, hatte Matthies gerufen. »Was macht Ihr hier? Wie kommt Ihr nur hierher?«

Klingenthal trank einen weiteren Schluck Tee. »Wo ist der Pastor?«, fragte er.

»Es ist Sonntag, er nimmt gerade eine Taufe vor. Glücklicherweise wird in dieser Stadt nicht nur gemordet, sondern auch geboren.«

Klingenthal nickte. Die Morde. Sicher gab es keine neuen Erkenntnisse, aber ihm war ohnehin nicht danach zumute, über das leidige Thema zu reden. »Ich habe mich sehr dumm benommen, Alena, ich meine, die Nacht auf dem Wagen, es … es tut mir so Leid.«

Alena antwortete nicht.

Er versuchte, in ihrem Gesicht zu lesen, ob sie ihm noch böse war, aber in ihren Augen erkannte er nur Trauer.

»Ich meine, wir sollten uns wieder vertragen.«

Alena nahm den Becher an sich. »Willst du noch einen Tee?«

»Nein, ich will keinen Tee, ich will mich mit dir vertragen. Lass uns einen Strich unter das Geschehene machen, schließlich hast du mit dem Pastor ja auch nicht nur Händchen gehalten.«

»Du hast mich sehr verletzt, und das mit dem Pastor hatte nichts zu bedeuten.«

»Es hatte nichts zu bedeuten?«

»Was hatte nichts zu bedeuten?« Matthies stand in der Schuppentür, groß, hager und leutselig.

»Nichts.« Klingenthal und Alena sagten es wie aus einem Munde.

Der Pastor lachte. »Lieber Meister, Ihr habt doch wohl keine Geheimnisse vor mir? Nun, egal, Hauptsache, es geht Euch wieder besser. Ich muss gestehen, Ihr habt mir einen schönen Schrecken eingejagt, als Ihr da so tief unter dem Grundstein meiner Kirche lagt. Sagt, welcher gewissenlose Schurke hat Euch in diese lebensgefährliche Lage gebracht?«

Klingenthal zögerte. Sollte er sagen, dass es Spinner-Franz gewesen war? Nein, das wäre sinnlos. Sicher war der Verrückte bereits über alle Berge, und selbst wenn man ihn schnappte, würde er so konfuses Zeug reden, dass niemand ihn für zurechnungsfähig hielt. »Ich weiß es nicht«, sagte er.

»Aber, aber, das kann ich nicht glauben. Es müssen doch mehrere Männer gewesen sein, die Euch den Sack übergestreift haben, einer allein hätte es wohl kaum geschafft. Mehrere Männer sprechen doch miteinander oder verständigen sich durch Zuruf! Habt Ihr wirklich nicht den kleinsten Hinweis erhalten? Nichts, gar nichts?«

»So ist es«, sagte Klingenthal. »Leider.«

»Nun, dann lässt sich's nicht ändern. Sicher wart Ihr auch viel zu aufgeregt, um irgendetwas zu bemerken. Hör mal, Alena, hol dem Meister doch noch einen Becher Tee, ich glaube, er kann ihn brauchen.«

Alena gehorchte.

Als sie gegangen war, fuhr Matthies fort: »In jedem Fall ist festzustellen, dass jemand es auf Euch abgesehen hat. Glaubt Ihr, dass Rüterbusch, der Verblendete, hinter der Sache stecken könnte?«

»Nein, das glaube ich nicht«, sagte Klingenthal mit Bestimmtheit, denn er dachte an die Höhle, in der Rüterbusch gefangen gehalten wurde.

»Aber irgendetwas ist mit dem Mann los. Seit Tagen wurde er nicht mehr gesehen, von niemandem! Wer weiß, wo er sich herumtreibt. Dasselbe gilt für Krassmann. Erst gestern erzählte mir Vock, Krassmann wäre wie vom Erdboden verschluckt. Da stimmt doch etwas nicht!«

»Vielleicht gibt es für alles eine ganz einfache Erklärung.«

»Meint Ihr?« Matthies' Stimme war zu entnehmen, dass er nicht daran glaubte. »Ah, da bist du ja schon wieder, Alena, gib mir nur den Becher, ich reiche ihn dann weiter, danke, und nun sei so gut und lass uns noch ein wenig allein.«

Matthies stellte den Becher auf den Wagenrand und hüstelte. »Wie gesagt, irgendetwas stimmt da nicht, sonst wäre es nicht zu der neuerlichen Bluttat gekommen.«

»Bluttat, welche Bluttat?« Wie elektrisiert fuhr Klingenthal von seinem Lager hoch, wurde aber von Matthies zurückgedrängt.

»Beruhigt Euch, ich wollte Euch nicht aufregen, und doch werde ich es wohl tun müssen, wenn ich davon erzähle.«

»Ich bestehe darauf.«

»Nun, es ist tatsächlich ein weiterer Mord passiert. In der letzten Nacht war es, der Braumeister Sutter ist das Opfer. Ich war vorhin bei ihm, er wohnt – oh, ich muss wohl sagen, er wohnte – in der Gasse Beim Weber, unweit des Uhlenmarkts. Er lag im Rauchsalon, direkt neben dem Sessel und dem Rauchtischchen. Es war ein abscheulicher Anblick, das kann ich Euch versichern, wie auf einem Schlachthof. Das linke Bein hatte der Mörder ihm abgehackt, direkt unterhalb der Leiste, und alles war voller Blut. Es blieb mir nichts anderes übrig, als ein Gebet für das arme Opfer zu sprechen und seiner Familie mit Gottes Wort Trost zu spenden.«

Klingenthal lag da und wollte es nicht glauben. Schon wieder war ein Mord passiert! Seine Gedanken spielten Karussell. Wer konnte es gewesen sein? Krassmann, Rüterbusch, Spinner-Franz? Er kannte Sutter nicht, man konnte nicht jeden kennen. Hatte Sutter Kinder, und wenn ja, hatte er sie geschlagen? Hatte jemand den Mörder gesehen oder gehört? Hatte er gekichert? Wann war die Tat verübt worden? Hatte die Stadt schon mit den Nachforschungen begonnen? Was war mit Vock? Gab es diesmal endlich eine Spur? Und nicht zuletzt: Wie sah das Tatwerkzeug aus? »Womit wurde Sutter getötet?«

Matthies strich sich über die lange Nase. »Abermals mit einer Kriegswaffe. Als ich sie am Boden liegen sah, musste ich unwillkürlich an die Raubzüge der Wikinger denken, an die Männer aus dem hohen Norden, die mordend und brandschatzend mit ihren Drachenbooten Europas Küsten überfielen, rothaarige Barbaren, des Lesens und Schreibens unkundig, voller Goldgier und Geilheit, voller Hoffart und Wollust. Wo sie auch hinkamen, hinterließen sie eine Schneise aus Tränen und Blut.«

»Herr Pastor, ich fragte, womit Sutter getötet wurde!«

»Ach, sagte ich das nicht schon? Mit einer Streitaxt.«

Klingenthal schluckte schwer. Er fühlte sich außerstande, etwas zu sagen, deshalb half ihm der Schultheiß: »War Doktor Beiss schon da, um den Leichnam zu untersuchen?«

»Wie? Was?« Matthies brauchte einen Augenblick, um zu begreifen, dass eine Puppe sich ins Gespräch gemischt hatte. Dann antwortete er: »Ich weiß es nicht, ich glaube nicht.«

»Hoffentlich stand Sutter unter Schock, dann dürfte er keine Schmerzen gespürt haben«, fuhr der Schultheiß fort.

»Jawoll«, bekräftigte der Söldner, »Schmerz ist nur gut, wenn man ihn nicht hat.«

»Abschiedsschmerz wird beim Wiedersehen süß«, sagte die Magd.

»Das bringt uns nicht weiter«, sagte der Schultheiß.

Klingenthal räusperte sich. »Ich muss sofort zum Sutter'schen Haus.«

»Nein, das müsst Ihr nicht«, sagte Matthies.

»Wie bitte?« Klingenthal glaubte, nicht richtig gehört zu haben.

Der Pastor wirkte verlegen und gleichzeitig entschlossen. »Bevor ich Euch erkläre, warum ich darauf bestehen muss, dass Ihr bleibt, eine Frage: Mit wem spreche ich gerade? Mit einer Puppe oder mit Euch, Meister Klingenthal?«

»Die Frage verstehe ich nicht.«

»Dabei ist sie ganz einfach! Ich wiederhole sie gern: Mit wem spreche ich gerade, mit einer Puppe oder mit Euch? Manchmal, so scheint mir, seid Ihr nicht Klingenthal, der, sagen wir, den Schultheiß nachmacht, sondern der Schultheiß selbst. Versteht Ihr, was ich damit sagen will?«

»Lasst uns von etwas anderem reden.«

»Nein, ich möchte bei dem Thema bleiben. Ich glaube, wenn Ihr in die Rolle einer Eurer Puppen schlüpft, seid Ihr eine Puppe – mit Leib und Seele. Ihr seid dann der Schultheiß, der Landmann, der Söldner, der Schiffer, das Burgfräulein oder die Magd, nichts anderes. Euer ganzes Denken, Streben und Trachten entspricht dann diesen Figuren, und von Klingenthal selbst bleibt nichts zurück.«

»Ja, und?«

»Manchmal schlüpft Ihr auch in die Rolle eines Arztes.«

»In die Rolle eines Arztes?«

»Ihr sagt es. Denn eigentlich ist der Schultheiß ein Arzt. Warum auch nicht. Ihr selbst habt mir verraten, dass Ihr einst Medizin studiertet. Es war an Kokkerts Sterbelager, das Richtschwert steckte noch in seinem Oberkörper, und Ihr referiertet sehr gekonnt über Rippen, Lunge, Blut und Arterien, erinnert Ihr Euch? Der Schultheiß mit seiner Amtstracht und seiner Kette ist also nichts weiter als eine Hülle, in der ein Mediziner steckt.«

»Woher wisst Ihr das?«, fragte Klingenthal tonlos. Er ahnte die Antwort schon.

»Von Alena, der Ihr es irgendwann einmal erzählt habt.«

Klingenthal hatte das Gefühl, als würde ihm der Boden unter den Füßen weggezogen. Alena. Was hatte sie getan! Sie hatte sein größtes Geheimnis ausgeplaudert – etwas, das er bisher noch niemandem verraten hatte. Einfach so, als wäre es nichts! Wahrscheinlich war es bei einem der innigen Schäferstündchen passiert, die sie neuerdings mit dem Pastor abhielt. Welch ein Vertrauensbruch!

Matthies griff zum Teebecher und bot ihn Klingenthal

an. »Nun trinkt erst einmal. Was ich Euch eben gesagt habe, kann doch nicht neu für Euch sein.«

Klingenthal schob das Gefäß beiseite. »Wen meine Figuren darstellen, geht nur mich etwas an.«

Matthies stellte den Becher wieder auf den Wagenrand. »Vielleicht habt Ihr Recht, vielleicht auch nicht.«

»Wie meint Ihr das?«

»Nun, Ihr habt durch Eure Reaktion gerade selbst bestätigt, dass der Schultheiß ein verkappter Mediziner ist.«

»Ja, und?«

»Möglicherweise verhält es sich bei Euren anderen Puppen ebenso: Ich stelle mir vor, die Magd ist eine verkappte Dame, das Burgfräulein eine verkappte Königin, der Landmann ein verkappter Gutsherr und der Schiffer ein verkappter Admiral. Vielleicht sind die wahren Figuren aber auch weniger edel, und die Magd ist eine Schlampe, das Burgfräulein eine Diebin, der Landmann ein Nichtsnutz und der Schiffer ein Säufer.«

Klingenthal sagte nichts.

Matthies wartete.

Klingenthal schwieg.

»Warum fragt Ihr mich nicht, was der Söldner sein könnte?«

»Ich will es nicht wissen.«

»Und dennoch werde ich es Euch sagen: Der Söldner könnte ein verkappter Mörder sein.«

»Nein!«

»Doch! Seid Ihr, Julius Klingenthal, ein Mörder?«

Wer Wind sät, wird Sturm ernten, seine Saat soll nicht aufgehen und sein …

Hinterher wusste Klingenthal, dass er sich den Gang hätte sparen können. Er hatte die Rüstkammer des Rathauses aufgesucht, immer darauf bedacht, von niemandem entdeckt zu werden, und sich sorgfältig darin umgesehen. Von den dort hängenden Streitäxten hatte eine gefehlt. Nun ja, das war keine Überraschung gewesen, wenigstens gab es jetzt Gewissheit: Auch die neueste Mordwaffe war tief unten im Rathaus entwendet worden.

Der Gedanke, die Besitzer des Generalschlüssels einzeln zu befragen, kam ihm wieder, doch er verwarf ihn genauso wie die Male zuvor. Zu viele Personen besaßen das Schließwerkzeug, und zu viele hatten sich gewiss ein Duplikat machen lassen, genau wie er.

Klingenthal ließ das Rathaus hinter sich und ging über den Uhlenmarkt nach Süden bis zur Einmündung der Gasse Beim Weber. Da war das Sutter'sche Anwesen schon. Die Haustür stand offen, so dass er direkt nach Erklimmen der drei Portalstufen die Vorhalle betreten konnte. Kein Mensch war darin zu sehen, nur einige Türen. Unter einer befand sich eine Blutlache.

Klingenthal steuerte auf diese Tür zu und öffnete sie vorsichtig. Der Rauchsalon. Auf den ersten Eindruck ein mittelgroßer Raum mit Fenster zur Rückseite des Hauses, auf den zweiten Blick ein blutiges Bild, bizarr und grotesk, an ein Werk von Hieronymus Bosch erinnernd. Alles war so, wie Matthies es beschrieben hatte, alles schien noch an seinem Platz, mit einer Ausnahme: Im Sessel neben der Leiche saß Vock.

Der Gerichtssekretär musterte Klingenthal, den er vom Sehen kannte. »Wie kommt Ihr hier herein?«

Klingenthal setzte ein entwaffnendes Lächeln auf. »Die Haustür stand offen.«

»Was habt Ihr hier zu suchen?«

»Ich wollte der Witwe mein Beileid aussprechen.«

»Die Witwe Sutter ist zur Zeit nicht anwesend. Sie musste zur Schneiderin, um sich Trauerkleider anfertigen zu lassen. Wie mir bekannt ist, steckt Ihr Eure Nase gern in Dinge, die Euch nichts angehen, Meister Klingenthal, ich darf Euch deshalb bitten, Euch aus diesem Fall herauszuhalten.« Vock legte die Fingerspitzen aneinander und kam sich sehr wichtig vor.

»Nichts liegt mir ferner, als mich in Eure Arbeit einmischen zu wollen. Habt Ihr denn schon eine Spur?«

Die hatte Vock natürlich nicht, aber er hätte sich lieber die Zunge abgebissen, als dies zuzugeben. »Bitte verlasst jetzt das Haus.«

Klingenthal zuckte mit den Schultern und suchte fieberhaft nach einem Grund, um bleiben zu können. Er ging zu dem abgetrennten Bein und beugte sich darüber. Der Anblick war grauenhaft, aber er kämpfte den Brechreiz nieder und sagte: »Es ist ein linkes Bein, der Mörder muss also Rechtshänder sein.«

Das war eine Überlegung, die Vock noch nicht angestellt hatte und die er deshalb mit Interesse aufnahm. »Wie könnt Ihr da sicher sein?«

Klingenthal triumphierte innerlich. Vock hatte den Brocken, der ihm hingeworfen worden war, gefressen. »Der Mörder stand vor Sutter und schlug mit der Rechten zu, da ist es logisch, dass er das linke Bein treffen musste. Allerdings verwundert es, dass er das Bein traf und sein Schlag nicht höher landete. Warum ausgerechnet das Bein?«

»Vielleicht war der Täter von sehr kleinem Wuchs?«, vermutete Vock.

»Vielleicht«, bestätigte Klingenthal, der an diese Möglichkeit keineswegs glaubte, »Ihr habt einen hellen Verstand, wenn ich das sagen darf.«

»Ihr schmeichelt mir.«

»Nein, nein, es ist mein Ernst. Sicher habt Ihr auch bemerkt, dass der Ermordete gerade im Begriff war, sich eine Pfeife anzuzünden.« Klingenthal deutete auf das Rauchtischchen, auf dem eine halb gestopfte Pfeife lag, ein paar Tabakkrumen daneben.

»Äh, ja.« Vock stand auf und ging zu dem Tischchen. Klingenthal tat es ihm nach.

Vock dachte laut: »Damit hätte ich schon zweierlei geklärt: Der Mörder war Rechtshänder, und der Tote war Raucher.«

»Sehr gut! Habt Ihr das Bein schon untersucht?«

»Nein.« Der Gerichtssekretär kratzte sich am Hinterkopf. »Ich warte schon eine halbe Ewigkeit auf Doktor Beiss, er scheint verhindert zu sein.«

»Er kommt sicher noch.« Klingenthal begann damit, den Raum systematisch zu untersuchen, wobei er den Eindruck vermittelte, als geschehe alles auf Vocks Geheiß. Von der Tür her zog sich eine breite Blutspur durch den ganzen Salon, das meiste Blut jedoch befand sich in der Mitte, ein roter See, der an den Rändern schon angetrocknet war. Darin lagen das abgeschlagene Bein und die Axt. Klingenthal sah näher hin und stellte fest, dass es eine Doppelaxt war. Mit ihr musste Sutter angegriffen worden sein. Der Mörder hatte seinem Opfer mit einem Schlag das Bein abgetrennt und dann die Waffe wissentlich oder unwissentlich fortgeworfen. Sutter musste wie am Spieß geschrien haben, so laut, dass jedermann im Haus ihn hören konnte. »Wieso ist niemand auf die Tat aufmerksam geworden?«

»Die Frau war mit den Kindern weg, bei einer Schwester, wie sie mir versicherte, und die Küchenmagd hatte bis heute frei.«

»Ach so.« Klingenthal setzte seinen Rundgang fort. Er achtete darauf, nirgendwo in Blut zu treten, was gar nicht so einfach war, und gelangte in die Ecke des Raums, wo die Leiche neben dem Sessel lag. Die Totenstarre verlieh Sutters Gesicht das Aussehen einer wächsernen Skulptur, der Mund war ein einziger Schmerzensschrei. Soweit Klingenthal sehen konnte, hatte Sutter keine weiteren Verletzungen davongetragen. Der Sessel, in dem Vock es sich bequem gemacht hatte, wies ebenfalls keine Besonderheiten auf.

Klingenthal schritt noch einmal zu dem Rauchtischchen und beendete damit seinen flüchtigen Rundgang. Auf dem Tischchen lagen ein Futteral und mehrere Pfeifen, die größte unter ihnen war halbfertig gestopft und schien ein so genannter *Doorrocker* zu sein, ein »Durchraucher«, dessen Kopf in Form eines Negerschädels ausgebildet war. Ein eigenwilliges Exemplar, das seinem Besitzer zu Lebzeiten sicher viel Freude bereitet hatte. Daneben lagen einige Fidibusse und eine Spanschachtel mit Tabak. Sie trug die Aufschrift:

Einhorn-Apotheke
Lieferant von Ihro Gnaden
dem Fürsten Leopold von Anhalt-Dessau
Mühlenweg, Steinfurth

Klingenthal studierte die Zeilen, die ihm nichts Besonderes verrieten. Fast alle Apotheken, die er kannte, hielten Tabak feil.

Etwas Besonderes allerdings schien die Doppelaxt zu sein. Selten zuvor hatte Klingenthal eine solche Waffe gesehen. Eigenartig, dass Matthies nur von einer Axt gesprochen hatte. Andererseits hatte er alles andere präzise erwähnt: den Rauchtisch, den Sessel, die Leiche, das Blut, das abgetrennte Bein. Matthies! Was hatte der Pastor nur damit bezweckt, ihn als Mörder zu verdächtigen? Seine Argumentation hatte so logisch geklungen, dass Klingenthal sich fast schon als Täter sah – und umso mehr Mühe gehabt hatte, den Gottesmann von seiner Unschuld zu überzeugen. Er hatte ihm versichert, dass es aus seiner Sicht keinen Sinn mache, jeder Puppe eine verkappte Persönlichkeit zu geben, der Schultheiß sei nur eine Ausnahme. Und er hatte wohl oder übel die Geschichte mit dem Professor und dessen missglückter Operation erzählen müssen, für die er, Klingenthal, als kleiner Student verantwortlich gemacht worden war. Mit der Folge, dass er nicht weiterstudieren und nie wieder als Arzt arbeiten konnte.

Danach hatte Matthies ihm endlich geglaubt, und ihm war ein Stein vom Herzen gefallen. Sie hatten sich gegenseitig ihrer ungebrochenen Wertschätzung versichert, und Klingenthal hatte sich umgehend zum Uhlenmarkt aufgemacht.

»Ein *Ulcus* in der Cammergasse und eine *Prostatitis* in der Töpferstraße! Tut mir Leid, Vock, ich konnte nicht früher.« Der Stadtphysikus Doktor Beiss stand im Raum und fasste sich ans Herz. Die drei Stufen hinauf zum Hauseingang hatten ihm in seiner körperlichen Verfassung das Äußerste abverlangt. Er nestelte ein übergroßes Schnupftuch hervor und tupfte sich damit die schweißnasse Stirn. »Hier sieht es ja aus wie nach der Schlacht von Kunersdorf! Großer Gott, und was treibt Ihr hier, Meister, äh, wie war noch gleich Euer Name?«

»Klingenthal.«

»Richtig, richtig, was macht Euer *Atherom*?«

»Sitzt noch immer hinter meinem Ohrläppchen und weigert sich, zu verschwinden.«

Beiss lachte gutmütig und wurde dann wieder ernst. Er konzentrierte sich auf die Aufgabe, die ihn hierher geführt hatte, und watschelte in die Ecke, wo der Tote lag. »Mein Gott, Vock, Ihr hättet dem Armen doch schon mal die Augen schließen können.« Mit einiger Mühe holte er nach, was der Gerichtssekretär versäumt hatte. »Der *Rigor mortis* dürfte schon einige Stunden anhalten. Wie lange, lässt sich nicht genau sagen, wahrscheinlich wurde Sutter in der vergangenen Nacht erschlagen.« Der Stadtphysikus klang, als doziere er vor Studenten.

»Dafür spricht auch das weitgehend verkrustete Blut«, sagte Klingenthal.

»Genau, genau. Ihr habt eine gute Beobachtungsgabe.« Beiss schickte sich an, dem Toten das Beinkleid, eine einfache Köperhose, abzustreifen, wurde aber durch seinen gewaltigen Leibesumfang davon abgehalten. »Vock, helft mir mal, ich will den Beinstumpf nackt sehen.«

Vock schien von der Aufgabe nicht begeistert, aber er

begann an der Hose zu zerren. Nach kurzer Zeit gab er es auf. »Es geht nicht, Herr Doktor, wegen der Totenstarre.«

»Ach was!« Beiss schnaufte. »Meister Klingenthal, wenn Ihr schon mal da seid, habt doch die Güte und geht dem Gerichtssekretär zur Hand.«

Klingenthal gehorchte, und mit vereinten Kräften gelang es, das Beinkleid abzustreifen.

»Legt den Toten quer über den Sessel, damit ich mehr sehen kann.«

»Aber das Blut?«, meinte Vock.

Beiss wischte den Einwand beiseite. »Ich brauche Helligkeit für meine Arbeit, und auf ein bisschen Blut mehr oder weniger kommt es nicht an.«

Nachdem die Leiche über dem Sessel lag, holte Beiss eine Lupe aus seiner Arzttasche und untersuchte den Stumpf eingehend. »Das Bein wurde abgeschlagen im hüftnahen Teil des *Femur*, äh, des Oberschenkelknochens, wenn Ihr das besser versteht, Vock. Interessant ist, dass offenkundig zweimal zugeschlagen wurde, der erste Schlag durchtrennte den Knochen nicht ganz, der zweite, dicht daneben, tat es dann. Zu diesem Zeitpunkt könnte Sutter schon am Boden gelegen haben.«

Mit geübter Hand untersuchte Beiss den Toten weiter. Er schob das Hemd hoch und konstatierte: »Kein Nabelbruch, erheblicher Bauch, Brustbehaarung.« Dann wandte er sich dem Kopf zu und stellte unter anderem fest: »Die Zähne sind lückenhaft und vom Tabak verfärbt, sie dürften Sutter zu Lebzeiten einige Probleme bereitet haben.«

»Hier ist die Waffe«, sagte Klingenthal, der die Doppelaxt aufgehoben hatte.

»Aha«, sagte Beiss. »Es scheint eine wikingische Waffe zu sein. Interessant, interessant. Wenn mich meine bescheidenen Kenntnisse nicht trügen, ist die Doppelaxt ein Zeichen des Mondes, die beiden Axtblätter symbolisieren die zunehmende und die abnehmende Sichel, zusammen ergeben sie den Vollmond. Haben wir letzte Nacht Vollmond gehabt, Vock?«

»Ich glaube nicht, Herr Doktor.«

»Vollmondnächte sind für Somnambule die schlimmsten Nächte. Sie schlafwandeln durch die Gegend und können sich später an nichts mehr erinnern. Aber das nur nebenbei. Ich denke, der Mörder hätte genauso gut eine einschneidige Axt nehmen können. Das grausige Ergebnis wäre dasselbe gewesen. Was folgert Ihr daraus, Vock?«

»Äh.« Der Gerichtssekretär überlegte angestrengt. »Vielleicht hatte der Mörder keine andere Waffe?«

»Wahrscheinlich. Aber vielleicht hat er auch eine besondere Vorliebe für zweischneidige Mordwerkzeuge. Wir werden es, so Gott will, erfahren, wenn er gefasst ist.« Beiss schnaufte und richtete sich auf. »Jedenfalls war Sutter nicht gleich tot, er schleppte sich noch bis in die Ecke des Salons.«

»Eigentlich hätte er doch zur Salontür kriechen müssen, um Hilfe zu holen«, sagte Klingenthal.

»Ein guter Gedanke«, erwiderte Beiss, »zumal die Blutspur bis dahin verläuft.«

Klingenthal spann den Faden weiter: »Die Ausbreitung des Bluts könnte aber auch an dem zur Tür hin leicht abschüssigen Boden liegen.«

»Womit Ihr wahrscheinlich Recht habt. Nehmen wir also das Naheliegende an: Es war Fluchttrieb. Sutter wollte fort von seinem Peiniger, einfach nur fort. Dabei muss er ununterbrochen geschrien haben, während er versuchte, die Blutung seines Beinstumpfs zu stoppen. Ein aussichtsloses Unterfangen. Der Tod trat dann irgendwann ein durch Blutverlust oder durch *Infirmitas cordi*, also Herzschwäche. Vorher allerdings muss er noch einmal seine ganze Qual herausgeschrien haben, sonst würde der Mund nicht so weit offen stehen. Oh, oh …« Beiss keuchte plötzlich und fasste sich ans Herz, die lange Rede hatte ihm den Atem geraubt.

»Kann ich Euch helfen?«, fragte Klingenthal.

»Nein, nein, es ist nichts, danke. Vock, ich will mir das abgehackte Bein genauer ansehen, bitte, befreit es vom Hosenstoff.«

Vock und Klingenthal mühten sich vergeblich, das derbe Gewebe abzustreifen, denn es war blutverklebt, und das Bein darunter war so steif wie ein starker Ast. Beiss befahl: »Legt das Körperglied auf die Fensterbank, ich brauche Licht, ohne Licht nützen dem Arzt die besten Kenntnisse nichts.« Er fingerte eine Schere aus seiner Tasche und schnitt den Stoff der Länge nach auf. »So, dann wollen wir mal sehen. Ja, es ist zweifellos Sutters Bein, es würde, wenn die Chirurgie denn endlich so weit wäre, theoretisch wieder angenäht werden können. Aber ich fürchte, bis dahin fließt noch viel Wasser die Elbe hinunter. Die Beinmuskulatur ist kräftig ausgeprägt, die Behaarung stark und typisch für einen Mann. Was ist mit den Zehen? Aha, die Nägel sind ungepflegt und verholzt, der Pilz sitzt darunter, ja, ja, von Fußpflege hält der Mensch im Allgemeinen nicht viel. Und was ist mit der Gicht?«

Beiss untersuchte eingehend die Gelenke der große Zehen. »Keine Anzeichen von Gicht, der Glückliche! Äh, was ich meinte, ist, wenn er noch leben würde, hätte er keine Probleme mit dem Zipperlein. Insgesamt, möchte ich sagen, war der Braumeister Sutter in einem recht passablen Gesundheitszustand, obwohl er, seinem Leibesumfang nach, ein Freund der üppigen Tafel gewesen sein muss. Ach, apropos, weiß jemand, ob der Wildschweinskopf im *Brandenburger* heute zu empfehlen ist? Eine kleine Stärkung würde mir guttun.«

Leider konnten weder Vock noch Klingenthal mit einer Auskunft dienen, was Beiss dazu veranlasste, seufzend den Totenschein auszufüllen. Zu diesem Zweck holte er einen dünnen *Crayon* hervor, ein immer beliebter werdendes Schreibwerkzeug, das mancherorts auch Bleistift genannt wurde, und Vock musste seinen Rücken als Unterlage zur Verfügung stellen. »Als Ursache für den *Exitus letalis* werde ich Blutverlust und *Infirmitas cordi* angeben. Letzteres stimmt immer, oder sagen wir, fast immer.« Er kritzelte seine Signatur unter den Schein und richtete sich ächzend auf. »Hier, Vock, nehmt das Papier und leitet es im Rathaus weiter. Und sorgt dafür, dass der Leichnam auf den Kirchhof geschafft wird. Das Bein natürlich auch. Ich empfehle mich, werde auf gut Glück in den *Brandenburger* gehen, vielleicht ist ja eine Portion garnierter Kalbsrücken da, das Fleisch war beim letzten Mal sehr deliziös.«

Beiss verschwand, und Vock und Klingenthal sahen einander an. »Ich muss zum Rathaus«, sagte Vock.

»Da haben wir den gleichen Weg«, sagte Klingenthal. »Zumindest für ein Stück.«

Unterwegs fing Vock noch einmal an: »Spinner-Franz will mir nicht aus dem Kopf. Ich könnte mir denken, dass er der Täter ist. Verrückt genug ist er ja, und klein ist er auch. Der Täter muss klein sein, wie ich vorhin ausführte, sonst hätte er nicht Sutters Bein abgeschlagen.«

»Schließt Ihr daraus, dass ein größerer Täter den Kopf abgeschlagen hätte?« Die Frage sollte Vock eigentlich die Unsinnigkeit seiner Überlegung deutlich machen, aber dieser ging ganz ernsthaft darauf ein.

»Ja, sicher, das halte ich durchaus für möglich.«

»Und woher hätte ein Mann wie Spinner-Franz die Kraft nehmen sollen, Kokkert ein Richtschwert durch die Brust zu stoßen, immerhin so tief, dass er förmlich an seine Bettstatt genagelt wurde?«

Vock nagte an der Unterlippe. »Wer sagt denn, dass Spinner-Franz die Morde allein ausgeführt hat? Vielleicht waren es mehrere Täter? Wenn ich es mir recht überlege, muss es so sein, ich wette, eine ganze Bande steckt dahinter.«

»Was Ihr nicht sagt.« Vocks letzte Worte gaben Klingenthal zu denken, immerhin war er von mehreren Männern überfallen worden, und an ihrer Spitze hatte Spinner-Franz gestanden. Vielleicht war das, was Vock sagte, doch nicht ganz so abwegig. »Nun, sei es, wie es sei, ich muss mich hier verabschieden, ich wünsche Euch viel Glück bei der Jagd.«

»Danke«, sagte Vock. »Und einen schönen Tag noch.«

»Dasselbe für Euch.«

Klingenthal hoffte, dass Vocks Abschiedsgruß in Erfüllung gehen würde.

Am selben Tag, nur sehr viel später, schlich Spinner-Franz über den Kirchhof. Wie er erwartet hatte, brannte noch

Licht in der kleinen Kapelle, wo die Toten aufgebahrt lagen. Es war also jemand da. Wenn es nur nicht so kalt gewesen wäre an diesem Abend! Aber man konnte sich nicht immer aussuchen, wann man seinem Broterwerb nachging.

Spinner-Franz fröstelte unter seiner dünnen Jacke. Er musste scharf aufpassen, dass man ihn nicht entdeckte, denn das, was er vorhatte, war in höchstem Maße heidnisch. Für einen Augenblick überlegte er, ob es nicht besser gewesen wäre, sich Pockes Hilfe zu versichern, vielleicht sogar der Unterstützung des anderen Bettelpacks, sagte sich dann aber, das es auch so gehen musste. Wer die Dinge allein erledigte, brauchte später nicht zu teilen.

Was war das?

Das Licht in der Kapelle wurde dunkler, die Tür öffnete sich, eine Gestalt mit Laterne trat heraus. Spinner-Franz verbarg sich hinter einem Grabstein. Der Stein war uralt, eingesunken und ziemlich klein, weshalb er nur ein unzureichendes Versteck abgab. Spinner-Franz verfluchte seine Unachtsamkeit, nicht einen neuen, höheren Stein gewählt zu haben, aber nun war es zu spät.

Mit klopfendem Herzen beobachtete er, wie die Gestalt auf ihn zukam. Der Größe und der Haltung nach war es Pastor Matthies. Ja, er war es. Sicher hatte der Gottesmann in der Kapelle gebetet. Aber für wen, so fragte er sich. Egal, zunächst war wichtig, dass Matthies ihn nicht entdeckte.

Spinner-Franz machte sich womöglich noch kleiner und schreckte plötzlich zusammen. Ein Käuzchen hatte hinter seinem Rücken gerufen!

Auch der Pastor hatte den Ruf gehört, denn er blieb stehen und hielt die Laterne höher.

Spinner-Franz sank das Herz in die Hose. Er begann heftig an seiner eingeheilten Hostie zu reiben.

Pastor Matthies fragte: »Ist da wer?« Und kurz darauf noch einmal: »Ist da wer?« Dann ging er langsam weiter. Er nahm den Weg an der Kirche vorbei hinunter zum Pfarrhaus. Spinner-Franz war so erleichtert, dass er fast dem Herrgott gedankt hätte.

Zur Sicherheit harrte er noch eine ganze Weile hinter seinem Versteck aus und schlich dann zur Pforte der kleinen Kapelle. Luzifer sei Dank, sie war nicht abgeschlossen!

Bevor Spinner-Franz hineinschlüpfte, spähte er noch einmal nach allen Seiten, ob die Luft rein sei, dann wagte er es.

Drinnen roch es nach gelöschten Kerzen, nach Rosen, Mottenpulver und nach – Tod. Er dankte Luzifer ein zweites Mal, diesmal dafür, dass in dieser Nacht der Mond so hell schien und sein fahles Licht auf den Sarg in der Mitte der Kapelle lenkte.

Der Sarg.

Jetzt kam es darauf an, wer drinlag.

Spinner-Franz hob den Deckel, klappte ihn ganz zurück und blickte hinein. »*Ita est* und *yes* und *oui!* Luzifer, ich danke dir zum dritten Mal, du hast mir die richtige Leiche reingepackt.«

Sutter lag da – der ganze Sutter! Denn das abgetrennte Bein, von dem mittlerweile die ganze Stadt sprach, war zweifellos vorhanden. Die Leiche trug an ihrem Ende zwei Schuhe.

Spinner-Franz schob die Hände unter das Bein und wollte es hochheben, aber es ging nicht. Er hatte übersehen, dass es in einer Hose steckte. Also musste er zunächst die Hose ausziehen. Er nestelte am Bund, öffnete Knöpfe, zog und zerrte und hätte vor Wut fast aufgeheult. Dass es so schwer war, einem Toten das Beinkleid zu entfernen! Ein neuer Versuch. Er wollte seine Hand unter den Rücken des Toten schieben und diesen etwas anheben, damit die Hose dann umso leichter abzustreifen wäre. Leichter? Lächerlich! Verflucht und zugenäht, wie konnte ein Toter nur so schwer sein!

Spinner-Franz verweilte atemlos. Musste er sein Vorhaben aufgeben? Nie und nimmer! Dann würde es eben mit Gewalt gehen. Er zückte ein Messer und begann an dem Stoff der Hose herumzusäbeln. Es dauerte lange, aber seine Ausdauer wurde belohnt. Endlich hatte er das Hosenbein in vollem Umfang abgetrennt – und endlich konnte er das Bein aus dem Sarg heben.

Aber auch das war noch ein schweres Stück Arbeit. Er schätzte das Körperglied auf mindestens zwölf bis fünfzehn Preußische Pfund, kein Pappenstiel, wenn man so viel Gewicht in gebeugter Haltung am langen Arm herausheben musste.

Doch er schaffte es. Er legte sich das Bein wie eine Flinte über die Schulter und wollte die kleine Kapelle schon verlassen, da fiel ihm etwas Wichtiges ein. Er drehte sich noch einmal um und verschloss den Sarg. Dann machte er sich endgültig auf den Weg.

Sein Ziel: das Haus des Doktor Conatus.

Es war sieben Uhr am Sonntagabend. Klingenthal lag im Geräteschuppen auf seinem Wagen und wusste nicht mehr ein noch aus. Wieder einmal hatte sich vieles zugetragen, wieder einmal war gemordet worden, und wieder einmal hatte er keinen blassen Schimmer, wer der Mörder sein könnte. Kein Jota war er weitergekommen. Sicher, es gab ein paar überlegenswerte Ansätze, zum Beispiel, dass es abermals ein Mann war, den der Tod ereilt hatte, dass dieser Mann wie zuvor mit einer Kriegswaffe ermordet worden war, dass die Kriegswaffe wiederum aus der Rüstkammer gestohlen worden war, dass der Mann ein Ehemann war und Frau und Kinder hatte und dass er die Kinder vermutlich öfter geschlagen hatte. Mehr nicht. Das war schon alles.

Wer kam als Mörder überhaupt noch in Frage?

Spinner-Franz? Was Vock über den Verrückten gesagt hatte, klang Klingenthal in den Ohren nach. War es wirklich denkbar, dass der Kerl gemordet hatte? Nein, Spinner-Franz war zwar ein Spinner, wie der Name schon sagte, ein wunderlicher Mensch, der allerlei Teufels- und Zauberwerk verbreitete und verkaufte – aber mehr auch nicht. Und doch: Wenn man von dem letzten Fall einmal absah, stand der Kerl mit jedem der Morde in irgendeiner Verbindung. Dazu kam, dass er keine Skrupel gehabt hatte, ihn zu überfallen, unter den Grundstein der Kirche zu drücken und dem Tod zu übergeben. Andererseits hatte er für die Rettung gesorgt, vielleicht aus schlechtem Gewissen. Nein, Spinner-Franz war kein Mörder.

Und was war mit Rüterbusch, der von Pastor Matthies neuerdings »der Verblendete« genannt wurde? Nein, der kam auch nicht in Frage, der saß gefesselt in Krassmanns Höhle.

Krassmann? Bewachte Rüterbusch. Nein, der konnte es nicht gewesen sein.

Conatus, der Gelehrte mit den elektrischen Apparaten? Ein seltsamer Kauz, dieser Mann. Der Neugier und der Wissenschaft verschrieben, so sehr, dass er menschliche Gliedmaßen in seine Experimente einbaute. Aber war er deshalb ein Mörder? Nein, wohl nicht.

Pocke und die Unbekannten, die bei dem Überfall geholfen hatten? Nein.

Oberamtmann Schäffer? Nein.

Vock? Nein.

Doktor Beiss? Nein.

Eine der Witwen? Nein.

Klingenthal ertappte sich dabei, dass seine Überlegungen immer abwegiger wurden. Alena? Nein.

Der Pastor? Nein.

Caspar, der Küster? Nein.

Ezechiel? Nein.

Nein, nein, nein! Es war zum Verrücktwerden. Klingenthal wälzte sich hin und her und zermarterte sich das Hirn. Alle Personen, die auch nur annähernd in Frage kamen, war er durchgegangen.

Alle bis auf eine.

Ihn selbst.

Aber er wusste ja, dass er es nicht gewesen war. Allerdings, das musste er einräumen, hatte der Pastor ihn mit seiner Theorie der verkappten Puppeneigenschaften gehörig verunsichert. Natürlich war er einmal Soldat gewesen, natürlich hatte er im Kampf geschossen, und natürlich hatte er Feinde getötet, aber das alles war doch lange her! Und ein Mörder war er auch nicht!

Und dennoch: Zweifel blieben.

Was konnte er tun, um sie auszuräumen?

»Fällt euch nicht etwas ein?«, fragte er seine Lieblinge.

Der Einzige, der antwortete, war der Schultheiß. »Du könntest dich Nonnemann anvertrauen«, sagte er.

»Du meinst meinen Onkel in Genthin? Ich habe ihn seit Ewigkeiten nicht gesehen.«

»Er ist trotzdem noch immer dein Onkel. Und er ist Arzt. Schreibe ihm. Schildere ihm die Mordfälle und sage ihm, wie es in dir aussieht. Vielleicht kann er dir helfen.«

Klingenthal drehte sich auf die andere Seite. »Es wird aber ziemlich lange dauern, bis ich Antwort erhalte.«

»Nicht, wenn du den Brief mit der Reitenden Post schickst. Schreibe ihm gleich, dann kannst du ihn noch bis acht an der Station in der Grabenstraße abgeben.«

»Gut. Ehe ich gar nichts mache, mache ich das.« Klingenthal richtete sich auf und öffnete die Vorratskiste, in der sich auch sein Schreibzeug befand. Er holte Papier, Tinte und Feder hervor und klappte den Deckel zu. Dann legte er das Papier auf den Deckel und begann im trüben Licht einer Laterne zu schreiben. *Lieber Onkel* schrieb er und setzte die Feder gleich wieder ab, denn er wusste nicht, wie er anfangen sollte.

»Schreibe ihm erst einmal, wo du bist und dass es dir gut geht, anschließend kannst du auf deine Probleme zu sprechen kommen«, sagte der Schultheiß.

»Das will ich tun«, murmelte Klingenthal. Er setzte erneut an, und diesmal klappte es besser:

Lieber Onkel,
sicher wunderst Du Dich, nach so langer Zeit wieder von mir zu hören, aber Du weißt ja, dass ich noch nie ein großer Briefeschreiber war. Ich hoffe, Dir und der Tante geht es gut und der Allmächtige, dessen Name gepriesen sei, hält seine schützende Hand über Euch.

Ich selbst kann über meinen Gesundheitszustand nicht klagen, auch die Puppen sind wohlauf. Wir verbringen den Winter in Steinfurth, welches ja nicht sehr weit von Genthin entfernt liegt. Allerdings ist es hier bei weitem nicht so friedlich wie bei Euch, denn Schreckliches hat sich zugetragen …

Im Folgenden beschrieb Klingenthal die Morde in allen Einzelheiten und machte deutlich, wie sehr er in die Geschehnisse verstrickt war, dies nicht zuletzt durch den Überfall auf ihn und die ausgestandenen Todesängste in den Tiefen von Sankt Johannis. Endlich leitete er zu seiner eigentlichen Frage über:

… Das Seltsamste aber ist, dass es anscheinend keine Gründe für die Bluttaten gibt, von der reinen Mordlust und Willkür einmal abgesehen. Steckt ein Verrückter dahinter? In diesem Zusammenhang, lieber Onkel, möchte ich gerne eines von Dir wissen: Hältst Du es aus medizinischer Sicht für möglich, dass ich der Täter bin?

Bitte wundere Dich nicht über meine Frage, Du weißt, wenn es um meine Puppen geht, neige ich ein wenig zur Verschrobenheit, ich bin wie sie, und sie sind wie ich, und Pastor Matthies stellte mir heute sogar die Frage, ob meine Söldnerpuppe nicht in Wahrheit eine Mörderpuppe sei! Verstehst Du, er wollte damit andeuten, ich selbst sei vielleicht der Mörder! Seitdem lässt mich der Gedanke nicht los, dass ich, ohne es zu wissen und ohne mich daran erinnern zu können, die Bluttaten begangen habe.

Aber mir fehlt keine Stunde, keine Minute meiner

Erinnerung, und wenn ich es gewesen sein sollte, müsste ich es doch wissen?

Bin ich verrückt? Ist mein Geist verwirrt?

Bitte, halte mit Deiner Meinung nicht hinter dem Berg, sage mir die Wahrheit, so oder so, ich werde damit leben müssen. Und antworte mir schnell, die Zeit drängt!

Möge der Erhabene, dessen Weitsicht gepriesen sei, Deinen Geist erhellen und Dich die Wahrheit erkennen lassen.

Grüße auch die Tante, ihre Matzeknödel sind immer noch die besten.

Dein Neffe Julius

Er datierte das Schreiben, steckte es in eine Tasche aus Canvas und versah sie mit der Adresse. Dann machte er sich auf den Weg zur Poststation. Während er rasch ausschritt, denn es ging bereits scharf auf acht, dachte er, dass er wahrscheinlich keine Antwort auf seine Frage erhalten würde.

Und wenn, dann zu spät.

Wer Wind sät, wird Sturm ernten, seine Saat soll nicht aufgehen und sein Gewächs …

»Vock!« Koldwey schmatzte. »Heute ist Montag, nicht Mittwoch!«

»Äh, jawohl!«, schrie Vock.

»Ihr hattet eine Woche Zeit!«

»Selbstverständlich, äh, ja, wieso?«

»Und? Fälle geklärt? Schon heute? Brav, brav!« Koldwey, der an diesem Morgen seinen Rock abgelegt hatte und mit Ärmelschonern am Schreibtisch saß, rang sich ein Lächeln ab, das er für aufmunternd hielt.

Vock verstand erst jetzt. Koldwey glaubte, er hätte den Mörder entlarvt. Undenkbar, ihm zu sagen, dass dies noch nicht der Fall war, jedenfalls noch nicht ganz … »Ja, so gut wie, Herr Oberamtmann.«

»Prächtig, prächtig! Da seht Ihr, ein wenig Feuer unter dem Hintern verleiht dem Kopf Flügel, haha!«

»Jawohl, Herr Oberamtmann!«

»Was schreit Ihr nur immer so? Glaubt wohl, ich sei schwerhörig, was? Aber egal, heraus mit der Sprache: Wie ist der Stand der Dinge?«

Vock erzählte lang und breit von seinem Verdacht gegen Spinner-Franz, untermauerte seine Ansichten, indem er von einer ganzen Bande sprach, was, bei Betrachtung der unterschiedlichen Mordausführungen, sicher nicht von der Hand zu weisen sei, leitete über zu seiner Überzeugung, dass nur ein Verrückter solcher Taten fähig sei, da es offenbar keine vernünftigen Beweggründe für die ruchlosen Taten gebe, und dass der einzige in Frage kommende Verrückte Spinner-Franz sei.

Koldwey, der ganz gegen seine sonstige Gewohnheit bis zum Ende zugehört hatte, sagte daraufhin nur drei Worte:

»Verhaften, den Mann!«

»Jawohl, Herr Oberamtmann!«

»Verhaften und ausquetschen wie eine Zitrone.«

»Jawohl, Herr Oberamtmann!«

»Punktum, Streusand drauf!«

Klingenthal war an diesem Morgen schon mit den Hühnern aufgestanden, und das, obwohl er eine sehr unruhige Nacht hinter sich hatte. Immer wieder war er im Geiste die Zeilen durchgegangen, die er an seinen Onkel gerichtet hatte, und immer wieder hatte er sich gefragt, wie dessen Antwort wohl ausfallen würde. Als dann der erste Hahn in der Nähe krähte, hatte er sich wie erlöst gefühlt. Endlich war die Nacht vorbei gewesen – und mit ihr die Stunden, in denen alles schwärzer schien, als es in Wirklichkeit war.

Schien es tatsächlich nur so?

Er hatte sein Morgenmahl oben auf dem Karren inmitten seiner Puppen verzehrt, hatte ein wenig aufgeräumt, hatte Kostüme ausgebessert, hier einen Knopf angenäht, dort einen Saum gefestigt, hatte mit seinen Lieblingen geplaudert, hatte durchs Fenster geblickt und den Tag heller werden sehen, hatte die Naben seines

Karrens gefettet, hatte den Ofen versorgt, hatte gezögert und gezaudert und sich endlich eingestanden, dass alles nichts half. Er musste noch einmal los und in der Nachbarschaft des Sutter'schen Hauses Erkundigungen einziehen. Die Aussicht war zwar äußerst gering, dass jemand etwas beobachtet hatte, aber auszuschließen war es nicht.

»Ich gehe dann jetzt«, sagte er.

»Bleib nicht so lange fort«, sagte die Magd.

»Achte auf Hinterhalte«, sagte der Söldner.

»Bleib lieber hier«, sagte der Schultheiß.

»Warum?«, fragte Klingenthal.

»Das weißt du selbst. Immer mehr Leute in der Stadt tuscheln darüber, dass du Jude bist.«

»Das muss ich in Kauf nehmen.«

Der Landmann gähnte. »Schlaf doch noch ein bisschen, du verbreitest eine Unruhe, als würden gleichzeitig Regen und Hagel aufs Feld schlagen.«

»Nein, was sein muss, muss sein. Passt auf euch auf.« Klingenthal wandte sich zur Tür, die sich in diesem Augenblick öffnete. Für den Bruchteil einer Sekunde hoffte er, es würde Alena sein. Aber es war nicht Alena. Es war Krassmann.

»Was willst du?«, fragte Elsbeth, die mürrische, kochunkundige Magd.

Spinner-Franz schnüffelte. »Das geht dich nix an, aber ich will zum Doktor.«

»Aber nicht mit der Teppichrolle da auf der Schulter. Das Ding ist ja so schmutzig, als hätte man Wochenmarkt darauf abgehalten, pfui Teufel, dass du so was überhaupt anfasst.«

In der Tat war Elsbeths Vergleich nicht weit hergeholt, denn der Teppich hatte bis vor zehn Minuten noch der Honigverkäuferin an der Ecke gehört, die ihn als wärmenden Fußläufer benutzte. Doch litt sie nicht nur unter kalten Füßen, sondern auch unter Migräne, und da die Migräne ihr weitaus mehr Pein bereitete, als der Teppich Wärme spendete, war sie bereit gewesen, sich gegen einen Heilzauber von dem guten Stück zu trennen. »Sag nix gegen den Teppich und lass mich durch!«

»Nur über meine Leiche!«

Spinner-Franz verlor allmählich die Geduld, einerseits, weil das Bein in dem Teppich ziemlich schwer war, andererseits, weil er Angst hatte, dass es ihm herausrutschte – und Elsbeth vor die Füße fiel. »Mach endlich Platz, der Doktor erwartet mich.«

»Der Herr Doktor ist nicht da.«

»Ich hab ihn oben am Fenster gesehen.« Das stimmte zwar nicht, aber Spinner-Franz hoffte, dass Elsbeth sich täuschen lassen würde.

Doch Elsbeth war nicht nur mürrisch und kochunkundig, sondern auch stur. »Der Herr Doktor braucht deinen Schmutzteppich nicht, geh deiner Wege.«

»Der Doktor wird hocherfreut sein über das, was ich ihm bringe.«

»Zum letzten Mal, der Herr Doktor braucht deinen Kram nicht.«

Spinner-Franz verdrehte die Augen. »Woher willst du das wissen? Kannst du durch ein Feld voller Disteln gehen und hinterher sagen, welche dich gestochen hat?«

»Wie?«

»Siehst du, du kannst es nicht. Du weißt nix. Aber ich sag dir was: Die dicke Warze, die du da auf der Stirn hast, die könnt ich zum Verschwinden bringen.«

»Pah!«

»Nix pah! Ich sag dir, wie's geht, weil du es bist: Du nimmst einen Kieselstein aus der Elbe, nicht zu groß und nicht zu klein, und wickelst ihn in ein Efeublatt …«

»Wieso ausgerechnet ein Efeublatt?«

»Weil Efeublätter immergrün sind. Wenn's nicht so wär, könnt man im Winter ja keine Warzen behandeln.«

»Ach so. Und weiter?« Die Begründung schien Elsbeth einzuleuchten.

Endlich hört sie mir zu!, dachte Spinner-Franz und fuhr mit verschwörerischer Miene fort: »Aber du musst darauf achten, dass noch eine Stelle von dem Stein frei bleibt. Mit dieser Stelle berührst du die Warze dreimal, genau um Mitternacht, und sagst dabei:

Warze, Flechte, Grind,
die man am Kopfe findt,
ein Schand', die nicht verwest,
weil der, des sie gewest,
von übelstem Gesind'!
Herrgott, oh, hilf mir!

Am nächsten Morgen gehst du mit dem Stein an einen belebten Platz, wo du ihn für jedermann gut sichtbar ablegst. Bald darauf wird jemand kommen und ihn aufheben.«

»Und dann? Was passiert dann?«

»Dann wird die Warze auf wundersame Weise auf denjenigen übertragen, der den Stein aufgenommen hat. Und du, Elsbeth, bist das Ding ein für alle Mal los.«

»Aber der komische Vers, den kann ich mir nicht merken.«

»Macht nix, wenn du ›Herrgott, oh, hilf mir!‹ rufst, genügt es auch.«

»Aber wehe, es wirkt nicht!«

»Es wirkt so sicher wie ein Tropfen Blut dem anderen gleicht. Und nun lass mich endlich rein.«

Widerstrebend gab Elsbeth die Tür frei. »Der Herr Doktor ist oben im kleinen Experimentierzimmer. Er will auf keinen Fall gestört werden. Von niemandem. Wenn du ihn unbedingt sprechen musst, dann warte bei den Apparaten, bis er rauskommt, aber ich sag's dir gleich: Das kann Stunden dauern.«

»Ja, ja.« Spinner-Franz stapfte die breite Treppe hinauf in den ersten Stock und blickte sich dort außer Atem um. Seltsame Geräte standen hier, Kästen, Gefäße und Kugeln mit einer Achse in der Mitte und einer Kurbel daran, aus Glas und Holz und Schwefel. Das mussten die geheimnisvollen Maschinen sein, mit denen Conatus die Versuche unternahm, über die sich die Leute das Maul fusselig redeten! Die Maschinen, für die er auch Mewes' Hand benötigt hatte.

Spinner-Franz blickte die Treppe hinunter und stellte mit Zufriedenheit fest, dass Elsbeth, die mürrische Vettel, sich verzogen hatte. Wahrscheinlich in die Küche. Gut so. Er beschloss, sich in Geduld zu fassen, und setzte sich in einen der bereitstehenden Sessel.

Die Zeit verging.

Irgendwann stand Spinner-Franz wieder auf. Er langweilte sich. Doktor Conatus schien ein sehr aufwändiges Experiment durchzuführen. Was er wohl gerade trieb? Ob er auch eine dieser geheimnisvollen Apparaturen betätigte? Spinner-Franz trat an eine der Maschinen heran und ergriff die Kurbel. Er drehte sie. Leise surrend begann sich die Kugel zu drehen. Er kurbelte schneller, die Kugel drehte sich schneller.

Spinner-Franz ließ los, und Kugel und Kurbel drehten sich weiter. Das gefiel ihm.

Da, ein Geräusch hinter einer der Türen! War das vielleicht Conatus?

Rasch wollte Spinner-Franz die Maschine anhalten. Aber da er Angst hatte, in die wirbelnde Kurbel zu greifen, drückte er lieber die Hand gegen die Kugel – und sprang mit einem Entsetzensschrei zurück. Blitze und Funken waren ihm aus der Hand gesprungen!

Er besah seine Finger – nichts. Es war nichts zu sehen und, Satan sei Dank, auch kein Schmerz zu spüren.

»Was willst du hier?«

Spinner-Franz fuhr herum und erkannte Conatus. Der Wissenschaftler stand in ganzer Länge vor ihm und hatte eine steile Falte auf der Stirn.

»Ich wollt Euch besuchen.«

»Darauf lege ich keinen Wert.« Conatus rückte seinen Zwicker zurecht. Der kleine, dürre Mann, der Spinner-Franz genannt wurde, war der Letzte, den er sich als Besucher wünschte.

»Vielleicht doch?« Spinner-Franz grinste schief.

»Nein. Warum hast du die Apparatur dort bedient? Die Kugel dreht sich immer noch. Ich sage dir, rühre meine Geräte nicht an, da hört bei mir der Spaß auf. Und nun mach, dass du fortkommst!«

»Gern, Herr Doktor, aber bevor ich geh, wollt ich Euch noch was zeigen.« Spinner-Franz deutete auf die Teppichrolle, die er auf den Boden gelegt hatte.

Conatus ahnte nichts Gutes. Wollte der dürre Mann ihm womöglich eine zweite Hand anbieten? Verrückt genug war er. Überdies war schon wieder ein Mord passiert, Elsbeth hatte es erzählt, ein grausiger Mord, durchgeführt mit einer Doppelaxt. »Verlasse mein Haus, augenblicklich!«

»Wie gesagt, gern, möcht nur noch rasch diesen Teppich vor Euch ausrollen.« Spinner-Franz trat kräftig gegen die Mitte der Rolle, und mit einem rumpelnden Geräusch drehte sie sich ein paarmal und gab ihren Inhalt preis.

Sutters Bein.

Diesmal war es Conatus, der einen Entsetzensschrei ausstieß.

»Fünf Taler, wie neulich am Brunnen besprochen«, sagte Spinner-Franz sachlich.

»Bist du von Sinnen!«, schrie Conatus. »Nie im Leben gebe ich dir fünf Taler. Nimm das Bein und verlasse mein Haus. Ich will mit dir nichts zu tun haben.«

»Fünf Taler.« Spinner-Franz hielt fordernd die Hand auf. »Und schreit nicht so, oder wollt Ihr, dass Elsbeth raufkommt und das Bein sieht?«

Das wollte Conatus natürlich nicht, deshalb beherrschte er sich mühsam. »Sofort verlässt du mein Haus, sonst hole ich die Wache.«

Spinner-Franz lächelte. »Das braucht Ihr nicht, ich geh ja schon. Allerdings müsst Ihr mir vorher das Geld geben.«

»Kommt nicht in Frage! Du kriegst kein Geld und gehst auf der Stelle.«

»Das würd Euch nix nützen.«

»Wie, was meinst du?«

»Weil ich das Bein hierlassen würd. Es ist das Bein

von dem ermordeten Braumeister Sutter, und ich bin gespannt, was Vock, der Gerichtssekretär, sagen würd, wenn ihm ein Vöglein zwitschert, dass es beim Herrn Doktor Conatus herumliegt. Beim berühmten Herrn Doktor Conatus, der so seltsame Experimente mit Händen und Beinen macht.«

»Das ist Erpressung!« Conatus rückte fahrig an seinem Zwicker. Was Spinner-Franz da eben angedroht hatte, musste in jedem Fall vermieden werden. »Aber die Erpressung wird dir nichts nützen, nichts nützen! Ich würde ganz einfach sagen, dass ich das Bein von dir habe.«

»Und niemand würd Euch glauben.« Wieder hielt Spinner-Franz die Hand auf.

Fieberhaft überlegte Conatus, wie er aus dieser Zwickmühle herauskäme. Wie konnte er nur vermeiden, denunziert zu werden, wie konnte er verhindern, verhaftet und als Mörder beschuldigt zu werden? Dann glaubte er, die Lösung gefunden zu haben. »Hör zu, ich mache dir einen Vorschlag: Ich gebe dir nicht nur fünf, sondern sogar zehn Taler, was hältst du davon?«

»Wenn Ihr mich so fragt: das Doppelte wie von fünf!«

»Gut, dann ist es abgemacht. Aber dafür nimmst du das Bein wieder mit.«

Spinner-Franze griente. »Mit Speck fängt man Mäuse, wie, Herr Doktor, das denkt Ihr doch? Nun gut, dann will ich gern das Mäuslein sein, gebt mir nur die zehn Taler, gleich hier und jetzt und bar auf die Hand.«

Zentnerlasten fielen von Conatus ab. Er eilte in einen Nebenraum und holte das Geld, wobei er sich glücklich schätzte, überhaupt so viel im Haus zu haben.

Spinner-Franz nahm die schweren Münzen entgegen,

steckte sie weg und sah mit leuchtenden Augen, wie sich seine Tasche ausbeulte. Dann rief er: »*Ita est* und *yes* und *oui*, Bein bleibt Bein, bleibt, wo es ist, es scheint mir Zeit, zu gehen! Adieu, Herr Doktor, gehabt Euch wohl!«, und stürmte die Treppe hinunter.

Unten prallte er fast mit Elsbeth zusammen, die gerade aus der Küche kam und das Haus verlassen wollte. Sie hielt einen blankgescheuerten Kieselstein in der Hand und wunderte sich. »Meiner Treu, hast du's aber eilig!« Dann entdeckte sie Conatus, der völlig konsterniert oben am Treppenabsatz stand. »Ist was, Herr Doktor?«

Conatus' Antwort kam wie aus einer anderen Welt.

»Nein, äh, es ist nichts. Gar nichts.«

Klingenthal zog Krassmann in den Geräteschuppen und schloss sofort die Tür hinter ihm. »Was treibt Euch denn hierher? Ich denke, Ihr sitzt in Eurer Höhle und wartet ab, bis sämtliche Mordfälle aufgeklärt sind?«

»Das wollte ich auch.« Krassmann wirkte müde und übernächtigt.

»Und was hat Euch daran gehindert?«

»Rüterbusch.« Krassmann spie das Wort aus, als bedeute es Pest, Lues und Aussatz in einem. »Rüterbusch macht mich wahnsinnig. Ob Ihr's glaubt oder nicht, er schreit wie am Spieß.«

»Nun setzt Euch erst einmal, am besten da auf die alte Kiste. Wollt Ihr einen Tee? Es ist nur ein Rest, und er ist auch nicht mehr heiß, aber immerhin.«

Krassmann nahm das Getränk dankbar an und schlürfte einen Schluck in sich hinein.

Klingenthal setzte sich zu ihm und fragte: »Wenn ich mich richtig entsinne, ist Rüterbusch geknebelt, wie kann er da schreien?«

Krassmann stellte den Teebecher auf den Boden. »Ich kann ihn ja nicht Tag und Nacht geknebelt halten, irgendwann muss er ja auch etwas essen und trinken, und immer, wenn ich ihm das Ding aus dem Mund nehme, schreit er wie am Spieß. Er bringt mich noch um den Verstand.«

»Ich habe es Euch schon einmal gesagt: Lasst ihn doch einfach frei.«

»Damit dieser Hundsfott durch die ganze Stadt rennt und mich als Mörder bezeichnet? Ihr habt vielleicht Vorstellungen!«

»Nun ja, möglicherweise habt Ihr Recht. Dennoch ladet Ihr schwere Schuld auf Euch, ihn gefangen zu halten.«

»Ich habe ihn nicht gebeten, zu mir zu kommen. Und ich habe ihn erst recht nicht gebeten, mich mit einer Pistole zu bedrohen.«

Klingenthal schüttelte den Kopf. »Ich kann Euer Verhalten nicht gutheißen, aber ich verspreche, weiterhin zu schweigen, da ich Euch für unschuldig halte. Eines verstehe ich bei alledem nicht: Das Geschrei ist sicher unangenehm, aber warum stört es Euch so, wo doch niemand es hören kann?«

Krassmann seufzte. »Wenn es so einfach wäre. Aber Ihr habt bei alledem die Hunde vergessen. Immer wenn Rüterbusch schreit, spielen sie verrückt. Sie gebärden sich wie toll, sie bellen in den Eingang meiner Höhle hinein, denn sie denken, mir sei etwas passiert. Und jedermann, der an der Umzäunung vorbeikommt, muss sich fragen, was da los ist.«

»Daran habe ich nicht gedacht, das ist tatsächlich ein Problem«, bestätigte Klingenthal nachdenklich.

»Wenn Rüterbusch schreit, gehorchen mir die Tiere nicht mehr, sie geraten in Panik und sind durch nichts zu beruhigen. Mein Versteck ist dann keinen Pfifferling mehr wert.«

Klingenthal kratzte sich am Kopf. Er wollte dem Scharfrichter gern helfen, obwohl er selbst genügend Schwierigkeiten hatte. »Ich an Eurer Stelle würde versuchen, Rüterbusch ruhigzustellen, am besten durch ein *Tranquilium* zum Einnehmen, kennt Ihr so etwas?«

»Nein, ich kenne mich nur mit Arzneien für die oberflächliche Behandlung des Körpers aus. Wie, sagtet Ihr, heißt das Mittel?«

»*Tranquilium.* Es ist eine Flüssigkeit, in der Opiummilch oder Opiumpulver gelöst ist. Der Effekt ist erstaunlich. Bei entsprechender Konzentration wird der Patient innerhalb kürzester Zeit still und teilnahmslos. Allerdings darf die Flüssigkeit nicht regelmäßig eingenommen werden, sondern nur von Fall zu Fall.«

Krassmanns Gesicht hellte sich auf. »Das scheint mir das rechte Mittel zu sein, aber sagt: Wie kommt es, dass Ihr Euch in den Heilsäften so gut auskennt? Seid Ihr früher Arzt gewesen?«

»Dazu möchte ich mich nicht äußern, ebenso, wie ich Euch beim Besorgen des *Tranquiliums* nicht weiterhelfen kann. Vielleicht noch ein Rat: Stopft für alle Fälle Euren Hunden Wachs in die Ohren und Euch selbst auch. Dann dürftet Ihr weitestgehend Ruhe haben.«

»Ich danke Euch.« Krassmanns Stimme klang leicht verlegen. »Warum tut Ihr das alles für mich?«

»Tja, warum? Vielleicht, weil ich selbst erfahren musste,

wie es ist, verdächtigt zu werden. Und zwar von unserem gemeinsamen Freund Rüterbusch.«

»Nochmals vielen Dank. Jetzt habe ich wieder etwas mehr Hoffnung, dass alles gut wird.« Krassmann erhob sich von der Kiste. »Ach, fast hätte ich das Wichtigste vergessen: Habt Ihr inzwischen eine begründete Vermutung, wer die Gräueltaten begangen haben könnte?«

»Nein, leider nicht die geringste.« Klingenthal zögerte und beschloss dann, die ganze Wahrheit zu sagen. »Im Gegenteil, es ist noch ein weiterer Mord hinzugekommen. Der Braumeister Erich Sutter wurde gestern tot in seinem Haus aufgefunden.«

Krassmann musste sich wieder setzen. »Nein«, war alles, was er herausbrachte.

»Doch«, sagte Klingenthal und schilderte die Hintergründe. Als er fertig war, schwieg Krassmann eine Weile, dann murmelte er, mehr zu sich selbst als zu Klingenthal: »Gottlob kann man mir diesen Mord nicht auch noch anhängen. Ich war die ganze Zeit in meiner Höhle, Rüterbusch kann das bezeugen.«

»Sicher«, antwortete Klingenthal, »aber wird er das auch tun?«

Zehn Minuten später, nachdem Krassmann unbemerkt aus dem Geräteschuppen geschlüpft war und auf Schleichpfaden den Heimweg angetreten hatte, begab sich Klingenthal zum Sutter'schen Haus. Er überquerte den Uhlenmarkt, der an diesem Montagvormittag kaum belebt war, und steuerte auf das Anwesen zu. Da war das auch schon: groß, ausladend, mit farbigen Butzenscheiben und reichen, fast protzig wirkenden Schnitzereien. Ein beeindruckender Anblick, doch standen die Nachbarhäuser ihm darin kaum nach. Klingenthal verharrte und atmete durch. Bei seinen ersten Erkundigungen hatte er die Erfahrung gemacht, dass die Auskunftsfreudigkeit der Bewohner im umgekehrten Verhältnis zur Größe ihres Domizils stand, und er fürchtete, auch hier, in der Gasse Beim Weber, würde es nicht anders sein.

Und er behielt Recht.

Die Leute, meist Mägde, Diener oder sonstiges Gesinde, waren durchweg abweisend und schroff, und etwas gesehen oder gehört haben wollten sie schon gar nicht. Klingenthal kam sich allmählich selbst vor wie ein Verbrecher, nur weil er ein paar Fragen stellte.

Eines der Häuser jedoch sah keineswegs herrschaftlich aus, es war ein uraltes Fachwerkhaus, dessen Eichenständer morsch und dessen Lehmflechtwerke in den Gefachen fast gänzlich herausgebröckelt waren. Seines schlechten Zustands wegen wurde es in der Gasse allgemein *Der Schandfleck* genannt. Klingenthal wollte schon unverrichteter Dinge umkehren, als ihm das altersschwache Gebäude ins Auge sprang. Ein paar Kinder saßen davor und spielten mit Murmeln. Vielleicht lohnte es sich, einen letzten Versuch zu machen? Er ging auf die Bande zu und fragte: »Sagt mal, ihr habt doch sicher davon gehört, dass der Braumeister Sutter gewaltsam zu Tode gekommen ist, hat jemand von euch mitgekriegt, wie es passierte?«

Die Kinder ließen sich in ihrem Spiel nicht stören.

Klingenthal fragte nochmals, und als er wiederum keine Antwort bekam, merkte er, dass er die Sache anders angehen musste. Er holte eines seiner roten Seidentücher hervor und stopfte es sich ins linke Ohr. Dann schüttelte er den Kopf wie ein Hund und zog scheinbar dasselbe Tuch aus dem rechten Ohr wieder heraus. »Könnt Ihr das auch?«, fragte er.

»Nee, Meister Klingenthal«, antwortete ein halbwüchsiger Junge.

Aha!, dachte Klingenthal, man hat mich also wenigstens erkannt. Vielleicht hilft's? »Wenn Ihr mir meine Frage beantwortet, zeige ich euch vielleicht den Kniff, der dahintersteckt.«

Das war der Satz, der das Eis brach, denn nun redeten die Kinder alle durcheinander: »Wie geht denn der Kniff?« – »Los, zeig's uns!« – »Au ja, du musst ihn uns zeigen!«

Klingenthal seufzte und dachte: Wer die Lippen spitzt, muss auch pfeifen, so heißt es. Ich komme wohl nicht drum rum. Er tippte auf sein rechtes Ohr und verriet, dass darin bereits ein Tuch gewesen war, dann demonstrierte er, wie winzig klein es sich zusammenknüllen ließ. Die Reaktion der Kinder war unterschiedlich, einige waren enttäuscht, dass die Zauberei sich als so simpel erwiesen hatte, andere fanden es fabelhaft, das Geheimnis nun zu kennen. In jedem Fall hatte Klingenthal die Kleinen auf seiner Seite, und als er nochmals fragte. »Hat jemand etwas von dem Mord mitgekriegt?«, antwortete ihm der halbwüchsige Junge:

»Nee, ham wir nich.«

»Wirklich nicht?«

»Nee.«

»Schade, na, da kann man nichts machen.« Obwohl Klingenthal eigentlich nichts anderes erwartet hatte, fühlte er Enttäuschung. »Ihr seid die Letzten, die ich gefragt habe, bei allen anderen in der Nachbarschaft war ich schon.« Er drehte sich um und wollte gehen, doch ein kleines Mädchen rief ihm nach:

»Bei allen bestimmt nich!«

Klingenthal kam noch einmal zurück. »So? Bei wem war ich denn noch nicht?«

»Bei Jakob!«

»Wer ist Jakob?«

Ein anderer Junge anwortete: »Jakob is Hilfsmann auf der Werft.«

Das kleine Mädchen widersprach: »Nee, isser nich.«

»Doch!«

»Nee! Rausgeschmissen ham sie ihn!«

»Ach so.«

»Sie ham gesacht, er kann nur raufen un saufen, nix sonst.«

»Das stimmt, mehr kanner nich«, pflichteten andere bei.

»Wenn er besoffen is, haut er immer um sich, mich hatter auch schon gehaun«, sagte der andere Junge.

»Mich auch.«

»Mich auch.«

»Nur weil wir ihn ein bisschen geärgert haben«, sagte der Halbwüchsige.

Klingenthal fragte: »Wo wohnt denn Jakob?«

»Wie, das weißt du nich?«, wunderte sich das kleine Mädchen. »Na hier, im *Schandfleck*.»

»Meint ihr, er ist zu Hause?«

»Klar, der hat doch nix zu tun, seit er rausgeschmissen is«, sagte der Halbwüchsige.

»Außer saufen«, sagte das kleine Mädchen.

»Saufen un raufen, saufen un raufen, der spinnt immer dasselbe Seil«, sagte der andere Junge altklug.

»Lasst mich mal vorbei, Kinder«, sagte Klingenthal, »ich will mit Jakob reden.« Er ging zur Haustür und klopfte kräftig. Dann fiel ihm ein, dass er den Nachnamen des Säufers nicht kannte. »Wie heißt Jakob denn weiter?«

»Keine Ahnung« – »Weiß nich« – »Nie gehört« – »Der heißt einfach nur Jakob«, klang es durcheinander.

»Nun ja, es wird auch so gehen.« Klingenthal klopfte erneut, und als sich drinnen noch immer nichts rührte, sagte der Halbwüchsige: »Der is bestimmt wieder besoffen.«

»Oder immer noch«, sagte der andere Junge.

Klingenthal betrat das Haus. Er gelangte in einen schmalen, halbdunklen Flur, von dem drei Türen abgingen. Wenn die Kinder Recht hatten, musste der Säufer sich hinter einer von ihnen aufhalten. »Jakob? Bist du zu Hause?«

Hinter der ersten Tür verbarg sich eine Küche, jedenfalls ließ der kleine Ofen, der in der Ecke stand, darauf schließen. Ansonsten war der Raum staubig und verdreckt, Speisereste lagen auf den Dielenbrettern, schmutzige Teller standen herum.

»Jakob?«

Die zweite Tür führte in einen Abstellraum, wo allerlei kaputtes Gerät herumstand, darunter eine Apfelpresse, ein paar Eimer, Besen, Schaufeln – aber keine Äpfel.

Die dritte Tür verschloss die Wohnstube, wie sich herausstellte, einen Raum, der durch ein blindes Fenster erhellt wurde. Das Fensterkreuz zeichnete sich als Schatten in dem wenigen hereinfallenden Licht ab, und in der Mitte des Kreuzes – da, wo die beiden Balken sich kreuzten – erkannte Klingenthal ein Gesicht. Es war ein Gesicht mit weit geöffnetem Mund, und in dem Mund steckte eine gezackte Kugel mit kräftigem Schaft.

Klingenthal stellte fest, dass er Jakob gefunden hatte, ihn aber nicht mehr befragen konnte. Denn Jakob war so tot, wie ein Mann nur tot sein kann. Schon wieder ein Gemeuchelter! Klingenthal rang um Fassung. Er wollte die Kugel mit dem Schaft, von der er annahm, dass es sich um einen Morgenstern handelte, näher untersuchen, doch da merkte er, dass die Kinder hinter ihm standen und neugierig die Hälse reckten.

»Ihr habt hier nichts zu suchen«, sagte er und schob sie mit sanfter Gewalt hinaus.

Draußen, im hellen Licht des Tages, kam ihm das, was er gerade gesehen hatte, wie ein Spuk vor. Und doch war kein Zweifel möglich. »Bitte«, sagte er zu dem Halbwüchsigen, »laufe so schnell du kannst zum Rathaus und hole den Stadtphysikus Doktor Beiss und den Gerichtssekretär Vock her. Und sage ihnen, es wäre sehr dringend, es gäbe einen weiteren Toten.«

Der halbwüchsige Junge zögerte. »Jetzt is Mittagszeit, Meister Klingenthal, da sin die Herren alle wech, sin alle im *Brandenburger* oder im *Roten Hirschen* oder nach Hause, Mittag essen. Die find ich nie.«

Klingenthal überlegte. Was der Junge sagte, stimmte, trotzdem musste der Versuch unternommen werden, die Herren zu holen. Sollte er es selbst tun? Nein, es war besser, wenn er bei der Leiche blieb, nur so war sichergestellt, dass auf keinen Fall etwas angerührt wurde. Er zog die beiden roten Seidentücher hervor und ließ sie spielerisch durch die Finger gleiten.

»Findet sich denn gar keiner unter euch, der mir helfen will?«

»Doch, ich!«, krähte das kleine Mädchen. »Ich lauf schnell los!«

»Das ist sehr brav von dir«, lobte Klingenthal.

Und schenkte der Kleinen die roten Tücher.

Wer Wind sät, wird Sturm ernten, seine Saat soll nicht aufgehen und sein Gewächs kein …

Das kleine Mädchen, es hieß übrigens Tilda, erwies sich als sehr aufgeweckt und findig, denn es gelang ihm, sowohl Beiss als auch Vock in überraschend kurzer Zeit aufzuspüren, und das, obwohl Beiss im überfüllten *Roten Hirschen* saß und Vock zu Hause am anderen Ende der Stadt bei seiner Frau war.

Nun standen beide im Wohnraum des *Schandflecks* und starrten auf den toten Säufer Jakob. Der eine schnaufend und sich ans Herz fassend, der andere stirnrunzelnd.

»Ihr scheint die Toten zu sammeln, Meister Klingenthal«, keuchte Beiss, »überall, wo Ihr auftaucht, liegt eine Leiche. Wenn das so weitergeht, lege ich mich demnächst daneben.«

Vock meinte: »Das ist die Handschrift von Spinner-Franz, da bin ich mir ganz sicher, wieder so eine merkwürdige Kriegswaffe, bestimmt stammt sie aus der Rüstkammer im Rathaus. Der dürre Kerl kann von Glück sagen, dass er mir noch nicht über den Weg gelaufen ist, aber egal, ich schnappe ihn.«

Beiss zog sein riesiges Schnupftuch hervor und wischte sich die Stirn. Die paar Hundert Schritte vom *Roten Hirschen* zum *Schandfleck* hatten ihn an den Rand des Infarkts gebracht. »Worauf wartet Ihr dann noch, Vock? Schwirrt los, Ihr könnt mir hier sowieso nicht helfen.«

»Glaubt Ihr wirklich?« Vock zweifelte, ob es mit seiner Wichtigkeit vereinbar war, das Feld einfach zu räumen.

»Natürlich, geht nur.« Beiss beachtete Vock nicht weiter und ließ sich ächzend auf die Knie nieder. »Licht«, knurrte er, »wie soll ein Arzt ohne Licht arbeiten!«

Klingenthal entzündete eine Kerze und verstärkte auf diese Weise die geringe Helligkeit, die durch das Fenster in den Raum gelangte.

»Ich schaue mir zunächst den Toten an, dann die Waffe«, entschied Beiss. »Bitte richtet ihm den Oberkörper auf und lehnt ihn an das Tischbein.«

Klingenthal gehorchte, auch wenn es ihm vorkam, als wäre Jakobs Brust mit Blei gefüllt.

»Haltet die Kerze neben den Kopf, danke.« Beiss griff in seine Arzttasche und holte ein Schermesser hervor, um dem Toten das Haupthaar abzurasieren. Er hantierte schnell und geschickt. »So, nun lässt sich schon mehr erkennen. Insgesamt sieben ringförmige Schlagverletzungen von geringem Durchmesser, aber offenbar tief, bis unter die Schädeldecke gehend, sicher von den Eisenspitzen der Waffe herrührend, hm, hm, hm, und was haben wir noch? Mehrere Impressionsfrakturen, ebenfalls in der *Kalotte*, wie ich mir schon dachte. Die genaue Anzahl ist schwer festzustellen, jedenfalls hier, so zwischen Tür und Angel. Wisst Ihr, was eine Impressionsfraktur ist, Meister Klingenthal?«

»Äh, leider nein«, log Klingenthal.

»Woher solltet Ihr das auch wissen, ich drücke es mal laienhaft aus: Wenn die Schädeldecke mit einem schweren Gegenstand gewaltsam in Berührung kommt, beispielsweise durch einen Hieb, bricht sie, ähnlich wie bei einem hartgekochten Ei, dessen Schale mit einem Löffel aufgeschlagen wird. Die Folge sind innere Blutungen, Gerinnsel im Schädel, die zu Lähmung und Tod führen. Wie in diesem Fall.«

»Sehr interessant«, sagte Klingenthal.

»Das Bild der Impressionsfrakturen spricht dafür, dass mehrfach zugeschlagen worden ist. Vielleicht wundert Ihr Euch, dass unter diesen Umständen nur vergleichsweise wenig Blut auf den Boden geflossen ist, aber wisset: Die eigentliche Hirnmasse birgt keine Adern.«

»Was Ihr nicht sagt.« Klingenthal gab sich ahnungslos. »Ich glaube, Jakob war betrunken, als er getötet wurde, dort neben dem Tisch liegt eine leere Kanne in einer Bierlache.«

Beiss schnupperte. »Richtig, es riecht schal! Wahrscheinlich fiel dem Opfer nach dem Schlag das Gefäß aus der Hand, und der Rest des Gerstensaftes breitete sich auf dem Boden aus. Womit ich zur Tatwaffe komme: Noch immer steckt sie tief im Mund des Opfers, der Täter muss sie mit brachialer Gewalt hineingerammt haben, nachdem er sein grausames Werk verrichtet hatte. Wenn meine bescheidenen Kenntnisse mich nicht trügen, handelt es sich um einen mittelalterlichen Morgenstern, ein blutrünstiges Instrument, mit dem die Schlagetots jener Zeit umherliefen.«

»Ihr scheint Euch gut mit Waffen auszukennen, Herr Doktor!«

»Ein Steckenpferd von mir, lieber Meister. Wenn mich Äskulap und Hippokrates nicht zum friedlichen Einsatz gerufen hätten, wäre ich zur Truppe gegangen. Ob ich dann allerdings die Karriereleiter hätte emporklimmen können, fragt sich.« Beiss lachte gutmütig und deutete auf seinen gewaltigen Leib. »Doch zurück zur Waffe: Sie steckt wie gesagt tief im Mund, was den Kundigen an die Folterwerkzeuge früherer Zeiten erinnert. Wisst Ihr, was eine Mundbirne ist?«

»Nein«, sagte Klingenthal, und diesmal wusste er es wirklich nicht.

»Mundbirnen haben sechs oder acht eiserne Flügel und in der Mitte ein Gewinde mit Mutter; die Mutter befindet sich dort, wo bei einer richtigen Birne der Stängel ist. Die Mundbirne wird mit dem dicken Ende zuerst zwischen die Zähne gedrückt, dann wird an der Mutter gedreht, wodurch die Flügel sich spreizen. Je weiter die Mutter auf dem Gewinde wandert, desto weiter gehen die Flügel auseinander, bis schließlich die Wangen reißen und platzen.«

»Das habt Ihr sehr anschaulich geschildert.«

»So, habe ich das? Ich hoffe nicht, dass Ihr zu zartbesaitet seid! Jedenfalls ist die Mundbirne geradezu ein Streichinstrument gegen die Schädelquetsche, bei der die Schädelplatte wie beim Weinkeltern von oben zerquetscht wird, oder die Kopfzwinge, die wie eine Dornenkrone wirkt – mit dem kleinen Unterschied, dass die Dornen beweglich sind und immer tiefer in den Schädel eindringen. Apropos Dornen: Wir wollen einmal sehen, wie viele Dornen unser Morgenstern aufweist, und ihn zu diesem Zweck herausholen.«

Beiss betastete mit seinen Wurstfingern die aufs Äußerste gespannten Lippen. »Oh, das wird nicht leicht.« Er tastete weiter. »Ja, ja, auch der Mund ist letzten Endes nur ein Schließmuskel, was man durchaus verstehen kann, wenn man bedenkt, wie viel Unrat er häufig ausscheidet. Wie alle *Sphinkter* hat auch er nur eine gewisse Dehnbarkeit.«

Während er noch redete, hatte er ein Skalpell in die Hand genommen und die Mundöffnung vergrößert, indem er links und rechts einen tiefen Einschnitt in die Winkel machte. »So, nun wird uns die Totenstarre nicht weiter behindern.«

Beiss gab das Skalpell an Klingenthal weiter und zog das Mordwerkzeug vorsichtig aus Jakobs Mund. »Wie ich vermutete: eine Kugel, so groß wie eine kräftige Männerfaust, gespickt mit, äh, lasst mich nachzählen, insgesamt fünfzehn eisernen Spitzen. Da haben wir sie wieder: die Fünfzehn, die magische Zahl! Jede Eisenspitze hat schätzungsweise einen Zoll Länge. Der Schaft misst ungefähr anderthalb Fuß. Am Ende ist eine Bohrung zu erkennen, die wahrscheinlich zur Befestigung des Faustriemens diente. Ansonsten sind keine Besonderheiten zu konstatieren, keine Hinweise auf den Schandbuben, der die Bluttat verbrach, und dennoch: ein Prachtstück von Morgenstern.«

»War das Opfer gleich beim ersten Schlag tot?«, wollte Klingenthal wissen.

»Ich denke schon, zumindest bewusstlos. Dafür spricht der Alkoholdunst, der dem Mund entströmt, und die Schwere des Mordwerkzeugs.« Beiss griff erneut in seine Arzttasche und holte etwas Mull hervor, mit dem er das Skalpell abwischte. »Wisst Ihr übrigens, warum der Morgenstern Morgenstern heißt?«

»Nein«, sagte Klingenthal wahrheitsgemäß. »Vielleicht wegen seiner sternenähnlichen Form?«

»Richtig vermutet, aber nicht nur deshalb.« Beiss verstaute Schermesser und Skalpell in seiner Tasche und warf den Mull hinterher. »Es besteht auch eine Verbindung zur Venus, die ja ebenfalls Morgenstern genannt wird, weil sie morgens am östlichen Himmel zu sehen ist. In alter Zeit glaubte man, der Komet Phaeton habe sich unter Donnergetöse in die Venus verwandelt, was, wie es hieß, zu ihrem ›katastrophalen Auftreten‹ führte. Sie wurde für Not, Tod und Kriege verantwortlich gemacht. Heute wissen wir natürlich, dass dieser Glaube Aberglaube war, doch bleibt uns die Erkenntnis: Der Morgenstern am Himmel war Namensgeber für den Morgenstern auf dem Schlachtfeld.«

Übergangslos streckte Beiss, noch immer kniend, seinen Arm aus. »Bitte, helft mir auf.«

Klingenthal musste seine ganze Kraft aufwenden, um Beiss in die Vertikale zu ziehen, doch dann war es geschafft. »Ein Mittagsmahl täte mir jetzt gut. Kommt Ihr mit in den *Roten Hirschen*?«

Klingenthal wunderte sich. »Ich dachte, Ihr hättet dort schon gegessen?«

Beiss lachte gutmütig. »Gegessen ja, aber nicht fertig gegessen! Ich beabsichtige, noch eine schöne Portion Birnengefrorenes zu verspeisen, das wird mir das Ausfüllen des Totenscheins versüßen. Kommt Ihr nun mit?«

»Nein, lieber nicht. Ich möchte mir noch ein paar Gedanken machen, inwieweit die neue Leiche zur Aufklärung der Morde beitragen könnte.«

»Dann macht das nur, ich gehe. Einen guten Tag noch!« Beiss hob seine Arzttasche an und watschelte aus dem Todeszimmer.

Klingenthal blieb zurück. Er betrachtete den Toten, einen vierschrötigen Mann Anfang zwanzig, und fragte sich, warum er sterben musste. Den einzigen Hinweis hatten die Kinder gegeben. Sie hatten erzählt, Jakob wäre ein Raufbold gewesen und hätte auch sie geschlagen.

Was stand außerdem fest?

Der Mörder schien eine Art Rachefeldzug durchzuführen und alle Männer strafen zu wollen, die Kinder schlugen. War das richtig? Vielleicht. Ein neuer Gedanke: War der Mörder als Kind vielleicht selbst geschlagen worden? Möglich. Aber welches Kind wurde früher oder später nicht geschlagen? Musste man deshalb zum Mörder werden? Wenn man verrückt war, ja. Oder?

Klingenthal pfiff sich zurück. Er wollte nur aufzählen, was an Tatsachen feststand, und keine Vermutungen anstellen.

Gut also, was stand darüber hinaus fest?

Alle Opfer waren Männer.

Alle Männer waren nachts ermordet worden.

Alle Mordwaffen stammten aus der Rüstkammer.

Als Klingenthal so weit mit seinen Gedanken war, packte ihn ein heißer Schreck. Wenn der Morgenstern wirklich aus der Rüstkammer stammte, warum war ihm sein Fehlen nicht aufgefallen, als er nach den Streitäxten gesehen hatte? Zwei Möglichkeiten gab es dafür: Entweder hatte er es nicht bemerkt, weil er nur Augen für die Äxte gehabt hatte, oder der Mörder hatte alles auf einmal in der letzten Nacht erledigt: den Morgenstern geraubt und Jakob getötet.

Genauso, wie er eine Nacht zuvor Sutter getötet hatte.

Zwei Morde in zwei aufeinander folgenden Nächten! Wo sollte das noch hinführen?

Was stand außerdem fest?

Die Sache mit dem Kichern. Alle Mörder hatten bisher gekichert, vielleicht auch Jakobs Mörder. Die Überlegung half kaum weiter, ließ aber den Schluss zu, dass es sich immer um ein und denselben Täter handelte, einen Täter, der obendrein auch noch Waffennarr war. Nun gut, das hatte er ohnehin schon vermutet.

Und sonst?

Nichts. Nichts von Bedeutung.

Doch halt, vielleicht gab es da noch etwas: Alle Ermordeten hatten auf dem Uhlenmarkt gewohnt oder gearbeitet – auf dem Uhlenmarkt oder in unmittelbarer Umgebung. Ein vergleichsweise kleines Areal, wenn man es mit Steinfurths Gesamtfläche verglich. Lebte der Mörder hier? Hatte er hier die Opfer beobachtet, wie sie ihre eigenen Kinder oder andere Kinder schlugen? Das mochte so sein, aber half das weiter?

Klingenthal rieb sich das Kinn. Er konnte doch nicht zu sämtlichen Männern in der Nachbarschaft gehen und sie fragen: »Entschuldigt, ich hätte gern eine Auskunft. Züchtigt ihr häufig eure Kinder?

Nein, unmöglich.

Er musste sich eingestehen, dass er wieder einmal nicht weiterwusste. Es war wie verhext. Er konnte doch nicht tatenlos zusehen, wie ein Mord nach dem anderen passierte! Sein Blick fiel auf den Morgenstern, der neben Jakob am Boden lag. Beiss hatte ihn dort liegen lassen. Beiss. Der Mann hatte großes Wissen über furchtbare Waffen. Wissen, das er auch gerne loszuwerden schien. Der Untersuchung der Waffe hatte er fast mehr Zeit gewidmet als der Untersuchung des Opfers.

Und wie Beiss den Morgenstern in der Hand gehalten hatte! Als wäre die Waffe ihm sehr vertraut!

Nein, Unsinn. Er vergaloppierte sich. Der Stadtphysikus kam als Täter nicht in Betracht, er hatte Gicht und konnte keine zehn Schritte tun, ohne dass ihm Schweißbäche in den Kragen liefen.

Da, neben dem Morgenstern, was war das? Klingenthal bückte sich und hob einen Knopf auf. Es war ein Westenknopf, klein, schwarz, aus Horn, mit zwei Löchern. War es ein Knopf des Mörders? Vielleicht, aber es konnte genauso gut Jakobs Knopf sein. Besaß Jakob eine Weste?

Froh, endlich etwas Greifbares in der Hand zu haben, machte Klingenthal sich auf die Suche. Zunächst sah er sich genau die Kleidung des Toten an und kam zu der Überzeugung, dass bei ihr kein Knopf fehlte. Weiter ging es mit den wenigen Jacken, Hosen und Hemden, die an einem großen Nagel vom Deckenbalken herabhingen. Auch hier war das Ergebnis gleich. Kein Knopf glich dem gefundenen. Das ließ nur einen Schluss zu: Wenn es nicht einer von Beiss' Knöpfen war, was angesichts der Kleinheit des Exemplars wenig wahrscheinlich schien, dann musste es der Knopf des Mörders sein. Ja, der Mörder hatte mit dem Morgenstern mehrmals ausgeholt und zugeschlagen, und bei der Gelegenheit war ihm ein Knopf von der Weste gesprungen!

Der Mörder war also Westenträger.

Na und, was half ihm diese Erkenntnis? Es gab kaum einen Mann in Steinfurth, der keine Weste besaß. Immerhin, es musste sich um einen Mann handeln, dem an diesem Kleidungsstück ein Knopf fehlte. Und dennoch: Diesen Mann finden zu wollen, das hieße, nach der Nadel im Heuhaufen zu suchen. Zwecklos. Wieder nichts.

Klingenthal steckte den Knopf ein und nahm den Morgenstern auf. Was sollte aus Jakobs Leiche werden? Um die musste Vock sich kümmern. Wahrscheinlich würde er ein paar Männer mit einem Wagen schicken, um den Toten auf den Gottesacker karren zu lassen. Hatte der Tote denn überhaupt keine Verwandten? Vielleicht würde es hilfreich sein, nach ihnen zu forschen, vielleicht kannten sie Feinde von Jakob, vielleicht gab es auf diese Weise endlich einmal einen Beweggrund für die Gräueltat. Vielleicht, vielleicht …

Was blieb, war der Morgenstern. Klingenthal wollte ihn zum Rathaus zurücktragen und dann in die Rüstkammer bringen.

Alle Mordwaffen stammten aus der Rüstkammer!

Plötzlich schoss Klingenthal diese von ihm selbst festgestellte Tatsache noch einmal durch den Kopf. Und brachte ihn auf eine Idee: Wahrscheinlich würde auch die nächste Mordwaffe dort gestohlen werden, vorausgesetzt, der Mörder plante eine weitere Bluttat. Wenn dem so war, brauchte er, Klingenthal, sich nur in der Rüstkammer zu verstecken und auf den Mörder zu warten. Er konnte ihn stellen und verhaften.

Aber wann würde der Mörder erscheinen?

Alle Männer waren nachts ermordet worden!

Also nachts. Doch in welcher Nacht? In der nächsten? In der übernächsten? Wenn man bedachte, dass in den vergangenen zwei Nächten jeweils ein Mord geschehen war, lag es nahe, dass in der kommenden Nacht abermals eine Bluttat passieren würde.

Aber das würde er verhindern.

Endlich würde er der Bestie habhaft werden!

Johannes, der Riese, fühlte sich unglücklich. Er hatte so gehofft, dass die doppelte Aufgabe seine letzte sein möge, schließlich hatte er sie erfolgreich beendet, und das Kind in ihm war sehr zufrieden gewesen. Aber das Kind war ein Nimmersatt. Es gierte nach Blut und konnte sich deshalb nie genug Aufgaben ausdenken. Wieder hatte es ihn erobert und seinen Willen durchgesetzt. Kichernd, quälend, unnachgiebig. Wie er das Kind hasste – aber das Kind hasste auch ihn. Obwohl es immer so tat, als sei es ihm aufs Engste verbunden.

Er hatte sich im Schlaf gewehrt, hatte um sich geschlagen und zu fliehen versucht, aber wohin hätte er fliehen sollen, da das Kind überall war? Überall – und ehe er sich's versah, auch in ihm.

Das Kind sagte ihm, was es wollte, und es freute sich schon auf das, was kommen würde. Es dirigierte ihn durch die nächtliche Stadt, hieß ihn, sich im Schatten der Häuser zu halten, unsichtbar zu bleiben, unerkannt. Und es hieß ihn, leise zu sein, besonders leise, damit niemand ihn höre.

Johannes ging wie eine Maschine, sein Blick war starr, seine Kiefer mahlten. Wenn sie doch nur nicht so schwer wären, die Aufgaben. Immer begannen sie damit, dass er sich ein Werkzeug holen musste. Immer am selben Ort, da, wo auch die vielen anderen Werkzeuge aufbewahrt wurden. Unten war es, unten in einem großen Haus, in einem dunklen Raum. Der Weg dahin war gefährlich, das wusste Johannes, und er wusste auch, dass niemand ihn sehen durfte, niemand durfte ihn erkennen, denn sonst würde er sterben müssen.

Das hatte das Kind ihm erklärt.

Wenn er doch nur schlafen könnte. Schlafen statt Werkzeuge holen zu müssen und damit schlimme Dinge zu tun. Das Kind führte ihm den Arm dabei, das Kind war sein Antrieb, sein Auge, sein Kopf. Das Kind war sein Meister.

Johannes gelangte zu dem großen Haus, welches das Kind Rathaus nannte, und stieg die Treppen hinab zu dem Raum mit den vielen Werkzeugen. Heute sollte er ein ganz besonderes fortnehmen, um später damit die neue Aufgabe erfüllen zu können. Das Werkzeug war sehr kompliziert, und Johannes hatte Angst, mit ihm nicht umgehen zu können. Das Werkzeug hatte ein Radschloss, und daran war eine Feder, und die Feder brachte das Rad zum Drehen, und das drehende Rad erzeugte Funken, sprühende Funken wie kleine Blitze, und wenn das geschehen war, würde das Werkzeug explodieren und dafür sorgen, dass die Aufgabe erledigt werden konnte.

Das Kind hatte ihn beruhigt. Das Kind hatte ihn daran erinnert, dass bisher noch jede Aufgabe von ihm bewältigt worden war. Fünfmal schon. Die Zahl sagte Johannes nichts, aber er wusste, dass es so viele Male war, wie er Finger an einer Hand hatte.

Johannes kannte den Weg. Er führte tief unter dem Haus durch Gänge, von denen viele Kammern abzweigten. Eine davon war sein Ziel. Vor der Tür seines Ziels steckte ein brennender hölzerner Stab, eine Fackel. In ihrem Schein nahm er das Schließwerkzeug und wollte die Tür öffnen, wie er es immer tat. Leise, behutsam. Aber es ging nicht. Noch einmal versuchte er es. Es ging nicht, sosehr er sich auch mühte. Endlich merkte er, dass er die Tür nicht aufschließen konnte, weil sie schon aufgeschlossen war. Das verwirrte ihn. Er wollte das Kind in sich fragen, aber das Kind bedeutete ihm, er solle die Aufgabe nicht vergessen. Die Aufgabe sei wichtiger als alles andere. Nur die Aufgabe zähle.

Da nahm Johannes die Fackel aus der Wand und betrat den Raum mit den vielen Werkzeugen. Er mochte den

Raum nicht, denn die Werkzeuge waren ihm unheimlich, und jedes von ihnen konnte eine neue Aufgabe bedeuten. Er ging in den Raum und guckte nach dem Werkzeug mit dem Radschloss.

Und während er guckte, stolperte er jählings.

Worüber war er gestolpert? Es war eine Gestalt! Eine Gestalt, die am Boden kauerte, den Kopf vornübergebeugt. Doch jetzt sprang sie auf und bedrohte ihn. Panik erfasste Johannes, was sollte er tun, wo war das Kind?

Da war es, tief in ihm. Es schrie vor Schreck, es plärrte und krähte, und Johannes verstand nicht, was es wollte. Da rief er selbst, dumpf, verzweifelt, während er seine Angst zu überwinden suchte, indem er mit aller Kraft zuschlug. Mehrmals schlug er zu, er wusste nicht, wie viele Male genau, jedenfalls so lange, bis die Gestalt sich nicht mehr rührte.

Was sollte er jetzt tun? Sollte er das Werkzeug nehmen, wie beabsichtigt, und die Aufgabe erfüllen?

Er horchte nach dem Kind, es war verschwunden. Johannes war allein. Der andere war nicht da, das Kind war nicht da, niemand war da.

Er war allein.

Als Klingenthal aufwachte, glaubte er, in seinem Kopf hause ein Hornissenschwarm. Er blinzelte mühsam und erkannte über sich drei Gesichter. Es waren die Gesichter von Pastor Matthies, Alena und Doktor Beiss.

»Gott sei gelobt und gepriesen!«, rief Matthies. »Er ist zu sich gekommen.«

In Alenas Augen standen Tränen.

Beiss brummte: »Ihr habt Recht, Herr Pastor, hier scheint der liebe Gott seine Finger im Spiel gehabt zu haben, anderenfalls wäre unser Meister nicht mehr unter den Lebenden. Wo die Medizin mit ihrem Latein am Ende ist, muss der Allmächtige die Sache kurieren, sage ich immer. Und genau das scheint er hier getan zu haben.«

»Wo bin ich?«, flüsterte Klingenthal.

»Ihr seid in meiner Schlafstube, auf meinem Bett«, sagte Matthies. »Der Doktor wollte Euch eigentlich ins Städtische Spital bringen lassen, aber ich dachte mir, es wäre Euch lieber, in vertrauter Umgebung aufzuwachen.«

»Ja«, sagte Klingenthal.

»Du warst viele Stunden bewusstlos«, sagte Alena und ergriff seine Hand.

Klingenthal entzog sie ihr.

Beiss fasste sich ans Herz und schnaufte: »Vock hat Euch heute Morgen in der Rüstkammer des Rathauses gefunden, als er, wie er sagte, einen Kontrollgang machte. Wenn es Euch besser geht, lieber Meister, werdet Ihr ihm einige Fragen beantworten müssen. Doch so weit ist es noch nicht. Erst einmal will ich überprüfen, ob Ihr noch heil und ganz seid. Bewegt Euch nicht. Gottlob scheint Ihr mehr Glück als Jakob, der Säufer, gehabt zu haben, denn eine erste Abtastung Eures Schädel hat ergeben, dass Ihr wahrscheinlich keine Impressionsfraktur davongetragen habt. Allerdings verfügt Ihr über eine stattliche Anzahl an Beulen und Quetschungen. Derjenige, mit dem Ihr es zu tun hattet, muss Fäuste wie Schmiedehämmer haben. Interessant ist, dass auch einige ältere Beulen zu konstatieren sind. Ihr scheint häufiger in Handgemenge verwickelt zu sein?«

Klingenthal antwortete nicht.

»Nun, das ist Eure Sache, vielleicht auch Vocks. Den Arzt in mir kümmert das nicht. Als Physikus jedoch muss ich Euch einige Fragen stellen: Welches Datum haben wir heute?«

»Wie bitte?«

»Ich frage Euch, welches Datum wir heute haben.«

»Vermutlich Dienstag, den sechsundzwanzigsten November.«

»Ihr vermutet richtig. Wie ist Euer Name?«

»Was soll das?« Klingenthal befühlte seinen schmerzenden Schädel.

»Antwortet mir einfach.«

»Julius Klingenthal.

»In welcher Stadt befinden wir uns?«

»Steinfurth.«

»Wie viele Finger seht Ihr hier?« Beiss streckte seinen dicken Zeigefinger in die Höhe.

»Einen.«

»Gut. Seht Ihr klar? Habt Ihr keine Schleier vor den Augen, keine wandernden Punkte, keine sonstigen Veränderungen?«

»Nein, alles in Ordnung.«

»Dann kann ich Euch gratulieren. Ihr habt zwar eine starke Schwellung am linken Jochbein und Euer linkes Auge nimmt langsam die Farbe eines Veilchens an, von den erwähnten Beulen gar nicht zu reden, aber Euer Hirn scheint keinen Schaden genommen zu haben. Und das ist die Hauptsache. Alles andere richtet die Natur wieder.« Beiss ergriff seine Arzttasche. »Das Einzige, was ich mich frage, ist, was Ihr mitten in der Nacht in der Rüstkammer des Rathauses zu suchen hattet. Aber weil das medizinisch nicht von Bedeutung ist, geht es mich auch nichts an. Ich wünsche allerseits einen guten Tag.«

Als Beiss fort war, sagte Matthies: »Vielleicht geht es auch mich nichts an, dennoch würde ich gern wissen, lieber Meister, wie es Euch gelungen ist, in die Rüstkammer zu kommen, wo Ihr mir den Generalschlüssel doch zurückgegeben hattet?«

Klingenthal wäre am liebsten aufgestanden und fortgelaufen, aber er sah ein, dass er dem Pastor eine Antwort schuldig war. Außerdem wusste er nicht, ob er sich schon auf den Beinen halten konnte. »Ich habe mir ein Duplikat anfertigen lassen.«

Wenn Klingenthal nun einen Zornesausbruch erwartet hätte, wäre er eines Besseren belehrt worden, denn Matthies schmunzelte nur und sagte verständnisinnig: »Das habe ich mir schon gedacht. Mein Schlüssel ist übrigens auch ein Duplikat. Aber nun verratet mir, was Euch mitten in der Nacht in die Rüstkammer getrieben hat.«

»Ich wollte den Mörder stellen.«

»Wie das? Sapperment, wisst Ihr etwa schon, wer es ist?«

»Nein, leider.« Klingenthal räusperte sich und schilderte seine Überlegungen in allen Einzelheiten. Am Schluss fügte er an: »Ich weiß nicht, woran es gelegen hat, aber gegen Morgen, nachdem ich schon stundenlang auf den Mörder gewartet hatte, muss ich im Sitzen eingeschlafen sein. Ich schreckte auf, als jemand gegen mich trat. Ich wollte den Mörder stellen, denn ich war überzeugt, dass ich ihn vor mir hatte, doch ich kam nicht dazu, denn ein Hagel von Schlägen prasselte auf mich nieder. Ich wollte mich wehren, aber es war sinnlos, der andere war zu stark. Bevor ich das Bewusstsein verlor, hörte ich noch Schreie, Schreie von einer Eindringlichkeit, die ich mein Lebtag nicht vergessen werde. Es war das schrille Schreien eines Kindes und das dumpfe, unartikulierte Rufen eines Mannes, und beides kam seltsamerweise aus einem Mund, dem Mund des Mörders.«

»Das ist ja furchtbar!« Für einen Augenblick sah es so aus, als wolle Alena zu schluchzen beginnen, doch dann besann sie sich anders und ergriff Klingenthals Hand. Diesmal überließ er sie ihr.

Matthies fragte: »Habt Ihr den Mann denn nicht erkennen können?«

»Nein, und das ärgert mich am meisten. Dabei hatte er eine Fackel in der Hand, doch ließ er sie, soweit ich mich erinnere, sofort fallen, als ich aufspringen und ihn stellen wollte. So konnte ich sein Gesicht nicht erkennen, nur seine Gestalt. Sie war von hohem Wuchs und dunkel gewandet. Mehr weiß ich nicht. Es ging alles so schnell.«

»Das verstehe ich«, sagte Matthies väterlich. »Macht Euch nichts daraus. Immerhin wissen wir jetzt, dass der Mörder eine weitere Schandtat plante. Eure Schlussfolgerungen haben sich als richtig erwiesen. Nur dürfte eines feststehen: So bald wird der Schandbube nicht wiederkommen. Der Herrgott gebe, dass seine Begegnung mit Euch ihm einen heilsamen Schrecken eingejagt hat. Doch egal, wie, Ihr müsst Euch erst einmal erholen. Zu diesem Zweck werde ich Euch Vock, der übrigens schon zweimal hier war, weiterhin vom Leibe halten. Morgen ist auch noch ein Tag, dann mag er mit Euch sprechen.«

»Ich danke Euch.« Klingenthal war in der Tat froh, dem Gerichtssekretär nicht Rede und Antwort stehen zu müssen, einerseits, weil er Angst hatte, wieder als Täter verdächtigt zu werden, andererseits, weil er sich noch sehr schwach fühlte.

»Das ist doch selbstverständlich. Allerdings muss ich Euch nun allein lassen, da meine Pflichten mich zur Witwe des Braumeisters Erich Sutter rufen. Der Tag für die Beerdigung ihres Mannes muss festgelegt werden. Wenn es nach ihr ginge, wäre er frühestens Ende nächster Woche, weil, wie sie mir sagte, erst dann ihre Trauerkleider fertig wären. Nun ja, dazu will ich mich nicht äußern.« Matthies strich sich über die lange Nase und verschwand.

Als er fort war, schwiegen Klingenthal und Alena eine Weile, doch hielten sie einander weiter die Hände.

Endlich sagte Klingenthal: »Warum hast du dem Pastor erzählt, dass der Schultheiß eigentlich ein Arzt ist?«

Alena lachte verlegen. »Ach, deshalb warst du in letzter Zeit so spröde zu mir?«

»Wenn du es genau wissen willst, ja, deshalb.« Klingenthal zog seine Hand zurück.

Alena nahm seine Hand wieder. »Sei nicht so empfindlich. Es war ja nicht böse gemeint. Der Pastor und ich sprachen über dich und deine Puppen, und da hat es sich so ergeben.«

»Wahrscheinlich hattest du wieder ein Schäferstündchen mit ihm.«

»Unsinn! Erstens habe ich keine Schäferstündchen mit dem Pastor, und zweitens hätte er dafür auch gar keine Zeit. Er ist von morgens bis abends unterwegs, und die Morde bringen ihm noch zusätzliche Arbeit. Du hast es ja gehört, er kümmert sich auch um die Witwe Sutter. Ich selbst wollte ebenfalls zu ihr gehen, um ihr meine Hilfe beim Trauern anzubieten, aber die Frau scheint nur an ihre Kleider zu denken. Vielleicht tröstet sie der Gedanke an die Anschaffung neuer Kleider mehr als jedes Gebet. Nun gut, das ist ihre Sache. Jeder muss sehen, wie er zurechtkommt. Und das solltest du auch, Julius.«

»Ich? Wie meinst du das?«

»Lass die Spioniererei nach dem Mörder. Du musst mir versprechen, nicht wieder nachts in die Rüstkammer zu gehen. Ich habe in den letzten Stunden Todesängste um dich ausgestanden, und wenn Doktor Beiss sich nicht so rührend um dich gekümmert hätte, wärst du vielleicht nie wieder aus deiner Bewusstlosigkeit aufgewacht. Tu mir die Liebe und erzähle alles, was du weißt, dem Gerichtssekretär Vock. Soll der doch zu den Mordwerkzeugen hinabsteigen und seinen Kopf hinhalten, der wird auch dafür bezahlt.«

»Du hattest Angst um mich?« Ein warmes Gefühl durchströmte Klingenthal.

»Natürlich, was dachtest du denn. Und jetzt hole ich dir einen Becher frisches Brunnenwasser. Oder soll ich dir lieber Tee kochen?«

»Nein, nein, Brunnenwasser ist sehr gut.«

Nachdem Klingenthal das kühle Nass getrunken hatte, sagte er: »Ich möchte zurück in meinen Schuppen. Hier in der Schlafstube des Pastors fühle ich mich nicht wohl.«

»Meinst du, du kannst schon gehen?«, fragte Alena besorgt.

»Selbstverständlich.«

Mit Alenas Hilfe erhob er sich mühsam, unterdrückte ein leichtes Schwindelgefühl und wanderte ein paarmal auf und ab. Erleichtert stellte er fest, dass es mit jedem Schritt besser ging. Draußen auf dem Hof, den sie Arm in Arm überquerten, schien die Sonne, was weitere Lebensgeister in ihm weckte. »Ich glaube, ich werde nachher eine Nachmittagsvorstellung auf dem Uhlenmarkt geben.«

»Nein, das wirst du nicht. Du wirst dich den ganzen weiteren Tag schonen, du wirst viel schlafen, und immer, wenn du etwas brauchst, werde ich es dir bringen.« Alena öffnete die Schuppentür und schob Klingenthal in den dämmrigen Raum. Er blickte sich um. Alles war noch so, wie er es verlassen hatte. In der Mitte stand der Karren, und darauf saßen die Puppen in bunter Reihe.

»Ahoi!«, rief der Schiffer. »Der Kapitän ist zurück.«

»Gott sei Dank!«, rief das Burgfräulein. »Wie konntest du uns so lange allein lassen, Klingenthal!«

»Wieso, wir waren doch die ganze Zeit an seiner Seite«, sagte der Söldner. »Ich an seiner Stelle hätte allerdings mit einer Waffe gekämpft, die Rüstkammer ist ja voll davon.«

»Das ganze Unterfangen stand unter keinem günstigen Stern«, sagte der Schultheiß. »Und zu allem Unglück bist du auch noch eingeschlafen.«

Der Landmann sagte: »Wer schläft, sündigt nicht.«

Klingenthal räusperte sich. »Wie heißt es so schön: Wenn man aus dem Rathaus herauskommt, ist man klüger. Das könnt ihr in diesem Fall sogar wörtlich nehmen. Im Übrigen hätte das Unterfangen genauso gut klappen können.«

»Unsinn!«, sagte die Magd ungewohnt energisch. »Wie konntest du mir das nur antun. Ich habe in den letzten Stunden Todesängste um dich ausgestanden.«

»Moment mal.« Alena stutzte. Mit genau denselben Worten hatte sie ihrer Sorge um Klingenthal Ausdruck verliehen. »Was hat die Magd da eben gesagt?«

»Du hast es doch gehört«, antwortete Klingenthal und

schickte sich an, auf den Wagen zu klettern. »Bitte sei so gut und lass mich jetzt ein wenig allein. Ich verspreche auch, heute Nachmittag keine Vorstellung zu geben.«

»Gut, dann gehe ich.« Während Alena den Schuppen verließ, beschäftigten sie die Worte der Magd noch immer. Eine Puppe, die Todesängste ausgestanden haben wollte. Lächerlich! Nicht ernst zu nehmen! Und doch spürte sie ihn:

den Stachel der Eifersucht.

Wer Wind sät, wird Sturm ernten, seine Saat soll nicht aufgehen und sein Gewächs kein Mehl …

Es war Mittwochnachmittag. Klingenthal hatte den restlichen Dienstag wie ein Stein geschlafen, nur spät am Abend war er kurz aufgewacht, hatte an die Rüstkammer gedacht und sich gefragt, ob der Mörder in dieser Nacht wieder erscheinen würde. Dann aber war ihm eingefallen, was der Pastor vermutet hatte: Der Schandbube würde gewiss nicht so bald wiederkommen. Der hatte erst einmal genug. Über diesem Gedanken war er erneut eingeschlafen.

Am Morgen dann war Alena mit einem heißen Tee aufgetaucht, einsilbig und abweisend, und auf seine Frage, was sie denn habe, hatte sie nur »Nichts!« geantwortet und war wieder gegangen. Kenne sich einer bei den Frauen aus!

Auf jeden Fall war es ihm am Morgen schon viel besser gegangen; er hatte sich gesund geschlafen. Das hatte auch Vock festgestellt, der gegen elf gekommen war und ihn über die Geschehnisse in der Rüstkammer befragt hatte. Klingenthal hatte alles nach bestem Wissen und Gewissen beantwortet, bis auf die Frage, woher er den Schlüssel für die Kammer gehabt habe, denn er wollte Matthies keine Unannehmlichkeiten bereiten.

Vock war mehr oder weniger enttäuscht wieder abgezogen. Besonders Klingenthals Angabe, der Mörder sei ein groß gewachsener Mann, schien ihm nicht gefallen zu haben. Er hatte noch gefragt, ob Klingenthal es für möglich hielte, dass es nicht nur einen, sondern mehrere Täter gebe, und dieser hatte geantwortet, er halte es nicht für sehr wahrscheinlich, aber auszuschließen sei es nicht. Dann war Vock endgültig gegangen, jedoch nicht, ohne vorher angekündigt zu haben, er werde fortan jede Nacht in der Rüstkammer Wache halten, so lange, bis der Übeltäter ihm ins Netz gegangen sei.

Nun stand Klingenthal auf dem Uhlenmarkt, seltsam aussehend, mit zwei veilchenblau geschminkten Augen, und freute sich über die große Kinderschar, die seiner Einladung zu einer Gratisvorstellung gefolgt war.

Die Kleinen waren in froher Erwartung und schrien durcheinander. Viele von ihnen kannten Klingenthal und wollten wissen, warum er heute so aussehe wie ein Possenreißer.

»Weil ich heute einmal Lust auf blaue Augen hatte.«

»Aber wieso?« – »Hast doch sonst keine blauen Augen!« – »Du siehst blöd aus!« – »Wie ein Hanswurst!« – »Wie ein Spaßmacher!« – »Wie ein Witznarr!« – »Hihihi!«

Klingenthal zuckte theatralisch mit den Schultern. »Schade, dass euch meine blauen Augen nicht gefallen, gerade wollte ich vorschlagen, allen, die Lust darauf haben, ebenfalls die Augen blau zu schminken, das wäre bestimmt sehr spaßig geworden, aber wenn ihr nicht wollt …«

Natürlich wollten die Kinder nun plötzlich doch, und ohne Ausnahme fanden alle sein Aussehen auf einmal nett und lustig.

»Na schön, Kinder.« Klingenthal ließ seinen Blick

über die Schar schweifen. Es waren wohl an die dreißig Rangen, die sich vor seinem Karren versammelt hatten, aber mit ein wenig Glück und Sparsamkeit würden seine Schminkvorräte reichen.

»Achtung! In Einerreihe antreten, marsch, marsch!«, befahl der Söldner.

»Klar bei Topf und Schminke!«, rief der Schiffer.

»Die Allerkleinsten zuerst«, sagte der Schultheiß.

Die Kinder lachten und gehorchten. Jedes bekam von Klingenthal mit der Fingerspitze einen blauen Farbtupfer aufs Oberlid, wobei er sich die Augen, die Nase und das ganze Gesicht genau ansah. Keines der Kinder wies Spuren von Schlägen auf, mit Ausnahme eines kleinen Jungen, der sich scheu abseits hielt. Der Junge hatte ein verfärbtes linkes Auge und eine dicke Backe.

Klingenthal beobachtete ihn insgeheim und nahm ihn beiseite, als alle Kinder versorgt waren. »Willst du nicht auch so lustige blaue Augen wie die anderen haben?«

Der Junge schwieg und blickte zu Boden.

»Magst du mir nicht antworten?«

Als der Junge noch immer nichts sagte, mischte sich die Magd ein: »Du musst auch nichts sagen, sag einfach nichts! Dafür sage ich dir was: Weißt du, warum Meister Klingenthal sich beide Augen geschminkt hat? Weil er geschlagen worden ist. Ja, wirklich. Genau wie du, aufs linke Auge. Aber jetzt sieht es ja keiner mehr, weil beide Augen wieder gleich sind. Das ist doch schlau von ihm, nicht?«

»Hm.«

»Ein bisschen Schminke ist noch da. Ein letzter Rest. Soll er's nicht doch bei dir versuchen?«

»Hm. Weiß nich.« Der Kleine taute ein wenig auf.

Das nahm Klingenthal als Einverständnis, und während er die Schminke besonders vorsichtig auftrug, damit es nicht wehtat, fragte die Magd behutsam weiter: »Leider weiß der Meister nicht, wer ihn geschlagen hat, weil es so dunkel war, aber du weißt doch sicher, wer es bei dir war?«

»N… nein.« Der Junge, eben noch zugänglich, machte wieder ein verschlossenes Gesicht.

»Du weißt es bestimmt«, hakte die Magd freundlich nach, »aber natürlich musst du es mir nicht sagen, ich verstehe das, niemand mag gern darüber reden, wenn der Vater ihn schlägt.«

Der Kleine schwieg.

Klingenthal brachte einen abschließenden Tupfer an. »Siehst du, jetzt sind beide Augen wieder gleich. Nun kann niemand mehr sehen, was dein Vater angerichtet hat.«

»Hm, ja.« Der Kleine freute sich.

Die Magd meldete sich wieder. »Es war doch dein Vater?«

»Hm, ja, danke, Magd! Danke, Meister Klingenthal!« Kaum hatte er das gesagt, nahm er die Beine in die Hand und lief davon.

Klingenthal rief einen der größeren Jungen, die in einigem Abstand herumstanden, zu sich. »Wie hieß der Kleine, den ich zuletzt geschminkt habe?«

»Hubert Krohn, warum?«

»Nur so. Du weißt nicht zufällig, wo er wohnt?«

»Doch.«

»Sicher wirst du es mir gleich sagen.« Klingenthal ließ eine kleine Münze in die Hand des Jungen wandern.

»Mühlenweg drei.«

»Und was ist sein Vater von Beruf?«

»Sattler.«

»Danke.« Klingenthal schickte den Jungen weg und legte sich die Gurte des Karrens um die Schulter. Er wollte nach Hause und die Lage überdenken, doch er kam nicht dazu, denn jetzt forderten die Kinder lautstark, er solle sein Versprechen einlösen und eine Gratisvorstellung geben.

»Du kannst es ihnen nicht verwehren«, sagte der Schultheiß.

»Nein, das kann ich nicht, da hast du Recht.« Klingenthal kletterte auf den Wagen zu seinen Puppen, ließ den Blick über die Kinderschar schweifen und fragte: »Kennt einer das Märchen von dem Pudding, der nach Johannisbeeren schmeckte und niemals alle wurde?«

Als die Kinder lebhaft verneinten, begann er: »Es war einmal ein Pudding, der hatte sein ganzes Leben in der Speisekammer verbracht, weshalb er die Menschen genau kannte. Es gab gute und böse Menschen, das hatte er herausgefunden, und immer, wenn ein guter Mensch ihn probierte, machte er, dass er köstlich nach Johannisbeeren schmeckte und niemals alle wurde.« Klingenthal unterbrach sich und legte eine Kunstpause ein. »Und nun ratet mal, Kinder, was er machte, wenn ein böser Mensch ihn probierte.«

Die Kinder konnten es nicht erraten, deshalb erzählte Klingenthal weiter: »Immer wenn ein böser Mensch ihn probierte, machte er, dass er abscheulich nach Essig schmeckte und stehen gelassen wurde. Und weil es auf der Welt so viele böse Menschen gibt, wurde er immer wieder stehen gelassen und am Ende über hundert mal hundert Jahre alt. Und wenn er nicht gegessen ist, dann gibt es ihn noch heute. Nun, Kinder, möchtet ihr mehr über diesen Zauberpudding erfahren?«

»Ja!« – »Oh ja!« – »Los, erzähl!« – »Fang an!«

»Nun gut, was der Zauberpudding mit der Magd, dem Burgfräulein, dem Schiffer, dem Söldner, dem Landmann und dem Schultheiß erlebte, dass erfahrt ihr jetzt, aber ihr müsst mucksmäuschenstill sein …«

Nach der Vorstellung, bei der natürlich auch der Pudding eine eigene Stimme gehabt hatte, verabschiedete Klingenthal sich von den Kindern, wünschte ihnen noch einen schönen Tag und legte sich abermals ins Geschirr. Rumpelnd setzte sich das Gefährt in Bewegung, rollte über den Uhlenmarkt und bog in den Koppelstieg ein.

Klingenthal war tief in Gedanken, und in seine Gedanken hinein sagte der Schultheiß: »Ein Mann, der Krohn heißt, ist bisher nicht ermordet worden.«

»Stimmt«, fiel der Söldner ein, »obwohl er seinen Sohn schlägt.«

Die Magd sagte: »Vielleicht auch seine anderen Kinder, wenn er noch mehr hat.«

»Das müsste rauszukriegen sein«, sagte der Söldner.

»Das ist unwichtig«, widersprach der Schultheiß. »Wichtig ist, dass es im Umfeld des Uhlenmarkts einen weiteren Vater gibt, der seinen Sohn züchtigt. Er könnte der nächste Kandidat auf der Liste des Mörders sein.«

»Aber warum ist der Hundsfott bisher verschont worden?«, empörte sich das Burgfräulein.

»Einer muss der Erste sein und einer der Letzte. Vielleicht ist er der Letzte«, sagte der Söldner.

»Früher oder später holt die See jeden«, sagte der Schiffer.

»Wir könnten uns nachts im Mühlenweg auf die Lauer legen und auf den Mörder warten«, sagte der Landmann, der durch das Gerumpel des Karrens wach geworden war.

»Aber nicht ohne Waffe«, sagte der Söldner.

»Wenn er denn kommt«, sagte der Schiffer.

»Und was ist mit der Rüstkammer?«, fragte die Magd. »Da besorgt er sich doch vorher immer sein Mordwerkzeug?«

»Auf die Rüstkammer wollte Vock aufpassen«, sagte der Schultheiß.

»Ach ja.«

»Und? Greifen wir heute Nacht an?«, fragte der Söldner begierig.

Klingenthal räusperte sich. »Das kommt darauf an, wie wir abstimmen.«

Sie stimmten ab, und es stellte sich heraus, dass alle dafür waren.

Vock konnte sein Hochgefühl kaum verbergen. Spinner-Franz, der des Mordes Verdächtigte, war vor wenigen Minuten von ihm verhaftet worden. »Bist du verrückt?«, hatte der dürre Kerl gekreischt und wie ein Fisch an der Angel gezappelt.

Vock hatte ihn eisern festgehalten. »Ich bin es, der die Fragen stellt. Du hast mit jedem Mord irgendwie zu tun gehabt, hast deine Nase überall reingesteckt und kommst deshalb mit ins Rathaus.«

Nun saß Spinner-Franz in Vocks kleiner Bereitschaftsstube, die Hände gefesselt, den Blick voller Hass, und stieß pausenlos Zauberformeln und Verwünschungen aus.

»Das wird dir auch nichts nützen«, sagte Vock mit wichtiger Miene. »Am besten, du gestehst jetzt gleich, damit ich es protokollieren kann. Mach nicht alles noch schlimmer, indem du leugnest.«

Spinner-Franz schnüffelte. »Pah! Wie kann ich etwas gestehen, was ich nicht getan habe. Halte dich an Krassmann und Rüterbusch, das sind die wahren Täter. Was meinst du wohl, warum die seit Tagen verschwunden sind?«

Das hatte Vock sich auch schon gefragt. »Ich weiß, warum«, log er, »aber ich will es von dir wissen.«

»Mach mir die Fesseln ab, dann sag ich's dir.«

Vock zögerte. Einerseits wollte er gern erfahren, warum Krassmann und Rüterbusch seit Tagen vermisst wurden, andererseits befürchtete er, der dürre Mann könnte ihm entwischen. Er kam zu einem Entschluss. Er nahm seinem Gefangenen den Strick von den Handgelenken und fesselte ihn dafür an den Füßen. »Ich trau dir so weit wie der Hase dem Fuchs, nun sag es mir, denn deine Hände sind frei.«

Augenblicklich begann Spinner-Franz, heftig über seinen Unterarm zu reiben, dort, wo die eingeheilte Hostie saß. »Weil Krassmann und Rüterbusch die Fäden im Verborgenen ziehen. Sie sind die Mörder! *Ita est* und *yes* und *oui*. Vielleicht gehört auch Klingenthal, der Bauchredner, zu der Bande. Find es heraus, dann weißt du's.«

»Klingenthal, wieso Klingenthal? Der ist vorletzte Nacht dem Mörder in der Rüstkammer begegnet. Der Mörder hat ihn zu Boden geschlagen und ist geflüchtet. Klingenthal kann es nicht sein.«

Spinner-Franz biss sich auf die Lippen. Das hatte er nicht gewusst. »Dann halt dich an die beiden anderen. Sie sind's!«

»Mag sein, aber du bist es auch. Ich bin mir schon länger sicher, dass eine ganze Bande hinter den Untaten steckt. Und du bist ihr Anführer, verrückt genug bist du dazu, und nun sag mir, wo die beiden stecken, damit ich sie mir schnappen kann.«

»Erst lässt du mich frei.«

»Ich denke nicht daran. Ich werde dich foltern lassen, bis dir das Blut unter den Nägeln hervorspritzt und du deine Mordtaten zugibst!«

»Hähä!« Spinner-Franz lachte hämisch. »Von Krassmann, wie? Von Krassmann, der verschwunden ist, was?«

»Unter der Folter wirst du mir sagen, wo er steckt!«

»Oh Teufel, der du so viele Namen hast: Satan, Scheitan, Luzifer, hör mich an, der du da unten im Fegefeuer tanzt und dich mit tausend Virginen ergötzt! Hör mich an und erfülle diese Worte: So wie der Fisch in der Sonne verfault, so soll das Glied von Vock verfaulen, und nicht nur sein Glied, auch sein Skrotum, seine Hoden, seine Zunge, seine Zähne, seine Augen, seine Ohren, seine Nase, seine Hände, alles, alles soll verfaulen, soll stinkende, formlose Masse werden, stinkende, formlose Masse ...«

Während Spinner-Franz den beschwörenden Schadenzauber sprach, packte Vock allmählich die Angst. Unwillkürlich tastete er unter den Armen nach seinen Zaubergroschen. Gottlob, da waren sie ja, eingeknotet in seine Achselhaare. Das gab ihm wieder Kraft, das gab ihm wieder Mut, sich als unerschrockener Gerichtssekretär zu präsentieren. »Foltern lassen werde ich dich!«

»Verfaulen sollst du!«

»Foltern lassen werde ich dich!«

»Verfaulen sollst du!«

Beide rieben wie besessen an ihren Glücksbringern.

Am Abend dieses Tages kam Alena zu Klingenthal in den Geräteschuppen. »Einen Gruß vom Herrn Pastor soll ich ausrichten, ob du mal zu ihm rüberkommen könntest.«

»Sicher, warum nicht? Aber, Alena, was machst du denn für ein Gesicht?«

»Was kümmert dich mein Gesicht!«

»Alena, wenn ich etwas Falsches gesagt habe, tut es mir Leid, du weißt, dass ich ...«

»Geh doch zu deiner Magd, die zieht immer das gleiche Gesicht!«

Klingenthal streckte die Hand aus, aber sie nahm sie nicht, sondern wandte sich um und rannte vom Hof.

»Alena!«

Klingenthal kam sich hilflos vor. Er empfand viel für Alena, aber er empfand auch viel für seine Puppen, daraus hatte er nie ein Hehl gemacht. Warum war sie nur so eifersüchtig? Da er die Antwort nicht von ihr erfahren konnte, beschloss er, der Bitte des Pastors zu folgen. Er ging über den Hof und betätigte den Türklopfer. Keine Reaktion. Wahrscheinlich war Matthies hinten in seiner Studierstube. Klingenthal trat ein, ging durch die Küche und steuerte das Allerheiligste an. »Pastor Matthies, seid Ihr da?«

»Ja, ja, kommt nur herein.«

Klingenthal folgte der Aufforderung und fragte sich gleichzeitig, was der Gottesmann von ihm wollte.

»Würdet Ihr im Schriftdeutsch von einem ›Ermordeten‹ sprechen, lieber Meister, oder doch eher von einem ›Getöteten‹ oder einem ›zu Tode Gekommenen‹?« Matthies saß an seinem Schreibtisch, die Feder in der Hand, das schwere Kirchenbuch vor sich.

»Wie meint Ihr das, Herr Pastor?«

Matthies strich sich über die lange Nase. »Papierkrieg, lieber Meister, Papierkrieg! Wie Ihr vielleicht wisst, werden alljährlich durch die Sankt-Johannis-Gemeinde die Geburts- und Sterbezahlen der Gläubigen in unserer Stadt erfasst. Ich will Euch nicht langweilen, aber stets kommen gegen Jahresende von den Schwestergemeinden die entsprechenden Angaben, die hier zusammengefasst und zu Papier gebracht werden müssen.«

»Aha«, sagte Klingenthal.

»Das Jahr 1781 ist noch nachzutragen, da der alte Pastor Lengefeld infolge seiner Krankheit nicht mehr dazu in der Lage war. Ich wiederum habe, wie Ihr wisst, erst in diesem Jahr mein Amt angetreten, so dass ich den Eintrag nur verspätet vornehmen kann. Aber immer noch besser als gar nicht, meint Ihr nicht auch? Eben nun bin ich fertig geworden und frage mich, unter welchem Stichwort ich im kommenden Jahr die fünf ermordeten Männer eintragen soll.«

Klingenthal wollte nicht unhöflich sein, deshalb sagte er: »Darf ich einmal sehen?«

»Aber bitte sehr.« Matthies drehte bereitwillig das Buch um hundertachtzig Grad.

Klingenthal las:

Nota:
1781 – vom 1ten Januar bis 31sten December –
sind in den Gemeinden der Stadt
summa summarum …

– copulieret 27 Paar;
– geboren 79 Kinder, davon 38 Knaben;
– gestorben 71 Personen;
und also 8 mehr geboren als gestorben.

Steinfurth, 27ster November 1782

Matthies setzte mit Schwung seine Signatur unter die Eintragung und sagte: »Da liegt der Hase im Pfeffer: Ich kann in diesem altehrwürdigen Buch doch nicht einen so blutrünstigen Ausdruck wie ›ermordet‹ verwenden.«

»Wenn Ihr meint«, sagte Klingenthal und dachte, dass bis zur Eintragung der neuen Zahlen noch mehr als ein Jahr vergehen würde. Unter diesem Gesichtspunkt war das Problem des Pastors verhältnismäßig klein. Und die Vermutung, dass er die Formulierungsnöte nur als Vorwand benutzt hatte, ihn herüberzubitten, verhältnismäßig groß.

»Aber ich habe Euch nicht nur herübergebeten, um mit Euch über Wortfindungen zu sprechen«, sagte Matthies in diesem Augenblick und klappte das Buch zu. »Ich wollte auch mit Euch über Alena reden.«

»Über Alena?«

»So ist es. Nun, ich weiß nicht recht, wie ich anfangen soll. Ich habe Alena als eine sehr feinfühlige, empfindsame junge Frau kennen gelernt …« Matthies unterbrach sich und tippte sinnend die Fingerspitzen gegeneinander.

Wahrscheinlich bei einem eurer zahlreichen Schäferstündchen!, dachte Klingenthal grimmig und spürte Eifersucht. Allerdings versagte er sich eine entsprechende Bemerkung.

»... und da ist mir in den letzten Tagen aufgefallen«, spann Matthies seinen Faden weiter, »dass sie immer dann, wenn sie mit Euch zusammen war, einen verstörten, ja, vielleicht sogar einen verstimmten Eindruck machte. Unruhig wirkte sie, so unruhig, als ob ...«

»Was wollt Ihr damit sagen, Herr Pastor?«

»Nun, ich will kein Blatt vor den Mund nehmen. Einerseits wirkte sie unruhig, andererseits, äh, besorgt, ich meine, in der Art, äh, wie man sich um einen lieben Menschen sorgt.«

Aha, und jetzt bist du es, der eifersüchtig ist!, stellte Klingenthal im Stillen fest. Gleichzeitig fühlte er Befriedigung.

»Jedenfalls ist es so, dass sowohl Alena als auch Ihr und ich unter einem Dach wohnen, nämlich dem meinen, und da wollte ich Euch bitten, doch künftig ein wenig mehr darauf zu achten, ihre Seele und ihre Gefühle nicht zu verletzen.«

Bevor Klingenthal antworten konnte, lachte Matthies verlegen auf und schloss: »Ich weiß, die Natur hat keineswegs den äußeren Putz an ihr vergessen, wie der Volksmund so treffend sagt, und auch Ihr, lieber Meister, seid letzten Endes nur ein Mann – ebenso wie ich –, aber bedenkt, wie jung Alena noch ist. Sie braucht unser beider Schutz und Fürsorge, nicht mehr und nicht weniger.«

»Ich bin sicher, Ihr werdet Euch daran halten«, sagte Klingenthal trocken und zeigte ein Lächeln mit nichts dahinter als Zähnen.

Matthies wirkte unbeirrt. »Genauso wie Ihr, mein lieber Meister, genauso wie Ihr! Ich bin überzeugt, mich in Euch nicht getäuscht zu haben. Doch nun tut mir den Gefallen und tragt das Kirchenbuch zurück ins Regal. Es ist das zweitoberste, verstaut es bitte dort, wo sich die Lücke befindet.«

Klingenthal blieb nichts anderes übrig, als zu gehorchen. Während er das schwere Buch forttrug, fragte er sich, was Matthies in Wahrheit wohl mit seiner Rede bezweckt hatte. Hatte er spitzgekriegt, dass zwischen Alena und ihm eine Verbindung bestand? Wollte er diese durch seine Rede unterbinden? Wollte er Alena ganz für sich?

Letzteres schien wahrscheinlich.

Klingenthal drehte sich um und wollte etwas äußern, das es ihm ermöglichen würde, zu gehen, aber zu seiner Überraschung hatte Matthies den Platz gewechselt und saß nun an dem kleinen Tisch neben dem Globus, ein aufgebautes Schachspiel vor sich.

»Der Schachspieler schlägt eine kleine Partie vor«, sagte er lächelnd, als sei die ganze Zeit nichts zwischen ihnen gewesen.

»Was, so plötzlich?«, entfuhr es Klingenthal.

»Ich sitze nun einmal gern am Brett, was nicht zuletzt daran liegt, dass Schach auf nicht weniger als vierundsechzig Feldern gespielt wird und damit die Möglichkeit zu unvorstellbar vielen Zügen bietet. Kennt Ihr die Geschichte von Shiram und Sissa?«

»Nein, tut mir Leid.«

»Dann setzt Euch, ich will sie Euch erzählen, denn sie ist sehr lehrreich. Shiram war ein indischer Tyrann und Sissa ein frommer Brahmane. Shiram führte ein Leben in Überfluss und Wollust, weshalb er sich oftmals langweilte. Aus diesem Grund brachte Sissa ihm eines Tages das Schachspiel bei, und dem Tyrannen gefiel es so gut, dass er Sissa eine Gunst erweisen wollte. Er sagte ihm, er habe einen Wunsch frei. Da wünschte sich Sissa Weizenkörner, und zwar auf dem ersten der vierundsechzig Felder ein Korn, auf dem zweiten zwei, auf dem dritten vier, auf dem vierten acht, auf dem fünften sechzehn und so fort. Mit jedem weiteren Feld sollte sich die Kornmenge verdoppeln.

Als Shiram das hörte, wurde er zornig, denn angesichts dieses vermeintlich bescheidenen Wunsches dachte er, Sissa lege keinen Wert auf seine Gunst. Er ließ ihn in Ketten legen und zum Tode verurteilen, doch kurz bevor das Urteil vollstreckt wurde, machte sich einer seiner Weisen die Mühe und rechnete aus, wie viele Körner am Ende zusammengekommen wären: Es war eine zwanzigstellige Zahl und damit eine unvorstellbar große Menge, die auch die reichste Ernte niemals hätte erbringen können.

Da erkannte Shiram die Klugheit des frommen Sissa und schenkte ihm das Leben. Er machte ihn zu seinem Berater und überlegte hinfort lieber zweimal als einmal, ob er eine Entscheidung fällen sollte oder nicht.«

»Eine hübsche Geschichte«, sagte Klingenthal.

»Ja, fürwahr. Ob sie sich jemals so zugetragen hat, weiß niemand genau, aber auch wenn sie eine Legende ist, muss man feststellen, dass selbst Caissa sie nicht besser hätte erfinden können.«

»Caissa? Wer ist denn das nun wieder?«

»Seit alters ist Caissa als die Schachgöttin bekannt. Keiner kann sich ihrem Bann auf Dauer entziehen. Dabei ist sie launisch und verteilt ihre Gaben ganz nach Belieben. Dem einen schenkt sie mehr Erleuchtung, dem anderen weniger. Ich für meinen Teil muss einräumen, dass sie bei mir ein wenig geizig war. Mit meinen Künsten ist es nicht weit her.«

»Sicher untertreibt ihr jetzt.«

»Nein, nein, es ist schon so, wie ich sagte. Ich müsste eben mehr üben, aber Zeit und Gelegenheit stehen dem häufig im Wege. Und wenn ich dann spiele, spiele ich meistens gegen mich selbst. Habt Ihr schon einmal gegen Euch selbst gespielt, Meister Klingenthal?«

»Nein, wann hätte ich das tun sollen?«

Matthies lächelte. »Ich weiß es nicht. Ich weiß nur, dass es schwer ist, sich in die Lage des ›Anderen‹ hineinzuversetzen, schließlich ist man ja selbst der ›Andere‹, der ebenfalls gewinnen will.«

»Gewiss, gewiss.«

»Seht Ihr, vor Euch stehen die schwarzen Figuren, es sind die Euren. Die weißen hingegen nicht, sie stehen gegenüber und sind die Eures Gegners. Und nun passt einmal auf.« Mit einer schnellen Bewegung drehte Matthies das Brett.

Klingenthal musste an das Kirchenbuch denken, das der Pastor vor kurzem auf die gleiche Art um hundertachtzig Grad gedreht hatte, und fragte sich, was das Ganze sollte.

»Nun sind die weißen Figuren die Euren.« Matthies' Gesicht leuchtete vor Eifer. »Wozu das?, werdet Ihr Euch fragen. Die Antwort ist einfach: Ich will Euch demonstrieren, dass Ihr immer dann am besten Eure Figuren setzen könnt, wenn Ihr sie direkt vor Euch habt, oder anders ausgedrückt: Das Denken fällt euch leichter, wenn sie in vertrauter Anordnung vor Euch stehen. Stimmt's?«

»Stimmt.«

»Was tut Ihr also, wenn Ihr der ›Andere‹ seid, beispielsweise einer Eurer Puppenmänner, und bestmöglich für ihn ziehen wollt?«

Klingenthal fand es unnötig, dass der Pastor auf seine Lieblinge anspielte, antwortete aber: »Ich drehe das Brett zu mir.«

»Richtig, Ihr habt gut aufgepasst. Aber wie behelft Ihr Euch, wenn das verboten ist?«

»Warum sollte es das sein, wenn ich gegen mich selbst spiele?«

»Nehmt einfach an, es wäre so.«

»Ich muss zugeben, ich weiß es nicht.«

»Ganz einfach: Ihr müsst lernen, in spiegelverkehrten Zügen dieselben Bedeutungen zu erkennen!«

»Wie bitte?«

»Ich erkläre es Euch gerne näher: Wenn ich meinen Turm von links nach rechts bewege, sieht es für Euch so aus, als bewegte ich ihn genau umgekehrt, also von rechts nach links. Es ist ein und derselbe Vorgang, und dennoch stellt er sich für Euch anders dar – spiegelverkehrt eben.«

»Ach so.« Klingenthal sah in Matthies' Gesicht, und für einen Augenblick kam es ihm vor, als sei auch dieses spiegelverkehrt. Dann fragte er: »Aber gilt das nicht genauso für jede normale Partie gegen einen Gegner aus Fleisch und Blut?«

»Ja!« Matthies strahlte. »Aber die meisten Spieler versetzen sich nicht genügend in die Lage ihres Gegenübers. Mehr wollte ich nicht zum Ausdruck bringen.«

Klingenthal seufzte. »Manchmal denke ich, ich versetze mich nicht genügend in die Lage des Mörders, sonst wäre ich ihm wohl schon längst auf die Schliche gekommen.«

»Welchen Mörder meint Ihr?«

»Nun, den, der die Gräueltaten auf dem Gewissen hat.«

»Ach ja.« Matthies fuhr sich mit der Hand über die Augen und blinzelte ein paarmal. »Natürlich. Ich war eben noch beim Spiel der Könige. Es hat seinen ganz eigenen Reiz, findet Ihr nicht auch?«

»Sicher, sicher. Doch muss ich gestehen, dass alle meine Gedanken zurzeit beim letzten Mord weilen. Ich habe das Gefühl, wenn ich ihn aufkläre, habe ich alle aufgeklärt.«

»Ach ja, Ihr meint die Bluttat an Jakob, dem Hilfsmann von der Werft. Der arme Kerl. Er war zwar ein Säufer, aber er war auch ein Christ. Getauft im Namen des Vaters, des Sohnes und des Heiligen Geistes. *Wer von euch ohne Sünde ist, der werfe den ersten Stein*, so steht es bei Johannes. Leider ist es mir bisher nicht gelungen, einen Verwandten von ihm ausfindig zu machen. Außer der Kirche ist da niemand, der ihm das letzte Geleit geben könnte.«

»Schade, ich hatte gehofft, vielleicht über die Familie oder die Verwandtschaft einen Hinweis auf den Mörder zu erhalten«, sagte Klingenthal.

»Die Hoffnung dürfte sich nicht erfüllen. Aber wenigstens sind seine sterblichen Überreste nicht so entsetzlich zugerichtet wie bei manchem der anderen Opfer. Doktor Beiss erzählte mir, das Mordwerkzeug sei ein Morgenstern gewesen?«

»So ist es, in der Tat. Ein Morgenstern, der aus der Rüstkammer stammt, wie alle Mordwerkzeuge bisher.«

»Eine Erkenntnis, die allein auch nicht viel weiterbringt, nicht wahr?«

»Da habt Ihr zweifellos Recht.« Klingenthal schien es, als sei das Geheimnis um die Morde wie eine hohe

Mauer, gegen die er immer wieder vergebens anrannte. Es war zum Verzweifeln. Vor seinem geistigen Auge sah er die Kriegswaffe tief in Jakobs Mund stecken. Dann sah er Kokkert, in dessen Brust das Richtschwert gerammt worden war. Dann Sutter, dem das linke Bein fehlte. Die Art der Verletzungen, die den Opfern geschlagen wurden, hätten unterschiedlicher nicht sein können. Manche der Wunden waren tödlich gewesen, andere wiederum nicht.

Klingenthal musste an die Nacht denken, als Alena die Vermutung geäußert hatte, der Mörder habe vielleicht gar nicht töten wollen, sondern nur strafen, und zwar jeweils mit einem anderen Mordwerkzeug. Wann war das gewesen? Richtig, vor einer Woche etwa, sie hatten zusammen auf dem Wagen gelegen und …

Er schob den Gedanken beiseite. Vieles war seitdem geschehen, und ihr Verhältnis hatte sich nicht gerade verbessert. Er würde die Sache wieder einrenken müssen, wenn alles vorbei war.

Aber wenn der Mörder nicht töten, sondern nur strafen wollte, nach welchem Plan ging er dann vor? Ihm musste doch klar sein, dass die meisten der von ihm geschlagenen Wunden zum Tode führten? Eine Impressionsfraktur des Schädeldachs stellte eine unheilbare Verletzung dar, *incurabilis*, wie die Mediziner sagten. Eine durchstoßene Brust mit verletzter Lunge, *incurabilis*. Ein abgetrenntes Bein, *incurabilis*. Anders dagegen eine abgeschlagene Hand, ihr Besitzer könnte gerettet werden, *curabilis*. Gleiches mochte für einen durchbohrten Hals gelten, sofern lebenswichtige Teile nicht verletzt worden waren, *curabilis*.

Curabilis, incurabilis.

Halt! In Klingenthals Hirn arbeitete es. Ein Bild trat vor seine Augen, ein ganz bestimmtes Bild.

Das Abbild des Wundenmanns.

Der Wundenmann war eine für die Feldärzte geschaffene künstliche Figur, ein Schaubild, das einen nackten männlichen Körper zeigte, der über und über mit Kriegswaffen gespickt war. Die Waffen steckten in Leib und Gliedmaßen und demonstrierten auf diese Weise die unterschiedlichsten Verletzungen. Anhand ihrer Art und Beschaffenheit diskutierten die Feldschere, ob eine Heilung möglich war oder nicht.

Curabilis, incurabilis.

Der Wundenmann war alt, sehr alt. Er kam in vielerlei Abwandlungen vor, die berühmteste jedoch fand sich in einem medizinischen Werk von anno 1517, das vieltausendfach Verbreitung gefunden hatte: dem *Feldtbuch der Wundartzney*, dessen Verfasser der Anatom und Chirurg Hanns von Gersdorff war.

»Hanns von Gersdorff, ich danke Euch!«, schrie Klingenthal aus voller Brust.

Matthies fuhr auf. »Wie, was? Sapperment, habt Ihr mich erschreckt! Erst sagt Ihr eine Weile gar nichts, dann brüllt Ihr plötzlich wie am Spieß. Was ist denn in Euch gefahren?«

Klingenthal strahlte. »Mir ist nur gerade etwas eingefallen, das mir schon längst hätte einfallen müssen!«

»Ach, und darf man erfahren, was?«

Doch auf diese Frage sollte Matthies keine Antwort mehr bekommen, denn Klingenthal war schon halb aus der Tür, freudig erregt und die Worte »Hanns von Gersdorff, ich danke Euch!« immerfort ausstoßend.

Draußen begegnete er Alena, die er ungestüm umarmte, hochhob und herumwirbelte. »Ich habe den Mörder durchschaut!«, rief er. »Stell dir vor, ich habe den Mörder durchschaut!« Dann küsste er sie, ließ übergangslos von ihr ab und eilte hinüber in seinen Schuppen.

Alena schaute ihm kopfschüttelnd nach. Klingenthal war und blieb ihr Rätsel.

Dennoch: Der Kuss war nicht unangenehm gewesen.

Ungefähr zur selben Zeit befand sich Vock auf dem Heimweg. Er hatte dafür gesorgt, dass Spinner-Franz hinter Schloss und Riegel kam. Der Verrückte hatte sich zwar wie toll gebärdet und sämtliche Dämonen der Unterwelt auf den Wärter, der ihn wegsperrte, gehetzt, aber es hatte ihm nichts genützt. Diese Tatsache allein sprach schon dafür, dass er nichts weiter war als ein Spinner, wenn auch ein gefährlicher.

Nun saß er tief unten in einer Rathauszelle, und wie der Zufall es wollte, war es genau jene, in der auch der arme Ezechiel sein Dasein gefristet hatte.

Vock spürte jenes angenehme Gefühl, das jedem zuteil wird, der rechtschaffene Arbeit geleistet hat. Das Einzige, was zur vollständigen Aufklärung der Fälle noch fehlte, war Spinner-Franz' Geständnis. Denn das Geständnis war der Beweis für seine Schuld.

Aber würde er gestehen?

Natürlich würde er das. Krassmann würde ihm notfalls die Zunge lösen. Oder die Haut von den Knochen. Je nachdem. Allerdings: Krassmann war schon seit Tagen verschwunden. Es würde gut sein, ihn zu finden und sich seiner Hilfe zu bedienen.

Vock blieb stehen.

Außerdem hatte Spinner-Franz Krassmann der Mittäterschaft beschuldigt. Wahrscheinlich zu Recht. Wahrscheinlich gehörte er zu der Bande, deren Kopf Spinner-Franz war. Ob er noch einmal zum Haus des Scharfrichters gehen sollte? Beim letzten Mal war Krassmann nicht da gewesen, aber durfte das ein Grund sein, ihn nicht ein zweites Mal aufzusuchen?

Vock kehrte um. Einem Straßenjungen, der ihm begegnete, trug er auf, seiner Frau auszurichten, sie solle nicht mit dem Essen auf ihn warten, er käme später. Eiligen Schrittes strebte er dem Obertor zu, grüßte lässig den Wachtposten und gönnte sich bei der Gelegenheit die Genugtuung, auf dessen Frage, wohin er so spät noch wolle, nicht antworten zu müssen.

Außerhalb der Stadt umfing ihn Düsternis, das Licht der letzten Laternen verblasste. Zu dumm, dass er keine Lampe mitgenommen hatte! Vock beschloss, dass es mit seiner Würde unvereinbar wäre, jetzt umzukehren. Da wollte er lieber im Dunkeln weitergehen. Außerdem kannte er die Gegend. Die Geräusche der Nacht umfingen ihn und begleiteten ihn auf seinem Weg durch die weitläufigen Wiesen bis hin zu dem schmalen Pfad, auf dem es nur noch wenige hundert Schritte bis zu Krassmanns Haus war.

Da war es schon. Die weißgetünchten Wände leuchteten fahl im Dunkel. Vock stieß einen Grunzer der Enttäuschung aus. Keine Außenlaterne brannte. Nirgendwo das kleinste Licht. Krassmann war nicht da.

Krassmann nicht, aber seine Hunde. Ihr Geheul war wie immer zum Steinerweichen, als er sich dem Gehöft näherte. Blitz und Donner, wovon lebten die Viecher nur, wenn ihr Herr nicht da war? Zerfleischten die sich etwa gegenseitig und fraßen sich auf?

Vock trat an die Tür und klopfte halbherzig. Wie erwartet meldete sich drinnen niemand. Die Tür war verschlossen. War sie beim letzten Mal nicht offen gewesen? Natürlich war sie das, anderenfalls hätte er sich im Haus nicht umsehen können. Wer hatte sie verschlossen? Krassmann? War Krassmann doch da? Und wenn ja, wo?

Vock klopfte erneut, und obwohl er diesmal mit aller Macht gegen die Türbalken schlug, konnte er seine Faustschläge kaum hören, so laut heulten die Hunde.

Doch was war das? Da war etwas noch lauter! Eine menschliche Stimme! »Hilfe! Hilf…!«

Der Schrei brach ab. Vock war wie elektrisiert. Der Aufschrei eines Mannes, der Hilfe brauchte! Vocks Pflichtgefühl meldete sich. Er musste helfen. Von wo war der Ruf gekommen? Von der Zwingerwiese, auf der die Hunde verrückt spielten. Waren die Bestien dabei, einen Mann zu töten?

Vock stürzte zum Tor der Umzäunung und blieb jählings stehen. Wenn er Hilfe leistete, würde er sich selbst in höchste Gefahr begeben. Er kämpfte mit sich. Angst und Pflichtbewusstsein fochten in ihm, doch bevor die Angst die Oberhand gewinnen konnte, wurde ihm die Entscheidung abgenommen. Ein Schlag traf ihn von hinten, und er fiel um wie ein Baum.

Als Vock wieder aufwachte, dachte er, sein Kopf wäre ein Amboss, auf dem tausend Schmiedehämmer tanzten. Ein Röcheln entfuhr seinem Mund. »Wo bin ich?«, keuchte er, denn er konnte kaum etwas sehen. Was er erkannte, glich einer Höhle, schattenhafte Konturen zeichneten sich vor ihm ab, Pfeiler mit seltsamen Geräten, die daran hingen. Am Fuße der Pfeiler ein unförmiger Klumpen. Er wollte sich aufrichten, aber er konnte es nicht. Er war gefesselt, saß auf dem Boden. Eine Kerze wurde hinter ihm entzündet. Spärlicher Lichtschein breitete sich aus. Vock erkannte, dass die Geräte an den Pfeilern Waffen waren und dass der Klumpen eine menschliche Gestalt war.

Eine lebende menschliche Gestalt, die einen Knebel im Mund trug. Rüterbusch!

»Rüterbusch?«, krächzte Vock. »Seid Ihr es?«

Aber Rüterbusch konnte nicht antworten, stattdessen sagte Krassmann: »Willkommen in meiner Höhle, Vock.«

Klingenthal fühlte sich wie gerädert. Es war Donnerstagmorgen, er hatte den größten Teil der vergangenen Nacht im Mühlenweg verbracht und dabei das Haus des Sattlers Krohn beobachtet – immer hoffend, der Mörder würde kommen und von ihm gestellt werden können.

Doch er war nicht gekommen.

So hatte Klingenthal reichlich Zeit gehabt, seine Erkenntnis, der Mörder morde nach dem Vorbild des Wundenmannes, zu überdenken. Ja, er hatte keinerlei Zweifel mehr daran, was gleichzeitig bedeutete, dass es keine Rolle spielte, ob der Unhold strafen oder töten wollte – er benutzte lediglich die in der Illustration vorkommenden Waffen.

Leider besaß Klingenthal kein Exemplar des *Feldtbuchs*, in das er hätte hineinschauen können, aber er kannte das Werk noch aus seiner Studentenzeit. Die Strichzeichnung des Mannes, der nur einen winzigen Schurz trug, stand ihm genau vor Augen. Nur wusste er nicht mehr, welche Waffen die verschiedenen Verletzungen demonstrierten, doch wenn er es herausfände, da war er sicher, würde er auch wissen, welches Tötungswerkzeug der Mordbube verwenden wollte.

Als Klingenthal so weit mit seinen Gedanken gediehen war, hatten bereits die Hähne gekräht, und er war nach Hause in seinen Schuppen geeilt, um noch eine Mütze voll Schlaf zu nehmen.

Mittlerweile war es heller Vormittag, und Klingenthal sagte zu seinen Puppen: »Ich gehe jetzt zum Rathaus und werde mich noch einmal in der Rüstkammer umsehen. Vielleicht finde ich da einen Hinweis.«

»Gib Acht auf dich«, sagte die Magd.

»Keine Sorge, mir passiert schon nichts«, antwortete Klingenthal und machte sich auf den Weg.

Nach kurzer Zeit hatte er das Rathaus erreicht und stieg die Stufen hinab in die Tiefen des alten Gemäuers. Er ging die Gänge entlang, die er schon kannte, und schreckte plötzlich zusammen, denn eine krächzende Stimme fuhr ihn von der Seite an: »Blut, Blut, rette das Blut! Geist, Geist, rette den Geist! Kopf, Kopf, rette den Kopf! So wie der Teufel die Virginen von der Jungfernschaft befreit, so sollst auch du mich befreien, auf dass dein Blut, dein Geist, dein Kopf ebenfalls frei werde und du lange lebest auf Erden. Anderenfalls fahre zur Hölle. *Ita est* und *yes* und *oui*! Hilf mir, Fremder!« Eine dürre Hand streckte sich verlangend zwischen Gitterstäben heraus.

»Bist du es, Spinner-Franz?«

»Julius?«

»Was geht hier vor?« Ein Wärter kam herbeigelaufen, ein Mann, den Klingenthal noch nie gesehen hatte.

»Nichts.« Klingenthal fiel auf die Schnelle nichts anderes ein als die Wahrheit. »Ich, äh, ich wollte nur in die Rüstkammer.«

»Hol mich hier raus!«, krähte Spinner-Franz dazwischen. »Ich geb dir zehn Taler, Julius, auf Ehre und Gewissen, zehn Taler geb ich dir!«

»Um in die Rüstkammer zu dürfen, braucht Ihr die Genehmigung des Gerichtssekretärs Vock.«

»Ich bin unschuldig!«

»Halt's Maul endlich, Spinner-Franz! – Wie gesagt, dazu braucht Ihr die Genehmigung des Gerichtssekretärs Vock.«

»Ich weiß, ich soll für ihn etwas aus der Kammer holen.« Klingenthal überlegte fieberhaft, wie er den Wärter loswerden konnte.

»Der Gerichtssekretär Vock ist noch nicht da.«

»Eben deshalb bat er mich ja darum.«

»Wie kann er das, wenn er nicht da ist?«

»Er bat mich schon gestern Abend darum.«

»Ach so.« Der Wärter gab seinen Widerstand auf. »Das hättet Ihr auch gleich sagen können. Ich werde vorgehen und Euch aufschließen. Wenn Ihr fertig seid, gebt mir Bescheid, dann sperre ich wieder ab. Die Kammer darf keinen Augenblick unbeaufsichtigt sein. Befehl des Gerichtssekretärs Vock.«

»Natürlich, ich danke sehr.« Klingenthal betrat mit einer Fackel den Raum und vergewisserte sich als Erstes, dass der Wärter ihm nicht folgte. Dann begann er sich umzusehen. Alles schien noch so wie in jener Nacht, als der Mörder ihn niedergestreckt hatte. Lag das wirklich keine drei Tage zurück? Der Morgenstern, der Jakob getötet hatte, war nicht wieder an seinen ursprünglichen Platz gelegt worden, sondern befand sich jetzt neben den anderen Mordwerkzeugen auf dem Mauersims. Da lag er nun in trauter Eintracht neben dem ausgetauschten Armbrustbolzen, dem Schlachtmesser, dem Richtschwert und der Streitaxt – und es stellte sich noch immer die Frage, welche Waffe der Mörder beim nächsten Mal wählen würde.

Klingenthal ließ seinen Blick schweifen. Speere, Piken, Hellebarden gab es da noch, sie alle waren als Mordinstrument denkbar. Auch eine der Pistolen, die ... Augenblick mal! Da gab es eine leere Halterung an der Wand. Das konnte kein Zufall sein. War eine Pistole in der letzten Nacht entwendet worden? Doch nein, das war nicht möglich. Vock hatte angekündigt, jede Nacht in der Rüstkammer Wache halten zu wollen und sein Vorhaben sicher wahr gemacht.

In jedem Fall fehlte eine Pistole.

Und in jedem Fall kam er fürs Erste nicht weiter. Klingenthal seufzte, da war sie wieder, die hohe Mauer, an der jede Überlegung wirkungslos abprallte. Es blieb ihm nichts anderes übrig, er musste so lange warten, bis der Mörder wieder zuschlug. Und er konnte nur hoffen, dass dies im Mühlenweg der Fall sein würde, denn niemand garantierte ihm, dass es keine weiteren gewalttätigen Väter in der Gegend des Uhlenmarkts gab.

Klingenthal grübelte weiter, und dann erhellte sich sein Gesicht. Eines wenigstens durfte mit Sicherheit angenommen werden: Der Mörder besaß das *Feldtbuch der Wundartzney* – oder hatte zumindest sehr gute Kenntnis davon.

Wer alles besaß ein Exemplar? Er kramte in seinem

Gedächtnis. Nur zwei Namen fielen ihm ein: Conatus und Krassmann. Conatus hatte ihm das Buch in die Hand gedrückt, damit er den Titel im zuckenden Licht seiner Elektrisiermaschine lese, und bei Krassmann hatte es auf dem Tisch in seiner Höhle gelegen.

Conatus und Krassmann. Beide wollte Klingenthal unverzüglich aufsuchen.

Entgegen seiner ursprünglichen Absicht hatte Klingenthal seine Schritte zunächst in eine andere Richtung gelenkt. Er war zu Vocks Frau gegangen und hatte ihr einen Besuch abgestattet, denn er wollte wissen, warum der Gerichtssekretär am Morgen nicht im Rathaus erschienen war. Er hatte eine in Tränen aufgelöste Ehefrau vorgefunden, die seit dem vergangenen Abend mit dem Essen auf ihren Mann wartete. Die einzige Nachricht, die sie erhalten hatte, stammte von einem Jungen, der ihr ausrichtete, ihr Mann komme später.

Die Kinder hatten ebenfalls geheult, angesteckt von ihrer Mutter. Fünf Kinder waren es, sie hatten dagestanden wie die Orgelpfeifen, und der Kleinste hatte eine dicke Beule auf der Stirn gehabt, weshalb er vielleicht besonders laut weinte. Aber das hatte Klingenthal nicht weiter beachtet. Zu sehr war er damit beschäftigt gewesen, die arme Frau mit allerlei nichtssagenden Sätzen zu trösten. Schließlich hatte er sich mit einigen lahmen Wünschen verabschiedet und mit schlechtem Gewissen davongemacht.

Nun war er auf dem Weg zu Conatus, und der Gedanke, wo Vock wohl steckte, ließ ihn nicht los. War der Mörder in der Rüstkammer gewesen? Hatte er die Pistole geraubt, war er dabei von Vock gestört worden, hatte er mit Vock gekämpft? War Vock getötet worden, fortgeschleppt, irgendwo verscharrt? Vielleicht ja, vielleicht nein. Auch ihn, Klingenthal, hatte der Mörder niedergeschlagen, jedoch nicht getötet. Aber wenn Vock lebte, wo war er dann? Irgendwo weggesperrt, in ein anderes Verlies? War Vock noch im Rathaus, irgendwo in den Katakomben, wo niemand ihn hörte? Möglich war es. Schließlich verfügte der Mörder über einen der zahllosen Generalschlüssel. Müßig, länger darüber nachzudenken. Vock war fort. Vock und die Pistole.

Was bedeutete das? Es konnte bedeuten, dass der Unhold in der kommenden Nacht wieder zuschlagen würde, oder besser: sein Opfer erschießen würde. Würde sein Opfer Krohn, der Sattler, sein? Klingenthal graute es bei dem Gedanken, sich eine weitere Nacht um die Ohren schlagen zu müssen, aber es half nichts. Es wurde Zeit, dass dem Morden ein Ende bereitet wurde. Höchste Zeit!

Unter diesen mehr oder weniger fruchtlosen Grübeleien erreichte Klingenthal Conatus' Anwesen. Er betätigte den Türklopfer und wartete. Nach einiger Zeit erschien Elsbeth, die Mürrische, und fragte, was er wolle.

Klingenthal kannte sie inzwischen gut genug, um sich nichts aus ihrer Art zu machen, und antwortete: »Ich möchte Doktor Conatus sprechen.«

»Das geht nicht.«

»Es ist sehr dringend.«

Elsbeths Gesicht wurde womöglich noch mürrischer, sie druckste ein wenig herum und bequemte sich dann zu den Worten: »Na gut, ich sag's Euch, weil Ihr es seid, eigentlich soll ich gar nix sagen und wenn, dann nur, dass der Doktor nicht zu sprechen ist.«

»Es ist sehr dringend«, wiederholte Klingenthal.

»Na gut, aber behaltet's für Euch: Der Doktor Conatus ist verreist.«

»Verreist?« Klingenthal konnte seine Überraschung nicht verbergen.

»Ihr sagt es. Verreist ist er. Schon seit letzten Montag. Ich soll aufs Haus aufpassen, hat er gesagt, bevor er die Kutsche nahm.«

»Die Kutsche wohin?«

»Weiß nicht. Es war die Kutsche nach Berlin.«

»Aha. Danke, dass du mir so offen Auskunft erteilt hast, sei gewiss, dass ich mit niemandem darüber reden werde. Hat der Doktor denn gesagt, was der Zweck der Reise ist, ich meine, es ist doch hoffentlich nichts passiert?«

»Nee, nee, er hat nur gesagt, er wollt seine Kinder besuchen.«

»Nanu, ich wusste gar nicht, dass er Kinder hat.«

»Ich auch nicht. Aber es ist so, scheint's.«

»Du hast Recht.« Klingenthal kam eine Idee. Er wollte nach der Menge des Gepäcks fragen, vielleicht ließe sich daraus ableiten, wie lange der Gelehrte fortbleiben wollte. »Hatte der Doktor denn viele Taschen und Koffer dabei?«

»Nee, gar nix.«

»Gar nichts?«

»Nee, nur 'ne alte Teppichrolle.«

Der Schultheiß sagte bedächtig: »Außer Krassmann gibt es noch jemanden, der das *Feldtbuch* besitzen dürfte.«

Klingenthal, bereits auf dem Weg zum Obertor, um

Krassmann in seiner Höhle aufzusuchen, blickte automatisch hinter sich. Aber da war kein Karren, nur die Cammergasse mit ein paar geschwätzigen Weibern, die in den Ecken standen und den neuesten Tratsch austauschten. »Nanu, woher kommst du so plötzlich?«, fragte er.

»Ich bin doch immer bei dir.«

»Natürlich, wie ihr alle, ich war nur so in Gedanken. Was sagtest du?«

»Ich sagte, es gibt noch einen, der das *Feldtbuch* besitzen dürfte: Doktor Beiss.«

»Doktor Beiss? In der Tat, das stimmt, schließlich ist er Arzt.« Klingenthal ging langsam weiter. »Aber wie ich dich kenne, war das noch nicht alles, was du mir sagen willst?«

»Richtig. Ich würde zunächst zu Beiss gehen, dann erst zu Krassmann.«

»Warum?«

»Wenn Beiss der Täter ist, hast du dir einen Weg gespart.«

»Beiss? Das ist nicht dein Ernst!« Klingenthal setzte sich auf eine Bank. An Beiss hatte er überhaupt nicht mehr gedacht. Der war nur ein einziges Mal richtig verdächtig gewesen, und zwar in jener Nacht, als der Mörder Kokkert mit dem Schwert durchbohrt hatte und er dem Ruf nach ärztlicher Hilfe nicht gefolgt war. Allerdings mit gutem Grund, denn er hatte einen Gichtanfall gehabt. Doch seitdem schien es ihm vergleichsweise gut zu gehen.

Klingenthal erinnerte sich an die Geschehnisse im *Schandfleck*, wo Beiss mit bemerkenswerter Geschicklichkeit das Skalpell gehandhabt hatte, um den Morgenstern aus dem Mund von Jakob, dem Säufer, zu präparieren.

Auch die Situation, als Beiss ihn in des Pastors Schlafstube untersucht hatte, kam ihm vors Auge. Beiss hatte den Angriff durch den Mörder sehr ernst genommen, seinen Zeigefinger hochgehalten und ihn gefragt, wie viele Finger es seien …

Beide Male schien der Doktor keinerlei Schwierigkeiten mit seinen Fingern gehabt zu haben, und eine Verdickung der Gelenke, wie sie bei Gichtkranken typisch ist, war Klingenthal auch nicht aufgefallen.

Oder hatte er nur nicht sorgfältig genug hingeschaut?

Und dann war da noch etwas: Ähnlich wie Krassmann hatte Beiss eine Vorliebe für Waffen. Mit welcher Hingabe er über die wikingische Doppelaxt und den Morgenstern referiert hatte! Wer Waffen so sehr schätzte, konnte gewiss auch mit ihnen umgehen.

»Gut, Schultheiß«, sagte Klingenthal, »ich werde zum Rathaus gehen und Doktor Beiss in seinem Dienstraum befragen. Mal sehen, was dabei herauskommt.«

Doch als Klingenthal im Rathaus nach dem Stadtphysikus fragte, erklärte man ihm, er sei nicht da. Er sei überhaupt nicht gekommen an diesem Tag, ebenso wie der Gerichtssekretär Vock. Koldwey, Vocks Vorgesetzter, schäume schon vor Wut, weil niemand ihm Näheres zu dessen Fernbleiben sagen könne. Das wiederum interessierte Klingenthal wenig, und er machte sich auf den Weg zu Beiss' Privathaus.

Weil niemand auf sein Klopfen reagierte, nahm er sich die Freiheit und trat unaufgefordert über die Schwelle. Der Windfang, den er zunächst passierte, war schmutzig und mit Schuhwerk vollgestellt. Er war, wie sich zeigen sollte, typisch für den wenig gepflegten Zustand des gesamten Hauses. Dass Beiss Junggeselle war, sah man an allen Ecken und Enden. Die ordnende Hand der Hausfrau fehlte.

»Doktor Beiss?«

»Ja?« Beiss' Stimme hörte sich leise und irgendwie verzerrt an.

Klingenthal öffnete die Tür, von der er glaubte, sie führe ihn zum Hausherrn, und gelangte in eine Schlafstube, in der nichts weiter stand als ein riesiges Pfostenbett und ein Waschtisch mit Schüssel und Kruke. Beiss lag im Bett wie ein Fels, zugedeckt bis zum Kinn und jammervolle Töne ausstoßend. Als er Klingenthal erkannte, versuchte er einen Scherz: »Sieh da, der Puppenkönig vom Uhlenmarkt! Gestattet, dass ich liegen bleibe, das Zipperlein drückt mich mit Macht in die Kissen.«

»Ihr habt einen Gichtanfall?«

»Wenn Ihr es gelinde ausdrücken wollt.« Beiss schloss die Augen und stöhnte auf.

Klingenthal fragte sich, ob der Arzt ihm nur Theater vorspielte oder tatsächlich Schmerzen litt. Er musste Gewissheit haben, deshalb schlug er die dicke Daunendecke zurück. »Ihr erlaubt?«

Beiss lag da in einem weißen leinenen Nachtgewand, die Hand am Herzen, röchelnd und am Hals verschwitzt. »Ein Herzanfall«, keuchte er, »rasch, gebt mir die *Digitalis-Tinktur*, in meiner Arzttasche, rasch …«

Klingenthal wollte fragen, wo die Tasche stehe, aber dann hatte er sie schon entdeckt. Sie stand auf dem Boden am Kopfende des Bettes. Er nahm sie und durchwühlte den Inhalt nach der angegebenen Arznei. Er fand sie in einem kleinen braunen Fläschchen. »Hier ist die Tinktur.«

Beiss griff danach wie ein Ertrinkender, setzte das

Fläschchen an die fleischigen Lippen und nahm einen großen Schluck. Wie die meisten Mediziner schien er bei Eigenbedarf nichts von geringen Dosierungen zu halten.

»Ich hätte Euch die Tropfen gerne abgezählt«, sagte Klingenthal tadelnd, »viel hilft nicht immer viel.«

»Mir schon«, japste Beiss. »Habe meine eigenen Erfahrungen.« Seine Hand fuhr zum Herzen und massierte den Bereich darüber. »Oh, oh, oh, wenn nur das Rasen nicht wäre.«

Klingenthal ergriff die Linke von Beiss, zählte den Puls und stellte fest, dass der Arzt Recht hatte. »Versucht, langsam und ruhig zu atmen.«

»Wie soll ich das bei den Schmerzen!«

Klingenthal schlug die Decke ganz zurück und sah das dick geschwollene Grundgelenk der großen Zehe. Er berührte es, und Beiss schrie auf: »Mann Gottes, wisst Ihr denn nicht, wie empfindlich das *Podagra* ist!«

»Verzeihung.« Klingenthal wusste das sehr wohl. Er nahm die Gelegenheit wahr und studierte die Hände des fettsüchtigen Mannes. Die Finger waren dick, aber nicht verdickt, wenn man vom rechten Ringfinger absah. Klingenthal erinnerte sich, die Stelle früher schon einmal bemerkt zu haben. Weiter ging sein Blick zum Ohr des Arztes. Auch dort war ein Typikum der Gicht festzustellen: mehrere Knoten am Ohrknorpel, *Tophi* genannt. Nein, ein Zweifel bestand nicht mehr, Beiss kam als Mörder nicht in Betracht. Er mochte noch so viel Freude an alten Waffen haben, er war es nicht gewesen.

Klingenthal fühlte Enttäuschung und wollte etwas sagen, doch Beiss kam ihm zuvor, indem er krächzte: »Gesund geht er zu Bette und überlässt sich dem Schlafe. Da wird er etwa in der zweiten Stunde nach Mitternacht von einem Schmerz geweckt, der meistens die große Zehe, zuweilen auch Ferse, Sohle oder Knöchel erfasst.«

Klingenthal wunderte sich. »Sprecht Ihr jetzt plötzlich in der dritten Person von Euch?«

Beiss redete unbeirrt weiter: »Es folgen bald danach Frostschauer und Fieber. So verbringt der Kranke eine qualvolle Nacht in beständiger Unruhe. Erst nachdem von Beginn an vierundzwanzig Stunden verflossen sind, wird der Patient plötzlich schmerzfrei und atmet erleichtert auf.«

»Aha«, sagte Klingenthal.

»Sydenham«, sagte Beiss.

»Wie bitte?« Klingenthal deckte den Kranken wieder zu.

»Thomas Sydenham, ein englischer Arzt, der selber unter dem Zipperlein litt. Ihm verdanken wir die klassische Beschreibung des Krankheitsverlaufs, eine Beschreibung, die mich hoffen lässt, dass mein Anfall in spätestens zwölf Stunden vorbei ist.«

»Es scheint Euch besser zu gehen«, sagte Klingenthal.

Beiss grunzte. »Viel hilft eben doch viel. Bei mir jedenfalls. Das Herzrasen lässt nach. Nur die Zehe zwickt noch immer, als säßen glühende Kohlen darin, doch leider ist mein *Laudanum* zur Neige gegangen.«

»*Laudanum*? Ihr meint die opiumhaltige Arznei, die auch als *Tranquilium* zur Anwendung kommt?«

»Richtig, gewonnen aus *Papaver somniferum*, dem Schlafmohn«, sagte Beiss. »Der Mohn liefert den Milchsaft, der wiederum mit Alkohol zu *Laudanum* verarbeitet wird. Oh, bei Gottes Barmherzigkeit, besorgt mir von dem Zeug! Es gibt kein stärkeres Schmerzmittel.«

»Ich will sehen, was sich machen lässt.« Rasch verließ

Klingenthal Beiss' Haus, doch schlug er nicht den Weg zu einer Apotheke ein, sondern ging in den *Roten Hirschen*, wo er etwas kaltes Dessert erstand und anschließend zurück zu dem Kranken eilte.

»Was macht Ihr da?«, fragte Beiss misstrauisch, als Klingenthal wenig später eine Kompresse vorbereitete.

»Ich gebe Eurer großen Zehe etwas Birnengefrorenes.«

»Seid Ihr von Sinnen? Ich wollte *Laudanum*!»

»*Laudanum* enthält, wie Ihr mir selbst bestätigt habt, Opium, und Opium macht süchtig. Deshalb gebe ich Euch lieber Gefrorenes, es wird die Zehe kühlen und dadurch den Schmerz lindern.«

»Schade um den schönen Nachtisch!«, grummelte Beiss, aber er schien mit Klingenthals Vorgehensweise einverstanden zu sein. »Nun, wie dem auch sei, ich will meinen eigenen Kopf essen, wenn Ihr nicht Bader oder etwas Ähnliches seid. Schon bei der Untersuchung von Jakob, dem Säufer, zeigtet Ihr Euch sehr verständig. Ihr seid doch ärztlich bewandert, stimmt's?«

»Ich habe immer die Augen offen gehalten, wenn es galt, anderen zu helfen«, antwortete Klingenthal ausweichend. »Lässt der Schmerz schon nach?«

»In der Tat, das tut er. Zur Hölle mit ihm! Habe ich mich eigentlich schon bei Euch bedankt?«

»Das ist nicht nötig.«

»Dennoch will ich mich erkenntlich zeigen.«

Klingenthal überlegte, ob er jetzt nach dem *Feldtbuch der Wundartzney* fragen sollte, unterließ es aber. Er wollte den Kranken, der als Mörder zweifellos auszuschließen war, nicht mit seinen Sorgen belasten. Außerdem stand keinesfalls fest, ob Beiss das Buch wirklich besaß. »Das ist nicht nötig.«

»Dann kommt wenigstens demnächst in meinen Dienstraum, damit ich Euch das *Atherom* nach allen Regeln der Kunst herausschneiden kann.«

»Vielen Dank.« Klingenthal deutete ein Verbeugung an. »Braucht Ihr sonst noch etwas?«

»Nein, nur Schlaf. Aber der wird sich jetzt, wo der Schmerz zurückgeht, von selber einstellen. Nochmals vielen Dank.«

»Gute Besserung«, sagte Klingenthal und ging.

Er wollte so schnell wie möglich zu Krassmann.

Wer Wind sät, wird Sturm ernten, seine Saat soll nicht aufgehen und sein Gewächs kein Mehl geben.

Hosea, 8, 7

»Warum kommt Ihr?«, fragte Krassmann mit einer Stimme, die zwar zurückhaltend, aber nicht unfreundlich klang. Er stand am Tor zur Zwingerwiese, wo er Klingenthal abgefangen hatte.

»Habt Ihr mich erwartet?«, fragte Klingenthal zurück.

»Sagen wir mal so, ich hatte gehofft, Ihr würdet kommen. Ich habe keine Ruhe mehr und die Hunde auch nicht. Es wird immer schwerer, sie im Zaume zu halten. Wahrscheinlich spüren sie, dass etwas in der Luft liegt. Liegt etwas in der Luft?« Krassmann tätschelte die Tiere, die ihm am nächsten standen, und blickte Klingenthal erwartungsvoll an.

»In gewisser Weise, ja, wenn Ihr die Mordfälle meint. Ich habe Hinweise, dass der Täter im Besitz eines ganz bestimmten Buches ist. Oder anders ausgedrückt: Wer dieses Buch besitzt, ist in höchstem Maße der Morde verdächtig.«

»Und wie heißt es?«

»*Das Feldtbuch der Wundartzney* von Hanns von Gersdorff.« Während Klingenthal das sagte, beobachtete er Krassmann ganz genau, denn er fragte sich, ob der Scharfrichter nach dieser Vorrede den Besitz abstreiten würde.

»Das Buch nenne ich mein Eigen.« Krassmanns Stimme klang ruhig. »Trotzdem bin ich nicht der Mörder. Ich habe es Euch schon mehrfach versichert.«

»Das war, bevor Jakob, der Hilfsmann von der Werft, der auch als ›der Säufer‹ bekannt ist, gemeuchelt wurde.«

»Ein neuer Fall? Nun, wer auch immer diesen Jakob gemeuchelt hat, ich war es nicht.«

Klingenthal wunderte sich, mit welcher Entschiedenheit Krassmann sich äußerte. Auch schien ihn der letzte Mord, von dem er nichts wissen konnte, kaum zu überraschen. Aber wenn Krassmann es nicht war, wer war es dann? Conatus, der plötzlich mit einer Teppichrolle zu seinen Kindern verreist war? Müßig, darüber nachzudenken. »Wenn Ihr das *Feldtbuch* kennt, ist Euch sicher der darin abgebildete Wundenmann ein Begriff. Ich muss die Illustration unbedingt sehen.«

»Warum?«

Es blieb Klingenthal nichts anderes übrig, als seine These, nach der die Morde geschehen waren, zu erklären. Er tat es in aller Kürze und schloss mit den Worten: »Anhand des Wundenmannes will ich sehen, ob meine Vermutung, nach der die nächste Mordwaffe eine Pistole sein wird, richtig ist.« Krassmann gab seinen Hunden einen Befehl und winkte Klingenthal in die Umzäunung. »Kommt mit in meine Höhle, dort liegt das Buch. Aber wundert Euch nicht zu sehr.«

Was die seltsame Bemerkung, er solle sich nicht zu sehr wundern, zu bedeuten hatte, sollte Klingenthal kurz darauf erfahren, als er nicht nur Rüterbusch gefesselt vorfand, sondern ebenso Vock. Beide Männer saßen am Boden und waren geknebelt.

»Um Eurer Frage zuvorzukommen«, sagte Krassmann, »Vock wollte mich wegen Mordes verhaften. Er denkt, ich würde mit Spinner-Franz unter einer Decke stecken und hätte sämtliche Gräueltaten auf dem Gewissen. Welch ein Unsinn! Kein Verdacht scheint dumm genug, um ihn nicht gegen mich auszusprechen.«

Klingenthal schaute Krassmann direkt in die Augen. »Und wenn ich Euch nun auch verdächtigte, wäre ich dann der Dritte, der da gefesselt sitzt? Ihr könnt Eure Probleme doch nicht lösen, indem Ihr einen Besucher nach dem anderen wegsperrt!«

Krassmann blickte zur Seite. »Ich weiß bald nicht mehr, was ich machen soll. Soll ich hierbleiben? Soll ich in die Stadt gehen, wo jeder Zweite glaubt, ich sei der Täter? Ihr, Klingenthal, seid meine letzte Hoffnung. Wenn Ihr den Mörder nicht findet, dann keiner.«

»Wo ist das Buch?«

»Setzt Euch an den Tisch, ich hole es.«

Klingenthal schlug das Werk mit angehaltenem Atem auf, nachdem Krassmann es gebracht hatte. Da war sie schon, die Seite mit dem Wundenmann, genau so, wie er sie in Erinnerung hatte. Da waren Schwerter, Pfeile, Messer, die den gemarterten Körper durchbohrten, auch eine Keule, die zuschlug, dazu ein Geschoss, das als abgebrochener Speer durchgehen mochte, alles das und noch viel mehr war abgebildet.

Aber keine Pistole.

Klingenthal blätterte hin und her. Vielleicht gab es einen zweiten Wundenmann, in dessen Leib eine Pistole steckte? Nein, es gab ihn nicht. Es war nicht zu fassen. Er fühlte grenzenlose Enttäuschung. Sollte sich sein ganzes Gedankengebäude auf einmal als falsch erweisen? Wenn das stimmte, konnte er mit sämtlichen Überlegungen von vorn anfangen.

»Eine Pistole ist nicht dabei«, sagte Krassmann und setzte sich ebenfalls.

»Das sehe ich«, sagte Klingenthal.

»Aber bei genauer Betrachtung findet Ihr ein Stück aufgeplatzte Haut am rechten Unterschenkel und ebenfalls am linken Unterarm. Eine Kugel steckt jeweils darin.«

»Ihr meint ...?«

»Genau. Die beiden Kugeln stehen stellvertretend für die Pistole als Waffe.«

»Aber warum wird sie nicht abgebildet?«

Krassmann zuckte mit den Schultern. »Wer weiß? Die Armbrust, deren Bolzen im Hals steckt, wird ja auch nicht gezeigt.«

»Das stimmt.« Klingenthal spürte Erleichterung. Er hatte doch Recht gehabt. Er fasste zusammen: »Die Pistole als Waffe kommt also vor, wenn auch nur zum Teil. Meine Annahme, sie könne das nächste Mordwerkzeug sein, hat sich bewahrheitet. Ich werde doppelt vorsichtig sein müssen, wenn ich den Mörder stelle.«

»Ihr wollt ihn allein stellen?«

»Ja, ich habe Hinweise dafür, dass der Mörder in einer der nächsten Nächte, vielleicht sogar schon in der kommenden Nacht, erneut zuschlagen wird. Und ich habe einen bestimmten Verdacht, wer das Opfer sein könnte.« Klingenthal schilderte seine Erkenntnisse in allen Einzelheiten, obwohl er es seltsam fand, sie einem Scharfrichter und seinen zwei Gefangenen, die mit großen Augen zuhörten, anzuvertrauen. Andererseits: Krassmann hatte ihm mit dem Buch ausgeholfen und verließ sich auf ihn, denn er hatte niemanden sonst. Er schloss: »Der Sattler Krohn wohnt Mühlenweg drei.«

Krassmann nickte gedankenschwer. »Die Sache spitzt

sich zu. Mit ein wenig Glück sind die Tage des Meuchlers gezählt. Habe ich eben richtig gehört? Ihr wollt den Mörder allein stellen?«

Klingenthal schlug das *Feldtbuch* zu und stand auf. »Was bleibt mir anderes übrig. Oder würdet Ihr Vock freilassen, damit er mir zur Seite steht?«

»Nein, das würde ich nicht.« Krassmann erhob sich ebenfalls.

»Das dachte ich mir. Dann darf ich mich empfehlen. Ihr könnt mir viel Erfolg wünschen.«

»Das brauche ich nicht«, sagte Krassmann.

»Wie bitte?«

»Weil ich mitkomme.«

Johannes, der Riese, war glücklich und traurig zugleich. Glücklich, weil das Kind ihm versprochen hatte, die Aufgabe im Mühlenweg sei die letzte für immer. Traurig, weil er das, was er tun sollte, nicht gerne tat.

Seine Stirnmuskeln arbeiteten, seine Augen rollten, seine Kiefer mahlten, während er mit klopfendem Herzen durch die Stadt eilte, immer darauf bedacht, dass niemand ihn sah. Niemand durfte ihn erkennen, denn sollte das geschehen, würde er sterben müssen, das hatte das Kind gesagt.

Und sterben wollte Johannes nicht. Schon einmal war ein Johannes gestorben, jämmerlich ertrunken in der Elbe, vor vielen, vielen Jahren, und keiner hatte ihm geholfen, auch das hatte das Kind gesagt. Und dabei gekichert.

Ganz tief in ihm.

Johannes umklammerte das komplizierte Werkzeug, mit dem er die Aufgabe bewältigen sollte, fester. Noch immer hatte er Angst, damit nicht umgehen zu können, auch wenn es lustig war mit seinem sich drehenden Rad, den blitzenden Funken und der anschließenden Explosion. Doch er wollte seine Sache gutmachen.

Ein letztes Mal.

Die Dunkelheit hatte schon eingesetzt, als Klingenthal und Krassmann sich dem Haus Nummer drei im Mühlenweg näherten. Die Straße war an dieser Stelle dunkler als anderswo, da von den wenigen Laternen die meisten defekt waren. »Ihr müsst verrückt gewesen sein, letzte Nacht allein auf den Mörder gewartet zu haben«, sagte Krassmann. »Der Kerl schreckt doch vor nichts zurück!«

»Pst, seid nicht so laut. Niemand muss wissen, dass wir hier sind.« Klingenthals Augen glitten über Krohns Haus. Es war zweigeschossig und aus rotem Backstein erbaut, zwei Fenster wiesen zur Straße hin, von denen eines erleuchtet war. Ein schmaler Weg neben dem Haus führte nach hinten zum Garten. Klingenthal überlegte. »Wenn wir schon zu zweit sind, sollten wir uns aufteilen. Ihr beobachtet möglichst unauffällig die Straßenseite, während ich am Hinterhaus Wache halte.«

»Wozu der Umstand? Ist es nicht einfacher, Krohn mit ins Boot zu ziehen?«

Klingenthal winkte energisch ab. »Auf keinen Fall. Erstens wissen wir nicht genau, ob der Mörder heute Nacht zuschlagen wird, zweitens steht keineswegs mit Sicherheit fest, dass er Krohn als Opfer ausgesucht hat. Wir sind hier nur aufgrund von Vermutungen. Besser, wir wecken keine schlafenden Hunde.«

»Nun gut, einverstanden.«

»Wir halten es, wie besprochen: Wer von uns den Mörder als Erster sieht, gibt mit dem Pfeifton Laut, damit der andere ihm zu Hilfe eilen kann.« Während Klingenthal das sagte, hielt er eine Lockpfeife für Enten hoch. Sie stammte aus der Jagdausrüstung von Krassmann, der über ein gleichartiges Instrument verfügte.

Eigentlich hatte der Scharfrichter sich und Klingenthal zusätzlich mit Hirschfängern versehen wollen, damit sie dem Mörder nicht unbewaffnet gegenübertreten mussten, aber Klingenthal hatte strikt abgelehnt. »Wenn meine Annahme stimmt, dass der Mörder diesmal mit einer Pistole kommt, hat er ohnehin nur einen Schuss, und der ist nicht für uns bestimmt«, hatte er argumentiert.

Beide Männer trennten sich. Klingenthal steckte die Lockpfeife fort und flüsterte: »Viel Glück.«

»Und viel Geduld«, brummte Krassmann und postierte sich hinter einem Mauervorsprung auf der gegenüberliegenden Seite der Straße.

Klingenthal schlich sich durch den schmalen Weg neben dem Haus, wobei er einen flüchtigen Blick durch das seitliche Fenster warf. Ein Tisch stand da und ein Sofa, auf dem zurückgelehnt ein schnarchender Mann saß, wahrscheinlich Krohn. Bei ihm saß eine Frau, die einen Stickrahmen vor sich hatte. Kinder waren nicht zu sehen, sicher schliefen sie in einem anderen Raum.

Der Hinterhof war nahezu dunkel, das spärliche Licht, in dem ein Brunnen, ein Schuppen und eine Wand mit aufgestapelten Holzscheiten zu erkennen waren, stammte von der schwachen Außenlaterne eines Nachbarhauses.

Unvermittelt spürte Klingenthal einen unangenehmen Schmerz in den Beinen. Er war in Buschwerk gelaufen, das den Hof abgrenzte. Vermutlich in Stachelbeersträucher. Eine Idee kam ihm. Es würde gut sein, sich in den Sträuchern zu verstecken und abzuwarten.

Gesagt, getan. Klingenthal ließ sich behutsam nieder, dabei hier und da die angriffslustigen Dornen abwehrend und aus seiner Kleidung ziehend. Dann saß er.

Und wartete.

Um sich die Zeit zu vertreiben, rief er sich noch einmal sämtliche Überlegungen, die ihn an diesen unwirtlichen Ort geführt hatten, ins Gedächtnis. Er konnte keine Fehler entdecken. Alles schien logisch. Gut so.

Er wartete weiter.

Er wusste nicht, wie lange er gewartet hatte, aber es musste mindestens eine halbe Stunde gewesen ein, als er merkte, wie die Kälte ihm ins Gesäß kroch. Eine Blasenentzündung war das Letzte, was er brauchen konnte. Er hatte einmal im Leben eine *Cystitis* gehabt und keinerlei Verlangen auf eine Wiederholung. Was tun? Er legte die Hände unter sein Gesäß und verspürte sofort Linderung.

Die Zeit verging. Nach einer Weile starben ihm die Hände ab, und er begann sie zu reiben, um die Blutzirkulation wieder in Gang zu bringen.

Was Krassmann wohl machte? Ob der auch so einen kalten Hintern hatte? Nein, der saß ja nicht, der stand. Klingenthal beschloss, sich für eine Weile hinzuknien, was zunächst recht angenehm war. Dann merkte er, wie ihm die Feuchtigkeit der Erde ins Beinkleid zog. Unangenehm! Er setzte sich wieder. Der Stachelbeerstrauch raschelte.

Er kniete sich wieder hin. Der Strauch raschelte.

Er setzte sich erneut. Der Strauch raschelte.

Abermals raschelte der Strauch.

Aber er hatte sich nicht bewegt!

War das …?

Klingenthal fuhr hoch – und zeitgleich mit ihm eine Gestalt auf der anderen Seite des Gesträuchs. Eine große Gestalt. Der Mörder? Der Mörder! Klingenthal setzte die Lockpfeife an die Lippen und blies mit aller Kraft hinein, doch es erscholl kein Ton. Er hatte die Pfeife verkehrt herum angesetzt und merkte es in der Aufregung nicht. Ein gutturaler Laut drang an sein Ohr. Er warf sich nach vorn. Der Mörder durfte nicht entkommen, nicht jetzt, nach allem, was passiert war! Er prallte gegen die große Gestalt. Abermals ein Laut wie der Kehllaut einer Katze! Klingenthal versuchte die Gestalt festzuhalten, doch sie riss sich los, wandte sich um und lief mit langen Sätzen davon. Klingenthal hetzte hinterher, ständig in die Lockpfeife blasend und ständig die falsche Seite benutzend. Da vorn im nächsten Garten verschwand der Kerl! Klingenthal verdoppelte seine Bemühungen, und es gelang ihm, wieder näher heranzukommen. Doch als wollte der Mörder ihm die Zwecklosigkeit seiner Bemühungen vor Augen führen, lief er nun noch schneller, schneller und schneller. Er hatte das Ende der Straße erreicht, hetzte durch einen Stichweg und gelangte auf den Uhlenmarkt. Keuchend blieb Klingenthal stehen. Er war zu langsam. Er musste aufgeben.

Doch plötzlich kam ihm der Söldner zu Hilfe. Er war mitten auf dem Platz und rief vom Reiterdenkmal herab: »Halt, Hundsfott, lass die Waffe fallen!«

Und der Schiffer fiel ein. Er schrie vom Brunnen herüber: »Schotten dicht, du sitzt in der Falle!«

Aus der Straße Beim Weber ertönte der Landmann: »Keinen Schritt weiter!«

Der Schultheiß rief aus der Cammergasse: »Ergib dich, du bist umzingelt!«

Für einen Moment verhielt die große Gestalt, doch hätte sie trotz allem sicher die Flucht fortgesetzt, wenn sie nicht über eine stehen gebliebene Marktkiste gestolpert wäre. Wieder der gutturale Laut, diesmal mit verzweifeltem Unterton! Klingenthal hastete heran. Da lag der Mörder auf dem Pflaster, gebeugt und wimmernd, der Zusammenstoß mit der Kiste bereitete ihm offenbar Schmerzen.

»Sieh mich an!«, brüllte Klingenthal mit seiner eigenen Stimme. »Sieh mich an, Mörder.«

Der Mörder gehorchte. Langsam, ganz langsam hob er sein Gesicht.

Es war das Gesicht von Matthies.

Klingenthal prallte zurück, er konnte es nicht glauben. Er wusste nicht genau, wen er erwartet hatte, aber Matthies war es auf keinen Fall gewesen. »Herr Pastor?« Unwillkürlich flüsterte er. »Seid Ihr es?«

Das Gesicht antwortete nicht. Tränen rannen aus seinen Augen. Klingenthal fühlte sich an das Gesicht erinnert, das Matthies beim Schachspielen gemacht hatte. Da hatte es für einen Augenblick spiegelverkehrt gewirkt, und auch hier war das der Fall, nur schien es noch fremdartiger, gröber, wie aus Stein gemeißelt. »Wer seid Ihr?«

Das Gesicht weinte weiter. Die Hände, die so unzählige Gebete verrichtet hatten, ließen die Pistole fallen. Es gab einen scheppernden Laut, der hohl und feindlich über den Platz drang.

»Wer seid Ihr, sagt es mir!«

»Will schlafen ...« Plötzlich sprach das Gesicht, doch nicht mit Matthies' Stimme, sondern mit einer anderen, nie zuvor gehörten: dunkler, rauer, tierhafter. »... nur schlafen.«

»Sag mir deinen Namen.« Klingenthal bemühte sich, beruhigend zu wirken, während er wie nebenbei die Pistole aufhob. »Dann kannst du schlafen. Sag mir nur deinen Namen, dann wird alles gut.«

»Gut«, wiederholte das Gesicht. Die Tränen versiegten.

»Ich heiße Julius Klingenthal, und wie heißt du?«

»Ich ...«

»Ja? Sag es nur. Wir kennen uns doch, wir sind uns schon einmal begegnet, tief unten in der Rüstkammer des Rathauses war es, da warst du allerdings nicht nett zu mir. Aber Schwamm drüber, sag nur, wie du heißt.«

»Bin Johannes ... Johannes, der Riese.«

Klingenthal lief ein Schauer über den Rücken, als er daran dachte, dass dieses seltsame Wesen in Matthies' Körper fünfmal ohne zu zögern getötet hatte. Wer oder was trieb es an, dieses Wesen, das da so verloren und verzweifelt auf den Pflastersteinen hockte? »Nun wird alles gut!«, hörte Klingenthal sich abermals sagen.

»Gut?« Eine Veränderung ging mit dem Gesicht vor. Eben noch hatte es schutzbedürftig gewirkt, nun verhärteten seine Züge sich wieder. »Schlecht! Schlecht! Schlecht!« Ein boshaftes Kichern entrang sich seinen schmalen Lippen, ein Kichern wie das eines Kindes; das Wesen sprang auf, spuckte und trat nach Klingenthal, kicherte erneut, wandte sich um und hüpfte davon.

Klingenthal blickte dem Wesen nach und konnte es noch immer nicht fassen. Matthies war der Mörder. Matthies, der Pastor! Und während der Gedanke sich langsam in ihm festigte, hörte er hinter sich eilige Schritte. Krassmann rief atemlos: »Großer Gott, was ist geschehen? Ich hörte ein paar seltsame Geräusche hinter dem Haus, dachte mir, es wäre der Mörder, aber Ihr habt ja nicht gepfiffen. Wieso habt Ihr nicht gepfiffen, was war denn los?«

Klingenthal zeigte ihm die Pistole. »Ich habe den Mörder wahrhaftig gestellt, aber er ist mir entwischt. Ich wollte Euch heranpfeifen, aber ich war wohl zu aufgeregt, das Instrument richtig zu benutzen.«

»Ja, und? Wer ist es?«

»Es ist …« Klingenthal stockte, denn er merkte plötzlich, wie schwer es ihm fiel, den Namen des Pastors preiszugeben. Mit dem Namen, das war klar, sprach er ein Todesurteil aus.

»So redet doch!«

Klingenthal schüttelte den Kopf. »Ich werde Euch den Namen nicht sagen. Es muss Euch genügen, dass ich weiß, wer der Mörder ist. Er wird nie wieder meucheln, das verspreche ich Euch. Aller Verdacht ist von Euch genommen, und nicht nur von Euch, auch von mir. Dem Herrn, dessen Name über allem steht, sei Dank. Und nun geht nach Hause in Eure Höhle und lasst Rüterbusch und Vock frei.«

Krassmann stand mit offenem Mund da. Zu plötzlich und zu unverständlich war die Rede für ihn. »Ich … aber … warum?«, stotterte er.

»Geht nach Hause und lasst Rüterbusch und Vock frei«, wiederholte Klingenthal.

Krassmann schluckte. »Ist wirklich alles vorbei?«

»Ich schwöre es bei meinem Gott.«

»Nun, dann …« Langsam drehte Krassmann sich um und ging.

Als Klingenthal Minuten später das Pfarrhaus betrat, merkte er sofort, dass Matthies schon da war, denn der Türspalt zur Studierstube zeigte, dass dort Licht brannte. Klingenthal wusste, das kommende Gespräch würde das schwerste sein, das er jemals geführt hatte. Er nahm seinen ganzen Mut zusammen und klopfte.

»Nanu, wer beehrt mich noch zu so später Stunde? Herein!«, erscholl es von drinnen.

Klingenthal stieß die Tür auf und erkannte auf den ersten Blick, dass Matthies wieder ganz der Alte war. Sein Gesicht wirkte freundlich und leutselig wie immer. Er saß an seinem Schreibtisch und schnitt mit einem Federmesser Gänsekiele zu. »Was führt Euch zu mir, lieber Meister? Der Wunsch nach einer kleinen Partie? Ich muss Euch enttäuschen, der Schachspieler in mir hat sich schon zur Ruhe begeben.«

Klingenthal rang sich ein Lächeln ab. Er beschloss, ohne Umschweife zur Sache zu kommen. »Das ist schade, aber vielleicht könntet Ihr ihn wecken, damit er einem anderen in Euch Bescheid sagt, ich wäre da?«

Matthies hielt mit dem Zuspitzen der Federn inne. »Das mit dem Schachspieler in mir, mein lieber Meister, war nur so eine Redensart, genauso hätte ich sagen können, der Genießer in mir isst gerne ein Kürbiskompott, oder der Kavalier in mir hält einer Dame die Tür auf. Versteht Ihr, was ich meine?«

»Ich verstehe sehr wohl«, sagte Klingenthal. »Ich verstehe, dass ich deutlicher werden muss: Keine Viertelstunde ist es her, da habe ich mit Euch auf dem Uhlenmarkt geredet, genauer gesagt, ich habe mit einem Wesen geredet, das sich ›der Riese Johannes‹ nennt und sämtliche Morde der vergangenen Zeit auf dem Gewissen hat – wenn es denn ein Gewissen besitzt.«

Matthies schüttelte fast mitleidig den Kopf. »Lieber Meister, ich war keineswegs vor einer Viertelstunde auf dem Uhlenmarkt, ganz gewiss nicht. Seid Ihr sicher, dass Ihr selbst in diesem Augenblick mit mir sprecht und nicht eine Eurer Puppen?«

Klingenthal schluckte seinen Unmut hinunter. Er hatte gewusst, dass es ein schweres Gespräch werden würde. »Ja, ich bin mir ganz sicher, denn ich weiß jederzeit, wann ich in eine Rolle schlüpfe, Ihr jedoch wisst es nicht. Ich will Euch zugute halten, dass Ihr Euch wirklich nicht entsinnen könnt, dennoch habe ich mit Euch geredet.«

»Unmöglich! Ich weiß doch, wo ich bin und was ich tue.«

»Eben das bezweifle ich, Herr Pastor.« Klingenthal zog einen mehrseitigen Brief hervor und faltete die Blätter auseinander. »Erinnert Ihr Euch, dass Ihr mich des Mordes verdächtigt habt, oder besser: den Söldner in mir? Ich fühlte mich dadurch so getroffen, dass ich noch am selben Tag einen Brief an einen Verwandten schrieb. Der Verwandte ist Arzt, ich fragte ihn, ob er es für möglich halte, dass ich der Mörder sei. Sein Antwortschreiben, das ich heute Morgen mit der reitenden Post erhielt, ist lang, ich will Euch mit seinen Ausführungen über den Gesundheitszustand der Familie nicht weiter aufhalten, doch gestattet mir, dass ich Euch die wichtigste Passage vorlese:

… Nun, lieber Neffe, zu Deiner Frage. Ich gestehe, ich wollte Dir im ersten Moment antworten, ich könne sie nicht beantworten, doch wusste ich natürlich, dass Du Dich damit nicht zufrieden geben würdest, und deshalb folgender Versuch, der Versuch eines alten Wunddoktors: Ob Du ein Mörder bist, kannst letztlich nur Du selbst wissen. Horche in Dich hinein und bemühe Dein Gedächtnis, arbeite es lückenlos auf, sei ehrlich zu Dir, und rede Dir nichts Falsches ein. Wenn Du das fertig bringst und danach ohne jede Abstriche sagen kannst: ›Ich war es nicht‹, dann warst Du es auch nicht. Allerdings, und das ist wissenschaftlich erwiesen, gibt es Menschen, die tun Dinge, an die sie sich später nicht mehr erinnern können. Wenn man sie darauf anspricht, streiten sie alles ab, sie tun es so heftig und hartnäckig, dass der Gedanke nahe liegt, nicht sie, sondern ein anderer habe die Dinge getan. Solche Phänomene hat es zu allen Zeiten gegeben. Es wohnen dann mehrere Menschen im Körper eines einzelnen, und jeweils nur einer kann die Wirklichkeit um sich herum wahrnehmen. Die anderen wiederum wissen nichts oder nur wenig davon. Es ist, als schliefen sie. Bis vor gar nicht langer Zeit hat man diese armen Kreaturen als verrückt oder wahnsinnig bezeichnet und ihnen Narrensteine aus dem Schädel operiert, im besten Fall nannte man sie krank. Auch heute noch steckt man sie ins Zucht- oder Tollhaus, schlägt sie mit Ruten und Stöcken, traktiert sie mit Sturzbädern und Zwangsstehen und reibt ihnen die Kopfhaut mit Brechweinstein ein, was zu schmerzhaften Geschwüren führen kann. Ich selbst halte von alledem wenig. Die Kranken können nichts für ihr Leiden, man sollte sie nicht bestrafen. Um es halbwegs

verständlich auszudrücken: Ihre Persönlichkeit ist wie ein Krug in mehrere Scherben zersprungen, weshalb man die Krankheit, für die es noch keinen Namen gibt, Morbus testae *nennen könnte. Meiner Meinung nach sollte es die Aufgabe des Arztes sein, die* Testae *wieder zusammenzufügen, doch leider hat bis heute noch niemand den Versuch dazu unternommen. Nicht einmal über die Ursache der Krankheit ist man sich einig, manche sagen, sie sei angeboren, andere vertreten die Auffassung, Schläge, Misshandlungen und geschlechtlicher Missbrauch in der Kindheit könnten der Auslöser sein. Ich selbst, lieber Neffe, kann Dir dazu nichts sagen, wie ich überhaupt befürchte, Dir mit meinen Auskünften nicht sonderlich dienlich zu sein, doch sei versichert, das Wenige, was ich weiß, habe ich Dir gesagt …*

»Das mag genügen.« Klingenthal faltete die Blätter zusammen und steckte sie wieder ein. »Glaubt Ihr jetzt, dass Ihr mit mir auf dem Uhlenmarkt gesprochen habt?«

»Nein, ich will davon auch nichts weiter hören.«

»Ich fürchte, ich kann es Euch nicht ersparen.« Klingenthal zog die Pistole hervor. »Diese Waffe hattet Ihr bei Euch. Ich habe sie Euch abgenommen.«

Matthies lehnte sich zurück. Sein Gesichtsausdruck wurde hochmütig. »Dass Ihr diese Pistole in der Hand haltet, besagt gar nichts. Ihr könnt sie Euch irgendwo besorgt haben. Vielleicht, um einen Mord zu begehen?«

Klingenthal biss die Zähne zusammen. Warum war der Pastor nur so uneinsichtig? »Ich nehme nicht an, dass Ihr auf Eure Frage eine Antwort erwartet. Fasst Euch doch einmal ans Knie, dann werdet Ihr feststellen, dass es schmerzt. Warum? Weil Ihr vorhin gegen eine Kiste gelaufen seid.«

Matthies verzog keine Miene. »Ihr habt Recht, das Knie tut mir weh, warum auch nicht! Wisst Ihr immer so genau, wo Ihr Euch eine Schramme geholt habt? Eure Behauptungen entbehren jeglicher Grundlage. Und nun darf ich Euch bitten zu gehen.«

»Einen Augenblick noch. Wisst Ihr, was das ist?« Klingenthal griff zum dritten Mal unter seinen Rock und präsentierte den Armbrustbolzen, der den Hals des armen Angerstein durchbohrt hatte.

»Der Bolzen einer Armbrust, na und?«

»Der Bolzen Eurer Armbrust.«

»Lächerlich, ich besitze eine solche Waffe nicht.«

Diese Antwort hatte Klingenthal erwartet. Jetzt kam es drauf an: »Erlaubt mir, dass ich mich ein wenig umsehe, ich glaube nämlich doch, dass Ihr eine habt.«

»Nein.«

»Gut, dann werde ich dafür sorgen, dass die Behörden sich darum kümmern, der Gerichtssekretär Vock, zum Beispiel.«

»Nun, äh.« Zum ersten Mal schien Matthies ein wenig unsicher. Er knetete die Hände und sagte: »Da fällt mir ein, dass ich vor einigen Tagen eine Armbrust hinter dem Wäscheschrank in meiner Schlafstube entdeckt habe. Es ist mir ein Rätsel, wie sie dort hinkommen konnte, vielleicht stammt sie noch von meinem Vorgänger, Pastor Lengefeld.«

Klingenthal ersparte sich eine Antwort auf die unsinnige Erklärung, denn er hatte einen weiteren Trumpf im Ärmel. »Diesen Knopf fand ich neben dem toten Jakob, Ihr wisst schon, ich spreche von Jakob, dem Säufer. Ich darf Euch bitten, mir Eure Weste zu zeigen, damit sich herausstellt, ob der Knopf dort fehlt.«

»Ich … nun, ich glaube, es fehlt wirklich einer. Heute Morgen bemerkte ich es.« Nervös fuhr Matthies sich über die lange Nase.

»Würdet Ihr das Kleidungsstück holen?«

»Nun, äh …«

»Bitte holt es.«

»Gut. Warum nicht, niemand soll sagen, ich wollte Euch nicht unterstützen.«

Während Matthies aus dem Raum ging, nutzte Klingenthal die Gelegenheit und schaute sich in den Bücherregalen nach dem *Feldtbuch der Wundartzney* um. Er wusste zwar nicht, warum ein Pastor ein solches Buch besitzen sollte, aber wenn seine Überlegungen stimmten, musste es so sein. Und tatsächlich: Nach kurzer Suche hatte er es gefunden. Es war ein abgegriffenes Exemplar, dem man die vielen Jahre der Benutzung ansah. Klingenthal nahm es und schlug es an der Stelle auf, wo ein Lesezeichen steckte. Es war die Seite mit dem Wundenmann. Wenn es noch eines letzten Beweises bedurft hätte, jetzt wäre er erbracht!, dachte er. Er atmetete tief durch und wollte das Buch einstecken, aber in diesem Augenblick kam Matthies zurück – ohne Weste.

Dafür mit einem strahlenden Lächeln.

»Das ist aber eine nette Überraschung«, sagte der Schachspieler und trat heran, um Klingenthal die Hand zu schütteln. »Wie wäre es mit einer kleinen Partie?«

»Nein, danke.« Klingenthal wusste nicht, wie er auf die neue Situation reagieren sollte.

Der Schachspieler setzte sich an den Tisch neben den Globus und machte eine einladende Geste. »Aber, aber, vielleicht schenkt Caissa Euch gerade heute eine unsterbliche Partie? Ich nehme freiwillig Schwarz.«

»Nein«, sagte Klingenthal, »aber Ihr könnt mir einen anderen Gefallen tun. Ich nehme an, Ihr seid mit Johannes, dem Riesen, bekannt. Ob Ihr ihn für mich herbeiholen könntet?«

Der Schachspieler verlor für einen Augenblick seine Liebenswürdigkeit. »Was sagtet Ihr?«

»Bitte holt mir Johannes, den Riesen, herbei.«

»Nein, das ist unmöglich.«

»Wenn Ihr sagt, es sei unmöglich, bestätigt Ihr damit, dass Johannes, der Riese, existiert.«

Der Schachspieler gab sich zerstreut. »Ach, tat ich das? Kommt, lasst uns von etwas anderem reden, wenn Ihr schon keine Lust zum Schachspielen verspürt. Was haltet Ihr von einer Reise um die Welt? Mit dem Finger auf dem Globus reist es sich wunderbar einfach und schnell.«

»Eine Reise um die Welt?« Klingenthal schüttelte verwirrt den Kopf.

»Warum nicht? Kommt doch mit.«

»Nein, ich bitte Euch nochmals, Johannes, den Riesen, herbeizuholen. Ich möchte mit ihm reden.«

Der Schachspieler faltete die Hände vor dem Bauch. »Wie ich bereits sagte, das ist nicht möglich. Woher kennt Ihr ihn überhaupt?«

»Ich möchte ihn sprechen. Es ist wichtig.«

»Was kann wichtiger sein als eine Reise um die Welt. Kommt doch mit!«

»Nein.« Klingenthal sah ein, dass er so nicht weiterkam. »Ich muss Euch im Gegenzug bitten, mit mir aufs Rathaus zu kommen. Tut es freiwillig, denn anderenfalls müsste ich Euch mit der Pistole zwingen.«

Der Schachspieler lächelte. »Ich verlasse nie das Haus. Wenn ich fortwollte, würde ich mich des Globus bedienen.«

»Aber ich habe eine Pistole!«

»Und ich habe einen Globus! Ich bleibe hier.«

Klingenthal überlegte, was in dieser vertrackten Situation zu tun sei. Überwältigen konnte er den Schachspieler nicht, und erschießen konnte er ihn auch nicht. Deshalb hielt er es für das Klügste, sich zurückzuziehen. »Nun gut, wie Ihr wollt.« Rasch trat er vor die Tür der Studierstube und schloss sie von außen ab. Der Schachspieler drinnen rührte sich nicht. Vielleicht spielte er gegen sich selbst oder verreiste mit dem Finger auf der Erdkugel. Klingenthal war es egal. Er tat ein Übriges und verrammelte die Tür mit ein paar schweren Möbelstücken.

Dann ging er.

Morgen früh würde er auf dem Rathaus um Verstärkung bitten.

Beim ersten Tageslicht, Klingenthal hatte bis dahin eine unruhige, von vielen Gedanken zerfurchte Nacht verbracht, wurde plötzlich an der Tür seines Schuppens gerüttelt. Es war Alena, die draußen stand und mit aufgeregter Stimme rief: »Julius, mach auf, mach auf!«

»Was ist denn?«, krächzte er, noch schlaftrunken und mit bleiernen Gliedern.

»Komm heraus, schnell, die Kirche brennt!«

»Was?« Klingenthal sprang mit einem Satz vom Wagen und stieg in seine Hosen. Dann hastete er zur Tür, an der

Alena noch immer rüttelte. Er öffnete. »Woher weißt du das?«

»Riech doch selbst.«

Jetzt roch Klingenthal es auch. Der Wind trieb schwere Rauchschwaden von Westen heran. »Komm mit, vielleicht können wir helfen!« Zusammen liefen sie den Koppelstieg hinauf und sahen schon von weitem das Dach des Gotteshauses lichterloh brennen. Bürger von Steinfurth hatten eine Kette gebildet, reichten Wassereimer weiter und versuchten auf diese Weise, ihre Kirche zu retten, doch genauso gut hätten sie versuchen können, den Krater eines speienden Vulkans zu löschen. Höher und höher schlugen die Flammen aus dem Dachstuhl. Knackende Geräusche aus dem Mauerwerk, lauter, als Klingenthal sie jemals vernommen hatte, übertönten in unregelmäßiger Folge das Fauchen des Feuers. Rauchwolken umhüllten sie, ätzende Luft biss ihnen in die Lungen. Alena keuchte und hustete und klammerte sich an Klingenthal. Der zerrte sie fort. »Wir kommen zu spät, das Gebäude ist verloren!«

Als hätten sie seine Worte gehört, ließen die Menschen in diesem Augenblick von ihrer Kirche ab und wandten sich den umliegenden Bauwerken zu, um ein Übergreifen der Flammen zu verhindern. Alenas Mundwinkel zuckten, doch Klingenthal packte sie energisch bei den Schultern. »Bitte, weine jetzt nicht, bitte!«

Alena schluckte. »Die schöne Kirche, sie war doch der ganze Stolz von Pastor Matthies. Es tut mir so Leid für ihn!«

»Sicher, sicher, mir auch. Komm jetzt, wir reihen uns ein, je schneller das Feuer unter Kontrolle ist, desto besser. Nicht auszudenken, wenn es um sich griffe und das ganze Viertel zerstörte!«

Sie packten mit an und reichten Eimer um Eimer weiter. Es war eine schwere Arbeit, ungewohnt für viele, und oftmals musste einer in der Kette ausgetauscht werden. Klingenthal schuftete wie eine Maschine, dabei insgeheim Alena bewundernd, die vor ihm stand und mit der ganzen Kraft ihrer Jugend durchhielt. Er musste an den Tag ihrer ersten Begegnung denken, als sie sich wie selbstverständlich mit ihm vor den Karren gespannt hatte. Schon damals war ihm aufgefallen, welch bemerkenswerte junge Frau sie war. Schön und gescheit war sie, aber auch eine Frau, die einem tausend Rätsel auferlegte. Eine Klagefrau, deren Tränen berufsmäßig flossen.

Plötzlich lachte jemand. Der gedrungene Kerl hinter ihm stemmte die Arme in die Seite und rief: »Du arbeitest wie aufgezogen, Bauchredner, aber du kannst jetzt aufhören. Die Feuergefahr ist gebannt.«

Klingenthal wachte auf wie aus einem bösen Traum. Er schaute auf, blickte sich um und stellte fest, dass der gedrungene Kerl Recht hatte, die Brandnester auf den angrenzenden Häusern waren gelöscht. Alena seufzte vor Erleichterung. Sie war zu Tode erschöpft und lehnte ihr rußgeschwärztes Gesicht an Klingenthals Schulter: »Ich will nach Hause, Julius, bring mich nach Hause.«

»Das werde ich.« Sanft strich er ihr über das schmutzige Haar, nahm sie bei der Hand und führte sie über den Koppelstieg zurück zum Pfarrhaus. Da stand es schon, groß und unverrückbar wie immer – und doch war etwas anders an ihm. Klingenthal kniff die Augen zusammen, dann wusste er es: Das Fenster der Studierstube, es fehlte! Dort, wo es in der vergangenen Nacht noch gewesen war, gähnte eine dunkle Öffnung. Matthies! Er war ausgebrochen! Klingenthal ließ Alena los und stürmte ins

Haus. Wie erwartet, war der Raum mit dem Schreibtisch und dem Globus leer. Klingenthal fasste sich an den Kopf. Was war er nur für ein Narr gewesen, den kranken Mann unbeaufsichtigt zu lassen! Der Himmel mochte wissen, wo er sich herumtrieb! Doch jetzt war es zu spät.

»Was ist los?«, fragte Alena, die Klingenthal gefolgt war.

»Matthies ist fort.«

»Natürlich ist er fort, oder glaubst du, er bliebe zu Hause, wenn seine Kirche brennt?«

»Das meine ich nicht.«

»Was meinst du dann?«

Klingenthal ging nicht auf Alena ein, in seinem Kopf wirbelten die Gedanken. Was war als Erstes zu tun?

»Da liegt ein Couvert mit deinem Namen drauf.« Alena wies auf den Schreibtisch.

»Was? Ach so.« Klingenthal erkannte Matthies' Schrift und öffnete mit klopfendem Herzen den Umschlag. Ein Brief fand sich darin mit folgendem Wortlaut:

Ja, ich war es!

Euch, Meister Klingenthal, der Ihr diese Zeilen wahrscheinlich als Erster lest, will ich sagen: Ja, ich habe es erkannt, ich muss es gewesen sein! Verzeiht mein uneinsichtiges Verhalten, aber ich konnte nicht anders, auch wenn Ihr es vielleicht nicht glaubt.

Ich bin Euch von ganzem Herzen dankbar dafür, dass Ihr mich vor der Ausführung einer sechsten Bluttat bewahrt habt. Doch auch so habe ich unsagbare Sünde auf mich geladen. Fünf Männer habe ich auf grauenvolle Weise getötet, Männer, die ihre Kinder schlugen, Männer aus meiner Gemeinde, die ich Nach-

sicht und Güte hätte lehren müssen. Worte können nicht beschreiben, welchen Ekel ich vor mir empfinde, ich bin Abschaum, Geschmeiß, übelster Unrat, ich bin es nicht wert, weiterzuleben! Deshalb habe ich nach langer Zwiesprache mit dem Herrn beschlossen: Mein Leib soll brennen, mein Leben soll unter Qualen ersticken, und das, was von mir übrig bleibt, soll auf dem granitenen Altar meiner Kirche liegen, wo sich erweisen wird, ob die reinigende Kraft des Feuers mich geläutert hat, ob meine Seele von diesem Ort gen Himmel fährt oder in der alles verzehrenden Hölle landet. Gott der Allmächtige wird es entscheiden, so wie er alles entscheidet, im Guten wie im Bösen.

Es hat ihm gefallen, mich anders zu machen als andere, es hat ihm gefallen, mir ein Alter Ego einzupflanzen, ein Wesen, das mir so vertraut ist wie kein zweites auf dieser Welt. Mein Alter Ego nennt sich Schachspieler, er schirmt mich ab gegen die anderen. Er lässt nicht zu, dass ich Kontakt aufnehme zu ihnen, und alles, was ich über sie erahne, erahne ich über ihn. Nach unserem letzten Gespräch, lieber Meister, sah er sich gezwungen, das ganze Geheimnis um mein Inneres zu lüften: Ein Kind ist da, und das Kind bin ich, das Kind ist ganz tief in mir, viel tiefer noch als der Schachspieler, ich kenne es nicht, und doch kommt es mir sehr vertraut vor. Verzeiht, dass ich mich nicht besser ausdrücke, aber ich gebe nur das wieder, was mir gesagt wurde.

Noch tiefer als das Kind in mir, so der Schachspieler, wohnt Johannes, Johannes, der Riese, der dem Kind hörig ist und dem Kind zuliebe die grauenvollen Morde ausgeführt hat. Der Schachspieler sagt, ich wäre das Kind, ich wäre häufig als kleiner Junge geschlagen worden und hätte deshalb meinen Vater ertränkt. Wer Wind sät, wird Sturm ernten, *so heißt es schon in der Heiligen Schrift. Ich sei rachsüchtig, sagt der Schachspieler, und mein Vater hätte Johannes geheißen und sei Arzt gewesen. Ich selbst vermag das kaum zu glauben, und doch wird es so sein. Der Brief Eures Onkels spricht ebenfalls dafür.*

Alles ist so dumpf und ungreifbar, und nur weniges taucht manchmal wie hinter Nebelschleiern aus der Vergangenheit auf. Ein großes Haus sehe ich dann und ein großes Fest und schöne Damen in bunten Kleidern, eine der Damen heißt Hildegard von Ratorff, und ich verehre sie glühend, und gleichzeitig überkommt mich Trauer, weil mir kein einziger anderer Name einfällt.

Doch ich will Euch nicht mit Einzelheiten langweilen. Eines wenigstens scheint klar: Ich werde von den anderen in mir beherrscht, ein Umstand, der bei Euch und Euren Puppen, wie ich einräume, genau umgekehrt ist. Oh, hätte ich das alles doch nur früher erahnt! Nun aber ist es zu spät, das Unfassbare ist geschehen, und meine Hände sind blutbesudelt.

Ich habe mit dem Schachspieler gesprochen. Er ist einverstanden, mit mir den letzten Gang zur Kirche anzutreten. Betet für mich, auch wenn Ihr, wie ich weiß, Jude seid …

Statt einer Unterschrift hatte Matthies nur einen Bibelvers hingekritzelt:

Der Herr zeigte mir ein Gesichte,
und siehe, der Herr rief dem Feuer,
damit zu strafen …

Klingenthal gab Alena den Brief zu lesen und beobachtete, wie sich in ihren Augen nacheinander Fassungslosigkeit, Entsetzen und Trauer abzeichneten. Dann füllten sie sich mit Tränen, mehr und mehr, und am Ende schluchzte Alena hemmungslos. Er nahm sie in die Arme und küsste sie, wie er es beim allerersten Mal getan hatte. »Seltsam«, sagte er, als ihr Schluchzen sich langsam beruhigte, »seltsam, dass auch Matthies das Burgfräulein kannte.«

»Das Burgfräulein?« Alena wischte sich die Tränen aus den Augen.

»Demoiselle von Ratorff, sie war, wie du dich erinnerst, mein Vorbild für das Burgfräulein. Jetzt, wo wir darüber reden, fällt mir auch der Eklat ein, von dem seinerzeit die ganze Gegend noch Jahre sprach. Anfang der Vierziger muss das gewesen sein. Der Arzt Johannes Matthäus, ein sehr begüterter Mann, feierte seine Verlobung mit dem adligen Fräulein und ertrank noch in derselben Nacht unter nie geklärten Umständen.«

»Hatte der Arzt einen Sohn?«

»Soviel ich weiß, ja.«

»Das muss Matthies sein. Vielleicht kanntest du ihn sogar?«

»Nein, bestimmt nicht, daran würde ich mich erinnern. Doch wenn unser Pastor der Sohn von Matthäus ist, muss er irgendwann seinen Namen in Matthies, die norddeutsche Form von Matthäus, geändert haben.«

»Warum sollte er das getan haben?«

Klingenthal zuckte mit den Schultern. »Ich weiß es nicht, und ich werde es auch nie erfahren, denn Matthies hat ganz offenkundig den Freitod in seiner Kirche gesucht. Dennoch: Die Welt ist klein und manchmal sogar kleiner, als man denkt.«

»Das stimmt. Soll ich dir einen Tee machen? Wir könnten dann besprechen, wie es weitergeht.«

»Nein, erst muss ich zum Rathaus. Dort werde ich den Brief vorlegen, als Beweis, dass die Mordfälle endlich geklärt sind. Ich weiß nicht, wie lange es dauert, warte besser nicht auf mich.«

»Also keinen Tee?«

»Keinen Tee.«

Als Klingenthal mehrere Stunden später die Küche betrat, sah Alena ihm schon von weitem an, wie abgespannt er war.

»Was ist passiert?«, fragte sie.

Klingenthal fuhr sich über die Augen. »Eine Menge. Das Gesicht der Herren, als sie erfuhren, wer der Täter ist, kannst du dir vorstellen. Das Rathaus gleicht einem Ameisenhaufen, alles geht drunter und drüber, und der Bürgermeister hat für heute noch eine Sondersitzung des Rates einberufen. Nun ja, das alles geht mich nichts mehr an, Hauptsache, ich habe meinen Teil erledigt. Es wäre lieb von dir, wenn du uns jetzt einen Tee machen könntest.« Er setzte sich.

Alena begann am Herd zu hantieren. Mit der Hellsichtigkeit, die manchen Frauen zu eigen ist, sagte sie: »Du willst noch heute fort, nicht wahr?«

Er schwieg. Nach einer Weile antwortete er: »Ich habe mit Doktor Beiss, dem Stadtphysikus, gesprochen, er ist ein umgänglicher Mann, der eine gute Speise zu schätzen weiß. Er sagte mir, er könne sehr gut eine Haushaltshilfe brauchen.«

Alena schoss herum, ihre Augen sprühten. »Heißt das, du willst fort und lässt mich hier?«

Klingenthal hielt ihrem Blick stand. »Alena, bitte, wir kennen einander schon viel zu lange, als dass wir weiter zusammenbleiben könnten.«

»Wir kennen uns noch keine drei Wochen!«

»Du, der Pastor und ich, wir kennen uns noch keine drei Wochen. Offen gesagt, war ich etwas eifersüchtig auf ihn, und du, wie ich vermute, warst es auf meine Puppen.«

»Pah, auf deine Puppen? Niemals! Die leblosen Dinger, die können mir gestohlen bleiben.«

»Also doch.« Klingenthal lächelte wehmütig. »Ich glaube wirklich, es ist besser, wenn ich meinen eigenen Weg gehe – so wie du den deinen. Wer weiß, vielleicht führen sie uns irgendwann wieder zusammen.«

»Das glaubst du doch selbst nicht.«

»Die Welt ist klein, ich sagte es.«

»Wie klein die Welt ist, ist mir völlig egal! Ich will, dass du hierbleibst. Hier bei mir. Verstehst du das denn nicht? Das musst du doch verstehen! Versteh es, los, versteh es!«

Klingenthal machte eine hilflose Geste.

Alena begann hemmungslos zu weinen. Sie schlug die Hände vors Gesicht, und ihre Schultern zuckten heftig. Warum wollte der verdammte Kerl nur fort! Sie hatten gemeinsam so viel erlebt, hatten zusammen so viel erlitten! Hatte er das alles vergessen? Da konnte er doch nicht einfach davonlaufen. Außerdem war er der erste Mann gewesen, dem sie sich hingegeben hatte, wenigstens fast der erste, das verband sie doch. Spürte er das denn nicht? Wie konnte er nur so unsensibel sein. Sie schluchzte weiter, geschüttelt von grenzenloser Verzweiflung, getragen von der Hoffnung, ihr Tränenausbruch möge ihn umstimmen.

Irgendwann spürte sie seine Lippen auf ihrem Haar, und Erleichterung durchströmte sie. Sein Herz war also doch nicht aus Stein. Sie tat ihm Leid. Sie hatte erreicht, was sie ersehnte. Er würde bleiben!

Das Glücksgefühl, das sie daraufhin spürte, ließ sie in einen weiteren Weinkrampf verfallen, der sich erst nach einer kleinen Ewigkeit auflöste. Alena schlug die Augen auf, lächelte befreit und erkannte, dass Klingenthal nicht mehr da war. Augenblicklich begriff sie, was das bedeutete. Ihre Freude fiel wie ein Kartenhaus in sich zusammen. Mit steifen Bewegungen trocknete sie ihre Tränen, während lähmender Schmerz sie erfasste. Sie konnte ihn also doch nicht halten. Keine Frau auf der Welt konnte das. Wie hatte sie sich das nur einbilden können! Ohne zu bemerken, was sie tat, räumte sie die Utensilien zur Teezubereitung fort, spülte die Becher, verstaute sie im Bord. Die vertrauten Handgriffe beruhigten sie ein wenig. Langsam kam sie wieder zu sich und fasste einen Entschluss. Sie wollte sich nicht verkriechen, wenn er ging, er sollte sehen, dass es ihr nichts ausmachte, wenn er sie verließ. Ja, sie wollte stark sein! Sie trat vor den Spiegel und richtete notdürftig ihr verquollenes Gesicht her. Dann schritt sie mit erhobenem Kopf hinaus auf den Hof.

Da stand er, der Bauchredner Julius Klingenthal, der Mann voller Geheimnisse, den sie bewunderte, den sie liebte und der ihr so nah gewesen war wie kein zweiter. Er hatte bereits die Ledergurte um die Schultern geschlungen und war zum Abmarsch bereit. Seine Puppen saßen in Reih und Glied auf dem Wagen, als könnten sie es nicht abwarten, die Stadt zu verlassen.

Klingenthal blickte zu ihr herüber und lächelte scheu. Er wollte etwas sagen, aber er konnte es nicht. Die Worte fehlten ihm. Doch plötzlich, in die Stille hinein, erklang die Stimme des Schiffers:

»Die See ruft«, sagte er.

»Und die Ferne lockt«, sagte der Söldner.

»Aber dich wird er nie vergessen«, sagte die Magd.

»So ist es«, sagte der Schultheiß, machte eine Pause und fügte leise hinzu: »Verzeih ihm, er kann nicht anders.«

»Ich weiß«, sagte sie. »Ich weiß.« Dann stiegen ihr erneut die Tränen in die Augen.

Und diesmal waren sie ohne jeden Zweifel echt.

Epilog

Sofort nach der Sondersitzung des Rates wurden Nachforschungen angestellt, warum es ausgerechnet einem Bauchredner und nicht den Bütteln der Stadt gelungen war, den Mörder zu entlarven. Rüterbusch und Vock, die aus diesem Grund eingehend befragt wurden, machten dabei keine gute Figur, besonders, da sie die letzten Tage unfreiwillig in Krassmanns Höhle verbracht hatten. Der untersuchende Beamte, es handelte sich um niemand anderen als Koldwey, kam zu dem Schluss, dass beide versagt hatten, und setzte ihre Strafversetzung durch.

Krassmann dagegen, auf dessen Dienste als Scharfrichter man nach wie vor angewiesen war, ging straffrei aus. Ihm wurde zugute gehalten, dass er sich nur seiner Haut erwehrt hatte, als ihm die Verhaftung durch Rüterbusch und Vock drohte.

Auch Spinner-Franz blieb ohne Strafe. Er kam noch am selben Tag aus dem Gefängnis frei, weil niemand da war, der ihn weiter eines Verbrechens anklagte. Wie nicht anders zu erwarten, führte er diese glückliche Entwicklung auf seinen Pakt mit dem Teufel und die Zauberkraft seiner eingeheilten Hostie zurück. »*Ita est* und *yes* und *oui*«, sagte er, »so wird's sein.« Doch wollte er sich nicht dauerhaft auf seine Zauberkräfte verlassen und verließ deshalb nach ein paar Tagen die Stadt.

Als er durchs Obertor ging, begleitet von Pocke, der ihn hartnäckig um einen Tropfen anbettelte, begegnete ihm Conatus, hoch zu Pferde, die Stirne runzelnd und mehrfach seinen Zwicker zurechtrückend. Er hatte von der Aufklärung der Morde gehört und strebte nun nach Hause zu seinen Elektrisiermaschinen – ohne Teppichrolle und ohne Sutters Bein, dessen Verbleib niemals aufgeklärt werden sollte. Conatus würdigte Spinner-Franz keines Blickes, und auch Spinner-Franz tat so, als hätte er den Gelehrten nicht gesehen.

Ein anderes Bein, nämlich das Bein von Caspar, dem Küster, war durch Spinner-Franz' zweifelhafte Behandlung mit dem Pulver des *Calcaneus* keinesfalls geheilt worden, doch konnte Caspar es wenigstens schonen, da die Kirche abgebrannt war und der Gottesdienst für viele Wochen ausfiel.

Schonen konnte sich auch Doktor Beiss, der Stadtphysikus, denn Alena zog tatsächlich zu ihm und führte ihm den ganzen Winter über den Haushalt. Dabei lernte sie ihn und seine leutselige, freundliche Art schätzen und kochte für ihn so manches schmackhafte Gericht. Doch als der Frühling ins Land zog und die Tage wieder länger wurden, hielt es sie nicht länger in der Stadt, und als Beiss eines Tages nach verrichtetem Dienst aus dem Rathaus kam, fand er in der Küche nicht nur eine köstliche Eintopfmahlzeit vor, sondern auch eine Nachricht, in der Alena ihn um Verständnis dafür bat, dass sie ihn verlassen müsse. Es seien angenehme Monate bei ihm gewesen, und die Arbeit für ihn habe ihr viel Freude bereitet, aber nun sei es für sie Zeit, zu gehen. Sie wolle wieder auf eigenen Beinen stehen und sich durchs Leben schlagen – als Klagefrau.

So endete die Tragödie um die fünf Morde in Steinfurth, doch war das Ende vielleicht nur ein Anfang, denn unberechenbar, wie der Mensch in seinem Wahn ist, könnte sie sich jederzeit an einem anderen Ort wiederholen.

Nachbemerkung

Multiple Schizophrenie – so nennen wir heute die Krankheit, unter der Pastor Matthies litt. Es war für mich nicht ganz einfach, über sie zu schreiben, da sie zur Zeit des Romangeschehens noch nicht so hieß; sie hatte keinen Namen, auch nicht *Morbus testae*, also »Scherbenkrankheit«, wie Doktor Nonnemann in seinem Brief an Julius Klingenthal anregt. Ihre Auswirkungen jedoch waren seit alters bekannt. Und auf genau die kam es mir beim *Puppenkönig* an.

Allen meinen Lesern, die an den buchstäblich unvorstellbaren Begleiterscheinungen der multiplen Schizophrenie zweifeln, möchte ich versichern, dass es nachweisbar Kranke gibt, in denen nicht nur zwei oder drei völlig verschiedene Personen »schlafen«, sondern sogar zwanzig und mehr. Das bedeutet: Zwanzig und mehr Scherben oder Abspaltungen, die ein Eigenleben führen und sich einen Körper und ein Hirn teilen.

Hoffen wir, dass es eines Tages möglich sein wird, diese Geißel des Geistes komplett zu heilen.

Wolf Serno

Wolf Serno

Der Balsamträger

Roman

Er ist riesengroß – doch sein Hirn ist ziemlich klein. Mit einem Reff auf dem Rücken soll er von Dorf zu Dorf ziehen, um seine Tinkturen und Arzneien anzubieten – und wird dabei mehr als einmal übers Ohr gehauen. Da naht Rettung in Gestalt eines Mannes, der zwar keine Füße mehr hat, dafür aber einen blitzschnellen Verstand … Frei nach dem Motto »Einer trage des anderen Last«, zieht das ungewöhnliche Freundespaar fortan von Ort zu Ort und durch die dunklen Wälder Thüringens. Da begegnet ihnen eines Tages die schöne Eva, die auf einem Marktplatz ihre Einkäufe tätigt. Von Stund an ist es aus mit der innigen Kameradschaft zwischen den Balsamträgern, denn sie verlieben sich beide unsterblich in sie. Doch ahnen sie nicht, dass Eva ein dunkles Geheimnis umgibt: Sie ist eine Giftmischerin …

Knaur Taschenbuch Verlag

Wolf Serno bei Knaur:

Der Wanderchirurg

Roman

Anno 1576: Im spanischen Zisterzienserkloster Campodios stirbt der von allen verehrte und geliebte Abt. Kurz vor seinem Tod gesteht er seinem Lieblingsschüler Vitus, dass dieser einst vor den Toren des Klosters ausgesetzt wurde. Ein kostbares rotes Damasttuch, in das er als Baby eingehüllt war, ist der einzige Hinweis auf seine Herkunft …

Der Chirurg von Campodios

Roman

Vitus von Campodios könnte glücklich mit seinem Leben sein, denn endlich hat er in England seine Verwandten gefunden. Doch dann fleht ihn sein Großonkel Lord Collincourt an, nach seiner Enkelin Arlette zu suchen, die er zusammen mit Vitus als Erbin eingesetzt hat …

Die Mission des Wanderchirurgen

Roman

Vitus, der weit gereiste Wanderchirurg und mutmaßliche Erbe von Schloss Collincourt, ist untröstlich: Seine geliebte Arlette, nach der er so lange gesucht hat, stirbt in seinen Armen an der Pest. Doch vorher nimmt sie ihm das Versprechen ab, ein Heilmittel gegen den Schwarzen Tod zu finden. Vitus macht sich mit seinen Freunden, dem Magister und dem Zwerg Enano, auf die Reise, um dieses Gelöbnis einzulösen.

Knaur Taschenbuch Verlag